헌사
한국어판《대망》첫판이 나왔을 때 명역(名譯)이라고
아낌없이 칭찬해 주신 김소운 선생님,
한국의 정서를 걱정하셔서《도쿠가와 이에야스》등을
한국어판 책이름《대망》으로 지어주신 김천운 선생님,
명필《大望》제자(題字)를 써주신
원곡 김기승 선생님,
창춘사도 대학에서 일문학을 전공하고
《대망》번역을 주도해 주신 박재희 선생님,
니혼대학에서 일문학을 전공하고
《대망》을 번역해 주신 김문운 선생님,
와세다 대학에서 일문학을 전공하고
《대망》을 번역해 주신 김영수 선생님,
게이오 대학에서 일문학을 전공하고
《대망》을 번역해 주신 문호 선생님,
조지 대학에서 일문학을 전공하고
《대망》을 번역해 주신 유정 선생님,
서울대학에서 사회학을 전공하고
《대망》을 번역해 주신 추영현 선생님,
경남대학에서 불교학을 전공하고
《대망》을 번역해 주신 허문영 선생님,
숙명여대에서 미술과 일문학을 전공하고
《대망》을 번역해 주신 김인영 선생님,
선생님들의 집필 열정이 동서문화사《대망》을
국민적 애독서로 만들어주셨습니다.
깊은 감사를 올립니다.
고정일

시대의 운명
시바 료타로

　소설이라는 표현 형식의 매력은, 마요네즈를 만드는 것만큼의 법칙도 없다는 데에 있다. 소설이라는 것은 일반적으로 쓰는 사람, 혹은 읽는 사람의 마음에 들지 않는 작품이 있을 수 있으나, 그렇다고 소설이 아닌 것은 아니다.
　나는 말하자면 소설이 지니고 있는 그러한 형식이나 형태의 무정의, 비정형성에 안도감을 갖고 이 긴 작품을 쓰기 시작했다.
　늘 머릿속에 두고 있는 막연한 주제는, 일본인이란 무엇인가 하는 것이었다. 그것도 이 작품의 등장 인물들이 놓여 있는 조건에서 생각해 보고 싶었다.
　메이지유신 뒤 러일전쟁까지의 30여 년은 문화사적으로나 정신사상적으로나 긴 일본 역사 속에서 참으로 특이하다.
　이토록 낙천적인 시대는 없었다.
　또 보기에 따라서는 그렇지만도 않다. 서민들은 무거운 세금 때문에 허덕이고, 국권은 무거우면서도 민권은 가벼워, 아시오(足尾)의 광독(鑛毒) 사건이 있는가 하면 여공애사가 있고 소작 투쟁이 있어, 그러한 피해 의식에서 본다면 이토록 어두운 시대도 없을 것이다. 그러나 피해 의식으로 보는 것만이 서민의 역사는 아니다. 메이지(明治) 시대는 살기가 좋았다고 한다. 그 시대에 살았던 직공이나 농부, 교사 등 많은 사람들이 그렇게 말하는 것을 우리는 어렸을 때 들은 적이 있다.
　"눈은 내리고 메이지는 아득히 멀어져 갔네."
　이러한 나카무라 구사다오(中村草田男)의 해맑은 색채 세계가 갖는 메이지가 한편에 있다.
　유럽적인 의미에서의 '국가'가 메이지 유신으로 탄생했다. 일본 역사상 다

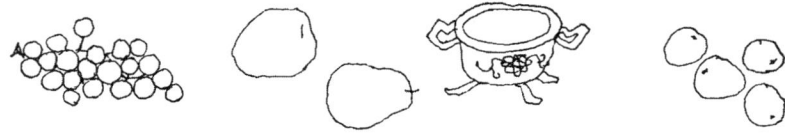

이카 개신(大化改新)이라는 관제상의 강력한 중앙 집권 국가가 설립된 한 시기가 있긴 했으나, 그 뒤 바로 일본적인 자연 형태로 돌아갔다. 일본적인 자연 형태란, 크고 작은 수많은 지방 정권의 모임이라는 형태이다. 봉건 혹은 지방 분권주의라 불러도 좋다. 유신 전의 가장 강력한 정권이었던 도쿠가와(德川) 정권도, 실질적으로 도쿠가와 가문이라는, 제후 가운데 최강의 제후에 불과했고, 그 제후들의 맹주에 지나지 않았다. 겐로쿠기(元祿期)의 아코 무사(赤穗浪士)들에게는 영주 아사노(淺野)에 대한 충의는 있어도 국가 의식 같은 것은 없었던 것이다.

그런데 유신에 의해 일본인은 처음으로 근대적인 '국가'라는 것을 가졌다. 천황은 일본적인 본질에서 변형되어 독일의 황제 같은 법제상의 성격을 갖게 되었다. 누구나가 다 '국민'이 되었다. 익숙지 않으나마 '국민'이 된 일본인들은, 일본 역사상 최초의 체험자로서 그 신선함에 매료되었다. 이 기분을 모르고는 이 단계의 역사를 모른다.

지금 생각해 보면 실로 우습기 짝이 없는 일이지만, 쌀과 명주 외에는 주요 산물이라곤 없는 이 농업 국가의 백성들이, 유럽 선진국과 똑같은 해군을 가지려 했던 것이다. 육군도 마찬가지였다. 인구 5,000밖에 안 되는 마을이 일류 프로 야구단을 가지려는 거나 마찬가지이다. 재정이 성립될 리가 없다.

그러나 그렇게 해서 어쨌든 근대 국가를 만들려는 것이 애당초 유신 성립의 큰 목적이었고, 유신 뒤의 새 국민들의 소년 같은 희망이었다. 소년들은 먹을 것도 제대로 먹지 않고 30여 년을 지냈다. 옆에서 보는 이 비참함을 그들 소년들은 스스로의 불행으로 삼았던 것인지……

메이지는 극단적인 관료 국가 시대였다. 상상하기 어려운 일이다. 사회의 어떤 계급의 어떤 집 자식이라도, 일정한 자격을 얻기 위해 필요한 기억력과 끈기만 있으면 박사도 되고 관리도 되고 군인도 교사도 될 수 있었던 시대이다. 그러한 자격 취득자가 항상 소수이기는 했으나, 누구든지 그럴 마음만 갖는다면 언제든지 될 수 있다는 점에서 권리를 가지고 있다는 풍족함이 있

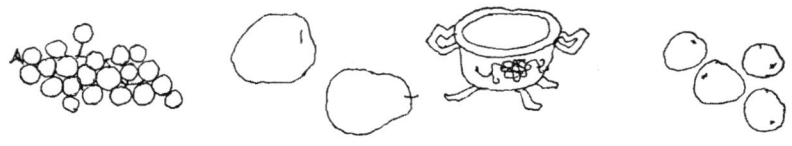

었다. 이러한 '국가'라는 개방된 기관의 고마움을 의심하는 사상가와 지식인은 아무도 없었다.

더구나 국가 생장의 첫 단계에서는 누구나 일정한 자격만 취득하면, 중요한 자리가 맡겨졌다. 과장해서 말한다면 신화에 나오는 신 같은 힘을 갖게 되어 국가의 어느 부분을 만들 수가 있었다. 신분도 분명치 않은 시민 출신이 말이다. 거기다 국가는 조그맣다.

따라서, 정부도 작으므로 여기 등장하는 육해군 역시 작다. 그 하나의 공장 같은 조그만 국가 속에서 부분 부분의 의무와 권능을 갖게 된 스태프들은 그 규모가 작기 때문에 마음껏 일했고, 그 팀을 강하게 한다는 오직 그 한 가지 목적만을 위해 나아갔을 뿐, 그 목적을 의심할 줄조차 몰랐다. 그 밝은 시대는 그러한 낙천주의에서 온 것이리라.

이 긴 이야기는, 그러한 일본 역사상 유례없는 행복한 낙천가들에 대한 이야기이다. 이윽고 그들은 러일전쟁이라는 터무니없이 큰일에 정신없이 목을 들이민다. 최종적으로는, 말하자면 이 농업 국가의 우스꽝스러운 낙천가들이, 유럽에서도 가장 오랜 대국과 대결하여 어떻게 행동했느냐 하는 것을 쓸까 한다. 낙천가들은 그러한 시대인으로서의 체질을 가지고 앞만 보고 걷는다. 올라가는 언덕 위의 푸른 하늘에서 만약 한 덩이의 흰구름이 빛나고 있다면, 그것만 바라보며 언덕을 올라갈 것이다.

시키(子規)에 대해서는 오래 전부터 관심이 있었다.

어느 해 여름, 그가 태어난 이요 마쓰야마(伊豫松山)의 옛 무사 거리를 거닐다가, 시키와 아키야마 사네유키(秋山眞之)가 소학교에서 대학 예비학교까지 같이 다닌 친구였음을 알고, 단지 시키를 좋아한 나머지 조사해 볼 생각이 들었다. 소설에 등장시킬 생각은 없었다.

그런데 조사를 해 갈수록 이상한 기분이 들었다. 이 오래 된 거리에서 태어난 아키야마 사네유키가, 러일전쟁이 벌어졌을 때 전혀 승산이 없었던 발틱함대를 궤멸시켰고, 그의 형 요시후루(好古)는 단지 생활비와 수업료가

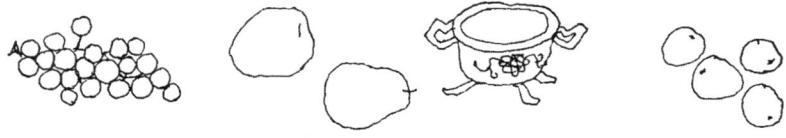

안 든다는 이유만으로 군인 학교에 들어갔다가 프랑스에서 기병 전술을 배워가지고 와 일본의 기병을 창설하고, 도저히 승산이 없는 카자크 기병 집단과 싸워 궤멸을 모면함으로써 승리의 선상에서 싸움을 유지했다.

그들은 천재라 할 것까지는 없는 사람들이며 앞에서 말했듯이 그 시대의 평균적인 일원으로서 그 시대인답게 행동했을 따름이다. 만약 이 형제가 없었다면 일본 열도는 물론 한반도까지 러시아령이 되었을지도 모른다는 과장된 상상도 성립될 수 있는 일이지만, 그들이 없으면 없는 대로 또 그 시대의 다른 평균적인 시대인이 그 자리를 메웠을 것은 사실이다.

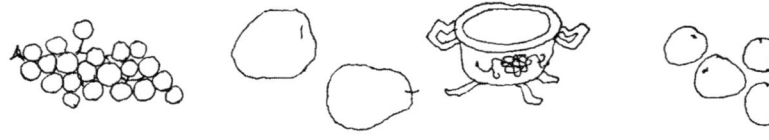

대망 34 언덕위 구름 1
차례

시대의 운명

봄은 옛이런가 …… 17
사네유키(眞之) …… 62
기병 …… 98
일곱 기인 …… 117
해군 병학교 …… 144
말 …… 177
두견새 …… 196
군함 …… 225
청일전쟁 …… 239
네기시(根岸) 시절 …… 311
위해위 …… 327

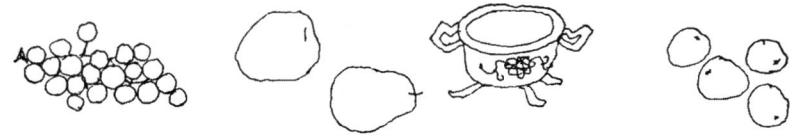

스마(須磨)의 등불 …… 344
미국행 …… 364
미서전쟁(美西戰爭) …… 391
시키암 …… 425
열강 …… 449
17일 밤 …… 501
곤노효에(權兵衛) …… 522
외교 …… 540
풍운 …… 569
개전 …… 603
포화 …… 623

봄은 옛이런가

아주 조그마한 나라가 개화기를 맞으려 하고 있었다.

그 열도 중의 한 섬이 시코쿠(四國)로 시코쿠는 사누키(讚岐), 아와(阿波), 도사(土佐), 이요(伊豫)로 나누어져 있다. 이요의 중심지는 마쓰야마(松山).

성곽은 마쓰야마 성(松山城)이라고 한다. 성 밑 거리의 인구는 무사를 포함하여 3만 명. 그 거리 중앙에 가마솥을 엎어놓은 것 같은 언덕이 소나무로 덮여 있는데, 그 소나무 사이사이로 높이 열 길이나 되는 석축이 하늘로 치솟고, 다시 세토(瀨戶) 내해의 하늘을 배경으로 3층 천수각이 어엿이 자리잡고 있다. 예부터 이 성은 시코쿠에서 가장 큰 성으로 꼽혔으나 주변의 풍경이 우아하여 석축도 망루도 그다지 위엄있게 보이지는 않았다.

이 이야기의 주인공은, 어쩌면 이 시대의 조그마한 일본이 될지도 모르지만 어쨌든 우리는 세 인물의 뒤를 쫓지 않으면 안 된다. 그 가운데 한 사람은 시인이 되었다. 하이쿠(俳句 : 5,7,5의 17음절로 이루어진 일본 고유의 짧은 시), 단카(短歌 : 5 7 5 7 7의 다섯 구로 이루어진 시)와 같은 오랜 일본의 단시 형식에 새로운 기풍을 불어넣어 그것을 중흥시킨 마사오카 시키(正岡子規)이다. 시키는 메이지(明治) 28년(1895년), 이 고향의 거리에 돌아와 이런 하이쿠를 지었다.

 봄은 옛이런가
 15만 섬 영화는
 지금 어디에

 지나치게 호사한 것이 흠일지 모르나, 시키는 그 뒤에 나온 이시카와 다쿠보쿠(石川啄木)처럼 고향에 대해 복잡한 굴절을 갖지 않고, 이요 마쓰야마의 인정이나 풍경의 느긋함을 느긋한 대로 노래하고 있는 점이 북쪽 지방과 남해 쪽인 이요의 풍토 차이라고 할 수 있을지 모른다.
 '신(信)군'이라고 불린 아키야마 신사부로 요시후루(秋山信三郎好古)는 이 마을의 보졸 아들로 태어났다. 보졸은 잡병보다 한 계급 위지만 상급 무사라고는 할 수 없다. 아키야마 집안은 대대로 열 섬 정도의 봉록을 받고 있었다. 요시후루는 안세이(安政) 6(1859)년 출생의 칠삭둥이로, 어른이 되어 거인이 된 것을 보면 조산아라는 것이 그 뒤의 성장에 지장이 없는 것인지도 모른다.
 그가 열 살 되던 해 봄에 아키야마 집안은 물론, 온 번과 성이 발칵 뒤집히는 사건이 일어났다.
 메이지 유신(明治維新)이었다.
 "도사(土佐)의 병정들이 쳐들어온다."
 이 바람에 번과 번사, 일반 서민까지 공포에 휩싸였다. 이 번의 영주는 히사마쓰(久松) 가문이었다. 도쿠가와 이에야스(德川家康)의 의붓동생이 그 조상이었으므로 300 제후 중에서도 특별 대우를 받았다. 막부 말기의 조슈(長州) 토벌 때는 막부의 명을 받고 바다를 건너가 조슈 영내에서 싸웠다.
 요컨대 이 시대의 세력 구분으로는 막부 지지파였다.
 같은 시코쿠라도 도사는 관군이었다. 도사 번은 마쓰야마 번을 점령하기 위해 북상했으나 그 수는 불과 200명 남짓이었다.
 "조정에 항복하라. 15만 냥의 배상금을 조정에 바쳐라."
 도사의 젊은 대장이 이렇게 요구하자, 번에서는 소동이 벌어졌는데 결국은 그 말에 따르기로 했다. 성과 시가지, 영토까지 도사 번이 보호령으로 한때 맡은 형식이 되었다. 성 밑 거리의 관청, 절 같은 데는 '도사 진(陣)'이라는 방이 나붙었다. 요시후루는 열 살의 어린 나이였지만 그것은 평생토록 잊을 수 없는 광경이 되었다.
"그걸 생각하면 지금도 화가 치밀어."
그는 뒷날 프랑스에서 고향에 보낸 편지 속에 이렇게 술회하고 있다.
마쓰야마는 영내의 땅이 기름진 데다 곡식이 잘 여물었고 기후가 따뜻하며, 더욱이 교외에는 도고(道後) 온천이 있어 모든 것이 느긋했으므로 사람들도 자연히 전투심이 희박하였다.
이 번은 조슈 토벌에서도 졌다. 당연히 분할 텐데도 오히려 이런 노래가 퍼졌다.

조슈 정벌에 패(敗)자하고 전(戰)자라네
고양이가 종이봉지를 뒤집어쓰고 뒷걸음질치듯

무사 집안의 아이들까지 이 노래를 불렀다.
졌다고 하면, 도바 후시미(鳥羽伏見)에서도 졌다. 번사는 바다를 건너 도망쳐 돌아왔다. 볼썽사납게 진 데다 성도 영토도 도사 번의 관리 아래 들어갔다.
'당분간 도사의 관리지'라는 팻말이 성에도 성 밑 네거리에도 세워졌다.
하기는 도사 사람이 이 마쓰야마에서 난동을 부린 사실은 없었다. 도사의 대장은 오가사와라 다다하치(小笠原唯八)라는 이름의 담백하기로 유명한 사나이로, 진주한 사졸들을 엄격히 통솔하여 마쓰야마 번사의 감정을 해치지 않으려고 애썼다.
오히려 마쓰야마 번은 이 오가사와라 다다하치 때문에 살았다. 왜냐하면 관군의 일파인 조슈 사람들이 바다를 건너 마쓰야마의 항구인 미쓰하마(三津濱)에 상륙하여 '연전의 조슈 정벌의 원수를 갚겠다'고 처음부터 이를 갈아 왔으나, 오가사와라 다다하치가 그것을 달래어 들어오지 못하게 하고 도로 바다로 내몰았던 것이다. 이때 조슈 사람들은 마쓰야마 번이 가지고 있던 가장 큰 재산인 기선을 빼앗았다.
마쓰야마 번이 난감했던 것은 그런 굴욕보다도 경제 문제였다. 배상금 15만 냥은 이 번의 재정 형편으로 보아 거의 불가능한 액수였다.
이 지불로 말미암아 번의 재정은 바닥이 나고 번사의 생활은 말이 아니었다.

　열 섬을 받는 아키야마 집안 같은 경우에는 특히 비참했다.
　이미 네 명의 아이가 있었다. 이 아이들의 양육만으로도 등골이 휠 지경인데 이 '도사 진주(土佐進駐)'의 메이지 원년(1868년) 3월에 또 사내아이가 태어났다.
　"차라리 떼버리는 게 어때."
　그 아이를 임신했을 때 호주인 헤이고로(平五郎)는 아내 사다(貞)에게 그런 말을 했다. 보통 평민 집이나 농가에선 '솎음'이란 풍습이 있다. 산파에게 부탁하면 첫 목욕을 시킬 때 물에 빠져 죽게 하는 것이다. 하지만 무사의 가정에서는 그런 습관이 없어 차마 그런 짓은 하지 못했다. 결국은 낳는데, 그 뒤처리로 차라리 절에나 갖다 주기로 했다.
　그 말을 열 살짜리 요시후루가 듣고 부모 앞에 나섰다.
　"저어, 아버지, 그건 안돼요."
　원래 이요 말씨는 일본에서도 가장 느린 말로 평판이 나 있다.
　"저 말이어요 아버지, 아기를 절간에 주는 거 저는 싫다니까요. 차차로 저 가요, 공부를 많이 해가지고 말이어요, 두부만큼 돈을 잔뜩 벌 테니까요."
　교토, 오사카 지방에서는 계집아이가 자기를 가리킬 때 '저'라고 하는데 마쓰야마에서는 무사의 아들도 그렇게 말하는 모양이었다.
　'두부만큼 돈을 잔뜩'이란 비유 역시 느릿한 마쓰야마 말씨답다. 번찰(藩札:번 안에서만 통용하던 화폐)을 차곡차곡 쌓아 두부만큼만 되게 했으면 좋겠다고 마쓰야마의 어른들은 말한다. 그것을 요시후루는 얻어 들었던 모양이다.

　구막부시대, 교육 제도라는 점에서 일본은 어쩌면 세계적인 수준이었을지 모른다. 번에 따라서는 어쩌면 다른 문명국의 수준을 넘어서고 있지 않았을까.
　이요 마쓰야마 번에는 '메이쿄 관(明敎館)'이라는 번교가 있었다.
　번사의 자제는 모두 그곳에 들어간다. 메이쿄 관에는 소학부가 부속되어 있고 '요세이 사(養成舍)'라고 불렀다. 보통 여덟 살이면 입학한다.
　신군이라고 불리던 아키야마 요시후루도 여덟 살 때 그 학교에 들어갔다.
　메이지로 연호가 바뀌고 그 4년(1871년), 마쓰야마에도 소학교가 설립되어 무사의 자제도 일반 서민의 자제도 거기 들어갔는데, 이때 요시후루는 이미 열세 살이나 먹었기 때문에 나이가 어중간하여 '그래서 들어가지 않았다'고 만년에 말하고 있다.

사실 들어가지 않은 것은 나이 때문만이 아니라 유신 뒤 무사들의 몰락으로 가세가 기울어 찢어지게 가난했기 때문이기도 했다.

이어서 메이지 7년(1874년)에 마쓰야마에 중학교가 설립되었다.

그는 여기에도 들어가지 않았다. 들어가기는 고사하고 그의 하루하루는 노동자의 그것이나 마찬가지였다.

"목간통 불을 때주고 있었지."

이것이 마쓰야마에 남아 있는 옛날이야기이다. 요시후루는 이미 열여섯 살이 되어 있었다.

살갗이 희고 눈이 유난히 큰 데다 코가 오똑한 이른바 특이한 인상으로, 마을 사람들은 '나가사키(長崎)의 양코배기 같은 얼굴이야' 하고 수군거렸다.

그 커다란 눈꼬리가 살짝 처져서 더욱 붙임성이 있었다. 입술이 계집아이처럼 붉었는데, 그런 요시후루가 거리를 지나가면 젊은 처녀들이 소리를 죽여 가며 소곤댔다.

실은 근처에 목욕탕이 생겼다. 가이다(戒田)라는 옛 번사가 자기 집 맞은편에 그와 같은 시설을 차린 것이다.

무사가 목욕탕을 냈다는 것만으로 온 마을의 이야깃거리가 되었다. 물론 절반은 나쁜 평판이었다.

"무사가 되어 갖고 남의 때나 밀어주는 직업을 갖다니."

그런데 더욱 이상한 소문이 나돌았다.

"목욕탕은 그래도 낫다. 아키야마의 도령이 목욕탕 화부(火夫)가 되었대."

하지만 이 일은 요시후루 쪽에서 부탁했던 것이다.

"좋아, 삯전은 하루에 엽전 한 닢이야."

가이다 아저씨가 말했다. 해보니 이만저만한 노동이 아니었다.

우선 땔감부터 장만하지 않으면 안 되었다. 성 밑 거리에서 동쪽으로 가면 요코야(横谷)라는 산이 있는데 거기로 나무를 하러 간다. 그리고 두레박으로 일일이 물을 퍼서 욕조를 채운다. 그 다음에 불을 때는 것이다.

그리고 입구에 앉는다.

"신군은 용해."

가이다 아저씨는 날마다 칭찬이다. 이 사람은 남을 추켜세우는 재간이 보통이 아니었다. 이웃 아이들을 추켜세우곤 부려먹기 때문에 평판이 좋지 못했고, 특히 이 신군 일에 대해서는 사람들이 욕을 하거나 가엾게 여겼다.

"신군이 가엾다니까. 고작 엽전 한 닢으로 저토록 부려먹으니 뼈가 달아 남아나겠나."

아키야마 가문의 호주인 헤이고로 하시타카(久敬)만큼 일화가 적은 인물도 드물 것이다.

"저렇게 착실한 사람도 없다."

이것이 젊었을 때의 평판이었다. 일찍부터 보졸 감찰직을 맡아 착실히 근무했고 그러다가 유신의 변동을 맞았다. 무사의 녹봉은 없어지고 그 봉환금이라는 것이 1,000엔도 못되게 지급되었다. 그 1,000엔 정도로 다른 무사들은 장사를 시작하든가 했지만 그는 '내가 뭘 한다고' 하며 아무것도 하지 않았다.

그 편이 좋았을지도 모른다. 장사에 손을 댄 사람은 거의가 실패하여 밑천마저 몽땅 날리고 집도 절도 없는 신세가 된 자마저 생겼다.

헤이고로는 그 중에서 다소 운이 좋았다고 할까. 구번 시대의 충직한 근무 태도를 인정받아 현의 학무과 하급 관리로 채용되었다. 하지만 박봉인지라 자식 많은 아키야마 집안의 생계를 그 봉급만으로는 꾸려갈 수가 없었다.

"밥만은 먹여 주마. 나머지는 자기 힘으로 해결해라."

헤이고로 하시타카는 입버릇처럼 아이들에게 그렇게 일렀다.

요시후루가 목욕탕 불을 때는 일을 하고 날마다 엽전 한 닢을 벌게 된 것도 말하자면 헤이고로의 교육 방침이었다. 그는 이 엽전으로 책을 사곤 했지만 목욕탕 화부 삯전 정도로는 학교에 갈 수가 없었다.

"학교에 보내줘요."

그는 한 번 아버지에게 이렇게 조른 적이 있다. 헤이고로는 조그만 소리로 대답했다.

"내게 돈이 있어야지."

이 아버지로서는 약간 명언 비슷한 말을 했다.

고금의 영웅 호걸은 모두 빈궁 속에서 태어났는데, 내게 능력이 없는 것도 말하자면 아이들을 위해서는 좋은 일이라는 것이었다.

학자금도 없으면서 이렇게 말하기도 한다.

"가난이 싫거들랑 공부해라."

이것이 이 시대의 유행이기도 했다. 천하는 사쓰마 조슈에게 빼앗겼지만 그래도 그 번벌정부는 만천하의 청소년을 향해 공부할 것을 권장하고 학문만 있으면 국가가 채용한다고 했다. 전국의 무사라는 무사는 모두 실직을 하고 말았지만, 새로운 벼슬길로 학문이 있다고 했다.

그것이 먹기 위한 길이었고 특히 메이지 때 적군이 되어 버린 번의 구번사로서는 그것 말고 자기를 구렁텅이에서 구출해 낼 방도가 없었다.

'나도 공부하고 싶다.'

요시후루는 늘 생각하곤 했다. 그러기에 목욕탕 화부 노릇도 하고 문간에 앉아 돈을 받거나 사람들의 옷을 지키기도 했다.

'일본에 공짜 학교 같은 건 없을까.'

그렇게 있을 턱도 없는 꿈같은 일을 생각하고 있었다. 계산대에 앉아서 책을 읽거나 생각에 빠져 있다가 가끔 거스름돈을 내주지 않아 손님들에게 책망을 들었다. 특히 여자 손님이 까다로웠다.

"아키야마의 도령은 얼굴은 귀엽게 생겼는데 머리가 좀 모자라는 모양이야."

그렇게 옷을 벗으면서 들으라는 듯이 떠드는 소리가 당연한 일이지만 귀에 들렸다.

그러다가 그는 귀가 솔깃해지는 소문을 들었다.

──오사카에 공짜로 가르치는 학교가 생겼다.

이날 요시후루는 성 밑 거리의 번화가를 걷다가 이케우치 아저씨라는 옛 번사를 만났다.

이케우치 노부오(池內信夫)라는, 아버지 헤이고로와 같은 보졸 감찰을 맡아보던 노인으로, 옛날부터 친척처럼 지내고 있는 사이였다. 말이 난 김에 말이지만 이 사람의 넷째 아들은 기요시(淸)라고 하는데, 뒤에 다카하마(高浜) 가문에 양자로 들어가 하이쿠 시인 다카하마 교시(虛子)가 된다.

"날 만나니 반갑지?"

노인은 말했다. 자기를 좀더 반가워하라는 뜻이다. 메이지 3년(1870년), 현에서는 옛 번사가 농업이나 상업으로 전직하는 것을 허락했고, 또한 거주의 자유도 허락했으며 오히려 그것을 권장했다. 이케우치는 더 이상 성 밑 거리에 있어 봤자 굶어 죽기 십상이라고 생각하고 재빨리 농부가 될 수속을 밟아 현에서 집값과 이사 비용을 받아 가지고 식구가 몽땅 부가현의 가자하야 군(風早郡) 니시노시모(西下)라는 마을로 옮겼다. 오늘은 오랜만에 마쓰야마로 나왔으니 '얼마나 반가우냐' 하는 뜻이었다.

"서서 얘기할 수는 없고."

노인은 주위를 휘둘러보았다. 선 채 이야기하는 것은 상인, 농부나 하는 짓이지 무사가 할 짓은 못된다는, 그런 구번 이래의 습관이 아직도 남아 있는 것이다. 둘러보니 잡화상 앞에 걸상이 있었다. 남의 가게 앞이지만 노인은 마음대로 걸터앉았다. 이런 점 역시 일반 서민에게 뻐기던 습관을 없애지 못한 모양이다.

"그래, 얘기 들었는가."

아저씨가 묻자 요시후루는 그대로 선 채 되물었다.

"무슨 말씀이신데요?"

"아직 모르는 모양이구먼. 오사카에 사범학교라는 것이 생겼어. 그게 말이야. 공짜 학교래."

이런 예사롭지 않은 말을 했다. 요시후루는 놀라서 되물었다.

"나도 자세히는 모르지만, 이상한 일이군. 너희 아버지 헤이고로 님은 현 학무과에 나간다면서 그걸 네게 여태 가르쳐 주시지 않았다니 어쩐 일일까? 어디 한 번 물어 보려무나."

이케우치 노인은 일어섰다.

이 말이 떨어지기가 무섭게 요시후루는 인사도 하지 않고 뛰기 시작했다. 집에 뛰어가 보니 아버지 헤이고로는 대문 옆에서 무슨 약초 비슷한 것을 심고 있었다.

"사범학교, 그거 정말이에요?"

그러자 '누가 그런 소리하던' 하는 싱거운 대답이 돌아왔다. 자초지종을 이야기하니 헤이고로는 '그래, 정말이다' 하고 겨우 말했을 뿐, 여전히 꽃삽으로 흙을 파헤치고 있었다. 정말이라면 왜 가르쳐 주지 않았느냐고 원망 비슷하게 말해 보았으나 헤이고로는 대꾸도 없다.

헤이고로의 말은, 아직 일반에게 시달되지도 않았는데 식구에게 그런 것을 일러주어서는 안 된다는 것이었다.

어쨌든 요시후루가 듣고 싶은 것은 그런 관리의 도덕이 아니라 입학에 관한 규칙이었다. 그것을 성급하게 물었더니 헤이고로가 대답했다.

"여기서는 말할 수 없으니까 내일 학무과로 나오려무나."

일반 시민과 마찬가지로 관청에 오라, 거기서 규칙을 가르쳐 주겠다는 뜻이었다. 이런 점은 아무리 보아도 구번의 관습이 몸에 밴 고지식한 벼슬아치 근성이었다.

일본에 사범학교라는 것이 처음으로 생긴 것은 메이지 5(1872)년 9월이다. 한 학교만이 도쿄에 세워졌다. 구막부의 관립학교였던 쇼헤이코(昌平黌) 안에 설치되었다.

모집할 학생은 24명으로 정해졌다. 가르치는 교사는 외국인 한 사람이었다. 교과서도 교과 내용도 모두 직역식으로 하기로 되었다. 그 규칙은 다음과 같다.

"그(외국) 레터(글자)는 우리(일본)의 가나(假名)로 고치고 그 워드(말)는 우리의 단어로 고친다."

그 입학 자격은 '보통의 한문과 일본어 책을 배운 자'로 되어 있다.

뒷날처럼 학력을 지정하지는 않았다. 학비는 소문처럼 관비였다. 한 달에 10엔이니 학생 하나쯤 살아가기에는 부족함이 없으리라.

이어서 6(1873)년과 7(1874)년에 오사카, 센다이, 나고야, 히로시마, 나가사키, 니카타(新潟)에도 위와 같은 학교가 설립되었다.

그 규칙서는 당연한 일이지만 현 학무과에 와 있었다.

요시후루는 이튿날 현청에 나갔다. 현청은 구번 시설 그대로이므로 사무실이 다다미방이었다. 볼일이 있는 민간인은 구번 관습대로 그 다다미 위에 올라가지도 못하고 현관 봉당에 서서 기다려야 한다.

"학무과의 아키야마 헤이고로 씨를."

요시후루가 사환에게 말했더니 사환이 다다미방으로 올라가 헤이고로에게 그 뜻을 전한다.

상투머리를 하고 문장이 박힌 덧옷을 걸친 헤이고로가 현관으로 나왔다. 서류 뭉치를 들고 있었다.

"무슨 용건인지는 알고 있다."

헤이고로는 서류를 펼쳐 놓고 자세히 설명하기 시작했다.

마지막으로 남을 대하듯 물었다.
"너는 몇 살이지?"
"열여섯 살입니다."
요시후루는 작은 목소리로 대답했다. 만으로는 열다섯 살이다. 그 말을 듣자 헤이고로는 갑자기 얼굴을 찡그리며 말했다.
"좀 무리로군, 나이가 모자란다."
규정은 열아홉 살 이상이라고 한다. 호적이라는 것이 아직 미비한 시절이었으므로 나이 하나쯤은 속일 수도 있겠지만 열여섯 살짜리가 열아홉 살 행세를 하기에는 얼굴 모습부터가 조금 무리였다.
"3년쯤 기다려."
'3년이나 목욕탕 화부 노릇을 하란 말인가.'
요시후루는 생각했다. 어쨌든 오사카로 가고 싶다고 말했더니 헤이고로 관리는 한 가지 방법이 있다고 가르쳐 주었다.
오사카에서 검정시험에 의한 소학교 교원 자격을 따는 방법이었다.
"거기에 합격하면 임시 교원 발령이 나고 월급 7엔을 받게 된다. 이어서 정교원 자격 시험에 합격하면 7엔을 받는다. 한동안 교원 노릇을 하다보면 열아홉 살이 될 게 아니냐. 그때 가서 사범학교에 가면 된다."
"오사카행 여비는 어떻게 되는 겁니까?"
"그거야 네가 부담해야지."
헤이고로는 씁쓸한 표정을 지었다. 아버지로서 그것을 내줄 능력이 없었다.
"그래, 여비는 어떻게 하겠느냐?"
"집에 돌아가 아버지와 상의하겠습니다. 아버지가 어떻게 해주시겠죠."
요시후루는 헤이고로를 찍어낸 듯한 얼굴로 말했다.

오사카행은 해가 바뀐 정월이 되어서야 가능했다. 메이지 8(1875)년이었다. 오사카는 배를 타고 간다.
그 무렵 내해에는 일본인 자본으로 만들어진 한 증기선이 빈번히 왕래하고 있었다. 마쓰야마의 항구는 미쓰하마에 있다.
선창도 없었다. 바로 바닷가에 작은 거룻배가 기다리고 있을 뿐이다.
"돈 잘 간수해라."

배웅 나온 어머니 사다가 말했으나, 그가 부모에게서 받은 돈은 운임 외에 겨우 3엔밖에 안 된다. 3엔으로는 오사카에 당도하여 잠자리를 정하고 식비를 치러야 하는 것을 따져 볼 때 보름 생활비가 될까말까.
　"3엔이면 돼요."
　그렇게 이 젊은이는 말했지만, 그것은 비장하다기보다 차라리 우스꽝스럽다고 할 수 있었다. 만약 소학교 교원 검정시험에 붙지 못하면 고향으로 돌아갈 여비도 없고 먹을 것도 없어 낯선 오사카에서 굶어 죽기 꼭 알맞다. 일을 하면 된다고 하지만 유신 뒤의 오사카는 계속되는 불경기로 막벌이 노동조차 일자리를 좀처럼 얻기 어렵다는 풍설이었다.
　하지만 아키야마로서는 3엔의 지출도 빠듯했으리라.
　"소학교 교원이 되면 7엔 받아요. 그때 갚을 테니까요."
　요시후루는 아버지에게 말하고 거룻배에 올라탔다. 그리고 앞바다에서 증기선으로 바꿔 탔다.
　그는 헌옷을 고친 웃옷에 하카마(일본식 치마바지) 차림이었다.
　동행자가 하나 있었다.
　구 마쓰야마 번의 유학자 아들로 곤도 겐스이(近藤元粹)라고 하는데 신군──아키야마 요시후루──보다 아홉 살 위인, 이미 어른이 된 사람이었다. 신군과 같은 목적으로 오사카에 가는 것이다.
　"곤도 형님은 얼마 갖고 가세요?"
　신군이 배 안에서 물었다.
　"30엔쯤 될까."
　스물여섯 살이 되는 곤도가 말했다.
　신군은 눈이 둥그레졌다.
　"어이쿠, 내 열 갑절일세."
　곤도는 쓴웃음을 지으며 생각했다.
　'아무리 어린 아이라도 3엔은 너무한데.'
　곤도 겐스이의 아버지는 메이슈(名州)라는 이름인데 시문으로 유명했다. 맏형은 겐슈(元修)로 신군이 태어난 해인 안세이 6(1859)년에 막부의 최고 학부인 쇼헤이코에서 배웠고, 학업을 마쳤을 때 유신이 들이닥쳤다. 번이 없어질 때까지는 번의 학교 선생으로 있었으나 번이 현이 되면서 글방을 열어 성 밑 거리의 아이들을 가르치고 있었다.

그 겐슈의 셋째 아우인 겐스이도 번에선 이름난 수재였으나 번이 없어진 지금, 뜻을 펼 자리를 잃어버리고 소학교 교원의 세계에서 길을 찾아보려는 것이었다. 곤도 겐스이는 뒤에 난슈라는 아호로 오사카에서 유코 서원이라는 학당을 일으켜 재야 한학자로 활약했다.

"온통 사쓰마 조슈 세상이니까."

겐스이는 배 안에서 연방 그 말을 되뇌는 것이었다.

"이요 사람은 학문밖에는 머리를 쳐들 길이 없다. 학문 속에까지 사쓰마 조슈가 들어올라구."

이 곤도 형님은 어엿하게 문장이 박힌 덧옷을 입고 있었다. 배를 타기 전까지는 상투를 틀어 올리고 있었으나 오사카에서는 시험을 치를 경우를 대비하여 유행인 단발로 바뀌어 있었다.

신정부가 한 일 중에서 가장 심혈을 기울인 것은 교육이었을 것이다.

오사카 부에서는 메이지 3(1870)년 12월, 선창가인 히라노 거리(平野町)에 부립 유학교를 세운 것이 그 효시이다.

"무사는 물론이거니와 농상의 아들도 입학하라."

그렇게 장려하여 책이니 종이니 붓과 먹도 관에서 대주었다. 다음해인 4(1871)년 2월에 이것을 '소학교(초등학교)'로 고치고 9월에는 또 한 학교가 생겨났다. 히가시혼간사 난바 별원(東本願寺難波別院) 안에 설치되었다. 합해서 두 개이다.

그런데 시내의 적령아는 2만 명 가량이나 되어 두 학교로는 턱도 없이 모자랐다.

"이미 양부——도쿄와 교토——에는 합계 100여 개의 소학교가 설립되었다. 3부의 하나라고 하면서 오사카 부에 겨우 두 학교라니 말도 되지 않는다."

부에서는 이것을 대량으로 만들 계획을 세웠는데 이 도시가 원래 상인의 고장이었기 때문에 소학교 교육에 대한 이해가 전반적으로 낮아서 "건달이나 만들어 낼 것이 아닌가" 하고 도리어 싫어하는 경향이 있었다. 글씨를 익히고 글을 읽을 줄 알게 되면 "하이쿠를 짓거나 시나 읊으면서 장사에는 힘을 쓰지 않게 된다"는 불평이 강했다.

"과연 그럴 우려도 있지만" 하고 부에서는 일부러 광고문까지 냈다.

"하기는 학문을 하면 꽃이니 달이니 하고 시가를 벗삼게 된다는 폐단이 없지도 않아. 부모의 걱정도 무리는 아니지만, 오늘날의 학문은 그 옛날의 학문과는 달리 지식을 넓히고 품행을 바르게 하여 성장해서 공인(工人)이 되면 좋은 물건을 발명할 것이요, 상인이 되면 장사 이치를 알아 이익을 타인에게 빼앗기지 않게 된다. 학문이란 그런 것이다."

이렇게 공리면에서 설득했다. 왜 이렇게까지 설득해야만 했는가 하면 정부에서는 학교를 대량으로 세울 돈이 없어 하는 수 없이 각 지구마다 그 건설비를 내게 하지 않을 수 없었기 때문이었다.

"반드시 고장의 번영을 가져올 것이다."

이렇게까지 역설하고 있다.

부지사는 니시요쓰쓰지 긴나리(西四辻公業)라는 공경 출신이었다. 아무튼 120개의 학교를 설립할 계획을 세워, 앞서의 두 학교를 폐교시킨 뒤 메이지 5(1872)년에는 17개 학교를 세웠다. 6(1873)년에는 크게 비약하여 46개 학교를 세웠다. 7(1874)년에는 다시 9개 학교가 탄생했다.

그런데 교사가 부족했다.

"오사카는 교사가 부족하다."

부에서는 이 사실을 전국에 널리 알렸다.

말이 났으니 말이지, 도쿠가와 시대의 특수성은 지식 계급이 도시에 있지 않고 지방에 있었다는 점이다. 각 번이 다투어 가며 번사에게 학문을 장려하였기 때문에 5, 6만 섬이 넘는 영주의 거성이 있는 도시쯤 되면 막부 말기에는 지식인의 밀집지가 되었다. 이때의 정치와 사상의 에너지가 300 제후의 도시에서 뿜어져 나왔다는 점에서 유럽의 여러 국가와 현저히 사정이 다르다.

요컨대 에도(江戶), 교토, 오사카에는 지식인이 적었다. 이 세 도시 중에서도 오사카에는 무사가 조금밖에 살고 있지 않았기 때문에 막상 소학교 문을 연다고 할 때 그 교사를 구하기가 여간 어렵지 않았다. 말하자면 구 무사를 구하게 되지 않을 수 없었을 것이다. 신군 아키야마 요시후루가 오사카로 나오게 된 것도 그와 같은 사정이 배경이 되었다.

시험은 순조로웠다.

먼저 사카이(堺) 현에서 시험을 치르고 이튿날 출두하자 현 관리가 '5등

조교를 명함'이라 쓰인 커다란 임명장을 주었다. 이 임명장만 있으면 어떤 소학교라도 임시 교원이 될 수 있는 것이었다.
 담당 관리가 차나 한 잔 들라며, 마루 끝에 찻잔을 갖다 놓고 이것저것 사정을 물어 본다.
 "나는 유신 전까지 사카이 관청의 포교로 있었네."
 그는 온화한 표정으로 자기 소개를 했다. 사카이는 구막부 시대 막부의 직할령이었다. 인접한 가와치 지방도 거의 전체가 직할령이었는데, 유신 뒤에는 이 두 막부령을 합쳐서 '사카이 현'이라고 했다. 그 현청도 맨 처음에는 구막부 관청에 두었으나 메이지 5년에 진묘 거리(神明町)의 혼간사 별원으로 옮긴 바 있다.
 "자네는 이요 출신이니 하이쿠를 하겠구먼."
 이요에는 예부터 하이쿠 시인이 많다는 것을 이 관리는 아는 모양이다.
 "저는 하지 않습니다."
 요시후루가 대답하니 관리는 안심이라는 듯이 말했다.
 "그렇다면 잘됐군. 하이쿠나 단카 같은 것은 아이들에게 가르쳐선 안 되도록 되어 있어. 읽고 쓰기, 주산, 그리고 도의만 가르치지."
 "저는 주판 놓을 줄 모르는데요."
 "그건 다른 사람이 가르치네."
 이 오사카 지방은 예부터 주산이 성행하여 그 방면의 교사는 현에서도 구하기 어렵지 않았다.
 "검술은 하는가?"
 "조금 하지요."
 "음, 그거야 괜찮겠군."
 관리는 얼굴을 들더니 '하지만 그것도 가르쳐서는 안돼. 상부 지시에 들어 있지 않으니까'라고 했다.
 관리는 변소에 가려고 일어섰다. 요시후루도 뒤가 보고 싶어 따라가니, '자네는 마당으로 가라'고 한다.
 요시후루가 왜냐고 물으니 규칙이 그렇게 되어 있다면서 관리만 윗변소를 쓰고 외래의 서민은 뒷문 곁에 있는 아랫변소를 써야만 한다는 것이다.
 일을 치르고 복도로 돌아오자니 맞은쪽에서 수염을 보기 좋게 기른, 문장이 든 옷을 입은 사나이가 온다. 복도에 있던 사람들은 모두 걸음을 멈추고 숨을 죽여 가며 꿇어 엎드리기까지는 하지 않았으나, 그것에 거의 가까울 정도로 허리를 굽혀 절을 했는데, 요시후루는 영문도 모르고 멍하니 서 있었다. 그 수염의 사나이가 다가와서 허물없이 말을 걸었다.

"자넨 누군가?"

요시후루가, 이번에 소학교 교원이 된 자입니다, 라고 대답하니 아, 그래, 잘 부탁하겠네, 라고 큰 소리로 말하며 가버렸다. 나중에 사람들에게 물으니 '지사님이야'라는 대답이었다.

구 사쓰마 번사인 사이쇼 아쓰시(稅所篤)로, 막부시대에는 근왕 운동을 하느라고 동분서주했으며, 한때는 사이고(西鄕), 오쿠보(大久保) 등과 같은 거물이었다. 요시후루가 지금 한창 기세를 떨치는 사쓰마 조슈 사람을 본 최초의 경험이었다.

아키야마 요시후루는 가와치(河內) 45번 소학교라는 곳에 부임하게 되었다. 그런데 곧이어 정교원 검정시험이 오사카 부청에서 있다고 하여 가서 응시했더니 이것도 간단히 합격해 버렸다.

월급이 2엔이 올라 9엔이 되었다.

'이건, 거저먹기잖아.'

요시후루는 차차로 의문을 품게 되었다. 겨우 나이 열일곱 살의 학력이니 자기의 힘이 대단한 것이 아니라는 것은 잘 알고 있었다. 그런데 이렇게 간단하게 정교원이 된 것이다.

'오사카에는 생판 무식꾼만 사는 모양이지.'

그렇게 생각했다. 시험 성적은 요시후루가 수석이었다.

"자네, 썩 잘했어."

부의 학무과 관리가 말했다. 이 관리는 시내의 신사에서 신관 노릇을 했다는 커다란 얼굴의 사나이로, 필요도 없는 훈계를 하며 위엄을 보였다.

"학력이 있다고 자만해서는 안돼."

요시후루로서는 별반 자만하지도 않았으므로 구번 무사의 말씨로 항변했다.

"그건 당치도 않은 말씀이오."

별반 자만할 것도 없으며, 아니 자만은커녕 자기 정도의 학력으로 수석이라니 오히려 한심스럽다, 안타까운 마음이 든다고 하니 관리는 발끈해서 큰 소리로 외쳤다.

"다른 사람이 시원찮다는 말인가!"

요시후루는 그런 뜻이 아니라고 하며 말했다.

"우리 고장에는 나 정도의 사람은 비로 쓸 만큼 있소."

거짓 없는 감정이었다. 마쓰야마의 미꾸라지가 오사카에서는 잉어로 통한다면 아무래도 마음이 편치 못하다고까지 말했다. 원래 입이 무거운 사나이가 이런 말을 한 것은 '마쓰야마의 무사가 가엾다'고 생각했기 때문이었다.

보졸들이 사는 거리 하나만 놓고 생각하더라도, 자치통감이라는 책을 줄줄이 암송하는 사람도 있고 맹자 연구에 있어서는 번의 유학자도 고개를 숙인다는 사람도 있다. 이들이 모조리 몰락하여 그날의 끼니조차 이을 길이 없는데 자기 따위가 이런 희한한 꼴을 보다니, 하고 이 소년은 생각하는 것이다.

정교원이 되었기 때문에 근무 학교가 바뀌었다. 이번에는 시내에 있는 노다(野田) 소학교였다. 관리는 그렇게 일러준 다음 또다시 하지 않아도 좋을 참견을 한다.

"월급 2엔이 오르니 그 2원으로 중고품 옷을 사게."

헌옷을 사 입으라는 것이다. 관리는 요시후루의 차림새가 허술한 것을 보다못해 한 말이겠지만 요시후루로서는 그 2엔의 승급에 대해서는 이미 쓸데가 있었다. 그것에 1엔을 보태어 3엔을 만들어 고향의 아버지에게서 얻어 쓴 여비를 갚아야 한다. 살림을 맡고 있는 어머니는 그것을 기다리고 있을 테지.

요시후루는 부청을 나오자 바로 신임지인 노다로 가려고 했다. 노다는 오사카의 서쪽 변두리에 있어서 엄밀하게 따지면 시내가 아니다.

강가에서 뱃사람에게 길을 물어보았다.

"노다라구요? 한 10리는 좋이 됩죠."

그렇게 말하며 배를 타라고 권하는 것이었으나 돈이 드는 일은 만사 질색이었다. 어쨌든 시내를 가로질러 걷기로 했다.

노다에 다다랐을 때는 벌써 저물녘이 되었다. 절이 있었다.

'노다 소학교'라는 간판이 붙어 있는 곳으로 들어가니 절 머슴 같은 늙은이가 나왔다.

"아아, 선생이시군."

벌써 신임 선생이 온다는 것을 알고 있는 모양인지 앞장서서 절 본당에 안내해 주었다. 물론 아이들은 없고 불단이 하나 있는데 나머지는 을씨년스럽게 다다미가 서른 장쯤 깔려 있을 뿐이었다.

"선생님, 숙소는?"

"아직 정하지 않았는데."

그렇게 말하면서 밖으로 나왔다. 거기 종루가 있는데 성채의 망루처럼 높았으므로 요시후루는 올라가 보았다.

창문으로 내다보니 덴포 산(天保山) 방향으로 아득하게 전원이 펼쳐져 있었다. 동으로 큰 강이 흐르고 그 강 건너편이 오사카 시가지이다.

저녁 안개가 자욱한 속에 밥 짓는 연기가 피어오르고 배도 고팠기 때문에 '엄청난 데 왔는걸' 하는 느낌이 으스스 밀려들었다.

내려가니 절 머슴이 아직도 있었다.

"어떡헐 거요?"

그는 벌써 스스럼없는 말투가 되어 있었다.

"하숙 말이우. 괜찮으면 우리 집에 있어 보지 않으실라우?"

그렇게 말하며 요시후루의 짐을 든다. 마치 여관집 손님을 끄는 식이다.

절 머슴은 절간 행랑채에 살고 있었다. 방이 둘인데 '방 하나를 선생님이 쓰라'고 한다. 하숙비는 세 끼 먹고 5엔으로 한다는 것이었다.

요시후루는 부 학무과에서 하숙 건은 학교 후원회에서 주선한다는 이야기를 들었다.

학교 후원회란 시내라면 그 거리의 유지, 마을이라면 군 직원과 같은 그 고장 유력자가 소임을 맡고 있으므로, 선생님의 하숙은 자연히 부잣집 사랑채쯤을 제공한다고 할 터이니 절 머슴의 행랑은 얻지 않아도 되었다. 하지만 사나이는 여간 끈덕지지 않았다.

"5엔이 비싸다면 3엔으로 합시다."

그렇게 자진해서 값을 내렸다.

"어떠우?"

"내가 좀 시장한데. 지금 밥 먹을 수 있소?"

생각 없이 그렇게 뱉은 한 마디가 이 행랑을 하숙으로 정하지 않을 수 없는 불운의 계기가 되었다.

저녁 밥상에 정어리가 올랐다.

정어리는 오사카 정어리가 최고라고 사나이는 말했으나 이요의 정어리를 먹어 버릇한 요시후루의 혀에는 아무래도 너무 기름진 듯했다.

"맛있지라우."

절 머슴은 칭찬을 강요했다.

"그렇구먼."

요시후루는 무사 집안이면 어디나 다 그렇듯이 음식 맛이 좋다든가 나쁘다든가 하는 말을 해서는 안 된다고 배워 왔다. 게다가 맛을 따질 수 없을 정도로 허기져 있었다.

밥시중은 절 머슴의 딸이 해 주었다. 양미간이 엄청나게 넓고 마음이 순해 보이는 얼굴인데 웃으면 송곳니 두 개가 곡옥 같은 모양으로 드러나 그것이 야릇한 애교를 풍겼다.

절 머슴은 여전히 정어리 타령이었다.

"이건 지누 바다(오사카 만)의 정어리라고 해서 말이지, 시골에서 잡는 정어리하고는 비교도 안 된다니까."

정어리에 도시와 시골의 구별은 없을 텐데, 하고 생각했으나 잠자코 있었다.

"이건 오상이라고 합지요."

"정어리 말이오?"

"아니 딸아이 말이오. 귀여워해 주시구려. 착한 아이라오."

이윽고 방과 침구가 주어졌는데, 아무래도 추워서 요시후루는 옷도 벗지 않고 이불을 덮었다. 절간에서 쓰는 향 냄새가 났다.

"어머, 그렇게 입은 채······."

딸이 잠옷을 갖고 들어와서 요시후루를 일으키려고 했다. 머슴도 그 여편네도 들어와서 옷만은 벗으라고 한다. 이불을 막무가내로 벗길 기세였다.

'욕심사나운 줄로만 알았더니 그런 대로 친절한 데도 있군.'

그렇게 생각했으나 지나친 간섭은 정말 귀찮았다.

간섭하기를 좋아한다기보다 인간에 대한 관심이 지나치게 강하다는 편이 옳다고 할까. 절 머슴은 이불 위로 들여다보며 '이렇게 위에서 내려다보니까 괜찮게 생긴 상이구먼' 하고 한정도 없이 이야기를 늘어놓기 시작했다.

귀가 큼지막하니 돈은 모일 테고, 미장이 노릇을 하면 곧 우두머리가 될

코라는 둥, 살갗이 되게 희다는 둥 말이 많다.
"그건 그렇고 어떻게 옷을 입고 주무시려고 그러시우, 벗으시오."
그러고는 제 방으로 돌아갔다. 요시후루는 아무것에도 구애받지 않는다는 점으로는 거의 기인에 가까워 입은 채 잠자는 일 쯤은 예사로 안다. 그런데 지금은 이 영감의 성화에 견디다 못해 '알았소' 하고 벌떡 일어나 훌렁훌렁 옷을 벗고 속옷도 벗은 다음 벗은 김에 훈도시(일본의 옛 남자 속옷)까지 풀어버린 알몸이 되었다.
이렇게 나오는 데는 영감도 당황한 모양이었다. 딸도 소리를 지르며 도망가 버렸다. 아무렇지도 않게 그 모양을 바라보고 있는 것은 영감의 마누라뿐이었다. 마누라는 잠옷을 들고 천천히 일어서더니 요시후루 앞으로 다가왔다.
앞에서 뒤로 돌아갔다. 살며시 잠옷을 걸쳐 주는 솜씨가 어쩐지 섬뜩하여 '이거 내빼야겠는걸.'
요시후루는 단단히 결심했다.

아키야마 요시후루에게 이 시기의 청춘은 반드시 밝기만 한 것은 아니었다.
오히려 음울했다.
"자네가 신임 교사인가?"
이튿날 아침에 학교에 나타난 교장이 본당 옆의 작은 방에서 요시후루에게 말했다.
"내가 교장인 히라이와 마타고로(平岩又五郞)일세."
막부시대에 오사카 선창가 어딘가에서 사숙을 열고 있던 무사 출신의 도학자라는 말을 요시후루도 듣고 있었다. 도학자란 도덕을 쉽게 풀이하여 서민 생활에 맞도록 처세의 길을 가르치는 유학도인데 구막부시대의 오사카에는 이 학문의 선생이 많았다.
유신이 되자 히라이와는 장인이 조슈 시모노세키(下關) 출신이었으므로 그것을 연줄로 조슈 사람과 접촉하고, 곧이어 소학교 제도가 실시되면서 이 노다 소학교의 교장이 되었다.
"아동에게는 근왕 사상을 가르쳐야 해."
히라이와는 이 유행 사상에 대해 열변을 토하기 시작했다.

"유신이 되었는데도 이 근처에 사는 무리들은 천황이 얼마나 존엄한 존재인지 모르고 있네. 그것을 가르치지 않으면 안 돼."

요시후루는 잠자코 듣고 있었다.

"자네라면 어떻게 가르치겠는가?"

요시후루는 커다란 눈을 치떴다.

"아직은 생각하고 있지 않습니다."

"그래서는 곤란해. 자네도 정일품 이나리 다이묘진이라는 걸 알고 있겠지. 가을 축제 같은 때 북을 두들겨 흥을 돋구는 정일품 이나리 다이묘진 말이야."

"정일품 이나리 다이묘진(正一品稻荷大明神)요?"

"그렇지, 이나리(稻荷)라는 것은 상업의 번영을 관장하는 신인데, 이 고장은 상인이 많은 거리이므로 크게 숭앙하고 있네. 그 이나리 다이묘진의 관위는 정일품이야. 그건 어린 아이들도 다 알고 있지."

'도대체 뭘 말하려는 건가?'

요시후루는 생각했다.

"그 신의 관위를 누가 내려주시는가?"

"천황님이십니다."

요시후루는 대답했다. 옛날부터 살아 있는 인간이나 역사상의 인물, 나아가 신에 이르기까지 관위를 내리는 것은 천황으로 되어 있다. 이요 마쓰야마의 영주는 종사품. 이와 같은 관위는 구막부시대에는 막부의 손을 거쳐 조정에서 내려주는 것으로 되어 있었다.

"그렇지, 천황님이시네. 이나리 다이묘진 같은 높은 신도 천황님이 관위를 내려주셨기 때문에 존엄한 것이네. 천황님이 얼마나 고귀하신가에 대해서는 그렇게 가르치면 돼."

'과연, 이것이 도학이군.'

요시후루는 말로만 듣던 오사카의 서민 학문이라는 것을 안 것 같은 마음이 들었다.

"자네는 적군(賊軍)의 번이야."

교장은 느닷없이 말했다. 요시후루는 놀라서 적군이 아니다, 항복하여 도사 번의 위임 통치 아래 들어간 번이니 적군이 아니다, 라고 항변하니 '비슷한 것이 아니냐'고 교장은 말했다.

"그러니까 각별히 이 천황님에 대해 유의해 주지 않으면 곤란하네."
 그것으로 훈시가 끝났다. 이 학교는 교장 외에 교사가 요시후루 하나밖에 없었으므로 당장 이날부터 수업을 하게 되었다.

"그 어떤 말할 수 없는 서글픔이 있었다."
 아키야마 요시후루는 만년에 이 시절을 회상하며 몇 마디 술회하고 있다. 청춘이라는 것은 항상 음울한 것인지도 모른다.
 이야기 상대라고는 교장과 절 머슴뿐이었다. 요시후루는 처음에 교장을 불렀다. 그러나 그는 교장 선생님으로 부르기를 강요했다.
"무례하군. 왜 나를 교장 선생님이라고 부르지 않는가."
 요시후루는 속으로 그런 어리석은 짓이 어디 있어, 라고 생각했다. 스승도 아닌 자를 선생이라고 부를 필요가 있을까.
"꼭 그렇게 불러야 하는 건가요?"
 요시후루는 어정쩡한 마쓰야마 사투리로 말했다. 교장은 불쾌한 낯빛으로 고개를 끄덕이며 말했다.
"당연한 것 아닌가."
 그런 뒤로 교장 선생이라고 부르기로 했는데 교장이 어느 날 물었다.
"묻겠는데 자네는 무슨 뜻으로 교장 선생이라고 부르는가? 어떤 글자를 쓰나."
 그래서 '校長(고초) 先生'이라고 쓰니, 아니야, 하며 크게 고개를 가로저었다. 그리고는 흑판에 네 글자를 썼다.
 '紅鳥(고초) 선생'
 무슨 생각으로 이런 말을 늘어놓기 시작하는 것인지 요시후루로서는 도무지 알 수가 없었으나, 어쨌든 그것이 자기의 아호이니 아호로 부르는 것이 예절에 맞다, '그렇게 알고 있으라'는 것이었다.
 '그 따위 예절이 어디 있담.'
 그렇게 생각했지만 하기는 음이 같으니까 그 뒤로는 고초(校長)를 고초(紅鳥)로 생각하면서 부르기로 했다. 그러고 보니 교장은 어딘가 새와 비슷한 얼굴이기도 했다.
 교장은 이상한 데가 있었다. 다른 사람에게도 이렇게 요시후루를 소개했다.

"이 사람은 내 문하생이오."
어느 때 요시후루가 견디다 못해 항의했다.
"자네는 그러니까 틀렸어."
문하생이라는 것이다. 소학교라는 것은 일본식으로 하면 서당이다. 서당의 훈장은 오직 한사람뿐이고 다른 선생은 훈장 대리를 하는 대리 교원이니 문하생임에 틀림없다는 것이었다.
'원, 별소릴 다 듣겠네'라 생각하며 요시후루는 한 마디 해 주었다.
"공립 소학교는 그런 것이 아닙니다. 혹시 조슈가 그렇게 정했나요?"
요시후루는 덕이 있는 사람으로 이런 비양하는 말은 하지 않는 사람이었는데 이 점 나이가 어리다고 할밖에.
그는 한 마디 더 하고 말았다.
"조슈가 정부를 사물시하고 교장이 공립 학교를 사물시하면 일본은 어떻게 되어 갈까요?"
"자네는……."
교장은 오른손의 부채를 번쩍 쳐들어 자기의 왼손바닥을 세게 쳤다.
"난신적자(亂臣賊子)다!"
요시후루는 집어치워 버릴까 하고 생각했으나 고향을 떠나올 때 아버지가 하신 말씀을 생각했다.
"세상에는 별별 인간이 다 있다. 웃고 뱃속에 넣어둘 수밖에 없다."
뱃속에 넣어둘 마음은 없었으나 기인으로 생각하고 멀리하기로 작정했다.

요시후루는 결국 방향을 바꾸었다.
무리를 해서라도 사범학교에 들어가자고 마음먹은 것이다. 무리라는 것은 나이이다. 열아홉 살이라는 것이 국가가 규정한 사범학교의 입학 자격이었는데 요시후루는 두 살 모자란다. 하지만 호적이 아직 미비하여 관청에서는 본인의 신고를 신용하는 태도를 취하고 있었다.
'괜찮겠지' 하며 원서를 써가지고 생년란에는 안세이 4(1857)년생이라고 했다. 사실은 안세이 6(1859)년 생이었다.
4월에 시험을 쳤다. 학력 시험은 한문뿐이었다. 구두시험 때 시험관이 '자네는 무슨 띠였더라?' 하고 물었다. '양띠올시다'라고 대답하니 시험관이 웃었다. 원서대로 안세이 4(1857)년이면 뱀띠일 것이다. 시험관은 이 수험생이 나이를 속인다는 것을 눈치챈 모양이었으나 묵인해 주었다.

합격하여 5월에 입학했다. 이요 마쓰야마에서 오사카로 나온 것이 1월이었으니 입학하기까지 교사 노릇을 한 것은 겨우 넉 달밖에 되지 않는다.

이 시기에는 사범학교가 설립된 시일이 짧아 제도도 내용도 한심스러운 것이었다. 이런 학교가 오사카에 맨 처음 생긴 것은 2년 전인 메이지 6(1873)년인데 장소는 히가시 구(東區) 호엔자카 거리(法圓坂町)였다. 호엔자카 거리는 오사카 성(大坂城) 근처로 구막부시대의 관청가이다. 그 관청의 하나를 이용해서 발족했다. 그런데 다음 해에 일단 폐지되고 관립에서 부립으로 바뀌었다. 장소도 흔히 '불당'이라고 불리는 미나미히사타로 거리(南久太郎町) 5가에 있는 히가시혼간사(東本願寺) 별원 경내로 옮겼다.

요시후루가 입학한 것은 여기다. 이색적인 것은(초창기이므로 할 수 없겠지만) '연중 학생 모집'이라고 되어 있는 것이다. 지원자가 그 문을 두드리기만 하면 수시로 시험을 실시하게 되어 있다. 더욱 색다른 것은 수업 연한이 일정치 않은 일이다. 학생의 실력이 부족하면 날짜를 많이 잡아 천천히 가르치고 반대로 교사가 필요로 하는 학력을 갖춘 자는 1년 정도로 졸업할 수 있는 것이다. 요시후루도 입학 시험 때 시험관이 물었다.

"자네는 이 학교에 몇 년이나 있겠는가?"

요시후루는 즉석에서 대답했다.

"1년."

요시후루로서는 빨리 학교를 졸업하고 봉급을 받고 싶었다. 봉급을 받고 그것을 모아 다시 도쿄의 대학 예비학교에 들어가는 것이 은근한 희망이었다.

"좋겠지."

시험관은 말했다. '단, 재학 중에 열심히 공부하지 않으면 2년이든 3년이든 붙잡아 둔다'고 덧붙였다.

수업이 시작되었다. 요시후루는 시키는 대로 공부했으나 성적은 그다지 좋지 않아 언제나 중간 정도였다.

그래도 1년 만에 졸업할 수 있었다.

'3등 훈도'라는 사령장을 받으니 봉급이 단번에 30엔으로 올랐다.

이 아키야마 요시후루라는 젊은이는 뒤에 군인이 되어 일본 기병을 육성하고 러일전쟁 때 세계에서 가장 약체라고 낙인찍힌 일본의 기병단을 인솔하여 세계 최강의 기병으로 알려진 카자크 사단을 격파하는 기적을 낳았다.

그 승리는 러일 양국의 기병 일 대 일의 실력 차이에 의한 것은 아니었으리라. 요컨대 요시후루의 용병과 그의 카자크 전술 연구의 승리였다고 할 수 있는데, 그와 같은 일을 여러 가지 종합하여 생각하면 이 아키야마 요시후루가 아닌 다른 사람이 일본 기병을 지휘했더라면 어떤 결과가 나왔을지 아무도 모를 일이다.

"아키야마 요시후루의 생애의 의미는 만주 벌판에서 세계 최강의 기병단을 무찔렀다는 오직 그 한 가지만으로 충분하다."

전후에 지바(千葉) 기병학교를 참관하러 온 한 프랑스 군인이 한 말이다.

그런데 이 열여덟 살짜리 젊은이에게는 군인이 되고자 하는 의식이 전혀 없었고, 혹시 있었다 하더라도 번벌에 속하지 않은 청년이 그런 세계에 들어갈 수 있으리라고는 세상의 상식으로서도 좀체 믿어지지 않았을 것이다.

그 당시의 요시후루로서는 오직 먹는 일만 생각하고 있을 뿐이었다. 무사가 몰락한 오늘날, 이요 마쓰야마의 구번 무사의 셋째 아들로서는 어떻게 세상을 살아야 남과 같이 먹느냐 하는 것만이 관심사였다. 이 점, 요시후루는 같은 처지의 무사의 자제와 다를 바 없었다.

여하튼 관비로 사범학교는 나왔다. 사범학교 출신이라고 하면 메이지 8(1875)년에는 그 당시 온 일본을 통틀어 손꼽을 정도밖에 되지 않아 거의가 졸업하자 바로 교장이 되어 각 소학교에 배치되었다.

요시후루는 우선 일찍이 근무한 적이 있는 노다 소학교의 교장 선생을 찾아가 인사를 드렸다.

"자네가 설마."

이 학교의 교장이 되어 오는 것은 아니겠지——하고 교장은 먼저 소리를 지르며 공포를 표시했다. 히라이와 같은 자는, 말하자면 소학교 초창기의 혼란을 틈타 그 자리를 얻은 것에 지나지 않으며 정부에서는 이런 종류의 무자격자는 점차 평교사로 떨어뜨리고 사범학교 출신자를 교장직에 앉힐 방침이었다.

"아닙니다. 나는 나이가 모자라서요."

"열여덟이지."

교장은 안심했다는 표정을 지었다.

"그래 임지는 어딘가?"

"아이치 현(愛知縣) 나고야 사범학교에 부속 소학교가 새로 생겨서 그리로 갑니다."

"봉급은?"

한 달 30엔이었다.

이 말에 교장은 놀라 자빠지지 않을 수 없었다. 고초도 겨우 19엔이 아닌가.

말이 났으니 말이지만——앞으로 이 소설에 등장할 마사오카 시키가 이 시기보다 훨씬 뒤인 메이지 25(1892)년, 스물여섯 살로 니혼 신문사에 입사했을 때의 월급이 15엔이었다.

"두부만큼 돈을 벌어 줄 테니까."

'신군'으로 불리던 열 살 때에 아버지에게 한 말이 8년 뒤에 실현된 것이다. '신군'은 나고야를 향해 떠났다.

나고야에는 와쿠 쇼신(和久正辰)이라는 동향 선배가 있다는 것을 요시후루는 알고 있었다.

'친절한 사람이지.'

요시후루는 소박하게 생각하고 있었다. 요시후루가 오사카의 사범학교에 다닐 때 무슨 명부에서 보고 요시후루가 마쓰야마 출신이라는 것을 알았던 모양으로, '나고야에 오지 않겠는가' 하고 편지를 주었던 것이다.

와쿠 쇼신의 편지는 청년 지사의 연설과 같이 과격하여 사쓰마 조슈 번벌이 천하를 독점해 버린 것에 분개하고 그와 대조적으로 이요 마쓰야마 번이 부진한 것을 한탄하면서 앞으로는 젊은이에게 기대를 걸어볼 수밖에 없다고 한 뒤, '나는 아이치 현의 교육계에 있다. 일하는 여가에 전국 다섯 개 사범학교 재학생의 출신 현을 조사했던 바 뜻밖에도 마쓰야마 사람이 오사카 사범학교에 있다는 것을 알고 구번을 위해 마음 든든하게 생각했다. 그리하여 이 편지를 보내는 것이다'라고 씌어 있었다.

'훌륭한 일이다'고 요시후루는 생각했다.

어른들의 번에 대한 강한 의식이 그렇다는 말이다. 요시후루는 열 살의 어린 나이에 메이지 유신을 맞았으므로 그때 번이 도사 번에 점령당하여 분해하던 마음은 아련한 추억으로밖에 남지 않았다. 그 뒤 성장하여 세상에 눈을 돌렸을 때는 벌써 이 새로운 시대에 아무런 저항도 없이 온 몸이 젖어들어 있었다.

공부하면 밥을 먹을 수 있게 된다는 이 시대의 특징을 의심 없이 받아들이고, 그것만을 희망으로 삼고 오사카로 나온 것이다. 지금 그것이 실현되어 30엔이나 되는 높은 봉급을 보장받으며 나고야로 부임하는 것이다.

그런데 요시후루보다 한 세대나 두 세대 위인 사람들은 모든 의식이 '번'에서 출발하고 있어, 자기 번의 미약함을 생각할 때 사쓰마 조슈가 저주스러운 반면 자기 번의 부진이 한스러워 얘기가 거기에 이르면 물불을 가리지 못할 정도로 흥분하는 모양이었다. 이 열기와 경쟁 의식이 말하자면 이 시대의 에너지의 하나가 되어 여러 가지로 형태를 바꿔 가면서 세상을 달구고 있는 것이리라.

나고야에 닿았다.

현립 사범학교가 어디 있습니까? 하고 물으니 의학교와 더불어 나고야에서는 최고 학부인 만큼 곧 알 수 있었다. 그 부속 소학교가 요시후루의 새 직장이고 그 학교의 주사가 구 마쓰야마의 번사 와쿠 쇼신인 것이다.

주사실로 들어가니 그가 일어나서 맞아주었다.

"잘 왔네."

그리고 찬술을 찻잔에 가득히 따라주었다.

"목이 마르지?"

요시후루는 허리를 굽혀 인사하고 찻잔을 두 손으로 받치며 마셨다. 마시는 중에 아무래도 술인 모양이라고 짐작은 했으나 목구멍이 말을 듣지 않고 마구 삼켜 버렸다. 이 얌전한 청년은 이제껏 술을 마신 일이 없어 이것이 첫 경험이었으나 술이라는 것이 꽤나 체질에 맞았던 모양인지 소리를 지르고 싶을 정도로 입맛이 당겼다.

쇼신은 나이가 서른 전인 듯 보였다. 가끔 도쿄 말을 쓴다.

그것은 메이지 2(1869)년, 번령(藩命)으로 도쿄에 올라가 게이오 의숙(慶應義塾)에서 후쿠자와 유키치(福澤諭吉)의 가르침을 받은 것과 무관하지 않다.

미쓰야마에서는 수재라는 소리를 들었을 사나이가 고작 사범학교의 부속 소학교 주사라니, 이것도 다 적군으로 몰린 마쓰야마 번 출신이기 때문일 것이다.

"그래도 나는 나은 편이네."

와쿠 쇼신이 말했다. '관직에 오를 수 있었으니까'라고 한다.

"모두 다 비참해."

그러므로 후진을 이끌어 줄 의무가 자기에게는 있다는 것이다. 살짝 곰보지만 맑은 얼굴이었다. 이마가 사뭇 노랗게 벗겨져 유난히 정기 있게 보이고 곱슬머리가 뒷머리에 남아 있다.

"자넨 얌전해보이는구먼."

쇼신은 조금 취한 듯하다.

"글쎄요, 얌전한 편이지요."

"안 되지."

쇼신의 말을 빌리면 교육자는 조금 난폭한 편이 좋단다. '투명한 난폭성이 필요하다'는 것이다.

"아이들은 정기 덩어리니까."

그 정기에 뒤지지 않는 정기로 부딪쳐 가지 않으면 이쪽의 혼이 아이들에게 먹혀들지 않는다. 교육이라는 것은 씨름과 비슷한 거라고 쇼신은 말했다.

"씨름할 힘은 있습니다."

"완력을 말하는 게 아니네."

쇼신은 점점 취해 갔다.

"사쓰마 조슈의 자제는 말이지"

쇼신은 계속 말을 이어간다. 사쓰마 조슈의 젊은 수재들은 모두 관계(官界)에 들어가려고 한다. 아니면 육해군에 들어가고자 한다. 영달을 기다리고 있을 것이다.

"그런데 적군은 그렇게는 안돼."

쇼신이 이번에 전국에 생긴 일곱 개 사범학교 재학생의 출신 번을 살펴보니 거의가 구막부시대에 적군으로 싸운 번이거나, 유신 때 아무런 공도 세우지 못했던 소번의 자제뿐이었다는 것이다. 그와같은 천하의 가난뱅이 무사의 자제들이 동경하는 대상이 사범학교 관비학생이었다.

"일본의 정치와 군사는 사쓰마 조슈가 하고 교육은 우리들 비번벌인(非藩閥人)이 한다."

"상인과 농민의 자제는 어떻습니까?"

"그들은 말이야."

에도 시대를 통하여 이들 서민에게는 원칙적으로 교육의 기회가 주어지지 않았기 때문에 무학자가 많고 사회 의식이 낮으며 서민이면서도 아직 국민으로서의 자각도 의식도 없었다.

"그들을 교육하는 것이 우리 비번벌인의 일이네."

와쿠는 친절했다. 하숙도 미리 마련해두고 거기까지 데려다 주었다.

커다란 무사 저택이었다.

"이 댁 주인은 세상이 여느 때처럼 태평세대라면 도쿠가와 세 집안 중의 오와리(尾張) 가문 출신이라 지체가 높았을 신분이네."

쇼신은 대문 앞에서 설명해 줬다.

요시후루는 날마다 거기서 통근하게 되었다.

해가 바뀌어 메이지 10(1877)년이 되었다.

──귀가 솔깃해질 이야기가 있었다.

와쿠 쇼신이 운을 뗀 것은 이 무렵이었다.

"어때, 이따 저녁에라도 우리 집에 오지 않겠나?"

와쿠 쇼신은 수업을 마치고 휴게실로 돌아온 요시후루에게 말했다.

"술을 주지."

그 말에 그만 저절로 목젖이 움직인 것을 요시후루는 부끄럽게 여겼다. 다행히 와쿠 쇼신은 눈치채지 못하고, 기다리고 있을 테니 얼른 오라고 큰 소리로 말하면서 나가 버렸다.

──이 천치야.

요시후루는 제 머리를 쥐어박았다. 인간의 탈을 쓴 것이, 남의 말에 생리적으로 반응하다니 수치스러운 일이 아닌가.

'아무래도 이요 인간은 물렁해'라는 사람들의 평을 듣는다.

사쓰마 조슈놈들에게 대항하려면 여간 힘들어서 인간을 개조하지 않으면 안 되겠다고 요시후루는 요즘 늘 생각하고 있었다. 하긴 다행인지 불행인지 요시후루는 아직 그들과 경쟁하는 마당에 서 본 일은 없지만.

저녁 때 하숙집을 나왔다.

춥다. 초라한 무명 하오리를 입고 있었다. 하오리는 어른이 된 표시와 같은 것이어서 헌옷을 하나 샀는데, 안이 상당히 낡았던 모양으로 사흘 입으니까 너덜너덜 찢어지기 시작했다.

요시후루에게는 돈이 없었다.

아니 있기는 있다. 뭐니 뭐니 해도 월급이 30엔이니 그만큼이면 7, 8엔으로 현관 달린 독채 셋집을 얻고 만일 식구가 생기더라도 넉넉히 부양할 수 있었다. 그런데 요시후루는 하숙비와 책값을 빼고 매달 마쓰야마에 얼마씩 보낸 다음 나머지는 하숙집 아주머니에게 맡겨두고 있었다. 모았다가 장차 학자금으로 쓸 작정이었다.

와쿠 쇼신의 집으로 가니 현관까지 부인이 마중을 나와 벗은 신발까지 가지런히 돌려 놓았다.

옛날 같으면 요시후루는 깜짝 놀라 황송해야 할 처지이다. 왜냐하면 부인의 친정은 보졸의 조장으로 200섬의 봉록을 받은 가문이다. 아키야마 가문으로서는 조상 대대로 받들어야 할 상전인 것이다.

"신발은 제가 놓겠습니다."

요시후루가 굼뜬 동작으로 손을 내밀었을 때는, 신발은 벌써 가지런히 놓여 있었다.

"요시후루 선생은 남자분인걸요."

남자니까 손을 내밀어 하지 않아도 좋다는 것인지 그 점이 약간 모호하지만, 어떻든 입보다 몸이 기민하게 움직이는, 몸집이 작고 재치 있는 부인이었다.

요시후루는 쇼신의 서재에서 접대를 받았다.

"귀가 솔깃해질 이야기가 있다고 한 것은……."

술을 들다가 와쿠 쇼신이 말했다.

"관비 학교가 있네."

수업료도 생활비도 거저일 뿐 아니라 사범학교와 마찬가지로 용돈까지 준다는 것이다.

"어딘데요?"

"도쿄에 있어."

1기생, 2기생은 이미 입교했다. 그 모집 요강이 전국에 배포되는 것이 늦어져 이 학교가 개교하자마자 실시한 1, 2기 모집에는 도쿄의 정부측에 가까운 자들이 잽싸게 알아내 가지고 응모했다. 이 나고야 근방에 서류가 돌아온 것은 이번 3기생부터라고 한다.

"대체 무슨 학교입니까?"

"군인 학교야."
와쿠 쇼신이 대답했다.
'무슨 소린지 원.'
요시후루는 멀거니 쇼신의 입을 바라보았다.
"아키야마!"
쇼신이 소리를 질렀다.
"자네 젊었는가, 늙었는가?"
"젊지요 뭐."
"젊다면 민감하게 반응을 보이란 말이네. 좋다 싫다, 어느 쪽이야?"
"생각해 본 일이 없으니 어디."
요시후루는 중얼거렸다. 가능하다면 학자가 돼야겠다고 생각하며 공부해 왔다. 그런데 불쑥 코앞에서 군인이 될 것이냐 아니냐, 하고 물어 오니 대답이 선뜻 나올 리가 없다.

첫째 군인이라는 것은 사쓰마 조슈의 독점물이라고 들었는데 비집고 들어갈 틈이 있을까 하는 생각이 들어 그것부터 물어 보았다.

"있어. 이번에 새로 생긴 학교에는 일본인이라면 누구나 들어갈 수 있게 돼 있어. 사관학교라는 거야."
"저도요?"
이 시기의 요시후루는 좀 둔했다. 와쿠 쇼신은 조급하게 말했다.
"나도, 누구라도 들어갈 수 있다."
"하지만 와쿠 선생님은 전에 비번벌인(非藩閥人)은 교육계에나 발을 붙일 수밖에 없다고 말씀하신 것으로 기억하고 있습니다만."
"그랬지. 지금도 그 마음에는 변함이 없지만 그쪽에도 관비(官費)의 길이 있다고 일껏 가르쳐 주고 있는 거네. 가난뱅이 무사의 자식은 무료의 길을 통해 자신을 구할 수밖에 없어. 싫고 좋고는 그 다음 문제야."
'그도 그렇군.'
요시후루도 그렇게 생각했다.
"간다고 작정하면, 당장 상경하여 원서를 내지 않으면 늦네. 어떻게 할 텐가?"

"그렇지만 이쪽에 의무 연한이 있지 않습니까. 이건 어떻게 됩니까?"

"그 점이 좀 난처하긴 해."

관비로 사범학교를 나온 이상 국가에 대해 3년 동안은 교육에 종사해야 하는 의무를 갖게 된다. 다만 관립 학교에 재입학할 경우에는 의무 연한이 반감되는데 반감되어도 1년의 기한이 남는다. 요시후루는 아직 교원 생활이 반년에 지나지 않았다.

"그 점은 내가 어떻게……."

와쿠 쇼신이 말했다.

어떻게 해본다는 것이다. 빠져나갈 구멍이 있었다. 요시후루를 '도쿄 예비 교원'이라는 자격으로 상경시킨다. 월급은 훨씬 줄어 8원이 되지만 실제로는 아무데도 근무하지 않아도 된다. 요컨대 명목뿐이다.

"어쨌든 뒷일은 내가 처리할 테니 우선 병가원을 내게."

와쿠는 말할 수 없이 친절한 사람이지만, 한편 자기 생각에 열중하는 성격의 인물이었다. 한번 이렇다 하면 눈앞의 요시후루를 강요해서라도 육군 사관학교에 밀어 넣고야 말겠다는 오로지 그 한 가지 욕망에 사로잡히고 만다. 쇼신은 숨을 가쁘게 몰아쉬고 있었다. 이런 사람의 손에 걸리면 눈 딱 감고 그의 지시대로 움직이지 않으면 그때부터는 모든 것이 밉살스러운 생각이 들어 턱도 없이 화를 낼 것이 뻔했다.

요시후루는 하자는 대로 하는 수밖에 없었다.

결국 요시후루는 나고야를 뒤로 하고 떠났다. 기선 안에서 와쿠 쇼신에 대해 이것저것 생각했다.

"이래도 괜찮을까요?"

요시후루는 출발 전 와쿠 쇼신에게 몇 번이나 그렇게 말하며 그 친절을 무턱대고 받아들여도 될지 몰라 몸이 오그라드는 기분이었다. 그러나 와쿠 쇼신은 번번이 말했다.

"아, 괜찮아."

"내게는 사무에 지나지 않지만 자네로서는 평생이 걸린 문제야. 앞뒤 사무의 번거로움 정도는 아무것도 아니지."

배는 요코하마(橫浜)에 닿았다. 여기가 선박회사 코스의 종착점이다. 도쿄까지는 작은 증기선이 여객을 운반한다. 요시후루는 시나가와(品川)에 상륙하여 거기서 시내로 걸어들어갔다.

"도쿄에 도착하거든 니혼바시(日本橋)의 번저(藩邸)로 가라."

그곳은 구막부 시대에 '하마 거리의 번저'라고 불리던 작은 별장으로 지금도 구번주 히사마쓰 집안의 소유로 되어 있어, 히사마쓰 집안에서는 그것을 구번사가 상경하여 학교에 입학할 경우 기숙사처럼 쓰게 하고 있었다.

그곳에 다다른 것은 저녁때였다. 이미 와쿠 쇼신의 편지로 연락이 되어 있었다.

"들어오게——"

사감격인 수염투성이 사나이의 응낙을 받았다. 구막부 시대, 에도에서 근무한 검술 사범이었다고 한다. 곧 방으로 안내되었다. 기숙사는 원래 행랑이었던 건물로 한 방에 학생이 두셋씩 들어 있었다.

"여기서 기거하게. 규칙은 반드시 지켜야 하네. 첫째 청결에 유의할 것."

그 사나이는 명령조로 말했으나 실제로는 아무도 청소 같은 것은 하지 않는 모양인지 방안은 정돈되어 있지 않았고 다다미는 터져서 끈끈한 먼지가 발바닥에 들러붙었다.

저녁 반찬은 생선조림이었다.

"사관학교 시험을 치른다고?"

법률을 공부한다는 학생이 코를 싱긋거리며 말했다.

"그만두지. 정신이 똑바로 박힌 인간이 가는 데가 아니야."

"예."

요시후루는 일부러 멍청한 표정을 짓고 우선은 밥먹는 일에 전념했다. 배가 고팠다. 조린 생선은 이요의 생선과 비교하면 훨씬 맛이 떨어졌다. 보나마나 그 언저리 강가에서 물이 간 떨이 생선을 사왔겠지.

"무지렁이 농사꾼이나 장사치의 자식들이 군인이 되는 세상이다. 그것들의 뒤치다꺼리가 일인걸 뭐."

"하지만 관비니까요."

"거저라면 말똥도 주워 먹겠다는 건가?"

요시후루는 대꾸하지 않고 있다가 밥을 다 먹고 수저를 놓은 뒤 조용히 따졌다.

"형씨는 각오가 있어서 아까 같은 폭언을 내뱉은 것이오? 사람을 까닭 없이 욕하는 이상, 목숨을 걸고 하신 것으로 생각되는데요. 나도 여기서 목숨을 버릴 각오를 세웠소. 잠깐 밖으로 나갑시다!"
상대방의 얼굴이 새파래졌다.

이 이야기에는 후일담이 있다.
학생은 가토(加藤)라고 했는데 원래는 겁쟁이인 모양이었다. 그가 느닷없이 오른쪽 어깨를 들먹거렸다.
"그것이 선배에 대한 말인가."
그렇게 큰소리를 쳐 보이는 것이었으나 병든 개처럼 숨을 헐떡이고 있다. 요시후루는 고개를 숙인 채 묵살했다. 상대가 덤벼들면 죽을 셈 치고 대항할 작정이었다.
그런데 가토가 없어져 버렸다.
요시후루는 싱겁게 되고 말았다. 이윽고 방이 어두워졌다. 구석 쪽으로 가서 등잔에 불을 켜고 있는데 밖에서 ──'나와라' 하는 목소리가 들려왔다.
"예."
대답하고 요시후루가 밖에 나가 보니 어둠을 가로막고 태산만한 사람 그림자가 서 있었다.
'따라 와' 하고 그림자가 말했다.
이 구번저에는 구번 시대의 도장이 아직도 남아 있어 광으로 쓰이고 있었다.
그곳으로 끌려 들어갔다. 태산만한 그림자는 이 기숙사의 사감격인 사람이었다.
"자네, 아까 가토에게 덤벼들었다지. 자신을 상당히 대단하다고 생각하는 모양인데."
"아닙니다, 그렇게 생각하진 않는데요."
"아니야, 그렇게 생각하고 있어!"
그토록 대단한 자라면 얼마나 대단한지 시험해 보겠다고, 사감은 죽도를 하나 요시후루에게 건네주었다.
"덤벼라!"
사감은 맨손으로 일어섰다. 요시후루는 어쩔 도리가 없었다. 무사의 아들이지만 검술은 전혀 몰랐다. 검도를 익힐 시기에 마침 유신의 와해기가 닥쳐왔던 관계로 검도는커녕 집안 심부름에다 남의 집 목욕탕 불까지 때느라고 정신이 없었다.
"덤벼라."
할 수 없었다. 죽도를 번쩍 쳐들고 나갔다. 상대방은 몸을 약간 움직여 피했다. 다시 쳐들어갔으나 저쪽은 재빨리 위치를 바꿔 버린다.
어느 사이에 가토 아무개도 들어와 코를 싱긋거리며 문간에서 비웃고 있었다.
"고까짓 솜씨로 내게 덤비려고 했나."
요시후루는 그만 발끈해져서 소리치며 사감에게로 쳐들어갔으나 보기 좋게 반격당하여 죽도를 빼앗기고 발목이 잡혀 벌렁 나가떨어졌다. 쓰러지면서 그는 커다란 화로에 머리를 부딪쳐 정신을 잃었다.
아침에 광에서 그는 눈을 떴다. 피가 이마에까지 흘러내려 말라붙었고 오른쪽 어깨, 왼쪽 목줄기를 얻어맞은 모양인지 움직이려고 하니 몹시 아팠다.
'과연 세상은……'
무서운 곳이라고 생각하며 몸을 일으켜 겨우 다리를 구부려 앉았다.
원한을 풀어 볼까도 생각했으나 성미가 느긋해서인지 이상스럽게도 그런 감정이 일어나지 않았다.
여하튼 이 몸으로 이제부터 학교로 가서 원서를 내야 한다. 그런데 걸을 수 있을까.

메이지의 일본은 무진년에 있었던 국내 전쟁의 포성 속에서 탄생했다.
그 무진년에서 메이지 초기에 걸쳐 활약하는 군대는 말하자면 각 번의 사군(私軍)이었고 교토에서 도쿄로 옮긴 새 정권은 직속군을 갖지 못했다. 군대를 갖지 않은 혁명 정권은 그 이전에도 그 이후에도 없었다고 해도 좋지 않을까.
그 뒤 사쓰마, 조슈, 도사 세 번이 군대를 바쳐 그것을 중심으로 조금씩 '중앙군'을 만들어 가고 있었는데 사관 양성 제도는 오랫동안 없었다. 육군사관학교라는 것이 생긴 것은 메이지 7(1874)년 11월이 되고 나서였다. 메이지 8(1875)년에 제 1기생을 모집하였다.
요시후루가 만약 이 학교에 합격하게 되면 제 3기생이 된다.
장소는 이치가야(市谷)의 비슈(尾州) 대감 저택이라는 말을 듣고 왔다.
가면서 사관학교가 어딥니까? 하고 물어도 대개는 글쎄요, 하고 고개를 갸우뚱거릴 뿐 아는 사람이 없었는데 이치가야의 비슈 대감댁이 어딥니까, 하고 물으니 금방 가르쳐 주었다. 도쿄라고는 하나 그 당시의 거리는 아직도 에도 모습 그대로였다.

이치가야에 들어서도 옛 영주의 저택이나 막부 직속 무사의 집들은 그대로 남아 있고 시내의 6할 가량은 논밭이었다. 비탈을 올라가니 갑자기 서양식 대문이 앞을 가로막았다.

위병소가 있어 거기서 온 뜻을 말하자 병사가 안내해 주었다. 넓은 마당 이쪽저쪽에 일본 기와를 얹은 이층 목조 건물의, 마치 양옥 같은 교사가 서 있었다.

사무실로 들어갔다.

육군 중사가 나타나 요시후루의 허리를 살폈다.

"필통은 있는가?"

요시후루는 증조부가 애용했다던, 사자를 새긴 구리 필통을 허리에서 뽑아 보였다.

중사는 원서의 서식을 가르쳐 주었다.

방 안쪽에 장교가 있었다. 살갗이 희고 눈이 가늘며 턱이 네모진 그 사나이가 다가와서 물었다.

"너는 어디 번이냐?"

대위였다. 운동장에서 본 프랑스 장교와 똑같은 군복을 입고 있었지만, 얼굴은 분명히 일본인이고 말투는 조슈투였다.

'이것이 일본의 장교복이구나.'

요시후루는 난생 처음 장교라는 것의 실물을 보았다. 뒤에 안 일이지만 데라우치 마사타케(寺內正毅)라는 이름의 조슈 번 출신 장교로 생도 사령 부관이라는 직책을 맡고 있었다. 그 대위가 말했다.

"시험은 한문과 영어, 수학이다."

요시후루는 놀랐다. 영어라는 것은 사범학교 때 1년쯤 배웠으나 수학은 거의 모른다. 한문은 어려서 배웠으므로 다소 자신이 있었다. 그 말을 하니 이 대위는 상당히 인심 좋은 말을 했다.

"그럼 한문만 보아라."

요컨대, 어떤 학과거나 시험관이 답안지에서 두뇌의 정도를 짐작하고 괜찮겠다고 생각되면 합격시키는 모양이었다.

시험 당일은 바람이 세게 부는 날이었다.

요시후루가 정각 8시 전에 비슈 번저 자리인 사관학교 교정에 가보았더니 벌써 응모자가 200여 명 가량 몰려 와 있었다. 어느 얼굴을 보나 모두 요시후루와 마찬가지로 촌티가 물씬 나고 복장도 미끈하지 못한 것이 얼핏 보아 시골뜨기뿐이었다.

이 중에서도 사쓰마와 조슈가 두드러졌다.

그들은 떼를 지어 있었고 큰 소리로 사투리를 지껄여 대기 때문에 누가 조슈 사람인지 사쓰마 사람인지 금방 알 수 있었다.

"뽑는 것은 50명 가량이래. 사촌형님이 그러시던데."

저희끼리 이야기하는 소리였다.

'50명밖에 뽑지 않는다면 나는 안 되겠구나.'

요시후루는 실망했다. 하지만 아무래도 좋다고 생각하며 과자를 으적으적 씹고 있었다. 시간이 일렀기 때문에 기숙사에서는 조반 준비가 되지 않아 하는 수 없이 도중에 과자를 사가지고 왔던 것이다.

요시후루 옆에 얼굴이 큼직하고 살갗이 흰 단오절의 모모타로(桃太郎) 인형같이 생긴 사람이 있다가 불안한 듯이 요시후루에게 물었다.

"변소는 어딘가요?"

요시후루도 알 턱이 없다.

"거, 오줌 눌라고?"

요시후루는 과자 부스러기를 이빨 사이에서 빼내며 물었다. 응 오줌이야, 하길래 말해 주었다.

"저기 저 소나무에라도 대고 누시지."

마쓰야마에서는 무사도 그렇게 한다. 그런데 청년은 예절 바른 번의 출신인지 분연히 외치듯이 말했다.

"그럴 수는 없어!"

그러고는 어디론가 달려갔다가 한참 뒤 돌아왔다. 고지식하고 소심한 느낌의 청년이었다.

"당신 설마 조슈는 아닐 테지."

"단바 사사야마(丹波篠山)야."

지독한 산골에서 왔구나, 하고 요시후루는 생각했다.

"나는 이요 마쓰야마의 아키야마 요시후루라고 하는데 댁은?"

"혼고 후사타로(本鄕房太郞)."
"나이는?"
 요시후루가 거듭 물었을 때 키가 작달막한 혼고는 요시후루를 올려다보면서 화난 얼굴로 말했다.
"당신이 여기 교관이오?"
 그러나 곧 '열여덟'이라고 작은 소리로 대답했다. 어딘지 모르게 귀여운 데가 있는 청년이었다.
'이놈은 출세한다.'
 요시후루가 생각한 것은 아버지 하시타카가 번이나 현에서 말단 관리 노릇을 하며 터득한 지혜 비슷한 것을 곧잘 이야기하던 일이 생각났기 때문이었다. 귀염성 있는 사람은 출세한다는 것이었다.
 혼고는 일종의 복스러운 얼굴이었다. 군인이 되는 것보다 큰 상점의 지배인을 지망하는 편이 나을 성싶게 생각되었다.
 더욱이 이 혼고는 보기보다 재빨라서 사쓰마 조슈패들 쪽에서 그 이야기를 엿듣고 와서 요시후루에게 가르쳐 주었다.
 사쓰마 조슈의 청년들은 친척이나 선배 중에 육군 간부가 많아서인지 학교나 입학 시험에 관한 일을 잘 알고 있었다.
"영어를 못하면 떨어뜨린대."
 혼고가 듣고 와서 말했으나 요시후루는 걱정도 하지 않았다. 떨어뜨릴 테면 떨어뜨려라, 하는 배짱이었다.

 시험이 시작되었다.
 작문 시험이었다. 요시후루는 앞서 원서를 낼 때 작문이 있다는 말은 데라우치 대위에게서 듣지 못했다.
 그런데 귀가 빠른 그 혼고 후사타로가 사쓰마의 수험생들에게서 듣고 와서——'작문도 있대' 하고 귀띔해 주었던 것이다.
"한문이래?"
 요시후루가 물었으나 혼고는 거기까지는 몰랐다. 어쨌든 요시후루는 '꽤 까다로운데' 하고 생각했다. 유신의 난리통에 정규의 번교(藩校) 교육도 받지 못한 요시후루는 작문 같은 것은 해본 적이 없었다.
"작문이란 어떤 거야."

혼고에게 물으니 자못 수재처럼 보이는 이 젊은이조차 하는 말이 갈팡질팡이었다.
"나도 쓴 적이 없지만 만약 일본 글이라면, 한문을 해석한 글 같은 걸 쓰면 될 거야."
그런 정도로 알고 시험을 치렀다.
정면에 제목이 붙어 있었다.
'아스카 산(飛鳥山)에서 노닐다'라는 것이 제목이었다.
요시후루는 무슨 말인지 통 알 수가 없었다. 아스카 산이라는 것이 이 나라에 있다는 것도 꿈에도 몰랐던 것이다.
아스카 산은 우에노(上野), 스미다 강(隅田川) 둑과 더불어 도쿄에서 벚꽃의 3대 명소이다. 산이라곤 하지만 구릉 비슷한 것으로 기슭에는 오토나시 강(音無川)이 흐르고 꼭대기를 걸으면 아라 강(荒川)의 흐름을 바라볼 수 있으며 고우노다이(國府臺)나 쓰쿠바 산(筑波山)을 볼 수 있다. 도쿄에 사는 사람이면 어린 아이라도 그 지명을 알고 있으리라.
'이건 산 이름이 아닐 거야. 비조(飛鳥)가 산에서 논다고 읽어야 하지 않을까?'
그렇게 생각하고 나자 갑자기 용기가 생겨 쓰기 시작했다.
"우리 고향 이요에는 이름난 온천이 있다. 도고 온천이 바로 그것이다. 온천 마을에는 산이 있는데 산 모양이 그윽하여 엄숙한 마음이 저절로 일어난다. 옛 고노(河野) 씨의 성터라고 한다."
이렇게 쓰기 시작하여 그 산에서 새들이 즐겁게 놀고 있다는 묘사를 하였다.
어쨌든 주어진 시간껏 쓰고 나서 운동장에 나와 보니 모모타로 인형 같은 얼굴의 혼고가 멍하니 서 있었다. 왜 그러느냐고 물으니 혼고는 '큰일을 저질렀다'고 말했다. 혼고도 아스카를 비조로 알았다는 것이다.
"그런데 나와서 조슈패들의 이야기를 들으니 그건 도쿄의 지명이라고 하잖아. 아스카 산이라고 읽고 새가 아니라 사람이 꽃놀이를 한다는 제목이래."
"조슈의 시골뜨기가 어떻게 그걸 알아."
"그야 물론……."
조슈의 패들은 일찍부터 선배를 찾아 도쿄에 올라와 있었기 때문에 시내 형편을 잘 알고 있으니 득을 본 거지, 하고 혼고는 말했다.
 '촌놈은 오지 말라는 말인가.'
 이 작문 제목으로 본다면 그렇기도 하리라. 출제자가 어쩌면 군막부의 유학자로 시골뜨기를 업신여기는 것인지도 모른다.

 열흘이 지났는데도 아무런 통지가 없었다. 날마다 기숙사에서 기다렸다.
 ──떨어졌구나 하고 아키야마 요시후루는 생각했다. 구번에 혹시 유력자가 있으면 육군에 문의해 달라고 할 수 있지만 이요 마쓰야마 번의 경우는 그런 편의도 없었다.
 ──혼고에게 알아보자고 생각했다. 그 혼고 후사타로의 번은 단바 사사야마에서 겨우 6만 섬의 영지인 아오야마 사쿄다유(青山左京大夫) 집안인데 이 번은 유신 바람에 끼어들지 못한 뒤 갑자기 떨치고 일어났다. 메이지 3(1870)년 오사카에서 세키 세미(關世美)라는 학자를 불러 신토쿠 당(振德堂)이라는 번교를 세우고 번사가 일곱 살이 되면 입학시켜 열다섯 살에 졸업시켰다. 혼고 후사타로도 거기를 거쳤다.
 요시후루는 사관학교 시험 후 혼고에게서 이야기를 듣고──사사야마는 얕보지 못한다고 생각했다. 이요 마쓰야마는 15만 섬이라고는 하지만 유신으로 관군에게 점령되었을 때의 충격이 커서 교육 제도를 사사야마만큼 빨리 정비하지 못했다. 사사야마에서는 메이지 6(1873)년에 성 밑 거리의 민가를 빌려 소학교를 개설했고 무사 이외의 자들도 입학시켰다. 혼고도 신토쿠 당(振德堂)에서 이 소학교로 옮겼다고 한다.
 더구나 산골인데도 마쓰야마보다 편리한 것은 메이지 8(1875)년, 단바에 인접한 다지마(但馬)의 도요오카(豊岡)에 '도요오카 현 교원 양성소'──고베·미카게(御影) 사범의 전신──라는 고등교육 기관이 생긴 일이었다. 혼고는 여기에 들어갔다. 이 점은 요시후루와 비슷하다.
 혼고는 이 양성소에 있었는데 그에게 행운이었던 것은 아직 젊은 나이의 구번주 아오야마 다다마사(青山忠誠)가 영주로서는 과격파라는 평을 들을 정도로 시대 감각을 소유한 자라는 점이었다. 이 구번주는 사사야마에서 '종5품 대감'으로 불리고 있다. 젊은 종5품 대감은 스스로 군인이 되려고 하였다.
 "우리 번은 시대에 뒤지고 말았다. 앞으로는 과단성 있게 나가야 한다."

이 시대를 두고 생각할 때 희한한 일이었다. 보신(戊辰) 전쟁에서 관군편을 든 번은 많으나 번주 스스로 병사를 인솔한 예는 한 건도 없다. 그런데 사사야마의 구번주는 스스로 군인이 되겠다고 한 것이다.

당시 도쿄에는 이미 병학료 유년사(兵學寮幼年舍, 유년학교)라는 것이 세워져 있었다. 구번주 아오야마 다다마사는 여기에 입학했다.

이윽고 사관학교에 진학하게 되었다. 이 입교에 즈음하여 이 종5품 대감의 학우로 구번사 중에서 같은 또래인 수재 세 사람을 골라 장학생으로 도쿄에 데리고 가기로 되었다. 이 중에 혼고도 뽑혔다.

혼고는 아오야마 가문의 비용으로 지난해인 메이지 9년 3월에 도쿄에 올라와 아카사카(赤坂)에 있는 아오야마 저택에 있으면서 수험 공부를 위해 유학자 요시노 긴료(芳野金陵)의 사숙에 들어갔다.

——사사야마는 이를테면 구번이 일치단결하여 수험 공부를 하고 있다. 고 요시후루는 생각했다. 그렇다면 붙었는지 떨어졌는지도 구 사사야마 번저에 가서 혼고에게 물어 보면 알 수 있을 거라고 생각한 것이다.

아카사카에 있는 아오야마 저택을 찾아가 문지기에게 찾아온 뜻을 말하고 30분 가량 길에 서서 기다리고 있으려니까 얼마 후 혼고 후사타로가 문 앞에 나타났다.

"무슨 볼일로?"

혼고가 물었다. 여전히 모모타로 인형 같은 얼굴을 하고 있었으나 사관학교의 교정에서 이야기를 나눴을 때와는 달리 영주님의 저택이라 조심스러워서인지 몹시도 소심하고 얌전을 빼는, 그러면서도 달갑지 않은 듯한 눈초리로 요시후루를 바라보았다.

'공연히 왔구나.'

요시후루는 자기의 경솔한 행동을 뉘우쳤다. 생각해 보면 사관학교 수험장에서 만난 사이일 뿐인데, 이렇게 혼고의 주인 대감 저택에까지 어정어정 찾아온 자신이 스스로도 못마땅하게 생각되는 것이었다.

"아니야, 근처까지 왔다가."

요시후루는 걷기 시작했다. 혼고는 안으로 들어가자고 할 만한 처지가 못 되는지 따라 걷기 시작했다. 히노키 언덕(檜坂) 쪽으로 걸어갔다. 길은 언덕이 되더니 이윽고 병영 앞에 이르렀다. 길가 토담이 허물어져 가고 있었다. 그곳에 들어가 보았더니 전에는 어떤 작은 영주의 저택이었는지 황폐한 정원이 펼쳐져 있었다.

"우리는 둘 다 운이 좋았지?"

혼고는 정원 바위 하나에 걸터앉으며 말했다. 요시후루가 무슨 말이냐고 묻자 혼고는 의아해하는 표정을 지었다.

"아니, 모르고 있었어?"

혼고 후사타로도 아키야마 요시후루도 합격한 것이었다. 요시후루는 비시시 웃으며 말했다.

"그래?"

혼고는 자초지종을 이야기했다.

어제 학교측에서 아오야마 댁에 심부름꾼이 왔는데 그때 합격자 명부를 가져왔다고 한다. 전부 서른일곱 명이었다는 것이다. 뒤에 들은 바에 의하면 이 사관학교 제 3기생은 결국 100명이 입학하게 되었는데 그들 뒤로도 몇 번 시험이 있었던 모양이다.

'이제 살았다.'

요시후루는 생각했다. 에도 시대로 말하면 실직했던 무사가 사관의 길을 얻은 것과 같았다. 고향에도 그리고 나고야의 와쿠 쇼신에게도 알려야 했다. 그보다도 먼저 혼고의 말이 정확한지 어떤지 사관학교에 가서 확인해야 된다.

"여봐, 어딜 가?"

혼고가 뒤쫓아오면서 물었다. 요시후루는 사관학교에 간다고 했다.

"그러면 나한테 볼일이 있었던 게 아니었나?"

혼고는 등 뒤에서 물었다. 아냐 그것뿐이야, 덕분에 잘 됐어, 하고 대꾸했다.

사관학교에서는 데라우치 마사타케 대위를 면회하고 자기의 합격을 확인하였다.

"이요 마쓰야마의 아키야마 요시후루였지?"

데라우치는 잘 기억하고 있다가 합격했다고 가르쳐 주었다.

"병과는 무엇을 선택하겠나?"

"무엇이 있습니까?"

요시후루는 물었다. 거기에 대해서는 아무것도 몰랐다.

"보병, 포병, 기병, 공병이 있어."
"저는 기병을 하겠습니다."
이렇게 요시후루가 한 말이 일본 운명의 어떤 부분을 결정짓게 한 셈이 되었으리라.
데라우치는 그렇게 말하는 요시후루의 체격을 마치 골동품 가게 영감님 같은 눈으로 훑어보더니 이윽고 말했다.
"기병이 제격일지도 모르겠군."

합격은 했는데 아무리 기다려도 입교하라는 통지가 오지 않았다.
시험은 1월에 치렀다. 1월이 그냥 지나가고 2월에도 아무 소식이 없었다. 그러는 동안 세상이 소란해지기 시작했다.
"정부는 사관학교고 뭐고 정신이 없나 봐."
단바 사사야마의 혼고 후사타로가, 찾아간 요시후루에게 말했다.
"사쓰마가 반란을 일으킬 모양이래."
사쓰마에는 유신의 공신 사이고 다카모리(西鄕隆盛)가 귀향해 있었다. 도쿄의 정부에서는 여러 번 상경할 것을 권했으나 사이고는 움직이지 않았다. 그는 이미 몇 년 전에 일본에서 오직 한 사람뿐인 육군 대장의 현직 그대로 도쿄를 떠나 가고시마(鹿兒島)로 돌아가 있었다. 더구나 사쓰마계의 근위 장교와 시노하라 구니모토(篠原國幹) 소장, 기리노 도시아키(桐野利秋) 소장 등 많은 사람들도 사직하고 가고시마로 돌아간 뒤, 사립 군사학교를 세워 무사의 자제에게 군사학 교육을 실시하고 있었다.
——사쓰마가 반란을 일으킬 모양이다.
그 소문은 요시후루가 오사카의 사범학교에 있었을 때부터 이미 들어오던 것이었다.
유신 뒤, 사쓰마 번은 지극히 복잡한 성격을 띠고 신정부에 대해 일종의 독립국으로 맞서고 있었다.
막부 말기에 이 번의 영주격인 위치에 있었던 시마즈 히사미쓰(島津久光)는 지극히 보수적인 성격을 가졌으면서도 막부 정치 개혁의 횃불을 올렸고, 그 후 측근인 오쿠보 도시미치(大久保利通) 등 혁명파에게, 말하자면 속아 넘어가 막부 타도의 주동 세력이 되었던 것이다. 그런데 오쿠보 등이 신정부의 요직에 앉자, '양이(攘夷)'가 막부 타도의 구실이었으련만 서양 문명 도입 정책을 썼다. 고루한 고전적 교양인이었던 히사미쓰로서는——부하에게 속아 넘어갔다는 느낌이 절실했다. 이 때문에 유신 뒤에는 우울한 마음을 품어 왔었고 특히 번이 없어지고 그 대신 현을 두는 신정부의 정책에 대해 '마치 내 번을 멸망시키기 위해 고생을 해 가면서 막부를 쓰러뜨린 꼴이다. 이런 고약한 일이……' 하고 크게 노한 나머지 이날 밤 가고시마 성 밖의 별장 앞바다에 석탄배를 띄우고 밤새도록 미친 듯이 불꽃을 올렸다고 한다.

게다가 당시의 가고시마 현 지사인 오야마 쓰나요시(大山綱良)는 히사미쓰의 심복이었다. 그리하여 도쿄에서 결정하는 신정부의 정책은 가고시마 현까지 당도했을 때에는 전부라고 해도 좋을 정도로 휴지가 돼 버렸다.

"사쓰마만이 유신이 아니다. 이 어인 일인가."

조슈파의 대표인 기도 다카요시(木戶孝允)는 이 무렵, 이 때문에 건강이 나빠질 정도로 화를 냈다.

이 보수파인 히사미쓰 당파는 별개로 유신 최대의 공신인 사이고는 유신 정부의 현실이 그의 이상과 너무나 어긋난다고 하여 참의의 직함도 내던지고 귀향했고, 사쓰마는 독자적으로 '무사 제도'를 온존시키면서, 말하자면 정부에 대해 무력에 의한 침묵의 위협을 가하고 있었던 것이다.

지난 2월에는 가고시마에서 사설 군사학교 생도 1,000여 명이 성 밖 해안에 있는 정부 해군의 총포 제작소를 습격하고 병기와 탄약을 약탈하였다. 그뿐 아니라 가고시마의 상황을 탐지하기 위해 귀향을 가장하고 가고시마에 들어온 도쿄 경시청의 경관 및 그 일당으로 지목되는 자들이 군사학교 생도에게 체포되었다.

요시후루 등은 기다렸다.

그러나 혼고의 말대로 정부는 사관학교고 뭐고 정신이 없는 것이 사실인 것 같았다.

이 당시의 해군차관 가와무라 스미요시(川村純義)가 서쪽으로 내려가 오노미치(尾道)에서 도쿄로 전보를 친 것은 2월 12일이었다.

"가고시마는 이미 구하기 어려운 실정이다."

이런 질문이었는데 육군성은 이에 따라 도쿄 진대(鎭臺)와 오사카 진대에 출동 준비를 지시했다.

동 22일, 사쓰마군은 구마모토(熊本) 성을 포위했다.

요시후루 등이 도쿄에서 입교를 기다리고 있는 동안 구마모토에서는 3월, 4월에 걸쳐 격전이 계속되고 있었다. 사관학교를 돌보아 줄 최고의 육군 행정관인 육군 대신 야마가타 아리토모(山縣有朋)는 몸소 '참군(參軍)'이 되어 규슈로 내려가 전선을 지휘하고 있었다.

메이지 10(1877)년 당시 일본 정부라고 해야 이 정도의 조촐한 살림이었다.

"제3기생의 입교는커녕 전선에서 장교들이 잇따라 전사하고 있기 때문에 재학생을 전장에 내보낼 모양이야."

소식통인 혼고 후사타로가 요시후루에게 일러준 것은 3월 초순이었다.

사실이었다.

제1기의 보병과(步兵科) 생도 아흔 여섯명이 입교한 지 2년이 될까말까한 3월 2일에 견습 장교로 임명되어 도쿄, 나고야, 오사카의 세 진대에 배속되었다. 다시 포병과 생도, 기병과 생도도 동원되었다.

마침내 교육도 미숙한 제2기생 전원 140명이 동원되어 고베(神戶)에서 대기하기에 이르렀다. 게다가 교장인 소가 스케노리(曾我祐準) 소장마저 동원돼 버려 학교가 텅 비었다. 이래가지고는 요시후루 등 3기생을 입교시킬 수가 없었다.

'겨우 지방의 반란 정도로 나라의 기능이 정지되는 소동이 벌어지다니.'

요시후루는 자신과도 관계있는 이 사태에 대해 생각하며, 이 정부의 기초가 약하다는 데 새삼 놀라움을 금치 못했다.

5월이 되었다.

싸움은 아직도 계속되고 있었으나 정부에서는 아마도 고비를 넘겼다고 생각한 모양인지 갑자기 사관학교의 기능을 회복시키고, 4일부터 입교를 명한다는 통지가 합격자 100명에게 전달되었다.

요시후루는 입교했다. 입교한 날, 하사관 군복 비슷한 제복과 군모를 지급받았다. 구두도 받았다. 양복과 구두는 난생 처음이어서

"구두가 굉장히 근지럽구먼."

이쪽저쪽에서 아우성치는 소리가 들려왔다. 그러나 구두는 귀중품이기 때문에 일반 훈련 때는 짚신을 신어야 한다는 것이었다.

수업 연한도 공시되었다.

1학년 때는 기초 학과를 배운다. 대수, 기하, 삼각, 중학(重學, 역학), 이

학, 화학, 지학, 거기에 보병, 기병의 교련이 붙는다.
  2, 3학년에서는 전문 과정을 배운다. 병학, 군정학, 축성학, 병기학, 교통통신학(철도 통신을 말함) 등이었다.
  입교생은 극히 단순하고 소박했던 모양이다.

사네유키(眞之)

　여담이 되지만 나는 러일전쟁이라는 것을 이 이야기의 어느 시기부터 쓰려고 한다.
　작다고 하면 메이지 초기의 일본만큼 작은 나라도 없었을 것이다. 산업이라고 해야 농업밖에 없고 인재라고는 300년의 독서 계층이었던 옛 무사들뿐이었다. 이 작디작은, 세계의 벽촌이라고나 해야 할 나라가 처음으로 유럽 문명과 피투성이 대결을 벌인 것이 러일전쟁이다.
　그 대결에서 간신히 이겼다. 그 이긴 수확을 후세의 일본인이 거저 먹은 셈이 되지만 어쨌든 그 당시의 일본인들은 최대한의 지혜와 용기, 그리고 행운을 재빨리 낚아 이용하는 외교 능력을 모조리 쏟아 넣어 거기까지 도달했다. 지금 생각하면 아찔할 정도로 기적 같은 일이다.
　그 기적의 연출자들은 계산 방법에 따라 수백만도 될 것이고 간추린다면 몇 만 명도 될 것이다. 그러나 소설인 이상 그 대표자를 골라야 한다.
　나는 그 대표자를 고관 대작들 중에서는 고르지 않았다.
　두 형제를 골랐다.
　이미 등장했지만 이요 마쓰야마 사람 아키야마 요시후루와 아키야마 사네유키(秋山眞之)이다. 이 형제는 기적을 연출한 사람들 중에서는 가장 연기자에 어울린다.
 이를테면 이런 것이다. 러시아와 싸우면서 아무래도 일본이 대항하지 못한 것이 러시아측에 두 가지 있었다. 하나는 러시아 육군에서 세계 최강의 기병이라고 일컬어지는 카자크 기병단이다.
 다른 하나는 러시아 해군의 발틱 함대였다.
 운명이 이 형제에게 그 책임을 지웠다. 형 요시후루는 세계에서 가장 보잘 것없는 일본 기병을 거느릴 수밖에 없었다. 일본의 기병은 그가 키웠다. 그는 심혼을 기울여 카자크를 연구하고 마침내 그것을 무찌르는 연구를 완성했으며, 소장으로 출정하여 만주 벌판에서 처절하기 이를 데 없는 기병전을 벌여 끝내 적을 쳐부수었다.
 아우 사네유키는 해군에 들어갔다.
 '지략이 샘 솟듯한다'는 말을 들은 이 인물은 소령으로 러일전쟁을 맞았다.
 그 이전부터 그는 발틱함대를 때려눕힐 연구를 거듭했다. 그 방안을 얻었을 때 일본 해군은 그의 능력을 신뢰하여 도고 헤이하치로(東鄕平八郞)가 지휘하는 연합함대의 참모로 임명하고 미카사 함(三笠艦)을 타게 했다. 도고의 작전은 모두 그가 세웠다. 작전뿐만 아니라 동해 해전의 서막에 즈음하여 그 유명한 전문(電文)의 기안자이기도 하다.
 "적함 발견의 경보에 접하고 연합함대는 즉시 출동, 이를 격멸코자 한다. 금일 일기는 청명하나 파도는 드높다."
 이 형제가 없었더라면 일본이 어떻게 되었을지 모르지만, 그런데도 이 형제가 둘 다 원래 군인 지망이 아닌, 그야말로 메이지 초기 일본의 여러 사정으로 인해 세상에 발을 딛게 되는 그 상황이 필자에게 무한한 관심을 갖게 했다.

 이요 마쓰야마의 거리에서는 요시후루보다 아홉 살 손아래인 아우 사네유키가 자라고 있다. 아명을 준고로(淳五郞)라고 했다.
 ——아키야마의 준고로만큼 못된 놈은 없을 거야, 라는 것이 이웃의 뒷공론이었다. 다른 아이들보다 훨씬 작달막하고 살빛이 검으며 눈이 유난히 반짝거렸다. 달릴 때는 총알처럼 빨라 개도 따르지 못했다. 그래서 이웃 어른

들은 사네유키의 못된 장난질을 혼내주려고 벌렸으나 아무도 그를 붙잡은 사람은 없었다.
　——준은 단카나 하이쿠 시인이 될지도 모르겠다.
　아버지 하시타카는 그렇게 보고 있었다. 말을 기억하는 능력이 비상하여 7, 8세부터 또래의 다른 아이들보다 훨씬 뛰어났다는데, 타고났다고 해야 할지, 기지에 넘치는 말이 서슴없이 튀어나오는 모양이었다.
　7, 8세 때, 어느 눈 오는 날 아침 사네유키는 변소에 가기가 귀찮은 생각이 들어 북녘 창을 열고 밖으로 오줌을 내갈겼다.
　그리고 노래를 지었다.

　　눈 내리는 날 북쪽 창을 열고
　　쉬 했더니
　　너무나도 추워 고추가 얼었네

　이 시를 나중에 아버지 하시타카가 보고——나도 한데서 누기는 하지만 이런 노래는 짓지 못한다며 은근히 감탄했다.
　하시타카는 중년이 지나면서부터 머리가 벗겨져 겨울에는 머리가 유달리 썰렁하여 커다란 두건을 눌러 쓰고 언제나 화롯불을 쬐면서 싱글벙글 웃고 있었다.
　남들에게는 이렇게 말하는 것이었다.
　"내가 이렇게 게으름 피우는 것도 모두 아들놈을 위해서야."
　부모가 훌륭해지면 자식이 분발하지 않는다는 것이었다.
　"우리 준은 시인이야."
　친지들에게 그렇게 자랑하고 돌아다녔더니 목욕탕을 경영하는 옛 무사인 가이다 아저씨가 '준고로에게 부탁해야겠다'며 묘한 주문을 들고 왔다.
　가이다의 말에 의하면, 도쿄의 시민은 그 옛날 에도시대부터 대중탕에 익숙하여 공중 도덕을 잘 지킨다. 그런데 마쓰야마의 촌놈들은 몸뚱이를 씻지도 않고 바로 욕조에 풍덩 들어간다. 그러니까 그것을 못하게끔 준고로더러 노래를 하나 지어달라는 것이었다.
　사네유키는 서슴지 않고 가이다의 목욕탕으로 가더니 욕장 널빤지에 먹물로 거무죽죽하게 벌거숭이 부인네의 뒷모습을 그려 놓고 거기에 경고문을 곁들였다.

> 탕 속에 들어갈 땐
> 앞이랑 뒤를 잘 씻고 들어가세요
> 씻지 않고 풍덩풍덩 들어가지 마세요

열 살쯤 되자 그림도 썩 잘 그렸다. 옛 무사로 그림을 잘 그렸던 이나(伊奈)의 샌님이라는 사람이 그때 마쓰야마의 보쵤 거리 이웃 아이들에게 연(鳶) 그림을 그려 주었는데, 사네유키가 그 그림을 몰래 흉내 내어 이나의 샌님보다 더 잘 그리게 되어서 친구들에게 그려주곤 했다.

그래서 '아키야마의 연'이라고 하면 온 거리의 아이들이 갖고 싶어하게 되었다. 사람들은 모두 하시타카가 그리는 줄로만 알았던 모양으로, 사네유키보다 몇 살 아래인 하이쿠 시인 가와히가시 헤키고도(河東碧梧桐)도 어렸을 때 어머니에게 '아키야마의 연'을 사달라며 조른 일이 있다고 한다.

메이지 4(1871)년에서 6(1873)년에 걸쳐 이요 마쓰야마에 소학교가 여섯 개나 생겼다.

아키야마 사네유키와 같은 또래로 중학교에서 대학 예비학교까지 쭉 동창이었던 마사오카 시키는 먼저 스에히로(末廣) 학교에 들어갔다. 스에히로 동네의 호류사(法龍寺)라는 절의 본당이 학교였는데 서당과 별반 다를 바 없었다.

"시키는 이 학교에 들어갔을 때 아직 상투를 틀어 얹고 있었다."

야나기와라 교쿠도(柳原極堂)라는 한 고향 친구가 쓴 글이다. 시키의 외조부는 오하라 간잔(大原觀山)이라는 구 마쓰야마 번에서 첫째 가는 학자로 번의 유학자 노릇을 하고 있었는데, 이 사람이 서양이라면 덮어놓고 싫어하여 자신도 평생 상투로 일관했지만 외손자 시키에게도 상투를 자르지 못하게 하고, 외출할 때는 반드시 단도를 한 자루 차게 하였다. 단발령은 이미 메이지 5(1872)년에 내려 거리의 아이들은 모조리 까까중머리인데 오직 시키만이 그런 머리를 하고 다녔다. 스에히로 학교에 들어가니 모두 놀랐다.

"상투 노보루(升──노보루는 시키의 아명)."

시키는 온순한 아이였으나 이 일이 어린 마음에도 늘 괴로웠다.

학교라고는 하지만 절간 본당이니 책상도 없었다. 모두들 옛날 서당처럼 문고(文庫)라는 것을 메고 간다. 궤짝 책상이라고나 할까, 그 속에 벼루도 필묵도 책도 들어 있고 책상 대용도 된다. 그러나 7, 8세의 어린 아이로서는 그것을 메기가 여간 힘들지 않았다.

스에히로 학교는 시키가 입학한 지 1년쯤 있다가 지칸 학교라는 이름으로 바뀌었다. 학과로는 붓글씨가 전문이었다.

"붓글씨만 가르쳐서 뭣하자는 거냐. 수학도 국어도 가르치는 정식 소학교가 마쓰야마에도 필요하다."

현에서도 이렇게 눈을 뜨게 되었으나 정식 소학교라는 것이 어떤 것인지 관리로서도 짐작이 가지 않았다.

이보다 조금 먼저 마쓰야마에 '교원 양성소'라는 것이 생겼다. 사범학교의 전신이다. 이 교원 양성소에서 미래의 선생들을 가르칠 선생님이 없었다. 앞에서 말한 바와 같이 그 무렵 전국에 사범학교가 다섯 개밖에 없어서 마쓰야마 현에서는 그 졸업생을 한 사람 보내 달라고 마치 보물이라도 빌리듯이 오사카 사범학교에 청을 넣었다.

겨우 졸업생 하나가 왔다. 고치 현(高知縣)의 무사 야스오카 우즈마로(安岡珍麿)라는 청년이었다. 오사카 사범학교에서는 사네유키의 형 요시후루보다 한 반 위였다.

이 야스오카라는 청년이 마쓰야마의 교원 양성소에서 미래의 교원들을 가르쳤다. 야스오카는 오사카 사범에서 미국인에게 배운 그대로 앵무새처럼 흉내냈다.

동시에 이 양성소에 부속 소학교로 가쓰야마(勝山) 학교라는 것이 생겼다. 야스오카 청년은 거기서도 교편을 잡았다.

"가쓰야마에서 신교육을 한다."

이런 소문이 퍼지자 시키는 입학한 지 1년도 안 되었는데 가쓰야마 소학교로 옮겼다.

이와 같은 시기에 아키야마 사네유키도 가쓰야마로 옮겨 왔다. 사네유키는 그동안 곤도 겐스이의 사숙에서 수학하고 있었는데 곤도 선생이 추천하여 가쓰야마에 들어갔다.

시키도 그랬지만 사네유키 역시 소학교에 들어간 뒤에도 한문 글방을 그만두지 않고 두 가지 교육을 받고 있었다. 한문 글방에서는 한문을 익히고 어느 정도 숙달되면 한시 짓는 법도 배웠다.

글방은 한길 가에 있었다.
이 메이지 초기에도 글방에 다니는 아이들은 일종의 가방 같은 것을 어깨에 메고 다녔다. 손수 만든 것으로, 널빤지 두 조각을 맞붙이고 아래 위로 구멍을 뚫었다. 그 구멍에 끈을 꿰고 판자 사이에 책을 끼운 다음 끈을 어깨에 메고 다닌다.
글방은 저녁때 여는 것이 아니라 이른 아침에 열었다. 소학교가 시작하기 전에 글방에 가는 것이다. 그러니까 어두컴컴할 때 집에서 나와 글방으로 가야 한다.
글방에 도착하면 대개는 문이 닫혀 있다. 아이들은 선착순으로 문 앞에 줄지어 서서 기다린다. 문이 열리면 차례대로 들어가서 차례대로 앉는다.
경상(經床 : 경을 올려 놓는 책상)을 책상 대용으로 쓴다.
이윽고 선생이 나타나는데 곤도 선생이 직접 나와서 가르치는 것이 아니라 제자가 대신한다.
선생은 되도록 무서운 표정을 짓고 정면에 앉아 있다. 승마에서 쓰는 대나무로 깎은 회초리를 무릎 위에 세우고 있다.
한문 교재는 《논어》나 《맹자》였다. 하루에 반 페이지 정도 읽는다.
해석은 없다. 먼저 선생이 낭독한다. 약간 가락이 있는 한문 읽기의 독특한 방식인데 선생에 따라서는 상체를 흔들면서 장단을 맞추어 읽어 나간다. 그것이 끝나면 아이들이 그 가락대로 저마다 읽는다. 그리고 한 사람씩 읽는다. 조금이라도 틀리게 읽으면 선생님의 무릎에 있던 회초리가 날아와 탁, 하고 책상을 친다. 그럴 때마다 숨이 막힐 정도로 무서웠다.
해석은 일체 없었으나 날마다 이렇게 낭독하고 있으면 한자의 발음이 어린 마음에도 아름다운 것으로 느껴져 온다. 의미도 어렴풋하나마 알게 되는 모양이다.
이것이 '준고로'라고 불리던 아키야마 사네유키의 소년 시절 글방 풍경이었다.
'노보루 군'으로 불리던 마사오카 시키가 다니던 글방은 쓰치야 히사아키(土屋久明)의 사숙이었다.
하기야 시키는 외조부가 마쓰야마 제일의 학자인 오하라 간잔이기 때문에 소학교에 입학하기 전까지는 간잔 옹에게서 직접 한문을 배우는 행운을 누렸다. 간잔의 가르침은 아침 5시부터 6시까지였다. 이 노인은 시키를 몹시 사랑하여 말했다고 한다.

"노보루는 아무리 많이 가르쳐도 잘 외우니까 가르치는 것이 즐겁다."

이렇게 시키가 소학교에 입학하게 되자 간잔은 후배 유학자인 쓰치야 히사아키에게 시키의 한학 교육을 부탁하였다. 쓰치야는 일찍이 번의 유학자였던 사람인데, 간잔이 그 애지중지하는 외손자를 자기에게 맡겼다는 것을 명예로 생각하여 남에게도 자랑하고 이 때문에 직접 교수했다. 이 점 역시 시키로서는 행운이었다고 하겠다.

말이 났으니 말이지만 이 쓰치야 히사아키라는 유학자는 유신 때 받은 퇴직금으로 이자놀이를 하거나 장사를 하지 않고 그 돈을 다 써 버리자 '영주님께서 주신 돈이 이제 다 떨어졌으니 그만하면 됐다'고 식음을 전폐하고 굶어 죽었다.

소년 시절의 성품으로 반드시 그 소년의 장래를 점칠 수 있는 것은 아니다. 하지만 장래의 싹을 내보이는 경우도 때로는 있다. 사네유키는 이루 말할 수 없는 개구쟁이였다.

열두어 살 때 언제나 사쿠라이 사네키요(櫻井眞淸)라는 여덟 살짜리 아이를 비서처럼 데리고 다녔다. 사네키요의 집은 이웃이었다. 뒷날 이 아이는 골목대장 사네유키를 흉내내어 해군에 들어갔고 소장까지 승진했다. 사네유키는 어느 날 이 사네키요의 집에서 놀다가 우연히 불꽃놀이 화약 조제서(調劑書)를 발견했다. 사쿠라이 집안이 구번 시절 화술계(火術係)를 맡아 보았던 적이 있어서 그 집에는 이와토식(岩戶式)과 우사미식(宇佐美式)의 전서(傳書)가 비장되어 있었던 것이다.

"이것으로 불꽃을 만들자."

사네유키가 제의하여 근처 아이들을 모아놓고 화약 만들기에 착수하였다. 사네유키는 아이들에게 저마다 조를 짜게 하고 질산칼륨을 구해오는 조, 숯과 유황을 약절구에 가는 조, 종이를 자르는 조, 종이를 붙이는 조 등을 정한 뒤, 며칠씩 걸려 몇 개의 불꽃을 만들어 냈다. 다시 불꽃 발사통도 만들었다.

그런데 이것은 금지되어 있었다. 불꽃 제조업자가 화약을 폭파시킬 경우에도 경찰에 신고해야 하며 신고하면 경찰이 장소를 지정하고 경관 입회 아래 터뜨리게 된다.
"들키면 사형이래."
아이들 중에는 꽁무니를 빼는 아이도 있었으나 사네유키는 아이들을 부추겼다.
"상관없어. 순경을 상대로 용기를 단련해 보는 거야."
어느 날 사네유키는 날이 저물기를 기다려 열 서너 명의 아이들을 변두리의 들판으로 모이게 했다. 사네유키로서는 불꽃놀이보다 순경을 상대로 술래잡기를 하는 일이 더 재미있었다.
"만약 순경이 오면……."
그는 아이들 한 사람 한 사람에게 도망칠 방향을 지시하고 가지고 달아날 도구도 지정해 주었다. 여덟 살짜리 사쿠라이 사네키요는 화약 상자를 가지고 달아나는 임무를 맡았다.
"사네키요, 만약 쫓기게 되면, 상관 없으니까 그 화약 상자를 저쪽 우엉밭에 냅다 던져 버리고 내빼는 거야."
우엉은 잎사귀가 크다. 거기는 무엇이거나 던져 넣어도 잎이 그것을 감춰주고도 남았다. 말하자면 전술이었다.
타타앙――하고 '유성(流星)'이라는 이름의 불꽃이 치솟아 사람들을 놀라게 했다. 몇 방이나 올라갔다. 이윽고 순경이 쫓아왔고 사네유키들은 어둠을 틈타 뿔뿔이 흩어졌다.
어느 날 경찰에서는 많은 경관을 배치하여 아이들의 거동을 낮부터 탐지하여 그들이 들판에 모였을 때 이를 살그머니 포위하고 일제히 돌진했다. 아이들의 반이 붙잡히고 말았다.
사네유키는 달아났다.
하지만 주모자라는 것이 아이들의 자백으로 알려지는 바람에 경관이 아키야마의 집을 찾아와 엄중하게 타이르도록 부탁했다.
"나도 죽는다. 너도 이것으로 가슴을 찔러 죽어라."
평소에 온화하던 어머니가 단도를 들이대며 사네유키를 꾸짖은 것은 이때였다.

시키는 그렇지 않았던 모양이다.

문예 역사상 그토록 대담한 혁신 활동을 감행한 시키도 어려서는 '노보루만한 겁쟁이도 없다'는 말을 들었다.

여섯 살인가 일곱 살 때 마쓰야마에서는 처음으로 노쿄겐(能狂言 : 일본 고유의 탈춤과 그 막간에 하는 희극) 공연이 일반에게 공개되어 온 마을이 법석을 떨었는데, 시키도 외조부 오하라 간잔을 따라 구경 갔다.

그런데 '무서워, 무서워' 하며 처음부터 두 귀를 막고 고개를 떨어뜨리고 있다가 마침내 울기 시작하자 하는 수 없이 유모를 불러 집으로 데리고 가게 했다. 무엇이 무서웠느냐고 어머니가 나중에 물어보니 '장구랑 북치는 소리가 무서웠다'고 했다.

시키를 귀여워하던 외조부 간잔도 이 일에는 크게 탄식하며 시키를 꾸짖었다.

"무사의 가문에 태어났으면서 노(能)의 장단을 무서워하다니 장래가 걱정된다."

하지만 시키로서 다행인 것은 이미 무사의 세상이 아니라는 것이었다.

그 당시 무사의 자식들은 일반 서민의 아이들과 놀지 않았고 예전부터 번사 조직인 '조(組)'의 아이들끼리 어울려다니며 놀았는데, 때로는 평민 아이들과 집단으로 싸움을 할 때가 있었다. 그럴 때 시키만은 얼른 집으로 돌아와 집안에서 숨을 죽이고 있었다.

"노보는 어째서 저 모양일까."

어머니는 어처구니없어했다. 말이 났으니 말이지만 시키의 어머니 야에(八重)는 외아들인 시키가 죽을 때까지 노부루라고 하지 않고 노보라고 불렀다.

어느 날 시키가 학교에서 돌아오는 길에 새파랗게 질려서 도망쳐 온 일이 있었다. 못된 아이에게 시달림을 받았느냐고 물었더니 아니라고 했다. 개가 쫓아왔느냐고 물었더니 그것도 아니라고 대답했다.

"그럼 뭔데?"

"어머니, 요네후지(米藤)네 담이 있잖우."

요네후지란 성 밑 거리에서 가장 큰 포목점이다. 그 집에는 길게 담이 둘러쳐져 있다.

"담이 어쨌다는 거니?"

"담장 위로 하녀가 얼굴을 내밀고 있었어."

대낮에 하녀가 얼굴을 내밀고 있어서 무서웠다니, 좀 이상하지 않은가. 그러나 이것은 겁쟁이라기보다는 병적일 정도의 풍부한 상상력이 하녀의 얼굴 하나만 보아도 엉뚱한 상상을 머리에 그려 내게 되고, 그 때문에 무서워지는 것인지도 몰랐다.

뒷날 시키는 코흘리개 친구인 아키야마 사네유키와 더불어 평생토록 문학을 하자고 맹세했지만, 어려서는 사네유키 쪽이 오히려 그 방면의 재능이 있을 성싶게 보였지 시키에게는 그런 낌새도 없었다.

더구나 말이 다른 아이들보다 특별히 더디었던 모양으로, 세 살이 되어도 똑똑히 말을 하지 못하여 하루라는 하녀의 이름을 '아부, 아부'라는 혀 짧은 소리로밖에 부르지 못했다.

시키는 사네유키와는 달리 여섯 살 때 아버지 하야타(隼太)를 여의고 홀어머니 밑에서 자랐는데, 사네유키보다 행운이었던 것은 외조부 오하라 간잔의 훈육을 받았다는 점으로, 말하자면 교육 환경이 좋았다고 할 수 있겠다.

사네유키의 소년 시절에서 가장 큰 사건이라고 하면 형 요시후루의 귀향이었다.

사네유키가 열한 살 되던 메이지 10(1877)년 여름, 하기 휴가로 요시후루가 돌아왔는데 미리 연락은 없었다.

요시후루는 미쓰하마에서 배를 내려 하사관복과 비슷한 사관학교 제복차림으로 거리에 들어섰다. 그러한 요시후루를 맨 먼저 길모퉁이에서 발견한 것은 소꿉 친구인 가모가와 마사유키(鴨川正幸)였다.

"저기 가는 게 아키야마의 신(信)군이 아닌가."

가모가와는 마쓰야마 사투리로 느려지게 말했으나 마음은 상당히 조급했다. 이 가모가와는 요시후루와 오사카의 사범학교에서 같이 배웠는데, 그후 가모가와는 마쓰야마로 돌아와 교원 양성소에서 교편을 잡고 있었다. 그도 요시후루가 사관학교에 들어갔다는 말은 듣고 있었으므로 '저 군인 복장으로 보아 틀림없이 그럴 거야' 하고 생각하면서 말을 걸었던 것이다. 요시후루가 돌아보았다.

아니, 가모가와 아닌가, 하며 발길을 멈췄다.

가모가와는 반가움에 앞서 요시후루가 사관학교에 들어간 것이 부럽기만

하였다.
"사관학교도 역시 관비인가?"
가모가와가 물었다.
"나도 이런 촌구석에서 멀뚱멀뚱 세월을 보내느니 차라리 사관학교에라도 들어갔으면 싶은데 어떨까?"
가모가와로서는 농담이 아니었다. 사관학교에 들어가면 프랑스 어를 배울 수 있다고 했다. 당시의 어학이라는 것은 보석처럼 희소 가치가 있어 외국어를 배울 만한 곳은 일본에서도 몇 개 없었다.
그런데 요시후루는 모자 밑으로 땀을 흘리며 팔을 내저었다.
"그만둬, 그만두라구."
가모가와는 놀라서 왜 그러느냐고 물었다.
"왜 그렇기는, 그따위 학교, 어려워서 아주 지긋지긋하다."
요시후루는 고개를 흔들었다.
정말 그 말대로 요시후루가 다니던 때의 사관학교에서는 어려운 과업을 생도에게 부과하였다. 아직 세이난 전쟁(西南戰爭)이 끝나지 않아 육군 당국으로서는 생도들을 재학 중에 일선에 내보낼 속셈이었으므로 속성 교육을 계획하여 1년 걸리는 학과와 훈련을 반년에 완성시키려는 방침이었다. 이 하기 휴가도 규정대로라면 8월경 5주일 주기로 되어 있지만 올해는 열흘밖에 안 되었다.
"신 군에게도 어려운 일이 다 있구먼."
그 말에는 가모가와도 놀랐다. 목욕탕에 심부름꾼으로 들어가 물 긷기, 불 때기를 하던 요시후루의 모습을 어려서부터 친구인 가모가와는 잘 알고 있었다. 그 요시후루가 어렵다고 하는걸 보니 '나 같은 건 턱도 없겠다'고 생각한 것이다.
가모가와는 사범학교 성적이 요시후루보다 좋았지만 체격에는 자신이 없다. 게다가 요시후루의 이야기를 들으니 지금은 전시 체제라 프랑스 어 공부보다 훈련에만 치우쳐 가모가와가 생각하는 것 같은 학교는 아닌 성 싶었다.
"그럼 안 되겠구먼."
가모가와는 그렇게 말하고 요시후루와 헤어졌다. 요시후루는 이런 지옥 같은 학교는 섣불리 남에게 권할 수 없다고 진심으로 생각하고 있었다. '촌구석에서 멀뚱멀뚱 노느니 사관학교에라도'라는 가모가와에게는 더욱 안 될 일이라고 생각했다.

형이 몰라볼 만큼 어른이 되어 귀향한 일이, 열한 살짜리 사네유키로서는 약간 멋쩍기도 하여서 요시후루의 얼굴을 보자마자 뒷문으로 뛰쳐나가 개울로 민물 새우를 잡으러 갔다.
어머니가 그 뒤를 쫓아갔다.
"애, 어딜 가는 거냐!"
"새우."
한 마디 내뱉고 다시 뛰려고 하는 걸 어머니가 뒷덜미를 붙잡았다.
"내가 놓칠 줄 알고? 형에게 인사해야지. 그 형은 형이기도 하지만 네게는 생명의 은인이다, 은인!"
'그러니까 싫다는데도.'
사네유키는 생각했다. 사네유키가 태어났을 때 살림이 너무 가난하여(지금도 그렇지만) 아버지 하시타카가 갓난아기를 절간에라도 주어 버려야겠다고 하는 것을 열 살 난 요시후루가 '절간에 주는 거 전 싫어요. 차차 제가 공부하여 두부만큼 돈을 벌 테니까' 했다는 말을 사네유키도 어머니 아버지에게서 귀가 아프도록 들어 왔다.
물론 그 일에 대해서는 사네유키 역시 '형을 위해서라면 목숨도 아깝지 않다'고 어린 마음에도 생각해 오고 있는 터이나 그처럼 자기에게는 너무나 무거운 관계의 형이니만큼 얼굴을 마주 대한다는 일이 여간 부끄럽지 않았던 것이다.
끝내 어머니에게 끌려가 요시후루 앞에 나가서 인사를 했다.
"언제 소위가 되느냐?"
아버지 하시타카가 물었다.
요시후루는 '올해가 메이지 10(1877)년이니까' 하고 중얼거리며 손가락을 꼽아보고 대답했다.
"메이지 12(1879)년 12월입니다."
"사관학교라는 건 3년이구나."
"보병과와 기병과는 3년이고, 포병과와 공병과는 배울 것이 많아서 4년이지요."
"넌 기병이라고?"

"예."

요시후루의 오른팔에 모기가 앉았다. 배가 통통하도록 피를 빨아먹고 있었으나 요시후루는 아무렇지도 않은 얼굴로 쫓지도 잡지도 않았다. 요시후루는 죽을 때까지 그런 사람이었다.

"왜 기병을 택했지?"

아버지가 물었다.

요시후루의 이유 가운데 하나는 연한이 3년이어서 빨리 소위가 되어 하루라도 빨리 월급을 탈 수 있다는 것이었다.

'사람은 생계의 길을 강구하는 일을 첫째로 생각해야 한다. 한 집을 부양한 뒤 비로소 향리와 국가를 위해 힘쓴다'는 사상은 평생 변함이 없었다.

다른 한 가지 까닭은 팔다리가 긴 사람이 사관학교 입학자 가운데 얼마 되지 않아, 생도 사령부관인 데라우치 대위가 요시후루의 그런 체격을 보고 이 병과에 편입시킨 모양이었다. 다리가 길지 못하면 말의 몸통을 조일 수가 없고 팔이 길지 않으면 그 모자라는 치수만큼 적의 검이 빨리 들어온다.

"2년이 지나 제가 소위로 임관되면 준은 소학교를 졸업합니다. 돈을 부칠 테니 준을 중학교에 보내 주십시오."

요시후루는 '아버지 이건 약속입니다'라고 진지한 얼굴로 말했다. 사네유키를 절에 보내지 말라고 한 열 살 때의 말을 요시후루는 열심히 지키려 하는 것이었다.

메이지 12(1879)년, 사네유키와 시키는 가쓰야마 소학교를 졸업하고 마쓰야마 중학교에 진학했다.

중학교 건물은 가쓰야마 소학교와 마찬가지로 이전의 번교인 메이쿄관의 부지 안에 있었다.

중학교가 생겼을 때 '이제 마쓰야마도 깔보지는 못할걸' 하고 구번 인사들은 기뻐했다.

메이지 5(1872)년경부터 전국의 크고 작은 번에서는 잇달아 중학교가 신설되었으며, 에히메(愛媛) 현에서도 그런 소문을 듣고 조바심을 내고 있었다. 에히메 현 역시 중학교를 세우고 싶었는데 서양식 학문을 배운 인재가 적어 교장이 될 만한 자가 없었다.

메이지 7(1874)년, 도사 출신의 이와무라 다카토시(岩村高俊)가 '지사'로 부임해 오고 나서부터 이 방면에 힘을 썼으며 8(1875)년, 도쿄에서 구사마 도키후쿠(草間時福)라는 게이오 의숙(慶應義塾) 출신의 청년을 불러다 영학당(英學堂)을 세우고 구사마를 교장으로 앉혔다.

이어서 다음해인 9(1876)년에 이것을 승격시켜 '에히메 현 변칙 중학교'라고 이름을 붙였다. 변칙이란 것은 '교수 내용이 갖춰지지 않아 정부의 중학교 규정에 어긋난 중학교'라는 의미였다.

사네유키와 시키 등이 입학하기 전 해에 이 '변칙'이라는 글자가 없어지고——에히메 현립 마쓰야마 중학교가 되었다. 지금의 에히메 현립 마쓰야마 동(東) 고교의 전신으로, 사네유키와 시키 등은 정칙(正則)이 된 뒤의 제2기생이 된다. 명교장으로 이름을 떨친 구사마는 이미 마쓰야마를 떠났기 때문에 그들은 그의 가르침을 받지 못했다.

그 당시 어느 현이고 중학교가 최고 학부였는데, 학습 내용이라는 것은 지극히 단순했다.

과목은 한문, 영어, 수학, 이과(물리, 화학, 박물), 미술, 체조의 여섯 과목이었다.

'아무래도 요즘 중학교는' 하고 사네유키의 아버지 아키야마 하시타카는 '사람의 길을 가르치지 않으니 어디' 하며 불평이었다. 그 말대로 수신(도의) 같은 것은 낡은 것이라고 하여 어느 중학교에서도 가르치지 않았다. 전국을 휩쓸고 있는 사조는 '구폐 타파'였고 이 구폐 중에는 국어(일본어)도 포함되어 그 종류의 과목은 일체 제외되고 있었다.

그 뒤 문부성(문교부)에 누가 건의했는지 '외국에서는 자기 나라 말을 열심히 가르치고 있다. 중학교에 국어과를 신설해야 한다'라고 하여 사네유키 등이 입학하여 2, 3년 지난 뒤인, 그러니까 메이지 14, 5(1881, 1882)년 경에 마쓰야마 중학교에 처음으로 국어과가 신설되었다. 그런데 영어보다 교사 구하기가 어려워 결국——신관(神官)이 어떨까라는 말까지 나오게 되었지만, 그렇게도 할 수 없어 어쨌든 구번 시대에 다소 일본학을 연구한 경험이 있는 자를 데려다 교단에 세웠다. 그러나 한문처럼 교수법에 전통이 있는 학과가 아니기 때문에 교사 자신이 무엇을 어떻게 가르쳐야 할지 몰라 자연수업이 부실해져서 학생들이 이것만큼 싫어한 과목도 없었다.

어쨌든 영어, 수학, 한문이라는 세 과목이 메이지 초기의 교양을 이루는 큰 기둥이 되었던 모양이다.

사네유키 당시의 마쓰야마 중학교의 교장은 유학자 곤도 겐코(近藤元弘)였다. 앞에서도 잠깐 나왔지만 번의 유학자 곤도 메이슈의 장남이 겐슈, 차남이 겐코, 삼남이 겐스이, 이런 차례로 되어 있었다.

영어 교육에 대해서는 '실로 괴상한 영어였다'고 당시의 졸업생들은 말한다. 발음은 선생에 따라 각기 다르고 일년 열두 달 내내 거나한 상태인 미와 슈쿠사이(三輪淑載) 선생 같은 사람은 마쓰야마 사투리로 발음했다. 시이 지이 무운——달을 보라——이라고 하는 형편이었다. 발음보다 뜻에 중점을 두었다.

물론 학습 전문의 영어 교과서 따위는 없고 다짜고짜 원서로 들어간다. 2학년이면 벌써 팔레의 《만국사》를 읽어야 하고 고학년이 되면 밀의 《자유론》을 교과서로 썼다. 선생도 그다지 실력이 없어 번번이 '이 대목은 모름' 하고 그냥 넘어가기가 일쑤였고, 학생들도 그것을 당연한 일로 생각했다. 유신 후 10년이 될까말까한 그때 마쓰야마의 촌구석에 밀의 《자유론》 같은 영문을 완전히 해독하는 교사가 있을 까닭이 없었다. 그러나 영어 교사는 계몽 사상가를 겸하여——자유란 얼마나 소중한가에 대해 교단 위에서 가르쳤다.

이 점, 원서를 교재로 삼는 것에도 일종의 편리한 데가 있었다. 팔레의 《만국사》만 하더라도 그 당시의 중학에는 역사 과목이 없었으므로 그것을 영어 과목으로 배움으로써 학생들은 어렴풋이나마 세계사의 대략을 알았다.

물리는 막부 말기에서 유신에 걸쳐 이미 번역된 가노의 《이학의 탐구》라는 것을 썼는데 실험 같은 것은 없었다. 미술이라는 것도 수채화 물감 따위는 도쿄나 오사카에서도 구하기 힘든 것이었으므로 전부 연필화였다.

수학은 '우메보시(매실짠지)'라는 별명을 가진 요시에다 히사노리(吉枝尙德) 선생이 가르쳤다. 선생님에게 별명을 붙이는 일이 성행했다는 것은 뒷날에 시키의 친구로서 이 중학교 영어 교사로 부임해 온 나쓰메 소세키(夏目漱石)가 소설 《봇짱(도련님)》에서 쓰고 있지만, 이미 개교 당시부터 그 풍조가 있었던 모양이다.

한문을 가르치는 나가노 도요우지(永野豊氏) 선생은 '앙코로(팥소)'라는 별명이었다. 앙코로는 작문을 전문으로 가르쳤다. 한문 주임 선생은 무라이 도시아키(村井俊明)였다.

이 사람은 에도에서 근무한 번사 아들로 산뜻한 표준어를 썼다. 다이쇼

(大正) 12(1923)년 6, 70세로 세상을 떠나기까지 교육에 종사하여, 그 제자가 5,000명이 넘는다고 한다. 교재는 《십팔사략(十八史略)》, 《정헌 유언(靖獻遺言)》, 《황조사략(皇朝史略)》, 《일본 정기(日本政記)》 등이었다. 아마도 한문과 선생의 학문 수준이 가장 높았던 것이 아닐까 한다.

유도, 검술은 없었고, 그 대신 서양식 체조과가 있었다. 도쿄에서 온 젊은 선생은 오자마자 대뜸 영어로 구령을 하여 학생들을 놀라게 했다.

중학교 저학년 당시의 아키야마 사네유키에게는 그다지 색다른 일화가 없다. 몸이 작아도 체조를 제일 잘했다는 것 정도일까. 다만 문학 취미가 짙게 나타났다.

"어머니, 저 단카를 배우고 싶어요."

그렇게 어머니를 조르기 시작한 것은 중학교 1학년 말쯤이었다. 어머니는 이 사네유키를 특별히 사랑하여(만년까지도 그랬지만) 어려운 살림을 꾸려 나가면서도 그것을 허락해 주었다.

"노래는 이데(井手) 선생에게 배워라."

어머니는 그렇게 권했다.

이데 선생이란 이데 마사오(井手眞棹)를 말하는 것으로, 구번 시대에는 번의 수재로 알려졌으며 막부의 제2차 조슈 정벌 때는 마쓰야마 번도 막부군의 일대로 출전했다. 그때 이데는 조슈 번의 항구 미타지리(三田尻)에서 조슈의 대표 기도 다카요시(木戶孝允)와 담판을 지은 일이 있다.

막부가 무너진 뒤——그 기도 따위가 판을 치는 세상이 되었어, 라는 말 한마디를 뱉었을 뿐 시대에 대한 비평을 일체 하지 않고 단카 모임을 만들어 그 주동자가 되었다. 가집(歌集)으로 《요모기가소노(與茂藝園)》 등이 있는데 어쨌든 마쓰야마의 가인(시인) 거의가 이 시단 호엔긴사(蓬園吟社)에 속했을 정도로 그의 주위는 늘 북적거렸다. 뒷날 시키도 이 사람한테서 노래 지도를 받았다.

사네유키는 어린 나이에 이데 문하의 한 사람이 되어 중학교 2학년 때 고킨조(古今調)의 구식 단카(短歌)를 읊조릴 정도였다.

    봄의 들녘에 햇나물 캐는 아가씨들
    모두 아지랑이 깃옷을 입었어라

세상을 버린 깊은 산골 암자의 잠자리에도
　　정다운 벗은 있네 어린 사슴의 숨결

　중학교 2학년생인 개구쟁이가 세상을 버리고 깊은 산속을 헤맨다니 기묘하기 이를 데 없으나 그 당시의 단카 수업은 말하자면 허황된 공상으로 고킨, 신고킨의 세계로 다가가 그 흉내를 내는 것과 같은 것이었다. 이런 형식의 단카에 대해 뒷날 시키는 혁명을 일으켜 현대 단카의 기초를 만드는데, 이 당시 사네유키와 시키에게 물론 그러한 의식은 없었다.
　한편 시키는 한시에 열중했다. 그와 같은 시키를 사네유키 등 개구쟁이패들은 '퍼렁박'이라는 별명으로 부르며 멀리했다. 소년 시절의 시키는 얼굴이 푸르고 탄력이 없어 보였다.
　2학년 가을의 중요한 시험에서 시키는 학업 성적이 우수하여 그 상으로 몇 사람이 같이 《사선습유(謝選拾遺)》라는 책을 받았다. 그런데 소년의 학력으로는 어려워서 읽을 수 없었기 때문에 '가와히가시 세이케이(河東靜溪) 선생의 제자가 되자'고 상을 받은 사람들이 같이 입문했다.
　세이케이 선생은 구번 시대의 유학자로 그때는 구번주 히사마쓰 가문의 집사 일을 보고 있었다. 이것도 인연이라고 할 수 있겠지만 세이케이 선생의 아들이 나중에 시키의 지도로 하이쿠 시인이 된 헤키고도(碧梧桐)이다.
　세이케이 선생은 시의 제자를 둔 일이 없으나 이 젊은이들은 재미있게 여겨 시 작법을 가르쳤다. 시키를 비롯한 다섯 사람이었다. 이 다섯 친구가 한시 모임 '동친결사(同親結社)'를 만들어 필사(筆寫)로 만든 회람 잡지를 발행하였다. 시키는 '퍼렁박'이란 별명은 붙었으나 무엇이거나 제안하기를 좋아했고 우두머리가 되기를 좋아했다.

　"아키야마, 우리 집에 놀러 가지 않을래?"
　학교에서 돌아오는 길에 시키가 사네유키에게 그렇게 말한 것은 중학 3학년 때의 여름 방학 조금 전이었다.
　"뭐야, 재미있는 일이라도 있냐."
　사네유키가 말했다.
　"넌 그러니까 안 된다는 거야."
　시키의 비평하기 좋아하는 버릇은 이 무렵부터 이미 싹트고 있다. 사네유키가 여전히 소학생처럼 개구쟁이짓을 하며 돌아다니는 것이 시키로서는 부럽기도 하고 밉살스럽기도 했다.

결국 같이 가기로 했다.

시키의 집은 시키가 태어난 해에 미나토 거리(湊町) 4가 1번지로 옮겼다.

시내지만 관개용 작은 개울이 흐르고 있었다. 개울 폭 2미터 가량이고 이름은 나카노 개울(中之川). 이시테 강(石手川)의 지류로 물은 그냥 마실 수 있을 정도로 맑았다.

시키의 집은 남쪽 생나무 울타리가 이 개울에 그림자를 떨어뜨리고 있고 동쪽으로는 토담이 이어지다가 정문이 나 있었다. 대지 넓이는 180평 정도였다.

'마사오카의 집이 우리집보다 낫다.'

마사오카 집안은 싸움터에서 주군의 친위대 노릇을 한 무사라 신분은 낮지 않았다. 그래서 그런지 집도 넓다고, 사네유키는 문 안으로 들어서면서 자기 집과 비교하며 생각했다. 대문에서 여남은 걸음 들어가니 정면에 현관이 있었다.

현관이 4조(疊), 바로 그 안쪽이 8조의 객실, 그 북쪽으로 있는 6조짜리 방이 거실, 동쪽으로 있는 4조 반쯤의 마루방이 주방 겸 식당, 다시 그 동쪽에 흙바닥으로 된 부엌이 있었다.

젊은 아가씨들의 목소리가 들려왔다.

'누구일까?' 하고 생각했으나 이내 바느질하는 처녀라는 것을 알았다. 시키의 어머니 야에는 과부가 된 뒤로 이웃 처녀들에게 바느질을 가르치고 있다. 그렇지만 마사오카네 집안에는 무사의 퇴직금이 있는데다 야에의 친정인 오하라 집안에서 다소 보태고 있었으므로, 재봉 강습으로 가계를 지탱해가는 것이 아니라 말하자면 야에의 취미생활 비슷한 것이었다.

"이리 와."

시키는 현관에서 왼쪽으로 나 있는 미닫이를 열고 들어가 사네유키를 불렀다.

"이게 내 서재야."

시키가 이렇게 말하는 데는 사네유키도 놀라지 않을 수 없었다. 중학교 3학년짜리 소년이 서재를 갖고 있다니, 보졸 집안에서 자라난 사네유키는 얼른 이해가 가지 않았다.

이 3조의 서재는 어머니 야에가 증축한 것이었다. 안채 지붕에서 그냥 이어낸, 추녀가 얕은 건물인데 벽 같은 것도 한 번 칠한 그대로인, 그야말로 소박한 것이었으나 사네유키의 눈에는 궁궐같이 보였다. 이 서재는 뒷날 시키의 기념관으로 보존된다.

벽에 '향운(香雲)'이라는 글씨가 든 액자가 걸려 있었다. 시키의 외조부의 친구인 다케치 고유(武智五友)의 글씨이다.

책상이 하나, 책장이 둘.

이윽고 야에가 과자 쟁반과 차를 들고 왔다.

"어서 오느라. 우리 노보가 성가시게 굴지?"

과자 쟁반에는 볶은 콩이 담겨 있었다.

"이건 뭐야?"

사네유키가 엽서만한 크기의 책자를 집어 들고 물었다.

"신문."

시키가 대답했다. 넷으로 접은 미노반지(美濃半紙)에 붓으로 깨알 같은 글자가 적혀 있었다. 인쇄가 아닌 것이 아무래도 이상해 거듭해서 물어보니 '내가 만든 신문이야' 하며 시키가 좀 겸연쩍은 듯한 얼굴로 말했다.

중학교 2학년 때 시키는 중학에 다니는 근처 아이들을 불러 모아 놓고 '오늘부터 내가 신문을 만들 테다'라며 그들에게 뉴스를 취재하게 하고 원고도 쓰게 한 다음, 그것을 자기가 편집장이나 된 듯 문장을 고쳐가면서 이와 같은 체재의 지면에 필사했다.

"한길 가의 후나다(船田) 선생 집 말이 난리를 부렸다고?"

사네유키는 신문을 읽으면서 말했다. 한길이라고 불리는 번화가에 후나다라는 의사가 살고 있었다. 말을 타고 왕진하는 것으로 유명한데 그 말이 어느 날 후나다네 집 문 앞에 매어 놓았더니 무엇이 마음에 들지 않았던지 지나가던 사람을 걷어차서 상처를 입혔다. 그런 정도의 일을 재미있게 써놓은 것이었다.

신문은 2, 3호로 폐간되었다. 그 뒤로 시키는 필사 잡지를 만들기도 했다. 이 시키의 서재 앞에 커다란 벚나무가 있다. 그것을 따서 잡지의 이름은 '오테이(櫻亭)'라고 명명했다던가.

"너도 들지 않을래?"

이것이 오늘 시키가 사네유키를 끌고 온 목적이었던 모양이다.

"난 싫어."

사네유키는 딱 잘라 거절했다. 속으로는 재미있겠다고 생각했으나 사네유키로서는 자기도 한 편의 우두머리인데 시키의 잡지에 끼면 시키의 장단에 춤을 출 수밖에 없게 된다.

"그래?"

시키는 그 이상 권유하지 않았다. 훗날 시키는 사네유키에 대해 '내 강우(剛友) 아키야마 사네유키'라는 말을 썼다. 사네유키가 인심이 후한 이요 인으로서는 드물게 싫은 것은 싫다고 명확하게 표현하는, 때에 따라서는 쌀쌀하기조차 한 일면을 아무래도 좀 두려워했던 모양이다.

"넌 글씨를 열심히 잘 쓰는구나."

사네유키는 볶은 콩을 깨물면서 시키를 칭찬했다. 이 방에는 책상 하나와 책장이 두 개밖에 없었으나 그 책장에 들어 있는 책은 교과서 외에는 전부 시키가 필사하고 시키가 제본한 것뿐이었다.

바킨(馬琴)의 소설책도 있고 《잇큐선사제국담(一休禪師諸國譚)》이라는 책도 있었다. 《조화기론(造化機論)》이라는 생리학 서적도 있었는데 생리학은 중학교에서 배우지 않는다. 사본의 원본은 남의 집에서 빌려 오기도 하고 대본해 오기도 한다. 대본집으로는 이 근처인 미나토 거리 3가에 야마토야(大和屋)라는 것이 있어 거기서 빌려 온다. 임대료는 하루 다섯 권에 5리 였다.

말이 나왔으니 말이지만 시키의 필사 버릇은 운명적인 것이었다. 후년에 혁명적인 하이쿠론을 전개하기에 이른 것도, 그가 에도 시대의 하이쿠 시인 작품을 알뜰히 베끼는 작업 속에서 사상이 태어났던 것이 아닐까.

그와 같은 일로 인하여 사네유키와 시키는 갑자기 친해졌는데 그래도 노는 친구로서는 각기 다른 그룹에 속해 있었다.

사네유키는 여름 한 철을 수영으로 보냈으나 시키는 그와 같은 놀이에는 전혀 흥미가 없는 건지 가까이하지 않았다.

중학 4학년 무렵 시키는 당시 유행하던 자유민권 운동의 연설에 열중하고 있었다.

"재미있냐?"

사네유키가 물으면 시키는 묘한 말을 했다.

"내가 물어보고 싶은 말이야."

요컨대 재미있기 때문에 하는 것이 아니라 재미있는지 아닌지를 알고 싶어서 하는 것이라고 시키는 말했다.

'되게 따지는 놈이로군' 하고 사네유키는 생각했으나 당시 그런 종류의 민간 정론은 전국에서도 에히메가 가장 성행한 편이었을 것이다.

하기야 자유 민권 운동의 본고장처럼 되어 버린 도사에 가깝고, 게다가 메이지 7(1874)년에 이 현의 지사로 부임해 온 이와무라 다카토시는, 앞서도 말한 것처럼 도사 사람이어서 지사가 앞장서서 현내에 이 운동을 일으켰고, 메이지 10(1877)년에는 이와무라의 독단으로 특설 에히메 현회가 만들어졌다. 전국 최초의 현회였다.

이것이 현내의 연설 붐을 일으켰다. 참고로 현회 의사당을 '현회좌(縣會座)'라고 했다. 이 현회좌는 마쓰야마 중학교 옆에 있었기 때문에 시키 등은 쉬는 시간에 살그머니 가서 연설을 듣곤 했다.

메이지 14, 5년경에는 마쓰야마 시내에도 청년 연설 그룹이 몇 개나 생겨났는데 시키는 그 가운데 세 그룹에 참가할 정도로 열심이었다.

"자유란 무엇인가?"

그런 따위의 연제(演題)로 시키는 시내의 이 회장(會場) 저 회장에서 기염을 토했다.

"지사 오다"

이런 광고지가 한길 등 사람들 눈에 띄기 쉬운 자리에 붙여졌다. 자유 민권 운동가를 마쓰야마에서는 '지사'라고 불렀던 것이다.

유명한 우에키 에모리(植木枝盛)가 마쓰야마에 와서 후나야(鮒屋) 여관에 묵었을 때에도 중학 4년생인 시키는 패거리와 같이 여관으로 찾아가 의견을 들은 일도 있다.

그렇다고 해서 그것이 재미있어서 못 견디겠다는 것도 아니어서 '뭐, 내가 재미있어할 만한 일은 없는가' 하고 열심히 찾아 헤매는 모양이었다. 사네유키는 그와 같은 시키와 비교하면 훨씬 미숙한 소년이었다.

4학년이 되는 정월에 사네유키가 시키의 서재를 찾아가니 시키가 물었다.

"준고로, 나는 중학교를 중퇴하려고 하는데 어떻게 생각해?"

왜 그런 마음을 먹게 되었느냐고 물어보니 시키는 말했다.

"재미가 있어야지."

문학 운동 흉내도 내보고 연설 흉내도 내보았으나 뚜렷하게 이것이다, 하고 느껴지는 것이 없고 게다가 공부마저 재미가 없어졌다는 것이었다.

중학 4학년인 시키는 '내 심경은 바로 이거야' 하고 서투른 한시를 사네유키에게 보여주었다.
'마쓰야마 중학은 이름만 거창하다(松山學只虛名)'로 시작되어 '좋은 스승이 없으니 어디 가서 길을 물을까'로 이어지고 있었다.
"그렇게 없나?"
사네유키는 아직 어린 아이였다. 어느 교사고 다 훌륭한데, 라고 생각할 뿐이었지만 시키의 눈으로 보면 그렇지가 않은 모양이다.
"그래도 한문 선생님은 훌륭하시잖아."
사네유키가 말하니 시키는 갑자기 심각한 얼굴이 되어 '선생님은 훌륭하지만 요즘은 내 쪽이 한문을 받아들이지 않게 되었어'라고 한다.
"한문 공부를 하면 머리가 골동품이 되어 버려."
중학교 저학년에서는 그토록 한문, 한시에 열을 내던 시키가 아주 딴 사람이 된 것 같은 말을 했다.
"생각해 봐."
시키의 말에 의하면 마쓰야마의 한문 선생은 아무리 학문이 있어도 모두 썩어 빠진 유학자이다. 일본에 국회 개설을 요구하는 소동이 있었고 러시아가 청국을 침략하여 세계의 여론이 물 끓듯하며, 영국이 어떠니 프랑스가 어떠니 하면서 지구가 온통 야단들인데 마쓰야마의 한문 선생님들 눈에는 그것이 눈에 보이지 않고 귀에 들리지 않는지 전원에 유유자적하며 벌레 먹은 책이나 뒤적이고 있다.
"역시 영어야. 영어를 잘 배워둬야 해."
시키가 책상을 치며 말했을 때 사네유키는 하마터면 웃음을 터뜨릴 뻔했다. 마쓰야마 중학교에서 영어를 잘하는 것은 사네유키이고 시키는 다른 학과에 비해 영어가 훨씬 떨어졌다.
"하긴 나는 영어를 잘 못해. 그것은 마쓰야마 중학교의 영어가 내게 맞지 않기 때문이야."
'아전인수도 유분수지.'
사네유키는 그렇게 생각했지만, 시키는 요컨대 도쿄에 가고 싶다는 것이 본심이었다.

"가고 싶다, 가고 싶다. 더 견딜 수 없을 정도로 나는 도쿄에 가고 싶다."
시키는 그렇게 말하며 종이를 끌어당겨 붓을 들고 이렇게 크게 썼다.
"강물은 고래가 노닐 곳이 아니며, 가시나무는 봉황새가 깃들일 데가 아니며, 해남(시코쿠)은 영웅이 머무를 곳이 아니로다."
이 시기의 시키는 물론 자기를 영웅의 병아리쯤으로 생각하여 마지않았다.
"그래서 가토의 외삼촌에게 편지를 띄웠지."
시키가 말했다.
가토 쓰네타다(加藤恒忠)를 말하는 것이었다. 시키 어머니의 남동생으로 마쓰야마에서는 수재로 이름을 날렸으며 이미 대학을 졸업하고 외무성에 들어가 있었다. 사네유키의 형 요시후루와는 소년 시절부터 둘도 없는 친구였다.
"그런데 반대해 왔어."
그러니까 너의 형님에게 네가 편지하여 가토 아저씨를 설득하도록 해 달라고 시키는 말했으나 사네유키는 거절했다. 사네유키는 이 세상에서 형이 제일 무서웠다.

여담이 되지만 도쿠가와 300년은 에도에 장군이 있다고 해도 300제후가 지방 지방에 각기 소 정권을 가지고 성 밑 거리를 발전시켰으며 그곳을 정치, 경제, 문화의 중심지로 삼았다.
하나 그것이 메이지 4(1871)년의 번 폐지로 하루 아침에 무너져 버리고 일본은 도쿄 정부를 중심으로 하는 중앙집권제가 되었다.
"엄청난 개혁이다."
이것은 막부 말기부터 메이지 초기에 걸쳐 주재한 영국 공사 파크스를 놀라게 했다. 파크스가 놀란 것은 이 개혁 자체가 혁명 바로 그것인데 한방의 포탄도 쏘는 일 없이 이루어졌다는 점이었다. 파크스는 이것을 기적이라고 했다.
그 '번 폐지령'이 내린 후부터 시키와 사네유키의 중학교 상급생이 될 때까지 겨우 10년이 될까말까한 세월이 흘렀다. 고작해야 그 정도의 세월인데 '무엇이고 하려면 도쿄다'라는 기분이 일본 열도의 방방곡곡에 이르기까지 젊은이들의 가슴을 설레게 하고 있었다. 일본인의 약삭빠른 의식 전환 능력,

그리고 메이지의 신정권에 대한 높은 신뢰도(특히 세이난 전쟁에서 사쓰마의 토착 세력을 무찔러 버린 뒤의)를 이 한 가지로도 짐작할 수 있으리라.

도쿄를 동경하는 시키의 생각도 이와 같은 시대의 분위기 속에서 숨쉬고 있다.

"도쿄의 대학 예비학교에 가고 싶어."

시키는 사네유키에게 말했다.

사네유키는 집에 돌아오자 그의 응석을 잘 받아 주는 어머니 사다에게 시키의 이야기를 하고 졸라 보았다.

"나도 중학교를 중퇴하고 대학 예비학교에 갔으면 싶어요."

어머니는 바느질을 하면서 대답하지 않았다. 사네유키가 중학교에 다니는 것도 형 요시후루의 송금으로 꾸려 가고 있었다. 그런 것을 제멋대로 중퇴하고 도쿄에 가겠다니 요시후루가 승낙할 리 없었다. 요시후루는 이 무렵 육군사관학교를 졸업하고 소위로 임관되어 도쿄 진대 기병 제1대대의 소대장을 맡고 있었다.

"형이 화낼까?"

"학교를 중퇴한다면."

사다가 말했다.

"그래도 어머니, 중퇴해도 학력만 있으면 도쿄 대학 예비학교에 시험칠 수 있대요."

"중퇴는 안 된다."

사다는 바느질하는 손길을 멈추지 않았다.

"그래도 어머니, 마사오카의 노보루는 중퇴하고 가는데요."

"마사오카의 노보로는 말이다, 마음이 잘 변하는 아이야."

사다는 시키의 성격을 그렇게 보고 있었다.

"게다가 마사오카 댁은 돈이 많아."

아키야마네는 무사를 그만두게 된, 말하자면 퇴직금이란 것을 보졸이었기 때문에 600엔 밖에 받지 못했고 게다가 자식이 많아서 살아가는 일이 여간 힘들지 않았지만, 마사오카네는 상급 무사라 1200엔의 퇴직금을 받고 또한 가족이라야 미망인과 시키와 그 누이동생 밖에 없었다. 시키가 도쿄로 나갈 경비 정도는 쉽게 마련되는 것이다.

메이지 16(1883)년 6월, 마사오카 시키는 중학 5학년을 중퇴하고 도쿄에 올라가기로 했다.

"노보루는 한번 마음먹으면 끝장을 보는 아이니까."

시키의 어머니도 이 일로 속을 태웠다. 시키는 뒷날 '반생의 희비'라는 짧은 글을 발표한 일이 있는데 그 속에서 이렇게 쓰고 있다.

"나는 태어난 뒤로 너무 좋아서 히죽히죽 웃지 않을 수 없었던 일이 세 번 있었다. 첫째는 도쿄의 외숙(가토 쓰네타다)에게서 날더러 도쿄로 오라고 하는 편지를 받았을 때였다."

중학교를 중퇴하고 도쿄로 올라간다는 것이 온 마쓰야마의 거리를 뛰어다니고 싶을 만큼 좋았던 모양이다.

시키는 끈덕졌다.——도쿄에 나가고 싶다는 편지를 반 년 동안 외숙부 가토 쓰네타다에게 계속해서 보냈다. 가토는 번번이——고향에서 공부해라. 라든가——중학교는 졸업해야지. 하며 반대해 왔는데 이해 5월이 되어 갑자기 의견이 바뀐 것이었다.

"나오너라."

이 조카의 끈기에 지고 만 것이었으리라. 그리고 가토 자신의 주변에서 구영주 히사마쓰 가문의 원조로 프랑스 유학을 가라는 말이 갑자기 나왔기 때문이기도 했다. 프랑스에 유학하게 되면 시키가 중학교를 졸업할 무렵에는 이미 일본에 있지 않게 된다. 그렇게 되면 돌보아 줄 수도 없으므로 어서 나오라고 재촉했는지도 모른다.

"노보루는 6월 10일에 배로 떠난대요."

사네유키는 어머니에게 이야기했다. 부럽기도 하고 서글프기도 했다. 서글픔은 시키를 신변에서 잃어버린다는 서글픔이 아니라 자기만 남겨져 이 마쓰야마의 뜨뜻미지근한 공기 속에서 지내야 한다는 초조감이었다.

"마쓰야마 중학은 이름만 거창하다."

이러한 시키의 한시를 사네유키는 아버지 하시타카에게도 보였다. 하시타카는 이 무렵 '학구(學區) 감독'이라는 명칭의 현리였다. 에히메 현은 그 당시 여섯 개 학구로 나뉘었고 하시타카는 그 여섯 학구를 동료인 나이토 메이세쓰(內藤鳴雪), 유리 기요시(由利淸) 등과 함께 관리하고 있었다.

그러므로 온후한 하시타카도 얼굴빛이 달라졌다.

"너, 이 아버지더러 들으라는 말이냐?"

"누가 아버지더러 뭐랬나요. 중학교는 아버지 권한 밖이실 텐데요 뭘?"

그렇다, 하시타카는 중학교를 감독할 만한 높은 관리는 아니었다.

6월 10일, 시키는 가족과 친척, 친구들의 전송을 받으며 미쓰하마에서 출발했다. 배는 도요 나카마루(豊中丸)였다. 그는 '반생의 희비'에 정직하게 쓰고 있다.

"가장 슬펐던 것은 난생 처음의 도쿄행으로 미쓰하마에서 출발했을 때."

그처럼 동경하던 상경이었지만 어린 나이에 혼자 고향 산천을 등지고 떠난다는 것은 슬펐던 모양이다.

시키는 마쓰야마를 떠났다.
——만리의 파도를 넘어 동도로 향한다. 시키는 배 안에서 그렇게 술회하고 있다. 뒷날 사람들이 일본에서 미국으로 가는 것보다 거리감이 컸으리라.

이 무렵의 배는 고베까지였다. 상륙하여 1박하고 고베 요코하마 항로로 바꿔 탄다. 모두 4, 5일은 걸렸다.

이때 시키는 만 열여섯 살이었다. 그 상경의 뜻은 뒷날의 문학자 시키에게서 역산할 수는 없다. 아무리 보아도 문학청년의 상경이 아니라, 이 소년은 천하라도 잡으러 가는 것 같은 마음이었다. 메이지 초기의 기풍이리라.

당시에 시키가 쓴 편지를 의역하면 다음과 같다.

"공명은 천하의 모든 사람이 다투어 차지하려고 하는 것이다. 그러나 공명은 부자나 귀족의 전유물이 아니다. 배우면 우리들 서민의 아들도 공경(公卿)이 될 수 있다."

그는 공경이라는 말을 쓰고 있다. 공경이란 천황의 직속신하이다.

"우리는 반드시 공경이 될 것을 원하는 것은 아니지만 사회의 상류에 서고 싶어한다. 그러자면 학문을 닦을 수밖에 없다."

이렇게 쓴 다음 방향을 홱 바꾸어 이렇게 썼다.

"오늘날 천하의 형편은 어떠한가."

이 소년이 혼자 일본 국가를 짊어진 듯 했다.

"오늘날의 천하는 점진주의로는 안 된다. 속성이어야 한다. 인간도 또한 속성이 아니면 안 된다. 시골 중학교에서 학문을 닦아도 과연 되기는 하겠지만 그래서는 너무나 시간이 많이 걸린다. 속성은 수도의 학교에 있다."

철도는 요코하마에서 도쿄까지밖에 없다. 시키는 그것을 이용하여 6월 14

일 신바시(新橋) 정거장에 닿았다.
"도착하는 즉시 구번주 저택에 가서 문안드리도록 해라."
외숙 가토 쓰네타다의 이러한 당부가 있었으므로 정거장에서 인력거를 타고 히사마쓰 저택으로 갔다. 도중에 긴자(銀座)의 뒷길을 통과한 것은 아침 8시 경이었는데 그 지저분한 모습에 놀라 '도쿄란 이렇게 더러운 곳인가 하고 놀랐다'고 고향 친구에게 써 보냈다.
메이지 16년의 긴자 뒷길은 도쿄 중에서도 가장 더러운 장소의 하나였다.
시키는 이 히사마쓰 저택 행랑채에서 기거하게 되었다.
도착한 다음날 무코지마(向島)로 외숙 가토를 찾아갔다.
이 날이 15일, 가토로서는 열흘 뒤면 프랑스 유학차 도쿄를 떠나야 하므로 마음도 몸도 분주한 시기였다.
"대학 예비학교는 여간 어렵지 않다."
우선 이 조카를 겁부터 주었다. 그러므로 시험 준비를 위해 학원에 다녀야 한다.
"아카사카의 스다 학사(須田學舍)가 좋을 거야."
그리고 그 입학 수속도 모두 가토가 해 주었다.
"나머지는 내 친구 구가 가쓰난(陸羯南)에게 잘 부탁해 놓았으니 내일이라도 인사를 가거라."
구가 가쓰난은 뒷날 시키에게 있어서 평생의 좋은 이해자가 되었다.

시키가 도쿄에서 혼자 살 수 있게 된 것은 외숙부 가토 쓰네타다가 힘써준 덕이지만 가토보다 더욱 그의 힘이 되어 준 것은 가토의 친구 구가 가쓰난이었다. 가쓰난은 시키에게 있어서 평생의 은인이었다.
가쓰난, 본명은 미노루(實).
구 쓰가루(津輕) 번사의 둘째 아들로 태어났다.
메이지 9(1876)년에 상경하여 당시 사법성이 수재양성 기관으로 만든 사법성 법학교에 들어갔다. 그때 가토 쓰네타다도 이 학교에 들어갔다.
이밖에 하라 다카시(原敬)가 있다.
고쿠부 세이가이(國分靑厓), 후쿠모토 니치난(福本日南)도 있다.
그 당시 이 학교는 교장 이하 사쓰마 출신이 운영하고 있었다. 그 운영 태도가 가쓰난으로서는 배짱에 맞지 않아 마침내 교장과 충돌하고 퇴학당했다.

그 뒤 홋카이도로 건너갔으나 곧 도쿄로 돌아와 태정관(정부) 서기국의 번역관이 되어 프랑스의 법률 관계 서류 등을 번역하고 있었다. 곧이어 사직하고 〈도쿄 덴포(電報)〉 신문의 사장이 되었고 이어서 〈니혼 신문〉을 창간하여 메이지 39(1906)년에 병으로 세상을 떠나기까지 메이지 언론계의 거봉을 이루었다.

시키가 찾아갔을 때 가쓰난은 아직 젊은 번역관이었다.

가쓰난은 뒤에 당시를 회상하며 이렇게 말했다.

"어느 날 가토가 와서 조카 녀석이 촌에서 나오는데, 자기가 그 뒷시중을 해주어야 하나 이미 프랑스행이 결정되고 말았으니 나에게 좀 부탁해야겠다고 말했는데 얼마 후 그 소년이 찾아왔다."

첫대면 때의 시키의 인상을 가쓰난은 이렇게 말했다.

"열대여섯 살의 애송이로 홑껍데기 옷에 넓적한 띠 하나를 맨 그야말로 촌에서 갓 왔다고 써 붙인 것 같은 학생이었다. 그러면서도 어딘가 의젓한 데가 있었다."

"가토 아저씨가 가라고 해서 왔습니다."

시키는 그 말 말고는 아무 말도 하지 않았던 모양이다. 가쓰난은 그 순진한 것이 마음에 들었다. 가쓰난은 말이 공손한 사람이었다.

"예, 가토 군에게서 얘기는 듣고 있었어요. 가끔 놀러 오세요."

가쓰난이 이른바 애송이에게 한 말이었다. 그러나 그 이상은 서로 화제가 없어 가쓰난은 하는 수 없이 이렇게 덧붙였다.

"내게도 같은 나이 또래의 학생이 하나 있어요. 인사나 할까요?"

가쓰난의 조카였다. 가쓰난은 애송이에게는 애송이가 어울린다고 생각했던 모양이었다.

그런데 그 가쓰난의 조카와 이야기하기 시작한 시키는 첫인상과는 다른 아이였다.

"말 한 마디 한 마디에 상당히 어른스러운 데가 있었다. 상대인 내 조카는 같은 정도의 나이라도 전혀 비교도 되지 않았다. 외숙부인 가토라는 사나이도 나보다 두 살이나 아래인데 학교 때부터 재(才)와 학(學)을 겸비하여 나보다 어른스러웠지. 이거 과연 가토의 조카답구나 하고 생각했어."

시키는 뒷날 가쓰난의 도움을 받았고, 그 일을 생각하면 언제나 눈물이 나온다고 했다. 친구 나쓰메 소세키에게도 '그분만큼 덕이 있는 사람은 없다'고 이야기한 바 있다.

시키는 도쿄로 가 버렸다.
이때를 전후하여 시키의 친구 네댓 명도 중학을 중퇴하고 상경했다. 유행병 같았다. 도쿄에서의 목표는 대학 예비학교에 들어가는 것이었다.
사네유키는 마쓰야마에 남았으나 어느날 이 젊은이(소년이라고 해야 할지)에게도 시키와 같은 행운이 찾아왔다.
"준."
아버지 하시타카가 사네유키를 부른 것은 시키가 도쿄로 간 지 얼마 되지 않아서였다.
"준고로, 너 도쿄에 가고 싶지 않으냐?"
'무슨 소릴 하는 거야.'
사네유키는 아버지의 말이 비위에 거슬렸다. 자기를 도쿄에 보내 줄 꿈도 꾸지 않으면서 말로만 사람의 마음을 뒤숭숭하게 만드는 것은 늙은이의 나쁜 버릇이다.
"가고 싶지만, 우리가 무슨 돈이 있어요."
"아니, 학비 문제는 해결되었다."
"도키와 회(常盤會) 말인가요?"
사네유키는 솔깃해졌다.
"도키와 회에 저를 넣어준다는 거예요?"
도키와 회라는 것은 구 마쓰야마 번주 히사마쓰 가문에서 만든 육영 단체이다.
마쓰야마 번은 유신 당시 '반군'에 준하는 위치에 있었고, 이대로라면 사쓰마와 조슈가 휘어잡고 있는 정권 아래에서 벌레처럼 살아가야만 했다. 그 궁지에서 벗어나려면 중앙에 향당의 수재를 올려 보내어 정부가 세운 최고 학부에서 수학하게 함으로써 메이지 정권에 참여, 개개의 실력으로 마쓰야마의 이름을 올리는 수밖에 없었다. 그렇게 하기 위한 학비 지원 단체가 이 도키와 회였다.
여담이지만 유신에 참여하지 못한 중간 이상의 번 대부분이 이와 같은 목적의 육영 단체를 가지고 있었다는 점으로 미루어볼 때, 러일전쟁까지의 일본은 각 번의 수재 경쟁 사회였다고도 할 수 있겠다.

그 도키와 회의 혜택은 여간한 수재가 아니면 받지 못한다고 되어 있었다. 그래도 시키 정도의 자질로도 다음해에 이 회의 급비생이 될 수 있었던 것을 보면, 역시 다소는 정실이 개재되고 있었는지도 모른다. 시키의 젊은 외숙 가토 쓰네타다가 외국 유학을 떠나기에 앞서 운동해 두었던 것이다.

그건 그렇다 하고.

사네유키의 아버지 하시타카는 현의 교육 관리이고 마쓰야마에서 도키와 회의 사무도 맡아보고 있었다. 정실 개재 운운한다면 이만큼 유리한 입장도 없다.

그러나 하시타카는 화를 버럭 내며 호통을 쳤다.

"닥쳐!"

내 입장으로서 어떻게 그런 짓을 할 수 있겠느냐는 것이었다.

"내가 도키와 회의 일을 하고 있는 이상 너는 들어갈 수가 없다. 도키와 회가 아니라 네 형에게서 편지가 왔다. 당장 상경하라고."

"저를요?"

사네유키는 다다미 위에서 무릎을 꿇은 채 팔짝 뛰어올랐다. 사네유키에게는 그런 묘한 재간이 있었다.

아키야마 사네유키가 중학교를 중퇴하고 상경한 것은 이 해 가을이다. 미즈하마에서 출항할 때 부두에 전송 나온 사람들 중에서 구번 시대에 아키야마 집안의 상관이었던 보졸 조의 조장이 앞에 나서 이 소년을 격려했다.

"이요 마쓰야마 번의 이름을 드높여 주기 바란다."

이 소년을 격려했다. 전송하는 사람들이 모두들 진지하게 고개를 끄덕거리던 시절이었다.

그러나 사네유키로서는 잘 알 수가 없었다. 왜냐하면 그가 태어난 것은 메이지 원년(1867년)이었고 이미 막부는 있지 않았다.

배에 올랐다.

갑판 난간에 기대서서 부두의 사람들을 내려다보니 이 개구쟁이 소년의 눈에서 자기도 모르게 눈물이 흘러내렸다.

사네유키와 동행하는 사람으로 우치야마(內山直枝)라는 세 살 정도 연상인 청년이 있었다. 그가

"준고로, 울기는 왜."

어깨에 손을 얹었다. 이것이 사네유키의 부아를 건드렸다.

"울긴 누가 울어."

날카롭게 고개를 돌렸으나 눈이 새빨갛게 충혈되어 있었다.

배는 신야하타마루(新八幡丸)라고 했다. 고베까지의 뱃삯은 1엔 20전이었다. 고베에서 요코하마까지의 뱃삯은 4엔이다. '하등'이라고 불리는 일반 선실은 돼지우리 같은 곳이어서 여간 옹색스럽지 않고 사흘이면 반드시 선실에서 병자가 생겼다.

도쿄에 닿아 가장 신기했던 것은 철도 마차였다.

레일 위를 마차가 달린다. 레일은 신바시에서 니혼바시까지 깔려 있는데 보통 길과는 달리 마차가 '천마가 하늘을 날듯이' 가볍게 달려갔다.

이 문명 개화의 상징과도 같은 교통 기관이 개설된 것은 메이지 15(1882)년 6월이었는데 사네유키는 그 소문이 한창일 때 그것을 본 셈이었다.

"이봐, 준고로."

그 레일 곁에 선 우치야마는 나이 값도 못하고 파랗게 질려 버렸다. 이 레일을 깐 도로를 넘어 저쪽으로 가야 하는데 짓밟고 건너가도 되는지 어떤지 판단이 서지 않았던 것이다.

"준고로, 이걸 어쩐다지."

우치야마는 울상이 되어서 말했다. 타고 넘어가면 책망을 들을 것인지 아니면 촌놈이라고 업신여김을 받을 것인지 그 점이 우치야마는 걱정되었던 것이다.

"그거야 뭐 우치야마네 형이 모르는 걸 내가 어떻게 알아."

사네유키는 불쾌한 듯이 말했다.

"준고로, 너 먼저 건너가."

우치야마는 손위 사람으로서 그렇게 명령했다.

사네유키는 레일을 가로질러 아무 일 없이 저쪽으로 건너갔는데 사네유키는 만년에 이르러 그 이야기를 곧잘 하곤 했다.

"시골뜨기라 그렇게 도쿄를 무서워했지."

이른바 '반초 거리(番町)'의 한 모퉁이. 그 고지 거리(麴町) 3가에 사쿠마 쇼세쓰(佐久間正節)라는 구막부 직할 무사가 조상 전래의 저택에 살고 있었다. 형 요시후루가 그 집에 하숙하고 있다는 것을 사네유키는 듣고 있었다.
"여기가 어딥니까?"
사네유키는 형의 편지 주소를 사람들에게 보이면서 겨우 이치가야 성문 앞에 이르렀다.
성문을 끼고 북쪽으로 가서 비탈을 올라가면 육군 사관학교가 있다. 요시후루의 하숙은 성문에서 남쪽으로 간다. 그 언저리는 소위 반초 거리의 막부 직할 무사 관사 거리로 1,000섬 이하의 옛 직할 무사의 집이 꽉 들어차 있다. 그 중에서도 두드러지게 큰 집이 사쿠마의 집이었다.
"주인 계십니까?"
샛문으로 들어가서 현관을 향해 소리를 질렀으나 아무도 나오지 않았다. 30분쯤 기다렸다.
"아아, 아키야마 씨의 동생이군요."
겨우 이 집의 하녀인 듯한 노파가 소년을 발견하여 도회지 사람답게 얼른 알아차리고 뒤의 별채로 데리고 가주었다.
"나는 말이죠, 요시라고 불러요."
사네유키는 툇마루로 올라갔다. 노파는 올라서지는 않고 스스럼없이 자기 소개를 하였다. 사네유키는 어색하게 고개를 숙였으나 말을 못한다. 입을 벌리면 시골 말이 튀어나올 것 같아서 결사적으로 그것을 참고 있었다.
"형님은 아직 돌아오지 않으셨어요."
형 요시후루는 이집 별채를 빌려서 자취 생활을 하고 있었다. 자취라곤 하지만 이 사쿠마댁의 늙은 하녀가 더러 돕고 있는 모양이었다.
"그럼, 좀 쉬어요."
노파는 그렇게 말하고 가 버렸다. 사네유키는 방으로 들어갔다.
'방석도 없는 모양인가.'
주위를 둘러보았다. 방석은 고사하고 세간 비슷한 것은 일체 없고 다만 방 한구석에 냄비 하나, 솥 하나, 그리고 찻잔 하나. 이것이 형 요시후루의 세간 전부인 모양이었다.
날이 저물기 시작했다.
'이제 돌아오겠지.'
사네유키는 사쿠마 댁의 안마당을 지나 문을 열고 밖으로 나가 보았다.
이치가야 성문 쪽에서 말을 탄 장교가 한 사람 이쪽으로 온다. 졸병이 뒤

따르고 있었다.
 "준이냐?"
 요시후루는 말 위에서 말을 걸어왔다. 사네유키는 그 화려한 복장에 놀랐다.
 기병 장교는 어느 나라나 다른 병과의 장교와 복장이 다르다. 요시후루의 경우, 장식끈이 세 줄 달린 것은 다른 병과와 마찬가지였으나 금줄이 들어 있는 새빨간 바지에 칼을 찬 허리띠도 가죽이 아니라 그로밋이라는 은사슬이었다.
 요시후루는 말에서 내려 고삐를 졸병에게 넘겨주었다. 말을 병영으로 데리고 가는 것이 졸병의 일이었다.

 참고로 말하면 이 시기의 요시후루는 부대 근무에서 전속되어 사관학교에서 근무하고 있었다. 말하자면 엘리트 코스라고 할 것이다.
 그러나 요시후루는 시골 아버지에게
 "제가 잘나서가 아닙니다."
 이런 뜻의 편지를 띄웠다. 왜냐하면 요시후루하고 같이 기병과를 졸업한 자는 겨우 세 사람밖에 되지 않았기 때문이다. 나머지 둘은 하시모토 겐지(橋本謙二), 아즈마 쓰네히사(東常久)였다.
 그 정도밖에 신임 장교를 필요로 하지 않았던 것이 일본 기병의 실정이었다. 말도 일본 말을 썼다. 서양 말과 비교하면 망아지 정도밖에 되지 않으며 걸음걸이까지 개와 비슷하게 딸랑딸랑 걷는다. 요컨대 기병 자체가 미약하기 그지없는 것이었고 정규 교육을 받은 장교도 적었다. 요시후루는 '그렇기 때문에 사관학교 교관이 되었다'고 한다.
 "들어와."
 요시후루는 샛문으로 자기가 먼저 들어가고 등 뒤의 아우에게 말했다.
 사쿠마의 저택에는 정원에 차밭이 있었다. 거기를 지나 별채로 가서 요시후루는 장화를 벗었다.
 벌써 밥이 준비되어 있었다. 사쿠마 댁의 늙은 하녀가 밥만은 지어 주기로 되어 있었던 것이다.
 형제는 같이 저녁을 먹기 시작했다.
 ──형님, 이것뿐입니까?

사네유키가 그렇게 말하고 싶을 정도로 이날의 저녁 식사는 초라했다.

거기 놓인 반찬은 단무지뿐이었다. 그야 '이 날'만이 아니라 요시후루는 언제나 그 정도의 식사로 지내고 있었다. 요시후루의 이런 지나친 조식(粗食)은 이미 소문이 높았다. 요시후루는 다른 장교나 고향 후배들에게

"괜찮으면 내 하숙에 와 있으라."

자주 권했다. 권유받은 자는 한 열흘은 참아내지만 모두 이 조식에 손을 들고 내뺐다.

요시후루의 조식에는 특별한 신념이 있어서가 아니라

——배가 부르면 되잖아.

단순한 목적주의(이것이 생활 전반에 걸친 요시후루의 신조)에 의한 것이었고 그 이외의 철학 같은 것은 없었다.

'인간은 영양분을 고루 섭취하는 일이 중요하다'는 서양의 의학 사상이 이미 들어와 있어서 사람들은 곧잘 요시후루에게 그 사상을 일깨웠으나

"이것으로 특별히 불편을 느끼지 않는다."

요시후루는 대답할 뿐이었다. 사실 이 조식으로도 격무에 충분히 견뎌 낼 수 있었고, 뒷날 상상도 하지 못할 에너지를 발휘하여, 카자크 기병과의 싸움에도 충분히 견뎠으며 일흔두 살에 병으로 죽기까지 늘 혈색이 좋았다.

그런데 요시후루는 술을 즐겼다. 이 형제가 대면한 날 저녁에도 아우에게는 밥을 먹게 하고 자기는 술을 마셨다.

기묘하게도 요시후루에게는 밥공기가 하나밖에 없었다. 한 개의 밥공기에 술을 따라 훌쩍 마시고 그 빈 공기를 아우에게 건넨다. 아우는 그것으로 밥을 먹고, 그동안 요시후루는 기다린다.

가끔 '빨리 먹으라'고 재촉했다.

사네유키는 마쓰야마의 개구쟁이들이 한꺼번에 덤벼들어도 겁내지 않을 정도로 배짱이 세었으나 이 요시후루 형만은 도무지 무서워서 견딜 수가 없었다. 무서우면서도 이 세상에 그 누구보다 이 형이라는 인간에 대해 흥미와 관심이 깊었다.

"형님, 왜 밥공기가 하나뿐이에요?"

사네유키는 조심조심 물어보았다.

"하나면 충분하다."

요시후루는 엄지손가락을 밥공기에 걸치고 술을 마셨다. 마적의 두목이라고 했으면 딱 좋을 광경이었다. 키가 일본인으로서는 보기 드물 정도로 높아 마쓰야마에서는 이 신사부로 요시후루를 '아키야마네 코쟁이'라고 흉을 보았다. 두 눈꼬리가 유난히 길게 째졌고 살갗이 희며 입술이 붉었다. 드물게 보는 미남이었으나, 요시후루는 자기보고 미남이라고 사람들이 말하는 것만큼 싫은 일은 없었다.

그 점에서도 이 인물은 철저한 목적주의였고 미추는 남자에게 아무런 의미도 없다고 언제나 말했다. 남자에게 필요한 것은 '젊어서는 무엇을 하느냐이고, 늙어서는 무엇을 했느냐이다'라는 이 한 마디만을 인생의 목적으로 하고 있었다.

"그러니까 밥공기는 하나로 족하다."

"하지만 형님, 빗은 있겠죠?"

사네유키는 형에게 추궁했다. 형은 게으름뱅이가 틀림없는데 머리는 곱게 빗어 넘기고 있으니 말이다.

"없는데."

"그런데 형님, 머리가 곱잖아."

사네유키는 요시후루의 머리를 가리켰다. 그 말을 들은 요시후루는 오른손을 들어 손가락으로 머리를 긁었다. 새의 깃털처럼 부드러워 보이는 그 머리는 별반 헝클어지는 일도 없이 차분하게 있었다. 그 긴 머리칼은 약간 고수머리여서 손으로 쓸어 올리기만 해도 되는 모양이었다.

이 점에서도 이 인물은 일본인과 동떨어진 생김새였다고 할 수 있겠다. 여담이지만 그는 러일전쟁 뒤 러시아의 카자크 기병의 대집단을 격파한 일로 세계 군사학계의 연구 대상이 되어, 많은 외국 무관이 일본으로 견학하러 왔다. 그 무관 중에는

"일본 기병이 카자크를 쳐서 이겼을 리가 없다. 아마도 서양인 고문이 있었겠지."

의심하는 자가 있었는데 그들이 지바 현 나라시노(習志野)의 육군 기병학교에 가보고 과연 그것을 발견했다. 교장인 아키야마 요시후루를 보았던 것이다.

"역시 서양인이 있었다."

그들은 연방 서로 고개를 끄덕거리며 이 기병학교 교장 요시후루가 일본

인이라는 것을 쉽게 믿으려 하지 않았다고 한다.
 사네유키의 식사가 끝났다.
 요시후루는 아직도 마시고 있었다.

기병

기병이란 어떤 것인가.

"그게 난처하단 말이야."

요시후루는 술 탓인지 아니면 아우와 오랜만에 대면한 탓인지 전에 없이 말이 많았다. 기병이 어떤 것인지 육군 수뇌 중에서 이해하고 있는 자는 거의 없다고 해도 좋다고 요시후루는 말했다.

"그것만큼 일본인으로서 알기 어려운 것도 없지."

막부 말기, 막부는 프랑스를 모델로 한 서양식 육군을 신설했는데 기병과는 두지 않았다. 기병을 이해하지 못했기 때문이다.

"보병은 알기 쉽지."

요시후루가 말했다. 보병은 도보병으로, 소총을 들고 집단으로 진퇴하며, 적에게 소총탄을 퍼붓고 돌진 육박하여 총검이나 칼을 뽑아 싸운다.

포병도 알 만하다. 대포를 쏘는 병과이다.

"기병이란 기승사(騎乘士)를 말하는 건가?"

막부의 군사관이 프랑스 인에게 그렇게 물었다고 한다. 기승사라고 하면 일본의 무사 조직에서는 상급 무사를 말한다. 싸움터에 말을 타고 출전한다.

그 이하의 신분은 보졸이며(아키야마 집안의 신분이 이것이지만), 잡병도 거기에 포함시켜 왔다. 요컨대 말을 타는 무사는 신분이 높다.

"기병이란 상급 무사를 말하는가?"

일본에서는 처음에 그렇게 이해하고 있었다. 잘 알지도 못한 채 막부와 영주들은 기병을 갖지 않고 유신을 맞았다.

유신 뒤, 번이 해체되기까지 각 번은 이전대로 번 단위의 군비를 갖추고 있었는데, 그때 도사 번만은 일본에서 처음으로 기병을 두었다. 겨우 2개 소대였다.

그런데 메이지 4(1871)년, 이제껏 직속 군대를 갖지 못한 신정부에 대해 사쓰마, 조슈, 도사 세 번이 군대를 바쳤다. 이것으로 보병 9개 대대, 포병 1대(포 여섯 문), 거기에 도사 번에서 바친 앞서의 기병 2개 소대가 일본 육군의 진용이 되었는데 말의 수는 스무 마리였다.

"스무 마리"

사네유키는 중얼거렸다. 일본 기병은 말 스무마리에서 비롯되었던 것이다.

"지금은 몇 마리 있어요?"

"천 사오백 마리는 되지만 그것을 탈 만한 사람은 그것의 3분의 1도 안 된다."

더구나 그 천 사오백 마리라는 것도 모두 일본말이었다. 말의 몸통이 무척 작은 이 일본말은 근대전에서 기병의 승마용이 될 수는 없으므로 엄밀하게는 한 마리도 없다는 것과 같았다.

그리하여 메이지 15(1883)년, 호주에서 암말을 여섯 필 수입해 왔다. 요시후루의 이야기에 의하면, 이 암말 여섯 마리를 지금 아오모리 현(青森縣), 이와테 현(岩手縣), 미야기 현(宮城縣)의 목장에서 방목하며 일본 말과 교배함으로써 잡종이나마 다소 덩치가 큰 말을 얻으려는 단계에 있었다.

'형님은 한심스러운 군대에 있구먼.'

사네유키는 그렇게 생각했다. 여섯 마리의 서양말이 잡종 망아지를 낳아 그것이 어른 말이 되기까지 일본 기병은 말하자면 제자리걸음을 해야 하는 상태였다.

사네유키는 아직도 잘 이해가 되지 않았다.

형의 직업인 기병이라는 것이 말이다.

"그러면 겐페이(源平 : 미나모토 씨와 다이라 씨) 전투나 전국시대의 싸움에 나오는 기마 무사들은 기병이 아닌가요?"

"다르지."

요시후루가 설명했다.

"그건 보통 장교가 말을 타고 있다는 것뿐이고, 기병이 아니야. 진짜 기병을 일본 역사에서 찾는다면 미나모토 요시쓰네(源義經)와 그 군대라고 할 수 있겠지."

요시후루의 말을 빌리면 겐페이 무렵부터 전국시대에 걸쳐 일본 무사의 정신과 기술이 크게 상승 발달하여 세계 전사(戰史)의 수준을 앞지르는 전투를 더러 찾아볼 수 있지만, 그래도 기마 부대를 집단으로 움직인 무장은 요시쓰네뿐이었다.

일본의 옛날 무사의 방식은 기마 무사가 몇 명의 보졸을 거느리고 전장에 나간다. 그와 같은 소단위 집단을 가지고 한 군을 만들어 그것으로 싸움을 하는 것이다.

그것뿐이었다.

──기마병만으로 한 부대를 편성하면 어떨까 하는 생각을 일본인은 해 본 적이 없었다.

기마 부대의 특징은 첫째 그 기동성에 있으리라. 자기 군에서 떨어져 천리 밖의 먼 곳으로 갈 수 있다. 다시 밀집하여 적이 생각지 못한 시기에 전장에 출현하면 적을 단숨에 궤멸시킬 수도 있다.

그런데 결점도 있다. 기습을 꾀해도 그것이 사전에 적에게 발견되면 적이 갖고 있는 온갖 중경화기가 이 기병 집단으로 집중되어 목표물이 큰만큼 쉽게 무너진다. 그 장점과 단점을 충분히 터득한 천재적인 무장이 이 기병을 운용하면 큰 효과를 올릴 수 있으나, 평범한 대장에게는 그런 줄타기 같은 대담성은 도저히 바랄 수가 없다.

"기병의 습격이 성공한 예는 서양에서도 드물다."

요시후루는 말했다.

요시쓰네가 이치노타니(一谷)를 소부대의 기병으로 습격하여 성공했다. 헤이케(平家)가 수비하는 이치노타니 성(지금의 고베 시)을 미나모토 노리요리(範賴)의 겐지(源氏) 본군이 평지에서 공격하고 있었다. 요시쓰네는 교토에서 기병단을 편성하자 은밀히 단바 사사야마로 우회하여, 산길을 통해 미쿠사(三草) 고원을 넘어 마침내 히요도리고에(鵯越)에서 이치노타니를 향해 기습을 감행했다. 또 야시마(屋島) 습격도 소부대의 기병으로 감행했다.

그 뒤 이 전술은 쇠퇴하였다. 전국시대에 오다 노부나가(織田信長)가 오케하자마(桶狹間) 싸움에서 이것을 사용한 것이 유일한 예이고, 이후로 도요토미(豊臣), 도쿠가와 시대를 통하여 이 전법은 쓰여지지 않았다.

"천재만이 할 수 있는 전법이다."

요시후루가 덧붙였다.

사네유키는 순순히 감탄하며 속으로 생각했다.

'우리 형은 천재일지도 몰라.'

기병은 정찰도 한다. 그러나 싸움터에서의 본임무는 기마 집단으로 적을 습격하는 데 있는 서양에서는, 이것을 가장 화려한 병과로 치고 있다.

그러나 이 서양 냄새가 물씬 나는 병과의 시작은 서양이 아니라 몽골의 징기즈칸이었다. 몽골인들은 유럽을 침략했을 때 기병 집단의 칼날 돌격을 거듭함으로써 언제나 성공했다.

근세에 이 옛날 전법을 채택하여 근대화한 것은 프로이센의 프리드리히 대왕일 것이다.

프리드리히 대왕은 늘 기병을 결전 병력으로 사용하여 백전백승하였다. 그는 기병의 특징인 속력을 가장 높이 평가하고 짧은 시간에 적에게 육박하여 습격하게 하기 위해 마상 사격도 금했다. 말을 탄 채 사격을 하는 자는 사형에 처한다는 군법까지 만들었다.

이어서 이 용법의 천재는 나폴레옹이었다. 그도 칼을 휘두르는 습격을 기병의 본질로 삼았다. 그밖에 나폴레옹이 창시한 기병의 새로운 역할은 수색이었다. 그 경쾌한 기동력을 이용하여 이들을 적진 깊이 들여보내 적정을 정찰하게 하였다. 이 때문에 나폴레옹은 중기병과 경기병의 두 종류를 만들었다. 중기병은 흉갑을 입고 창을 휘두르며 적진으로 돌진한다. 경기병은 장비를 가볍게 하고 수색만 한다. 이밖에 중(重)과 경(輕)의 중간 기병으로 '용기병(龍騎兵)'이라는 것도 만들었다. 용기병은 총을 등에 메고 때에 따라서는 도보전에 임한다.

메이지 초기의 일본 육군은 프랑스식을 전적으로 모방했으나 기병만은 모방하기가 곤란했다.

첫째 말(馬)이 없었다.

안장과 그 밖의 장비에 돈이 너무 많이 들었다.

이런 것이 그 이유였는데 무엇보다 기병 같은 것이 무슨 필요가 있느냐는 관념이 이 병과의 확장을 태만하게 했다고 할 수 있으리라.

"이 일본에 기병을 쓸 만한 싸움터가 있는가?"

육군 수뇌들은 그렇게 말했다. 일본은 지형이 복잡하고 평지에도 논이 많아 기병대의 급속한 이동이 곤란하다.

"적이 쳐들어오더라도 보병과 포병이면 충분하다."

이런 의견이 많았다.

메이지 유신 정부는 막부 말기의 존왕양이 운동에서 성립된 것으로, 외국의 침략을 막는 일에 주목적을 두어 타국에서 싸움터를 구한다는 발상이 아예 없었다. 물론 유신 성립 30여 년 뒤에 만주 벌판에서 세계 최대의 육군국과 결전하게 되리라고 예상한 자는 아무도 없어 발족 당시부터 사람들은 '기병은 무용지물이다'라는 말을 수군거렸다.

요시후루는 후년에 '기병의 아버지'로 불렸다. 이 인물은 스물 너덧 살의 하급 장교 시절부터 일본 기병의 육성과 성장에 대해 거의 혼자서 고심하며 그 방책을 연구했다.

도쿄에서의 시키의 보호자는 앞서 말했던 것처럼 구가 가쓰난이 되었다.

"저 아이는 내가 맡은 아이다."

가쓰난은 곧잘 이렇게 말했다. 친구인 가토 쓰네타다에게서 맡았다는 의미이지만 맡은 아이라는 가쓰난의 말에는 상당히 깊은 마음이 깃들어 있던 모양이다.

가쓰난은 이 젊은이와의 접촉이 깊어짐에 따라 그 속에 잠들어 있는 재능을 찾아냈다.

"어쩌면 하늘이 나에게 맡긴 것인지도 모른다."

이런 예감이 들기 시작했다. 가쓰난은 시키라고 하는 젊은이의 재능을 위해 자기가 숫돌이 돼 주리라 결심하고, 책을 빌려 주거나 토론을 같이 하면서 건강을 돌보아 주곤 했다.

가쓰난의 언론(言論)은 뒷날 정부를 떨게 했을 만큼 예리한 것이었으나, 시키에 대해서는 어디까지나 부드러웠으며 위에서 내려다보는 태도는 일체 보이지 않고 물론 꾸짖는 일도 없었다.

후년의 일이지만 시키는 폐결핵에 걸린다. 그리고 그 병세의 악화와 더불어 당시 의사들의 진단에서 말하는 '유주독유사(流注毒類似)'라고 하는 류머티즘 비슷한 증상이 병발하며 거기에 병석의 욕창이 생기고 악성 종양까지 곁들여 그 고통이란 이루 말할 수가 없었다.

"고함을 치든가 부르짖든가 울든가 또는 잠자코 참든가 한다. 그 중에서도 잠자코 참는 것이 가장 괴롭다. 마구 고함을 치고 소리지르며 마구 울고나면 아픔이 조금은 줄어들었다."

시키는 《먹물 한 방울》에 쓰고 있다. 그럴 때 가쓰난이 자주 병석을 찾아왔다. 시키가 아픔을 참지 못하고 울부짖으면 가쓰난은 시키의 손을 꼭 잡고
"오 그래그래, 내가 있어, 내가 있어."
이렇게 위로했다고 한다.

시키는 친구 나쓰메 소세키에게도 '가쓰난처럼 덕이 있는 분도 드물다'고 써보냈지만 그와 같은 감정적인(감정이 풍부하다는 뜻인 듯) 사람이 손을 잡고 이마를 어루만져주면 그것만으로 벌써 신경이 가라앉아 고통이 덜한 것같이 생각되었다고 주위 사람들에게 말했다고 한다.

시키에게 있어 구가 가쓰난은 그런 사람이었다.

말하자면 시키의 개인 교수였다.

'맡았다'는 가쓰난의 말에는 그런 마음이 깃들어 있었다.

어쩌면 그 시대의 한 기풍이었는지도 모른다. 선배라고 하면 후배에 대한 하나의 교육자라는 기분이 자연스럽게 느껴졌으리라.

아키야마 요시후루가 아우 사네유키를 대하는 태도 역시 형이라기보다는 먼저 교육자였다.

다만 방법이 가쓰난과는 달랐다.

일종의 바버리즘(야만주의)이었다. 어느 날 사네유키가 신문을 읽고 있을 때 형이 말했다.

"그런 것은 커서 읽어도 돼."

형은 신문을 홱 잡아챘다. 당시의 신문은 논설 위주의 것으로 정부를 비방하거나 자유 인권을 고취하는 것이 많아 요시후루의 말을 빌리자면 '자신의 의견도 없는 자가 남의 의견을 읽으면 해가 될 뿐'이라는 것이었다.

요시후루는 평소 자기 자신에게 이렇게 들려주곤 하였다.

"남자란 일생에 한 가지 일을 이룩하면 된다."

요시후루의 그것은 자기 자신을 세계 제일의 기병 장교로 만들어 내는 것과 일본의 기병 수준을 하다못해 세계의 상위 정도로 끌어 올리는 것이었다.

그 목표를 위해서 그의 생활이 있다고 할 수 있었으니 자연히 생활이 단순 명쾌해질 수밖에 없었다. 아우 사네유키에게도

"신변은 단순 명쾌할수록 좋다."

이렇게 가르쳤다. 가르치는 방식 역시 시키에 대한 구가 가쓰난의 방법과는 달리 맹렬했다.

비오는 날, 사네유키가 영어 학원에 가려고 툇마루를 내려서니 공교롭게도 게다 끈이 끊어져 있었다. 수건을 찢어 그것을 엮으려고 하는데 요시후루가 등 뒤에서 소리쳤다.

"뭘 꾸물거리는 거냐?"

사네유키는 화가 났다.

"신을 고쳐요."

"맨발로 가!"

벽력같은 목소리였다. 사네유키는 게다를 팽개치고 뛰지 않으면 안 되었다.

요코하마에 형이 있었다.

사네유키의 바로 위로 사네유키와는 일곱 살 차이다. 어려서 니시하라(西原) 가문에 양자로 들어가 니시하라 미치카즈(道一)라는 이름이 되었다. 장사에 뜻을 두어 일찍부터 요코하마에 나가 무역상을 경영하고 있었는데 러일전쟁이 일어나기 전해 사업의 큰 뜻도 펴보지 못한 채 죽었다.

'요코하마의 형님'이라고 부르는 니시하라 미치카즈의 집에 두어 번 놀러 갔으나 이 요코하마의 형님은 사네유키의 더러운 몰골을 보고 질색을 했다.

"너 그 꼴 어떻게 안 되겠니?"

너덜거리는 옷에 무슨 끈 같은 띠를 매고 있었다. 미치카즈는 그나마 허리띠라도 새것으로 갈면 다소 볼품이 나아질까 싶어서 사네유키를 집에서 기다리게 하고 나가더니 아주 훌륭한 허리띠를 하나 사다 주었다. 한창 유행하는 비단띠였다.

"이거라도 매려무나."

사네유키는 기꺼이 그것을 둘렀다. 도쿄에 돌아간 다음에도 집안에서 그

모양대로 있는데 요시후루가 그것을 보고 물었다.
"준고로, 그 허리의 묘한 건 뭐라는 거냐?"
사네유키는
"요코하마의 형님이 주셨어요."
요시후루는 큰 소리로 말했다.
"제대로 생긴 남자는 사치를 하지 않는 법이다. 새끼로나 매거라."
새끼는 너무하다고 생각한 사네유키는 결국 그 전에 매던 끈을 찾아서 매었다. 그 비단 허리띠는 고리에 넣어 둔 채 끝내 맬 기회가 없었다.
"준고로, 너무 초라한 차림 아니냐?"
시키는 꼭 한 번 사네유키에게 말한 적이 있었다. 시키는 도쿄에서 유행중인 밀짚모자를 쓰고 있었다.

마사오카 시키는 아카사카 단고거리의 스다 학원에 들어가 한문을 배운 다음, 간다(神田)의 교리쓰(共立) 학교에 들어가서 영어도 배웠다.
아키야마 사네유키도 시키와 전후하여 공립 학교에 들어갔다. 수업료는 요시후루의 봉급에서 나갔다.
"뭐니 뭐니 해도 수도가 제일이야."
입학 당시 시키가 사네유키에게 이렇게 속삭였던 것은 이 학교의 영어 교사 발음이 마쓰야마 중학교의 그것과 완전히 달랐기 때문이었다.
영어 시간이면 시키는 음악을 듣는 것 같은 황홀한 태도로 들었다.
"준고로, 저것이 진짜 영어야, 안 그래?"
옆자리의 사네유키에게 이렇게 속삭이는 것이었다.
그러면서도 시키는 발음이 딱 질색이어서 읽기를 지명받고 일어서도 좀처럼 읽지 못하고, 갖은 고심 끝에 겨우 하는 발음은 여전히 마쓰야마 중학교의 발음이었다.
사네유키는 발음을 뛰어나게 잘했다. 멋들어지게 혀끝을 굴려 가며 미국식 R 발음을 하여 교사를 감탄하게 했다.
"어학은 바보 천치도 할 수 있다."
교단의 교사는 말했다.
"닭이 홰를 치며 운다. 그 소리를 그대로 흉내를 내 봐. 바보 천치일수록 더 잘할 테니."

사네유키는 쓴웃음을 지으며 '노보루(시키)보다 내가 더 바보겠군'하고 중얼거렸다.

교사는 재미있는 사람이었다. 그 당시의 일본인은 영어라는 학과를 두려워하며 몹시 수준이 높은 것으로 생각하는 경향이 있었는데 그런 것을 깎아내려 학생들로 하여금 어학을 친하기 쉬운 것으로 생각하게 함으로써 어학에 대한 공포를 제거하려고 했다.

교재는 팔레의 《만국사》였다. 이 교사는 먼저 한 페이지를 읽고 해석한 다음, 그 페이지를 학생에게 읽히고 다시 학생에게 해석하게 했다. 훗날의 어학 교수법과 비교하면 너무나 단순한 것이었다.

교사는 동그란 얼굴이었다.

"꼭 달마 같아."

시키가 이렇게 한 말이 우연히도 이 교사의 평생 별명이 되었다. 교사는 다카하시 고레키요(高橋是淸)라는 이름이었다.

다카하시 고레키요는 메이지, 다이쇼, 쇼와(昭和) 3대를 통한 재정전문가로 다이쇼 10(1921)년에 총리 대신으로 선임된 일이 있지만 그 생애의 특징은 재무 대신으로서의 업적이었다. 특히 재정 위기를 맞아 난관 타개에 수완을 보였고 쇼와 9(1934)년, 여든한 살의 나이로 몇 번째의 재무 대신이 되었는데 쇼와 11(1936)년 여든세 살의 고령으로 소위 2·26사건(청년 장교의 반란)의 흉탄에 맞아 쓰러졌다.

그는 러일전쟁 전후 일본은행 부총재로서 영국에 주재하며 전쟁 비용 조달에 동분서주했고, 고심 끝에 8억 2,000만 엔의 외채 모집에 성공한 것이 생애 최대의 공적이 되었다.

그가 이 무렵에는 교리쓰 학교의 교사로 사네유키들에게 영어를 가르치고 있었던 것이다.

요시후루가 별채를 얻어 살고 있는 구막부 가신인 사쿠마 댁에는 '아가씨'라고 불리는 열네 살짜리 어린 소녀가 있었다. 이름은 다미(多美)라고 했다. 친(狆 : 몸집이 작고 털이 긴 일본개)처럼 귀여운 눈을 하고 있어 요시후루는 어느 날 그만

"친."

이렇게 불러 버렸다. 다미는 어린 나이에도 어지간히 화가 났던 모양인지 그 뒤로 요시후루와 얼굴이 마주쳐도 일체 말을 하지 않았다.

"그분은 배신(陪臣 : 영주의 신하)인걸요."

다미의 유모가 그렇게 가르쳤다.

때는 이미 메이지도 15, 6년이 지났는데도 도쿄의 야마노테(山手)에는 아직도 그와 같은 신분 의식이 쇠퇴하지 않고 살아 있었다. 같은 무사라도 구막부의 가신은 영주와 마찬가지로 원래 장군의 직속 부하였으므로 요시후루의 아키야마 가문처럼 영주의 부하를 배신이라고 부르면서 그만큼 멸시하는 것이었다. 유모로서는 배신이니까 예절이 바르지 못하다고 다미를 위로할 셈이었던 모양이다.

그렇지만 요시후루는 특별히 예절이 없거나 천박한 편은 아니었다. 그는 육군의 하급 장교이지만 문관으로 치면 고등관이므로 관위를 갖고 있었다. 관위를 갖는다는 것은 메이지 초기의 의식으로는 '천황의 가신'이라는 말이 되며 전시대, 즉 '도쿠가와 왕조'의 가신에 비해 신분이 더 높다는 이론이 성립되지만 그래도 사쿠마 집안의 사람들에 대해서는 '장군의 가신'으로서의 예를 다하고 있었다. 병영에서 돌아와 대문 안에서 다미와 마주치는 일이 있으면 요시후루 편에서 머리를 숙이며 인사했다.

"안녕하세요?"

그러면 다미는 까딱 목례만 하고 얼른 안으로 뛰어 들어가 버렸다. 다미는 뒷날(요시후루는 만혼이었다) 자기가 설마 이 메이지 정부의 군인의 아내가 되리라고는 이 무렵 꿈에도 생각지 못했다.

다미에게 있어서 '별채의 아키야마 씨'는 사쿠마 집안의 가신 비슷한 것이겠지, 하는 인상이었다.

유신으로 몰락한 사쿠마 가문은 가신과 하인을 정리하지 않을 수 없었으나, 그래도 아직 몇 사람은 저택 안의 행랑에 남아 있었다. 정리된 가신들도 가끔 찾아와서 문안드리고 있었다. 유모가 말하는 '배신'이라는 것은 그런 종류일 것이라고 생각했다. 훗날 요시후루가 청혼했을 때는

——배신에게?

하며 다미는 크게 놀라 '높은 데서 뛰어내리는 것 같은 심정으로 결심했다'고 만년에 이르기까지 그때의 심정을 자식들에게 이야기했다.

다미는 부모를 일찍 여의고 할아버지가 부모를 대신하여 그녀를 사랑해주었다. 할아버지는 저택에 출입하는 사람들이 모두 '영감마님'이라고 높여 부르고 있었다. 그런 점에서도 에도 시대와 조금도 변하지 않고 있었다.

"아키야마 씨네 아우 학생, 아이구 더러워서."

유모가 가끔 얼굴을 찡그리는 것을 다미는 듣고 있었다.

다미는 그래도 관심은 있었다.
"아키야마 씨 형제분을 보고 있으면 서투른 만담보다 훨씬 더 우습다니까요."
그러면서 유모가 별채의 상황을 가르쳐 주었다. 형제가 공기 하나로 밥을 먹고 있다는 것이었다.
"그렇게 그릇이 없나요?"
다미는 놀랐다.
"가난한 것일까?"
"그야 물론 가난하구말구요."
군인 봉급이 박하다는 것은 그 당시 세상이 다 아는 일이었다. 그러나 그렇기로서니 밥공기 하나쯤 살 수 없을 리는 없었다.
"그저 술이죠, 뭐."
유모가 말했다. 요시후루는 날마다 술을 5홉은 마셨다. 여름에는 소주를 마셨다.
아무래도 술이 필요한 체질인 모양이었다. 훨씬 뒤의 이야기이지만 다미와 결혼한 뒤의 요시후루는 이미 고급 장교였으나 가지고 돌아오는 월급 봉투가 거의 빈 봉투인 달도 있었다.
하급 장교 때는 요릿집 같은 데 갈 만한 신분이 아니었으므로 친구를 하숙에 불러들이기도 하고 자기가 찾아가기도 하면서 마셨다.
포병에 도쿠히사(德久)라는 소령이 있었다.
병과도 다르고 상관이기도 했으나 도쿠히사는 요시후루의 술버릇이 재미있다고 곧잘 집에 불러서 대접했다.
어느 날 도쿠히사에게서 실컷 얻어 마시고 돌아가는 길이었는데 아닌 게 아니라 몹시 취하여 다리가 휘청거렸다.
마침 그 근처에 소매치기들이 모여 있다가
"저 장교의 장화를 벗길 수 있을까?"
이런 말이 나와서 긴페이라는 소매치기가 요시후루의 뒤를 밟게 되었다. 이윽고 요시후루는 길바닥에 엉덩방아를 찧고 한숨 돌리고 있을 때 긴페이가 바짝 다가섰다.

"나으리."
그런데 요시후루의 두 눈이 엄청나게 커서 긴페이는 그만 기가 죽고 말았다.
'잘못하다간 되레 당할라.'
그는 계획을 바꾸어 정직하게 털어놓았다.
"저는 소매치기입니다요."
그리고 자기가 요시후루의 장화를 벗기겠노라고 패거리들과 약속해 버렸다는 것까지 실토한 뒤 두 손을 모았다.
——자, 이렇게 빕니다.
요시후루는 크게 숨을 토해냈다.
말이 없었다. 이윽고
"담배 안 가졌나?"
요시후루가 물었다. 소매치기는 요코하마 근방에서 산 것 같은 고급 궐련을 호주머니에서 꺼내 요시후루에게 내밀었다.
요시후루는 한 개비 뽑아 입에 물었다. 문 채 가만히 있었다. 말이 났으니 말이지 요시후루는 대단한 애연가이면서도 게으른 탓인지 평생 성냥이라는 것을 갖고 다닌 일이 없었다.
하는 수 없이 소매치기가 불을 붙여 주었다.
요시후루는 아마 이 담배 한 개비와 맞바꿀 셈이었던지 잠자코 한쪽 발을 내밀었다. 소매치기는 연방 굽실거리며 장화를 벗겼다.
요시후루는 이날 밤 한쪽만 신을 신고 돌아왔다. 그런 이야기도 유모의 입을 통해 다미의 귀에 들어갔다.

그 무렵 유모가 다미에게 말했다.
"아키야마 씨는 육군 대학교에 들어가신대요."
그 당시, 창립한 지 얼마 되지 않는 일본 육군도 이제 육군 대학교라는 것을 설치하려고 준비하고 있었다.
열강은 그런 제도를 채용하고 있었다. 정규 장교의 양성은 사관학교에서 하고 그들이 장교가 된 뒤에 특별히 우수한 자를 뽑아 참모와 장관을 양성하기 위한 대학에 넣고 전술, 전략을 비롯한 온갖 고등 군사학을 가르쳤다.
일본 육군은 어쨌든 설치하기도 결정지었으나 정작 고등 군사학을 가르칠

교관이 없었다.

──외국에서 데려오자.

이런 얘기가 나왔다.

처음에는 프랑스에서 데려오기로 하였다. 당연한 일이었다. 일본 육군은 구막부시대부터 프랑스식이었고 아키야마 요시후루 등도 사관학교에서 프랑스식으로 배웠다. 그가 알고 있는 외국어도 프랑스 어였다.

그런데 당시 일본에서는, 프랑스 육군에는 이미 나폴레옹의 영광이 사라진 지 오래되었으며, 이제부터는 독일 육군의 전술과 편제가 세계 군사계의 선두에 서게 될 것이라는 의견이 우세하였다. 그러니, 그렇다면 독일 육군 참모본부에서 불러오자고 얘기가 되었다.

이리하여 오야마 이와오(大山嚴)와 가쓰라타로(桂太郎)가 독일에 사람을 물색하러 가게 되어 우선 베를린으로 가서 그 당시의 육군 장관 폰 젤렌도르프를 만났다.

젤렌도르프는 그 일을 참모총장 몰트케와 의논했다.

몰트케는 근대 육군의 전술 사상을 일변시킨 천재로 그 무렵 이미 여든다섯 살이었으나, 독일 육군은 그를 은퇴시키지 않고 그대로 참모총장의 현직에 머무르게 하였다.

몰트케는 서슴지 않고 말했다.

"메켈 소령이 좋겠네."

메켈이란 클레멘스 빌헬름 야콥 메켈을 말하는 것이다. 당년 42세로 아직 독신이었다. 몰트케의 애제자이며 참모 대위인 폰 데르 고르츠와 더불어 이 시기 독일 육군의 보배 같은 존재였다.

그러한 그를 동양의, 그 나라이름조차 유럽인에게는 생소한 일본에 보내준다는 것이었다. 계약은 일 년이었다.

이 말을 몰트케에게서 들은 메켈은 즉답하지 않고 다음날까지 생각할 여유를 달라고 하였다. 그리고 메켈은 일본인을 만나 한 가지만 물었다.

"일본에서도 모젤 와인을 입수할 수 있는가."

그는 더할 나위 없는 애주가로 만약 모젤 와인을 일본에서 구할 수 없다는 대답이 나오면 이 일본행을 거절하려고 생각했던 것이다. 일본인은 '요코하마에서라면 구할 수 있다'고 했다. 이 대답으로 메켈은 일본행을 결심한다. 메켈이 일본 육군에서 세운 공적이 뒤의 러일전쟁에서 승리로 이어졌다는 것을 생각하면, 운명의 모젤 와인이라고 해도 좋으리라.

메이지 16(1883)년 2월, 요시후루는 25세로 육군 기병 중위로 진급되었다.
이 해 4월 7일, 육군대학교에 입학했다.
"형님, 육군에도 대학이 생겼어요?"
사네유키가 물었으나 말수 적은 요시후루는 잠자코 있었다.
"뭘 하는 대학인데요?"
그래도 요시후루는 대답이 없었다. 무엇을 하는 학교인지 요시후루도 잘 알지 못했으나 여하튼 최고의 전략과 전술을 가르쳐 그 졸업생을 장래의 참모나 장관(將官)으로 삼는다는 것만은 알고 있었다.
"학생은 몇 명이에요?"
"열다섯 명"
일본 육군의 전체 청년 장교 중에서 겨우 열다섯 명이 뽑혔을 뿐이라고 한다.
"형님은 굉장히 훌륭한 분이군요."
사네유키가 말했다. 사네유키는 소박하게 칭찬했을 뿐인데, 안 해도 그만인 잔소리를 하는 것에 질색인 요시후루는 아우를 꾸짖었다.
"넌 수다스럽다!"
사네유키는 화가 났다.
"그렇지만 훌륭한 걸 훌륭하다고 하는 것도 수다인가요?"
"기병이니까 그렇지. 훌륭하지는 않아."
요시후루는 자기 스스로도 그렇게 생각하고 있었다. 이해의 일본 육군의 기병과는 하사관과 병사를 합하여 병력이 겨우 551명이고 장교는 35명밖에 되지 않았다. 그 속에서 뽑힌 것이니 대단한 것은 아니라고 요시후루는 말하는 것이었다.
"하지만 육군대학교에 들어가는 이상 앞날의 일본 기병은 내가 이끌고 나가지 않으면 안 될 거다."
허풍이나 호언장담도 아니고 자연적으로 그렇게 되지 않을 수 없는 것이며, 요시후루의 능력 여하에 따라 기병의 능력이 결정된다고 해도 과언이 아니었다.

신설된 육군 대학교는 와다쿠라 문(和田倉門) 근방의 구영주 저택을 개조하여 당분간 그것을 쓰기로 했다.

요시후루는 4월 9일 입교했는데 입교하고 나서 의외로 생각한 것은 전략이나 전술을 가르치지 않는 일이었다.

"그것은 외국인 교관이 온 뒤에 한다."

이렇게 뒤로 미루는 것이었다.

육군 대학교 간사는 오카모토 헤이시로(岡本兵四郎)라는 보병 대령으로 그가 입교 학생들에게 말했다.

"너희들은 수학을 못하니 그것을 약 10개월에 걸쳐 가르친다."

수학이란 대수를 말하는 것이었다. 요시후루가 나온 사관학교의 교육은 속성이었기 때문에 보병과와 기병과에서는 수학 교육이 생략되고 있었다. 다만 포병과와 공병과만은 병과의 성격상 수학을 충분히 가르쳤다.

결국 외국인이 올 때까지라는 약속 아래 이 메이지 16(1883)년 한 해는 대수와 지질학 등 중학생이 배우는 보통 학과를 공부하며 지냈다.

상경 후 1년이 지났다.

──어떻게 생각해.

무슨 일에나 앞장을 서는 시키는 고리쓰 학교 친구들에게 말했다.

"대학 예비학교 입시를 치러 볼까?"

"무리가 아닐까?"

아무도 상대해주지 않았다. 그나마 한 1년이라도 더 공부하지 않으면 도저히 합격하지 못한다는 것은 누구나 알고 있다. 첫째 시키가 가장 위태로웠다. 시키의 영어 실력은 패거리 중에서 누구보다도 떨어졌다.

"어차피 경험을 얻자는 거지. 떨어져야 본전 아닌가."

시키는 열심히 권유하고 다녔다. 사네유키에게도 말했다.

"준고로는 안될까? 너는 형님이 무섭지?"

"무섭긴 뭘."

사네유키가 대꾸했다. 요시후루 형은 그가 가지고 있는 두어 가지 신조만 건드리지 않으면 나머지는 어처구니없을 정도로 너그러웠다.

대학 예비학교는 히토쓰바시(一橋)에 있었다. 입학 시험은 9월이었다.

사네유키는 형에게 의논했다.

"합격할 자신은 있니?"

요시후루가 물었다. 요시후루의 신조는 이길 수 있는 싸움을 하라는 것이었다. 도저히 승산이 없는 상대와 싸우게 되었을 때는 반반의 무승부라도 이끌고 갈 연구를 거듭한 다음에 시작해야 한다고 생각했다.
"처음부터 운을 믿는 것은 바보천치나 하는 짓이다."
'그런 건 말하지 않아도 다 알고 있다구요.'
사네유키는 속으로 이렇게 생각했다.
다만 그의 고민거리는 학비였다. 대학 예비학교에서 대학으로 진학하여 학사가 되려면 상당한 학비가 필요한데, 그것을 형의 얄팍한 월급봉투에 의지하는 것은 괴로운 일이었고, 무엇보다 형은 그것을 감당할 만한 봉급을 받고 있지 않았다.
"도키와 회의 장학생이 되었으면 합니다."
그래서 그것을 진작부터 생각하고 있었던 것이다. 구번주의 장학생이 되는 셈이다.
"준고로, 잘못된 생각이야!"
요시후루는 큰 소리를 질렀다. 사네유키는 깜짝 놀랐다. 형의 신조 두어 가지는 터득하고 있었는데 또 하나 있다는 것은 몰랐다.
"너는 잘못 생각하고 있어. 사나이 대장부가 돈이라는 것으로 남의 신세를 지면 그 몫만큼 기가 죽어 평생 구김살이 생긴다."
"하지만 번주님의 신세를 지는 거잖아요."
"번주님이든 뭐든 다 마찬가지야."
결국 학비건은 미해결인 채 시험 날짜가 다가왔다. 사네유키는 번민했다.
'할 수 없지. 형에게 기대는 수밖에.'
사네유키는 단단히 마음을 굳혔다.
여하튼 입학 시험에 합격하는 것이 선결 문제라 여기고 공부에 열을 올렸다.
그 동안에도 시키는 태평스러운 성미라 별반 공부에 몰두하는 일도 없이 가끔 놀러 와서는 싱거운 소리나 늘어놓고 돌아갔다.

시키는 어지간히 운이 좋은 사람인 것 같았다. 경험삼아 시험 본 대학 예비학교에 합격한 것이다.
"나는 영어를 못해서 안 될 것으로 알았는데 어이쿠, 잘됐다."

시키는 사네유키에게 달려갔다. 사네유키도 합격했다.

저녁 때 문전에서 박차 소리가 들려왔다. 요시후루가 돌아온 것이다.

사네유키는 얼른 툇마루로 뛰어나가 정좌하고 머리를 숙이면서 여느 때와 같이 잘 다녀오셨습니까, 하고 인사했다.

"어떻게 됐나."

요시후루도 걱정이 되었던 모양이다.

"노보루는 됐습니다."

사네유키는 우선 시키의 말을 하고 이어 자기도 합격했노라고 보고했다.

"술을 마시자."

요시후루는 장화를 벗어 버리자마자 말했다. 축배를 들자는 데 사네유키도 시키도 마시지 않으므로 결국 요시후루 혼자 마셨다.

──술은 나의 병(病)이다.

요시후루는 이렇게 말하며 다른 술꾼들처럼 남에게 억지로 술을 권하는 일은 없었다. 도쿠리(德利──아가리가 좁은 일본식 작은 술병)를 끌어당겨 찬술을 그냥 마시기 시작했다. 마치 산적 같았다.

취하면 다소 말이 많아진다. 시키가 물었다.

"아키야마 형님, 이 세상에서 누가 제일 훌륭하다고 생각하십니까?"

"왜 그런 걸 묻는 거냐?"

요시후루는 질문의 본의를 물어 왔다. 질문의 본의를 묻지도 않고 떠들어 대는 것은 '정치가나 학자의 버릇'이라고 요시후루는 늘 말했다. 그리고 군인은 다르다고 했다. 군인은 적을 상대로 하는 것이므로 적에 대해 그 본심과 감정, 이쪽에 요구하는 것 등등을 분명히 알고 난 연후에 대답해야 할 것을 대답한다. 그와 같은 버릇을 평소에 길러 두지 않으면 막상 전장에 임했을 때는 일반론에 얽매이거나 독선에 빠져서 지고 만다고 요시후루는 말하는 것이었다.

"왜 그런 걸 묻는가 하면……."

시키는 당황했다. 그야말로 아무런 생각 없이 술자리의 좌흥을 돋운다는 기분으로 물었던 것이다.

"아아, 그냥 한 마디 했다, 그거로군."

요시후루가 말했다.

"살아 있는 사람?"

"그 편이 좋겠지요. 살아 있는 사람이라면 찾아가서 만날 수도 있으니까요."

"나는 만난 적이 없지만 지금 세상에서는 후쿠자와 유키치(福澤諭吉)라는 사람이 가장 훌륭하다."

요시후루는 저서를 몇 권 얘기했는데 이 대답은 사네유키에게도 시키에게도 뜻밖이었다. 요시후루는 군인이니까 군인의 이름을 들 것으로 생각했던 것이다.

요시후루의 후쿠자와 숭배는 나이를 먹어갈수록 점점 더하여, 만년에 아들을 게이오(慶應)에 넣었고 일가 친척의 자제들도 되도록이면 게이오에 넣으려고 했다. 그러면서도 후쿠자와를 만난 적은 한번도 없었다. 요시후루도 아마 부유한 가정에 태어났더라면 자기 자신도 후쿠자와의 게이오 대학에 들어가려 했을 것이다.

대학 제도는 자주 바뀌었다.

메이지 2(1869)년, 구막부시대의 최고 학교였던 쇼헤이자카(昌平坂)를 '대학교'로 개칭했다. 그 기능을 둘로 구분하여 대학 남교(南校), 대학 동교(東校)로 하고, 남교에서는 인문 과학, 동교에서는 의학을 가르쳤다.

이것이 메이지 4(1871)년과 12(1879)년의 학제 개혁으로 점점 충실해져서 메이지 19(1886)년의 학교령으로 비로소 제국대학의 설치가 규정되었다.

시키와 사네유키는 제국대학 이전의 제도 때에 입학했다. 그들이 입학한 대학 예비학교라는 것은 대학에 부속된 기관으로, 뒷날의 구제(舊制) 고등학교, 혹은 대학 예과에 해당한다.

"난 아무래도 영어가 안돼."

시키는 입학한 지 며칠도 되지 않아 이렇게 죽는 소리를 하기 시작하였다.

시키는 입학 시험의 영어 시험 때, 교리쓰 학교에서 같이 온 친구에게 몰래 단어를 물어 보았다.

'Judicature'라는 단어다. Judge에서 나온 말로 사법권 또는 사법관이라는 뜻이 있는데, 시키는 도무지 알 수가 없어 옆자리의 친구에게 슬쩍 구원을 청했더니 그 친구가 '호칸'이라고 속삭이는 것이었다. 법관(法官)을 가리키는 말이었다. 한데 시키는 아하, 이게 호칸(幇間 : 광대)를 일컫는 말이었구나, 하고 그렇게 썼다. 사법관과 광대, 너무나 의미가 다르지 않은가.

그런 실력으로 입학했기 때문에 시키는 당황했다.

당연한 일이었다. 그 당시의 예비학교 교과서는 외국에서 직수입한 것으로 가령 기하 교과서도 모두 영어로 되어 있었고 시험 문제도 영어로 나왔다.

시키는 이윽고 기하로 낙제하게 되는데, 기하 자체를 몰라서가 아니라 먼저 기하 교과서의 영어부터 몰랐던 것이다.

"나 같은 건 예비학교에 하나도 없을 거다."

시키는 매번 고개를 떨어뜨리며 한탄했다.

다른 학생들은 대부분 영어를 잘했다. 시키가 가장 놀랐던 것은 학기말 시험 때 옆의 미청년이 영어로 답안을 쓰는 일이었다.

'이런 놈이 있으니 당할 재간이 있나.'

그 학과는 지리인가 뭣인가로 굳이 영어로 쓸 필요가 없는 것이었는데 그 써나가는 속도가 시키가 쓰는 일본어보다도 빨랐다.

이윽고 그가 도쿄 부립 일중(一中)에서 온 야마다 다케타로(山田武太郎)라는 것을 알았다. 훗날의 야마다 비묘(美妙)이다.

야마다 비묘는 그 뒤로 창작에 전념하기 위해 중간에 퇴학하고 그 다음해에 오자키 고요(尾崎紅葉)와 더불어 겐유 사(硯友社)를 만들었다. 그야말로 조숙한 재사다운 소설을 잇달아 발표하고 한편으로 언문일치 운동을 일으켜 세상의 주목을 끌었다.

그와 같은 재사의 눈으로 보면 그 당시의 시키는 그야말로 시골뜨기 청년으로 매사에 굼뜨기만 했다.

일곱 기인

재학 중 시키는 하숙을 자주 옮겼다. 사네유키는 시키의 자유로운 생활을 부럽게 여겨 자기도 하숙 생활을 하고 싶었으나 형 요시후루가 허락해 줄지 몰라서 말을 꺼내지 못하고 있었다.

어느 날 용기를 내어 말하니 요시후루는 뜻밖에 그러라고 하는 것이었다.

이때 요시후루는 육군 대학교에 재학 중이었는데 집에 돌아오면 밤늦게까지 책을 읽고 수학문제를 풀고 전술 숙제를 하는 등, 여러 가지로 분주하여 사실 형제가 한방에 동거하는 것은 서로 방해가 되었다.

"그럼 형님, 노보루 군하고 같이 있을래요."

사네유키가 말했다.

노보루 군(시키)이 내고 있는 하숙비는 당시의 도쿄의 시세대로 한 달에 4엔이었다. 방값이 1엔, 식대가 2엔으로 이 방값 1엔을 둘이서 분담하면 한 사람이 3엔 50전이 된다. 50전이 남는다.

제안하기 좋아하는 시키는 진작부터 사네유키에게 이렇게 하자고 권하고 있었다.

결국 합숙을 하게 되었다.

간다의 사루가쿠 거리(猿樂町)에 이타가키 젠고로(板垣善五郎)라는 문패가 붙은 이층 건물의 하숙집이었다.

'예비학교 학생'이라고 하면 하숙집 주인과 하녀들도 다른 학생과는 달리 대접해 주었다. 일본 제일의 수재라고 생각했으며, 장차 박사 아니면 대신이 될 사람이라고 했다.

"미신이야."

찾아온 사네유키에게 시키가 이렇게 말했다. 그런 것은 서민 사회의 미신에 지나지 않는다는 것이었다.

"인간이라는 것은 인간을 신앙하고 싶어하는 동물이다."

"그래?"

사네유키는 빈정거리며 말했다.

"쏙 빠졌군."

철학에 빠졌다는 말이다. 시키는 이 무렵 철학이라는 것에 마치 처음으로 연애하는 청년과 같은 정열로 열중하고 있었다.

"정말이야. 예비학교 학생이 왜 잘났는지 나는 모르겠어. 학교에서 둘러보아야 별반 이렇다할 놈도 없는데."

"그러니까 예비학교 학생이 우수하다는 것은 서민의 미신이란 말이지?"

"그렇지."

"말하자면 터줏대감을 떠받드는 것처럼?"

"맞아."

시키는 열을 올리며 고개를 끄덕였다.

"세상이란 미신이라는 옷을 입고 겨우 추위를 막고 있는 거야. 진리나 진심 같은 것은 추운 것이거든."

"단단히 미쳤군."

"생각해 봐, 그렇지 않은가. 인간도 생물이라면, 그 생물에 대해 생각할 때 인간보다 하등인 동물의 예를 들면 잘 알 수 있어. 개는 같은 개를 신앙하지 않잖아?"

'모를 소리만 늘어놓는군.'

사네유키는 시키의 얼굴을 물끄러미 바라보았다.

원래 시키라는 소년에게는 철학 취미가 없었다. 이요 마쓰야마에서 상경했을 무렵에는 대정치가가 되려고 마음먹고 있었다.

상경 직후 외숙부 가토 쓰네타다가 물었다.

"그러니까 노보루의 희망은 유명해지는 일이냐?"

입신양명하는 것을 제일로 치던 시대였다. 쓰네타다는

"소년의 객기가 가상하구나."

이렇게 말했다. 그리고 덧붙였다.

"조(朝)에 있어서는 총리 대신, 야(野)에 있어서는 국회의장, 그것이 노보루의 희망이란 말이지?"

시키는 약간 열적었으나 반은 진지하게 고개를 끄덕거렸다. 그런 꿈도 없이 굳이 마쓰야마의 촌구석에서 나올 리가 없지 않은가, 하는 생각이었다.

"그러니까 대학에서는 법률 공부를 하련다."

시키는 사네유키에게도 말했다. 사네유키는 시키와 비교하면 아직 소년기에 있었으니만큼 특별히 희망이라고 할 만한 것이 없었다.

"아키야마는 뭐가 될 생각이냐?"

시키가 사네유키에게 물은 적이 있다. 사네유키는 두 눈을 크게 뜨고 말했다.

"나도 조에 있어서는 총리 대신……."

시키는 눈에 띄게 성장하고 있었다. 아직 교리쓰 학교에서 영어와 수학을 배우고 있었을 때인데, 이 학교에서는 한문 시간도 있어서 '장자'를 가르치고 있었다.

이것이 시키로 하여금 철학에 눈을 뜨게 하였다.

"나는 그 장자 강의를 듣고 정말 놀랐어."

시키는 예비학교에 들어간 뒤에도 사네유키에게 몇 번이나 말했다. 한문이라 하면 공자, 맹자 같은 유학 세계의 것으로, 시골의 한학자들은 노자, 장자 같은 이단 학문은 좀처럼 다루지 않았다.

"역시 서울은 서울이라고 생각했어. 예비학교에서 장자를 가르치다니 정말 놀라운 일 아니야? 장자는 인간이란 무엇인가, 세상이란 무엇인가, 생명이란 무엇인가를 생각하게 해."

이 때문에 대학에서는 법률을 그만두고 철학을 하려고 생각했다. 대정치가의 꿈이 간단하게 깨어진 것이다.

"그런데 아키야마."

사루가쿠 거리의 하숙에서 시키는 말했다. 그는 땅이 꺼지게 한숨을 쉬면서 말했다.

"나에게는 철학도 너무 어려워."

이유는 어학 때문이었다. 예비학교 강의에도 철학 개론이 있었는데, 그 교과서가 영어로 되어 있는 데다 모래를 씹는 것처럼 재미가 없었다.

"내게는 사물을 추구하는 머리는 있는 것 같은데, 다만 그것이 상당히 직감적이고 그 직감을 논리로 조직화하는 힘이 아무래도 부족한 모양이야. 장차 대철학자가 되는 건 무리야."

"뭐, 그리 성급하게 자신을 규정짓지 않아도 될 텐데."

"소년은 늙기 쉽고 학문은 이루기 어렵도다(少年易老學難成). 서두르지 않고 사나이의 뜻을 어떻게 펴겠나?"

시키가 철학에 대한 꿈을 버린 데 대해서는 재미있는 이야기가 있다.

──천연거사라는 인물이 있었다.

시키와 한 학년인 나쓰메 소세키가 뒷날 '나는 고양이로소이다'라는 소설을 썼을 때 작품 중에 그런 별명으로 등장한다. 본명은 요네야마 야스사부로(米山保三郎)인데 시키와 예비학교 동급생이었다.

어느 날 시키는 친구들 사이를 돌아다니면서 이렇게 말했다.

"우리 반에 굉장한 사나이가 있어."

요네야마 야스사부로를 두고 하는 말이었다.

요네야마는 천성이 철학자가 되기 위해 태어난 것 같은 사람으로 평판이 나 있었다.

"그 사나이는 말이야, 머리로만 생각하는 게 아니야."

옆구리로도, 손톱 끝으로도, 아니 그뿐인가. 털이 수북한 정강이 터럭까지 언제나 전율하면서 뭔가를 생각하고 있는 것 같았다.

기인이기도 했다.

어느 날, 예고도 없이 시키의 하숙을 찾아오더니 불쑥 방에 들어와서 시키 앞에 앉았다.

"자네는 철학을 좋아한다고."

마치 대결을 하러 온 검객과도 같은 느낌이 있어서 시키는 벌써 그것만으로도 질려 버렸다.

요네야마는 호쿠리쿠(北陸) 사투리를 쓴다.

원래 문학적 소질(이 시절의 시키 자신은 그 재능을 깨닫지 못했지만)이 있는 시키는 상대방의 입에서 쓸데없는 말을 끌어냄으로써 상대방의 기를 휘어 보려고 했다.

"자네 고향이 어디였더라?"

시키가 묻자 요네야마는 그 말에는 대답하지 않고 얼굴을 바짝(근시 때문인지) 들이대며 말했다.

"그것을 아는 것이 자네에게 어떤 의미가 있나?"

이 요네야마 야스사부로는 가나자와(金澤) 사람이다. 나중에 문과 대학에서 철학을 전공하고 다시 대학원에서 공간론을 연구했는데 29세로 요절했다. 문과 대학 사절 소세키하고 친교를 맺었고 소세키를 가리켜 '말수가 적은 사람이지만 무언가 의논하면 반드시 해결해 준다. 그런 해결 능력을 가지고 있다'고 평했으나 소세키가 가진 문학적 재능에 대해서는 끝내 언급이 없었다.

어쨌든 시키는 쩔쩔맸다.

요네야마는 시키가 제목도 들어 보지 못한 철학서와 저자의 이름을 풍부하게 인용하며 열을 내어 떠들었다. 그러다가 시키가 멍하니 있으니 그제야 화제를 돌렸다.

"자네는 하이쿠에 취미를 갖고 있다지?"

"심미학(뒤의 미학)이라는 철학의 한 분야가 있다는 걸 아는가?"

시키는 몰랐다. 요네야마의 말에 따르면 회화나 시가 등의 예술을 철학적으로 구명하는 학문이라고 한다.

"하이쿠를 하려거든 하르트만의 심미학을 읽게."

독일어로 된 책이라고 했다. 시키는 얼굴이 푸르딩딩하게 질려 있었다.

"주먹이 이렇게……."

시키는 나중에 사네유키에게 이렇게 말했다.

"우박처럼 쏟아지는 것을 나는 항거하지도 않고 머리를 두 손으로 감싸안은 채 숨도 못쉬고 있는 꼴이었어."

요네야마와의 대면을 가리키는 말이었다.

마지막으로 시키가

── 자네 몇 살인가?

물으니 시키보다 두 살 아래였다. 여기서 시키는 완전히 손을 들고 친구들에게 보고했다.

"나는 단념했어, 철학자가 되는 것을."

남에게 지기 싫어하는 시키로서는 철학을 할 바에는 일본에서 제일가는 철학자가 되려는 속셈이었다. 동급생 중 요네야마 야스사부로 같은 자가 있음을 알자 완전히 기가 꺾이고 만 것이다.

"놈은 내 무식을 경멸했겠지."

시키는 그 일을 분하게 여겼다. 하다못해 요네야마가 말한 책을 한 권이라도 읽어야겠다싶어 파리에 있는 외숙부 가토 쓰네타다에게 편지를 보냈다.

이 조카의 재능을 인정하고 있는 가토 쓰네타다는 하르트만의 심미학 책을 구하여 귀국하는 친구편에 보냈다. 시키가 그것을 펼쳐 보니 하필이면 독일어여서 하는 수 없이 독일어를 잘하는 친구에게 한 마디 한 마디 번역해 달라고까지 하면서 이해하려고 노력했다. 그러다가 지쳐서 그만 중단해 버렸다.

동시에 철학 지망도 그만두었다. 재학 중 오히려 철학이 시키를 괴롭혔다.

철학 개론 선생은 부세라는 사람이었는데 시키는 이 학과에 골머리를 앓았다. 교과서로 쓰는 책에

── 서브스탠스의 리얼리티는 있는가 없는가.

라는 말이 있었다. 시키는 어처구니가 없어서 투덜거렸다.

"리얼리티라는 것이 뭔지도 모르는 나에게 있고 없고가 무슨 상관이야."

"노보루 군은 굉장히 묘한 책을 읽는군."

사네유키가 처음으로 사루가쿠 거리의 하숙에서 시키와 공동 생활을 시작했을 때, 그렇게 말했다.

"저것 말인가?"

시키가 흘끗 고개를 돌렸다. 책상 위에 재래식으로 제본한 책이 대여섯 권 포개져 있었다.

인정본(人情本, 에도 시대 말기에 남녀간의 애정이나 인정을 사실적으로 묘사한 풍속소설)이었다.

그런 것을 시키에게 대본하기 위해 대본장이가 사흘이 멀다 하고 하숙으

로 찾아오고 있었다. 대본장이는 서른이 넘은 남자로 언제나 대본 봇짐을 키를 넘게 짊어지고 다녔다.

시키는 인정본만이 아니라 요즘 말로 하는 소설책도 빌려보고 있었다.

"저것이 한 달에 1엔은 든다."

시키는 말했다. 사네유키는 놀라면서 못마땅한 얼굴을 지었다.

"1엔이나?"

학비를 구번에 기대고 있으면서 인정본이나 소설책 따위에 1엔씩이나 쓰는 건 말도 안 된다.

"세상을 알기 위해서야."

시키는 그렇게 말했으나 이내 실토했다.

"술꾼이 술을 사랑하는 것처럼 나는 어쩐지 이것이 좋아. 목적 같은 건 없고 내 정신에 필요할 뿐이야."

시키의 청춘은 분주했다.

철학에 미치는가 하면 금방 또 연설에 사로잡혔다.

"내일 도키와 회가 열려."

시키가 사네유키에게 말했다. 그 회에서 연설을 한다고 한다.

"나도 하고 싶은데."

사네유키도 말했다. 정치 연설이 유행하고 있어서 도시에서나 시골에서나 청년들이 거기에 열중하고 있었다. 시키와 사네유키가 마쓰야마 중학교에 다닐 무렵, 그들은 열심히 연설을 하며 돌아다녔다. 주제는 청년 지사들의 연설이 대부분 그러했듯이 자유 민권에 관한 것이었다.

——파벌을 배격해야 한다.

——관의 횡포와 싸우지 않으면 안 된다.

——자유는 민중의 고유 권리이며 그 무엇으로도 이를 침해하지 못한다.

이미 시키라는 사네유키는 마쓰야마 중학교 시절, 루소의 《민약론》을 핫도리 토쿠(服部徳)라는 사람의 번역으로 읽었고 도쿄에 나온 뒤에는 몽테스키외의 《법의 정신》도 읽었다.

단 국회는 아직 열리지 않고 있었다. 그러나 '메이지 23(1890)년을 기하여 국회를 연다'는 조칙은 이미 메이지 14(1881)년에 공포되어 있었고 이 때문에 모든 청년의 뜻은 정치에 쏠리고 있었다.

그 기분은 물론 시키와 사네유키에게도 있었다.
그런데 시키가
"도끼와 회에서 할 연설을 들어 볼래?"
하숙방 다다미를 밟고 일어나 헛기침을 한 번 하고 나서 시작한 연설 내용은 뜻밖에도 정치 연설이 아니었다.
철학 냄새가 풍기는 주제였다.
'노보루 군은 자꾸만 변하는구나.'
사네유키는 그렇게 생각했다. 시키는 남보다 갑절의 속도로 성장했고 따라서 그 변화도 심했다. 거기다 대면 이렇다 하게 돋보일 것도 없는 사네유키의 눈으로 볼 때, 좀 경솔한 느낌이 드는가 하면 한편 하나의 다채로운 광체를 바라보는 것 같은 눈부심도 느껴졌다.
그 시키가 지금은 인정본과 소설책에 열중해 있는 것이다.
"그런 것, 읽어도 괜찮을까?"
이렇게 말하는 사네유키에게는 아직도 전시대로부터 이어받은 편견이 있었다. 선비의 길을 걷는 자는 그와 같은 통속 작가의 작품을 읽어서는 안 된다는 것이었다.
에도 시대의 한학자들도 다카자와 바킨(瀧澤馬琴)의 작품을 드러내놓고 읽지는 않았다. 하물며 이하라 사이카쿠(井原西鶴) 등의 이름을 아는 자도 드물었으리라. 그런 따위의 얘기책은 시정의 부녀자들이나 읽는 것으로 되어 있었다.
'대학 예비학교에 들어와서까지 저런 것을 읽다니.'
사네유키는 마음속으로 제멋대로인 시키의 행동에 놀랐다.
"준고로도 읽어 봐."
시키는 우선 그 중의 한 권을 사네유키에게 빌려 주었다. 시키는 자기가 흥미를 가진 일이나 자기가 깨달은 진실을 친구들에게 퍼뜨리지 않고는 견디지 못하는 성미였다. 사네유키도 그 책을 읽기로 했다.

대학 예비학교의 생활은 시키에게 늘 즐거운 것이었다.
"이 세상에 어학이라는 것만 없으면 천하에 두려울 것이 없겠다."
시키는 날마다 활기에 넘쳐 지냈다. 재능을 믿고 다소 사람을 얕보는 경향도 없지 않았으나, 동급생들도 그러한 시키를 너그럽게 보아 주고 한 단계

높은 자리에 앉혀 주는 경향이 있었다.
 그런 동급생 중에 시키의 친한 벗이 여섯 명 있었는데, 시키는 이 벗들을 '일곱 기인'이라고 부르며 뽐냈다.
 시키의 수기에 의하면 그 이름은 다음과 같다.

세키 고시치로(關甲子郎) 무쓰(陸奧) 출신
기쿠치 겐지로(菊池謙二郎) 히타치(常陸) 출신
이바야시 히로마사(井林廣政) 이요(伊豫) 출신
마사오카 쓰네노리(正岡常規 : 시키) 이요 출신
아키야마 사네유키(秋山眞之) 이요 출신
가미야 도요타로(神谷豊太郎) 기이(紀伊) 출신
시미즈 노리토오(淸水則遠) 이요 출신

 시키는 이들과 연극 구경을 다니거나 하숙방에서 쇠고기 전골을 해먹으며 토론을 했고, 아무것도 할 일이 없으면 팔씨름을 하곤 했다.
 꼼꼼한 성격인 시키는 '일곱 기인의 팔씨름 순위'라는 것을 만들었다.
 그 팔씨름에서 아키야마 사네유키가 가장 꼴찌였고 시키는 중간쯤 되었다. 시키는 또 '앉은 씨름 순위'라는 것도 만들었다. 1등은 시키이고 사네유키는 두번째였다.
 '화투 순위'라는 것도 있었다. 훗날까지 노름의 명수였던 사네유키가 이 일곱 기인 중에서 최고였다.
 시키는 '인물 채점표'라는 것도 만들었다. 시키가 혼자 만들어 낸 모양인데, 이 무렵의 시키다운 글투가 나타나 있다. 아키야마 사네유키에 대해서는 '놀라기 잘하고 얕보기 좋아함'이라고 되어 있다.
 남을 평하는 데 있어 모호한 태도를 취하지 않고, 공부에 내증이 있는 사람에 대해서는 몹시 놀라고 대단치 않은 인물에 대해서는 경멸을 나타냈다.
 '용기'라는 항목이 있었다. 이바야시 히로마사의 90점을 제외하고는 모두 70점이었다.
 '재력'은 시키 자신과 이바야시만이 90점이고 세키, 기쿠치, 아키야마는 85점으로 했으며 나머지는 70점이었다.
 '색욕'의 항목에서는 세키가 95점으로 최고이며, 기쿠치의 90점이 다음을 쫓고 가미야가 85점, 시미즈가 50점으로 가장 낮았다. 아키야마, 이바야시는 80점, 시키는 75점.

'공부' 요컨대 학력과 노력의 종합 점수인 모양이다. 일곱 명의 기인 모두 점수가 낮아, 겨우 기쿠치가 70점이고 세키가 65점, 이것에 아키야마 사네유키의 60점이 뒤따르고 시키가 50점, 재력 90점의 이바야시는 20점밖에 안 되었다.

시키는 훗날, 〈붓가는 대로〉 속에서 그 당시의 열아홉 명의 벗에 대해 언급했다. 나쓰메 소세키를 외우(畏友), 사네유키를 '강우(剛友)'라고 했다. 그러나 평소에는 '아키야마는 자신감 과잉이라 난처하다'고 불평했다.

사네유키는 일곱 괴짜의 모임 같은 때, 다들 철학론이나 문학론에 열중하고 있어도 혼자 길게 드러누워 토론에 끼어들지 않았다.

"아키야마는 어떻게 생각해?"

누군가가 그에게 말머리를 돌려대도 흥, 하고 콧방귀를 뀌며 과자만 먹고 있었다.

사네유키는 철학론이라면 아주 질색이었다. 그래서 자신 없는 화제에 끼어들어 흥을 잡히느니 잠자코 과자나 먹는 편이 이득이라는 것을 알고 있었다.

"잘난 체하는 거지?"

시키는 사네유키의 그러한 속셈을 꿰뚫어보고 곧잘 놀렸다. 사네유키는 그럴 때마다 이렇게 말했다.

"난 아이들이 노는 데는 끼지 않아."

시키는 이 예비학교 시절 원고용지 석 장 정도로 된 '아키야마 론'을 써서 사네유키에게 보여 주었다.

"어떤 사람이 이요 마쓰야마에 인물이 있느냐고 묻는다면 그대는 자기 스스로 내가 그 인물이다, 라고 대답하리라."

이렇게 시작되는 문장인데 그것을 의역하면

"그리고 또 대학 예비학교에 인물이 있는가 하고 물으면 그것을 그대는 바로 '나'라고 대답할 것이 틀림없다. 그 기백은 매우 장하다. 그러나 그 근성은 용납하지 못한다. 옛말에도 소년 재사는 어리석은 어른에 미치지 못한다고 하지 않았던가. 자만심은 남의 눈으로 보면 흉할 뿐이다."

이렇게 쓰고 나서

　보아 달래도 보아 주지 않는
　춤이로구나

하이쿠를 곁들인 다음
"그러나 장점도 있다. 그대는 학문이야 대단할 것이 없지만, 그래도 사무를 시키면 훌륭하게 처리하고 그르치는 일이 없다. 그와 같은 종류의 능력은 벗들 중에 오직 그대 혼자만이 가지고 있다."
그러나, 하고 시키는 따끔하게 비평한다.
"그러나 그와 같은 것도 뒤집어서 말하면 처세술일 뿐이다. 하기는 우리들이 그대의 처세술에 크게 의지하고 있지만"
요컨대 처세술이 장점이라는 것이었다.
"그 기상은 사람들로부터 믿음과 사랑을 받게 한다. 그러나 자칫하면 사람과 논쟁을 벌여 그로 인해 우정을 그르칠 우려가 있다."
다음은 성격론.
"그대는 활발한 사나이지만 사실은 활발하다기보다 가볍고 수선스럽다. 경망하다. 분석하면 6할의 경망과 4할의 활발함을 갖는다."
다시 처세술에 언급하여
"그렇지만 그대만큼 보통 재능(처세술을 말함인가)을 가진 자를 나는 이제껏 보지 못했다. 아니, 기뻐하지는 말라. 그것은 결코 큰 재주가 아니다. 흔히 말하는 재치에 지나지 않는 것으로 이를테면 조루리(淨瑠璃: 음곡에 맞추어서 하는 에도 시대의 민중극, 또는 그 대본)를 흉내내거나, 민요를 한 가락 근사하게 뽑는 정도의 것이다. 그러므로 그대는 장차 큰일을 이룰 사나이는 아니고 결국은 기수(技手) 정도로 그치지 않을까 한다."
사네유키는 이것을 읽었으나 이렇다 할 소리도 없이, 그저 한쪽 눈만으로 웃어 보였다.

　사실 사네유키는 형 요시후루 앞에서는 꼼짝을 못하지만 벗들과 같이 어울리고 있을 때는 상당한 악동이었다.
　가령 일동이 우르르 극장 같은 데에 몰려간다. 사네유키는 앞장서서 어깨를 치켜올리고 성큼성큼 걸어간다.

그 모습이 꽤나 괴상했다. 단추가 달린 제복 윗도리에 일본식 겉옷을 받쳐 입고 나막신 소리도 요란하게 걷는 것이었다.

"아키야마, 너무 한 거 아니야?"

시키가 말하면, 사네유키는 오히려 자랑스럽다는 듯이 태연했다.

"노보루 군 같은 속물이 뭘 안다고. 이건 내 자랑스런 모습이야."

일본 제일의 학생을 자처하고 있었으므로 남과는 다른 모습을 하고 싶었던 것인지도 모른다.

극장에 가서도 시끄러웠다. 조금이라도 서투른 연기자가 나오면

"틀렸다, 틀렸어!"

외치면서, 그것만으로는 성에 차지 않는지 신발 보관증으로 주는 나무막대기를 친구들 것까지 한데 모아 그것을 마구 두드리며 방해했다.

이러는 데는 대부분의 배우들이 배겨내지를 못하고 무안해서 달아났다.

'좋게 말해서 활발, 나쁘게 말하면 경망'이라는 뜻의 말을 시키가 한 것은 바로 그것이었으리라. 그러면서도 사네유키가 극장에서 떠들기 시작하면 시키도 덩달아 법석을 떨었다.

시키는 이해 여름 방학에 마쓰야마로 돌아갔다가 9월에 올라왔다.

밤에 친구들이 모여 이야기하고 있는데, 다른 친구 하나가 오더니 무전 여행 체험담을 재미있다는 듯 늘어놓았다.

무전 여행이라 해도 겨우 도쿄에서 에노시마(江島)까지 걸어간 것뿐이었다. 돈이 없어 먹지도 못하고 잠자리도 얻지 못해 별의별 진기한 장면이 다 연출되었다는 것이었다.

사네유키는 그 말을 듣자

"가자, 지금 당장 가자!"

서둘러 댔다. 시키가 말하는 경망함이었다. 경망증이 발동하면 아무도 말리지 못했다.

"어때, 모두들 고작 에노시마까지의 무전여행에 겁을 집어먹었나?"

이렇게 시끄럽게 서둘러 대니, 결국 일동은 겁쟁이로 낙인찍히는 게 싫어

"누가 안 간댔나."

기세 좋게 일어나, 저마다 나막신을 신고 거리로 나섰다.

이미 밤 11시를 가리키고 있었다.

달그락거리며 걷기 시작했다. 조조 사(增上寺) 문 앞을 지날 때는 벌써 다리가 아파오고 시나가와에 들어섰을 때는 유곽도 문을 닫을 채비를 하였다.

──뭐야, 저 작자들.

유곽에서 손님을 끄는 사람들도 말은 걸지 않고 저희들끼리 팔꿈치를 쳐가며 킬킬거렸다. 그 정도에서 벌써 풀이 죽은 모습으로 유곽 거리를 지나 쓰루미(鶴見)까지 왔을 때 날이 샜다.

겨우 하룻밤 자지 못했을 뿐인데 모두 졸려서 견딜 수가 없었고 시키는 걸으면서 꾸벅꾸벅 졸았다. 주동자인 사네유키는 제일 먼저 기가 죽어 치솟았던 어깨는 축 처지고, 비 맞은 병든 개 같은 형상으로 걷는다.

청춘이라는 것은, 한가롭고 때로는 죽을 만큼 심심하고 그러면서도 에너지가 넘쳐나지만, 난처한 것은 지혜가 그것을 지배하고 있지 않다는 점이다.

"그것이 청춘의 좋은 점이다."

시키가 걸으면서 말했다. 그러나 이 자칭 철학자도 공복과 불면과 피로로 목소리가 모기 소리보다 작아졌다.

"무엇이고 해 보는 거야."

──우리들 젊은이란, 하고 말했다.

"때로는 이 해보겠다는 호기심이 변형하여 자살이라는 것까지 시도하는 놈이 있다. 자살은 에너지의 잉여물이지만 정력이 사라지고 꾀만 발달한 늙은이는 도저히 해내지 못하는 일이지."

"그거 좀 이상한데."

누군가가 말했다.

"늙은이가 목매어 죽었다는 얘기도 못들었어?"

"남의 말에 찬물을 끼얹지 마. 늙은이의 자살이라는 것은 뭔가에 쫓겼을 때 하는 것으로, 추할 뿐 아니라 너무 음산해. 젊은이는 쫓기지 않아도 한다."

"그건 그렇다 치고."

누군가 화제를 돌렸다.

"이건 어리석은 짓이야."

이 에노시마 무전 여행을 말하는 것이다.

가나가와(神奈川)까지 오니 완전히 아침이 되었다. 길가에 작은 가게가 있고 거기에서는 금방 친 찰떡을 늘어놓고 있다.
 그곳을 지나쳐 한 마장쯤 간 뒤에, 시키가 말했다.
 "그 떡 정말 먹음직스러웠어."
 그러자 사네유키도 동감이었던만큼 험상궂은 표정을 지으며 화를 냈다.
 "먹음직스러웠음 왜 사지 않았어!"
 회계는 시키가 책임지고 있었다. 그런데 호주머니에는 50전밖에 없었다.
 어쨌든 가나가와 역으로 나가 보았다. 육교에 올라가 아래를 내려다보니 하행 열차가 석탄을 싣고 출발 준비를 한다. 이윽고 열차가 출발하는가 싶더니 삽시간에 그 검은 연기가 육교를 뒤덮어 다리 위의 젊은이들의 가슴 가득히 그을음을 불어넣었다.
 "돌아갈까?"
 돌아갈 마음밖에 없는 시키가 말했다. 뒷날 시키가 주장한 말에 의하면, 이것은 그의 우는 소리가 아니라 사네유키의 꼴이 하도 가여워서 눈뜨고 볼 수가 없었기 때문이었다고 한다.
 그런데 사네유키는 그런 말을 하는 시키를 욕하며 비틀비틀 걸음을 옮겨 육교를 내려갔다.
 "그러니까 자네는 겁쟁이야. 여기까지 와서 돌아가는 법이 어딨어."
 시키는 화가 났다.
 그 뒤에 역전에서 군고구마를 사서 일동에게 나눠주고 다시 걷기 시작했다.
 ──아키야마는 우리보다 많이 뒤떨어졌다, 고 훗날 시키는 쓰고 있다.
 모두 한 마장쯤 가서 길바닥에 주저앉았다. 앉았다기보다 엉덩방아를 찧고 엎드려 절하는 것 같은 자세였다. 가끔 사네유키가 뒤에서 앞서 가는 축들에게 '그만 손들고 앉자'고 소리치더니 제일 먼저 길바닥에 나가떨어졌다.

 이런 모양으로 걸어서 도즈카(戶塚)에 들어선 것은 정오 무렵이었다. 먼지가 낀 것 같은 음식점에 들어가 밥을 먹었다. 어제 저녁 11시에 도쿄를 출발한 뒤 처음 먹는 밥이었다.
 "이렇게 맛있는 것이 세상에 또 있었다니……."
 시키는 밥그릇을 끌어안았으나, 사네유키는 피로가 한계를 넘은 탓인지 두어 젓가락 건드리더니

"맛없다."

그대로 흙바닥에 앉아 슬그머니 드러눕더니 그대로 곯아떨어졌다.

"놈의 형님이 이 꼴을 보면 야단이 날걸."

시키가 말했다.

오후 한 시가 되었다.

"가자. 그런데 아키야마를 깨워야지."

오구라(小倉)라는 친구가 흔들어 깨웠으나 그때마다 코고는 것만 그칠 뿐, 눈을 뜨려 하지 않았다. 결국 마구 흔들어서 억지로 깨웠다.

"아키야마, 괜찮나?"

모두 걱정이 되었다.

앞으로 에노시마까지 30리는 남았는데 사네유키의 이런 꼴로는 걷기는커녕 서지도 못할 것 같았다.

──제발 빈다, 도쿄로 돌아가자.

사네유키는 눈을 뜨고 애원했고 시키는 두고두고 이 일을 기뻐했다.

──고집불통인 아키야마도 더 억지를 부리지 못하게 되어……그 애원하는 꼴이…….

시키는 〈붓가는 대로〉에 이렇게 쓰고 있다.

어떻든 이 도즈카에서 후퇴하기로 결정했다. 가나가와까지 돌아가 거기서 기차를 타면 되는데 그 기찻삯이 없었다. 그러나 죽으라는 법은 없었다.

오구라라는 친구가 이런 일이 있을 줄 미리 예상하고 일동에게는 말하지 않고 돈을 갖고 있었다.

가나가와 역까지 돌아갔다. 역전에 당도했을 때는

"개미 걸음도 그런 개미걸음이 없었다."

시키는 말한다. 시키의 형용을 빌리면 한 걸음을 걷는 데 뒷발이 앞발까지 오지 않았다. 앞발 중간쯤까지 겨우 뒷발을 끌어다 놓아도 다음 한 걸음이 좀처럼 나가지 않았다.

"뭐야, 저 작자들."

역전에 있는 사람들이 모두 돌아보았고 개중에는 웃는 사람도 있었다.

어린 아이가 그 근처에서 뛰어다니며 놀고 있었다. 그 경쾌하게 뛰어노는 모습이 시키는 어찌나 부러웠던지 '인간이란 저리도 기민한 것이었던가' 하고, 이 철학 지망자는 딴세상의 생물을 보는 것 같은 기분이 들었다.

겨우 기차에 올라탔다.

차에 오르자 사네유키는 다소 기운을 되찾은 듯 당치도 않은 말을 늘어놓았다.

"하늘에 오르는 용도 물고기가 되면 맥을 추지 못하고 어부의 손에 잡히고 만다. 아까 나는 물고기로 둔갑했던 거여."

그러더니 무너지듯이 바닥에 널브러져서 다시 곯아떨어졌다.

——도대체 내 머리를 무엇에 써먹어야 한단 말인가. 그것이 시키의 고민이었다. 가장 자신이 없는 것은 자기도 알고 있었다. 바로 학과 공부였다.

"공부하지 않으면 안 된다고 끊임없이 생각하였다. 그러나 학과 공부는 질색이었다."

시키는 이렇게 쓴 적이 있었다. 어학을 못할 뿐 아니라 대수는 아무리 공부해도 이해가 되지 않았다. 기하에는 흥미가 있었다. 그러나 그 정도였다.

평생의 사업으로서 철학은 단념할 수가 없었다. 그런데 그 당시 대학 예비학교 젊은이들의 공통된 경향은 일본의 제일인자가 되려는 욕심이었다. 철학을 하는 이상 일본 제일의 철학자가 되고 싶었다.

그러나 시키의 눈으로 볼 때 일본 제일은 벌써 판가름난 것이나 다름없었다. 동급생인 요네야마 야스사부로였다.

그러나 단념할 수는 없었다.

가을이 깊어지기 시작한 어느 날 밤, 시키는 같은 방의 사네유키가 밤공부를 마쳤을 때를 기다려 말을 붙였다.

"의논할 게 있어. 내 머리가 과연 철학에 적합할까?"

사네유키는 고개를 갸우뚱했다. 사물의 추구력에 있어서 시키는 보통 사람보다 뛰어났다.

"하지만 생각을 결정하는 힘이 부족한 것 같아."

사네유키가 말했다. 사네유키의 말을 빌리면 '생각'이라는 것은 액체나 기체와 비슷한 것으로 요컨대 종잡을 수가 없다. 그 액체나 기체에 논리라고 하는 강력한 촉매를 가하여 고체로 만든 뒤 그것을 결정화시키는 힘이 사상가, 철학자라고 불리는 자의 힘이다. 그 힘이 없으면 그 방면으로 나가지 못한다.

"그것이 약한 듯싶군."

사네유키의 말을 들은 시키는 금방 얼굴을 붉히면서 자기 변호를 하기 시작하였다.

"약한 것이 아니다. 내 가슴속에 그것을 훼방놓는 방해물이 있어."

"방해물이라니?"

"문학."

시키가 대답했다.

무릇 문학이란 철학과 양립하기 어려운 정신 작용으로, 일껏 결정되려던 생각이 문학으로 말미암아 유산되고 만다.

"시와 소설이지. 요즘은 소설 없이는 못 살것 같은 마음이야."

"그렇다면 그걸 하면 되잖아."

사네유키가 말하니 시키는 쓴 얼굴을 지었다. 시키는 구번주의 호의로 만들어진 도키와 회의 장학금을 받고 있었다. 도키와 회는 장차 대신이나 박사가 될 만한 자제를 위해 돈을 내는 것이므로 장학생이 시인이나 소설가가 되는 것을 환영하지 않을 것이다.

시키가 그것을 말하자, 사네유키는 버럭 소리를 질렀다.

"속된 말은 그만둬!"

시키 역시 스스로 속된 말을 했다고 생각했는지 얼굴을 붉혔다.

이야기를 주고받다가 시키는 갑자기 이요 사투리로 물었다.

"이봐, 낯빛이 시원찮은 건 무슨 까닭이지?"

사네유키는 씨익 웃더니 말을 꺼냈다.

"실은 나도 고민이 있어."

사네유키의 고민도 비슷한 것으로 대학 예비 학교에 들어오기는 했으나 이대로 나가도 되는가 하는 것이었다.

한 가지는 형 요시후루의 주머니 사정이었다. 아직도 위관인 그 박봉으로 대학 공부를 시키는 것은 불가능에 가까운 일이었다.

"쓸데없는 걱정 마라."

말하지만, 위관의 월급이 적은 데다가 술값이 많이 나갔다. 요시후루의 술은 생리적인 욕구로 그것을 끊을 수는 없는 모양이었다.

그리고 요시후루는 많은 장교 중에서 발탁되어 육군 대학교에 들어갔으므로 전술 연구를 위해서 외국의 병학서를 주문하지 않으면 안 되었다.

원래 유럽 문명국에서는 보통 귀족 자제가 장교가 된다. 급료에 의지해야 하는 계층의 출신은 거의 없으며 군사학 연구를 위한 서적 구입도 물쓰듯이 사비를 쓸 뿐 아니라 위관 정도의 신분으로도 사교비로 봉급의 몇 갑절이나 쓰는 것이 보통이었다. 말하자면 장교는 귀족의 명예직 비슷한 것이었다.

그런데 일본의 육해군에서는 가난뱅이 무사의 자제가 장교가 되었다.

여담이지만, 그것은 후년에 러시아의 수병들을 놀라게 했다.

일본은 좋은 나라라고 그들은 말했다. 러시아에서는 육군 병사나 해군의 수병은 하층 농부나 농노, 목동 출신으로 그 계층에서 장교가 되는 경우는 거의 없다고 해도 좋을 정도로 드문 일이었으나, 일본에서는 어떠한 계층이라도 일정한 학교의 시험에만 합격하면 평등하게 장교가 될 수 있는 길이 열려 있었다.

거기까지는 좋다.

그러나 국가가 책값까지 부담해 주지는 않는다. 요시후루는 이 비용의 염출에 대해 상당히 고심하고 있는 모양이었다.

'내가 대학에 가는 것은 역시 무리다.'

사네유키는 이렇게 생각하게 되었다.

——그만둘까.

몇 번이나 생각했는지 모른다. 그러나 형에게는 말을 꺼내지 못하고 있다. 말을 하면 이 형은 더욱 고집을 부려

"돈 생각을 하기 전에 좀더 똑똑한 생각을 해."

이렇게 말할 것이 뻔했다.

이것이 사네유키의 가장 큰 고민이었다. 결국 학비가 필요 없는 학교에 가기만 하면 즉석에서 해결될 일이었다.

학비가 필요 없는 학교라면 육군사관학교나 해군병학교다.

——간다면 해군이지.

생각은 그렇게 하지만, 그렇다고 지금의 즐겁고 유쾌한 학교 생활을 그만둘 생각은 아직 없었다.

"이대로 대학에 가더라도."

사네유키는 갑자기 화제를 바꾸려는 것 같더니, 그대로 입을 다물어 버렸다.

시키는 한참 동안 사네유키의 다음 말을 기다리다가 이윽고 물었다.

"무슨 말인가, 이대로 대학에 가더라도, 뭐?"

"말하자면, 이대로 대학에 가서 학사가 되어도 대단할 것 없다는 말이지……."

"무슨 소릴 하는 거야!"

"난 말이야, 노보루 군과 마찬가지로 이왕 세상에 태어났으니 일본에서 최고가 되고 싶어."

"누구나 마찬가지지."

시키가 되받았다. 그것이 초창기에 선택받은 청년들의 공통된 염원이었으리라. 그 점에 있어서 시키는 철학 청년 겸 문학 청년이기는 해도 시대의 아들답게 그 지향이 몹시 밝아서 회의도 저항도 굴절도 느끼고 있지 않다. 어쨌든 '조에 있어서는 총리 대신, 야에 있어서는 국회의장'을 마음먹고 도쿄로 나온 청년인 것이다.

"해마다 학사가 늘어나고 있다."

사네유키가 말했다.

"그야 물론 늘어나겠지."

"학사란 것도 귀한 시절의 이야기다. 이공계 학사는 졸업하기가 바쁘게 철교를 가설하거나, 의과 학사라면 당장 병원장이 될 수 있었지만 앞으로는 그렇게 되기 힘들 거야."

"흐음, 그렇겠군."

시키는 사뭇 진지한 얼굴로 고개를 끄덕거렸다.

정말 그렇다고 생각했다. 한 가지 학문을 개척하는 데도 초창기 학도들은 득이었고 그 학문을 외국에서 들여온 것만으로도 그대로 일본 최고의 권위가 될 수 있었다.

"이를테면 가토 총장이나 야마카와(山川) 총장도 그렇지."

사네유키의 말이었다.

가토 총장은 지금 대학 총장으로 있는 가토 히로유키(加藤弘之)를 말하는 것이었다. 다지마 이즈시 번(但馬出石藩) 출신으로 처음에 난학(네덜란드어 서적으로 서양학술을 연구하는 학문)을 수학하고 난학으로 막부에 봉직했으며, 양학 학교의 교수가 되었다. 그런데 시국을 어떻게 내다보았는지 막부 말기의 소란기에 독일어를 독학했다. 당시 독일어를 배우는 자는 가토 히로유키 한 사람뿐이었다. 유신 후 난학이 시들해지자 일본 독일학의 유일한 권위자로 떠받들어지며 신정부의 관료를 지냈고 다시 독일 철학의 첫 수입자가 되었다.

2대째 총장인 야마카와 겐지로(出川健次郎)도 비슷했다. 아이즈(會津) 번사의 집안에 태어나 아이즈 와카마쓰(若松) 함락 직후 맨주먹으로 도쿄에 올라온 뒤 이윽고 도미하여 고학으로 물리학을 공부했다.

"우리는 너무 늦게 태어난 거야."

시키가 말했다.

"하지만 그 선인들이 하지 않은 분야가 아직도 있겠지. 학문이 아닐지라도."

사네유키도 그렇게 생각하고 있었다.

'해군이 거기에 가깝다.'

생각한 것이다.

그러나 그런 방면으로 눈을 돌리고 있다는 것을 사네유키는 내색도 하지 않았다. 내색하면 어쩐지 시키를 배신하는 것 같은 꺼림칙한 마음이 있었다.

이 시기부터 친구들 사이에서 사네유키의 모습이 갑자기 침울해 보이기 시작했다.

——저 친구, 어디 아픈 것 아냐?

다른 친구가 동거인인 시키에게 묻기도 했다.

"아니, 밥은 여전히 많이 먹던데?"

시키는 그렇게 대답했다. 같이 있는 시키의 눈으로 보면 사네유키의 모양은 여느 때와 다름없었다.

전과 다르다고 하면 시키의 문학 취미가 전염되어 그런 종류의 책을 닥치는 대로 읽기 시작한 일인데, 시키는 '나하고 같은 병에 걸렸다'며 오히려 좋아하고 있었다.

문학 취미라는 점에서 말하면 시키는 평생의 기호로 연애를 다룬 것을 좋아하지 않았으며, 특히 외설에 치우친 것을 좋아하지 않았다. 사네유키는 무엇이나 닥치는 대로 읽었다.

"아마 소설책을 너무 읽어서 그럴 거야."

시키는 사네유키의 거동에 대해 친구들에게 그렇게 설명했다.

그러나 사네유키는 그런 정도가 아니었다.

'나는 원래 이 세계에 있어야 하는 인간이 아닐까.'

자기의 문학 취미에 대해 그렇게 생각하면서도 그렇게 할 수 없는 자기의 처지에 고민하고 있다.

시키는 그것을 모르고 있었다.

어느 날 밤 둘이서 고금 동서의 문학에 대해 이야기하던 끝에 시키가 흥분하여 말했다.

"준고로 군, 영달을 버리고 이 길을 함께 가지 않겠나?"

사네유키에게도 그 흥분이 전염되어 격앙된 어조로 말했다.

"나도 그렇게 생각하고 있었어. 부귀가 다 무엇이고 공명이 다 무엇이란 말인가!"

통속 소설 따위의 세계에 들어가는 것은 관리, 군인, 학자와 같은 세계를 우러러보는 그 당시로서는 숫처녀가 색주가에 몸을 던지는 것과 같은 용기가 필요한 일이었다.

시키가 말했다.

"출세가 다 뭐냐. 나도 말이야, 준고로 군, 마쓰야마를 떠나올 때는 장차 총리 대신이 되겠다고 다짐했지만 철학에 관심을 갖게 되면서 인간의 급무(急務)는 그런 데 있는 것이 아니라는 생각이 들었어. 나로선 아무래도 아직 잘 알 수 없지만 인간이라는 건 자기 분수껏 자신이 천성적으로 타고난 기량대로 한 우물을 깊이 파 들어가는 수밖에 없다고 생각해."

"노보루 군의 재능은 문학이겠지."

'그렇다면 나는 어떨까?'

사네유키는 생각지 않을 수 없었다. 그만한 재능이 있을까?

'있다'는 생각도 든다. 어떻게 생각하면 시키 이상인 것 같기도 하다.

그러나 그 소설 작가나 시문을 다루는 자의 생활을 생각해 볼 때, 잘은 모르지만 어쨌든 서재에서 밝은 창을 마주하고 앉아 깨끗한 책상에 벼루와 먹을 벗삼는 거라면 어쩐지 자기의 기질과는 맞지 않는 것같이 생각되었다.

마침내 형 요시후루와 의논해 보기로 했다. 그런데 형의 하숙으로 가는 길을 몰랐다.

요시후루는 육군대학교에 들어간 뒤 이치가야에서 다니기가 불편하여 학교 근처로 하숙을 옮긴 것이다.

결국 학교에 찾아가기로 했다.

저녁 때 문앞에서 기다리고 있으려니 육군 기병 대위의 복장을 한 요시후루가 말을 타고 나왔다.

"형님!"

사네유키가 달려가니 요시후루는 용건도 묻지 않고 명령부터 했다.

"준아, 말고삐를 잡아라."

육군대학교에 들어가면 마부가 붙지 않으므로 요시후루는 언제나 걸어서 통학했다. 그러나 오늘은 오랜만에 말을 타고 기병 연대의 연병장을 달려 볼 속셈으로 문을 나섰는데 마침 문앞에 사네유키가 있었던 것이다.

"형님, 말은 싫은데."

사네유키는 꽁무니를 뺐다. 말이라는 동물을 만져본 적도 없고 하물며 말고삐를 잡는 기술 같은 것을 알 리가 없다.

"그래? 그럼 뒤에서 처지지 않게 그냥 따라 오너라."

요시후루는 그렇게 말하자마자 말을 빨리 몰았다. 사네유키는 달리기 시작했다.

중간쯤 달리자 숨이 턱에 닿았다. 마장 입구 앞의 육군 군용지 빈터 근처에 당도했을 때는 녹초가 되어 꼴이 말이 아니었다.

'천하의 예비 학교 학생이 이래서야 쓰겠나.'

그는 친구에게 이런 꼴은 보여 주고 싶지 않다고 혼자 한심스러워했다.

이윽고 야에스(八重洲) 1가의 연병장에 다다르자 요시후루는 뒤돌아보며 아우에게 말했다.

"준아, 그 풀숲에서 쉬고 있어라."

그러고는 박차를 가해 달려갔다.

사네유키는 형의 마술을 볼 수 있었다. 과연 남들이 칭찬할 만큼 훌륭한 솜씨였다.

거의 한 시간을 구경하고 있으니 요시후루의 모습이 사라져 보이지 않았다. 얼마 뒤에 다시 도보로 나타났다. 짐작하건대 그 말은 이곳의 말이어서 요시후루가 그것을 돌려주고 오는 모양이었다.

요시후루는 사네유키 곁의 나무로 다가가자 무심한 동작으로 앞을 벌리고 오줌을 갈기기 시작했다.

"형님, 여기는 병영이오."

사네유키 쪽이 걱정이 되어 주의를 주었다.

"그렇지."

요시후루도 그제야 정신이 드는 모양이다. 그렇다고 그만둘 수도 없어 쓴웃음을 지으며 말했다.

"이건 아키야마 가문의 내력이다, 내력."

아버지도 그랬지만 요시후루의 방뇨는 마쓰야마에서도 유명했다.

이윽고 요시후루는 잔디 위에 앉았다. 군복 소매 끝이 닳아서 보풀이 일었다.

"무슨 일이냐?"

"의논할 게 있어서요."

요시후루는 고개를 끄덕이더니 아우를 데리고 나와 거리에서 술을 샀다.

요시후루의 이번 하숙도 별채였다. 댓돌이 있고 올라서면 3조 짜리 방이다. 그 옆 방에 요시후루가 기거하고 있었다.

여전히 세간이 없었다. 장롱도 없으므로 벽은 그대로 드러나 있고 도코노마(床間)에는 족자 하나 걸려 있지 않았다. 장교용 옷걸이가 한 개 그 앞에 놓여 있을 뿐이다.

요시후루는 자작으로 술을 마셨다. 술병에서 잔에 술을 따라 마시는데 처음에는 3분도 채 되지 않아 벌써 빈 병이 된다.

"대학 예비학교를 그만두겠다, 그거냐?"

요시후루는 확인한 다음 형형한 눈빛으로 주위를 둘러보면서 술잔을 기울였다. 사네유키는 이 형의 호방한 술타령이 마음에 들어

——인격의 운율을 느끼게 한다.

시키에게 말하곤 했으나, 지금 이 경우의 사네유키는 그저 말없이 조아리고 앉았을 수밖에 없었다.

"왜 그만두고 싶은지 간단하게 말해 보아라."

——수업료 때문에.

사네유키는 도저히 그렇게는 말할 수 없었다. 말하면 요시후루가 호통 칠 것이 분명했다.

"형님, 여쭈어도 될까요?"

"뭐 말인데."

"인간은 어떻게 살아야 하는 건가요?"

사네유키는 조심조심 형의 속마음을 그런 질문으로 타진해 보았다. 인간은 왜 살고 있느냐, 어떻게 살아야 하느냐.

"인간? 아니, 이거야"

요시후루는 턱을 문지르며 아랫입술을 쭉 내밀었다.

"어려운 말을 하는군."

난 말이다, 지금까지 어떻게 세상에서 자립할 것인가, 그 문제만으로도 벅차서 흙속에 묻혀 있는 뿌리까지는 미처 생각하지 못했다.

"이제 겨우 자립하고 나이도 20대 중반을 지나고 보니까 그런 것을 가끔 생각할 때가 있다. 하나 내가 얻은 답은 너에게 참고가 되지 않는다."

"왜요?"

"유감스럽지만 나는 일본 육군의 기병 대위 아키야마 요시후루라는 사람이지 막연한 인간이 아니다."

"막연한 인간요?"

"말하자면 학생 말이다."

학생의 입장에서라면 인간이라는 것에 대한 고찰도 밑뿌리까지 파헤쳐 생각할 수 있지만, 이미 사회에 소속되어 있고, 그것도 요시후루의 경우 육군 장교로 소속과 신분이 확정되고 만 이상 '인간은 어떻게 살아야 하는가'라는 보편적인 문제는 생각할 수 없는 것이며, '육군 기병 대위 아키야마 요시후루는 어떻게 처신하느냐'는 것밖에 생각할 수 없다.

"안 그러냐?"

요시후루는 다시 술잔을 집어들었다.

"그래도 좋습니다. 육군 기병 대위 아키야마 요시후루는 어떻게 살아야 한다고……."

"학생 녀석에겐 참고가 안될걸."

"듣기에 따라서는"

"흐음, 그도 그렇군."

요시후루는 술잔을 내려놓았다.

요시후루는 생각하고 있었다. 도중에 사네유키가
——형님
불렀으나, 요시후루는 힐끗 쳐다보고는 묵살했다. 여기서 잘 생각하지 않으면 안 된다. 요시후루는 이 아우의 교사로 자부해 왔다. 그러므로 함부로 말할 수 없으며, 이 경우 특히 사네유키의 인생에 관한 일이니만큼 신중을 기하지 않으면 안 되었다.

이윽고 요시후루는 말했다.

"나는 단순하려고 노력한다."

"인생이나 국가를 복잡하게 생각하는 것도 중요하지만 그것은 남에게 맡기겠다. 그것을 생각해야 할 천분이나 직분을 가진 사람이 있을 것이다. 나는 그런 세계에 있지 않고 이미 군인의 길을 택하고 말았다. 군인이라는 것은 자신과 병력을 강하게 만듦으로써, 전쟁이 벌어졌을 때 우리나라가 적국을 이기게 하는 것이 직분이다."

──져서는 군인이 아니다.

요시후루는 말했다.

"그러므로 어떻게 하면 이길 수 있는지를 생각한 그 한 가지만 생각하는 것이 내 인생이다. 그밖의 일은 딴 일이고 딴 일을 생각하면 사려가 그만큼 흩어지고 어지러워진다."

──그래서요?

이런 표정을 사네유키는 지어 보였다.

"그것뿐이다. 내가 이 세상에서 자신에 대해 생각하고 있는 것은──"

"저는 어떻습니까?"

"몰라."

요시후루는 쓴 얼굴로 내뱉었다. 자기 일은 자기가 생각하라고 말하고 싶었다.

"그래서 형님은 자신이 군인에 적합하다고 생각합니까?"

"그렇게 생각하고 있다. 적합하지 않으면 당장 그만둔다. 어쨌든 인간은 자신의 재능을 발휘할 수 있는 장소를 선택해야 해."

"바로 그것인데요, 형님."

사네유키는 비로소 말을 꺼냈다.

"제가 지금 이대로 대학 예비학교에 있으면 결국 관리나 학자가 되겠지요?"

"되면 되잖아."

"하지만 이류 관리, 이류 학자가 되겠지요."

──흐음?
요시후루는 얼굴을 들더니, 그의 버릇대로 입술만 놀려 빙그레 웃었다.
"그걸 어떻게 알아."
"압니다. 형님 앞에서 뭣하지만 대학 예비학교는 천하의 수재들 소굴입니다. 주위를 둘러보면 자기가 어떤 사람인지 알게 됩니다."
"그래, 너는 어떤 사람인데?"
"학문은 이류, 학문을 하는 데 필요한 끈기도 이류."
"끈기가 이류라고?"
"재미가 있거나 없거나 어쨌든 참고 견디며 공부한다는 뜻의 끈기 말입니다. 학문에는 그것이 필요합니다. 저는 아무래도."
사네유키는 자조했다.
"요령이 너무 좋아요."

──나는 요령이 너무 좋다.
이 말에는 사네유키의 자조와, 또 그것과는 반대로 은근한 자랑이 들어 있었다.
일종의 천재적인 육감이 있기 때문에 사네유키는 학교 시험에서도 시험에 나올 문제를 맞히는 명수여서, 예비학교 친구들 사이에서는 '시험 귀신'이라는 별명으로 통했다. 시험이 닥치면 그 시험 범위 안의 요점을 파악한 뒤, 무서울 정도의 기세로 며칠 밤을 새며 파고드는 것이었다. 그때 친구들에게도 '이런 것이 나온다'고 가르쳐 주는데 그것이 거의 백발백중이었다.
왜 그렇게 잘 맞히냐고 친구가 물으면, 사네유키는 자기는 교사의 입장에서 검토한다고 대답했다. 그리고 교사에게는 저마다 기호가 있다. 그것도 참고로 한다. 또 과거의 통계도 필요한데 그것은 상급생에게 물으면 된다고 했다.
"나머지는 육감이지."
사네유키는 그러한 육감이 유달리 발달한 모양으로 그것을 자기 자신도 자각하고 있었다.
'나는 군인이 되는 편이 나을지도 몰라.'
사네유키는 은근히 생각하기도 한다.
학자가 될 재목은 아니다. 학문은 끈기의 누적이며 그것만으로 충분히 학자가 될 수 있다. 한 세기에 몇 사람밖에 나오지 않는 천재 학자만이 끈기의 누적 위에 예리한 직감력으로 거대한 가설을 설정하고 그것을 증명하는 것이다.

사네유키도 어차피 학문을 할 바에는 그러한 학자가 되고 싶었으나 돈이 없었다. 학문을 하려면 위에 든 조건 외에 돈이 필요했다.

"그래, 요령이 좋다, 그 말이냐?"

요시후루는 사네유키의 자기 분석을 진지하게 들어주었다. 그런 뒤에 '학문에는 우직한 끈기가 절대로 필요한데 요령 좋은 놈은 그것을 못한다'고 했다. 그렇다고 해서 요시후루는 이 아우를 단순히 요령이 좋은 사람으로만 보지는 않았다. 생각이 깊으면서도 머리의 회전이 빠른, 대체로 상반되는 성능이 한 인물 안에 동거하고 있었다. 게다가 몸 속을 어떻게 굴절하여 튀어나오는 건지 불가사의한 직감력이 있다는 것을 알고 있었다.

'군인이 제격이다.'

요시후루는 마침내 생각했다.

요시후루가 보는 바로는 군인, 특히 작전가만큼 재능을 필요로 하는 직업도 없었다. 어쩌면 이 사네유키에게는 그런 희귀한 적성이 있는지도 모른다.

"준, 군인은 어떠냐?"

요시후루의 입에서 그 말이 나오고 말았다.

사네유키는 기운차게 고개를 끄덕였다. 그러나 기쁜 마음은 일지 않았다. 군인이 된다는 것은 자신이 가장 즐겁게 여기고 있는 대학 예비학교의 생활을 버리는 일이다.

시키의 얼굴이 떠올랐다. 저도 모르게 눈물이 나왔다.

해군 병학교

사네유키는 마침내 해군에 들어가기로 결심했다.
——형님, 해군병학료(兵學寮)라는 게 어디에 있어요?
이렇게 물을 만큼 해군 지식에는 생소했다. 우선 해군병학료라는 말부터 틀린 것이었다.
해군 사관의 양성 학교가 그런 이름이었던 것은 메이지 9(1876)년까지였고 그 뒤로는 '해군병학교'라는 이름으로 바뀌었다.
그것은 쓰키지(築地)에 있었다.
"입학 수속은 내가 알아보마."
형 요시후루가 뜻밖의 말을 했다. 여느 때 같으면 직접 가서 물어 보라고 했을 것이다. 다행히 해군 사관 중에 형의 친지가 있었던 모양이다.
이튿날, 요시후루는 예고도 없이 사네유키의 하숙을 찾아왔다. 놀라서 이층에서 내려온 사네유키에게
"원서 접수는 내일이 마감이다."
한 마디를 던지고 가버렸다.
사네유키는 허둥지둥 외출복을 입고 쓰키지까지 달려갔다. 달리지 않아도

될 성싶었으나 마음이 급했다.

메이지의 해군이 쓰키지를 기술 훈련의 근거지로 삼은 것은 이미 메이지 2(1869)년의 일이었다. 장소는 쓰키지 아키 다리(安藝橋) 건너였다.

건축을 할 때는 수많은 영주 저택을 허물어야 했다. 오와리 번의 저택과, 히로시마 번의 별저, 시라카와 번의 별저, 히토쓰바시 번의 별저, 야마시로(山城) 요도(淀) 번의 별저와 막부 직속 무사의 주택 다섯 채를 헌 모두 5만 평의 용지였다.

교사는 처음에 막사 두 동이었는데 메이지 4(1871)년, 서양식을 가미한 새 건물이 세워져 그 위용은 도쿄의 새로운 명소가 될 만했다.

다시 메이지 16(1883)년, 쓰키지 강을 끼고 이층 벽돌 건물이 완성되어 도쿄에서도 손꼽히는 양옥집이 되었다.

사네유키가 달려서 그 양옥집에 당도했을 때는 점심 전이었다.

먼저 건물의 위용에 놀라서 '대학 예비학교보다 훌륭한데' 생각했다. 원서의 서식이나 구비 서류에 대한 설명을 듣고 그 길로 대학 예비학교로 돌아가 당장 자퇴 수속을 밟았다. 예비학교 사무원은 놀란 얼굴로 사네유키를 쳐다보며 머리가 이상해진 것 아닌가 하는 표정을 지었다.

"아키야마 군, 공연한 짓 하는 것 아닌가요. 왜 자퇴하려는 거지요?"
"일신상의 사정으로."

사네유키는 수속을 재촉했다.

다음날 병학교에의 지원 수속을 마쳤으나 시키에게는 아무 말도 하지 않았다. 어쩐 까닭인지 시키에게만은 해군 지원을 고백할 용기가 없었다.

입학 시험은 두 번에 걸쳐 실시되었다.

그 첫 시험이 9월 26일에 있었다. 지원자는 250명 가량인데 50명 정도 뽑는다고 했다.

첫 시험은 신체검사 따위로 여기에는 어렵지 않게 합격했다. 다음 시험은 학과 시험인데 10월 12일에 있었다.

사네유키는 합격했다.

11월 초에 보호자인 요시후루의 하숙으로 해군성에서 통지서가 왔다.

"준, 이거다."

요시후루는 마침 찾아온 사네유키에게 그 통지서를 보였다. 펼쳐 보니 정말 합격이었다.

"잘됐다."

요시후루는 그렇게 말했으나 사네유키는 썩 잘 했다고 생각하지는 않았다. 대학 예비학교 재학생이면 합격하는 것이 당연하다는 마음이 사네유키에게는 있었다.

"너, 아키야마 가문의 조상이 이요 수군이었다는 걸 알고 있느냐?"

요시후루가 물었다.

사네유키는 몰랐다. 원래 그들의 아버지는 자식들에게 무심한 사람이어서 케케묵은 가문에 대한 전설이나 족보에 대한 이야기를 한 적이 없어 자식들도 그런 걸 모르고 성장했다.

이요는 수군의 고장이었다.

겐페이(源平) 시대 이미 세토 내해의 제해권을 장악하여 겐지와 헤이케도 저마다 이 수군을 포섭하려고 애썼다. 그런데 처음에 헤이케에 속했기 때문에 헤이케는 세토 내해에 겐지를 얼씬도 하지 못하게 했다. 뒤에 다시 겐지에 속하게 되자 제해권은 겐지에게로 옮겨가 헤이케는 마침내 단노우라(壇浦)에서 멸망했다.

이요수군은 전국시대에도 살아 있었다.

그리고 에도 말기에 이르러서도 이요의 수부들의 실력이 천하에 널리 알려져, 막부 말기에 막부의 방미(訪美) 사절을 태우고 '간린마루(咸臨丸)'가 태평양을 건너갈 때 막부는 그 수부를 이요에서 모집했을 정도였다.

아키야마 씨는 이요의 호족 고노씨(河野氏)의 후손으로, 전국기에서 에도 초기까지 사누키(讚岐), 이가(伊賀) 등지를 전전하다가 마침내 이 형제로부터 7대 전인 아키야마 히사노부(久信)라는 자가 이요 마쓰야마로 돌아와 히사마쓰 가문을 섬겼다.

"어쨌든 이요 사람의 조상은 모두 세토 내해를 내 집 안마당같이 돌아다니던 사람들뿐이었어. 네가 이요 사람 속에서 나와 처음으로 일본 해군의 사관이 되는 것이다."

요시후루는 팔을 들어 코를 쓱 문지르며 콧물을 들이마셨다. 눈물이 글썽했다. 그러나 곧 소리내어 웃으면서 말했다.

"해군 밥은 맛이 좋지."

이것은 이미 정평이 나 있었다. 군함의 식사는 일찍부터 양식이 주였다.

사네유키는 아버지에게 편지를 썼다.

그 뒤 며칠은 해군성에 출두하기도 하고 쓰키지의 병학교에 가기도 하면서 소정의 수속을 밟았다. 그 수속은 세상일에 익숙지 않은 학생으로서는 퍽이나 까다로운 것이었으나 그런 일에 기민한 사네유키에게는 어려울 것도 없었다.

어려운 것은 예비학교 친구들과의 작별이었다. 특히 시키에 대해서는 사네유키는 아픈 마음을 주체하지 못했다.

'노보루 군에게는 할 말이 없다.'

같이 문학을 하자고 서로 맹세했는데 이제 와서 혼자 빠져나가 군인이 되는 것은 그 시절의 학생 기분에서 말하면 배신이었다.

그러므로 변명도 할 수 없었다.

──차라리 편지를 써놓자.

사네유키는 결심했다. 얼굴을 대하지 않고 이대로 그들의 세계에서 자취를 감추려는 것이었다.

그달 첫 토요일은 비가 내렸다. 시키가 학교에서 하숙으로 돌아가니

──마사오카 쓰네노리 귀하

'뭘까?'

아니나다를까, 사네유키의 편지여서 시키는 얼른 창가로 달려갔다. 영창을 열고 으스름 빛 속에서 펼치니 내용은 몇 줄 되지 않았다.

"나는 사정이 있어 예비학교를 자퇴하였소. 뜻을 바꾸어 해군에 들어가 입신하려 하오. 형과의 약속을 어긴 것을 못내 부끄럽게 생각하며 이제 바다로 떠나는 몸은 다시는 형과 만날 날이 없을 것으로 아오. 부디 자애하시기를."

이런 의미의 것으로, 그 나이의 젊은이다운 감상에 넘치고 있었다.

시키는 한동안 멍하니 서 있었다. 이윽고 벽을 바라보았다. 거기에 연필로 커다랗게 사람 모양이 그려져 있었다. 지난날 사네유키가 그린 것이었다.

사네유키는 밤을 새워 가며 공부하기 일쑤여서 극장 구경을 하고 온 뒤에는 반드시 밤샘을 했다. 한 번은 시키가

"나도 한다."

선언했다.

──자아, 밤샘 경쟁이다.

책상을 나란히 하고 앉았으나 밤중이 되자 시키는 졸음을 이기지 못하여 마침내 벽에 기대어 곯아떨어져 버렸다. 사네유키는 뒷날의 증거로 졸고 있는 시키의 모습을 연필로 그려 놓았다.

그 벽의 연필화를 보고 있으려니 사네유키의 편지의 감상이 전염되었는지 눈물이 자꾸 나와서 견딜 수가 없었다. 어쩐지 이것으로 사네유키와는 이승에서 영원한 이별일 것 같은 마음이 들었다.

이튿날 마쓰야마 중학교 동창으로 역시 도쿄에 나와 있는 야나기하라 마사유키(柳原正之 : 뒤의 極堂)가 찾아와서

"요즘 아키야마가 어떻게 된 거야?"

시키는 해군으로 갔다고 했을 뿐 더이상 자세히 말하지 않고 일찍이 사네유키가 뇌까리던 말을 전했다.

"메이지 20(1887)년쯤 되면 학생의 수가 점점 불어난다, 장차는 대학생들이 거리에 범람하여 나 같은 둔재는 끼지도 못하게 된다, 이렇게 말하곤 했는데 그 말대로 실행한 모양이야."

다른 학생들에게도 시키는 그렇게 전했다.

──해군?

누구나가 묘한 표정을 지었다. 누구의 머릿속에도 해군에 대한 개념이 뚜렷하지 않아 어떻게 생각하고 얘기해야 할지 모르는 모양이었다.

사네유키는 이해 12월에 입교했다. 이 기에 들어간 자는 55명이었고 사네유키의 입학 시험 성적은 그 중에서 열 다섯 번째였다. 그러나 1학년을 마칠 때는 수석이 되어 쭉 그것으로 일관했다.

메이지 19(1886)년 12월의 추운 날, 사네유키는 쓰키지의 해군 병학교에 입학했다.

이날 사네유키를 포함한 열다섯 명의 해군 생도의 눈을 황홀하게 한 것은 쓰키지 동쪽 해안에 닻을 내리고 있는 군함 '쓰쿠바(筑波)'였다.

"저것이 우리의 연습함이다."

안내를 맡은 고참 생도가 설명했을 때, 이 고작해야 천 톤 남짓한 군함에 산을 우러러보는 것 같은 위용을 느꼈다.

그보다 더욱 경이로웠던 것은 그날 점심에 카레라이스가 나온 일이었다. 이름도 모르는 자가 태반이었으나 사네유키는 대학 예비학교 생활에서 이런

것에는 익숙해 있었으므로 아무런 감격도 없이 먹었다.

다시 일동을 당황하게 만든 것은 양복이었다. 양복을 입어보는 경험은 사네유키 외에는 모두 처음인 모양으로, 개중에는 셔츠의 단추를 어떻게 끼워야 할지 몰라 얼굴이 새빨개지며 당황하는 자도 있었다. 사네유키는 익숙한 솜씨로 양복을 입었다. 그런 모습을 보고 진지한 얼굴로 묻는 자도 있었다.

"아키야마, 자네 외국에 갔다 왔나?"

그만큼 이 당시의 일본의 보통 생활과 해군 병학교의 생활에는 차이가 있었다. 말하자면 이 쓰키지의 한 모퉁이에 있는 5만 평은 생활 양식에 있어서는 외국이었다고 할 수 있을 것이다.

하기는 해군 병학교도 그 연혁을 더듬으면 처음부터 그랬던 것은 아니다.

해군 병학료라고 불리던 초창기에는 연습함의 거실도 다다미방이었다. 겨울에는 화로를 썼다. 그 무렵 일본 해군의 초빙 교관이었던 영국인 호스 대위는 이 상황을 보다못해 당시의 해군대신 가와무라 스미요시(川村純義)에게 건의했다.

"보기 흉할 뿐 아니라 화재의 위험이 있다. 함내에서는 무엇보다 화기 단속을 엄중히 해야 한다. 모름지기 해먹으로 고쳐야 한다. 또 화로도 폐지하는 것이 좋다. 일정한 끽연 장소를 정하고 끽연 시간도 정하여 모든 제도를 영국 해군을 본받아 고치는 것이 바람직하다."

그리하여 해군은 일본식 생활과 결별하게 된 것이다. 메이지 4(1871)년의 일이다.

여담이지만 이 해군에서의 일본식 생활에는 묘한 이야기가 남아 있다.

막부 말기, 막부가 처음으로 나가사키에 해군 교습소를 만들고 네덜란드인 교관을 두어 해군사관을 양성했을 때, 점심 시간이 되면 갑판 위에 저마다 생도들이 냄비와 풍로를 들고 나와 숯불을 피우고 밥을 지어 먹어 외국인 교관들을 어리둥절하게 만들었다고 한다.

메이지 초기의 병학료 시대는 난폭한 행동으로 호기를 뽐내는 기풍이 생도들 사이에 유행하여 제1기 생도였던 사쓰마 출신 가미무라 히코노조(上村彦之丞) 같은 사람은 날마다 싸움을 일과로 삼으며 공부하는 생도를 발견하면 사정없이 두들겨패곤 했다. 같은 사쓰마 출신인 야마모토 곤노효에(山本權兵衞)는 교관들에게 큰 소리를 치며 비웃었다.

"싸움도 모르면서 뭘 가르친다는 거야!"

곤노효에는 보신 전쟁(戊辰戰爭)의 출정병 출신이었다.

그러나 그와 같은 악습도 사네유키들의 시대에는 이미 없어지고 모든 것이 영국식으로 되어 있었다.

병학교에 들어가기 전까지 사네유키는 해군이라는 것이 어떤 것인지 아무것도 몰랐다가 입교 후에 여러 가지를 알게 되었다.

"대영제국의 권위는 그 해군에 의해 유지된다."

그런 것을 이 병학교 생도의 가슴에 새겨 준 것은 영국에서 온 임시 교관 아치볼드 루시어스 더글러스 소령이었다.

메이지 정부는 그때까지 구막부나 각 번의 방식이 잡다하게 어우러져 있던 해군 교육을 영국식으로 통일하기 위해 영국 정부에 교관단 파견을 교섭했다. 그들은 메이지 6(1873)년 7월에 일본에 왔다. 그 단장이 위에서 말한 더글러스 소령이고 소령 밑에 각 과의 사관이 다섯 명, 하사관이 열두 명, 수병이 열여섯 명이었다.

더글러스는 뒤에 대장까지 승진한 사람으로 그 당시의 영국 해군 중에서도 손꼽는 인재로 알려져 있었다. 그는 메이지 8(1875)년 다른 영국인 교관과 교체되어 일본을 떠났으므로 사네유키들은 모른다.

그러나 그 말은 대대로 병학교 생도에게 계승되었다.

더글러스는 다시 말한다.

"이 극동의 섬나라는 지리적 환경이 영국과 너무나 흡사하다. 일본 제국의 영광과 위엄은 일개 해군 사관에게 걸려 있다. 말을 뒤집으면 한 해군 사관의 지조와 정신, 그리고 능력이 일본의 운명을 결정한다."

영국은 국토는 작지만 그 강대한 함대와 상선단으로 세계를 지배하고 있다, 일본은 영국을 본보기로 삼으라, 고 더글러스는 말한 것이겠지만 그 당시 일본의 군사 체제는 반드시 그렇지도 않았다.

육군 중심이었다.

그 육군도 진대주의(鎭臺主義)였다. 국토의 요소요소에 군대를 두었다. 국내의 치안만 생각하여 부대를 창설하고 병사들을 조련하였다. 육군의 훈련도 모두 그런 가정 하에서 이뤄지고 꿈에라도 해외에 군대를 파견하는 것은 고려되지 않았다. 자연히 해군의 임무도 한정되어 있었다.

메이지 해군은 함선 여섯 척으로 출발했다.

메이지 원년(1868) 3월, 오사카의 덴포 산 앞바다에서 이 나라 최초의 관함식이 거행되었다. 이때 참가한 함선은 앞에서 말한 바와 같이 여섯 척으로, 그 총톤수는 2,450톤밖에 되지 않았다. 축하차 참가한 프랑스 군함 주프레키스(듀플레키스) 호가 태산처럼 일본 함선을 압도했다.

그 뒤 국토 방위의 필요에서 해군을 강대하게 길러야 한다는 논의가 활발하게 일어 함대는 차츰 정비되어 왔다. 포함이나 해방함 정도의 것은 요코스카(橫須賀), 오노하마(小野濱 : 고베)에서 국산으로 만들었다.

다른 큰 배는 외국에서 언제나 최고급의 것을 구입했다.

사네유키는 군함 '나니와(浪速, 3,650톤)'를 견학했을 때 '이것이 세계에서 가장 성능이 좋은 군함이다'라고 들었다.

나니와는 영국 조선소에서 만들어졌다. 새로운 기술에 의해 건조되어, 성능이 좋다는 이유로 뒤에 오히려 본고장인 영국 해군이 이것을 채용했을 정도라고 한다.

해군 병학교의 생활은 일본적인 생활에서 단절되어 있었다. 생도의 공적 생활에 사용하는 언어도 거의가 영어였다.

──꼭 영국에 온 것 같잖아.

어떤 생도가 불평하듯 뇌까렸다. 그렇게 내뱉는 혼잣말만이 일본어라고 해도 좋을 정도였다.

교과서도 원서이고 영국인 교관의 기술 교육도 모두 영어로 하기 때문에 대답도 일일이 영어로 해야 한다. 구령도 태반이 영어이고 기술상의 술어와 군함의 크고 작은 부분에 관한 명칭도 거의가 영어였다.

"너희들은 유학할 필요가 없으니 행복한 줄 알아야 한다."

일찍이 영국에서 교육을 받은 일본인 교관은 사네유키 등에게 이렇게 말하곤 했다. 메이지 초기의 해군 사관 대부분은 정부의 방침으로 해외 유학을 했다.

가령 사네유키가 입학했을 때 '다카오(高雄)'의 함장이었던 야마모토 곤노효에는 일본 해군 병학료 출신이지만 소위 후보생이 되자 동기생 일곱 명과 함께 독일 군함의 승함을 명령받았다. 일본 해군성은 독일의 해군성에 대해 이들 여덟 명의 생활비 및 기타 비용을 치르면서 군함 비네타 호에 태웠던 것이다.

그와 같은 유학 방식이었다.

유럽 선진국의 해군 사관학교에 일본 유학생을 입학시키는 것이 가장 이상적이겠지만 그것은 상대방 쪽에서 거절했다. 왜 거절하는지 이유는 잘 모른다. 기밀 유지라는 것도 이유의 한 가지가 되겠지만.

도고 헤이하치로는 사네유키가 병학교에 입교했을 당시 군함 '야마토(大和)'의 함장이었고 계급은 대령이었다.

도고의 이력은 색다르다. 그는 사쓰마 번사로서 처음에 번의 해군에 속했고 '가스가(春日)'에 3등 사관으로 배를 타고 보신 전쟁에 출전하였다. 그가 참가한 미야코 만(宮古灣) 해전에서는 막부 군함 '가이텐(回天)'을 갖고 대항해 온 신센조(新選組) 부대장 히지카타(土方歲三) 등 해상 돌격대와 싸웠는데 처음부터 끝까지 함미의 기관포를 쏘아 이를 격퇴했다.

전후 도쿄에 나가 영어를 배웠다. 그는 해군 생활을 그만두고 공학 관계의 기사가 되려고 생각했던 모양이다. 그 뜻을 선배에게 의논했더니

──역시 해군이 좋겠다.

고 설득하여 이윽고 영국 유학을 명령받았다. 일본 정부는 이 청년을 다트머스의 해군사관학교에 유학시킬 생각이었으나 영국측이 이를 거절했다.

그 대신 템스 강변의 상선 학교에 들어가 선원 대우로 상선 교육을 받았다. 이 학교는 우수한 졸업생 몇 명에 한하여 해군 사관이 되는 길이 열려 있어 다소의 해군 교육도 하고 있었으므로 해군과 전혀 상관 없는 학교도 아니었다.

사네유키의 선배들 대부분이 그러한 경력이었다. 사네유키들이 일본에 있으면서 본격적인 영국식 해군 교육을 받을 수 있게 된 것은 그만큼 메이지 일본의 진보라고 할 수 있다.

사네유키가 영국식 교육을 받고 있던 무렵, 육군대학교에 재학 중이던 요시후루는 독일인을 스승으로 두고 있었다.

앞서 말한 프로이센 육군의 참모 장교 메켈 소령이다. 그가 일본에 온 것은 메이지 18(1885)년 3월 18일로, 그 전부터 그는 귀신 같은 지모의 인물이라는 소문이 높았다.

여담이지만 뒷날 러일전쟁을 승리로 이끈 일본군의 고급 참모 장교 대부분은 메켈의 제자였다. 메켈의 재임은 메이지 20년 전후의 몇 년 밖에 안 되

는 기간인데도 그 제자들은 충실하게 그 가르침을 지켰다. 그러므로 심지어는

'러일전쟁 때 작전상의 승리는 메켈 전술학의 승리다'라고까지 했을 정도였다.

다시 또 여담이지만 러일전쟁 초기 구로키(黑木) 대장의 제1군이 압록강 도하 작전에서 러시아 대군을 격파하자, 참모장 후지이 시게타(藤井茂太)는 전선에서 모든 일을 젖혀놓고 우선 베를린 교외에서 은퇴 생활 중인 메켈 중장에게 감사의 편지를 써 보냈다.

――귀관의 가르침대로 싸워 우리는 승리를 얻었다.

이런 감사의 뜻을 후지이는 문면에 담았다. 후지이 시게타는 당시 육군 소장이었다. 아키야마 요시후루와 더불어 겨우 열 명 밖에 안 되는 육군 대학교 제1기 졸업생이었다.

메켈은 이에 대해 다음과 같이 회신했다.

"나는 처음부터 일본군의 승리를 믿었다. 이 승리는 일본군이 예부터 배양해 온 정신력의 결과이다."

또 만주 파견군의 총참모장이었던 고다마 겐타로(兒玉源太郎)도 전쟁 전 독일 여행길에 메켈을 찾아가 정중하게 사의를 표했고 다시 싸움이 끝나자 감사의 전보를 띄웠다.

그래도 일본 육군 수뇌부로서는 그 스승 메켈에 대해 감사를 다하지 못했던바, 메이지 39(1906)년 메켈의 부음이 날아들자 8월 4일 그 추도회를 참모본부에서 거행했다.

메켈은 일본 육군에서는 문자 그대로 신처럼 숭앙되었으나 그 본국인 독일에서는 불운했다. 근대 용병의 개척자인 몰트케의 애제자로 당연히 참모총장 자리에 앉았을 것이지만 황제 빌헬름 2세의 미움을 사서 참모차장을 최후로 현역에서 물러났다.

그 메켈이 육군대학교에 부임해 왔을 때 학생들은 그 당당한 위엄에서 독일 군인의 전형을 보았으나, 얼굴이 붉고 앞머리가 훌렁 벗겨진 용모가 우스꽝스럽기도 했으므로 '땡감 할아범'이라는 별명을 붙였다.

개강 첫 시간에 이 땡감은

"우리의 막강한 독일 육군 1개 연대의 지휘를 나에게 맡긴다면 제군이 전 일본 육군을 이끌고 덤벼도 쉽게 막아낼 수 있을 것이다."

이렇게 호언하여 학생들을 어리둥절하게 만들었다. 학생 중에는 이 무례한 언사에 노하여 평생 이 외국인을 미워한 자도 있었다.

그 당시 육군 부대의 최대 단위는 '진대(鎭臺)'라고 했다.
메이지 4(1871)년에는 진대가 넷 있었다.
6(1873)년에는 이것이 여섯으로 늘었다. 6진대제라는 것이다.
그 번호 순으로 말하면 첫째가 도쿄, 둘째가 센다이(仙臺), 이어서 나고야, 오사카, 히로시마, 구마모토였다.
동시에 이 무렵 전국의 주요 성은 모두 병부성(육해군성) 소관이 되었다. 예컨대 구마모토 진대는 구마모토 성내에 있었다. 진대라는 명칭은 사뭇 방어적인 냄새를 풍기는 이름이며, 다시 그것이 고색 창연한 성을 가지고 있다는 점으로, 어느 모로 보나 진대 시대의 일본 육군은 외정(外征)을 목적으로 한 것은 아니었다.
국내 치안을 위한 것이고 만일의 경우 외국이 쳐들어왔을 때의 방어용 군대였다.
요컨대 진대라는 제도는 외국에서 수입해 온 제도가 아니고 메이지 초기의 일본인이 발명해 낸 것이었다.
"여러분들은 어떻게 생각하고 있는지 모르지만 제도로서는 아이들 장난에 가깝다."
이렇게 진대 제도를 비웃은 것은 메켈 소령였다. 메켈은 진대가 고성에 들어앉아 있다는 것에 대해서도 웃었다.
"여러분들은 성을 요새로 생각하고 있는가? 근대적 요새는 그런 것이 아니야."
일본 육군은 이윽고 이 메켈의 의견을 받아들였다.
메켈이 일본에 온 것은 메이지 18(1885)년 3월인데 그 다음해인 19(1886)년 3월에 육군성 안에 '임시육군제도심의회'라는 것이 설치되어 제도 개혁을 향해 활발한 움직임이 일기 시작하였다.
위원장은 고다마 겐타로 대령이고 위원에는 가쓰라 다로와 가와카미 소로쿠(川上操六) 두 소장이 참여했다.
메켈에게 자문했다고 하지만 자문이라고 할 정도가 아니라, 메켈이 구술하는 독일 육군의 군제를 그대로 직역하여 실시하려는 것이었다.

이렇게 해서 메이지 초기 이래의 진대가 '사단'이라는 호칭으로 바뀐다.

사단이라고 하는 단위는 진대보다 훨씬 기동적이며 운동 능력을 가지고 있다.

말하자면 언제 어느 때라도 '사단'을 수송선에 태워 외국에 내보낼 수 있는 활동적인 자세를 갖게 된다.

메켈의 독일 육군은 프랑스를 가상적국으로 하여 만들어졌다.

명령 한 마디로 국경선을 돌파하여 프랑스 영내를 침범하도록 그 제도와 기능이 만들어져 있는 것이다.

일본 육군이 이렇게 독일식으로 전환했을 때는 그 군대 목적이 국내 방위에서 외국 원정용으로 일변했을 때였다.

일본을 에워싼 국제 정세도 그와 같은 전환을 강요하고 있었다.

청국과의 쟁점이 되고 있는 조선 문제가 악화되고 청일 양국의 강경한 외교 태도로 보아 언젠가는 이 관계가 외교의 테두리를 벗어나리라는 것은 누구의 눈으로 보아도 예상할 수 있는 일이었다.

일본이 독일식 군제로 전환하는 것은 이 '언젠가'를 위한 것이라고 해도 무방하다.

이 일본 육군의 기초를 만들었다고 할 수 있는 메켈 소령은 숙소를 미야케자카(三宅坂)에 정했다.

메켈을 위해 그가 부임해 오기 전에 육군성은 참모본부 구내에 있는 언덕 위에 빨간 벽돌로 유럽식 주택을 지었다.

메켈은 교단에 섰다. 그는 아키야마 요시후루를 보았을 때 약간 놀라는 듯하더니 독일어로 물었다.

"자네는 유럽인인가?"

요시후루는 독일어를 몰라 메켈을 쳐다보며 잠자코 있었다. 통역이 황급히 말했다.

"이 학생도 다른 학생과 마찬가지로 순수한 일본인입니다."

나중에 그 내용을 통역한테서 듣고 요시후루는 쓴웃음을 지었다. 요시후루뿐 아니라 어느 학생이나 메켈의 말을 알아듣지 못했다. 사관학교에서 습득한 것은 모두 프랑스 어였다.

일본 육군은 구막부가 프랑스식이었던 것을 계승했다. 메이지 3(1870)년

1월에 정부는 '해군은 영국식, 육군은 프랑스식에 따른다'고 정식으로 포고했다.

자연 요시후루가 배웠을 당시의 사관학교 교관도 프랑스 인이 많았다.

독일과 일본은 원래 인연이 깊지 못했다. 막부 말기에 독일어를 배운 자는 가토 히로유키 한 사람이었으며, 메이지 이후의 일본인 역시 독일에 대한 지식이 부족하여 프로이센 따위는 유럽의 2류국에 지나지 않는다고 생각했다. 그런데 의학자와 철학자가 먼저 독일을 인식했고, 이어서 육군이 그것을 알게 되었다.

아는 게 당연했다. 메이지 3(1870)년 7월, 프로이센(독일)은 프랑스에 선전 포고를 하고 소위 보불전쟁을 일으켰다. 9월 프로이센군은 세당의 요새를 함락시켜 10만 명의 포로를 얻었고 나폴레옹 3세를 항복시켰으며 이 전승으로 대륙에서 최대 강국이라고 일컬어지던 프랑스의 영광을 빼앗고 말았다. 다음해 1월 28일, 프로이센군은 파리에 입성했다.

이 프로이센의 승리를 정략면으로 말하면 재상 비스마르크의 승리라고 할 수 있다.

"우리나라의 국운은 쇠와 피로 회전한다."

이렇게 말한 이 19세기 말의 정치가는 군사적 위력의 철저한 신봉자로 그것을 외교의 최대 무기로 썼다.

그리고 이 보불전쟁의 승리는 참모총장 몰트케가 연구하고 체계화시킨 전략 전술의 승리라고도 할 수 있다.

몰트케 전술의 새로운 점은 주력 섬멸주의에 있다고 하겠다. 전선에서의 지엽적인 현상은 거들떠보지도 않고 적의 주력이 어디 있는지 재빨리 알아낸 뒤 아군의 최대의 힘을 거기에 집중시켜 단숨에 공격하여 섬멸하는 방식이었다.

러일전쟁의 봉천 대회전에서 일본 육군이 취한 방법은 바로 이 몰트케의 전술이라고 할 수 있다.

그 몰트케는 일본 연호인 안세이 4(1857)년부터 프로이센 육군의 참모총장직을 계속 맡았다. 그 전술의 모체가 되는 군제, 장비 등도 이 몰트케의 창안에 의한 바가 크다.

그것을, 다시 말해 몰트케 육군학의 전부를 일본에 가르쳐 주려고 메켈이 온 것이다.

"독일에서 사람을 초청해 오는 것도 좋으나 대체 독일어 통역이 어디 있어야 말이지."

이것이 메켈이 부임해 오기까지 일본 육군의 고민이었다.

그런데 우연하게도 있었다. 그것도 육군 안에 있었다. 육군의 회계 2등 경리장교로 엔도 신지(遠藤愼司)라는 자가 독일 유학에서 갓 돌아와 있었던 것이다.

엔도는 구 기슈의 번사였다. 그가 어떻게 독일과 인연을 맺게 되었는지 말하려면 그 출신인 기슈 번(와카야마 현)에 대해 알아보지 않으면 안 된다.

메이지 초기에는 도쿄 정부 성립 후에도 메이지 4(1871)년 번이 폐지되기까지 도쿠가와 시대의 300 제후가 여전히 그 영토를 다스리고 있었다. 기슈 번은 이 시기에 유례없는 번정 개혁(藩政改革)을 과감하게 단행했다.

거기에 앞장선 것은 기슈 번의 집정 쓰다 이즈루(津田出)라는 인물이다. 정치의 천재라고도 할 만한 인물로 유신 후 사이고 다카모리가 그 명성을 듣고

"우리들 사쓰마 조슈 사람은 막부를 쓰러뜨리긴 했으나 신정부를 만드는 솜씨는 서투르다. 아무쪼록 기슈의 쓰다 선생을 모셔다가 오쿠보 도시미치(大久保利通)와 나, 그리고 여러분들도 그 밑에서 일하지 않겠는가."

이렇게 말하고는 당시 도쿄에 나와 있던 쓰다의 숙소를 찾아가 출마를 간청했을 정도였다.

그러나 이 일은 결실을 보지 못했다. 그 이유는 여러 가지 설이 있으나 사이고가 어떤 사람에게서 '쓰다는 명민하지만 공금을 사용하는 버릇이 있다'는 말을 듣고 쓰다에 대한 존경심이 단번에 식었다는 것이 사실인 모양이다.

그 쓰다가 이 메이지 초에 단행한 번정 개혁은 여러 가지 점에서 시대의 첨단을 걷는 것이었으나, 기슈 번의 번군을 독일식으로 한 것이 가장 특이한 점이었다.

쓰다는 구막부시대부터 난학자로 통하였다. 그는 네덜란드 어의 군사 서적에서 프로이센 육군의 우수성을 알고 그것을 기슈 번에 이식하려고 했던 것이다.

그런데 프로이센에 연줄이 없었다. 우연한 기회에 오사카의 외국 상인 중에 카핀이라는 프로이센 인이 있다는 것을 알았다. 카핀은 다행히도 예비역 소위였다. 쓰다는 이 카핀을 기슈에 불러 군제 개혁의 최고 고문으로 모셨

다. 메이지 2(1869)년 10월의 일이었다.

그런데 군대에는 군수품이 필요하다. 예를 들면 구두, 옷, 마구 등이다. 쓰다의 방식은 철저하여 이것들도 번에서 만들기로 작정하고 그 제조법도 독일식으로 하기 위해 베를린에서 기술자를 불러왔다. 대장장이 부크, 가죽을 다루는 발테, 축성 기사 마이요 등 다섯 명의 프로이센 인이 메이지 3(1870)년 7월 와카야마 성 밑 거리에 들어왔다.

이 병제 개혁은 그 다음해에 있었던 번의 폐지로 끝나고 말았으나 기슈 번사들 가운데 독일어 학습의 전통이 남았다.

엔도가 그 중의 한 사람이었다. 그는 번이 폐지된 후 쓰다가 한때 육군성의 회계 감독장으로 있었을 때의 젊은 부하 직원으로, 쓰다의 권고로 프로이센식 육군 회계를 배우고자 독일에 유학했다.

그것이 메켈의 부임으로 요긴하게 써먹게 된 것이다. 엔도의 독일어는 훌륭한 수준이었고 더구나 독일의 군사 용어에 대한 실력이 뛰어나 그 당시의 일본으로서는 참으로 다행이었다.

메켈은 신사복 차림으로 교단에 섰다. 개강 벽두부터 이 '땡감 할아범'은
"우선 제군들의 나라에서 쓰고 있는 조전(操典)부터 검토하겠다."
선언하여 학생을 실망시켰다. 우리를 어떻게 보는 거냐고 자리를 박차고 일어나려 한 자까지 있었다. 사이타마(埼玉) 출신인 보병 중위 사카키바라 사이노스케(榊原宰之助)가 그 당자로
"우리에 대한 그의 평가가 너무 낮아."
옆 자리의 요시후루에게 말했다. 요시후루도 쓴웃음을 지었다. 조전이라는 것은 군대 행동의 기초 동작을 쓴 것으로 그런 것 정도는 벌써 옛날에 졸업한 육군대학교 학생에게 강의할 만한 것이 못된다.

그러나 메켈이 한 시간쯤 강의를 하는 사이 일동은 숙연해졌다. 사카키바라 같은 사람은 머리를 싸쥐었다.
——너무나 비실제적이지 않느냐.
메켈은 하나하나 풀어 가는 것이었다.

일본의 조전은 막부 초기에는 네덜란드 판을 직역한 것이었고 말기에 이르러서는 프랑스 판의 직역이었다. 메이지에 와서도 그 전통이 계승되어 번역이 더욱 정밀하게 되었다. 그것으로 훈련과 교육을 받은 요시후루는 가령

당장 프랑스 육군에 들어가도 장교 근무를 곧 할 수 있을 정도였다.

메켈이 이 개강 첫 시간에 검토한 것은 작전에 관한 조전이었다.

"잘못되지는 않았으나 이론에 치우친 감이 있다."

이것이 그의 결론이었고 그 부분을 학생들에게 일일이 줄을 긋게 하며 분석하기 시작하였다.

몰트케가 만들어 낸 독일식 작전 운동은 실전적인 전투라고 할 수 있었다.

"대작전이라 하더라도 소부대 운동으로 성립되고 있는 이상 이러한 조전을 쓰고 있다는 건 말도 안 된다."

메켈은 군인이니만큼 프랑스 인에 대한 독일인의 전통적인 증오가 노골적으로 나타났다. 그러나 메켈의 이론에는 그 정당성에 대해 확고부동한 증거가 있었다. 보불전쟁 당시 프랑스 육군은 단 한 번도 독일 육군을 이기지 못했으며, 마침내 세당 요새에서 나폴레옹 3세 스스로가 10만 명의 장병과 함께 포로가 되는 패배를 맛보았다.

"독일 육군은……."

메켈이 말했다.

병기의 질과 양에서 프랑스보다 우월했던 것은 아니다. 병력 수에 있어서도 결코 프랑스를 능가하지 않았다. 독일이 프랑스보다 훨씬 뛰어났던 것은 각급 지휘관의 능력이었다.

"지휘관의 능력은 고유의 것이 아니다. 조전의 좋고 나쁨에 따르는 것이다."

좋은 조전으로 심신이 더불어 완전히 훈련된 지휘관은 나쁜 조전으로 움직이는 군대에 질 까닭이 없다고 메켈은 말했다.

"그러므로 나는 이 강의를 시작하기에 앞서 말하는 것이다. 나로 하여금 프로이센 육군의 1개 연대를 지휘하게 하면 전일본 육군을 패배시킬 수 있다고."

극단적인 표현을 하면, 메켈이 러일전쟁 때까지의 일본 육군의 뼈대를 만들어 냈다고 할 수 있을지 모른다. 메켈 자신도 그것을 은근히 자부하고 있었던 것 같다. 후년 러일전쟁의 개전 소식을 듣자 베를린에서 일본의 참모총장에게

"만세——일본인 메켈 보냄."

이렇게 타전했다.

말이 났으니 말이지만 메이지 시대가 끝나고 러일전쟁의 담당자가 차례로 죽은 뒤 일본 육군이 그때까지 그토록 감사하고 있었던 메켈의 이름을 입에 올리지 않게 된 것은, 전승의 결실을 이어받은——가령 벼락부자의 아들과도 같은——자가 대부분 갖게 되는 교만과 좁은 소견, 분수를 헤아리지 못하는 무지 때문이라고 해야 할 것이다.

메켈은 그의 강의에서 말했다.

"싸움은 시작부터 이겨야 한다."

적의 의표를 찌르고 그 기선을 제압하지 않으면 안 된다는 것이었다. 이 사상은 일본인이 무로마치(室町) 시대 이래로 수백 년 걸려서 만들어낸 일본 검술의 기본 사상이기도 하다. 그것이 근대 군사학에서 통용되리라고는 그 당시의 일본 군인 거의가 생각지 못한 것이었다.

이에 대해 메켈은 다시 말했다.

"선전 포고 뒤에 군대를 동원하는 어리석은 짓은 하지 말라."

군대를 동원하고 준비를 완전히 마쳤을 때 선전 포고를 함과 동시에 공격을 감행하여 적이 잠자는 사이에 치고 그 뒤로는 선수를 계속 쳐나간다. 요컨대 메켈은

'선전 포고를 했을 때는 이미 적을 치고 있어야 한다'는 것이었다.

이 말을 들었을 때 생도들은 '그건 비겁하지 않은가' 하고 생각했다.

요시후루만 해도 이렇게 생각했다.

'이 독일 영감이 지독한 말을 하는군.'

비겁하기 이전에 그런 것이 국제법상으로 과연 용납되는 것인지 모두들 미심쩍게 여겼다.

그 시대의 일본인만큼 국제 사회에 대해 순진했던 민족은 세계 역사상 없었으리라. 10여 년 전에 근대 국가를 이룩하여 국제 사회에 한몫 끼어들긴 했지만, 구미 각국이 이 아시아의 신국가를 가리켜 야만국이라고 할까 봐 매우 두려워했다. 더욱이 막부 말기 이래로 이어져 오고 있는 불평등 조약을 개정하려면 문명국인 것을 더욱 과시하지 않으면 안 되었다. 문명이란 무엇보다도 국가로서 국제 신의와 국제법을 지키는 것이라고, 육해군의 장교 양성 학교에서는 국제법 학습에 많은 시간을 할당하였다.

그런데 메켈은 괜찮다고 하는 것이었다.

말하자면 악덕 변호사 같은 법 해석이지만 위법은 아니라는 것이었다. 그것이 학생들로 하여금 곧이곧대로 믿게 만들었고 '선전 포고와 동시에 공격'하는 것이 일본인의 전통적 수법이 되어 끝내 전 세계로부터

―――일본인이 늘 쓰는 그 수.

라는 빈축을 사게 되었다.

참모 여행이라는 것이 있다.

이것도 프랑스 육군에는 없는 것이다. 구미의 다른 나라에는 없는 독일만의 것이었다. 창안자는 역시 몰트케인 모양이다.

통재관(統裁官)은 항상 전술의 대가가 맡는다. 참모 학생을 거느리고 실제 산야를 무대로

"만약에 저 산 사잇길에서 적의 기병 1개 대대가 출현하면 어떻게 할 것인가."

또는

"이런 상황에서 포병은 야포 3개 중대밖에 없다. 그것을 어디 두어야 할까?"

등을 차례로 질문하고 상대방의 답변이 틀렸으면 꾸짖고 수정하여 다시 싸움을 진행시켜 가는 것이다. 전술은 상황과 지형에 따라 유동하는 것으로, 그것을 실제로 훈련시키는 데는 이 참모 여행만큼 좋은 방법이 없다.

그 첫 번째 참모 여행은 메이지 18년(1885년) 11월, 이바라기 현(茨城縣)에서 실시되었다.

싸움터는 간토(關東) 평야. 그 첫날은 도네 강(利根川) 가의 돗테 마을(取手町)에서 개시되었다.

요시후루도 참가했다. 그때의 이야기를 메켈 연구가 야도리 주이치(宿利重一) 씨가 만년의 육군 중장 후지이 시게타에게 묻고 있다. 후지이는 요시후루와 동기로 그 당시 포병 중위였으며 러일전쟁에서는 제1군 참모장직을 맡았다. 그는,

―――우리는 아무것도 몰랐다.

고 솔직하게 이야기하고 있다. 후지이 중위는 메켈에게서

―――너는 병참감이 되라.

이 말을 들었다.

병참이라는 것은 작전을 위해 필요한 온갖 물자―――탄약, 식량, 의복, 마

필 등——를 후방에서 확보하여 그것을 작전의 필요에 따라 전선에 보내는 기관으로 근대전을 하는 데 그보다 중요한 것은 없다.

그런데 일본인의 전쟁 역사는 두어 번의 예외를 빼면 모두 국내가 싸움터였기 때문에 병참이라고 할 정도의 것이 필요했던 적이 없었다. 굳이 해외를 찾는다면 도요토미 히데요시(豊臣秀吉)의 조선 침략 때, 이시다 미쓰나리(石田三成)가 근대 군대 용어에서 말하는 병창감을 맡았고, 그것을 위한 선박을 내왕시키면서 전선에 군량을 실어 나른 예가 있을 뿐이다.

"병참이 뭐야?"

후지이는 사방에 돌아다니며 물었으나 아무도 아는 사람이 없다. 나중에 러일전쟁에서 제2사단 참모장이 된 이시바시 겐조(石橋健藏)라는 보병 중위가

"즉 식량을 말하는 거니까 매실짠지를 얼마쯤 모아 놓으면 되겠지."

이런 해석을 내려 후지이는 그대로 했다. 메켈은 나중에 벽력같이 화를 냈다. 그러나 그 당시의 왜소한 일본인의 생활 감각으로 볼 때, 유럽에서 발달한 근대전의 규모와 질이라는 것을 지식으로는 그럭저럭 이해한다 하더라도 감각적으로는 도저히 상상할 수가 없었다.

"쇠로 만든 배(鐵船)로 도강한다."

통재관인 메켈이 말하자 쇠로 만든 배가 물에 뜰 리 없다고 우기며 이 유럽인에게 대들었던 학생도 있었다.

사네유키의 병학교 생활이 계속되었다.

입교해서 1년은 내내 마음이 뒤숭숭했다.

——어쩌면 길을 잘못 들었는지도 모른다.

자주 그런 생각을 하며 대학 예비학교 시절의 자유롭던 생활이 그리워서 견딜 수가 없었다. 자습 시간에는 책을 펼쳐놓고 있으면서도 그 무렵의 생활이 꿈이나 환각처럼 눈앞에서 아물거렸다. 느닷없이 시키의 느릿한 이요 사투리가 들려와 깜짝 놀라서 좌우를 살핀 적도 있었다.

주위에 있는 생도들과도 어쩐지 잘 어울려지지가 않았다. 대학 예비학교 친구들에 비하면 어수룩하고 촌스러웠다.

'나도 촌놈이 아닌가.'

그러한 자기가 우스꽝스럽게도 생각되었으나 그런 느낌은 어쩔 수가 없었

다.

하지만 2년째는 각오가 섰다. 그때부터는 수석을 맡아 놓았다.

——아키야마는 언제 공부하는가?

동기생들은 말했다.

그러나 사네유키 쪽에서 볼 때는 그들이 그토록 공부하는 것이 이해가 되지 않았다.

대학 예비학교 시절과 마찬가지로 시험 때가 되면

——어느 대목이 나올 것 같아?

사네유키에게 누구나 물으러 온다. 사네유키는 일일이 예상한 대로 가르쳐 주는데 거의가 적중했다. 이상한 재주였다.

몸집은 작지만 지극히 민첩했다. 마스트에 기어오르는 것은 누구보다도 빨랐다.

영국인 교관은 온갖 면에서 다트머스의 해군사관학교 교육법을 적용했다. 이 교육법에 구보가 있었다. 장거리를 구보함으로써 자신과 싸우는 정신력과 함대 근무를 해낼 수 있는 체력을 기르는 것이 목적이었다.

매년 3월 31일에는 전교생이 분대 단위로 마라톤 경주를 하게 되어 있었다.

쓰키지에서 아스카 산(飛鳥山)까지 달린다. 사네유키가 속한 분대가 해마다 우승한 것은 아니지만 그 자신은 마라톤이 장기였다.

메이지 21(1888)년도의 구보 때는 2위를 했다. 1위를 한 분대가 사네유키의 분대를 앞질렀을 때

'귀신이 달리나?'

생각했을 정도로, 그 우승 분대의 지휘 생도의 얼굴이 창백했다.

사네유키보다 1년 위인 생도로 이름도 얼굴도 진작부터 알고 있었다. 히로세 다케오(廣瀨武夫)라고 했다.

히로세는 왼쪽 다리에 골막염 증상이 일어난 것도 모르고 그 무서운 아픔을 참고 뛰었던 것이다. 이 인내심 많은 사나이는 그날 밤도 그냥 지냈으나 아픔 때문에 한숨도 자지 못하고 앉아서 밤을 새웠다.

이튿날 아침, '정렬'에 나왔을 때 교관이 이 생도의 이상을 비로소 발견하고 군의관에게 보냈다. 이미 때가 늦어 절단을 요한다고 군의관은 판단했으나 하늘의 계시인지 군의관은 입원시켜 얼마 동안 경과를 관찰하기로 했는

데 결과는 그 편이 훨씬 좋았다.

나중에 사네유키는 이 구보 때의 감동으로 그 인물과 친하게 되었고 한때는 하숙을 같이 하기도 했다.

사네유키가 재학하는 중에 학교가 이전하게 되었다.

히로시마 현의 에타 섬(江田島)으로 간다고 했다. 그 이유는 몇 가지 있지만 개화와 더불어 차츰 사치스러워지는 도쿄 거리의 바람이 해군 교육에 적합하지 않다는 것이 주요 원인이었던 모양이다.

'에타 섬'이라고 했지만 히로시마 현 출신자도 그런 섬이 있다는 것을 알지 못했다.

히로시마 만 동쪽 끝에 있으며 구레 만(吳灣)에서는 서쪽에 위치하고 있다. 작은 섬이라고는 하나 노미 섬(能美島)이라는 또 다른 섬과 좁은 육지로 이어져 있다. 생도 사이에 소문이 퍼졌을 때는 이미 해군에서 이 섬에 학교 시설을 마련하는 중이었다. 이전은 메이지 21(1888)년 8월 1일에 하였다.

사네유키가 입교한 지 3년째 되는 해였다.

아키야마 사네유키로서 얼마간 고마웠던 것은 고향인 마쓰야마가 가까워진 일이다. 세토 내해의 섬 사이를 노를 젓는 배로 가도 될 만큼 가까웠다.

그해 여름, 이전하자마자 휴가가 있었다. 사네유키는 섬을 순회하는 조그만 증기선을 타고 마쓰야마의 항구 미쓰하마로 갔다.

훌륭한 잔교가 가설되어 있는 것을 보고 놀랐다.

'세월이 가면 변하는 것이로군.'

형 요시후루가 처음으로 미쓰하마를 떠날 때, 그곳은 모래사장이었다. 거룻배로 앞바다에 나가 그곳에 닻을 내리고 있는 배로 갈아탔던 것이다.

사네유키가 떠날 때는 허술한 잔교가 설치되어 있었으나 이렇게 훌륭한 것은 아니었다.

사네유키가 잔교를 걷고 있으니 사람들이 그의 색다른 복장에 눈을 둥그렇게 뜨고

……저게 뭐야?

하며 어른도 아이들도 돌아다보며 왁자지껄했다. 그러는 데는 사네유키도 난처하지 않을 수 없었다.

'역시 밤에 오는 건데.'

그 당시의 복장은 아직 누구나 일본 재래옷 차림이어서 복장 면에서는 에도시대와 별반 차이가 없었다. 양복을 입는 사람은 현청에 다니는 고관이나 경축일의 소학교 교장 정도이고 그밖에 군인과 경관이 제복을 입었다.

사람들도 그것은 알고 있었으나 해군 병학교의 제복을 본 적이 없었다.

'재킷'이라고 하는 흰 상의를 입고 흰 바지에 단검을 차고 있었다. 마쓰야마에 들어서니 등 뒤에서 웃는 자가 있었다. 때려 줄까 했으나 어린아이였다. 어린 아이들은 개천에서 '모가리'라는 것을 잡고 있었다. 모기와 비슷하지만 모기보다 네댓 갑절이나 큰 곤충인데 그것을 그물로 잡는다.

모가리야 찍쩍
위에는 귀신이 있다
아래로 내려가거라

사네유키도 어려서 불렀던 노래이다. 이 성 밑 거리는 조금도 변하지 않았다.

그 무렵 그들 형제의 아버지 하시타카는 '야소쿠(八十九)'라는 호로 불리고 있었다. 조상 가운데 그런 묘한 이름을 가진 분이 있었던 모양인데 그것을 땄다고 한다. 만년에는 천연거사라고 했다 하니 익살기가 있었던 것만은 틀림없다. 아니 어쩌면 중년 이후에 노장(노자, 장자)을 읽기 시작했기 때문에 그런 이름의 심경에 다다랐는지도 모른다. 어쨌든 이름을 처음 지었을 때는
"오늘부터 야소쿠라고 불러 주소."
일가 친척을 찾아다니며 말했다.

야소쿠 옹은 일찍부터 머리가 벗겨져 이 무렵 여름에도 두건 비슷한 것을 쓰고 있었다. 두 눈이 큼직하고 키가 훌쩍 커서 여름날 저녁에 등거리를 걸치고 걷는 모습이 유난히 시원하게 보여서
——저렇게 시원해 뵈는 것도 야소쿠 영감님의 인덕이지.
사람들은 말을 주고받았다.

이날 그 야소쿠 옹이 집에 돌아와 늙은 마나님 사다에게 말했다.
"지금 막 큰 길 모퉁이에서 눈이 엄청 크고 날카롭게 생긴 자그마한 사나

이가 서 있는 걸 보았는데 그 사람 할멈을 닮았더구먼."
"내 눈이 뭐 그리 날카로운가요?"
그렇게 항의하다가 문득 생각이 나서 물었다.
──혹시 준이 아니던가요?
귀향할지도 모른다는 소식이 에타 섬에서 왔던 것이다. 야소쿠 옹은 큰 소리를 내어 웃었다.
"그래, 바로 그놈이야!"
"왜 부르지 그랬어요?"
사다는 벌여놓았던 물레를 치웠다.
그때 사네유키가 들어섰다. 부산스럽게 아버지 어머니에게 인사를 하더니 제복을 벗고 소매 단추를 끌러 셔츠도 벗어 던지고는 마침내 훈도시 바람이 되었다.
어머니 아버지는 야단도 치지 않았다. 이것이 아키야마 집안의 가풍 비슷한 것으로 야소쿠 옹부터가 애당초 집에 있을 때는 훈도시 바람이었으니 이 점 범절이 까다로운 구번사의 집안으로서는 드문 일이었다.
"너 아까 큰 길을 걷고 있었지?"
야소쿠가 말했다.
아버지의 말이 맞았다. 그는 동네가 어떻게 변했는가 하고 번화가인 큰 길을 걸었던 것이다.
"아버지도 지나가시더군요."
"뭐야, 날 보았구먼."
야소쿠 옹은 웃기 시작했다. 그때 사네유키의 모습이 눈에 띄자 홱 돌아서서 도망치듯이 집으로 돌아왔던 것이다.
그 아버지에 그 아들이구나, 하고 사다는 생각했다. 왜 서로 부르지 않았느냐고 두 사람에게 물으니 야소쿠 옹이 화를 냈다.
"한길에서 부자 상면이라니 원 그런 쑥스러운 짓을. 안 그러냐, 애야."
사네유키는 쓴 웃음을 지었다. 오랜만의 거리도 아키야마 집안도 조금도 변함이 없었다.

이때 다카하마 기요시(高濱淸)──교시──는 마쓰야마 중학교에 들어간 지 몇 달 안 되는 소년이었다.

──아키야마의 야소쿠 영감님네 준고로가 돌아왔다.

이 소문은 소년들 사이에 눈 깜짝할 사이에 퍼졌다. 소년들은 영웅을 좋아하여 사네유키의 소문을 마치 옛 영웅의 일화라도 되는 것처럼 들었다.

특히 교시로서는 사네유키라고 하는 존재가 남과 같은 생각이 들지 않았다. 구번 시대 다카하마네와 아키야마네는 같은 보졸 출신으로 야소쿠 옹과 교시의 아버지 이케우치 노부오는 동료이기도 하여, 그 뒤로도 집안끼리 교제가 끊이지 않고 있다.

하지만 교시 자신은 사네유키와 내왕이 있었던 것은 아니었다.

여담이지만 교시는 마쓰야마 중학교 4학년 때 제일 고등학교(대학 예비학교의 후신) 수험 때문에 상경하여 도키와 회의 기숙사에 들어갔다. 이때 처음으로 마사오카 시키에게 편지를 보내 문학에 대한 지망을 이야기하고 가르침을 청한다는 뜻을 적은 바 있다. 그러나 사네유키가 귀향한 당시의 교시는 아직 그러한 희망도 싹트지 않은 소년에 지나지 않았다.

"준고로 형은 헤엄이 1등이래."

정보에 밝은 한또래 아이가 그렇게 말하는 것을 교시는 눈을 빛내면서 들었다. 병학교의 원영(遠泳)에서 몇 십 리나 되는 거리를 시종 선두로 헤엄쳤다고 한다.

"아키야마의 준고로 형이 날마다 점심때쯤이면 연못에 헤엄치러 온다."

이 소문이 떠돌았을 때 다들 같이 보러 가자고 의논이 되었다. 교시도 수영용 훈도시를 매고 연못으로 갔다.

여기서 연못이란 구번 시대의 수영장으로 돌로 둘레를 에워싸서 요즘의 수영장과 별반 다를 것이 없다. 구번 시대에는 여기서 번사의 자제가 번의 수영 사범에게서 신덴류(神傳流)의 수영술을 배웠다. 교시 때도 여름이 되면 동네 소년들이 여기서 놀며 수영을 잘하는 자에게서 신덴류 수영법을 배웠다.

모두 점심밥을 먹고 몰려갔다. 그들 중에서 교시와 중학교 동급생인 가와히가시 헤이고로(헤키고토도)가 가장 열렬한 사네유키 팬이었다. 교시의 집은 그가 어려서 변두리로 나갔지만 헤키고토의 집은 쭉 아키야마네하고 이웃이었으므로 그가 어렸을 때는 사네유키가 골목대장이었다.

"……우리들 패거리의 대장으로 떠받들려 은연중 두목으로 지목받고 있던 사람이 마지마(馬島) 아무개였다. 온후하고 과묵한 사람으로 모두들 잘

따랐다……다른 한 사람의 청년은 무리중의 싸움대장이라고도 할 만하여 어떤 상대에게도 등을 보이지 않는 씩씩한 기백과 풍채를 가지고 있었다. 그 싸움대장이 앞장(싸움의)서면 천하에 두려울 것 없는 용기와 안도감이 우리들 가슴에 꽉 들어찰 정도였다. 이름은 아키야마 준고로라고 했다. 마지마는 착해서 좋았고 준고로는 무서워서 좋았다."

훗날 헤키고토가 쓴 글이다.

연못에 가보니 그 아키야마 준고로가 훈도시 바람으로 돌아다니고 있었다. 교시가 놀란 것은 그들의 '영웅'이 고추가 가렵다며 그 부분을 모래로 문지르면서 걷고 있는 일이었다. 그것만으로도 소년들은 감탄해 마지않았다.

형 요시후루는 도쿄에 있었다.
그 전후의 아키야마 요시후루의 경력은
메이지 19(1886)년 (28세)
4월 도쿄 진대 참모에 보함
6월 육군 기병 대위에 임명함
메이지 20년(29세)
7월 도쿄 진대 참모를 면하고 자비로 프랑스 유학을 허락함이라고 되어 있다.

'자비에 의한 프랑스 유학'이라는 것이 실은 요시후루를 우울하게 만들고 있었다.

일의 시초는 구번주 히사마쓰 가문에 있었다. 메이지 19(1886)년 봄이었다.

"중요한 이야기가 있으니 다음 일요일 저택에 오도록."

이런 뜻의 전갈이 진대 사령부에 있는 요시후루에게 왔다. 구번 시대로 말할 것 같으면 대감님의 호출이나 마찬가지였다. 요시후루는 다음 일요일에 그가 책임 맡고 있는 기병들의 모임이 있었으나 그 예정을 변경하고 가기로 했다.

구번주 가문은 그 당시에도 이만큼 비중이 컸다. 메이지 이후, 관리와 군인은 천황에 직속하여 '폐하의 군인'이라는 명분으로 되어 있었으나 그래도 무사 출신 관리와 군인의 입장은 미묘하여, 여전히 구번주에 대해 가신의 예를 지키고 있었던 것이다.

　군인이 아니라도 학생인 마사오카 시키의 경우도 그러했다. 19(1886)년 여름이었다.
　——사다야스(定靖)님을 수행하라고 저택에서 분부가 있었다.
　사다야스는 히사마쓰 가문의 아들 중 하나로 닛코(日光) 방면에 여행을 한다고 한다. 시키는 분부대로 사다야스의 이야기 상대를 하면서 주젠지 호(中禪寺湖), 이카호(伊香保) 등지를 두루 돌아다녔다.
　다음 일요일 요시후루는 저택으로 갔다. 그런데 육군 대위라 하더라도 구 가신이므로 응접실에는 안내되지 않는다.
　"어용실(御用室)로 오십시오."
　안내하는 하녀가 말했다.
　어용실이란 집사의 집무실이었다.
　집사는 구번 시대의 중신에 해당한다. 유신 후 구번사가 없어진 뒤에 영주 집안에서는 그 중에서 사람을 뽑아 집사로 임명하고 집안일을 보살피게 하였다.
　히사마쓰 집안의 집사는 후지노 스스무(藤野漸)였다. 덴포 13(1842)년생이라 하니 이 메이지 19(1886)년에는 만 44세가 된다. 유신 후에도
　——무사는 후지노
　이렇게 일컬어졌을 만큼 무사다운 인물로 문무를 겸비했다는 소문이었다. 번이 없어지자 도쿄에 나가 회계 검사원으로 근무하기도 했으나 중도에 퇴관하고 히사마쓰 집안에 들어갔다. 뒷날 마쓰야마로 돌아가 국립 제52은행의 창설에 진력하고 그 2대 은행장이 되었다.
　시키의 친척 아저씨뻘이 된다. 시키가 도키와 회의 장학생이 된 것도 이 아저씨 덕분이었던 모양이다.

　요시후루는 군복 무릎을 꿇고 다다미에 앉아 있었다. 이윽고 '후지노 노인'이 들어왔다. 마흔네 살에 노인으로 불리는 것은 좀 안된 것 같지만 인품에 군자다운 기풍이 있어 그렇게 불리는 것이 어울린다.
　——신사부로 군.
　후지노 노인이 요시후루를 통칭하여 불렀다.
　"실은 사다코토(定謨)님의 일인데."

사다코토는 게이오(慶應) 3년생인 열아홉 살로 히사마쓰 가문의 맏이다.

당시 메이지 초기에서 20년대에 걸쳐 구영주 자제의 사비 유학이 유행했다.

이유는 몇 가지 생각할 수 있다. 메이지 유신은 이른바 웅번이 단행했으나 유신 후 영주는 낙오되었다. 현후라고 할 정도의 자질을 가진 사람이라도 역시 영주 태생이었기 때문에 실제적인 정치나 행정을 담당하기에는 능력보다 우선 성격이나 대인 감각이 그것에 맞지 않았다. 그렇게 큰 난리였던 보신전쟁에서도 전국기의 영주처럼 영주 스스로가 번병을 이끌고 전선에 임한 사례는 한 건도 없다.

이것이 유신 후, 구영주가 정치의 표면에서 사라지지 않을 수 없었던 가장 큰 이유로 전해진다.

유신 후 '서양 귀족들은 그렇지 않다'는 말이 떠돌았다. 서양의 귀족들은 귀족이기 때문에 서민 이상으로 신체를 단련하고 그 계층이 육체적으로도 강자라고 하는 옛날부터의 개념을 유지하려고 노력한다. 교양이나 덕이라는 면에서도 서민보다 훨씬 높은 수준에 있어야 하고 일을 처리하는 능력——시키의 이른바 처세술——에서도 시민이 좀처럼 미치지 못하는 능력을 몸에 지니고 있지 않으면 안 된다. 영국과 독일에서 정치, 군사가 귀족이나 그에 준하는 계층에 의해 운영되는 것이 그 좋은 예이다.

일본의 공경이나 영주는 무능력자의 대표가 되어 왔다.

"이래서는 장차 화족(귀족)은 새로운 국가에서 고립되고 만다."

영주들 사이에 유학이 유행하게 된 주요 원인이었다.

또한 구영주의 경제적 여유가 그것을 가능케 했다. 구막부시대 영주 가문은 너나할것없이 재정이 궁핍했으나 유신 후 영주는 가신을 부양하고 번의 재정을 유지한다는 책임에서 벗어났고, 도쿄 거주를 명받고 영지의 많고 적음에 따라 일정한 수입을 얻었다. 영주를 그만두고 귀족이 됨으로써 오히려 가게가 윤택해진 것이다.

그런 점이 이 유행을 더욱 촉진시켰다.

그와 같은 관계로 히사마쓰 가문의 구가신들도 어린 주인 사다코토의 교육과 장래를 생각할 때, 그를 서양에 유학시켜 서양식으로 강인한 귀족의 능력을 갖게 하려고 했다.

다만 색다른 점은 그들이 이 젊은 영주를 군인으로 만들려고 생각한 일이다. 유신에서 패자측이 된 이요 마쓰야마 번인만큼 오히려 이런 분발이 있었으리라.

요컨대 영주인 히사마쓰 사다코토는 지난 메이지 16(1883)년 이미 프랑스 유학을 떠났다. 그의 나이 열여섯 살 때이다.
유학할 때 구번사인 가토 쓰네타다가 히사마쓰 가문의 분부로 함께 수행했다.
가토 쓰네타다에 대해서는 이미 말한 바 있다. 요시후루와 같은 나이의 죽마고우로 그들의 고향에서는 '아키야마의 신군이냐, 오하라(大原)――쓰네타다의 생가――의 둘째냐'고 했을 정도의 수재였다.
쓰네타다는 요시후루보다 한발 앞서 도쿄에 나와 당시 천하의 수재를 모으고 있던 사법부 법학교에 들어갔다. 여기서 법률을 공부하는 한편 나카에 조민(中江兆民)의 학숙에 다니며 프랑스 어를 배웠다.
그 법학교 시절의 학우였던 구가 가쓰난과 평생의 우정을 맺었다. 가쓰난 정도의 인물이 시종일관 쓰네타다를 형으로 받들며 공경하는 마음을 잃은 일이 없었다.
여담이지만 이 가토 쓰네타다는 외교관이 되어 장래를 촉망받았으나 서른 대여섯 살에 갑자기 관리 생활이 싫어져 관계에서 물러났다.
"아까운 일이다."
어떤 사람이 구가 가쓰난에게 그렇게 말했다.
"가토 쓰네타다가 좀더 버티고 있었으면 외무 대신이 되었을 텐데."
그러자 가쓰난은 화를 내며
――당신은 가토 쓰네타다를 모른다.
이렇게 말했다. 가쓰난의 말을 빌리면, 가토는 대신이 되어 보자고 하는 야심을 가진 사람이 아니다, 그 사람만큼 담백하고 속된 마음이 없는 인물을 나는 본 적이 없다, 싫으면 물러나는 것이 가토 쓰네타다라는 것이었다.
가토 쓰네타다는 마쓰야마 번의 유학자 오하라 간잔의 아들로 마사오카 시키의 어머니와 남매라는 것은 앞에서도 말했다. 시키는 이 외숙을 연줄로 도쿄에 나왔다.
마침 쓰네타다는 앞서 말했던 것처럼 구번주 히사마쓰 사다코토의 프랑스 유학에 따라가지 않으면 안 되었기 때문에 시키의 뒷바라지를 친구인 구가 가쓰난에게 맡겼다. 그것도 이미 언급했다.
　——그런데.
요시후루 앞에 앉은 집사 후지노 스스무 노인이 말을 이었다.
"이미 프랑스에 가신 지 3년, 가토의 보고에 의하면 학업도 크게 진척하고 계신 모양이다. 그리고 내년——메이지 20(1887)년——에는 생시르에 있는 육군사관학교에 입학하셔야 해."
사관학교에 들어가면 보필자인 가토 쓰네타다는 그 방면의 문외한이어서 같이 있어도 소용이 없다. 더구나 가토는 이 프랑스 유학중에 외무성에 취직되어 '교제관(交際官)'이라는 직함을 가졌으므로 충분한 지도가 불가능하다.
"그래서 이렇게 불렀네."
요컨대 후지노 스스루는 사다코토의 보호자로서 프랑스에 가서 공부하지 않겠느냐는 것이었다.
"육군성에는 우리가 잘 부탁하겠네. 자네 생각은 어떤가?"
집사는 요시후루의 의향을 캐물었다.

그러나 요시후루로서는 즉답하기가 어려워 고개를 갸우뚱하며 큰 눈으로 후지노를 쳐다보았다.
"안되겠나?"
"아니요, 안 되는 것은 아닙니다만."
"그럼, 좋다는 거군."
'솔직하게 말해서 그 중간인데.'
요시후루는 속으로 생각했다.
메켈의 독일식 군사학을 이미 배운 지금 새삼스럽게 프랑스에 유학해도 소용없을 것 같았다.
——오히려 머리가 혼란해지지 않을까.
프랑스식과 독일식은 때에 따라 정반대인 경우가 많다. 가령 독일식은 '공격은 최상의 방어'라는 기본 사상에 입각하여 공격주의를 내세우는 나머지 때로는 전술의 논리에서 벗어난 만용도 허용한다. 아마도 이 사상이 생겨난 것은 독일의 전략 지리적 환경과 그 제국주의에 있어서의 후진성에 기인하는 것이리라.
프랑스 또한 그 공격 사상에 있어서는 화려한 전통을 가지고 있다. 특히 기병이라고 하는 순수 공격용 병과의 운용에서 빛나는 전통을 가지고 있다. 그러던 것이 나폴레옹 3세의 출현을 전후하여 프랑스의 군사 체제에 정체가 보이기 시작했다. 특히 그 전술 사상은 이론면에서 어쩌면 세계 최고의 치밀함을 자랑하기도 했으나 유동성을 잃어버리고 실제면에서 유리되고 말았다. 그 결과가 보불전쟁의 참패로 나타났던 것이다.

보불전쟁 이후인 지금 그 군사적 자신감의 상실이 외교면에서도 나타나 프로이센의 수상 비스마르크의 뜻대로 좌우되고 있었고 재정난 때문에 군사상의 정비도 별반 발전이 없었다.

'지금 프랑스에 가서 뭘 배운단 말인가.'

이런 마음이 요시후루에게 있었다.

그리고 일본 육군의 모든 체제가 독일식으로 바뀌려는 참이고 육군의 수재들이 모두 독일 육군에 유학하려는 추세이다. 장래에는 그들 독일 유학파가 일본 육군을 장악할 것이며 독일에서 수입해 온 사상으로 군을 움직이고 작전을 수행해 나가리라.

'그때 혼자서 프랑스파가 돼 버린다면.'

어떻게 될 것인가.

사상의 외톨이 취급을 받게 될 것이다.

따라서 남과 조화를 이루지 못하고 적어도 육군의 작전 주류에서 떨어져 나가지 않을 수 없으리라.

'이거 야단났는데.'

요시후루는 생각했다.

지금 요시후루가 가만히 있기만 하면 그에게 독일 유학의 특명이 내릴 것은 틀림없는 사실이었다.

육군대학교의 제1기생인 동시에 몇 명 안 되는 기병 장교 중에서도 뛰어난 수재로 꼽히고 있으므로 어느 모로 보나 일본 육군은 그를 장래의 지도자로 만들려고 독일에 보내려 할 것이었다.

그러니 지금 휴직하고 사비로 프랑스 유학을 가야 할 이유가 요시후루에게는 없었다.

"실은 말일세."

후지노 노인이 말을 이었다.

요시후루 말고도 센바 다로(仙波太郞)는 어떨까 싶었다는 것이다.

센바도 구 마쓰야마 번 출신의 육군 장교이다. 그는 요시후루보다 네 살 위로 사관학교도 요시후루보다 선배인 제2기생이었다. 보병과에 적을 두었고 육군대학교가 문을 열자 요시후루와 함께 그 제1기생이 된 것이다.

뒷날 육군 중장이 되었으며 쇼와(昭和) 4(1929)년 75세로 죽었다. 가쓰라 다로, 우쓰노미야 다로(宇都宮太郞)와 더불어 육군의 세 다로로 불린 바 있다.

센바는 무사 출신이 아니다.

번령인 구메 후쿠온지(久米福音寺)라는 마을의 촌장 아들로 태어났다.

구번 시대 그의 집은 부자로 알려졌으나 유신의 변동으로 몰락했다.

센바 다로는 소년 시절 생선 장수가 되어 바구니를 지고 마쓰야마 거리를 돌아다니며 팔았다.

요시후루가 목욕탕에서 불을 때던 시기보다 좀 이르다.

마쓰야마는 좁은 곳이다. 센바가 육군에 들어갔을 때 사람들은 수군거렸다.

"그 생선 장수가 육군에 들어갔대."

그의 육군 경력은 고다마 겐타로와 마찬가지로 하사관에서부터 승진했다. 교도단이라고 불리는 하사관 양성소에 들어갔고 사관학교가 창설되자 군대 속에서 시험을 보아 합격되었다.

육군대학교 시절 센바는 술을 마시면 요시후루에게

"나는 상놈 출신이다."

이렇게 말하기 일쑤였다. 너 같은 사족(士族)이 아니라는 것이었다. 사족에 대해 일종의 적개심을 가지고 평민이라는 것에 강한 자부심을 갖고 있었다.

"유신으로 우리집은 망했다. 이 유신의 피해는 사족과 마찬가지지만 그래도 유신에 대해 조금도 원망하지 않는다."

센바의 말에 의하면 평민의 자식이라도 열심히 공부하면 입신 양명할 수 있다.

그것은 유신 덕분임이 틀림없으니 이 나라를 지키기 위해서는 목숨을 바치겠다는 것이었다.

출세주의가 이 시대의 모든 청년들을 움직인다. 개인의 출세가 국가의 이익과 합치한다는 점에서 아무도 의혹을 품지 않는 시대였고, 그런 점에서는 일본의 역사 속에서 색다른 시기였다고 할 수 있다.

후지노 노인이 말했다.

"그런데 셈바는 번사가 아니야."

농민이다. 농민 출신자에게 번주를 따라 프랑스로 가라는 무리한 말은 하지 못한다고 후지노는 말했다.

"셈바가 거절했겠지요."

요시후루는 비로소 입을 열었다. 그럴 것이 틀림없었다. 셈바로서는 봉건시대의 구번주가 내게 무슨 상관이냐고 했을 것이다.

이렇게 나오면 요시후루로서는 어쩔 수 없는 일이었다. 조상 대대로 녹을 먹어 온 은공이라는 것이 구번사에게는 많이 있었다.

"프랑스로 가겠습니다."

요시후루는 무뚝뚝하게 말했다. 그 말을 한 순간, 육군에서의 출세는 단념했다.

이런 경위를 거쳐 아키야마 요시후루는 메이지 20(1887)년 7월 25일, 요코하마에서 프랑스를 향해 출항했다.

따라서 사네유키가 귀향한 21(1888)년 여름에 요시후루는 일본에 있지 않았다.

"신(요시후루)에게서 편지가 왔다."

야소쿠 옹은 편지 몇 통을 보여주었다.

그 편지에 의하면 구영주 히사마쓰 사다코토는 무사히 생시르의 육군사관학교에 입교하였고, 요시후루는 그를 뒷바라지하는 한편 프랑스 육군성의 허가를 얻어 그 학교의 청강생이 되었다고 한다.

'가엾게도——'

사네유키는 그렇게 생각했다. 일본의 사관학교를 졸업하고 육군대학교까지 나온 육군 대위가 다시 뒷걸음질쳐서 프랑스 육군사관학교의 신입생이 되어야 하다니.

파리에서 야소쿠 옹에게 보낸 제1신은 이러했다.

"마치 두메 산골 처녀가 요시와라(吉原)에 끌려간 것 같은 꼴입니다."

메이지 21(1888)년 당시의 일본은 육해군 학교에서만은 양식 생활을 시키고 있었지만 일반인은 모든 면에서 봉건 시대의 생활과 그리 다르지 않았다. 요시후루는 파리에 도착했을 때 유럽 문명이라는 것이 일본과 너무나 이질적인 것에 놀라고, 그 기술 능력과 재력이 일본과 어느 정도로 차이가 나는지 짐작도 되지 않아 그저 어리둥절했다. 그래서 그 파리의 화려함을 요시와라 유곽에 비유하고 자기를 두메에서 팔려온 처녀로 표현한 것이다.

"지금 당장은 아직 말도 통하지 않고 상황도 충분히 알지 못하여 교제니 뭐니 해서 여간 어렵지 않습니다. 아무튼 유곽 특유의 말도 모르는 데다 세상일에 어둡고 해서 동료나 하인의 눈치도 보아야죠. 정말 어찌나 까다로운지 이 천방지축 요시후루도 이런 형편에서는 당분간 품행을 삼가고 예절을 지키며 얌전하게 있는 수밖에 없을 것 같습니다."

그런 편지였다.

"이거 파리를 요시와라로 아는 모양이군."

야소쿠 옹이 큰 소리로 웃음을 터뜨렸다.

"그런데 준고로, 신군은 도쿄에 있었을 때 요시와라에 자주 갔더냐?"

"글쎄요, 모르겠는데요."

대답은 그렇게 했으나 사네유키는 알고 있었다. 요시후루와 같은 하숙에 있었을 때, 가끔 '나 오늘 저녁에 돌아오지 않는다. 요시와하라에서 잔다'고 이르고 나간 일을 기억한다.

프랑스에서의 요시후루의 생활비는 히사마쓰 가문에서 1년에 1,000엔의 수당이 나왔다. 그리고 육군성에서 봉급의 절반이 지급된다. 그 정도면 화려하지 않은 생활은 충분히 할 만했으나 술을 좋아하는 요시후루에게 빠듯했다. 더구나 소꿉동무인 가토 쓰네타다가 술 친구가 되었고, 프랑스 인 장교와의 교제도 있었으며 말까지 구입했던 것이다. 말을 사들였으니 마부도 있어야 하고 사료 값도 함부로 볼 것이 아니다. 그래서 매달 일주일 이상을 빵과 버터만으로 견뎌야 했다.

말

아키야마 요시후루의 프랑스 유학은 현역 장교로서는 긴 편이어서 햇수로 5년이나 되었다. 그런데 아키야마가 파리에서 곤란을 받고 있는 모양이라는 소문이 본국에까지 들렸다. 그뿐만 아니라 이 유학으로 요시후루의 기병 연구가 비약적으로 발전하고 있다는 소문도 들려왔다.

일본의 기병은 아키야마 대위의 귀국으로 비로소 기병다워질 것이라는 기대도 높아졌다.

그렇더라도 사비 유학은 너무 하지 않느냐는 동정론이 육군성 일부에서 일어나, 메이지 23(1890)년 1월, 파리에 있는 요시후루는 본국으로부터 새로운 명령과 훈령을 받게 되었다.

──관비 유학을 명한다.

이런 것이었다. 그 '학자금'이 1년에 1,600원이었다. 600원이 올랐다. 그런데 이 무렵 요시후루는 생시르의 사관학교 숙소에서 심한 열병에 시달리고 있었다.

외무성의 가토 쓰네타다가 이 말을 듣고 놀라서 찾아갔더니 요시후루는 셔츠의 앞가슴을 풀어헤치고 드러누워 있었다. 가슴에 빨간 발진이 보였다.

"병명은?"

가토가 묻자 요시후루는 열에 들뜬 시뻘건 얼굴로 알게 뭐냐고 하는 것이었다. 이 인물은 어쩐 일인지 의사를 싫어했다.

"의사의 진찰을 받아야지. 생시르에도 군의가 있을 것 아닌가."

"무슨 소리야!"

요시후루는 상대를 하지 않았다.

가토는 며칠 다니면서 요시후루의 병세를 살폈다. 요시후루의 얼굴이 늙은 호박처럼 부석부석했다. 고열로 눈이 충혈되고 오한이 나는 모양이었다. 더러 의식이 몽롱해질 때는 헛소리까지 했다.

'이건 상한(傷寒)이 틀림없다.'

누구의 눈에도 그렇게 보였다.

유럽 의학에서 말하는 소위 발진티푸스인데 죽는 수도 있는 병이었다. 그러나 당시에는 특효약이 없었다.

가토가 놀란 것은 요시후루가 이토록 고열에 시달리면서도 식사 때가 되면 일어나 사관학교의 식당까지 간다는 것이었다.

'의사 기피증도 이 정도 되면 미치광이가 아닌가.'

생각했다.

"티푸스가 아닌가."

가토는 어느 날 한번 요시후루에게 말했다. 요시후루는 별로 놀라지도 않았다.

"티푸스라면 보통 병이 아니라구."

"알고 있어."

요시후루는 머리맡의 책꽂이를 가리켰다. 거기에 《내과 전서》가 펼쳐진 채 놓여 있었다. 티푸스 항목이 펼쳐져 있었다. 가토가 짐작컨대 요시후루는 그것을 읽고 자기 나름대로 치료를 하고 있는 모양이었다.

그리하여 마침내 병을 이겨 냈다. 나중에 요시후루는 말했다.

"나라의 수치니까."

의사의 진료를 받는 것은 나라의 수치라는 뜻이다. 묘한 이론이지만 같은 시대에 살고 있던 가토 쓰네타다는 이해가 갔다. 일본 유학생이 발진티푸스에 걸려 사관학교의 프랑스 인들을 시끄럽게 만드는 것은 아무래도 수치스러운 일이다. 이러한 심정은 파리에서 눈코 뜰 사이 없이 분발하지 않으면 안 되는 일본 유학생들의 공통된 것이었다.
　육군성에서 요시후루에게 훈령을 내렸다.

　　유학 중 다음의 여러 문제를 연구할 것
　　여러 문제는
　　경기병의 전술
　　경기병의 내무
　　경기병의 경리상의 조사
　　경기병의 장교 이하 교육상의 요령

　그러기 위해 '되도록이면 프랑스 경기병대에 입대할 것'이라고 되어 있었다.
　요컨대 일본 육군은 이 만 서른 살이 될까말까 한 젊은 대위에게 기병 건설에 대한 모든 기술과 조사를 위임한 것이나 다름없었다. 그것뿐 아니라 귀국한 뒤에는 요시후루 자신이 경기병대를 건설하지 않으면 안 된다. 또 건설만 하는 것이 아니고 장차 싸움이 일어나면 자신이 만든 기병 집단을 이끌고 직접 나가야 하며 혼자서 온갖 역할을 도맡아야 한다.
　이 분야뿐 아니라 다른 분야 역시 모두 그런 형편이었는데, 메이지 초기부터 중기에 걸쳐 빈약하기 짝이 없었던 일본의 재미있는 점도 그런 데 있었으리라.
　훈령에서는 '경기병'이라고 한다. 유럽의 기병에는 여러 종류가 있는데 일본 육군은 그 실정(주로 경제적 이유였지만)으로 보아 경기병 제도만 채택되고 있었다. 따라서 일본에서 말하는 '기병'은 경기병이었다.
　요시후루가 현지에서 실지로 유럽 기병을 보았을 때 그것은 놀랄 만큼 다채로운 것이었다.
　이를테면 나폴레옹 1세에 의해 대개혁된 군제를 유지하고 있는 프랑스 육군의 기병을 보면

　　흉갑기병(중기병)
　　용기병
　　경기병

세 종류가 있었다. 흉갑기병은 이름 그대로 은빛 찬란한 갑옷을 몸에 걸치고 적의 총검이나 탄환으로부터 몸을 지킨다. 이것이 별칭 중기병으로 불리는 까닭은 인마가 모두 큰 체격이 뽑히는 이유에서였다. 주로 백병전에 투입되며 사용하는 주무기는 칼과 창인데 유럽에서의 기병의 영광은 주로 이 중기병이 차지해 왔다.

용기병은 흉갑을 입지 않는다. 체격은 중과 경의 중간으로 무기는 검이 달린 기병총이었다.

경기병은 장비도 가볍고 병사의 체중도 가벼우며, 가볍게 전선을 왕래함으로써 사령부 수색대의 임무를 맡는다.

일본은 이 경기병밖에 채택할 능력이 없었으나, 그렇기 때문에 문제가 복잡했고 이 경기병에 다른 중기병이나 용기병의 기능 또는 전투목적을 덧붙이려고 했다. 이 계획은 유럽의 눈으로 보면 자못 난폭한 발상이었는지 모르지만, 이런 종류의 무리나 땜질을 해가는 방법 말고는 일본인이 유럽풍의 근대 군대의 세계에 참여할 수가 없었다.

요시후루는 유럽에 와서 뜻밖의 사실을 여러 가지 알게 되었다.

나폴레옹 1세는 기병의 운용에 있어서 천재적인 전사(戰史)를 몇 가지나 남긴 인물이지만, 그러면서도 본인은 승마가 서툴렀던 모양으로 노새를 타고 다녔다고 한다.

요시후루는 이 이야기를, 프랑스의 어느 시골 기병 연대에 견학 갔을 때 이야기하기 좋아하는 고참 소령에게서 들었다.

'노새'

요시후루는 야릇한 생각이 들었다.

노새라는 것은 암말과 수탕나귀의 잡종이다. 한 대로 끝나고 노새 자체에게는 생식 능력이 없다. 그 특성은 힘이 세고 인내력이 강한 데다 먹이가 적게 들고 아무거나 잘 먹는다. 몸뚱이는 아비인 당나귀를 닮았을 때는 작지만 어미인 말을 닮았을 경우에는 말보다 엄청나게 큰 경우도 있다.

중국인이 옛날부터 이 노새를 노역용으로 흔히 써 온 사실은 요시후루도 알고 있었지만 일본에는 없다. 그것이 유럽에 있다는 말을 듣고 놀랐다.

"옛날부터 있었다."

그 고참 소령은 말했다. 나폴레옹 시대에도 포병대에서 대포를 끄는 말로 많이 썼다고 한다.
"나폴레옹은 포병 출신이거든."
그 고참 소령이 말했다. 노새 쪽이 타기 수월하고 다루기 쉬웠던 모양이지, 하며 사뭇 코웃음치듯이 말했다.
노새는 온순하다. 뿐만 아니라 사납고 위엄 있는 기상이 전혀 없다. 기병의 말은 사납고 용맹한 기상의 준마를 쓰는 전통이 있어서 기병대에서는 노새를 쓰지 않는다.
생시르의 사관학교에는 늙은 전사(戰史) 교관이 있었다. 알코올 중독으로 손가락이 늘 부들부들 떨리기 때문에 학생들까지 모두 그를 업신여기고 있었다. 요시후루는 이 노교관과 친했다.
"결국 징기즈칸이지."
그 교관이 말했다. 중세 유럽의 전술 사상을 일변시킨 것은 이 아시아에서 온 눈꼬리가 치켜올라간 침략자라는 것이다.
징기즈칸의 군대는 모두 기병이었다. 더욱이 그 기병은 이미 중기병과 경기병의 두 종류가 있었다. 중기병은 네 겹으로 된 가죽 갑옷을 몸에 걸치고 머리 위로 긴 창을 휘두르며 허리에는 만월도(彎月刀)를 찬다. 경기병은 갑옷을 입지 않는다. 무기는 창과 활이다. 경기병이 먼저 적에 접근하여 그 두 종류의 무기로 적을 혼란시킨 뒤 중기병이 돌격한다.
징기즈칸의 전법이 더욱 획기적이었던 점은 기병을 언제나 밀집대형으로 사용한 일이었다. 그때까지 유럽에서도 병사는 말을 타고 있었으나, 적을 상대할 때는 어디까지나 개인 단위인 격투용으로 그 승마를 사용했다. 때로는 말에서 내려 도보전을 하기도 했다. 이것이 징기즈칸의 부대 단위로 뭉친 기마병 앞에 어이없이 무너져 버렸다.
"일본인은 몽고인과 얼굴이 비슷하다고 하던데 징기즈칸에게서 아무것도 배우지 않았나?"
일본은 섬나라이므로 유럽 대륙처럼 상호 자극에 의한 성장의 기회가 많지 않았다고 요시후루는 대답하였다.

노교관에게는 '사관학교의 카르판티에'라는 별명이 붙어 있었다. 카르판티에란 성 베네딕트 회에 속한 신부로 그 시기부터 200년쯤 전의 인물이다. 박학으로 세상에 그 이름을 날렸는데 박학하기로는 이 노교관도 마찬가지였다. 이것은 전설이지만, 1815년 3월 1일, 프랑스에 상륙한 나폴레옹이 그날 아침 무엇을 먹었습니까, 하고 학생이 물었을 때 교관은 눈을 감고 그 메뉴를 일일이 들었을 뿐 아니라 수프의 양까지 말했다고 한다. 물론 그의 장년 시절의 일이다.

그 당시의 프랑스 육군에서는 과거의 프랑스 육군에 대해 모르는 것이 있으면 이 문관 교수에게 물으러 왔다.

그러나 술을 과음한 탓인지 어떤 시기부터 갑자기 생기를 잃어버려 지금은 손가락을 떨면서 작은 목소리로 평소의 불만을 싫증도 내지 않고 늘어놓는, 노파 비슷한 늙은이가 돼 버렸다.

그러나 술이 알맞게 들어가 일정한 상태가 되면 갑자기 그 옛날의 광채가 머릿속에 되살아나는 모양인지, 요시후루가 평생토록 잊지 못하는 명언을 몇 가지나 토로했다.

"아키야마, 자네의 나라에는 명장이 있는가?"

'글쎄요……'

요시후루는 고개를 갸우뚱하지 않을 수 없었다. 웬만한 정도의 인물이라면 일본 육군에도 몇 사람은 있을 성싶지만 명장이라고 할 만한 인물은 없었다.

"없을 테지."

노교관은 그렇게 단정을 내렸다.

있을 까닭이 없다고 한다.

노교관의 말을 빌리면 인간의 재능에는 몇 종류가 있다. 시인, 화가, 음악가, 학자 등 여러 가지가 있는데, 천재를 얻기 어렵다고는 하지만 그래도 어느 시대고 그 속에서 약간의 천재는 나오는 법이다.

"모든 분야를 통해 가장 얻기 어려운 재능은 사령관의 재능이다."

몇 백 년에 한 사람 겨우 나올까말까할 정도로 희귀하며, 다른 분야의 천재와 마찬가지로 천부적인 것이어서 이것만은 교육으로 만들어 내지 못한다.

"따라서 육군대학교 같은 것도 사실은 무의미하다. 장군은 교육으로 만들어 낼 수 있는 것이 아니야. 나폴레옹은 천재였기 때문에 그것을 터득하고 있었고 한낱 병졸 속에서 장군을 발굴했다. 이 재능만큼 천부적인 것은 없다."

──그런데

노교관은 다시 말을 이었다.

"국가는 항상 일정한 수의 장군을 갖추고 있지 않으면 안 된다. 그러므로 일정한 교육을 거친 자를 장군으로 만들어 두는 것인데, 물론 전쟁에 도움이 되지는 않고 평화시의 장식물에 지나지 않아."

──내가 뭘 말하려고 했지?

"아 참, 기병에 대해서였지."

노교관의 말을 빌리면 천재적 전략가만이 기병을 움직일 수 있으며 기병의 불행은 거기에 있다는 것이었다.

노교관은 무서운 말을 했다.

──기병은 무용지물이다.

"고래로 기병이 그 특성대로 잘 사용된 예는 지극히 드물다. 중세 이후 네 사람의 천재만이 이 특성을 마음대로 구사했다."

그는 그 네 사람의 이름을 열거했다.

몽고의 징기스칸

프로이센의 프리드리히 대왕

프랑스의 나폴레옹 1세

프로이센의 몰트케 참모총장

노교관에 의하면 기병은 보병이나 포병과는 달리 순수한 기습 병과이므로 웬만큼 전쟁 이론을 터득하고 전기(轉機)를 통찰하지 않으면, 그것도 어지간한 용기를 가진 자가 아니면 쓸 수가 없다.

집단으로서의 기병은 공격의 성능만 있지 방어의 힘은 전무에 가깝다. 이것을 그릇된 전쟁 이론 아래 그릇된 시기에 쓰면 적에게 손상을 입히기는커녕 기병 자체가 전멸해 버린다.

"물론 그것의 취약성에 대해서는 사관학교에서도 가르치고 육군대학교에서도 가르친다. 가르침을 받은 장군들은 그 취약성에 대해 충분히 알고 있다. 그렇기 때문에 그 무능한 장군들은 이 운용을 겁내어 손아귀에 잔뜩 움켜쥔 채 최후까지 쓰지 않는 것이다. 기병이 곧잘 국비를 잡아먹는 무용지물이라는 말을 듣게 되는 것도 그 지휘자가 천재가 아니면 안 되기 때문이다. 그런데 천재는 교육으로 제조하지 못한다."

말 183

──가엾은 일이지.

노교관은 요시후루의 코를 가리키며 말했다.

"자네는 그러한 비극적인 병과에 적을 두고 있어."

요시후루는 노교관의 말을 잘 알아들을 수가 없었다.

"즉, 저는 천재가 아니라는 말입니까?"

요시후루가 물으니 노교관은 고개를 가로저었다.

"자네가 천재건 아니건 이 경우에는 문제되지 않는다. 비록 자네가 천재라 해도 자네는 최고 사령관 밑에서 일하는 기병에 지나지 않아. 요컨대 자네를 쓰는 지휘자가 천재인가 아닌가 하는 점이 중요해."

요시후루는 그제야 겨우 알아들었다.

"자네 나라에 그런 천재가 있나?"

"그거야."

요시후루는 쓴웃음을 지으며 그것은 군사 기밀에 속할 것 같은데요, 하고 말했다.

"그렇지만 과거의 예를 보더라도 아까의 네 사람밖에 없다는 설은 정정해 주셔야 하겠습니다. 선생님의 박식은 유명하지만 일본에 대해서는 모르십니다. 세계에 여섯 명이 있다고 하셔야 합니다."

"즉 일본인을 두 사람 보태라, 그 말이로군. 누구하고 누군데?"

요시후루는 미나모토 요시쓰네와 오다 노부나가 두 사람을 꼽은 뒤 요시쓰네의 히요도리 고개 기습과 야시마에서의 전법을 설명하고, 오다 노부나가에 관해서는 오케 골짜기의 싸움에 대해 이야기했다.

노교관은 놀라면서 몇 번이나 고개를 끄덕거리고는 앞으로는 여섯 명으로 하자고 말했다.

여담이지만 그 당시 일본인에게는 '원숭이'라고 하는 한심스러운 별명이 주어져 있었다. 얼굴 모습이 원숭이 비슷하다는 이유도 있지만 요컨대 유럽 문명을 원숭이처럼 흉내내려는 민족이라는 뜻일 것이다.

이 일본인의 원숭이 짓에 대해 가장 먼저 경멸하기 시작한 것은 유럽인이 아니라 이웃 나라 조선이었다. 일본은 유신으로 대변혁을 이룩하고 개국함과 동시에 상투를 자르고 양복을 입는 한편 철도를 깔아 유럽에서 일어난 산업 문명을 뒤쫓으려고 했다.

"사람 탈을 썼으나 사람이 아니다."

조선의 공문서에서는 말한다.

다시 다른 문서에서는 '그 모습(머리 모양이나 복장)을 바꾸고 습속을 바꾸었다. 이를 어찌 일본인이라고 할까'라고 하면서, 국교를 않겠다, 국교하고 싶으면 그전 풍속대로 하고 오라고 했다.

일본은 메이지 원년(1868)부터 메이지 6(1873)년까지 조선에 대해 국교를 요구했으나 조선은 끝내 강경한 태도를 고수하였다.

아시아에서 일본만이 단연 서양화를 표방하여 산업 혁명에 의한 금세기 문명의 조류에 편승하려고 했다. 옛 문명 속에 있는 조선의 눈으로 보면 미치광이 짓으로 비쳤을 것이고 유럽인의 눈에는 우스꽝스러운 원숭이로밖에 보이지 않았으리라.

일본에서는 온 나라의 모든 분야를 막론하고 수재들로 하여금 유럽의 학문과 기술을 습득하게 하였다. 그런데 한낱 군사 기술자인 요시후루의 경우는 종사하는 일이 군사 방면이니만큼 그 흉내가 숨 가쁘고 다급한 일이었다.

특히 승마술이 문제였다.

요시후루에게 부과된 많은 과제 중에는 프랑스식 승마술의 이치를 배워서 귀국하여 일본인들에게 가르쳐야 한다는 조목이 있었다.

요시후루는 열심히 노력했다.

그런데 프랑스에 있는 사이 일본 육군은 프랑스식에서 독일식으로 바꾼다는 뜻의 공시를 정식으로 발효했다.

물론 일본을 떠나올 때부터 그것은 각오한 바였으나 정식으로 공표되고 보니 역시 요시후루로서는 동요하지 않을 수 없었다. 프랑스식과 독일식 승마술은 전혀 다른 것이었다.

첫째로 이 소식을 들은 프랑스 군인 모두가 이 일본의 조치를 불유쾌하게 여겼다.

"일본인은 돼먹지 않았다."

노골적으로 요시후루에게 말하는 사관학교 교관도 있었고, 일본인은 배은 망덕하지 않느냐고 하는 자도 있었다.

독일식 마술을 깎아내리는 자도 있었다.

"그런 것은 승마술이 아니다."

하거나,

"아키야마도 파리를 버리고 베를린으로 가고 싶을 것 아니냐."
빈정거리기도 했다.
요시후루는 그 어떤 말에 대해서도 웃기만 할 뿐 아무 말도 하지 않았다. 한낱 대위인 주제에 외국인에 대해 자기 나라의 방침을 논평한들 무슨 소용이 있겠는가.

독일식 승마술이라는 것이 어떤 것인지 요시후루는 프랑스 군인에게서 들어 대략 짐작은 하였다.
"독일인은 인간을 나무나 쇠라고 생각해."
프랑스 군인들은 욕을 했지만 시험 삼아 요시후루가 사관학교 도서관에서 독일 육군의 《승마술 교범》을 프랑스어 번역판으로 읽어 보았더니 과연 그렇구나 싶었다.
'역시 독일인은 세계의 기인종일지 모른다'고 생각했다.
그들 독일인의 높은 능력은 요시후루가 이웃 나라인 프랑스에 체류하고 있는만큼 오히려 잘 알 수 있었다.
사물을 논리적으로 추구하는 높은 능력과 그 견고한 구성력은 그야말로 게르만 인의 민족성이라고도 할 만한 것으로, 그 능력이 과학으로 향할 때 무서운 효과를 발휘한다.
그러나 장점은 언제나 단점의 이면이며 이론을 찾는 나머지 형식에 흘러 그것이 군대에 적용되면 폐단이 많다.
어떤 나라의 군대라도 군대는 모두 규율을 생명으로 삼지만 독일 군대에 있어서는 그것이 지나쳐 규율을 위해서는 다른 중요한 일도 당연한 것처럼 희생시킨다.
승마술도 마찬가지이다.
프랑스의 승마술은 일본 고유의 오쓰보류(大坪流) 등과 마찬가지로 기수의 자세를 말의 운동 리듬에 맞추고 있다. 지극히 유연한 것을 원칙으로 삼는 것인데 독일식은 경직미를 사랑한다.
가령 승마 자세 한 가지를 보더라도 독일식은 자세의 늠름한 형태를 중요하게 생각하기 때문에 말에 올라앉았을 때 무릎을 한껏 뒤로 빼려고 한다. 무릎에서 아래의 다리는 무릎보다 더욱 뒤로 끌어가게 한다. 이런 자세를 취하면 과연 전체 기수의 모습은 활처럼 되어 보기에 위풍이 있고 여간 늠름하지 않다.

하지만 인간의 자세로서는 부자연하기 때문에 기수는 장시간의 승마에 견디지 못하고 몹시 피로를 느낀다. 이것과 반대로 프랑스식은 기수의 장시간 승마를 편안하게 하기 위해 무릎과 다리를 뒤로 빼지 않고 자연스럽게 내리도록 하며 오히려 약간 앞으로 가져온다.

이것은 한 예에 지나지 않는다. 이밖에도 독일식의 《승마술 교법》에는 비슷한 종류의 무리가 수없이 있어, 이 때문에 독일 기병의 둔중성이 프랑스뿐만 아니라 유럽 마술계의 정평이 되어 있었다. 분명히 규율과 형식을 지나치게 좋아하는 독일인의 버릇에서 온 폐단이라고 하겠다. 독일인들이 이 불편함을 잘 알면서도 이 교법을 개정하려고 하지 않는 것은, 개인의 성격을 고치기 어려운 것과 마찬가지로 민족의 성격이란 어쩔 수 없기 때문인 것 같다.

요시후루는 일본 승마술까지 독일식으로 바꾸는 것은 반대하리라 결심했다.

그 무렵 당시의 일본 육군의 총수라고 할 수 있는 야마가타 아리토모(山縣有朋)가 유럽 시찰 여행길에 올랐다.

야마가타는 구 조슈 기병대 출신이었다. 막부 말기에 이 인물이 보여준 활약은 조슈에서의 번내 활동이 주여서 이른바 지사들 사이에 이름이 알려진 존재는 아니었으나 유신이 그의 운명을 비약시켰다.

이 점, 혁명만큼 사람의 운명에 기적을 가져다주는 것은 없다. 막부 말기부터 유신에 걸쳐 조슈 번에는 군사적 재능을 가진 자가 기묘할 정도로 적었다. 고작 작전가로 야마다 아키요시(山田顯義), 그리고 전투 지휘관으로 이 야마가타가 있고, 그 밖에 오무라 마스지로(大村益次郎)라는 천재가 있었을 뿐이다.

야마가타로서 행운이었던 것은 오무라가 유신 성립 후 얼마 되지 않아 흉한의 칼에 쓰러진 일이었다. 또한 야마가타의 경쟁 상대인 야마다가 뭇 사람의 기대를 한몸에 받았으면서도 일종의 심리 불안정이 악영향을 미쳐, 마침내 '조슈의 육군'은 야마가타 아리토모의 독무대가 되었다.

야마가타의 군인으로서의 재능이나 식견이라는 것은 대단할 것이 없었고 그 정도는 당시의 각 번을 살펴보면 얼마든지 있었을 것이다. 그러나 혁명의 공로는 사쓰마와 조슈가 독점하고 있었기 때문에 타번 출신자는 신정부군의 주류에 낄 수 없었다.

야마가타에게 큰 재능이 있다고 한다면 자기를 늘 권력의 자리에서 밀려나지 않게 하는 일이었다. 이를 위한 원모심려는 그의 재주라고 할 만한 것이었고, 또한 이 새로운 국가의 건설을 위해 부지런히 일한 것도 사실이다. 정부에 대한 그의 공헌은 관료의 통제였다. 관료들로 하여금 의견을 내게 하고 그 의견 속에서 타당한 것을 선택하여 그것을 실행으로 옮겼다. 야마가타는 애당초 그 자신이 재자(才者)가 아니었기 때문에 이와 같은 관료 통제를 누구보다 잘 해냈다.

그의 활약 범위는 군부만이 아니라 거의 관계의 각 분야를 휩쓸었다. 가령 메이지 17(1883)년 1년 동안의 그 관직을 본다면 참모 본부장이면서 4월에는 육군상을 겸임했고 7월에는 재무상을 겸임했으며 다시 10월에는 건설상을 겸임했다. 나이 47세.

"유럽 제국을 시찰하라."

명령이 내린 것은 메이지 21(1888)년 11월이다. '명목'은 유럽의 지방 자치를 시찰하는 것이었다. 그 무렵 일본에서는 민간의 요구도 있어서 지방 자치제의 실시가 시간 문제로 되어 가고 있었다.

하지만 그것만이 아니고 '프랑스 육군에 해명하는 일도 포함돼 있다'는 것이 프랑스에 있는 일본 군인들 사이의 소문이었다.

즉 메이지 21(1888)년 일본 육군이 재래의 프랑스식에서 독일식으로 바꾼 것을 프랑스 육군이 불쾌하게 여기고 있다. 그것에 대해 야마가타는 일본 육군의 대표자로서 해명을 겸하여 지금까지의 은의를 사례하고 사과를 할 만한 점은 사과한다는 것이었다.

야마가타 아리토모가 마르세유에 상륙한 것은 메이지 22(1889)년 정월이었다. 당연히 파리로 향해야 할 것인데 그는 먼저 베를린으로 향했다.

"독일에 미쳤어."

파리 주재 외교관인 가토 쓰네타다는 요시후루에게 그렇게 말했다. 그리고 가토는 불과 십여 년 전까지만 해도 일본 정부는 독일에 대한 인식이 거의 없었다고 말했다.

"도쿄 대학 의학부가 아직 도쿄 의학교라고 불리던 메이지 8(1875)년에 처음으로 독일 사람인 호프만과 뮤렐 두 사람을 초빙해 왔는데, 그들의 강의를 통역할 만한 의사가 일본에 단 한 사람밖에 없었지."

그 통역은 시바 료카이(司馬凌海)였다. 막부 말기의 양학자로서 오랜 경력을 가지고 있었다. 이 인물이 세상에 나오기까지는 기연(奇緣)이 있다.

구막부가 네덜란드에서 의사 폰페 판 메델포르를 초빙한 것은 안세이 4(1857)년인데, 이 폰페를 교사로 하여 막부는 나가사키에 처음으로 관립 양의 학교를 설립했다.

학교라고는 하지만 학생은 한 사람이었다. 그 한 사람의 학생도 막부의 임명을 받은 자로 의사인 마쓰모토 료준(松本良順)이었다.

이 시기의 막부는 아직도 서양인과 일본인이 마음대로 접촉하는 것을 꺼려하고 료준에게만 폰페와 직접 접촉할 수 있는 자격을 주었던 것이다.

지원자는 이밖에도 많았다.

막부는 그들에 대해서 료준의 제자라는 형식으로 이를 묵인했고, 폰페의 직접적인 수업은 받지 못하게 하는 대신 료준에게서 배우는 형식을 취하게 했다.

료준으로서는 자신의 의학 수업만으로도 벅찬 형편이었으므로, 되도록이면 말이 통하는 조수를 양성하여 그 조수로 하여금 폰페의 수업을 다른 제자에게 전달하는 방법을 취하고자 적임자를 물색했다.

문득 료준의 머리에 떠오른 것이 시바 료카이였다. 어학의 천재라고 할 수 있는 소년으로 료카이는 에도에서 네덜란드 어를 수업하는 동안 료준과 접촉이 있었다. 그 뒤 고향인 사도로 돌아갔다. 료준은 료카이를 사도에서 불러올렸다. 료카이가 열여덟 살 때의 일이다.

나가사키에서 료준은 이 조수와 더불어 폰페의 수업을 받았다. 료카이는 폰페의 네덜란드 어를 즉석에서 한문으로 옮겨적고 그 노트로 다른 문하생을 가르쳤다.

그가 어학의 천재였다는 것은 이 나가사키 체류 중 중국인과 교제하여 금방 중국 말을 배우고 시문에 응수까지 하여 중국인들을 놀라게 한 것을 보아도 알 수 있다.

메이지 이후에는 한때 신정부에 봉직하기도 했으며 그가 죽은 메이지 12(1879)년까지 영, 독, 러시아의 3개 국어를 습득하고 다시 그리스 어와 라틴 어까지 배워 익혔다.

이 료카이는 앞에서 말한 도쿄의학교의 통역을 맡았다. 뮤렐은 그의 독일어 실력에 놀라

――당신은 독일에 몇 년이나 있었는가?

물었을 정도였다. 물론 료카이는 어떤 외국에도 간 일이 없었다. 다만 료카이는 기행을 일삼고 술버릇이 좋지 않아 술을 많이 마신 이튿날은 학교에 가지 않았다. 통역관 료카이가 쉬면 자연히 수업은 없었다.

"일본의 독일에 대한 인식은 그 정도였다."

가토가 말했다.

가토는 외무성의 외교관인만큼 일본 정부의 대외 접촉사를 잘 알고 있어 요시후루에게 자주 들려주었다.

"육군의 독일 접근은 원래 하나의 우연에서 비롯되었지."

현재 육군 조슈 파벌의 총아로 야마가타의 신임을 독차지하고 있는 대령 가쓰라 다로(桂太郎) 때문이라고 한다. 가쓰라는 보신 전쟁에 종군한 뒤 내란이 가라앉자 요코하마에서 한동안 프랑스 어를 배웠고 이어서 명에 의하여 오사카 병학료(나중의 유년학교)에 들어갔다. 그는 해외 유학의 뜻을 품고 곧 자퇴했으며 조슈의 선배를 졸라 그 편의를 얻었다.

결국 뜻을 이루어 메이지 3(1870)년 말 런던에 도착하자 바로 일본 공사관에 가서 프랑스행 수속을 밟으려고 했더니

"자네는 경기구(輕氣球)라도 갖고 있나?"

외교관 아오키 슈조(靑木周藏)는 이렇게 핀잔을 준다. 지금 프랑스는 독일군이 휩쓸고 있다고 한다. 이미 세당 요새가 떨어지고 투르, 스트라스부르, 메츠의 세 요새도 함락됐으며 지금 파리는 독일군의 포위 아래에 있다. 프랑스의 내무 대신 강베타 같은 사람은 경기구를 타고 파리를 빠져나왔다는 뉴스가 런던의 화제가 되고 있었다.

가쓰라는 진퇴유곡에 빠졌다. 그는 일본을 떠나올 때 일본 육군의 고용 교관인 프랑스 육군의 뷔랑이라는 소위에게서 파리에 있는 장교에게 보내는 소개장을 얻어 가지고 왔다.

"차라리 이기고 있는 독일로 유학가는 게 어때?"

아오키 슈조가 반 농담조로 한 말이 가쓰라의 운명을 결정했다.

가쓰라는 곧 베를린으로 가서 그대로 3년 반 동안 체류했다. 말이 났으니 말이지만 이때 가쓰라의 신분은 병학료를 자퇴했기 때문에 육군 군인이 아

넌 일개 학생에 지나지 않았다. 자연히 유학의 형식도 사비 유학이 되어 있었다.

우선 처음 1년 동안은 독일어를 익히는 일에 전념했다. 단어 카드를 만들어 매일 열 개씩 단어를 외었다. 가쓰라는 기억력이 좋은 편이 아니었기 때문에 그 이상은 욀 수 없어 결국 반 년에 1800단어를 외웠다. 단어는 독불 사전에서 뽑았는데 가쓰라가 어느 정도 프랑스 어를 알고 있었던 것이 그의 독일어 이해에 힘이 되었다.

1년 뒤 그는 하숙을 옮겼다. 그는 정부 유학생이 아니었기 때문에 군학교에 들어가지 못하고 결국 군인의 집에 하숙함으로써 독일 군사학을 알려고 했다. 그가 하숙한 곳은 예비역 육군 소장인 파리스라는 노인의 집으로 이 파리스에게서 많은 군사 지식을 얻었다.

그 가쓰라가 귀국하여 육군 대위가 되고 그 뒤 기회 있을 때마다 일본 육군을 독일식으로 바꾸는 것에 대한 이 점을 육군성 내에서 역설했으며, 특히 야마가타 육군상을 거의 10년이라는 세월에 걸쳐 설득함으로써 마침내 그를 독일 애호가로 만들어 버렸다.

그 야마가타가 지금 베를린에 와 있는 것이다.

이윽고 야마가타 아리토모는 수많은 수행원을 거느리고 파리에 나타났다.

육군 중장, 내무 대신이 그 당시 그의 직함이었다. 바로 일본 공사관으로 들어갔다.

요시후루 등 정부 유학생들은 공사관 현관에 늘어서서 이 일본 정부의 요인을 영접해야 했다. 특히 요시후루로서는 육군의 고관이기 때문에 이럴 경우 그의 시찰을 안내하고 일상생활의 시중도 들어야 하는 것이 통례로 되어 있었다. 그런데 그 전날 파리 교외에서 기병 연대의 훈련이 있어서 요시후루는 그것을 견학한 뒤 파리에 돌아와서 공사관으로 들어갔을 때는 '현관 영접'은 고사하고 야마가타는 이미 귀빈실로 들어가 버린 뒤였다.

"뭘 하고 있었어."

가토 쓰네타다는 못마땅한 얼굴을 하고 친구의 결례를 나무랐다.

가토는 한평생 야마가타 아리토모라는 인물을 좋아하지 않았고 이때도 외무성 교섭 관리로서 야마가타의 프랑스 체류 중의 안내를 맡게 된 것을 진작부터 싫어하고 있었지만 그래도 작은 소리로 이렇게 말했다.

"그런 나도 오늘은 역까지 마중 나갔어. 자네는 더구나 육군 무관이 아닌가."

육군의 현역 군인인 한 야마가타의 비위를 거슬러서는 도저히 영달을 바라지 못한다.

"알고 있어."

요시후루는 한 마디 하고 태연한 얼굴로 귀빈실에 들어갔다. 중앙의 의자에 야마가타가 걸터앉아 있고 그밖에 스무 명 가량의 문관과, 무관이 늘어앉아 있었다. 아닌 게 아니라 요시후루는 좀 민망스러웠다.

야마가타가 눈을 날카롭게 뜨고 문 쪽을 바라보았다. 이런 경우의 야마가타의 꾀까다로움은 정평이 나 있었는데, 아니나다를까 수염 밑에서 말소리가 나왔다.

"자넨 누군가?"

요시후루는 부동 자세를 취했다.

"육군 기병 대위 아키야마 요시후루입니다."

'입니다'라는 군대용 경어는 보통 일본 말에는 없고 조슈 사투리에만 있는데, 야마가타가 그것을 정식 군대용어로 채택했다고 요시후루는 듣고 있었다.

야마가타는 고개를 끄덕였다.

그것만이 이날 있었던 야마가타와의 대화였다. 그 뒤에 야마가타는 프랑스에 와 있으면서도 독일 이야기만 늘어놓았다.

"나에게는 베를린이 실로 20년 만이었어."

"모든 것이 변했더군."

보불전쟁의 자극이고 그 승리로 배상금이 들어왔기 때문에 상공업이 크게 발전하고 거리의 상황도 많이 변했던 모양이다. 군비의 충실은 더 말할 필요조차 없지만 기이하게도 학문의 세계에까지

"석학과 대가가 구름처럼 배출되고 있다."

야마가타는 한문투로 표현했다. 그는 독일의 행정 학자인 그나이스트를 면회하고 지방 자치에 대한 그의 의견을 들었는데

"영국에도 그만한 학자는 없을 거야."

입에 침이 마르도록 예찬했다.

요시후루는 입구에 서 있었다.
——말할까.
몇 번이나 생각했으나 야마가타가 한창 독일 예찬을 늘어놓고 있는 중에 프랑스식 승마술의 우월성을 내세우는 것은 좀 당돌한 짓 같아서 참았다.
하지만 꼭 말은 해야겠다고 결심했다. 여기서 말하지 않으면 일본 기병은 저 비합리적인 독일 승마술의 사슬에 매여 옴짝달싹 못하게 되리라.
물론 상급자에게 발언을 하는 데는 단계를 밟아야 한다. 우선 수행원의 우두머리에게 그 양해를 구할 필요가 있다.
수행장으로서는 소령이 있었다.
요시후루는 그 소령의 의자 옆으로 다가가 '저는 기병 대위 아키야마 요시후루라고 합니다' 하고 말했다.
"무슨 소리를 하고 있는 거야."
소령은 작은 소리로 꾸짖었다. 이 소령은 요시후루와 같은 기병과의 히라사 고레즈미(平佐是純)로, 현재 육군 감군부(군정 본부)에 소속되어 있으며 일본에 있을 때는 요시후루가 앞장서서 만든 '기병회'의 간사직을 맡고 있었으므로 형제지간이라고 할 정도로 친한 사이였다. 히라사가 어처구니없어한 것은 요시후루가 프랑스에 와서 바보가 되어 자기를 잊어버린 모양이라고 생각하여 그렇게 말한 것이다.
"지각을 하더니 내 얼굴을 잊어버리고, 자네 어떻게 된 것 아니야?"
"아닙니다, 그렇지 않습니다."
요시후루는 상대방을 달래듯이 말했다. 그런 정도로 얼이 빠져 있지는 않다. 다만 중요한 의견을 말씀드리고 싶어서 그러는 거라고 말했다. 히라사 소령은 그제야 무슨 말을 하고 싶으냐고 내용을 물었다.
"승마술에 대한 것입니다. 이 점만은 독일식을 채택해서는 안 된다는 말씀을 드리고 싶습니다."
"그거 마침 잘됐군. 아무래도 그 독일 승마술에는 무리가 있다고 생각해 왔어. 사양할 것 없으니까 한번 얘기해 보게."
히라사는 일어나서 야마가타에게 가서 귀에다 대고 소곤거렸다.
야마가타는 고개를 끄덕인 뒤 자신의 기억력을 과시하듯이 말했다.
"아키야마 대위, 자네는 마쓰야마였지?"
요시후루는 이 사회에서 말하는 차렷 자세를 취했다. 기병 바지의 엉덩이가 터질 것처럼 살이 붙기 시작하였다.

"말씀드리고자 하는 결론은, 승마술에 있어서만은 독일식이 유럽 마술계의 정평이 될 만큼 결함이 있으며 프랑스 승마술이 지극히 우수하다는 것입니다."

이처럼 결론부터 제시하여 의견을 피력하는 방식도 메켈이 일본 육군에 가르친 것이었다.

야마가타는 하나하나 고개를 끄덕였다.

그러나 야마가타로서는 육군을 독일식으로 전환하는 이상 조직 자체를 몽땅 이식해야 하며 세부의 일장 일단을 가려서 프랑스식을 일부 남겨 놓는 것은 오히려 전체 시스템의 힘을 약화시킨다고 생각했으므로 별다른 반응을 보이지 않고 다만 이렇게만 말했다.

"생각해 보지. 거기에 대해 좀더 연구해 두도록."

이를테면 이 야마가타 아리토모와 같은 그 시대의 지도적 군인의 기초 기술은 별것이 아니었다.

그가 스스로 할 수 있는 군사 기술이라고 하면 호조인류(寶藏院流)의 창술뿐이었다. 이 인물은 조슈 번의 잡병 집안에 태어나 소년 시절에는 그것 때문에 놀림을 받은 일도 많았다.

구막부 시대에는 신분이 고정되어 있었다고는 하지만 예외적인 길이 없는 것도 아니었다. 입신하려면 학자로 이름을 날리거나 무예자로 이름을 떨치면 된다. 야마가타의 집은 잡병이라고는 하지만 아버지가 어엿한 일본학 학자로 야마가타에게 그것을 가르쳤다. 그러므로 야마가타는 만년에 이르기까지 격조 높은 일본 고유의 시를 읊조리곤 했다. 그러나 그보다도 그는 창술로 출세하려고 창을 배웠고 스물두 살에 사범 자격을 얻었다. 그는 뒷날 메이지 천황의 어전에서 스스로 지원하여 창술 전문가와 시합한 적도 있는데 그것만이 그의 이른바 '군사기술'이었다.

승마술에 대해서는 아는 것이 없었다.

물론 구번 시대에 기병대 군감으로 말을 탔으며 보신 전쟁에서도 말을 탔지만 그저 탔다는 것뿐이고 독일식이나 프랑스식은커녕 일본의 오쓰보류니 무슨 류니 하는 것은 배운 적이 없었다.

그러나 사물에 대한 육감과 이해력이 남보다 뛰어났던 모양으로 요시후루가 하는 말을 모두 알아들었다. 그와 같은 사물의 이해력과 더불어 또 한 가지 그의 뛰어난 점은 메이지 초창기의 다른 지도자들과 마찬가지로 인물을 볼 줄 아는 눈이 있었다. 인간의 능력을 가려내어 그에게 한 분야를 담당시키고 그것을 지원함으로써 한 분야의 건설은 한 인물이 맡게 하는 방법이다. 요컨대 그는 아키야마 요시후루라는 서른이 될까말까한 대위에게 일본의 기병 건설을 맡길 속셈이었다.

물론 야마가타는 요시후루에 대한 평판을 듣고 있었다. 그러나 자세하게 알고 있었던 것은 아니고 그와 말을 주고받은 것도 이 파리에서의 기회가 처음이라고 해도 좋았다.

파리 체류중에는 요시후루를 안내역의 한 사람으로 지명했다. 공교롭게도 시기가 좋지 않아 프랑스 육군의 고관들은 그 무렵 대부분 파리를 비우고 리옹에 있었다. 야마가타는 그 한 사람에게 일본에서 가지고 온 선물을 전해야 했다. 그 사자로 요시후루를 뽑았다.

그런데 요시후루는 이내 파리로 돌아왔다.

"아니, 어떻게 이렇게 빨리 돌아왔나?"

야마가타가 놀라자 요시후루는 송구해하며 자초지종을 설명했다. 기차 안에서 술을 마시는 사이 선물을 도둑맞는 바람에 하는 수 없이 중간에 되돌아왔다는 것이었다.

취해서 곯아떨어진 사이에 도난당한 모양이었다.

야마가타는 어처구니가 없었다. 비서나 부관재목은 아니라고 생각한 모양인지, 그 뒤로는 그런 일은 시키지 않았다.

두견새

이 해 시키는 건강이 좋지 않았다.
"메이지 22(1889)년은 혼고(本鄕)의 도키와 회(常盤會) 기숙사 2층에서 첫 까마귀 소리를 들었다. 때때로 하이쿠 등의 작품을 시도한 시기였다."
시키는 훗날, 이해를 돌이켜보며 이렇게 썼다.

그는 그 전해까지 있었던 고등 중학(대학 예비학교의 개칭, 뒤의 제일 고등학교)의 기숙사에서 지금 있는 구 마쓰야마 번의 도키와 회 기숙사로 옮겨와 있었다.

구번주 히사마쓰 가문이 새로 세운 것으로 크고 작은 방 열너덧 개가 있고 2층에는 방이 둘 있을 뿐이었다. 시키는 그 2층에 있는 8조방을 혼자 차지하고 있었다. 그 2층 부분이 공교롭게도 언덕 위여서 시키의 문장을 빌리면

"도키와 회 기숙사 제2호실(시키의 방)은 언덕 위에 있어서 집집의 매화꽃밭을 굽어볼 수 있어 참 좋았다."

주변은 구막부 시대부터의 주택가로, 집집마다 정원에 반드시 매화나무가 있어서 가을과 봄을 알려주었다. 그러한 생활 속에서 그는 시를 한 수 지었다.

매화 향기를 모아 다오
내 작은 창문의 바람아

그해 5월에 고향 후배인 야나기하라 교쿠도가 그 기숙사로 시키를 찾아갔더니 시키는 이부자리를 깔고 드러누워 있었다. 야나기하라가 놀라며 물었다.

"노보루 형, 웬일이시오?"

시키는 창백한 얼굴에 웃음을 지으며 조그만 목소리로 말했다.

"각혈을 했어."

그 무렵 폐결핵이라고 하면 불치의 병으로 알았다. 더구나 각혈할 단계에 이르렀다면 상당한 중태여서 야나기하라는 숨이 넘어갈 지경으로 놀랐다.

동숙하고 있는 청년 두 사람이 시키의 병을 돌보고 있는 모양이었다. 야나기하라의 〈친구 시키〉에 의하면 그 두 청년은 야나기하라가 시키에게 지나치게 많은 말을 시켜 시키를 힘들게 할까 봐 몹시 걱정하는 눈치였다고 한다.

이날 야나기하라의 볼일은 예전에 시키에게서 꾸어 쓴 돈 3엔을 갚는 일이었다. 현금은 너무 야박스럽다고 생각하여 대신 회중시계를 사 가지고 온 것이었다. 그 시계를 병석의 시키에게 건네주자 시키는 여간 기뻐하지 않았다. 야나기하라의 묘사를 빌리면

"시키는 고맙다면서 시계를 손으로 만지작거리며 싱글벙글 웃었다."

이렇게 적고 있다.

시키의 각혈은 그 전해 여름에 가마쿠라(鎌倉)에 갔을 때 길을 가다가 계속하여 두 번 토한 일이 있으므로 처음은 아니었다. 그런데 맨 처음 각혈했을 때 시키는 '목에서 나오는 피인지도 모른다'고 그다지 걱정하지 않았다.

그러나 이 22년의 각혈은 낙천가인 시키라도 다른 해석을 내릴 길 없는 그야말로 진짜였다. 5월 9일 밤에 이런 사태가 찾아온 것이다.

의사는 폐병이라고 진단을 내렸다.

그런데도 시키는 안정을 취하지 않고 밤 11시에 일어난 이 각혈 후에도 하이쿠를 지었다. 그것도 오전 1시까지 45구나 지었다. 모두 두견에 관한 것이었다.

시키는 역시 태평스러운 성격인 모양이었다.

이 한밤중의 각혈 후 안정하지 않으면 안된다는 것은 별반 생각하지 않았다. 이튿날 아침에는 여느 때처럼 학교에 갈 작정이었으나 그만 늦잠을 자는 바람에 가지 못하고 그 대신 의사에게 갔다. 거기서 비로소 폐결핵 진단을 받은 것이다.

"폐가 말이 아니다. 폐결핵이야."

시키는 애써 놀람을 나타내지 않았다. 무표정하게 아, 그렇습니까, 하고 고개를 끄덕였다. 그것이 그 시대 사람들의 표현 방식이었다. 그 뒤에 의사는 간단하나마 응급 조치에 대해 시키에게 주의를 주었다.

"움직이면 열이 나니 움직이면 안 되네."

그러나 오히려 시키는 속으로 이 불행에 저항했다. 그는 병원 문을 나서자 기숙사에 돌아가지 않고 구단까지 걸어가 어떤 모임에 참석하고, 그 뒤 다시 걸어서 혼고로 돌아왔다. 평소 이상의 운동량이었다.

그와 같은 무질서한 생활이 화근이 되었는지 그 날부터 1주일 동안 계속해서 밤마다 한 번씩 반홉 가량의 피를 토하는 대가가 돌아왔다.

어지간한 시키도 충격을 받지 않을 수 없었다. 그러나 이 사나이는 그런 자기의 충격과 비통함을 다른 사람의 것인 것처럼 객관화하는 굵직한 신경을 가지고 있었다.

모임에서 돌아온 그는 각혈에 '관한 시를 한 수 지었다. 그것도 자신의 각혈에 비감을 갖는 사소설적인 시가 아니라, 이요 마쓰야마로 돌아가는 사람에게 보내는 석별의 노래였다.

이요 마쓰야마로 돌아가는 사람이란 핫토리 요시노부(服部嘉陳)라는 이 기숙사의 감독이었다.

핫토리는 구번 시대부터의 학자로 앞서 나온 바 있는 히사마쓰 가문의 집사 후지노 스스무의 친형이다. 집안의 계보를 들춰 보면 이 요시노부의 아들이 시인 핫토리 요시카(服部嘉香)이고, 스스무의 아들이 하이쿠 시인 후지노 고하쿠(藤野吉白)가 된다.

핫토리 요시노부는 이 도키와 회 기숙사가 재작년인 메이지 20(1887)년 말 낙성되었을 때 구번주 히사마쓰 가문의 청을 받아 상경했고 초대 감독이 되어 구번의 학생들을 뒤를 봐주는 소임을 맡았다. 기숙생들은 모두 그를 따랐으나 도중에 병을 얻어 귀향하지 않으면 안 되게 된 것이다. 이 때문에 4월말로 해임이 되었다.

그 후임으로 2대 감독이 된 사람이 나이토 모토유키(內藤素行)이다. 필명은 메이세쓰(鳴雪)라 했다.

그는 메이지 초기 아키야마 형제의 아버지와 같이 현의 학교 관계 일을 맡아 보았는데 뒤에 문부성(문교부)의 부름을 받았다.

이 기숙사의 2대째 감독을 하고 있을 때, 구번에서 손꼽히는 수재라고 했건만 오히려 시키에게 하이쿠를 배웠으며 나중에 시키의 후원자가 되어 메이지 시단의 부흥에 힘썼다.

그건 그렇고 그 초대 감독인 핫토리 요시노부가 귀향할 때, 각혈 이틀째였던 시키는 다음과 같은 시를 읊어 증정하고 있다.

　두견새 소리 함께 듣자
　언약했건만
　각혈로 울며 헤어질 줄은
　예전에 몰랐노라

'두견새.'

일본에서는 두견, 시조, 불여귀, 자규 등으로 쓴다. 피를 토하고 우는 것 같은 목소리에 특징이 있어 시키는 각혈한 자신을 이 새와 관련지어 생각한 것이다. 시키(子規)라는 호는 이때 생겼다.

시키는 어디까지나 이 불행을 객관화함으로써 극복해 나가려고 했다.

"재자 다병(才子多病)이라는 말이 있다."

이 각혈 직후에 병상에 배를 깔고 엎드려 원고용지 두어 장에 휘갈겨 쓴 것도 있다.

의역하면

"흔히 다병이란 병약한 몸을 말하는 것인데 나는 몸이 약한 데다가 문자 그대로 많은 병을 가지고 있다. 몸 위쪽부터 차례로 돌면 신경질적인 데다 머리가 나쁘고 가끔 현기증도 일어나며 또 두개골이 쪼개지는 것 같은 기분이 들 때도 많다. 그 다음은 눈이다. 눈은 결막염이어서 늘 아래쪽 눈꺼풀에 종기가 난다. 다만 시력은 좋은 편이다. 이도 단단하지 못하다. 넷째로 폐는 더 말할 필요조차 없이 나쁘다. 특히 왼쪽 폐가 좋지 않다. 다섯째로 위가 나쁜 것은 학생의 지병이라고도 할 수 있고 일본인의 지병이기도 하지만 나는 그것 이상으로 좋지 못해 식사 후에 바로 움직이면 반드시 구역질이 난다. 여섯째로 장도 좋지 않다. 일곱째, 항문도 여의치 않아 때로는 탈항이 된다. 몸 전체로 보아 병이 없는 것은 발뿐이다. 그것도 빈혈이 있어서 겨울에 발가락이 얼면 얼음보다 더 차다."

여기서 '재자 다병이라는 말이 있다'고 계속된다. 물론 시키의 자조──라고까지는 할 수 없는 이른바 농담이었다. 시키는 계속한다.

"만일 다병은 재자로다, 하는 역설을 허락한다면 세상에 나 같은 사람도 많지는 않으리라, 하하하."

시키의 문장에 대해서는 그 동창인 나쓰메 소세키가 그 이듬해 그에게 편지를 보내

"어쨌든 형의 문장은 연약하여 여인의 체취를 벗어나지 못하오."

이렇게 말했지만 그렇다고 문장 바탕에 깔린 명랑성을 '여인의 체취'라고는 하지 못할 것이다. 자칫하면 자기를 이야기하고 싶어하는 문장이면서도 자신의 살갗을 문질러 쾌감과 비애를 맛보려는 안쓰러움은 전혀 없고 자기를 한 개의 객관적인 사물로 보는 호기로운 데가 있는데 바탕의 명랑성은 바로 거기서 오는 모양이었다.

시키의 폐결핵은 그 전해에 가마쿠라의 길에서 피를 토한 일만으로도 그것을 짐작할 만했던 것을 그는 별로 조심하지도 않았다. 공부는 평소에 그다지 열심히 하지 않았지만 다른 일에는 열중했고 학과는 주로 학기말 시험 때 벼락공부를 하는 방식을 취했다.

남달리 지치기 쉬운 체질을 갖고 있으면서도 메이지 20(1887)년부터 야구에 열중하여 편을 짜고서는 여기저기서 시합을 하곤 했다. 여담이지만 베이스볼에 '야구'라는 일본 이름을 붙인 것은 그였다.

각혈하고 열흘쯤 지난 뒤, 상태가 좋아지자 벌써 기숙사 문 앞길에서 공을 던졌다. 공은 경구였고 그 당시에는 미트도 글러브도 없이 맨손으로 받았다.

딱, 하고 소리를 내면서 맨손에 공이 들어오면 손바닥이 물감을 들인 것처럼 빨개졌다. 그러한 운동을 이 중태에 있는 환자가 한 것이다. 그래도 요양에 대한 지식은 있는 편이었으니 그는 역시 천성적인 낙천가였는지도 모른다.

이야기가 옆으로 빗나가는 감이 없지 않지만 사쓰마, 조슈, 도사, 사가의

네 번은 메이지의 천하를 잡았던만큼 번이 해체된 뒤에도 향당의 자제 교육에 힘을 기울였다. 이 네 번 외에는 시키가 속한 구 마쓰야마 번이 그 중 열성이었다. 문부성 내에서도

"나이토 선생은 기껏해야 기숙사 사감이 되기 위해 관직에서 물러나는가."
놀랐을 정도였다.

새로 도키와 회 기숙사의 감독이 된 나이토 메이세쓰는 도쿄에서도 유명했지만 향리인 마쓰야마에서는 더욱 이름이 높았다.

메이세쓰는 이때 마흔두 살.

"나이토 선생은 하룻밤에 《일본 외사》 전권을 읽으신대."
이것이 시키가 어렸을 때 마을에 퍼진 전설이었다. 이는 신기에 가까운 일이었다.

메이세쓰가 기숙사에 왔을 때 시키는 우선 궁금했던 그 전설의 진부에 대해 물었다.

"천만에요."
메이세쓰는 젊은 학생에 대해서도 공손한 말씨를 썼다.

그런 인품이었다.

온화한 사람이라 이제껏 누구에게도 화를 낸 일이 없다. 그런 사람이면서도 인간 세상에 달관한 점이 있어 언젠가 어떤 사람이

"관청의 문지기만큼 뻐기는 자는 없다. 정말 불쾌하다."
이렇게 말하자, 관직에 오래 있었던 이 사람은 그러는 게 보통이겠지요, 라고 말했다.

"관청의 문지기는 그 세계에서 가장 하등 관리여서 그 안에서는 아무에게도 뻐길 수가 없지요. 그래서 자연 방문자에게 뻐기는 것인데, 방문자는 그것에 대해 일일이 화내지 말고 그 같은 문지기의 심사를 참작하여 공손히 모자를 벗고 절하면 됩니다. 그것이 인간 상호간의 정리가 아닐까요."

이러한 메이세쓰가 기숙사 사감이 된다고 했을 때 그를 아는 사람은 모두 마쓰야마의 요시다 쇼인(吉田松陰 : 에도시대의 사상가 이자 교육자)이 되는 게 아닌가 하고 생각했다. 사실 구번으로서는 메이세쓰에게 부탁하는 이상 그런 정도의 속셈도 얼마간 있었으리라.

사람들이 그런 저런 이야기를 메이세쓰에게 말하자 그는 이렇게 대답했다.

"나는 다만 젊은 학생들의 친구가 될 뿐이오."

이것은 사실이기도 했다. 메이세쓰는 감독이 되자 학생인 시키의 제자가 되어 하이쿠를 짓기 시작했으니 말이다. 구번이 메이세쓰에게 기대하고 있었던 것은 그 선비로서의 교양과 정신으로 학생을 감화시키는 일이었지, 하이쿠 같은 에도 시대의 서민이나 주무르던 걸 기숙사 내에 퍼뜨리기 위해서는 아니었다. 이 점에 대해 구번의 완고한 자들 사이에서는 갖가지 비난이 일었다.

그 메이세쓰가 부임해 오자마자 시키가 각혈을 했으므로 메이세쓰는 놀라서 시키에게 귀향을 권했다.

마쓰야마로 돌아가면 공기도 좋고 서양 의사가 말하는 오존도 풍부하여 병을 고치기에 가장 적합하다는 것이었다.

귀향하려 해도 곧 시키에게는 고등학교(대학 예비학교) 졸업 시험이 기다리고 있었다. 전에 한 번 낙제한 일이 있는 시키는 또다시 낙제할 수가 없어서 메이세쓰에게 말했다.

"졸업 시험을 치르고 가겠습니다."

기숙사에서는 모두 반대했으나 시키는 듣지 않았다. 결국 졸업 시험은 치렀다. 그러나 그 결과는 보지 않고 도쿄를 떠났다.

그해——메이지 22(1889)년——도카이도선(東海道線)이 개통되었다. 요시후루, 시키, 사네유키 등이 처음으로 도쿄에 나올 때에는 고베 요코하마 사이를 왕복하는 기선을 이용했다. 그 후 짧은 기간에 세상이 이만큼 발전한 것이다.

"기차가 있는데 뭘. 병자도 지치지 않고 갈 수 있어."

시키는 그렇게 기차에 기대를 걸었다. 그는 이 귀향에서 처음으로 줄곧 도카이도를 기차로 달려 고베에 당도했다. 그러나 뜻밖에도 기선보다 피로가 더 심했다.

고베에서 미쓰하마(마쓰야마 교외)까지는 기선을 이용했다.

미쓰하마 선창에 닿자 거기서도 기차가 기다리고 있었다. 미쓰하마와 마쓰야마 사이의 시오리 길을 이 기차는 한달음에 달렸다.

이 기차는 그 전해 10월에 개통되었다. 지난날을 생각하면 믿어지지 않을 정도로 편리해진 세상이었다.

그런데 시키는 긴 여행으로 지칠 대로 지쳐 기차에 오를 기운도 없어서 사치스럽다고는 생각했지만 인력거를 잡아탔다. 한편으로는 도쿄 유학생으로서 호기롭게 고향 거리를 달리고 싶은 마음도 있었다.

당시 시키의 집은 다른 곳으로 이사한 뒤였다.

먼저 집과 마찬가지로 나카노 강 근처이긴 하지만 그 강(정확하게 말하면 강이라기보다는 개울이지만)을 끼고 한 마장쯤 서쪽으로 내려가면 통칭 '고젠 사(興禪寺) 터'라는 한 모퉁이가 있었다. 거기에 어머니의 친정인 오하라 저택(가토 쓰네타다의 생가)이 있었다. 오하라 저택에서는 시키의 요양을 생각하여 그 대지 안에 조용하고 아담한 집을 지어 두었다. 이 시키의 발병을 어머니와 오하라의 외숙들이 알게 된 것은 5월 중순경이었다. 병으로 먼저 귀향한 사감 핫토리 요시노부에게서 들어 알았던 것이다.

시키가 이 마쓰야마로 돌아온 것은 7월 7일이었다. 바람이 없는 더운 날이었다.

시키는 이 미나토 거리(湊町) 4가 10번지의 새 집으로 들어갔다.

변칙적인 건축 양식으로, 현관에서 들어가면 바로 객실인 8조방이었다. 객실이 안쪽에 있지 않았다.

안방은 4조로, 이것이 시키를 위한 병실이었다.

"크게 걱정하실 건 없어요."

시키는 어머니에게 그렇게 말하고 그 4조 방에 이부자리를 깔아 달라고 한 뒤 드러누웠다. 기선에서 하룻밤 내내 잠을 이루지 못했기 때문에 지칠 대로 지쳐 있었다.

이번 귀향에서 시키가 가장 눈부시게 여긴 것은 누이동생 리쓰(律)가 완연히 여자가 돼버린 일이었다.

당연한 일인지 모른다. 시키와는 세 살 터울인 열아홉 살인데 이해 정월 같은 구번사인 나카보리(中堀) 집안에 출가했다.

출가한 뒤로도 리쓰는 사흘에 한 번씩은 와서 어머니의 바느질 가르치는 일을 돕고 있다.

원래 이 바느질 교습도 말하자면 야에의 취미라고 할 수 있는 것으로 마사오카 집안에는 무사의 퇴직금이 재산으로 남아 있는데다 야에의 친정인 오하라 집안이 음으로 양으로 돕고 있었으므로 경제적으로는 그런 일을 할 필요가 없었다.

시키도 어머니와 누이동생의 이 노동이 공연한 일로 생각되었던 모양인지 가끔 어머니에게 말했다.
"어머니, 이제 바느질은 그만두세요."
메이지 19(1886)년에는 마쓰야마의 외숙에게 이렇게 편지를 써 보냈다.
"반 년에 50전이라니 터무니없는 장사가 아닙니까?"
반년에 50전이란 한 사람 몫의 수업료인데 가르치는 처녀들은 언제나 열 명 안팎이었다.
교실로는 그전 집에서도 8조짜리 객실을 썼으며 이번 집 역시 바깥 8조방에 처녀들이 신발을 벗고 올라가기만 하면 되어 안쪽인 4조방에 있는 시키와는 서로 얼굴이 마주치지 않아도 되는 구조였다.
집 얘기가 나왔으니 말이지만 야에는 중학생인 시키를 위해 양지 바른 3조의 서재를 만든 바 있었고 이번 집도 안쪽인 4조방이 가장 양지 발랐다. 야에의 생활은――리쓰도 포함하여――모든 것이 시키를 중심으로 움직이는 듯했다.

이번 시키의 발병을 핫토리 요시노부를 통해 전해듣고 리쓰는 이미 출가한 몸인데도 단호하게 말했다.
"내가 간호하겠어요."
단언하는 것 같은 이 표현이 어머니를 닮아서 작은 몸집에 고양이 새끼처럼 애잔한 리쓰에게는 어울리지 않을 것 같지만 그래도 어떤 경우에나 사물을 단정하는 것이 이 누이동생의 버릇이었다.
어려서 시키는 동네 악동들에게 얻어맞고 곧잘 울면서 돌아오곤 했다. 세 살 아래 계집아이인 이 리쓰는 '우리 오빠의 원수'라고 하면서 돌을 던지러 가기도 하여 동네에서는 소문이 자자했다. 그렇다고 말괄량이는 아니었고 평범하면서도 실속 있는 아가씨로 그 어린 소녀 시절의 마음을 그대로 간직한 채 어른이 되었다.
그 리쓰가 하루 걸러 찾아와서 시키를 간호했다.

마쓰야마 성 밑 거리의 3번가를 남쪽으로 꺾어 들어간 골목에 '묘조(明星) 선생님'이라는 의사가 있었다.
――묘조 선생님은 양학도 배우셨기 때문에 여간 잘 보시는 게 아니야.

그런 소문 속의 이 의사가 시키의 귀향중 주치의가 되었다.
가만히 누워만 있으라고 의사는 엄명을 내렸다.
시키가 물었다.
"언제쯤이면 도쿄에 갈 수 있겠습니까?"
시키는 내달에라도 도쿄에 돌아가고 싶었다. 그만큼 자기 병을 대수롭지 않게 생각하고 있었던 것이다.
"뭐 백 년 누워 있으라고는 하지 않겠네."
묘조 선생은 이런 농담을 하며 병의 정도에 대해서는 시키에게 말하지 않았다.
어머니 야에에게는
——절대로 방심해서는 안 됩니다.
여러 가지로 자세한 요양법을 가르쳐 주었다. 첫째로 안정, 둘째로 영양 섭취라고 했다.
영양에는 쇠고기가 제일이라고 묘조 선생은 말했으나 마쓰야마의 쇠고기는 어찌나 질긴지 무엇이나 잘 먹는 시키도 잘 먹지 않았다.
"그런 고기는 먹다 지쳐서 병이 낫기는커녕 더하겠어요."
자라의 생피가 좋다는 말이 마쓰야마에서는 정설처럼 되어 있어 자라 장수가 바구니에 담아 팔러 다니기도 했다. 그 자라 장수가 날마다 마사오카네 집으로 왔다.
자라 장수는 부엌 한구석을 빌려서 작업을 했다. 장갑을 자라 입에 물리면 자라가 모가지를 길게 빼는데 이때 칼로 탁 치면 술잔에 칠 홉 정도는 되게 피를 받을 수 있었다.
'오빠는 싫어하겠지.'
처음에 리쓰는 그렇게 생각했으나 그것을 병실로 가지고 가자 시키는 거침없이 마셨다. 시키에게는 그런 태연스러운 데가 있었다.
남은 살로는 국을 끓였다. 그 맛있는 고기가 시키의 입맛을 돋우었다. 자라는 마쓰야마에서 값이 비싼 것으로 마사오카 정도의 살림으로는 쉽게 입에 들어가기 어려운 것이었다.

사치스런 걸로 말한다면 의사의 권고로 복숭아를 날마다 먹었다.
그냥 날것으로 먹는 것이 아니라 포도주로 조린 복숭아였다.

시키는 원래 먹성이 좋았고 이런 병에 걸렸어도 식욕은 여전하여 식사 때를 기다리지 못하고 늘 투정부리듯이 재촉했다.
"리쓰, 뭐 먹을 것 없니?"
때로는
"지금 군고구마가 있으면 얼마나 좋을까?"
그러면서 입맛을 다시기도 했다. 그러나 애석하게도 고구마가 나는 철이 아니었다.
"도쿄에서는 고구마를 참 잘 사 먹었지."
시키는 시장하면 리쓰에게 그런 말만 했다.
도쿄 역시 아직도 구멍이 뚫린 엽전이 통용되고 있어 그것을 두어 닢 가지고 자주 고구마를 사러 다녔던 것이다.
"먹고 자고, 오직 먹기만 하는 산 송장이 되는 건 부끄러운 일이다."
늘 말하면서도 시키는 아이러니컬하게도 그런 생활에 빠져 버리고 말았다.

시키는 가만히 드러누워 있는 성질이 못되어 조금 괜찮다 싶자 외출하기 시작했다.
"애야, 그럴 바엔 그만 죽으려무나."
어머니 야에가 꾸짖었으나 어쨌든 돌아온 지 1주일쯤 지나 기운이 조금 나자
——이러다간 어머니, 몸뚱이가 썩어 버려요. 바람 좀 쐬고 와야겠어요.
비는 시늉을 하면서 나가버리는 것이었다.
도쿄의 학생들 사이에서 유행하고 있는 것처럼 하카마(바지)가 아주 짧다. 빨갛게 물들인 세수 수건을 허리에 늘어뜨린 모습하며 시키도 학생의 유행을 흉내 내고는 있었으나 나막신이 도마처럼 납작한 것과 셔츠는 달랐다. 한여름이건만 손목을 단추로 채우는 셔츠를 입었고 그것도 융으로 만든 것이었다. 이것은 사치나 멋이 아니라 어려서부터 감기에 잘 걸리기 때문에 여름에도 늘 그런 셔츠를 입었던 것이다.
지후네 거리(千舟町)에 사는 가와히가시 세이케이(河東靜溪)를 찾았다. 구번 시대의 메이쿄 관(明教館) 교수였던 이 노학자는 유신 후 글방을 차렸고 시키도 한때 중학교 시절에 가르침을 받은 적이 있다.

"자네 아프다면서. 난 그렇게 들었는데."

통풍이 잘 되는 방으로 시키를 안내한 세이케이는 말했다.

"예, 많이 좋아졌습니다."

"하지만 그 병은 그리 쉬 낫는 건 아니니까 조심해야지."

"예."

시키는 병에 대한 이야기는 슬쩍 피하고 시문에 관한 이야기를 하려고 당시선에 관한 몇 가지 질문을 했다.

세이케이는 이내 응해 왔다. 눈 깜짝할 사이 두 시간이 지나갔다.

"그런데 자네, 아직 대학에는 들어가지 않았던가?"

"이제야 겨우 고등 중학을 마쳤으니까 올 가을에 갈 겁니다. 대학에서는 국문학을 해볼까 합니다."

"일본학 말이지."

세이케이가 말했다. 시키는, 아니 일본학과는 다릅니다, 영문학 연구가 있듯이 일본 문학도 연구를 해야 하지 않겠느냐 하여 그와 같은 학과가 신설되었습니다, 고 말했다.

"아니, 왜 그런 학과를?"

"영어가 영 서툴러서요."

시키는 솔직하게 말했다.

시키는 일본 문학에서의 하이쿠와 고유 시문 따위의 위상에 대해 논하기 시작하여 그런 연구가 여태까지 없었다는 것은 일본의 수치이므로 제가 그것을 하겠습니다, 고 덧붙였다.

시키는 가느다란 대로 만든 부채 손잡이를 양 손바닥에 끼우고 송곳을 돌리듯이 하면서 이야기했다.

이 무렵 아직 마쓰야마 중학교의 저학년에 재학 중인 세이케이의 아들 헤이고로(秉五郎 : 헤키고토)는 그와 같은 시키의 모습을 동경과 흠모의 눈으로 방 한쪽에서 바라보고 있었다.

시키는 세 시간이나 가와히가시 댁에 머물렀다. 나중에 세이케이는

"그의 나이 23세, 그런데도 박식하여 내가 미치지 못하는 바가 많았다."

그의 일기에 이렇게 쓰고 있다.

이날 시키가 돌아오자 리쓰가 말했다.

두견새 207

──아키야마 댁에서 심부름꾼이 왔어요.
"무슨 일인데?"
"에다 섬의 사네유키님이 2, 3일 중으로 돌아올 예정인데 그때 문병 오신다고요."
'요것이 얼굴이 빨개졌군.'
시키는 그렇게 생각했으나 리쓰 편에서 보기에는 시키 쪽이 그렇지 않아도 처진 눈꼬리가 한결 더 처지는 것 같았다.
"그때까지 많이 나아야지."
사네유키와 그렇게 헤어진 뒤 한 번도 만나지 못했던 것이다.
다행히 이 메이지 21(1888)년에 병학교가 히로시마 현의 에다 섬으로 옮겼기 때문에 에히메 현과는 바다 건너라기보다 세토 내해를 강이라고 하면 강 건너라고 할 만큼 가까운 거리가 되어 있었다.
"작년 여름에 준고로 씨가 돌아왔는데 어찌나."
"어찌나 어떻다는 거냐?"
"험상궂은 얼굴이었다고요."
리쓰가 말했다. 사네유키는 원래 작은 몸집에 매처럼 날쌘데다 눈이 어려서부터 날카롭고 얼굴 자체도 근육 덩어리인 것처럼 팽팽했다. 리쓰의 말을 빌리면 피부가 새까매져서 눈만 반질거리고 있었다는 것이다.
"그러니까 험상궂다 그 말이군."
시키는 웃었다. 리쓰가 뒤집어서 하는 말임이 틀림없었다.
──좋아하면서 공연히.
지금까지도 그런 눈치를 알고 있었지만 새삼스럽게 실감되었다.
지난날 가벼운 혼담 비슷한 것이 오고갔던 모양이다.
──마사오카의 리쓰 아가씨를 요시후루 군이나 사네유키 군과 짝지어주는 게 어떨까.
어떤 한문 선생이 아키야마 댁에 그렇게 이야기했다. 그런데 그 대답이 뜻밖이었다.
"그 녀석들은 안될 겁니다."
아키야마네 쪽의 말이었다.
원래 형 요시후루는 독신주의자로 '군인이건 학자건 장가를 들면 타락한다'는 독단적인 견해를 가지고 있었다. 요시후루의 말로는 이 나라를 일으키기 위해 크게 분발하지 않으면 안 될 이 마당에 아내를 맞이하고 가정을 이루면 이상하게도 모두 바보가 돼 버린다. 그러니까 장가를 든다면 아주 늦게 드는 것이 좋다는 지론이었다. 이 만혼론은 만년에 이르러서도 후배들에게 자주 들려주었다.

자연히 사네유키에게도 '임관하더라도 장가들 생각은 하지 마라. 소령 정도나 되거든 결혼해라' 하며 훈계라기보다 명령을 내리고 있었다.

리쓰는 나중에 그런 이야기를 듣고 가벼운 실망을 느꼈다. 육군인 요시후루에 대해서는 리쓰도 잘 알지 못했으나 해군인 사네유키는 오빠의 소년 시절 친구인만큼 잘 알고 있었다.

이 마음은 그 이상의 것은 아니었으나 어쨌든 사네유키가 돌아와서 마사오카 댁을 방문한다고 하자 평온할 수만은 없는 기분이 마음 한구석에 있었다.

이런 전언이 있어 시키는 은근히 기다리고 있었다. 당사자인 사네유키는 돌아오지 않고 어느덧 5, 6일이 지났고 마쓰야마에 돌아왔다는 소문도 없었다.

"병자를 기다리게 하다니."

시키는 날마다 그렇게 말하다가도 다시 학교에 무슨 일이 생겼겠지 하고 중얼거리면서 자신을 위로했다.

그사이

"운동은 안 된다."

묘조 선생의 지시를 어기고 날마다 외출했다.

어느 날 도쿄전문학교(뒤의 와세다 대학 : 早稻田大學)에 다니는 중학교 동창 두 사람이 문병차 왔다. 도쿄전문학교라면 중학교 시절의 시키 등이 동경해 마지않던 학교로 만약 대학 예비학교에 실패하면 그 학교에 들어가는 것이 어떻겠느냐고 외숙 가토 쓰네타다에게 의논한 적도 있었다.

시키는 그 뒤 대학 예비학교(고등 중학) 생활 중 그가 가장 열중했던 문학에 관해서는 도쿄 전문학교의 쓰보우치 쇼요(坪內逍遙)의 영향을 많이 받았다.

"쇼요의《당세 서생 기질》을 읽은 것은 도쿄에 나온 바로 뒤였는데 과장해서 말한다면 읽고 나서 마음이 뒤숭숭하여 잠을 자지 못했다."

시키는 그 방문자에게 말했다.

"그 뒤 《누이동생과 뒷거울》이 나왔을 때는 이거야말로 서생 기질 이상이라고 생각했지."

그러나 그 뒤 시키는 영어 소설을 어설픈 독해력으로나마 읽게 된 뒤로는 별로 대단치 않게 여기게 되었다.

그런 뒤로는 후타바테이 시메이(二葉亭四迷)의 《뜬구름(浮雲)》에 감탄하고 또 아에바 고손(饗庭篁村)의 《남의 소문》이나 《덤불 속의 동백꽃》에 기울어졌으나 지금은 그 열도 식어 가고 있었다.

아무튼 그런 이야기를 시키는 늘어놓았다.

상대방이 도쿄 전문학교 학생이라 생각하고 그런 이야기를 했던 것인데 그들은 모두 그리 신통한 얼굴을 하지 않았다.

"우리는 정치가 좋아."

그 중 하나가 말했다. 그러고 보니 이해 2월에 헌법이 발포되어 온 일본이 법석을 떨었다. 고등 중학에서는 그렇지도 않았으나 사학인 도쿄전문학교에서는 정치 논의가 대단하리라고 생각하면서 시키가 말했다.

"나는 요즘 정치 논의에는 싫증이 났어."

도쿄에 처음 나갔을 때는 장차 총리 대신이 될 작정이었으나 요즘은 그런 생각을 했다는 것조차 잊어버리고 있었다.

"그럼 무슨 얘길 할까?"

시키는 천성적으로 남에게 서비스를 하지 않을 수 없는 기질인 모양이었다. 무엇이 이 옛 친구들과 공통된 화제가 될까 하고 찾았다.

그러다가 문득 생각이 나서 물었다.

"베이스볼을 아나?"

"야구말이지?"

하나가 대꾸했다. 시키가 번역한 일본어가 이미 도쿄전문학교에서 흔히 쓰이고 있는 모양이었다.

"야구하러 가자."

이 중환자가 일어났다.

인간은 친구가 없어도 충분히 살아갈 수 있을지도 모른다. 그러나 시키는 안타까울 정도로 그렇지가 못했다.

가령

——야구하러 가자.

고 말을 꺼낸 것은 그 단적인 표현이었다고 할 수 있다. 그를 찾아온 두 사람의 도쿄전문학교 학생이 불행하게도 문학 애호가가 아니어서 문학을 공통된 화제로 삼을 수가 없었다. 그걸 눈치챈 시키는 그들과 자기가 함께 어울릴 거리를 서둘러 찾았다. 야구를 생각해 내고 그것을 제안했다. 시키는 제안하기를 좋아한다.

말이 났으니 말이지만 이 시키의 버릇(차라리 사상이라고 해도 좋을 성싶지만)은 그가 그 짧은 생애의 일거리로 선택한 일본의 단시(하이쿠, 단카) 부흥이라는 일과 직결되었다.

시키가 소설이라고 하는 혼자만의 작업을 얼마동안 시도하기는 했으나 곧 중단하고 물이 골을 따라 흐르듯이 자연스럽게 앞에서 말한 세계에 들어간 것은 재능이라기보다 다분히 성격적인 것이었다.

하이쿠의 모임을 상상하면 그것을 알 수 있을 것이다. 주최자가 그 모임을 주선하고 시 제목을 낸다. 그리고 분위기를 돋구면서 시를 가려뽑은 뒤 서로 논평하며 환담하는 것이다. 이렇게 서로 뜻이 맞는 동지끼리 모인 살롱 속에서 자라나는 문학이었고 이 형식만큼 시키의 성격과 재능에 꼭 들어맞는 것도 없었다.

"야구하러 가자."

말한 것은 마침 그것이 하이쿠가 아니고 야구였다는 것뿐이다. 그렇게 제안하면 벌써 시키는 온몸의 피가 설레는 듯한 흥분을 느끼는 것이었다.

"야구는 안돼."

두 친구는 이 중환자를 만류했으나 듣지 않았다. 시키는 서둘러 소매가 긴 플란넬 셔츠를 입기 시작했다.

어머니 야에가 이러한 시키의 거동을 알게 된 것은 시키가 이미 봉당에 내려섰을 무렵이었다.

"베이스볼!"

야에가 비명을 질렀다.

시키는 얄팍한 게다에 발을 올려놓으면서 두 손을 합장하고

"어머니, 저녁 나절부터 기분이 좋구면요. 잠깐 나갔다 올게요."

그렇게 말하고는 도망치듯이 나가 버렸다. 문 앞의 개울에 나무 다리가 걸

려 있었다. 야에가 디딤돌에 내려섰을 때에는 시키의 모습은 이미 없고 그 나무 다리를 달려가는 발소리만 들렸다.

"전국에 알려진 마쓰야마의 야구는 마사오카 시키에 의해 전해졌다."

쇼와 37(1962)년에 간행된 〈마쓰야마 시지(市誌)〉의 스포츠란에 기록되어 있는 말이다. 시키는 메이지 17(1884)년 대학 예비학교에 입학하자 야구를 배워 거기에 열중했다고 되어 있다. 그 후 그것을 마쓰야마에 보급시켰다.

여담이지만 그는 메이지 21(1888)년, 〈니혼〉 신문에 쓴 '베이스볼'이라는 문장 속에서 야구 술어를 번역했다. 타자, 주자, 직구, 사구 등이 그것이었다.

이때 시키의 모습을 그 당시 아직도 마쓰야마 중학교의 학생이었던 다카하마 교시가 목격하였다.

장소는 성 북쪽의 연병장이었다.

──저기 봐, 도쿄 유학생들이야.

교시 등 중학생들은 이렇게 서로 수군거렸다.

뒷날 시키의 하이쿠 문단을 위한 후계자가 된 이 인물은 아직 시키와 서로 말을 주고받는 사이가 아니었다.

당연한 일이지만 시골 중학생들에게는 도쿄의 물을 먹고 돌아온 대학생은 동경의 대상이었다.

"역시 다른데."

중학생 하나가 그렇게 말한 것은 도쿄식 모습을 가리키는 것이었다.

이 한 무리의 마쓰야마 중학생들도 제법 학생다운 차림새를 한답시고 하카마 자락을 짧게 하고 허리춤에 세수 수건을 차기는 했으나, 지금 연병장 한 모퉁이에 들어선 대학생들은 그야말로 본고장에서 닦은 것인만큼 세수 수건에 묻은 땟자국도 어딘가 달라 보였다.

교시의 문장을 빌리면 다음과 같은 정경이었다.

짧은 하카마에 정강이가 그대로 드러난 그네들의 차림이 어쩐지 멋들어져 보였고, 허리춤에 찌든 세수 수건도 빨간 빛깔의 타월이라 무엇보다 시골 사람들의 눈길을 끌기에 충분한 것이었다. (《시키 거사와 나》)

세수 수건이 보통의 일본식 수건이 아니라 도쿄의 타월이라는 것이어서 퍽 부러웠던 모양이다.

'그네들'이라고 교시가 말한 학생들 가운데 시키의 차림만은 다른 학생들과 좀 달랐다. 하카마 자락도 그다지 껑충하지 않았고 넓적한 비단 띠를 느슨하게 두르고 긴 소매 셔츠를 입었으며 납작한 게다를 신고 있었다. 거기에 대해 교시는 다음과 같이 쓰고 있다.

"다른 도쿄내기에 비하면 그다지 시골 사람의 동경을 받을 만한 차림은 아니었으나, 그런데도 이 한 무리의 중심 인물인 것처럼……."

교시와 친구들은 타격 연습을 하고 있었다. 물론 그들은 이 놀이를 마쓰야마에 도입한 인물이 지금 다가오고 있는 플란넬 셔츠의 학생이라는 것을 알지 못했다. 시키가 중학생들에게 와서 말했다.

"이봐, 좀 빌리자."

그렇게 말했다고 교시는 쓰고 있는데 어쩐지 사람의 마음을 매혹시키는 것 같은 목소리였다고 한다.

중학생들은 권력자에게 바치듯이 방망이와 공을 빌려 주었다.

시키는 타격을 하기 시작했다.

다른 친구들은 시키가 때린 공을 뒷걸음질치면서 공중에서 받았다.

야구를 하는 동안에 시키는 땀이 나서 홑겹으로 된 겉옷을 벗고 셔츠 바람이 되었다. 차차 타격이 세어져 포수도 자꾸만 뒤로 물러갔다.

한참 그렇게 하다가 시키 일행은 중지하고 방망이와 공을 교시에게 돌려준 다음 '연병장을 가로질러 도고 온천(道後溫泉) 쪽으로' 가 버렸다.

그러는 동안 '아키야마의 준'이라고 시키가 말하는 사네유키가 짧은 병학교의 제복을 입고 돌아왔다. 사네유키는 집에 잠깐 들러 어머니에게 인사를 하는 둥 마는 둥 하고 구두도 벗지 않은 채 시키의 집으로 달려갔다.

"노보루 군에게 오이를 갖다 줘라."

어머니가 오이 한 개를 들고 쫓아왔으나 사네유키는 뿌리쳤다.

이날, 마쓰야마의 성 밑 거리는 '오이 천신'의 날로 1년 중 가장 더운 날로 알려져 있었다. 길을 걷는 남녀가 모두 오이를 들고 있었다.

'묘한 거리로군.'

사네유키는 자기 고향이지만 이상하게 느껴졌다. 이날 오이를 가지고 시내 절에 가서 거기에 부적을 써 받으면 액운이 달아난다는 것이었다.

시키의 집 담장 안으로 들어가니 현관 앞에 리쓰가 있었다. 바구니에 오이를 담아 가지고 어디론가 가려는 것 같았다. 사네유키는 자기도 모르게 걸음을 멈추고 거수 경례를 해버렸다.

리쓰는 그런 인사를 받는 것이 처음이어서 당황한 나머지 하마터면 바구니를 떨어뜨릴 뻔했다.

그 바구니를 땅바닥에 내려놓더니 얼른 집 안으로 뛰어들어갔다.

바구니에 담긴 오이가 동그랗게 햇볕을 받고 있었다. 그 하나하나에 예방이 써 있었다. 그러고 보니 리쓰는 '오이 천신'에서 돌아오던 길이었던 모양이다. 사네유키는 그 부적이 씌어진 오이를 바라보다가 이상하게도 슬퍼졌다.

'노보루 군도 참 큰일이야.'

시키의 병 때문이었다.

"마사오카의 집 앞에는 언제나 자라 장수가 짐을 내려놓고 있다."

이런 말을 들었는데 오늘은 그것이 보이지 않는 대신 주문을 쓴 오이를 본 것이다.

이윽고 리쓰가 다시 나왔을 때는 딴 사람인가 하고 의심스러울 정도로 얌전한 얼굴이 되어 있었다.

무사 가문의 말투로 점잖게 인사하고 사네유키를 안으로 안내했다. 안방이라고 할 만한 4조 방에 들어가니 시키가 누워 있었다.

"준, 왜 이렇게 늦었어."

시키가 원망스러운 듯이 말했다. 사네유키는 미리 전언은 했지만 학교 때문에 귀향 날짜가 늦어졌다.

"응, 일이 있어서 그만."

이것이 대학 예비학교 이래 몇 년 만에 나눈 인사였다. 시키는 누운 채 사네유키의 제복을 싱글벙글 바라보면서 말했다.

"제법 잘 어울리는데."

사네유키는 이제 그 모양에도 익숙해져서 멋쩍어하지 않았다.

"병학교 생활은 어때?"

"족제비 신세지 뭐."

족제비처럼 조심스럽게 눈알을 굴리는 날이 매일 계속된다. 해군 교육에서는 훈련에서나 학과에서나 조심이라는 것에 대해 여간 까다롭게 굴지 않았다.
"그렇다면 준에겐 꼭 들어맞구면."
시키는 소리내어 웃었다. 사네유키는 소년 시절부터 주위의 사소한 현상의 변화도 결코 놓치지 않는 신경의 소유자였다. 시키는 그 점을 놀리고 있는 것이었다.

사네유키는 시키의 병세를 물었다.
시키는 각혈한 이야기를 마치 기슭에 쪼그리고 앉아 물의 생태라도 서술하는 것 같은 태도로 담담하게 이야기했다. 약간 자기를 내동댕이치는 듯한, 그러면서도 자신에 대한 살뜰함을 알맞게 곁들인 시키의 그와 같은 담백한 자기 묘사가 사네유키는 좋았다.
"돌아온 뒤로 각혈은 어때?"
"한 번."
시키는 일부러 이불을 들치고 손가락을 세워 보였다.
"그런데 그건 달랐어."
돌아온 뒤에도 가래 속에 가끔 피가 섞여 나오기는 했는데 보름 가까이 지난 어느 날 아침 갑자기 각혈을 했다. 시키는 그 피를 자세히 관찰해 보았는데 도쿄에서 각혈을 계속하던 때의 경험에 비추어 아무래도 다른 것같이 생각되었다. 피 속에 거품이 섞여 있지 않고 빛깔도 전처럼 선명하지가 않았다.
의사가 와서 그 말을 했더니 역시 폐의 피가 아니라 기침을 많이 했기 때문에 기관이 찢어졌다고 한다.
"그래서 내가 시를 한 수 지었지."

　　기관이 터졌으니 증기선도 위태로워라
　　피의 바닷길이여

'별 것 아니구나.'
사네유키는 그 시구에 별반 감동하지도 않았으나 그래도 이런 죽을 병——통계상 그렇게 말할 수 있는——에 걸렸으면서도 오히려 태연한 이 친구의 태도에 감동했다.

"노보루 군은 호걸이야."

저도 모르게 사네유키가 말하자 시키도 기쁜 듯이 웃었다. 그런 것을 어린 아이처럼 기뻐하는 사람이었다.

"하지만 호걸이라는 건 군함이라도 타고 돌아다니면서 대포를 탕탕 쏘아 대는 사나이를 말하는 거겠지."

시키는 빈정대는 뜻으로 한 말은 아니었다. 그러나 사네유키로서는 자신의 해군 전향에 관해 시키에게 미안한 점이 있는만큼, 그 말을 순순히 받아들이지 못하고 노골적으로 싫은 얼굴을 나타냈다. 그러나 곧 낯빛을 고치고 말했다.

"군인은 죽음을 전매 특허로 하여 국가와 국민의 감사를 받는 자들을 말하는 것인데, 그러나 막상 전선에 나가면 얼마큼의 각오가 설 것인지 나 자신도 잘 모르겠어. 죽음을 두려워하지 말고 즐겁게 집으로 돌아가듯 하라지만, 어지간히 자기를 채찍질하여 고함을 질러 대면서 돌격하지 않고는 못 죽을지도 모르겠어."

시키의 어머니가 쟁반에 밀감을 담아들고 들어왔다. 사네유키에게 권한 뒤 시키에게도 물었다.

"노보도 먹을래?"

음식에 욕심이 많은 시키는 그것을 먹고 싶었으나 껍질을 벗기기가 힘들었다.

사네유키는 대접을 하나 빌려 우물가에 가서 밀감 알맹이를 하나하나 껍질을 벗긴 다음 그릇에 담아가지고 돌아왔다.

"노보, 저것 좀 봐라."

어머니가 웃었다. 사네유키가 벗긴 밀감은 껍질이 곱게 벗겨져 하나하나의 열매가 원형대로 그릇 바닥에 가지런히 놓여져 있었다. 해군의 훈련에서는 이런 세심한 행동도 요구되는 것인지 모른다.

귀향중인 아키야마 사네유키는 날마다 두 가지 일밖에 하지 않는 것같이 보였다.

하나는 시키의 집에 가서 그 머리맡에 드러눕는 일과 또 하나는 수영이었다.

수영은 여전히 번 시대의 훈련용 수영장이었던 연못에서 했다.

수영장 입구에는 탈의장이 있었다. 그 앞에 거적이 깔려 있고 그 거적 위에 노인이 앉아 있다.

——연못 수영 선생

세상에서 부르는 구번 시대부터의 신덴류(神傳流)의 사범 마사오카 히사지로(正岡久次郎) 노인이었다.

노인은 언제나 무사들이 입는 옷을 단정하게 입고 무릎 위에 부채를 세운 채 흡사 조각처럼 움직이지 않았다. 흰 수염이 얼굴 아랫부분을 덮고 있었다.

해마다 여름이 되면 노인은 이 연못에 오는 것이었다. 유신으로 번이 없어져 직책과 녹봉도 없어졌으나 그래도 노인은 날마다 와서 탈의장 앞에 앉았다. 그것은 유신 같은 것은 애당초 인정하지 않는 모양이었고(사실 노인은 아직 상투를 틀고 있었다) 또는 그 정도까지는 생각하지 않더라도 구 마쓰야마 번에서의 수영은 자기가 감독하지 않으면 안 된다는 책임감이 있었는지도 모른다. 물론 한 푼의 보수도 나올 까닭이 없었다.

사실 이 마사오카 노인 등의 노력으로 마쓰야마의 수영은 세토 내해 연안의 각 현에서도 수준이 높다. 헤엄치는 방식은 일부 스이후류(水府流)도 실시되고 있었지만 신덴류가 주였고 다이쇼 12(1923)년, 크롤 영법이 수입되자 그것에 자리를 양보했다.

아무튼 마사오카 노인은 거기 앉아 있었다.

노인의 머리 위에는

"여기서는 알몸으로는 헤엄치지 못한다."

주의서가 붙어 있다.

입장자는 노인에게 고개 숙여 인사한다. 사네유키도 노인에게 머리를 숙이고 들어갔다.

한참 헤엄치고 올라갔더니 육군이 두 사람 들어왔다.

둘 다 예의도 없이 팬츠도 입지 않고 위에서부터 아래까지 벌거숭이였다.

나무로 깎은 조각 같은 노인이 움직였다.

"왜 규칙을 지키지 않소?"

꾸짖었으나 군인들은 묵살했다. 노인이 재차 말하자 병정 하나가

——뭐 어때.

물 속에서 대꾸하며 태연하게 헤엄쳤다. 번 이래의 신성한 연못의 전통이 깨졌을 뿐 아니라 마쓰야마의 수영 할아버지가 이토록 모욕을 받은 적은 일찍이 없었다.

연못 중앙에 뗏목이 떠 있었다. 사네유키는 거기까지 헤엄쳐 가서 뗏목 위에 올라가 머리에 둘렀던 수건을 벗어 들고 군인들이 헤엄쳐 오기를 기다렸다.

이윽고 군인들이 동시에 뗏목으로 와서 위로 올라오려고 했다. 사네유키는 그 옆 얼굴을 젖은 수건으로 철썩철썩 때려주고 말도 없이 물 속에 처넣어 버렸다.

군인들은 놀라 개헤엄을 치면서 도망쳤으나 이튿날 큰 소동이 벌어졌다.

다른 지방 역시 그렇지만 마쓰야마에서도 육군 병사를
——진대군.
이렇게 부른다. 사실은 진대 제도란 것도 메켈의 건의로 그 전해 2월에 폐지되고 새로 사단이라는 호칭이 생겨났다. 그런데도 사람들은 아직 이 호칭이 서툴러 여전히 군인을 진대군이라고 부르고 있었다.

　진대군이 군인이라면
　나비 잠자리도 새가 아닌가

이런 노래도 이 무렵 자취를 감추고 있었다. 메이지 10(1877)년의 세이난 전쟁까지는 징병령에 의해 징집된 농부 출신 병사가 무사들의 멸시 대상이 되어 왔다. 그런데 세이난 전쟁에서 그들이 일본 최강의 무사 족속으로 일컬어진 사쓰마 무사들을 무찌른 뒤부터는 평가가 달라졌다.

마쓰야마 지방에서도

　사이고 다카모리는
　정어리인가 송사리인가
　도미(도미는 隊와 음이 같음)에 쫓겨
　도망쳐 가네

이런 노래가 유행하였다. 뜻밖에 강한 진대병의 실력을 인식한 것이었다.

메이지 초기 마쓰야마에는 연대가 없었다. 메이지 8년, 마루가메(丸龜)에 보병 제12연대가 설치되고 마쓰야마에는 분견대가 있을 뿐이었다.

그런데 메이지 17(1883)년 마쓰야마에도 연대가 생겨 보병 제22연대로 불렸는데, 실제로 그것이 발족된 것은 메이지 19(1886)년이었다.

──마쓰야마도 이제 제법이야.

고장 사람들은 대견스러워했다. 더욱이 그들을 만족시킨 것은 마루가메에 있었던 보병 제10여단 사령부를 지난해인 메이지 21(1888)년 마쓰야마로 옮긴 일이었다.

거리를 다니는 군인의 수가 늘어났다.

또 이 잠자는 듯이 조용한 성 밑 거리에 화젯거리를 제공한 것은 성 북쪽에 있는 경작지 6만 평이 육군에 매수된 일이었다. 훈련장으로 쓰게 되는 셈인데, 그 용지 매수도 이미 끝나고 사단 사령부가 있는 히로시마에서 공병대가 파견되어 와서 열심히 땅을 고르고 있는 중이었다.

──공병은 행실이 좋지 못해.

마을 사람들은 그렇게 말했다.

행실이 좋지 못하다는 것은 마쓰야마의 군인이 아니라 이를테면 히로시마에서 온 딴 고장 군인이기 때문에 마을 사람들이 자칫 그런 눈길로 보게 되는 것이었다.

"여기서는 알몸으로 헤엄치지 못한다."

주의를 무시하고 벌거벗고 연못에 뛰어든 것은 말투로 미루어 보아 히로시마에서 온 공병대인 것 같았다.

그것을 사네유키가 두들겨 팬 것이다. 두 사람의 병사는 도망치기는 했으나 당연히 복수할 것을 생각한 모양이다.

다음날도 사네유키는 연못으로 갔다. 한바탕 헤엄치고 나서 수영장 중앙에 떠 있는 뗏목 위에 올라가 한참 늘어지게 잤다.

군인들은 군복을 입은 채 들어왔다.

"저놈이야, 저놈이야."

한 사람이 수영장 가에서 뗏목 위에 드러누워 있는 사네유키를 가리켰다. 일행은 열 명 정도 되었다.

사네유키는 투쟁심이 아무래도 지나치게 강하다.

──형인 요시후루에게는 덕이라는 것이 있는데 아우 사네유키는 너무 모난 데가 있어.

마쓰야마에서는 그렇게 이야기했다.

이 사네유키의 투쟁심이 군인 상대의 싸움을 불러일으켰다. 어제 군인 두 사람을 젖은 수건으로 두들겨 패고 연못에서 쫓아냈을 때 당연히 그는 군인들의 복수를 각오했다.

그것을 맞기 위해 오늘 일부러 연못 위의 뗏목에 드러누워 그들이 오는 것을 은근히 기다리고 있었던 것이다.

'한데 좀 많군.'

어지간한 그도 그런 생각이 들었다. 열 명이라면 좀 이기기가 어렵겠다.

하지만 이기는 요령을 이 사나이는 알고 있었다.

그 요령이란 한 치도 물러서지 않는다는 것이었다. 그러한 각오를 상대방에게 보여 주어야 한다.

사네유키는 뗏목 위에서 일어섰다.

"뭐 할 말 있어?"

이 젊은이의 버릇인, 지나치게 날카로운 두 눈을 한결 희번덕거리면서 일동을 흘겨보았다.

군인들은 기가 죽었다.

사네유키는 기회를 놓치지 않고 재차 다그쳤다.

"나는 가치 거리(徒士町)의 아끼야만데, 뭐 볼 일이라도 있나?"

그러자 군인 중 하나가 히로시마 사투리로 말했다.

"어제 우리들 패를 때린 건 당신이 아니오?"

"나는 주소와 이름을 밝혔다. 그것이 무사의 예절인 줄 아는데 진대병은 그것도 모르는가. 관등 성명을 대고 말을 해."

병사들은 더욱더 기가 죽었다.

아무도 관등 성명을 대려는 자가 없고 저마다 당신은 병사를 모욕했다, 경찰에 고발할 테니 그리 알라고 했다. 그들은 사네유키의 온몸에 넘쳐흐르고 있는 투지에 손들지 않을 수 없었던지 경찰에 고발한다는 생각으로 방침을 바꾼 모양이었다.

──이거 안 되겠군.

이렇게 생각한 것은 탈의장 앞의 거적에 앉아 있던 마사오카 노인이었다.

'경찰에 고소하면 아키야마의 가문에 흠이 간다. 병학교에라도 알려지면 큰일 아닌가.'

마사오카 노인이 일어섰다. 이 시대 경찰의 세도는 구번 시대의 포청 이상의 것이어서 사람들은 경찰이라고 하면 겁부터 집어먹고 떨었다. 물론 군인도 경찰을 무서워했다. 군인에게는 아무런 권력도 없었으나 경찰은 국가권력 그 자체였다.

"자네들 좀 가만히 있게. 나는 구 마쓰야마 번 수영 사범 마사오카라고 하네!"

노인은 부채를 움켜쥐고 앞으로 나와 말했다.

"이 연못에는 연못의 규칙이 있어. 여기서 규칙을 위반하는 자는 연못의 물을 퍼 먹이는 게 규칙인데, 그렇게 진대 여러분들이 불만이라면 아키야마가 지금 말한 대로 물 속에서 승부하라고!"

이렇게 나오니 병사들은 기가 죽었다.

그들은 사네유키의 태도로 보아 여간 헤엄을 잘 치는 게 아니라고 보는지 물 속에서의 싸움은 피하고 결국 경찰에 고소했다.

이튿날 아침 사네유키는 평복으로 시키를 찾아갔다.

"준, 싸움은 그만두는 게 어때?"

시키가 눈썹을 찡그렸다. 이미 사네유키가 군인을 상대로 대판 싸웠다는 소문이 온 거리에 퍼져 있었다.

"그 작자들도 명예심이 있으니까 복수를 하려 들 텐데."

"경찰에 고소했다나. 복수를 할 만한 기운이 촌 병정놈에게 어디 있을라구."

사네유키는 그 당시의 옛 무사들 대부분이 그러했듯이 징병령으로 징집된 군인을 업신여기고 있었다.

"경찰이라면 시끄러워질 텐데."

"시끄럽더군."

사네유키는 솔직히 말해서 거기에는 머리를 내둘렀다. 오늘 아침 경찰이 아키야마 집안에 찾아와서

──본서까지 오라.

현관으로 나간 호주 야소쿠 옹에게 말했다. 옹은 일부러 쩔쩔 매는 것처럼

상대해 주고 난 뒤 딴전을 부렸다.
"그놈은 지금 집에 없습니다."
사네유키는 안에 있었다. 그 목소리를 듣고 경찰이 안으로 들어가려고 하자 야소쿠 옹은 웃으면서 단호하게 말했다.
"남의 집에 함부로 들어가다니 이것은 모욕이야!"
경찰은 하는 수 없이 돌아갔다.
"싸움은 좋지 않아."
시키가 말했다. 시키는 어려서부터 싸워서 이긴 적이 없었으므로 애당초 그런 완력 같은 걸 싫어했다.
"노보루 군은 호걸이지만 싸움을 하지 않는 것이 옥에 티란 말이야."
"싸움을 하지 않고 용기를 간직하고 있는 것이 진짜 호걸이라구."
사네유키도 정말 그렇다고 생각하기는 했으나 토론이건 무엇이건 일체 지려고 하지 않는 것이 그의 나쁜 버릇이다. 이번에는 시키를 상대로 굴복시키려고 했다. 시키는 웃음을 터뜨렸다.
"준은 싸움패로군."
마침 사네유키의 등 뒤에 리쓰가 있다가 그 말을 듣고 깔깔 웃으면서 나가 버렸다. 리쓰는 웃음이 가라앉지 않아 복도에 주저앉아 버렸다.
사네유키는 씁쓰레한 얼굴로 말했다.
"내 싸움이 리쓰에게까지 웃음거리가 됐군 그래. 그러니까 그것이 나의 천성이고, 나라와 나라의 싸움에 나가 꼭 이겨야 돼. 너그럽게 보아 주게나."
이렇게 얼른 화제를 바꾸었다.
언제나 문학 이야기를 했다.
사네유키는 시키가 드러누워서 읽고 있는 에도 시대의 이야기책이며 근대 소설을 빌려다가 읽고 그것에 대해 두 사람은 토론을 벌였다.
시키에게는 문학을 논하는 데 있어 어느 친구보다 해군으로 가버린 이 친구가 이야기 상대가 되었다.

이 경찰 문제는 좁은 마쓰야마에서 심심찮은 화제를 뿌렸다.
——준고로가 이기나 경찰이 이기나.
사람들은 그런 기대를 품고 일의 진행을 지켜보았다.

날마다 경찰에서 호출이 나왔다. 사네유키는 문 앞에서 응대했다.

"경찰은 정의의 편을 들지 않고 불의의 편을 드는가. 내가 출두하지 않으면 안 될 이유가 어디 있는가?"

경찰을 상대로 토론하다가 상대방이 말문이 막히면 얼른 집 안으로 들어가 버리는 것이다. 싸움을 즐기는 느낌마저 있었다.

아버지 야소쿠도 어처구니가 없어서

"준, 이제 그만 병학교에 돌아가거라."

말할 정도였다.

야소쿠 옹은 오랫동안 학무 관계의 일을 보았기 때문에 마을에서도 그 인덕을 존경하는 사람이 많았고 경찰에도 아는 사람이 있었다. 그리하여 사네유키에게는 비밀로 경찰에 찾아가서 계원에게 말했다.

"아키야마의 호주가 이야기의 결판을 내러 왔으니 그리 아시고……."

경찰서의 사람들이 놀란 것은 야소쿠 옹이 걸음을 옮겨 놓을 때마다 비틀거리는 것이었다. 다리가 쇠약해졌다. 직원 한 사람이 야소쿠 옹을 부축해주었다.

서장이 나왔다.

"실은 그 일 때문에 서에서도 여간 난감하지 않습니다."

군인들이 날마다 찾아와서 그 일이 어떻게 되었느냐고 재촉한다는 것이었다.

어떤 모양으로든 결말을 지어 놓아야 사무가 끝장이 나지 않아서 곤란하다고 했다.

"그렇다면 50전쯤으로 안 될까요?"

야소쿠 옹이 제안했다.

서장도 기뻐하였다.

"50전이면 적당하겠습죠."

그것으로 즉결이었다. 벌금 50전이라는 것이었다. 야소쿠 옹은 끈이 달린 쌈지 비슷한 것을 목에서 끌러 50전을 서장에게 건네주고 서장이 내민 서류에 손도장을 찍었다.

이것으로 모두 해결되었다.

돌아오는 길에 만나는 사람들이 모두 야소쿠 옹에게 물었다.

"그 일은 어떻게 되었습니까요?"

"처분이 내려졌습니다."

야소쿠 옹은 이렇게 말하지 않으면 안 되었다.

"어떤 처분이……?"

"뭐, 벌금 50전이랍니다."

그렇게 말하고 나서는 다짐을 두었다.

"준에게는 제발 아무 말 마시오. 지기 싫어하는 녀석이라서."

이윽고 사네유키는 병학교로 돌아갔다. 가을이 되자 야소쿠 옹의 기력이 눈에 띄게 줄어들었다.

그 뒤 병석에 누웠다 일어나 앉았다 하다가 메이지 23(1890)년 12월 19일 눈을 감았다.

그때 요시후루는 아직 프랑스에 있었다.

사네유키는 그해 7월 병학교를 졸업하고 소위 후보생으로 군함 '히에이(比叡)'를 타고 해상으로 나갔다.

군함

어쨌든 사네유키는 졸업했다.

공부도 하지 않고 수석을 한 것이 하급생에 이르기까지 화제가 되었다.

사네유키가 최상급인 1호 생도일 때 입학한 자 중에 이요(伊豫) 오즈(大洲) 출신으로 다케우치 시게토시(竹內重利)라는 생도가 있었다. 나중에 중장이 된 사람이다.

"이요 오즈는 6만 섬의 작은 번으로 전교에서 나 하나밖에 없었다."

이 사람이 뒷날에 이르러 굳이 말하고 있듯이 당시 병학교에서는 번벌마다 따로 뭉쳐 있어 사네유키보다 한 반 위인 히로세 다케오가 그 타파를 위해 매우 애썼으나 세상 풍조가 그렇기 때문에 고쳐지지가 않았다.

다케우치가 혼자 쓸쓸해하고 있던 입학 후 첫 일요일 아침에 느닷없이 '수석 1호 생도'라는 사네유키가 호출을 했다.

──날 따라 와.

명령이어서 따라 나섰다.

섬에 고요 마을(小用村)이라는 작은 마을이 있었다. 그곳은 사네유키 등 이요 출신자들이 방을 빌려 놓고 일요일마다 모여서 술을 마시는 곳이었다.

이날 다케우치가 따라가 보았더니 이미 두 사람의 상급생이 방에 진을 치고 있었다.

"마쓰야마 번 야마지 가즈요시(山路一善)."

"우와지마 번(宇和島藩) 사카이 구니사부로(酒井邦三郎)."

그들은 각자 자기 소개를 했다. 요컨대 이요 출신은 네 사람이었다.

——학과거나 훈련이거나 사쓰마에 지지 말라.

사네유키는 훈계를 했다. 다른 구번의 출신자가 그랬던 것처럼 이 향당끼리의 단결은 말하자면 '사쓰마 해군'에 대한 반발이라는 점도 있었을 것이다.

사네유키는 졸업할 때 다케우치 시게토시를 불러 서류 뭉치를 덥석 안겨 주었다.

"이것을 준다."

입교하여 졸업할 때까지의 크고작은 시험 문제집이었다. 사네유키 입교 이전의 것도 있고 입교 후의 것도 있었다.

"이것이 지난 5년 간의 시험 문제다. 교관에게는 버릇이 있어서 필요한 문제는 대개 되풀이해서 낸다. 그것과 더불어 평소부터 교관의 표정이나 설명하는 방식을 잘 관찰하고 그 특징을 파악해 둬. 그 두 가지를 알면 자연히 어떤 문제가 나올 건지 알 수 있다."

"하지만 그건 비겁하지 않습니까?"

"시험은 싸움과 같은 것이다. 싸움과 마찬가지로 전술이 필요하다. 전술은 도덕에서 해방된 것이니 비겁이니 뭐니 할 것도 없다."

다케우치가 그 문제집을 살펴보니 어느 문제에나 연필로 해답의 요점이 적혀 있었다. 그 기입법이 그야말로 간결하고 요령이 있어

——범인이 모방할 바는 아니었다.

뒤에 회고하고 있다.

"아키야마 사네유키에게는 병학교 교육이 너무 평범하여 차라리 고통스럽지 않았을까?"

이 사람은 그렇게도 말하고 있다.

사네유키의 성격과 두뇌는 지나치게 독창적이어서 기정 사실을 하나하나 기억하는데는 적합하지 않았다.

"아키야마 사네유키가 그 천재적인 작전가의 길을 걸은 것은 그가 병학교

를 졸업하고 그 교육적 강제에서 해방된 뒤의 일이다."

이렇게 말하고 있다.

졸업은 7월이었다.

졸업과 동시에 소위 후보생이 되어 연습함을 타고 실지 훈련을 받는 것이 해군 교육의 관례였다.

연습함으로는 '히에이'와 '곤고'가 선정되었다. 이 배들은 메이지 11(1878)년 영국에서 사들여온 자매함으로 2284톤, 일본의 그 무렵 해군으로서는 유력함으로 손꼽히는 것이었다.

훈련할 때는 원양까지는 나가지 않고 일본 연안을 돌아다닌다. 7월에 에다 섬을 출항하여 갖가지 훈련을 쌓아 가면서 태평양 기슭을 동쪽으로 향했을 때 엔슈 여울에서 외국선과 스쳤다.

깃발을 보고 터키 군함이라는 것을 알았다. 함명은 에르토그롤이라고 하며 일본에 국교 친선 사절을 싣고 내항했다가 지금 귀국 준비 중이라고 했다.

"터키는 극동의 중국과 더불어 아시아에서 큰 민족이지만 이슬람교를 신봉하기 때문에 풍속이 사뭇 다르다. 그 황제 압둘 하미드 2세는 터키국을 근대화하려고 애쓰고 있으나 일본 연호로 메이지 10(1877)년부터 다음해인 11(1878)년에 걸쳐 러시아와 전쟁하여 패배하였다. 이 때문에 영토가 몹시 작아지기는 했으나 아직도 큰 나라임에는 틀림없다."

히에이 함상에서 교관이 강의했다.

배는 바람으로 움직인다.

물론 증기 기관은 달려 있지만 그 무렵의 군함은 원칙적으로 바람을 이용하고 증기력은 항만 출입 때나 바람이 없을 때만 썼다.

뱃사람은 그 바람을 다룰 줄 아는 사람을 말하며, 돛을 조작하여 교묘하게 바람을 받으면 언제나 5노트 전후의 속력으로 물결을 헤치면서 전진할 수 있었다.

바람 사정이 좋으면 때로는 그 이상, 가령 7 내지 8노트도 낸다. 그런 때는 모든 수병에 이르기까지 기분이 좋아져서 문자 그대로

──쏜살같이 달린다.

실감이 났다.

이 쾌감은 범주(帆走)의 경험자만이 아는 것으로 그 뒤에 출현한 돛이 없는 기계력(機械力) 항주선(航走船)의 시대가 되고서도 소위 고참이라고 하는 자들은 이 범선시대의 신바람을 잊지 못하며 후배들을 꾸짖을 때는 으레 그것을 쳐들어 자기들의 과거를 자랑했다.

히에이와 곤고는 요코스카에 입항했다. 9월에 입항했는데 태풍이 잦아서 출항하지 못하게 되었다. 특히 16일에는 모질게 태풍이 불었다.

이 9월 16일의 태풍으로 뜻밖에도 앞에서 말한 터키 군함이 기슈 앞바다에서 침몰했다.

상세한 내용은 며칠 뒤에 들어왔다.

구마노 여울(熊野灘)에서 태풍을 만나 육지 쪽으로 떠밀렸다가 가시노자키(樫野崎) 등대 밑에서 침몰했다. 터키국의 친선 사절인 해군 소장 오스만 파샤는 익사하고 함장 이하 581명이라는 많은 사람들이 죽었다.

생존자는 겨우 69명이라고 한다. 그들 생존자는 우선 가시노자키 등대 옆에 수용했다가 곧이어 고베로 옮겨 효고(兵庫) 현의 보호를 받도록 했으나, 정부에서는 이들을 히에이, 곤고에 태워 터키까지 보내기로 결정을 보았다. 이 일은 사네유키 등을 기쁘게 해주었다. 처음으로 원양 항해를 할 수 있게 되었기 때문이다.

히에이와 곤고는 10월 5일 요코스카 출항.

같은 달 7일 고베 입항의 일정이었다. 고베에 들어가 검역소에 수용되어 있는 69명의 터키 군함 생존자를 두 군함에 나누어 태웠다.

'얼굴이 딴판으로 다르다.'

사네유키는 생각했다. 터키인은 태고에는 중앙 아시아의 초원에서 유목을 하던 기마 민족으로, 언어학의 통설에 따르면 그 말은 몽골어나 일본어와 마찬가지로 우랄 알타이어족에 속한다. 얼굴 모습도 일본인과 흡사했을 것이나 그 뒤 중근동의 많은 민족과 혼혈되는 동안 고유한 모습을 잃어 버렸다.

터키 민족이 일어난 것은 13세기 초였다. 몽골인의 침략에 자극되었던지 이 종족도 그들을 흉내내어 서방을 침략하고 아르메니아로 옮겼으며, 그 시기에 이슬람 문화를 손에 넣었다. 15세기 중엽에 콘스탄티노플을 점령하고 동로마 제국을 무찔렀으며, 16세기에는 헝가리를 정복함으로써 그 함대가 지중해의 패권을 잡아 유럽에 위협적인 존재가 되었다. 이 시기가 터키인으로 대표되는 아시아인의 에너지가 최고로 발휘된 시기였으리라.

그 당시의 터키인은 그리스도교 나라들을 압박하는 것을 종교적 임무로 삼았던 것 같다. 원래 중앙 아시아의 야만인이었던 이 민족은 고유한 문화라는 것이 별로 없었다. 종교는 아라비아인에게서 얻어왔다. 바지와 신발은 사라센에서 빌리고 상의는 페르시아인에게서, 터번은 인도인에게서 가져왔다.

무엇보다도 그리스도교를 싫어하여, 서구 문화는 일체 받아들이지 않고 그리스도교 나라들을 압박하는 일에 그 종교적 사명감을 가졌던 모양이다.

그런데 17세기 무렵부터 동서의 형세가 역전한 것 같았다.

콘스탄티노플을 중심으로 하는 이슬람 문명이 정체하는 한편, 서구 문명이 크게 세력을 얻어 서구 여러 나라들의 국력이 서로 다투듯이 일어났고, 19세기에 접어들자 국정이 어지러워지고 민족적 기백이 수그러지면서 그 쇠퇴의 길을 걷게 되었다.

1878년에 있었던 베를린 영국 회의에서 터키의 영토 대부분을 열강들이 나누어 먹게 되었다. 그러고 나서 몇 년 뒤 다시 튀니지를 프랑스에 빼앗기고 이집트를 영국에 내주게 되었다.

"아시아에서 터키는 몰락했다. 대신 일본이 일어서야 한다."

함상을 거닐면서 그런 말을 시처럼 읊조리는 장교가 있었다. 때는 제국주의 시대이며 말하자면 올림픽 선수단이 그 경기의 승패에 국위를 거는 것 같은, 단순한 승부 의식의 앙양이었다고 할 수 있으리라. 사네유키의 청춘은 그러한 시대에 놓여 있었다.

"새삼 터키군 장교의 모양을 살펴보건대……."

당시 '히에이'에 타고 있던 〈지지(時事)신보〉 특파원인 노다 쇼타로(野田正太郎)가 이같은 소식을 본사에 보내고 있다.

"턱수염의 빛깔도 아름답고 안색도 과히 검지 않다. 새로 지은 옷을 입고 의젓이 앉아 있는 모습은 이향 박명(異鄕薄命)의 나그네로 보이지 않는도다."

서로 언어가 통하지 않았다. 이 때문에 고베에서 통역을 채용했다. 레비라고 하는 이름의 루마니아인으로 고베에서 술집을 경영하고 있었다. 터키어와 영어에 능통하다 하여 이 사람들을 특별히 배에 태운 것이다.

터키 사관은 같은 사관실에 넣고 일본 사관과 같은 대우를 했다. 하사관과 수병도 함의 하사관 및 병(兵)의 거주구에 넣고 청소 기타의 일은 시키지 않았으나 식사 설거지만은 스스로 하게 했다.
 11월 1일, 싱가포르에 도착했다. 이 고장에 있던 터키인 유지와 이슬람교 승려들이 군함에 찾아와 자기들이 모은 기부금을 그들에게 건넸다.
 상당한 액수였다. 묘하게도, 터키인 하사관 병사의 대표가 그 돈을 모아 히에이의 1번 분대장 사카모토 하지메(坂本一) 대위를 찾아와서 간청했다.
 "이것을 일본측에서 맡아 두었다가 주기 바란다."
 사카모토 대위는 거절했다.
 "이건 이상한 이야기가 아닌가."
 돈은 터키 사관이 맡아야 하며 굳이 일본 사관에게 맡길 까닭이 없지 않느냐는 게 그 이유였다. 그런데 그들은 고개를 가로저었다.
 "당신은 터키의 실정을 모른다. 터키에서는 사관을 비롯하여 지배 계급이 모두 썩을 대로 썩어 신용할 자가 아무도 없다. 그들에게 돈을 맡기는 것은 도둑에게 돈을 지키라는 것과 같다."
 사카모토 대위는 하는 수 없이 그것을 맡기로 하고 장부를 만들어 금액을 기입한 다음 돈을 받았다. 이 한 토막의 이야기로 미루어 보더라도 터키 제국의 질서가 얼마나 부패해 있었는지 알 수 있다.
 사카모토 대위는 터키라는 나라의 사회 제도에 흥미를 가지고 여가가 있는 대로 사관들에게 질문했다.
 그것에 의하면 터키 사회에도 계층은 있어서 귀족과 서민으로 나뉘어 있었다. 그 귀족이라는 것도 유럽에서처럼 강인한 세습 계층을 이루고 있는 것이 아니라 서민이라도 실력이 있으면 귀족이 될 수 있었다. 이를테면 농민 출신이라도 수상의 위치에 오를 수 있지만 수상직은 세습이 아니었다. 이 점, 터키 사회는 일본과 매우 닮았으며 말하자면 평등 사회라고 할 수 있었다.
 "이 점은 우리가 러시아 제국보다 우수하다. 러시아는 귀족 외의 계층에 있는 자는 사관이 되지 못하지만 터키에서는 누구나가 일정한 능력만 있으면 사관이 될 수 있다."
 다만 사카모토의 관찰에 의하면 터키 사관은 자기의 하사관이나 병사를 일체 아랑곳하지 않으며 마치 남인양 완전히 무시하고 있었다. 이 점에 대해 사카모토는 약간 이해하기 곤란한 친구들이라고 사네유키 등 후보생들에게 말했다.

온 세계의 모든 나라들이 다투어 가며 국력 신장의 경쟁을 벌인다. 그 상징이 군함이었으리라.

유신 후 20여 년이 지난 일본도 다소의 군함을 갖추었다. 하지만 열강의 동양함대와 비교하면 그 성능은 말할 것도 없는 형편이었다. 노후함이나 철골목피(鐵骨木皮)의 군함이 대부분이고 강철로 만든 군함이라고 해야 '다카치호(高千穗)', '후소(扶桑)', '나니와(浪速)', '다카오(高雄)', '쓰쿠시(筑紫)' 정도이어서 그것도 고작 3,000톤에서 1,000톤대의 작은 것이었다.

메이지 정부의 방침으로 큰 군함은 외국에서 사들이지만 포함(砲艦) 정도의 작은 배는 국산으로 충당한다고 되어 있어 이 계획 아래 몇 척의 국산함이 요코스카 조선소에서 만들어졌다. 이를테면 897톤의 '기요테루(淸輝)'(목조) 등이 그것이다. 이 기요테루는 메이지 9(1876)년에 건조되어 11(1878)년 일본의 국위를 선양코자 1년 동안 유럽의 각국을 순방함으로써 원양 항해에 성공했다.

그 동안 이웃 나라인 청국도 차츰 근대화에 눈뜨기 시작했다. 이홍장(李鴻章)이 재상이 되어 함대를 정비하기 시작한 것은 메이지 12(1879)년부터였다. 대국인만큼 그 규모가 처음부터 웅대했다.

북양(北洋)
남양(南洋)
복건(福建)
광동(廣東)

4대 함대를 병립시키고, 군함은 모두 여든두 척을 가졌다. 그 중 일본에 대한 방위용인 북양함대가 가장 컸다. 만일 중국에 그 뒤 내란이 일어나지 않고 이 함대를 유지 발전시켜 갔다면 일본을 포함한 아시아의 운명 역시 어쩌면 오늘날과는 달라졌을지도 모른다.

이홍장의 정치적 구상이 얼마나 큰 것이었나 하는 증거의 하나는 세계 최강의 전함을 두 척이나 두었다는 사실이었다.

'정원(定遠)'
'진원(鎭遠)'

이 두 전함이 그것이다.

만든 곳은 독일의 불칸조선소로 배 옆구리의 장갑이 두께 30cm의 강철판인, 거의 불침함이라고 할 만한 것이었고, 배수량은 7,355톤, 속력은 14.5노트, 주포로서는 놀랍게도 구경 30.5cm라고 하는, 당시 일본인의 감각으로는 괴물로밖에 생각되지 않는 거포를 네 문이나 비치하고 그 밖에 15cm 포 두 문, 7.5cm 포 두 문을 갖추고 있다.

게다가 정원, 진원은 일본 군함이 갖고 있지 못한 것을 가지고 있었다. 포탑이었다. 대포를 포탑의 선회로 움직이는 것으로, 그 포탑도 두께 30cm의 강판으로 장비되었다.

사네유키 등이 터키를 향해 원양 항해에 나간 메이지 24(1891)년 7월, 청국 북양 수사(水師, 함대)의 제독 정여창(丁汝昌)은

──친선을 위해서,

이런 명목으로, 이 두 척의 함정 말고도 '경원(經遠)', '내원(來遠)', '치원(致遠)', '정원(靖遠)'의 여섯 척을 이끌고 요코하마 항으로 들어왔던 것이다. 당연한 일이지만 외교상의 위압을 목적으로 하고 있었다.

메이지 24(1890)년 7월 10일자 〈도쿄니치니치 신문〉에는 다음과 같은 제목의 기사가 실렸다.

"청국 북양함대 사령관 정여창, 군함 수척을 이끌고 내항하다. 에노모토(榎本) 외무 대신의 정여창 환영 원유회(園遊會)."

제목은 큼직하지만 기사는 겨우 열네 줄로 장소와 참석자의 수가 적혔을 정도에 지나지 않았다.

이보다 앞서 이 북양함대는 나가사키에 기항했다. 그런데 상륙한 병사들의 군기가 해이해져, 함대의 위세를 믿고 시민에게 행패를 부리거나 물건을 강탈하는 사건이 일어났다.

그 뒤 고베에도 기항했으나 사령관 정여창은 나가사키에서의 불상사를 생각하고 병사들을 상륙시키지 않았다.

요코하마에서는 몇 명씩만 상륙시켰다. 여기서는 사령관의 조치가 철저하여 아무 일도 일어나지 않았다.

일본측에서도 경찰과 학교를 통하여

──환영하라.

는 취지를 두루 알리고 있었으므로 청국측에 도발하는 사건은 일어나지 않았다.

요코하마에 상륙하여 중국인 거리를 구경하고 다니는 청국 수병의 복장은

유별난 것이었다. 수병복(세일러 복)이 아니라 밀짚모자에 하늘색 명주옷을 입고 빨간 띠를 두르고 있었다.

항내의 청국 군함에는 황룡기가 펄럭이고 있었다. 정여창 등은 고라쿠엔(後樂園)에서 에노모토 외무 대신의 초대를 받은 뒤, 일본의 각계 요인에게 초대장을 보내 기함 '정원'에서 친목회를 베풀었다.

"나도 초청받은 한 사람으로서."

당시 국회의원이고 〈도쿄니치니치 신문〉 사장을 겸하고 있던 세키 나오히코(關直彦)는 이렇게 쓰고 있다. 그들은 함내 구석구석을 구경하고 문제의 30.5cm 주포 조작도 관람했다.

"어때, 굉장한 걸 가졌지? 일본은 도저히 따라오지 못할 것이라는 듯한 태도를 보였다."

세키는 말한다.

그러고 나서 항구에 떠 있는 일본 군함을 보니 그 빈약함이 더욱 눈에 띄었다. 다만 겨우 '승조 사병의 사기는 왕성하다고 할 수 없었다. 실전에 임해서는 일본 수병의 적이 못된다'고 세키는 자신을 위로했다.

이 북양함대의 일본 방문이 청국으로서 과연 외교상 성공한 것이었는지는 결과적으로 의문이었다.

이러한 조야의 충격이 있었기 때문에 일본 해군성으로서는 건함 예산을 얻어내는 일이 수월해졌다. 의회는 그 방대한 해군 확장비에 대해 크게 난색을 표했으나 정부는 천황을 움직이기도 하고 여론을 환기시키기도 하면서 해군 확충 계획을 실행해 나갔다.

뒤의 청일전쟁에는 쓰지 못했으나 '후지(富士)', '야시마(八島)'라는 2대 전함을 외국에 주문하는 것을 의회에서 승인하였다.

다시 북양함대 내항 이전에 주문했던 '이쓰쿠시마(嚴島)', '마쓰시마(松島)', '하시타테(橋立)' 즉 삼경함(三景艦)이 이 메이지 24(1891)년 여름에 준공(하시타테만은 늦었다) 단계에 있었고, 또 쾌속 순양함 '요시노(吉野)' 역시 2, 3년 뒤에는 영국에서 완성될 예정이었다.

사네유키가 해군 소위로 임관된 것은 메이지 25(1892)년 5월이었다.

군함 '류조(龍驤)'의 분대사(分隊士)로 보직되고 이듬해에 마쓰시마의 분대사로 옮겼다가 곧이어

군함 233

"영국에서 제조중인 군함 요시노의 인수 위원에 명함"
이런 사령을 받았다.
메이지 26(1893)년 6월의 일이었다.
"임관 1년에 영국행이라니 아키야마 씨, 보통 일이 아니어요. 장차 참모는 떼어놓은 당상이다 그 말씀이죠."
이렇게 말한 것은 미세스 네이비(海軍)라고 불리던 시나가와의 나오였다.
당시 일본 해군의 함정은 구막부 이래의 정박 항으로 시나가와(品川) 항을 쓰고 있었다.
군함에 탑승하는 사관들은 항해에서 돌아오면 시나가와 바다에 닻을 던져 넣은 뒤 옷을 갈아입고 상륙한다.
시나가와에는 이들을 위한 '상륙 여관'이라는 것이 있었다. 여관 이름은 무라타야(村田屋), 주인의 이름은 덴에몬(傳右衛門)이라고 했다. 모두 이 무라타야에 묵었다가 도쿄로 놀러 간다.
그 무라타야에 여지배인이 있었다.
'나오'였다.
해군 사관이라면 누구나 알고 있는 정도가 아니라, 그녀의 신세를 지지 않은 자가 없었고 그녀 쪽에서도 위로는 제독에서부터 아래로는 신출내기 소위에 이르기까지 이름과 버릇까지 모조리 외어 두고 있을 정도였다. 구막부 시대의 막부직속 무사 딸이라고 하지만 말투는 좀 거칠었다.
"난 말이우, 내 몸치장으로 시간을 허비하는 게 제일 싫어. 자랑은 아니지만 태어난 뒤로 화장한 적이 없어요."
어쩌고 늘어놓지만 화장할 필요가 없을 정도로 살결이 곱고 입술은 언제나 보송보송, 눈은 쉴 새 없이 움직이고 있었다. 사네유키가 임관했을 무렵에는 마흔 살쯤이었다. 이 유명한 미세스 해군에게 인사하러 갔더니 묘하게 감탄조로 말했다.
"어머, 당신 이요 출신이에요?"
사네유키가 어째서 이요 출신이라는 데 그토록 놀라느냐고 물었더니 죽은 남편이 이요 오즈 번 출신 뱃사람이었다는 것이다.
"하지만 이요 출신치고는 상당히 똑똑한 분인 모양이군요."
그와 같은 인연으로 특별히 친해졌다. 이번에 '마쓰시마' 함에서 내리자 바로 무라타야에 가서 '요시노를 인수하러 간다'고 했더니 호들갑을 떠는 것이었다.
 "어머 그래요?"
 '요시노'는 이등 순양함이었다.
 ──이등 순양함이지만 요시노는 곰을 쫓는 사냥개처럼 정원, 진원을 물고 늘어질 것이 틀림없으리라.
 해군 내부에서도 이렇게 말하고 있었고, 사실 그 두 청국 군함에 대비할 목적으로 영국의 암스트롱 사에 주문한 군함이었다. 배수량은 4150톤밖에 안 되고 장비한 대포는 15cm 속사포가 네 문, 12cm 속사포가 여덟 문인 가벼운 것이었으나 속력이 뛰어나게 빨라 23노트라는 당시 세계에서 가장 빠른 쾌속 군함이었다. 이 쾌속과 발사 속도가 빠른 속사포를 이용하여 적의 거함 갑판을 휩쓸겠다는 것이었다.

 순양함 '요시노'의 인수 위원은 열다섯 명으로 장차 이 함의 함장이 될 가와라 요이치(河原要一) 대령이 위원장으로 되어 있다.
 그 명단은
 부장(副長)　사카모토 하치로타(坂元八郎太) 소령
 항해장　가지카와 료키치(梶川良吉) 대위
 포술장　가토 도모사부로(加藤友三郎) 대위
 수뢰장　무라카미 가쿠이치(村上格一) 대위
 분대장　다카쿠와 이사무(高桑勇) 대위, 니시 신로쿠로(西紳六郎) 대위
 기관장　후카가이 가네사부로(深見鐘三郎) 기관소감
 군의장　하기와라 간이치(荻原貫一) 대군의(大軍醫)
 주계장　마노 히데오(眞野秀雄) 재정관
 분대사　이데 겐지(井出謙治) 소위, 아키야마 사네유키 소위, 다도코로 히로우미(田所廣海) 소위
 항해사　기야마 신키치(木山信吉) 소위
 수뢰관　스즈키 사부로(鈴木三郎) 대기관사였다.
 일행의 안내역으로는 영국 주재중 인수 위원의 한 사람으로 임명된 가토 도모사부로 대위가 뽑혔다.
 이 히로시마 번 출신의 대위는 사네유키보다 10기 위로 '시마무라 하야오(島村速雄) 클래스'라는 것에 속해 있었다. 가토가 졸업할 때의 동기생은 30

명으로 그 수석이 도사 출신의 시마무라 하야오였다. 그 기를 부를 때 수석자의 이름으로 부르는 것이 초기 해군의 습관인데, 사네유키의 기는 '아키야마 사네유키 클래스'가 되는 셈이다.

사네유키와 가토 도모사부로는 남다른 인연을 가지고 있다. 뒤의 러일전쟁 때 연합함대 참모장직은 처음에는 시마무라 하야오, 다음이 가토 도모사부로였다. 사네유키는 동해(東海) 해상에서 두 사람의 참모장을 보좌했다.

"요시노는 좋은 배야."

일행이 중산모에 플록코트 차림으로 런던에 도착하자 같은 복장으로 마중 나온 가토 도모사부로가 상기된 목소리로 말했다.

가토는 2년 전부터 영국에 머무르면서 암스트롱 회사와 연락하며 요시노의 조함(造艦) 감독을 하고 있었다.

일행의 숙소는 가우어 가 76번지에 있는 스탠리 부인의 집이었다. 그곳은 일본 해군의 단골 숙소로, 말하자면 시나가와의 무라타야 같은 존재였다.

하녀장에 에밀리라는 여성이 있었다. 자상하고 친절하며 나이로 보나 느낌으로 보나 무라타야의 나오와 너무나 비슷하여 해군 사관들은 '나오 씨'라고 불렀다. 그녀도 또한 그렇게 불리는 것을 좋아하여 그렇게 부를 때마다 진짜 나오 이상의 씩씩한 목소리로 대답했다.

'이것이 영국산 나오란 말이지.'

사네유키는 상대방의 얼굴을 물끄러미 바라보며 이상하다는 듯한 표정을 지었다. 속눈썹이 참새 털 같았다.

"나오 씨, 맥주 좀 주시오."

시험삼아 이렇게 일본 말로 해보았다.

"네."

신통하게도 통했는지 맥주를 어김없이 가져왔다.

"일본 말을 상당히 잘 아는 것 같군요."

사네유키가 가토 도모사부로에게 말했다.

"오래 됐으니까. 야마모토 곤노효에(山本權兵衞) 시대부터 있었으니 해군 계급으로 따지자면 대령쯤은 되지."

다만 이 나오 씨의 이상한 점은 그런 정도로 일본 말을 잘 알면서도 자기 입으로는 한 마디도 일본 말을 하지 않는 것이었다. 영어 외에는 쓰지 않는다는 영국인의 긍지가 이 하녀장에게도 있는 모양이었다.

사네유키 일행이 엘지크조선소에서 군함 '요시노'를 보았을 때 이것이야말로 신시대의 군함이라고 생각한 것은 돛이 없었기 때문이었다.

사네유키가 일찍이 소위 후보생으로 탔던 '히에이'와 그 자매함인 '곤고'도 물론 증기 엔진은 갖추고 있었으나 그래도 보일러는 되도록 절약하고 바람의 힘으로 함을 달리게 하는 것이 뱃사람의 조건이었고 그런 개념에 맞춘 군함이었다. 그런데 이 요시노는 오로지 엔진만이 추진력이었다. 더구나 세계 최고 속력의 군함이었다.

"작지만 정원과 진원을 잡는 사냥개야."

인수 위원장인 가와라 요이치 대령이 말했다. 말 그대로 바람을 일으키며 달리는 사냥개처럼 보기에도 날쌘 모습을 하고 있었다.

설계한 사람은 영국 조선계의 준재로 불린 조선기사 펠릿으로, 그 자신도 일행에게

——나로서도 영국의 기술로는 더 이상의 군함은 설계할 수 없다.

이렇게 말했다.

그것이 영국 해군의 전통이었다. 일본이나 칠레 등 3류국이 군함을 주문해 왔을 때 건조에 대한 온갖 모험을 주문받은 배로 시험하고 만약 실제로 그것을 써보아 모험이 성공했을 경우에는 영국 해군이 정식으로 채택한다. 그러므로 군함 '요시노'는 중형함으로서는 세계 최고의 성능임이 틀림없었다.

'중형함'이란 다시 말해 중함이다. 참고로 말한다면 이 요시노는 뒤에 이등 순양함이라는 종류에 들어가게 되지만 이때는 아직 전함이니 순양함이니 하는 구별이 없었다.

전함, 순양함, 해방선, 포함 등의 구별이 생긴 것은 메이지 31(1898)년부터이다.

다시 여담이지만 외국에 주문한 군함이 완성되었을 경우 이것을 일본에 가져오는 것은 언제나 그 조선 회사의 요원에 의해 이뤄지고 있었다. 가령 지금 일본의 '대함'인 '후소', '곤고', '히에이' 등도 영국인의 손에 의해 일본으로 회항했다. 이것이 일본인의 손으로 회항하게 된 것은 메이지 18(1885)년의 '나니와(浪速)'(3650톤)부터였다.

이유는 그렇게 함으로써 경비를 줄이는 것과 그것을 회항할 수 있을 만큼 일본 해군의 기술이 향상했다는 데 있다. 나니와의 인수 위원장은 대령 이토

스케유키(伊東祐亨)이고 위원으로는 대위 야마모토 곤노효에가 참가했다.

또한 나니와는 그 동형함인 '다카치호'와 함께 영국에서 만들어졌으나 같은 시기에 프랑스에 주문한 유사함이 있어 '우네비(畝傍)'라고 했다. 이 우네비는 프랑스인의 손으로 회항되었다. 그런데 이 함은 끝내 일본에 도착하지 못했다. 메이지 19(1886)년, 회항하는 도중 싱가포르를 떠난 것까지는 확인되었는데 그 뒤 연기처럼 사라져 버린 것이다. 이것에 대해서는 여러 가지로 풍문이 떠돌았으나 오늘날까지 수수께끼로 남아 있다.

군함 요시노는 메이지 26(1893)년 10월 5일 영국을 출발하여 플리머스, 지브롤터, 포트사이드, 아덴, 콜롬보, 싱가포르, 홍콩을 거쳐 이듬해인 27(1894)년 3월 6일 무사히 히로시마 현 구레(吳) 군항에 닿았다.

청일전쟁

이런 시간이 사네유키 위에 흐르고 있을 때 도쿄에 있는 시키의 처지는 그렇게 밝은 편은 아니었다.

병은 더 이상 악화되지는 않았다. 그런데 이 무렵 시키는 그가 그토록 마음에 들어하던 도키와 회 기숙사를 나오고 말았다. 이유는 도저히 있기가 거북해서였다.

"마사오카는 독을 뿌리고 있다."

기숙생의 어떤 파에서는 늘 이렇게 말하며 사사건건 공격해 왔다. 독이란 결핵균을 말하는 것이 아니라 하이쿠와 단카였다.

그야말로 독이라고 할 만한 것이, 모처럼 입신 출세의 대망을 품고 고향을 떠나온 장학생들이 시키의 문학열에 전염되어 그의 방인 2호실에 틀어박혀 시 모임을 열고 문학론에 열을 올리거나 소설에 정신을 빼앗겨 마침내 앞길이 창창한 수많은 청년들이 당초의 뜻을 잃어버리고 있다는 것이었다.

'비문학당(非文學黨)'이라고 이름 붙여야 할 그 세력의 리더는 쓰쿠다 가즈마사(佃一豫)라는 도쿄 대학 정치학과 학생이었다. 쓰쿠다는 뒤에 만철(남문주 철도)의 이사가 되었는데 그가 리더였기 때문에 이 일파를 쓰쿠다

파라고 불렸다.

이 당시의 일본은 개인의 입신 양명이 이 신흥 국가의 목적과 일치하는 시대였으며 청년은 모름지기 대신이나 대장, 박사가 되지 않으면 안 되었고 그와 같은 '대망'을 향해 공부하는 것이 의심할 여지없는 정의로 인식되고 있었다. 따라서 쓰쿠다 가즈마사의 정의는 시대의 뒷받침을 가지고 있다. 쓰쿠다에 의하면 이요 마쓰야마의 구 번주에게서 학비를 받고 있는 학생은 누구나 할 것 없이 입신을 목표로 하여 출세함으로써 향당의 이름을 드높이고 국가의 발전에 기여하며 나아가서는 구번주에 대한 은혜를 보답해야 한다는 것이었다. 이 논법 앞에는 시키도 더 할 말이 없어

──또 쓰쿠다가 아래층에서 짖어 대고 있군.

하며 시 모임 같은 때 목을 움츠리곤 했다.

쓰쿠다 가즈마사가 분개하는 대상은 시키만이 아니었다.

'감독인 나이토 메이세쓰 선생부터가 잘못'이라는 것이었다. 메이세쓰는 이렇게 나약한 분자를 올바른 길로 이끌기 위해 사감으로 들어앉아 있는 터인데 메이세쓰 자신이 앞장서서 시키의 제자처럼 돼 버렸던 것이다.

"단속은커녕 한번은 2층의 시 모임이 하도 소란스러워 살며시 올라가 보았더니 장지문 사이로 새어나오는 그 중 큰 목소리는 메이세쓰 선생의 것이었다."

이렇게 쓰쿠다 가즈마사는 불평도 하고 개탄하기도 했다.

시키의 이런 소문은 마쓰야마에까지 퍼져서 자식이 상경하여 도쿄의 학교에 들어가려고 할 때에는

"마사오카 노보루 군하고는 가까이 하지 말도록 해라. 시가나 하이쿠 같은 놀이에 손을 대지 않더라도 할 짓은 얼마든지 있을 테니까."

이런 말로 훈계하는 것이었다.

그런 분위기가 시키가 기숙사를 퇴거한 원인이 되었다.

도키와 회 기숙사에서의 시키의 문학 활동에 반대한 쓰쿠다 가즈마사(佃一予)라는 사람은 시키보다 세 살쯤 위였다.

메이지 23(1890)년 도쿄 대학 정치학과를 졸업하고 내무성에 들어갔는데 시키의 퇴거 문제가 일어났을 때는 엄밀하게 말해 기숙생은 아니었다. 하지만 늘 출입하고 있었으므로 기숙생과 다름없었다.

——마사오카와 가까이 하는 자는 우리 향당을 망치는 자다.

이렇게 아우성치면서 복도를 쏘다닌 일도 있으나 그렇다고 미치광이는 아니었다. 그 시대의 청춘의 한 형태에 지나지 않는다.

쓰쿠다는 관계(官界)에서 영달하는 일이야말로 정의(正義)였는데 사실 그는 영달을 이루었다. 내무성과 재무성의 참사관이 되고 총리 대신의 비서관도 되었다. 오사카, 고베의 세관장도 되었고 다시 야망을 안고 청국으로 건너가 원세개(袁世凱)의 재정 고문이 되었으며, 그 뒤 흥업은행 부총재, 만철(滿鐵) 이사를 역임하는 등 시키보다 오래 살아 다이쇼 14(1925)년에 62세로 죽었다.

쓰쿠다는 청년들의 문학열이 어지간히 싫었던지 메이지 30(1897)년경 도키와 회 기숙사 장서 속에 시키가 주재하는 하이쿠 잡지 〈불여귀〉나 소설 나부랭이가 섞여 있다고 소동을 벌여 감독 나이토 메이세쓰를 공격하고 궁지에 몰아넣었다. 메이세쓰는 쓰쿠다 앞에 머리를 조아렸다. 쓰쿠다에게라기보다 시대의 정신 앞에 머리를 숙이지 않을 수 없었던 모양이다. 다만 잡지 〈불여귀〉에 대해서는 애써 변명했다.

"이것마저 금지한다면 학생들에게 신문 잡지의 열람도 금지한다는 말과 마찬가지가 아닌가. 또 문과 학생의 입사도 금해야 한다는 말이 된다."

물론 쓰쿠다의 견해로서는 대학에 문과가 있다는 것도 불만이었고 일본 제국의 발전을 위해서는 아무런 도움도 되지 않는 것이라고 단정하고 싶었을 것이 틀림없다. 이 사상은 쓰쿠다뿐만이 아니라 일본 제국 시대가 끝나기까지 군인과, 관료의 잠재적 편견이 되어 때로는 노골적으로 나타나게 된다.

가엾게도 시키는 기숙사에서 쫓겨 나갔을 뿐 아니라 도키와 회 장학생 명부에서도 삭제되기에 이르렀다. 시키는 이보다 앞서 도쿄 대학 국문학과에 진학했으나 이대로는 학교를 계속할 수 없게 되었다.

그런데 그토록 말이 많은 사람인 시키도 이 처사를 원망하는 빛이 전혀 없었다. 원래 화를 잘 내는 성격이 아닌데다 남을 원망하는 데가 전혀 없어 쓰쿠다 가즈마사에게도 큰 소리를 낸 일조차 없었다.

하기는 시키에게도 실수는 있었다. 25(1892)년의 첫여름에 두 번째로 낙제를 한 것이다. 두 번이나 낙제하는 학생을 두둔할 필요는 없다는 강경론이 일어났을 것은 정한 이치이다.

시키는 자퇴를 결심했다. 고향의 어머니나 외숙부는 그대로 학업을 계속하여 어떻게든 문학사가 되어 주기를 원했으나 시키의 결심은 굳었다. 친구에게 편지를 썼다.
"소생 마침내 대실패를 자초했노라. 경하할 일이며 슬퍼할 일이로다."
슬퍼할 일이라는 것은 낙제의 슬픔을 말하는 것이겠지만 경하할 일이라는 것은 붓 하나로 살아가는 계기가 됐다는 의미임에 틀림없다.

낙제와 자퇴에 대해 시키는 보호자인 구가 가쓰난에게 맨 먼저 보고하러 갔다. 가쓰난은 이런 일에 있어서도 너그러웠다.
"음, 걱정할 것 없어요."
쓰가루 사투리로 말했다.
"괜찮아요."
가쓰난은 시키보다 오히려 자기를 위로하듯이 말했다. 가쓰난은 친구 가토 쓰네타다를 통해 시키를 알았고 시키의 도쿄 유학 중의 일에 관해서는 책임을 지고 있었다. 그 시키가 낙제하고 자퇴했다고 하니 프랑스에 있는 가토에게 면목이 서지 않는다고 생각하는 것이었다.
"괜찮다니까. 가토에게는 내가 편지를 쓰겠소. 그 친구는 이런 일에 놀랄 사람이 아니오."
"선생님은 어떻습니까?"
"나도 놀라지 않아요."
가엾은 시키를 위로하기 위해 일부러 얼굴에 힘을 주어 고개를 끄덕거렸다.
'그야 그렇겠지.'
시키는 속으로 생각했다.
원래 외숙부인 가토 쓰네타다도 구가 가쓰난도 사법성 법학교(도쿄 대학 법학부의 전신) 3학년 때 스트라이크를 일으켜 퇴학당한 처지이다. 시키의 경우보다 더욱 불온하여 도저히 시키를 훈계할 입장이 못된다.
그때 스트라이크로 퇴학당한 자는 열여섯 명이나 되었다.
하라 다카시(原敬), 구니와케 세이가이(國分青厓), 후쿠모토 니치난(福本日南), 구가 가쓰난(陸羯南), 가토 쓰네타다(加藤恒忠) 등이다. 이상하게도 퇴학당한 패들이 메이지, 다이쇼 역사에 그 존재를 남겼다. 후쿠모토를 제외하고서는 일본의 재야사학을 논할 수 없고 구니와케 세이가이를 빼놓고 메이지, 다이쇼의 한시를 논할 수 없으며, 구가 가쓰난을 젖혀놓고는 메이지 언론계를 논할 수 없고 뒤에 평민 재상이라고 일컬어진 하라 다카시를 빼놓고는 근대 일본의 정치를 논할 수는 없을 것이다.

"그 대신 혼이 났지요."

가쓰난이 말했다. 퇴학 후의 궁핍을 말하는 것이다. 쓰가루 번의 가난뱅이 사족의 집에 태어난 구가 가쓰난은 일단 히로사키(弘前)로 돌아갔다. 그러나 계모와 사이도 나쁘고 또 먹고 살 방도도 없어서 마침 창간한 지 얼마 되지 않은 아오모리(青森) 신문에 청탁하여 일단 들어가기는 했으나 이내 또 그만두고 홋카이도로 건너갔다.

당시 몬베쓰(紋別)에 제당소(製糖所)가 있어 거기서 근무했다. 그곳도 별반 신통한 일자리는 아니었다. 마침내 다 집어치우고 상경했지만 일자리를 구할 길이 없었다.

그러다가 법학교에서 프랑스 어를 배웠기 때문에 그 어학력을 인정받아 태정관 문서국의 번역 일을 맡아서 하게 되었다. 이 시기에 시키가 상경하여 처음으로 가쓰난을 찾았던 것이다.

"내가 겪은 그러한 괴로움을 여자에게 비유한다면 제대로 창녀도 되지 못한 채 정처 없이 북해를 방랑하며 매춘 행위를 한다고나 할까. 당신은 절대로 그런 고생을 해선 안돼요."

"그렇지만 이미 그만두었습니다."

"그러면, 우리 회사에 들어와요."

가쓰난이 말했다.

가쓰난은 그 당시 메이지의 신문계에서 특이한 위치를 굳히고 있던 〈니혼신문(日本新聞)〉의 사장이 되어 있었다.

"이왕이면 내 옆으로 아주 옮기지."

시키의 생활과 병이 걱정되었던 것이다.

도키와 회 기숙사에서 나온 시키는 처음에는 고마고메(駒込) 오이와케 거리(追分町) 30번지에서 살았다.

원래는 영주 저택이었던 모양인데 지금은 오쿠이(奧井)라고 하는 사람이 집 주인이고 정원도 있으며 별채도 있었다. 시키는 그 별채의 방 하나를 빌렸다.

'지극히 한적한 곳'이라고 시키는 쓰고 있다.

"공부에는 적합했다. 그런데 학과 공부는 하지 않고 하이쿠와 소설 공부가 돼 버렸으니……."

그 뒤 곧 네기시(根岸) 쪽으로 옮겼다.

가미 네기시 88번지였다. 구가 가쓰난이 권한 셋집으로, 가쓰난의 이웃이었다. 보호자인 가쓰난의 옆에 살게 되었다는 것이 몸에 병을 가진 이 낙제생으로서는 마음 든든한 일이었으리라.

이웃 가쓰난의 집에서 가끔 글 읽는 소리가 들려왔다.

파초 잎이 찢어져
글 읽는 님의 소리
더욱 가까워

하이쿠를 지으며 시키는 이 새로운 환경의 따사로움에 잠기는 듯했다. 이 부근은 길이 좁아서 다누키(너구리) 골목이니, 우구이스(꾀꼬리) 골목이니 하는 골목이 많았다. 검은 판자 울타리가 이어지고 어느 집에서나 고목 나뭇가지가 길에까지 드리워져 있었으며 나뭇가지 아래의 시궁창은 잘 흘러내려가지 않아 언제나 땅바닥이 검고 축축했다.

"어머니와 누이를 불러서 같이 살면 어떨까?"

가쓰난은 이렇게 권하기도 했다.

시키도 그럴 마음이 있어 메이지 25(1892)년 여름 마쓰야마에 돌아간 적이 있다. 그 당시 누이동생 리쓰는 이미 혼자 몸이 되어 친정으로 돌아와 있었다.

어머니는 마쓰야마를 떠나는 것을 싫어했으나 그렇다고 시키의 병이 걱정되기도 하여 도쿄 이주를 결심했다.

시키는 일단 도쿄로 돌아온 뒤 그 해 11월 9일 어머니와 누이동생을 맞이하러 도쿄를 떠나 고베까지 갔으며, 여기서 서로 만나 17일에 귀경했다.

이튿날 가쓰난이 와서 기쁜 소식을 알렸다.

"당신의 입사가 결정되었어."

가쓰난이 사장으로 있는 신문사 〈니혼〉에 입사한 것이었다.

이 취직은 가쓰난이 사장이니 그의 독단으로 될 것 같기도 했지만, 역시 가쓰난도 편집 주임과 의논할 필요가 있었다.

편집 주임은 고지마 이치넨(古島一念)이라고 하는 명기자였다. 본명은 가즈오(一雄)라고 하며 다지마(但馬) 도요오카(豊岡) 사람으로 뒤에 중의원 의원이 되어 명리에 담백한 것으로 알려졌는데 쇼와 27(1952)년 86세로 죽었다.

처음에 가쓰난이 고지마에게 시키의 입사건에 대해 의논할 때
"마사오카는 학력도 어엿하고 글재주도 있다."
이렇게 말했으나 시키를 문학 청년으로 보고 있던 고지마는 내키지 않는다는 태도로 소신을 말했다.
"신문인은 학력도 글재주도 필요 없다. 신문이라는 것에 적합한 사람이 아니면 안 된다."
그러나 논설 일변도의 〈니혼〉 신문에 단카나 하이쿠가 들어간 기행문 같은 부드러운 난도 필요하다고 생각하여 고지마는 그런 점에서 찬성했다.

월급은 15원이었다.

시키에게는 숫자 관념이 있어서 열일곱 자로 된 하이쿠를 수학적으로 분석하는 기묘한 실험을 한 인물이었지만, 생활 속에 계산기를 끌어들이는 재능은 거의 없었다. 그런 시키였지만 어머니와 누이동생을 합한 세 식구가 도쿄에서 살아가려면 한달에 25엔의 생활비는 들 것으로 보았다.

그런데 구가 가쓰난이 안됐다는 듯이 말한 초봉은 15엔이었다.
"내규 같은 것이 있어서 당신만 특별 취급을 할 수도 없고, 아무튼 차차 울리도록 힘을 써보겠소."
이렇게 가쓰난이 말하기는 했으나 10엔의 부족은 부족이었다.

애당초 마사오카네는 미망인이 조촐하게 살림을 꾸려왔기 때문에 딴 사람의 눈에는 가난과는 거리가 멀어 보였다.

대학 예비학교 말기부터 갑자기 친교를 맺어 마쓰야마의 마사오카네 집과 그 가족도 알고 있는 나쓰메 소세키는
"나는 그 형세를 보고 마사오카는 돈이 있는 사람이라고 생각하였다. 그런데 실상은 그렇지 않았다. 조상에게서 물려받은 재산은 하나도 없었다."
그의 저서 《마사오카 시키》에 쓰고 있다.

사실 있는 것을 다 까먹고 있었다. 무사 퇴직금 1200엔을 미망인인 어머

니가 친정 오하라 집안에 맡겼고, 오하라는 그것을 이요에 설립된 제52은행에 맡기고 다시 그 일부를 그 은행의 주로 만들어 주었다. 마사오카네는 그것을 조금씩 인출하여 생활비로 써 왔다. 그것도 벌써 20년이 된다. 가족이 마쓰야마를 등지고 도쿄에 나왔을 때는 거의 바닥이 나 있었을 것이다.

오하라 집안의 호주는 오하라 쓰네노리(恒德)였다. 쓰네노리는 시키의 어머니 야에의 남동생으로 가토 쓰네타다의 형인데, 한 집안의 가장이라는 입장이어서 도쿄의 마사오카네 살림살이까지 걱정해야 할 위치에 있었다. 시키는 이 새로운 생활을 시작하자마자 이 외숙부에게

"매번 송구하기 그지없으나"

돈을 요구하는 편지를 보냈다. 10엔만 보내달라고 하는 이유를 상세히 적은 다음

'세상에 태어나서 처음 겪는 고생인가 합니다'라고 말하였다.

어머니와 누이동생이 도쿄에 처음 나왔을 당시에는 이웃의 구가 가쓰난도 꽤 많이 도와주었다.

어쨌든 어머니 야에도 누이동생 리쓰도 도쿄라는 고장이 처음이어서 당장 먹을 된장, 간장 따위는 모두 구가네에서 주었고 목욕까지 구가네에 폐를 끼쳤다.

부엌 세간도 어디서 사야 하는지 몰라 시키가 사러갔다. 무엇이나 적어 두기를 좋아하는 시키는 그런 것들을 모두 기록해 두었다.

밥솥, 풍로, 방비, 부젓가락, 못, 두레박, 국자, 주걱, 신발.

사들고 오는 두레박 바닥에
첫 가을비라

시키는 거리에서 돌아오는 자신의 모습을 이렇게 하이쿠로 읊었다.

시키의 초봉이 너무나 적어 구가 가쓰난도 어지간히 걱정이 되었던 모양인지

"정 안되겠으면 다른 신문사에 소개해 주어도 좋소. 〈아사히(朝日)〉나 〈곳카이(國會)〉라면 30엔 내지 50엔쯤 받아 줄 자신이 있어요."

시키에게 말했다. 그 당시의 언론계에서 가쓰난의 위치나 무게로 보아 이런 정도의 교섭은 간단할 터였다.

그러나 시키는 즉석에서 거절했다.

"몇 백 엔을 준다 하더라도 다른 사에는 들어가지 않겠습니다."

고향의 외숙부 오하라 쓰네노리에게 이렇게 써 보내고 있다. 요컨대 시키는 구가 가쓰난이라는 은인 밑에서 일하는 것 이외의 일은 생각지도 않았으며 결국 이 〈니혼〉 신문사의 사원으로서 짧은 생애를 마치게 된다.

하기는 급료에 있어서는 가쓰난이 그 약속대로 입사한 지 몇 달 뒤에 20엔으로 올려 주고 이윽고 30엔으로 올렸다.

근무에 관해서도 가쓰난은 시키가 병자이기도 하여

"별로 이렇다 할 일도 없으니까 날마다 나올 필요는 없소."

이렇게 말했는데 그것은 시키에게 있어 정말 고마운 일이었다.

그런데 뒷날의 이야기(메이지 27(1894)년 2월)지만 〈니혼〉 신문에서 〈쇼니혼(小日本)〉이라는 가정 신문을 내게 되었다. 원래 〈니혼〉은 논설신문으로 더구나 정부 공격에 있어서는 가장 날카롭고 용감한 신문이어서 자주 발행 정지 처분을 받았다. 그럴 경우에 회사의 경제를 구하는 별종의 간행물이 필요하다고 하여 이 〈쇼니혼〉의 발행이 계획된 것이다. '가정 상대의 고상한 신문'이라는 것이 편집 방침이었는데 어떤 면에서는 논설 신문보다 만들기가 더 어렵다.

그 편집 주임으로 시키가 뽑혔다.

처음에 〈니혼〉의 편집 주임인 고지마 이치넨은 시키를 어차피 세상 물정에 어두운 문학 청년 정도로 보았는데 〈쇼니혼〉의 편집을 하게 된 시키를 보고 의외로 여겼다.

고지마와 시키에 대해서는 그가 입사한 지 얼마 되지 않았을 무렵 에피소드가 있다. 고지마는 신문인에게 학력이 필요 없다는 지론이 있어 대학 예비학교를 중퇴했다는 시키의 자질에 다소의 의문을 갖고 시키를 술자리로 이끌었다.

"저녁에 한잔 하세."

시키에게 신문이 어떤 것인지 가르쳐 주어 정신을 차리게 할 참이었다.

그 무렵 〈니혼〉 신문은 간다 기지 거리(雉子町)의 골목 안에 있었다. 골목을 나서면 양쪽에 빨간 벽돌로 지은 점포가 늘어서 있고 그 한길을 가로질러 가면 '나카가와(中川)'라는 음식점이 있다.

고지마는 그 2층에 올라가 시키에게 한잔 내면서 신문의 문장은 어떻게 써야 하는 것인지에 대해 늘어놓았으나 시키는 죽 아무 대꾸도 없었다.
"끝내 시키는 가만히 있었는데 차츰 내가 압도당하는 듯한 기분이 들었지."

고지마는 뒤에 이렇게 술회했다. 시키가 그런 것을 알고도 남음이 있었다는 증거로 〈쇼니혼〉의 편집은 참으로 훌륭했다. 시키의 재능에는 원래 신문을 만들어낼 만한 상식적인 감각이 있었고, 사무 처리에서도 사내의 그 누구에게도 뒤지지 않았다.

시키와 신문 〈니혼〉의 관계는 이미 학생 시대부터의 일이었다. 입사 전 〈달제서옥배화(獺祭書屋俳話)'〉를 연재한 일이 있다. 30여 회에 걸쳐 실렸는데 나중에 〈니혼〉에서 단행본으로 간행되었다. 하긴 소책자에 지나지 않고 시키의 젊음에서 오는 유치함이 다분히 있기는 하지만, 하이쿠라고 하는, 말하자면 고리타분한 메이지 지식인의 눈으로 보면 하찮기 짝이 없는 일본의 전통 문예에 근대 문학의 조명을 비친 최초의 평론이었으리라.

하이쿠도 단카도 시키의 손에 의해 부흥되었으니, 그때까지의 하이쿠는 노인들의 소일거리 정도의 것으로 평상에 앉아서 두는 서투른 장기와 별로 다를 것이 없었다.

시키는 대학 예비학교 시절부터 호기심에서 하이쿠 세계로 들어갔다. 처음에는 말할 수 없이 서툴러, 어떻게 이렇게도 못쓰는 사람이 하이쿠에 빠지게 되었을까 할 정도였다.

소나기 오니 연잎을 쓰고서
달려 가누나

첫눈이 오래 가려지지도 않은
말똥일레라

이것은 메이지 18(1885)년 예비학교 시절에 쓴 하이쿠이다. 그러나 솜씨가 차차 늘어갔다. 창작을 거듭하여 연마했다기보다 고금의 하이쿠를 공들여 살핌으로써 문예 사상의 깊이를 지니게 되고 그것이 창작에 영향을 미쳤다고 하는 편이 옳겠다. 가령 '문학상의 공상은 무용한 것이다'라고 그가 말하는 '공상보다 실제 모습의 묘사'라고 하는 그 예술상의 입장은 하이쿠라는 것을 여지없이 파헤친 데서 출발했다고 해도 좋으리라.

"나는 지적인 면에서 문학에 들어가려고 한다. 좋지 않은 태도이지만 성격이 그러하니 할 수 없지 않은가."

시키는 사네유키에게도 곧잘 그렇게 말했는데, 어쨌든 그는 하이쿠라는 것을 역사적으로 조사하려 했고 그 경탄할 만한 에너지로 그것을 이룩했다. 그 당시 옛날 하이쿠 관계 서적은 좀처럼 발견되지 않았으나 시키는 헌 책방을 부지런히 찾아다니며 그런 허섭스레기라고 할 만한 책을 사 모았고 친구들에게도 부탁하여 사 모으게 했다. 그의 '하이쿠 분류'는 이런 노력으로 이뤄진 것이었다.

"시키는 하이쿠를 알고 나서 사표가 된 것이 아니라 하이쿠를 모를 때부터 사표가 되었다."

시키의 후계자가 된 일곱 살 손아래인 다카하마 교시(高濱虛子)는 이렇게 쓰고 있다. 초기에 시키는 교시 등의 작품을 고치거나 점수를 매기고는 했는데 교시가 일가를 이룬 뒤 그것을 보니 너무나 유치했다. 요컨대 초기의 시키는 '지금 생각하면 그 당시의 시키는 하이쿠를 몰랐다'(교시의 말)는 말이 된다. 시키의 하이쿠나 하이쿠론이 크게 성장한 것은 〈니혼〉 신문에 들어간 시기부터였으리라.

사네유키가 '요시노'의 인수 때문에 영국에 파견되었던 이 해에 시키는 〈니혼〉에 '바쇼 잡담'을 연재하기 시작했다. 시키는 아직 나이가 어려 그 이론에 젖비린내가 나고 설치는 데가 있지만 그것이 하이쿠 부흥의 크나큰 횃불이 되었다.

바쇼(芭蕉)라고 하면 하이쿠의 '신' 같은 존재로 때마침 이 메이지 26(1893)년은 바쇼의 200주기라 전국의 숭배자들 사이에서 갖가지 모임이 개최되었다. 시키의 이 '바쇼 잡담'은 그런 분위기 속에서 나타나 바쇼의 하이쿠라 하면 그것만으로 신성시되고 모조리 명품으로 보는 경향에 찬물을 끼얹었다.

시키는 바쇼의 위대성을 인정하면서도 '바쇼의 하이쿠는 태반이 졸작이다'라는, 바쇼 이후로 아무도 해내지 못한 단안을 내렸다.

바쇼가 남긴 하이쿠는 1,000여 수, 시키는 그 중에서 '상(上)이라고 할 만한 것은 200여 수에 지나지 않는다'고 했다. 바쇼를 매도하는 것이 아니라 바쇼의 작품에 대해 처음으로 근대적 비평 정신에 의한 공정한 자리를 매기려 했다고 하겠다.

"한 사람의 힘으로 200수나 되는 최상의 작품을 남겼다고 하는 데에 바쇼의 위대한 문학자로서의 가치가 있다."

이렇게 평했다.

수작보다 졸작의 비율이 훨씬 높다는 문제에 대해서는 시키가 또한 멋지게 구제하고 있다.

"바쇼의 문학이란 옛것을 모방한 것이 아니라 스스로 발명한 것이었다. 그것 이전의 데이몬(貞門)이나 단린(檀林)의 하이쿠를 개량했다기보다 오히려 바쇼풍의 하이쿠를 창시했다는 것이 타당하리라. 그런데 바쇼가 이 자기류(自己流)를 연 것은 그가 죽기 10년 전의 일로 그 10년 중에서도 시상이 더욱 입신의 경지를 터득한 시기는 죽기 전 3, 4년이라고 하겠다. 이 창업의 인물을 향해 겨우 10년 간에 200수 이상의 좋은 시를 지어 내라는 것은 무리이다."

이렇듯, 이른바 예술가의 수명에 대해서도 시키는 지극히 계수적으로 발상하는 사람으로 '일본 고래의 문학자나 미술가를 보면 세상에 이름을 떨치고 후세에 명예를 남긴 사람은 대부분 장수한 사람'이라고 하면서 옛날부터 계산하여 85명에 이르는 사람들의 수명을 분류한 표를 게재하고 있다. 문헌이 귀했던 그 당시에 이런 표를 만들었다는 것만으로도 대단한 일이라고 하겠다.

하기는 이 표를 보면 시키의 말대로 수명이 긴 사람이 결국 승자가 되는 모양이다. 70세 이상의 그룹에 '위대한' 사람이 가장 많고 이어서 차점이 80세 이상의 그룹이다. 60세 이상은 훨씬 수가 준다.

50세 이상의 항목에 오가타 고린(尾形光琳), 이케노 다이가(池大雅), 라이 산요(賴山陽), 이하라 사이카쿠(井原西鶴) 등이 들어 있고 바쇼도 여기에 들었다. 이 항목의 사람들은 창작 시간이 짧았기 때문에 역시 인원수가 적다. 20세 이상인 이른바 요절한 천재로 시키가 언급한 것을 보면 사네토모(實朝) 정도이다. 이러한 표로 보더라도 시키는 바쇼를 위해 그에게 주어진 '시간'이 짧았음을 탄식하고 있다.

시키는 신문사에 근무하는 일이 마음에 들었던 모양이다.

특히 구가 가쓰난의 〈니혼〉 신문의 직원이라는 것에 만족하고 있었다.

사쿠마와 소코쓰(寒川鼠骨)라고 하는 시키보다 너덧 살 아래의 후배가 있었다. 마쓰야마 태생으로 시키를 역시 '노보루 씨'라고 부르는 동향 그룹의 한 사람인데 일찍부터 그에게서 하이쿠를 배웠다. 사쿠마와는 교토에 새로 생긴 제3 고등학교에 들어갔으나 오래 가지 않아 중퇴하고 상경하여 시키를 찾았다. 신문사에서 일하는 것이 희망인데 마침 〈아사히 신문〉도 연줄이 있고 〈니혼〉에도 시키라고 하는 연줄이 있어서 의논하러 왔다.

"어느 쪽으로 할까요?"

아사히는 월급이 많고 〈니혼〉 신문은 신문계에서도 가장 적다.

"생각할 것 뭐 있나. 〈니혼〉으로 오게."

시키가 말했다.

그 이유가 걸작이다.

"인간의 가치에 척도가 몇 가지 있는데 적은 보수로 가장 많이 일하는 사람이 가장 훌륭한 사람이지. 하나의 보수로 열의 일을 하는 사람은 백의 보수로 백의 일을 하는 사람보다 가치 있는 사람이야."

다시 시키는 말한다.

"인간은 친구를 선택하지 않으면 안돼. 〈니혼〉에는 가쓰난 옹이 있고 그 밑에는 가쓰난 옹과 비슷한 사람이 많이 있어. 바르고 학문이 제대로 된 사람들이 많은데 그런 사람을 주위에 갖고 있는 것과 갖지 못한 것과는 그 인생이 엄청나게 달라진다는 말이 되지. 월급이 적더라도 참는 거야. 70엔이나 80엔을 준다고 그리로 가는 건 그만두게. 놀지 말고 책이라도 읽게. 책을 읽는 데는 별로 돈이 들지 않아."

시키가 죽은 뒤 어머니 야에는

——노보루는 살아 있을 동안 늘 돈 때문에 고생했다.

면서 눈물을 흘렸다고 한다. 시키의 생애를 통해 얻은 수입이라고는 이 〈니혼〉 신문에서 받는 싼 월급밖에 없었다.

조금 뒤의 일이지만 하이쿠 잡지 〈불여귀〉의 편집을 시키가 '기요시(淸) 군'이라고 부르던 다카하마 교시에게 맡기려고 했을 때, 시키는 편지를 써 보냈다.

"자네는 하이쿠에 있어서 나보다 나은 데가 있지만 그래도 잡지 경영이라고 하면 내가 좀 나을 거네. 어쨌든 팔릴 만한 잡지를 만드는 재간은 자네들에게 있을 성싶지 않아."

이런 말을 쓴 것을 보면 시키는 자신의 편집상의 수완을 스스로 인정하고 있었던 모양이다.

그가 편집주임으로 일하게 된 〈쇼니혼〉의 편집실은 〈니혼〉의 비좁은 사옥에서 반 마장 가량 떨어진 곳에 마련되었다. 모퉁이 집의 창고를 빌린 것이다. 그 창고 2층 8조방이 그의 편집실이었다.

〈쇼니혼〉은 탄생하고 얼마 후 정부의 탄압을 받아 발행 정지가 되어 시키는 〈니혼〉으로 되돌아오게 되었지만, 어쨌든 편집자로서 시키의 솜씨는 신문에 관한 일이라면 말이 많은 고지마 이치넨도 인정하게 되어 시키가 죽은 뒤 이렇게 말하며 그 죽음을 애석하게 여겼다.

"하늘이 그 재간을 탐내어 이 사람을 일찍 데려갔다."

전쟁이 시작되려 하였다.

이른바 청일전쟁이다.

일본의 근대사가 처음으로 경험한 이 대외 전쟁을, 이 이야기에 나오는 세 사람의 이요 사람 역시 당연한 일이지만 저마다의 장소에서 경험한다.

청일전쟁이란 무엇인가.

청일전쟁은 천황제 일본의 제국주의에 의한 최초의 식민지 획득 전쟁이었다.

이러한 정의가 제2차 세계대전 뒤, 일본의 이른바 진보적 학자들 사이에서 상당한 권위를 가지고 통용되었다.

혹은 '조선과 중국에 대해 오래도록 준비된 천황제 국가의 침략 정책의 소산'이라고도 한다. 그런가 하면 적극적으로 일본의 입장을 옹호하려는 의견도 있다.

"청국은 조선을 다년간 속국시하였다. 그리고 북방의 러시아도 조선에 대해 야심을 드러내기 시작하였다. 일본은 이에 대하여 자기 나라의 안전이라는 입장에서 조선의 중립을 유지하고 지켜나가기 위해 조선에서의 청일 두 나라의 세력 균형을 꾀하려고 했다. 그런데 청국은 오만하게도 어디까지나 조선에 대한 자기들의 종주권을 고집하려 했기 때문에 일본은 무력으로 이를 보기 좋게 내몰았다."

전자에서는 일본은 어디까지나 간악하고 악만 일삼는 범죄자의 모습이고, 후자에서는 그것과 전혀 다른, 그 기상도 늠름하게 백마에 높이 앉아 있는 정의의 기사처럼 되어 있다. 국가상이나 인간상을 악이냐 선이냐 하는 양 극단으로밖에 파악하지 못하는 것은 지금의 역사 과학이 갖는 어쩔 수 없는 한계이고, 그 점에서만 말한다면 역사 과학에 근대 정신이 오히려 더 부족하거나, 그것을 갖고 싶어도 가질 수 없는 중요한 결함이 숙명적으로 있는 것처럼 생각된다.

다른 과학에는 악이냐 선이냐 하는 구별이 없다. 가령 수소는 악이고 산소는 선이라는 구별은 없으리라. 그런 일이 절대로 없는 곳에서 비로소 과학이라는 것이 성립되는 것이다. 어떤 종류의 역사 과학의 불행은 오히려 그 반대로 악과 선으로 나누는 지점에서부터 성립되어 간다는 점에 있다.

청일전쟁이란 무엇인가.

이 이야기에서는 그것을 정의해야만 하는 필요성이 극히 조금밖에 없다.

그 아주 약간의 필요 때문에 말한다면, 선도 악도 아니며 인류의 역사 속에 있어서 일본이라는 국가의 성장 정도에 대한 문제로 이것을 생각하지 않으면 안 된다.

이때 일본은 19세기였다.

열강은 서로 국가적 이기심만으로 움직이며 세계사는 이른바 제국주의의 그러한 에너지로 움직이고 있었다.

일본이라고 하는 나라는 그와 같은 열강을 모델로 하여 이 시점으로부터 20년 전에 국가로 탄생했다.

유럽의 흥륭은, 백인의 인종적 우월에 있다기보다 하나의 대륙에 너무나 비슷한 수준의 능력을 가진 민족들이 북적대며 각기 국가를 만들어, 서로 영향을 끼치고, 서로 모방하고, 싸우고, 피를 섞으면서 아귀다툼을 벌인 결과 지구상의 다른 지역에 사는 인종을 마침내 힘으로 압도해 버린 데 있을 것이다.

프랑스인이 활차를 고안해 내면 스페인인이 그것을 곧 모방했고, 스페인인이 풍랑에 강한 선체를 발명하면 그것이 곧 프랑스인의 조선소에서도 만들어졌으며, 영국에서 발생한 산업혁명을 이윽고 유럽의 능동적인 다른 사회에서도 받아들였다. 기술뿐 아니라 학문과 예술, 종교도 마찬가지였다. 종교라고 하면 각국 공통의 조직인 가톨릭이 각국의 그와 같은 학예와 기술을 서로 전파하는 역할을 맡아왔다.

그동안 일본은 극동에 고립되어 있었다.

유럽이 참으로 큰 힘을 갖기 시작한 것은 15세기경부터이며 일본에 있어서는 전국시대에 해당된다. 일본의 전국시대는 이 비좁은 섬나라 안에서 서로 물고 뜯는 전란이 그칠 사이가 없었지만 그것은 유럽에서도 마찬가지였다. 다만 국가 단위로 그것이 이뤄졌다는 점에서 규모의 차이가 있다.

15세기의 유럽 각국은 자신의 힘을 열강 사이에서 서로 겨루는 것 말고도 그 나머지 힘의 배출구를 유럽 이외의 비그리스도교 세계에서 찾게 되었다.

일본인이 오닌(應仁)의 난으로 서로 싸우고 또 아시카가 요시마사(足利義政)가 긴카쿠 사(銀閣寺)를 짓고 있을 때 희망봉이 발견되었고, 이어서 아메리카 대륙이 발견되었다. 오다 노부나가가 일본을 통일하려 할 때 영국의 여왕으로부터 공인받은 해적 프랜시스 드레이크는 다섯 척의 배로 세계 일주를 시도했다.

이윽고 일본이 도쿠가와라는 한 가문의 권력을 영원히 지켜나가기 위해 대외 관계를 막고 쇄국을 단행했을 무렵, 유럽에는 30년 전쟁이 계속되고 있었다. 이후 일본에는 기적과도 같은 평화가 계속되었는데 유럽은 그대로 전쟁의 역사이고 또한 국부의 증대를 위한 식민지 획득 경쟁의 역사였다. 그 사이 유럽에서는 모든 방면의 '인지(人智)'가 더욱 발달했다. 이를테면 국가가 군주의 소유물이라는 성격이 변질되어 군주권이 후퇴하고 국민의 국가라는 것으로 바뀌어 간다.

물론 여전히 제국주의는 계속되지만 그러한 국가적 이기주의 역시 국제법적으로나 사상적으로 많은 제약을 받게 되었고, 말하자면 어른의 이기심이라는 정도까지 성숙한 시기에 '메이지 일본'이 그 축에 끼어들게 되는 것이다.

'메이지 일본'이란 것을 생각해 볼 때 만화로 이해하는 편이 빠르다.

적어도 열강은 그렇게 보았다. 겨우 20여 년 전까지 허리에 쌍칼을 차고 도카이도(東海道)를 두 다리로 걸어다녔고 전 세계 어느 나라에도 없는 상투와 독특한 민족 의상을 몸에 걸치고 있었던 이 국민이 지금은 그런 대로 서양식 국회와 법률을 가지고 독일식 육군과 영국식 해군을 가지고 있다.

'원숭이 흉내'라고 서양인들은 비웃었다.

모방하는 것을 원숭이라고 한다면 상호 모방으로 발달한 유럽 각국민이야말로 진짜 늙은 원숭이임에 틀림없을진대 같은 원숭이 끼리라도 신출내기 원숭이는 웃음거리가 되는 모양이다.

자기네야말로 원숭이가 아니라 세계의 중화라고 생각하고 있는 청국은 청국대로 일본인의 유럽화를 경멸했다. 하기는 일본인을 업신여긴 것은 대청 제국에 의지하려 했던 조선이었다. 조선은 일본에 대해 '왜인은 야만스럽게도 자기 고유의 모습을 버렸다'는 단지 그러한 이유로 일본을 혐오하여 일본의 사절을 내쫓고 돌려보낸 일조차 있었다. 메이지 초년의 정한론은 그런 양쪽의 어른스럽지 못한 감정 문제가 도화선이 되었다.

어쨌든 유신 후 거국적으로 유럽화해버린 일본과 일본인은 선진 국가의 눈으로 보면 만화이고 아시아의 이웃 나라의 눈에는 가소롭고 얄미운 존재로밖에 비치지 않아, 어느 쪽에서나 애정과 호의를 얻지 못했다.

그러나 당사자인 일본과 일본인만은 지극히 진지했다. 산업 기술과 군사 기술은 서양보다 400년이나 뒤떨어지고 있었다. 그것을 단번에 흉내 냄으로써 되도록이면 단번에 터득하고, 그렇게 함으로써 서양과 같은 부국 강병의 영예를 얻고자 원했다. 아니, 영예나 영광 같은 여유 있는 심정이 아니라 서양을 흉내내어 서양의 힘을 몸에 지니지 않으면 중국과 마찬가지로 망국 일보 전의 상태가 된다는 생각을 가지고 있었다. 일본이 이런 자신의 과거를 과감하게 벗어 던진 처절할 정도의 서양화에는 일본 제국의 존망이 걸려 있었다.

서양이 강대해진 에너지의 원천은 어디에 있는가, 하는 점에 대해 일본의 국수주의자들은 그것이 제국주의와 식민지에 있다고 보았다. 민권론자 역시 '자유는 민권에 있다'고 하면서도 많은 자들이 제국주의를 아울러 인정하였다. 제국주의와 자유민권이 서로 어울려서 서양 여러 나라의 생명의 원천을 이루었다고 보았고 그렇기에 당연히 그것을 흉내내려고 했다.

서양의 제국주의는 이미 나이가 들고 경험을 쌓아 복잡하고 노회해졌으며, 일찍이 강도였던 자가 상인의 모습을 가장하고 때로는 탈바꿈하여 휴머니즘의 탈을 쓰기까지 농익어 있었는데, 일본의 그것은 개업한 지 얼마 안되어 몹시 서투르고 어쭙잖으며 욕망이 노골적이어서 결과적으로 추악한 면을 드러냈다. 유럽 열강 중에서는 제국주의의 후진국인 독일이 다분히 일본을 닮아 있었다.

이야기의 방향을 바꾸고자 한다.

그 당시의 일본과 그 주변의 상태 및 상황을 어떻게 설명할 것인지, 필자는 이리저리 갈피를 잡지 못하고 있다.

차라리 고무라 주타로(小村壽太郎)라고 하는 그 당시 중국에 파견되어 있던 외교관의 언동에서 살펴 가는 편이 어쩌면 빠를지도 모른다.

고무라 주타로는 휴가(日向 : 미야자키 현) 오비(飫肥) 번 출신으로 이 이야기의 주인공의 한 사람인 아키야마 요시후루보다 네 살 위이다.

메이지 3(1870)년, 번의 장학생으로 뽑혀 도쿄 대학 남교에 들어가 법률을 배웠다.

고무라가 17, 18세일 때 도쿄 거리에서는 마치 후년의 배우 사진처럼 총리대신이나 참의원의 사진이 팔리고 있었다. 정치가가 스타였던 시대였다. 고무라는 그 중의 하나인 참의원 오쿠마 시게노부(大隈重信)의 사진을 사다가 기숙사 책상 위에 걸어 놓았다. 그는 그 사진 뒤에 '근정, 고무라 주타로 군, 오쿠마 시게노부로부터'라고 자기 손으로 썼다. 사인을 흉내낸 것이었으리라.

학우들이 놀라서 오쿠마 시게노부와 알고 지내는 사이냐고 물었다. 고무라는 거만하게 가슴을 젖히며 말했다.

"저쪽에서는 모를 거야. 하지만 나는 알고 있어."

그 시대의 그 자그마한 신흥 국가의 학생들의 목표가 무엇이었는지 알 수 있을 것이다. 단순 명쾌한 입신 출세주의이며, 시키도 이 나이 때 그러했듯이 참의 대신이 되어 한 나라를 움직이고 경영하는 일이었다.

재학 중 정한론이 일어나 내각이 두 개로 쪼개지고 정한파였던 참의 사이고 다카모리(西鄕隆盛), 이타가키 다이스케(板垣退助), 에토 신페이(江藤新平) 등은 사표를 던지고 고향으로 돌아갔다. 이 때문에 내란의 기운이 감돌았다. 학생들도 두 파로 갈라져 토론을 벌였다.

고무라(小村)는 말했다.

"이 형편으로는 반드시 내란이 일어난다. 정부가 토벌군을 일으켜 양군이 서로 싸우면 막대한 군비가 낭비되며 수많은 인간이 죽는다. 동포끼리 큰 돈을 들여가며 서로 죽일 바에는 바다를 건너 조선을 치는 편이 좋지 않은가."

전쟁을 당하게 되는 조선이야말로 횡액이라고 할 수밖에 없지만 이 시대의 일본 사람들 정치감각은 대략 이런 것이었다.

고무라는 메이지 8(1875)년, 문부성 유학생으로 도미하여 하버드 대학에서 3년 동안 법률을 배웠으며, 그 뒤 2년 동안 뉴욕의 변호사 사무실에서 일하면서 법률의 실무를 익혔다.

고무라 주타로라고 하는 이 메이지 시대를 대표하는 외교관은 평생 '양이주의자'로 자처했는데 미국 유학중에도 일본인으로서의 자부심이 지나치게 강했다.

가령 니지마 조(新島襄 : 동지사 대학의 창립자)를 재미 중에 돌봐준 하디라는 인물을 보스턴에서 만난 일이 있었다. 하디가 '니지마는 교토에 학교를 세웠다고 한다. 나는 그의 그리스도교주의에 의한 일본인 교육이 성공할 것을 빌고 있다'고 하자 고무라는 그 말이 채 끝나기도 전에 단언했다.

"빌어도 소용없을 거요. 일본에서는 성공하지 못합니다."

이런 점이 고무라 주타로의 국수주의적 기질의 표현이라고 할 수 있다.
──니지마 조의 그리스도교주의에 의한 교육 사업은 성공하지 못한다.
하디가 놀라서 까닭을 물었더니 이 일본인 중에서도 유별나게 작은 이 사나이는 다음과 같이 말했다.

"일본의 문화와 역사가 방해할 겁니다. 당신들 미국인은 일본을 필리핀이나 하와이처럼 생각하고 있는 모양이더군요. 그런 나라에 대해서라면 그리스도교가 크게 침투할 테지만 일본은 그리스도교 문명과는 다른 계열이며 게다가 당당한 문명과 전통을 가지고 있습니다. 일본인은 서양의 기술을 배울망정 거기에 따른 그리스도교 문화에 대해선 섭사리 동화되지 않을 것이고, 따라서 니지마 조의 사업은 당신이 기대하는 것만큼 성공을 거두지 못할 겁니다."

메이지 14년 고무라는 '미국 법률 학사'라는 간판을 가지고 돌아와서 사법성에서 근무했다. 얼마 뒤 외무성으로 옮겼는데 메이지 21(1888)년 33세로 번역국장이 되었다. 이 무렵 그가 학생 시절에 초상화를 샀던 오쿠마 시게노부가 구로다(黑田) 내각의 외무 대신을 지내고 있었고 고무라의 상관이었다. 언젠가 오쿠마는 자택에서 성대한 만찬회를 열어 원로대신, 차관, 국장 등 고관들을 초대했다.

그 자리에 만담가인 엔초(圓朝)가 여흥을 위해 불려와 주연의 말석에 앉아 있었다.

　정면에는 추밀원 의장인 이토 히로부미(伊藤博文)가 앉아 있었다. 이토가 왼손을 들며 말했다.

　"엔초, 잔을 받게."

　그러나 말석에 앉은 엔초는 신분을 생각한 나머지 황송하여 다른 사람 뒤에 숨은 채 고개를 숙이고 앞으로 나오려 하지 않았다.

　그때 고무라가 큰 소리로 말했다.

　"엔초, 나가. 뭐 사양할 것 있는가."

　거기까지는 좋았다.

　"이 자리에 조정의 고관들이 기라성같이 늘어앉아 있지만 이 가운데 가장 훌륭한 것은 그대가 아닌가. 원로들이나 대신들은 지금 죽은들 뒤에는 어엿한 후계자가 버티고(자기를 말한 듯) 있지만 자네에게 후계자가 있는가. 없을 테지. 그러니까 엔초, 당당히 앞에 나가게."

　고무라는 이 무렵 일개 번역국장일 뿐이라 그 자부심으로 볼 때 불만이 컸고 따라서 그만 대관들에게 오만무례한 폭언을 했던 것 같다. 그러나 그 당시 유신한 지 얼마 되지 않고 관료의 질서 역시 질서 감각만으로 움직이는 것은 아니었으므로 이토도 오쿠마도 쓴웃음만 지었을 뿐 고무라를 특별히 책하지도 않았던 모양이다.

　다만 불운이 계속되었다. 5년 동안 고무라는 번역국장 자리를 지키고 있어야 했다.

　메이지 26(1893)년, 외무성의 기구가 개편되어 번역국이 폐지되었다.

　고무라는 당연히 물러나야 할 처지였다. 그는 아버지의 부채를 상속하고 있었기 때문에 지독하게 가난하여 언제나 다 떨어진 플록코트를 입고 있는데다 흉할 정도로 작은 몸집에 용모마저 빈약하여 전체적으로 쥐새끼 같은 인상이었으므로 아무도 그가 외교관 일을 해내리라고는 생각지 않았다.

　당시의 외무 대신은 무쓰 무네미쓰(陸奧宗光)였다. 외무성의 번역가에 지나지 않았던 고무라는 이 무쓰의 도움으로 외교 무대에 등장하게 된다.

　두 사람은 원래 인연이 깊지 못했다. 언젠가 무쓰 무네미쓰가 문부 대신인 요시카와 아키마사(芳川顯正)와 함께 신바시(新橋) 역의 플랫폼을 걷고 있는데 고무라가 큰 소리로 웃으며 조롱했다.

"저기 좀 봐. 수세미(무쓰)하고 호박(요시카와)이 걸어가는군. 하나는 가늘고 하나는 둥글잖아? 그런데 둘 다 속이 비어 있기는 마찬가지야."

늘어선 동료들이 눈살을 찌푸렸다.

어느 날 외무 대신 관저에서 연회가 있었다. 영국 총영사로 부임하는 동료를 송별하는 연회였다. 식사 후 우연히 영국의 면제품에 대한 이야기가 나와 화제가 방적론까지 미쳤다.

그런데 이 석상에서 고무라가 상세하기 그지없는 영국 방적론을 논하기 시작한 것이다. 연도별 원면의 생산고, 수출입 현황, 그리고 각종 면제품의 우열까지 논하자 동료들은 감탄하지 않을 수 없었다.

고무라는 5년 동안 한가한 틈을 타서 조사한 것이지만 동료들로서는 번역관이 그만한 일을 알고 있으리라고는 생각도 하지 못했던 것이다. 당시 번역 국장 같은 것은 외교관으로 생각지도 않았다. 무쓰도 놀라며 물었다.

"자네는 어떻게 그런 일까지 알고 있는가?"

고무라는 이렇게 대답했다.

"작은 일뿐만이 아닙니다. 천하 국가의 대사에 관해서도 약간의 포부를 갖고 있습니다."

그리고 이 땅딸보 사나이의 버릇인 떠나갈 듯한 웃음을 터트렸다.

무쓰는 인사 이동에 즈음하여 이 일을 기억하고 있었던 모양이다.

그런데 공석이 북경밖에 없었다. 당시 외무성 안에는 아시아의 임지를 업신여기고 구미의 임지만 높이 평가하는 풍조가 있었다. 하물며 고무라는 미국에 유학한 사람이고 그 영어와 영문은 미국인마저 감탄할 정도의 실력이었으므로 북경에는 맞지 않았다.

"자네를 워싱턴에 보내고 싶지만 지금은 공석이 없어. 당분간 북경에 가 있지 않겠는가?"

무쓰는 고무라를 불러서 말했다. 고무라는 속으로 춤을 추고 싶을 만큼 기뻤다. 임지가 어디이든 외교의 제일선으로 나갈 기회가 찾아온 것이다.

"오히려 북경이야말로 원하는 곳입니다."

그러자 무쓰는 고무라의 사양인 줄만 알고 말했다.

"조금만 참아 주거나. 몇 년 뒤에는 워싱턴 주재를 고려할 테니."

"걱정해 주셔서 감사합니다만 그렇게 말씀하시는 대신께서 장차 계속하여 외무 대신으로 있을 거라는 보장은 없는 것 아니겠습니까?"

면도날이라고 불리던 무쓰는 어떤 경우에도 날카롭기 이를 데 없는 논리를 준비하고 있었으나 이때만은 침묵하지 않을 수 없었다.

이 메이지 26(1893)년은 청일전쟁이 발발하기 전해이다. 이 해 마사오카 시키는 〈니혼〉 신문에 입사했고 고무라 주타로는 가을인 10월에 북경에 부임했다.

같은 시대의 사람이라는 것뿐 두 사람 사이에 이렇다 할 인연은 없었지만 단 한 가지 구가 가쓰난이 외무성 인사 이동의 기사를 보면서 시키에게 말했다.

"이 고무라 주타로라고 하는 사람이 제법 활약할지 모르겠군."

가쓰난이 우연히 그 이름을 알고 있었다는 것을 빼면 만물 박사인 편집 주임 고지마 이치넨과 편집 동인 그 누구도 그 이름에 대해 아무런 지식도 갖고 있지 않았다. 요컨대 1년 뒤 세상에 이름을 날린 이 인물도 이 시기에는 무명의 외무성 관리에 지나지 않았던 것이다. 그러나 가쓰난은 말했다.

"스기우라 군이 늘 얘기하더군."

스기우라 군이란 스기우라 주코(杉浦重剛)를 말하는 것이었다. 오미(近江) 제제(膳所) 사람으로 도쿄대학 남교에서는 고무라 주타로와 동창이었고 훗날 영국에 유학하여 화학을 전공했는데 귀국 후 국수주의자로 바뀌어 교육자가 되었다. 시키의 대학 예비학교 시절의 교장이기도 하다. 하긴 당시 스기우라는 28, 9세의 젊은 나이였다.

그 스기우라와 구가 가쓰난은 친구로서 두 사람은 거의 날마다 우시고메(牛込)의 '일본 구락부'에서 만났다.

그 스기우라가 가쓰난에게 말했다고 한다.

"이번에 북경 공사관 참사관이 된 고무라 주타로라는 인물은 사물의 본질을 꿰뚫어보는 재간이 있는 사람으로 아무리 복잡한 상황에 직면해도 속아 넘어가지 않고 본질을 내다보네. 영어에서 말하는 펠러시(오류)를 볼 줄 아는데다 실행력이 있으니까 반드시 무슨 일인가 해낼 것이 틀림없어."

시키의 이야기는 잠깐 접어둔다.

아무튼 고무라 주타로는 북경에 부임했다. 참사관직이었으나, 중국 주재 공사인 오토리 게이스케(大鳥圭介)가 한국 주재 공사도 겸하고 있어 사실 그 편이 더 다망했기 때문에 고무라는 북경에 도착하자마자 그 날로 대리 공사에 임명되었다.

당시 청국은 일본이 까마득하게 올려다볼 수밖에 없는 대국이었지만 공사관의 일은 의외로 적었다.

영, 미, 불, 독 등 이른바 열강에 주재하고 있는 일본 공사관원은 조약 개정이니 국채의 처리 등 커다란 문제를 안고 있는, 말하자면 중요한 일을 하고 있는 셈이었으나 중국에 대해서는 그런 과제를 갖고 있지 않았다.

반면에 열강은 중국에 대한 외교를 중요시하고 있었다. 영국, 미국, 프랑스, 독일, 러시아 등의 나라들은 중국 영토를 잠식하며 일찍부터 큰 시장을 차지하고 있어서 그 권익을 보호하거나 더 큰 권익을 얻어내려는 중대한 목적이 있었으므로 각국이 꽤 무게를 가진 외교관을 두고 있었다.

북경에 있는 이들 열강의 공사들은 그들만의 외교단을 조직하여 중국을 상대로 공통된 이익을 위해 끊임없이 긴밀한 연락을 서로 취하고 있었으나, 물론 일본 공사는 그 축에 끼지 못했다.

중국의 고관들도 일본의 공사는 열강의 그것과 비교해 노골적으로 차별하는 일이 많았다.

고무라 주타로는 북경의 임지에 가기까지 중국에 대해서는 아무것도 몰랐다.

그래서 부임 후에 열심히 연구했다.

재임한 지 1년도 되지 않은 메이지 27(1893)년에 청일전쟁으로 도쿄에 돌아왔을 때, 자신이 본 당시의 북경에 대해 부하를 시켜 이렇게 속기하도록 했다. 〈고무라 주타로의 청국 관찰〉이라고 제목을 붙일 만한 것으로 당시 북경의 모습이 시각적으로 떠오른다.

"북경의 인구는 200만이라고 하지만 실제는 80여만에 지나지 않는다. 호수는 10여만. 모두 단층 건물이다. 도로는 일본 도쿄의 우에노(上野) 참배길 만한 넓이의 것이 몇 개 있을 뿐인데 그것도 도로 양쪽에 노점이 널려 있어 심히 비좁다. 그 도로는 인도와 마차 도로가 따로 나 있다. 노점은 주인이 거기서 자므로 하나의 집과 다름이 없다. 도로는 옛날 그대로의 상태이며 보수 공사라는 것을 하지 않아 울퉁불퉁하여 보행이 몹시 곤란하다. 그 도로의 불결함은 듣던 바와 다름이 없는 것으로 모두 도로상에 대소변을 보아 악취가 고약하다. 그러나 그들은 습성이 되어 있어 아무렇지도 않은 모양이다. 소변은 도처에 개울을 이루고 또 못을 이룬다. 그러므로 정신을 차리지 않으면 그만 빠지기 십상이다."
"다행히 대변은"
이 공사의 관찰은 계속된다.
"거기에 오래 남아 있지 않는다. 그 대변을 돼지, 개, 사람, 세 종류의 것이 다투어 가며 처리해 버린다. 사람은 개를 쫓고 개는 돼지를 쫓으며 서로 많이 차지하려고 야단이다. 개는 교활하다. 아이들이 노상에서 대변을 볼 때 옆에서 그것을 기다리고 있다가 끝나는 대로 냉큼 먹어 버린다. 사람은 개를 쫓는다. 사람은 마치 일본 도쿄의 넝마주이 같은 통을 짊어지고 개를 쫓고서 대변을 떠 넣어 시외로 가지고 가서 비료로 판다."
"이처럼 불결한 데가 여름에는 비가 장마처럼 내리고, 그쳤다 하면 바람이 분다. 일주일에 한 번은 사막에서 휘몰아쳐 오는 흙먼지가 햇볕을 가려 천지가 어두워진다. 그래서 무덥지만 그 무더위보다 더욱 견디기 어려운 것은 백색의 미충(微蟲)이다. 이 미충은 저 빈대와는 달리 거의 눈에 띄지 않는 날벌레〔飛蟲〕인데 이것에 물리면 때로는 의사의 치료를 요할 정도가 된다. 나도 그것에 물려 지금도 흉터가 까만 멍처럼 남아 있다."
"물도 나쁘다. 도저히 마실 수가 없는 것이다."
"북경 정부의 군병이 15만이라고 하나 실수는 12, 3만이다. 그 군기가 문란함이 이를 데 없어, 이를테면 일본 공사관의 요리사도 이 병졸인데 그는 훈련에 딴 사람을 대신 내보내고 속이고 있으며 실제로 병사다운 자는 2만도 안 된다. 다만 이홍장 직할에는 그나마 볼 만한 군대가 있는데 이것도 규율이 대단한 것이 아니어서 두려워할 만한 것이 못 된다."
"발해 만의 수비 또한 두려워할 것이 못된다. 약간의 위험을 무릅쓰면 문제없이 상륙하여, 북경을 찌를 수 있다. 단, 태고의 요새는 견고하여 상륙하기 어려울 줄 안다."
"일본 군대는 바둑으로 말하자면 정석(근대 전술)을 갓 배웠다고 할 수 있어 어디까지나 정석대로 하고자 할 것이나 갓 익힌 정석은 도리어 손에 익지 않아 뜻하지 않은 실수를 저지를 염려가 있다. 차라리 지금까지 해오던 방식으로 대담하게 하는 편이 청국군에 대해서는 효과적이 아닐까 한다."

북경의 열강 외교단에 일본 공사는 물론 들어 있지 않았다.

일본 공사 따위는 청국 정부측에서 보더라도 거대한 동물 속에 벌레가 섞여 있는 정도의 존재였으리라.

"이렇게까지 일본의 위치가 낮을 줄은 미처 몰랐다."

부임초 고무라 주타로가 말했으나 오래된 공사관원은 그 말을 정정했다. 위치가 낮은 것이 아니라 없는 것과 같다고 했다.

"위치가 없다……."

"돈도 없고요."

공사가 쓸 수 있는 교제비가 없다는 것이었다. 그러므로 청국 정부의 고관이나 열강의 공사들에게 초대받아도 나중에 답례의 연회를 열 경비가 없었다.

"하긴 아무도 초대하지도 않지만요."

고참 관원이 말했다.

고무라가 부임한 계절은 겨울이었다. 아무리 일본 공사관이라고 하지만 난로는 피우고 있었다. 그렇다고 모든 방이 그런 것은 아니어서 석탄 살 돈이 넉넉지 않아 화로로 대체한 방도 있다. 그런 방의 관원들은 큰 화로 외에 사타구니에도 작은 화로를 끼고 있었다.

"어쨌든 청국은 우리를 외교단이라고 생각하지 않고 있습니다."

"그럼 뭐라고 생각하나?"

"어린 아이가 외교단 흉내라도 내고 있는 줄 알겠지요, 뭐."

"어디 한번 전쟁이라도 일으켜 혼을 내줘야겠군."

고무라가 말했다. 한반도에서는 이미 청일 간의 공기가 험악해지고 있어서 고무라가 말한 전쟁이라는 말이 영 엉뚱한 것도 아니었다. 특히 고무라는 언제나 주전론자였고 국가에 승산이 있는 한 전쟁을 벌임으로써 국력의 신장과 국제 사회에서의 지위 향상을 도모해야 한다는 사상의 소유자였으므로 이 점은 열강의 외교 사상과 조금도 다름이 없었다.

"청국에 달려들어 혼을 내주면 놈들의 쑥 나온 배가 하루 아침에 들어갈 걸."

고무라는 쥐새끼 공사로 불렸다.

이 별명은 열강 외교단의 주역이라고 할 수 있는 영국 공사 N.R. 오코너가 붙여준 모양이었다.

그야말로 랫 미니스터(쥐새끼 공사)였다. 조그만 얼굴에 커다란 솔 같은 수염을 기르고 눈에 보이지도 않는 작은 몸뚱이를 낡은 플록코트로 감싸고 무슨 일이 있으면 쥐새끼같이 재빠르게 뛰어다녔다.

──묘한 놈이 왔다.

열강의 외교관들은 이렇게 생각하고 애당초 멸시하였다.

신분이 대리 공사라는 것도 열강이 미심쩍게 여긴 이유였다. 어떤 의미에서는 세계에서 가장 중요한 도시에 일본이 대리 공사밖에 주재시키지 않았으니 더욱 이상했던 모양이다.

당시 북경의 대표적 정치가는 이홍장이었다. 아니 북경뿐만 아니라 그 시대에 전세계를 통해서 보더라도 이홍장만한 정치가는 많지 않았다.

이홍장은 젊어서 문관 출신이었으나 스스로 투신하여 군에 종사했다. 청국은 온갖 면에서 말기적 현상을 보이고 있었는데 특히 내란이 잇달아 일어나고 장발적(長髮賊)이 들끓어 정부군이 몹시 저조한 상황에 있었을 때, 그는 고향에 돌아가 지원병을 조직한 뒤 그들을 훈련시켜 크게 적을 물리쳤고 그 뒤 영국인 고든 장군과 연합하여 각처에서 계속 적을 무찔러 더욱더 그 그릇을 인정받게 되었다.

그 뒤 그의 경력은 찬란한 것이었다. 5국 통상 대신을 시초로 남양 통상 대신을 겸한 경력은 그를 외교상의 숙련가로 만들어 간다. 다시 흠차 대신(欽差大臣)이 되어 북양 통상 대신을 겸했으며 뒤이어 해군을 건설하여 메이지 19(1886)년에 전권 대신(총리)이 되었다. 북경에 있는 열강 외교단은 이홍장을 추켜올려 '동양의 비스마르크'라고도 했다.

어쩌면 비스마르크보다 이홍장이 더 뛰어났을지도 모른다. 그의 조국인 청국은 독일과 달리 내란이 끊일 사이 없었고 정강(政綱)은 어지러웠으며 군대는 약체인 데다 국토가 넓고 자원이 풍부하여 그것을 노리는 열강의 이권 다툼에 밥이 되려 하고 있었다. 이홍장은 그런 곤란한 상황 아래에서 이 나라의 재상이 되었고 노대국의 체면을 유지하는 한편 많은 이권을 열강에 나누어 주면서도 그들을 서로 견제케 하여 북경 외교의 세력 균형을 유지하려고 했다. 이 점에서 뛰어난 수완가라고 해도 좋으리라.

다만 이홍장 외교의 결함은 동양적 거만함으로 시종한 점이라고 하겠다.

고무라 주타로는 부임하자마자 만수절(萬壽節)의 축하연에 초대되었다. 외국의 외교단에게 북경은 아시아 외교의 주무대였다. 이 만수절의 축하연은 외교관들로 볼 때 북경에서의 화려한 제전이라고 할 수 있었다.

연회가 끝나고 고무라는 별실에 마련된 휴게실에서 한숨 돌리며 다른 나라 외교관들과 얘기를 나누고 있었다. 거기에 이홍장이 거구를 흔들면서 나타나더니 문득 고무라의 모습을 발견하자 그 앞에 와서 정중하게 절을 했다.
"그런데 고무라 각하."
그는 허리를 굽히면서 고무라에게 말을 걸었다.
"이 자리에는 각국의 귀현(貴顯) 신사가 계시고 숙녀들 또한 화려한 꽃과도 같습니다. 그런데 둘러보니 각하의 키가 가장 작은 듯합니다만 귀국 인사들은 모두 각하와 마찬가지로 그렇게 작습니까?"
"유감스럽게도 일본인은 작습니다. 하지만 큰 사람도 있습니다. 각하처럼 거구를 가진 자도 있습니다만 일본에서는 그런 사람을 가리켜 커다란 땅두릅나무(크기만 하고 쓸모없는 것의 비유)라든가 덩치가 크면 지혜가 고루 돌지 못한다는 둥 하며 그런 자에게는 국가의 대사를 맡기지 않지요."
그러고는 크게 웃어젖혔다.

이제 전쟁의 원인에 대해 언급해야 할 것 같다.
원인은 조선에 있다.
물론 한국이나 한국인에게 죄가 있는 것이 아니고 죄가 있다고 한다면 한반도라는 지리적 존재에 있다.
원래가 반도 국가란 유지하기가 어렵다. 이 점은 유럽에서의 발칸 반도나 아시아에서의 베트남 등이 그것을 증명하고 있으며 때마침 이 청일전쟁 직전에 베트남에서도 비슷한 문제가 일어나고 있었다. 청국이 베트남의 종주권을 주장하며, 이를 식민지로 만들려고 한 프랑스와 분쟁을 일으킨 것이다. 그 결과 청불전쟁이 일어나 프랑스 해군은 청국 복건함대를 전멸시켰고 다시 육전에서도 청국은 연전연패했다. 메이지 17(1884)년의 일이다.
한반도의 경우는 베트남보다도 더 복잡하다.
청국이 종주권을 주장하는 것은 베트남과 다름이 없었으나 이에 대해 새로 보호권을 주장하고 있는 것은 러시아와 일본이었다.
러시아 제국은 이미 시베리아를 손아귀에 넣었고 연해주, 만주를 그 제압 아래 두려고 하는 중이었으며 그 여세를 몰아 조선에까지 그 발을 뻗으려는 기세를 보이고 있었다.
일본은 그보다 절실했다.

절실하다는 것은 조선에 대한 생각이다. 조선을 영유하겠다기보다, 조선을 다른 나라에 빼앗길 경우 일본의 방위가 성립되지 않는다는 것이었다.

일본은 그 과잉이라고 할 수 있는 피해자 의식에서 메이지 유신을 일으켰다. 통일 국가를 만들어 하루빨리 근대화함으로써 열강의 아시아 침략으로부터 자신의 나라를 지키려고 했다. 그 강력한 피해의식은 한편 제국주의의 이면이라고 할 수도 있지만 어쨌든 이 전쟁은 청국이나 조선을 영유하려는 야심에서 일으킨 것이 아니라 다분히 수동적이었다.

'조선의 자주성을 인정하고 완전 독립국으로 하라'는 것이 일본의 청국 또는 관련된 각국에 대한 주장이었고 그것을 오랫동안 외마디 염불처럼 외어 왔다. 일본은 한반도가 다른 대국의 속령이 되는 것을 두려워했다. 그렇게 되면 현해탄 하나를 사이에 두고 일본이 다른 제국주의 세력과 이웃하지 않을 수 없게 된다.

이 때문에 일본은 전권 대사 이토 히로부미를 천진에 보내 청국의 이홍장과 담판하게 하고 이른바 천진 조약을 맺었다.

그 요지는 '만일 조선에 내란이나 중대한 변사가 일어났을 경우'라는 가정 아래 '그 경우 양국(청국과 일본) 또는 그 어느 한쪽에서 파병할 필요가 있을 때 서로 공문을 띄워 충분히 양해하도록 할 것. 난이 진압되었을 시는 즉각 철병할 것'이라는 것이었다. 이 조약으로 일본은 조선의 독립을 유지하려고 한 것이다.

한국 자신도 어쩔 도리가 없었다.

조선왕조는 이미 500년이나 계속되어 그 질서가 완전히 노화되어 있었기 때문에 조선 자신의 의사와 힘으로 스스로의 운명을 개척할 능력이 전혀 없다고 할 수 있었다.

그러는 판인데 동학농민운동이 일어났다. 동학이란 서학(그리스도교)에 대칭하는 말이다. 유, 불, 도의 세 교를 합치고 거기에 현세의 행복을 가미한 신흥 종교로 이것이 일본의 막부 말기부터 조선의 전라도와 충청도의 농민들 사이에 퍼져, 이윽고 농민 운동의 색채를 띠기 시작한 것이다.

그것이 조선의 질서를 뒤흔들 만한 세력이 된 것은 메이지 27(1894)년 2월의 갑오년 동학농민운동 때부터이다. 동학의 접주 포교사의 한 사람인 전봉준(全琫準) 등의 지도 아래 1000명이 고부의 군청을 점령했다. 5월 11일,

이를 진압하려고 한 정부군을 황토현에서 격파했다. 5월 27일에는 신식 화기를 가진 관군을 4000명의 농민군이 무찌르고 같은 날 31일에는 전주성을 함락시켰다.

한국 정부는 크게 놀랐다. 한국이 직면한 가공할 만한 불행은 정부의 손으로 국내의 치안을 유지할 수 없었다는 데 있었을 것이다.

"청국에 구원을 요청하자."

이런 의견이 나왔다.

——일본에 요청하자.

이런 생각은 그 누구도 하지 않았다. 일본은 소국이라고 업신여기고 있었고 원래 청국을 종주국으로 삼았던 터이므로 당연히 종주국에 의지한다는 생각이었다. 다만

——청국에 구원병을 청하면 그것에 대항하여 일본군도 올 것이 아닌가. 하는 소극적인 반대론은 있었으나 이미 불은 발등에 떨어져 있었으므로 그런 자중론은 먹히지 않았다.

더욱이 한성(서울)에는 한국 주재의 청국 대표로 원세개(袁世凱)라는 청국 정부에서도 상당한 실력자가 있다. 조선 정부는 원에게 은밀히 이 뜻을 말했다. 원은 이제야말로 조선에 청국의 지배력을 강화시킬 호기가 왔다고 보고 크게 기뻐하며 그 뜻을 본국에 알렸다.

이 무렵 한성에 있던 일본의 대리 공사는 조선통으로 유명한 스기무라 후카시(杉村濬)인데 그가 이 움직임을 탐지하고 본국에 알렸다.

"일본은 만약의 경우에 대비하여 언제라도 출병할 수 있도록 준비를 하여야 하며 혹시 청국에 선수를 빼앗긴다면 조선에 있어서의 일본의 발언권은 영원히 사라지고 말 것이다."

외무 대신 무쓰 무네미쓰도 같은 의견이었다. 그는 재빨리 조치를 취했다.

일본 육군은 무쓰 이상으로 기민하여 한국 정부가 원세개에게 은밀하게 구원을 청한 6월 1일에는 이미 병력을 수송할 선박을 확보하는 단계에 있었다. 그 이튿날 2일에는 각의에서 출병이 결정되었다.

다만 수상인 이토 히로부미는 뒤의 러일전쟁에서도 그랬듯이 이 경우에도 청국을 상대로 전쟁을 일으키는 것을 극력 피하려고 했다. 그것은 이토의 정치가로서의 기본 성격이었을 것이다.

이토는 파견군이 '청국과의 세력 균형을 깨는 일이 없도록' 하라고 육군

대신 오야마 이와오(大山巖)에게 다짐을 두었다. 오야마는 그렇게 하겠다고 했다. 그러나 참모본부는 딴 배짱을 가지고 있었다. 개전이 불가피하다고 보고 그것을 기본 사상으로 출병을 계획했던 것이다.

인류는 수많은 불행을 겪으면서 이른바 제국주의적 전쟁을 범죄로 보기까지 진보했다. 그러나 이 이야기 당시의 가치관은 그것과는 다르다. 그것을 애국적 영광의 표현으로 보고 있었다.

일본은 나라가 너무나 작았지만 그래도 청국과의 전쟁에 이기려고 했다. 이기려면 이기기 위한 조직과 방법이 있어야 했을 것이다.

그 조직과 방법이야말로 참모본부 방식이라고 불러야 할 것이었다.

프로이센주의였다.

이것은 프로이센의 육군 참모 소령 메켈이 가르친 것이다. 그리고 그것을 더 많이 알기 위해 많은 수재를 독일에 파견했다. 그 중에서 최대의 인물은 그 당시 육군의 보배로 불리던 가와카미 소로쿠(川上操六)였다.

그는 메이지 20(1887)년 1월 독일에 유학하여 약 1년 반 동안 베를린에 머무르며 참모본부의 조직과 운영을 연구했고, 귀국하자 소장이 되어 참모본부 차장이 되었다.

귀국 후 사쓰마 출신인 그의 사상은 프로이센적이 되었다고 해도 과언이 아닐 것이다.

국가의 모든 기능을 국방이라는 한 점에 집중시킨다는 사상이었다.

철도의 경우를 예로 들어보자. 철도는 해안을 지나기도 하는데 가와카미는 이것을 불가능하다고 했다.

"적의 함포 사격을 받을 염려가 있다. 유사시에 군대 수송이 그것으로 인해 크게 저해된다. 철도는 모름지기 산간을 달려야 한다."

메이지 25(1892)년, 그는 철도회의 의장이 되어 이것을 주장했다. 그 당시 도카이도 선은 이미 개통되었으나 중앙선, 산요선(山陽線)은 부설 계획 중이었다. 9월에 철도의 주무 대신인 체신 대신 구로다 기요타카(黑田淸隆)의 관저에서 그 회의가 열려 체신성 측이 그 상세한 실측도와 계획안을 냈으나 가와카미는 이에 이론을 제기하며 '해안 폭로선은 안 된다'고 끝까지 주장했다. 가와카미의 주장을 받아들이게 되면 산간에 터널을 무수히 뚫어야 하며 그것 때문에 방대한 경비가 소요된다는 이유로 회의는 크게 분규가 일어났다.
　가와카미의 반대자는 육군 대신 오야마였다.
　"그런 바보 같은 짓을 할 수는 없다."
　오야마는 말했다. 오야마는 가와카미와 같은 사쓰마 출신의 육군 간부였으나 프랑스에서 교양을 쌓았기 때문에 발상법이 다분히 프랑스적이었다.
　"하기야 우리 나라는 장차 다른 나라와 전쟁을 하게 될지도 모른다. 그러나 전 세계를 상대로 싸우는 일은 있을 수 없으며 언제나 동맹국(영국을 말하는 것인 듯)이 있을 것이고 그 해군의 원조도 받게 된다. 그리고 철도는 국민의 편의를 위해 있는 것이니 군대 수송을 주안점으로 삼을 수는 없다."
　이 토론에는 오야마, 가와카미와 동향인 구로다 기요타카가 가와카미의 반대측으로 돌아 주먹으로 테이블을 치며
　"가와카미 군, 육군의 이익만 생각하고 철도 때문에 국가가 망해도 좋단 말인가? 자네도 사나이라면 밖으로 나가자. 밖에 나가서 검으로 승부를 가리자."
　호통을 치는 바람에 가와카미도 결국 양보하지 않을 수 없었지만, 요컨대 참모본부는 일본 안의 프로이센으로 군림하려고 했던 것이다.
　독일은 뒤늦게 통일을 이루었다. 당시 독일제국은 신장기에 있었으나 그와 같은 독일의 현실을 다른 유럽인들은
　"프로이센에서는 국가가 군대를 가지고 있는 것이 아니라 군대가 국가를 가지고 있다."
　이렇게 냉소했다.
　가와카미 소로쿠는 뼛속까지 프로이센주의자라고 할 수 있었다.
　그런 사상의 소유자였기 때문에 참모본부의 활동이 때에 따라서는 정치 테두리 밖으로 나갈 수도 있다고 생각했다. 뿐만 아니라 실제로는 늘 테두리를 벗어나서 국가를 앞으로 앞으로 이끌고 나가려고 했다. 이 메이지 20 (1887)년대의 가와카미의 사고 방식이 그 뒤 태평양 전쟁 종료까지의 국가와 육군 참모본부의 관계를 결정해 버렸다고 할 수 있다.
　――청일전쟁은 부득이한 방위 전쟁이 아니라 분명히 침략 전쟁이며 일본에서는 일찍부터 준비되고 있었다.
　후세 사람들은 이렇게 말하지만, 이 통렬한 후세의 비판을 당시의 수상 이

토 히로부미가 들었다면 놀라 나자빠졌으리라. 이토에게는 그런 의도가 전혀 없었다.

하지만 참모본부 차장 가와카미 소로쿠에게는 분명히 후세의 비판 그대로라고 할 수 있다. 그 점이 프로이센주의인 것이다.

프로이센주의에 있어서는 싸움은 선제주의이며 먼저 적의 허를 찔러야 한다.

그것 말고는 승리는 있을 수 없다고 한다. 그러기 위해서는 '평화'로운 때부터의 적의 정치 정세나 사회 정세, 군사 정세를 충분히 알아두어야 한다.

그 때문에 첩보가 필요했다.

가와카미는 첩보를 중요시했다.

그리하여 첩보는 첩보 브로커에게 맡기지 않고 그의 부하인 참모 장교 중에서 가장 우수한 자들을 뽑아 적지에 잠입시켰다. 다만 그들이 막상 개전되었을 때 작전을 담당한다는 점에서 다른 나라와 방식이 달랐다.

이를테면 메이지 17(1884)년, 청국이 베트남 문제로 프랑스와 싸우게 되자 가와카미는 '청국 군대의 실정을 조사하라'고 수많은 참모 장교를 현지에 파견했다. 대위 후쿠시마 야스마사(福島安正), 대위 고지마 마사야스(小島正保), 중위 오자와 도쿠헤이(小澤德平), 중위 오자와 가쓰로(小澤豁郞) 등이었고 또한 소위 아오키 노리스미(靑木宣純)를 남지나에 3년 동안 잠복시켰다.

아오키 소위의 변성명은 히로세 지로(廣瀨次郞)라고 했다. 또 중위 시바 고로(柴五郞)에게 명령하여 북지나에 잠입시킨 것은 그 부근이 장차 전선이 될 것을 예상했기 때문으로, 작전을 위한 지형 및 지리를 조사하게 한 것이었다.

중위 오자와 가쓰로는 잠복 중 복주(福州)의 가로회(哥老會)라는 지하 조직과 손을 잡고 혁명 운동을 일으키려고까지 했다. 일본 정부는 이 말을 듣고 허둥지둥 오자와를 본국으로 소환한 일도 있다.

메이지 27(1887)년 7월이 되자 장교의 현지 파견은 더욱더 활발해졌다. 중령 야마모토 기요카타(山本淸堅), 대위 후지이 시게타(藤井茂太), 대위 시바야마 나오노리(柴山尙則) 등을 파견했다. 그들은 북지나 방면으로 파견되어 연안 상륙 지점의 선정, 군대 수송의 방법, 상륙 후의 전략 목표 선정 등의 임무를 띠고 조선의 인천에서 지부(芝罘)를 거쳐 천진(天津)에 이른 뒤 대고(大沽) 포대를 살폈으며 다시 북경을 거친 뒤 영평부 대로를 지나 산해관에 이르렀다.

모든 것이 프로이센식이었다. 그동안 청국 육군의 기능은 잠자듯이 움직임이 없었다.

참모본부 차장 가와카미의 첩보망으로 볼 때 한국과 청국의 고관들의 움직임은 대일 문제에 관한 한 손바닥 들여다보듯 환했으리라. 그는 도쿄에 있으면서 다 알고 있었다.

한국이 내란 진압을 위해 청국에 출병을 요청한 이튿날 도쿄에서는 일본도 출병한다는 뜻을 각의가 결정했다는 것은 이미 말했다. 그러나 단순한 출병이었지 전쟁을 일으키려는 것은 아니었다. 각의는 '한국에서의 청일 양국의 세력 균형을 유지하고'라고 했다. 세력 균형이라는 외교사상은 영국의 전통적 사상이며 일본은 그것을 영국에서 배웠다. 다시 각의는 말한다. '되도록 평화를 깨지 않고 국가의 명예를 보전한다.'

'출병'

물론 무법한 출병은 아니었다. 근거가 되는 조약이 있었으니, 메이지 15(1882)년 8월 13일 한국과의 사이에 맺은 제물포 조약이 그것이다.

"일본 공사관은 병력 약간을 두어 호위에 임할 것."

이런 조문이 있는데 그것에 의거하여 출병하는 것이다. 그러나 가와카미 소로쿠는 그런 뜻에서의 출병에는 만족할 수 없었다. 그와 똑같은 생각을 가진 자가 외무 대신 무쓰 무네미쓰였다.

무쓰 역시 다년간 한국에 있었던 청국의 외교압박을 제거하려면 포탄에 의한 해결법밖에 없다고 생각하였으며 싸우면 이긴다는 자신감도 있었.

더구나 일본 정부는 해를 거듭하며 국회에서 재야 세력의 공격을 받아 이미 수습 불가능한 상태가 되어 있었다. 무쓰는 전쟁을 일으켜 재야 세력의 눈길을 밖으로 돌려 보자고 생각했다.

이 6월 2일의 각의가 끝난 뒤, 가와카미는 무쓰를 그의 관저로 비밀리에 방문하여 밀담을 나눴다.

가와카미가 말했다.

"내가 얻은 정보에 의하면 청국은 한국에 이미 5,000의 병력을 주둔시키고 있소."

"일본은 이에 대해 적어도 7, 8000의 병력은 동원해야 할 것이오."
"승산은 있겠소?"
무쓰가 대답했다.
"비록 한성 부근에서 충돌하더라도 격파하기는 쉬운 일입니다. 물론 청국도 우리의 출병을 듣고 급거 증파할 것이 틀림없습니다. 이홍장은 그 직속군 4만 중 3만을 조선에 파견할 것이 틀림없으나 그렇게 되면 우리 군도 그에 따라 증파하면 됩니다."
"요컨대 첫 출동의 병력이 7, 8000이란 말이군."
"그렇습니다, 최저의 인원이지요."
"그렇지만 이토 수상은 허락하지 않을 거요. 그는 당초부터 평화주의자이니까."
"그러니까 속이자는 겁니다."
가와카미 소로쿠가 말했다.
"수상에게는 1개 여단을 움직인다고 해두는 겁니다. 1개 여단의 병력이 2,000 정도라면 수상도 허락하겠지요."
"그러고서……"
"2,000은 평시의 병력입니다. 그러나 여단이 전시 편제를 하면 7, 8000이 됩니다. 수상도 거기까지는 미처 생각하지 못할 것입니다."

가와카미가 보듯 수상 이토 히로부미는 이 청일 간의 출병 문제가 전쟁으로까지 비약할 것을 몹시 두려워하고 있었다.
6월 2일의 각의가 끝나자 이토는 가와카미를 불러 이 점을 캐물었다.
"병력을 어느 정도 조선에 파견하려고 하는가?"
"1개 여단입니다."
가와카미는 태연하게 대답했다. 이토는 그 정도조차 불만이었다. 너무 많지 않은가, 라는 것이었다.
"알았는가? 좀더 병력을 줄이도록."
"각하, 죄송합니다만"
가와카미는 미간을 좁혔다.
"그 점에 대해서는 장담하지 못하겠습니다."
그 점에 대해서는 이토의 명령에 따르지 못하겠다는 것이다.

수상에 대해 참모본부 차장이 가슴을 펴고 이렇게 말하는 데는 법적 근거가 있었다. 이토가 만든 일본 헌법은 프로이센 헌법을 모방한 것이다. 그것에 의하면 천황이 육해군을 통솔한다는 조항이 있어 이른바 통수권은 수상에게 속한 사항이 아니었다. 작전은 수상의 권한 밖인 것이다. 이것이 뒤에 이르러 일본의 국가 운영의 중대 과제가 돼 가지만, 그와 같은 헌법을 만들어 버린 이토는 먼 훗날 군부가 이 조항을 방패삼아 일본 정치의 목을 조르기에 이르리라고는 생각지 못했으리라.

다만 이 경우의 이토와 가와카미의 대화는 그처럼 심각한 것은 아니었다. 가와카미는 유신 창업의 원훈으로 이토를 존경하고 있었으며 더욱이 가와카미 자신이 쇼와(昭和) 시대의 군인처럼 일본의 정치를 주름잡아 보겠다는 야심은 전혀 없었다.

"출병 여부에 대해서는 각의가 결정을 하고 각하께서 그것을 재가하셨습니다. 그러나 출병하기로 작정한 뒤에는 참모총장의 책임입니다. 출병의 병력수는 저희들에게 맡겨 주십시오."

"헌법이군."

이토는 쓴 얼굴로 말했다. 자신이 그것을 만든 이상 어쩔 수 없는 일이었다.

곧 인사가 결정되었다.

조선에 파견되는 혼성 여단의 여단장은 소장 오시마 요시마사(大島義昌)로 정했다. 그를 보좌하는 참모는 중령 후쿠시마 야스마사와 소령 우에하라 유사쿠(上原勇作) 두 사람이었다.

──그 두 사람은 위험해.

육군 대신 오야마는 그렇게 생각했다. 육군성을 주관하는 육군 대신은 내각의 일원이어서 각의의 제약을 받지만 참모총장과 그 참모본부는 천황 직속이다. 그 때문에 자유로운 행동을 취할까 봐 오야마는 두려워했다. 이리하여 이 두 사람의 도쿄 출발에 즈음하여 오야마는 엄중한 훈시를 했다. 훈시의 요점은

"아시아를 서양의 침략으로부터 지키고 있는 것은 일본과 청국이다. 만일 이 양국이 전쟁을 하게 된다면 서양의 열강은 어부지리를 얻고 나아가서는 양국에 해가 되며 아시아의 명맥도 회복하기 어려운 지경에 이르게 된다. 그러므로 절대로 전쟁을 유발하는 행동은 하지 말라."

이런 것이었다. 그러나 참모본부 차장인 가와카미 소로쿠는 은밀히 이것과는 전혀 다른 훈시를 그들에게 내렸다.

수상인 이토 히로부미도, 육군 대신인 오야마도 그토록 겁을 내며 그 돌발을 막으려고 애썼던 청일전쟁을 참모본부의 가와카미 소로쿠가 불을 지르고 게다가 보기 좋게 이겼다는 데에 메이지 헌법의 괴상한 점이 있다. 말이 났으니 말이지 이 헌법이 있는 한 일본은 그 이후에도 이런 형편이 계속될 수밖에 없었다. 특히 쇼와 연간에 들어와서 이 참모본부의 독주로 말미암아 메이지 '헌법 국가'가 멸망한 것을 생각하면 이 헌법상의 통수권이라고 하는 독물의 무서운 약효와 독성을 짐작할 수 있을 것이다.

어떻든 참모본부 차장 가와카미 소로쿠는 청국에 관한 모든 자료를 검토한 결과

"단기 결전 형태로 나가면 승산이 있다."

이와 같은 결론을 얻었다.

오래 끌면 불리해진다. 첫째로 일본의 재정이 파탄을 일으킬 것이고, 나아가서는 국제 관계로 보아 러시아와 영국이 청국측에 붙을 것이 틀림없었다. 이 일에 관해서는 가와카미도 외상 무쓰 무네미쓰와 은밀히 충분한 합의를 보고 있었다. 단기로 승리를 거두는 일은 가와카미가 맡고, 기회를 보아 재빨리 강화로 이끌어 가는 일은 무쓰가 담당하기로 한 것이다.

이 전쟁은 그 두 사람이 했다고 해도 좋으리라.

병력은 신속하게 움직였다.

각의 결정 열흘 뒤인 6월 12일 혼성 여단의 선발 부대는 벌써 인천에 상륙했다.

청국은 놀라고 조선은 당황했다.

"일본 공사관과 거류민 보호를 위한 것치고는 상륙 여단의 병력이 너무 많다."

청국측은 강경하게 항의해 왔다.

이때 한양에는 공사로 오토리 게이스케가 주재하고 있었다. 오토리는 구막부 가신으로 일찍이 사쓰마와 조슈에 항거하여 간토(關東) 여러 곳에서 싸웠고 최후에는 하코다테(函館)에서 농성한 경력을 가지고 있다. 지혜로운 자는 아니었고 일종의 만용을 지닌 자였다. 외상 무쓰는 이 부하의 만용을

이용하여

——오토리에게 한바탕 일을 벌이게 하자.

생각하고 그와 같은 지시를 내린 것이다.

오토리는 그것이 원래 타고난 바탕이었으나 1개 여단의 응원을 얻자 더욱 더 조선에 대해 강경한 태도를 취했다. '일본의 대사는 총칼의 힘을 빌려 강도와 같은 짓을 한다'고 한양에 주재하고 있는 열강 외교단은 하나같이 오토리를 싫어했고 이 악평은 도쿄에까지 들려왔다.

오토리는 한국 조정을 위협하여 마침내 그 최고 고문격이 되었고 자기 사무실을 궁전에 끌고 들어갔다.

한국에 대한 오토리의 요구는 단 두 가지였다. '청국에 대한 종속 관계를 끊을 것. 그리고 일본군의 힘으로 청국군을 몰아내 달라고 일본에 요청할 것'이었다.

그러나 조선은 청국측이 일본보다 훨씬 강하다고 믿었기 때문에 이 요구를 받아들이는 것을 주저하였다.

하지만 7월 26일, 마침내 조선은 이 요구에 굴복하고 오토리에게 청국군의 구축을 요청하는 공문서를 냈다.

오토리는 이미 파견군 여단장인 오시마 요시마사와 기맥을 통하고 있었다.

공문서가 나오자 오시마 여단은 지체 없이 아산에 포진 중인 청국군을 향해 전투 행군을 개시했다.

이 첫싸움은 일본측의 승리였다. 성환의 청군 진지를 맹공격하여 함락시키고 청국군 3,000명을 평양으로 패주시켰다.

7월 29일의 일이다. 물론 선전 포고는 아직 정식으로 이뤄지지 않았다. 이 일련의 싸움은 '조선 정부의 요청에 의한다'는 형식을 취하고 있었다.

그보다 먼저, 같은 달 25일 해상에서는 벌써 최초의 포연이 피어오르고 있었다. 작전 예정에 없었던 돌발 사건이라고 할 수 있는 이 일은 일본 정부뿐 아니라 온 세계를 놀라게 했다.

이 무렵 순양함 세 척으로 편성된 제1 유격함대가 조선 북서인 풍도 앞바다를 항해 중이었다. 함명은 '요시노', '아키쓰시마(秋津洲)', '나니와'였다.

세 군함이 단종진(單縱陣)으로 아산만에 당도한 것은 7월 25일의 이른 아침이었다.

이날 하늘은 맑고 산들바람이 불었으며 해상에는 가끔 엷은 안개가 흐르고 있었다.

이때 바깥 바다에 몇 가닥의 검은 연기가 오르고 함선이 다가오고 있었다. 자세히 보니 청국 해군의 '제원(濟遠)', '광을(廣乙)' 두 척이었다.

일본측은 선전 포고 전이었으므로 예포(禮砲)를 준비했다.

그러나 거리 3000미터 지점에서 제원은 실탄을 발사했고 그로 인해 전투가 개시되었다. 쌍방이 포격하는 동안 제원은 도망치고 광을은 무슨 생각을 했는지 갑자기 속력을 내어 육지로 돌진하더니 스스로 얕은 곳에 좌초하고 항복했다.

오전 10시, 제원을 찾고 있던 나니와는 다른 목표물을 발견했다. 대형 기선이었다.

마스트에 영국기를 올리고 있었으나 쌍안경으로 살펴보니 청국 육군의 장병을 가득 싣고 있었다.

"즉시 정지하라. 즉시 닻을 내려라."

나니와는 신호를 보냈다.

나니와에서 보트가 내려지고 사관이 파견되었다. 그 보고에 따르면 이 영국 기선 '고승호(高陞號)'는 청국이 육군 수송을 위해 런던의 자든 매디슨 컴퍼니에서 빌린 것으로 현재 육군 1100명, 대포 열네 문을 싣고 아산에 상륙시키려 한다는 것이었다.

나니와의 함장은 대령 도고 헤이하치로(東鄕平八郞)였다.

그는 영국인 선장에게 신호로 명령했다.

"그 배를 버려라."

그런데 고승호의 선내는 소란했고 청국병은 선장 이하를 위협하며 하선하지 못하게 했다. 도고는 이 교섭을 하느라고 두 시간 반이나 허비한 끝에 마스트에 위험을 알리는 붉은기를 올렸고 그런 뒤 격침 명령을 내렸다. 나니와는 수뢰를 발사하고 이어서 포격을 가했다.

고승호는 격침되었다.

선장 이하 선원은 모두 구조되었으나 청국병은 거의 익사했다.

이 사건은 곧 상해발 전보에 의해 영국에 타전되었다. 최초의 보도가 지극히 간단했기 때문에 영국의 조야를 격분하게 만들었다. 그러나 이윽고 상세한 내용이 알려짐에 따라 나니와 함장 도고 헤이하치로가 취한 조치는 국제법에 비추어 하나도 위법이 아니었음이 밝혀졌다.

이러한 사건이 있은 뒤 청국에 대해 선전 포고가 발해진 것은 8월 1일이었다.

청일전쟁 당시의 아키야마 사네유키는 해군 소위로 포함 '쓰쿠시(筑紫)'의 승조원이었다.

——아무래도 싸움은 불가피하다.

이런 공론이 해군 내에서 상식화되기 시작했을 때 사네유키는 자기의 불운을 탄식하지 않을 수 없었다. 쓰쿠시 같은 작은 배에 타고 있으면 주결전장에 나갈 가망이 거의 없었다.

쓰쿠시는 메이지 16년에 준공된 영국제로 1350톤이며 26cm 포를 두 문 싣고 있었다. 군함의 분류로 말하면 포함에 해당되며 도저히 대해전의 주역일 수는 없었다.

6월 2일의 각의에서 조선 파병이 결정되었을 단계에는 일본 해군의 함정이 한 군데 집결해 있지 않았다. 그래서 급히 연합함대를 편성하지 않을 수 없었다.

"즉각 사세보에 집결하라."

전함정에 명령이 내려지고 그 전신을 쓰쿠시가 받았을 때 이 군함은 한성에 있는 재외 공관의 보호를 위해 인천항에 닻을 내리고 있었다. 요함(僚艦)은 '야마토'였다.

해군에 관한 한 청일전쟁은 계획적이 아니었다. 함정은 평화로운 근무를 하고 있었다. 군함이 해야 할 평시의 임무는 비교적 많았다. 이를테면 이 시기에 주력함이라고 할 만한 '다카치호'는 '곤고'와 더불어 하와이로 보내는 이민 보호라는 명목으로 호놀룰루에 있었고, 마찬가지로 주력함인 '마쓰시마'는 '지요다(千代田)', '다카오'를 이끌고 친선 방문을 위해 청국의 복주에 갔다가 뱃머리를 돌려 북상중이었고 '아카기(赤城)'는 앞으로 적으로서 해상에서 싸워야 할 운명에 있는 청국 북양함대의 초청을 받아 그 대훈련을 견학한 다음 지부 항에 들어가 있었다. 그리고 '오시마'는 부산에 닻을 내리고 있었고 '반조(磐城)'는 홋카이도에서 측량에 종사하고 있었다.

이 배들이 '연합함대'로서 사세보 항에 집결을 마치게 되는 것은 각의가 끝난 지 한 달 반이나 지난 7월 19일이다.

연합함대의 전세력은

군함 28척, 수뢰정 24척, 총 톤 수 5만 9,690톤.

이에 대해 청국 해군은 4대함대를 가지고 64척의 군함과 24척의 수뢰정을 가지며 총 톤수는 8만 4,000톤. 그렇지만 이중, 일본과 대항할 것은 북양함대로 그 세력은 군함 25척, 수뢰정 13척, 총 톤수는 5만 톤으로 거의 일본과 비슷하다. 다만 북양함대는 '진원' '정원'이라는 세계 최신예 전함을 갖고 두꺼운 장갑판에 의한 방어력과 선회식 포탑에 의한 공격력을 갖추어 이 점에서는 일본 함대보다 훨씬 우세했다. 일본 함대 중에서 아홉 척은 진원, 정원에는 미치지 못해도 강철제로 4,000톤 전후의 대함이며 기동성도 높아 주력 결전에 쓸 수가 있었다. 그러나 그 밖의 것은 낡은 구식함이 많았고, '덴류', '가쓰라기(葛城)' '가이몬(海門)', '반조', '아마기(天城)'에 이르러서는 목조선이었다.

이 전쟁에서 일본은 처음으로 연합함대 방식을 취했다. 그 사령장관은 중장 이토 스케유키(伊東祐亨)였다.

이토는 사쓰마 사람이었다.

해군의 기술은 구막부시대 가쓰 가이슈가 사카모토 료마(坂本龍馬)를 교장으로 하여 고베에 세운 해군연습소에서 배웠다.

겐지 원년(1864) 여름, 막부와의 싸움이 일어나자 퇴교하여 육병으로 사쓰마 번군에 종군했으며, 유신 후에는 재빨리 해군에 들어가 단번에 '후지야마' 함의 일등 사관이 되었다. 메이지 5(1872)년에는 '가스가(春日)'의 함장, 다시 '아즈마(東)' '닛신(日進)' 등의 함장을 거쳐 세이난 전쟁에 종군하고 다시 해상 근무를 계속했다. 이러한 이력으로도 알 수 있듯이 이토가 받은 해군 교육은 료마 등의 고베연습소에서 받은 1년 정도의 것이고 그 뒤 유학도 하지 않고 국내에서의 정규 교육도 받은 바가 없다. 요컨대 이 무사 출신 사나이는 해상의 실무를 통해 해군이라는 것을 터득한 셈이었다.

하긴 이렇게 정규 교육을 받지 않고 해군의 장관 등 간부가 된 사람은 메이지 초기에서부터 20년대에 걸쳐 얼마든지 있었다. 대개는 이토와 마찬가지로 사쓰마 출신이고 유신의 공로나 번벌 덕택으로 그런 계급이 주어졌다. 그러나 쓸모라고는 없었다.

메이지 해군을 거의 혼자서 근대화시켰다 해도 과언이 아닌 사쓰마 출신의 야마모토 곤노효에는 그 당시 대령의 신분으로 해군 대신 사이고 쓰구미치 밑에서 관방주사 직책을 맡아 보고 있었다.

"싸움에 이기기 위해서는 이런 쓸모없는 인물들을 모두 정리할 필요가 있습니다."

이렇게 동향인 사이고 해상에게 의견을 상신하고 그 허락을 얻어 장관 8명, 좌관, 위관, 19명이나 되는 많은 사람을 개전 전 메이지 26(1893)년에 면직시키고 병학교 교육을 받은 사관을 해군 운영의 요직에 앉히기로 했다.

그 때에도 이토 스케유키는 정리되지 않았다. 그는 메이지 21(1888)년 해군대학교가 설립되자 그 초대 교장이 되어 교장이면서 학생과 더불어 외국인 고용 교관에게 고등 전술을 배우곤 했다. 그와 같은, 말하자면 두뇌의 유연성과 노력이 이 인물로 하여금 근대 해전의 전투 지도자로서의 능력을 갖추게 했으리라.

메이지 27(1894)년 7월 23일, 이토 스케유키는 기함 마쓰시마에 탑승하고 사세보 항내에 있었다. 그는 오전 11시, 휘하 함대에 대해 신호를 내렸다.

"예정 순서를 따라 출항하라."

연합함대 사령장관으로서 최초의 신호였다.

이때 군령부장 가바야마 스케노리(樺山資紀)가 기선 '다카사고마루(高砂丸)'를 타고 전송나와 항구 밖인 돛대바위 근처에 정박하고 있다가 색채도 화려하게 신호기를 올렸다.

"제국 해군의 명예를 올리도록."

먼저 출항한 것은 제1 유격함대의 '요시노', '아키쓰시마', '나니와'였다. 기함 요시노는 거기에 화답하여 신호를 보냈다.

"전력을 다하겠다."

이어서 본대 마쓰시마에 탄 이토 스케유키는

"기필코 명예를 떨치겠노라."

응답했고 제2 유격함대 기함 가스라기는

"개선을 기다려라."

했으며 마지막으로 출항한 수송선 호위의 '아타고(愛宕)'는

"염려하지 말라."

답신했다. 이날 날씨는 청명했다.

이 연합함대는

풍도 앞바다(豊島沖)

황해(黃海)

위해위(威海衛)

세 해역에서 청국 함대와 교전하여 저마다의 해역에서 세계의 해전 사상 기록적인 전승을 올리게 되었다. 그러나 돌이켜보건대 반드시 모범적이었다고는 하기 어렵다.

──정말 형편없군.

아키야마 사네유키는 포함에 탄 한낱 소위인 주제에 이토 스케유키의 전술을 비판하며 이 싸움이 한창이던 8월 30일 '다카치호'에 있는 동기 소위들에게 보내는 편지에서

──우리는 장차 이런 어리석음을 되풀이해선 안 된다.

이렇게 써 보냈다.

사네유키가 비판한 단계에서는 청국 북양함대가 건재했고 그 소재마저 모르고 있었다. 일본 함대는 이것을 찾아 겨뤄볼 양으로 수색을 거듭하는 한편 육군을 호송하는 역할도 맡았다.

"청국 함대도 우리를 찾고 있다. 언제 그들이 나타날지 모르는데 우리편의 태세는 도무지 엉성하기 짝이 없다."

이를테면 사네유키가 타고 있는 '쓰쿠시'는 아산만에 들어가 육상 부대를 엄호하고 있었다. 그런데 육상에서는 육군의 분전으로 아산이 함락되고 청국군은 대동강 이북으로 달아나며 평양에는 적병의 그림자 하나 없는데도 쓰쿠시는 아직도 아산에 발이 묶인 채 별다른 명령을 받지 못하고 있었다.

그뿐인가. 일본측의 스타 함이라고 할 수 있는 순양함 다카치호는 한강 부근의 경계를 명령받고 고립되어 있었고 주력은 그보다 훨씬 남쪽인 장직로(長直路)의 근거지에 있었다.

해상 세력이 이처럼 서로 뿔뿔이 흩어져서 저마다 외따로 있는 데다 연락마저 끊어져 있다면 말도 아닐뿐더러, 만약 거기에 적의 주력이라도 나타난다면 군함 몇 척 가지고는 도저히 감당하지 못하고 저마다 격파되어 결국은 패퇴하고 말 것이다.

해전의 요건은(해전뿐만 아니라 육전도 그렇지만) 세력을 집중하여 더욱 큰 타격력을 구성하여 적과 맞부딪치지 않으면 안 된다. 병력의 분산은 해상

전략상 가장 삼가야 할 일인 것이다.

"비록 쓰쿠시 정도의 소함이라도 이를 잃는다면 피차의 균형을 잃을 뿐 아니라 전군의 사기를 떨어뜨리는 결과가 되어 마침내 국가의 대계를 그르치게 될 것이다. 때는 마침 태풍의 계절이다. 우리에게 천적이 닥쳐오고 있다. 악천후로 인하여 우리 함대에 수리를 필요로 하는 함이 생기게 된다면 더욱더 피차의 균형은 잃게 된다. 아군 지휘관은 어떠한 속셈이 있어 이런 어리석음을 연출하고 있는지. 혹은 아무런 속셈도 없이 할 일도 하지 않고 있는 것인지."

만약에 이 비판을 이토 스케유키가 알았으면 어떠했을까.

그러나 이토 역시 이 작전의 초동기에서의 전략 방침에 대해서는 나중에 약간의 후회를 했고 그래도 전쟁이 끝난 뒤 이기게 된 것을 '하늘의 도움'이었다고 말했다.

그러나 사네유키도 나중에 칭찬할 만한 점은 칭찬하고 있다. 이토 사령장관이 취한 함대 구분, 전투 대형, 익격 선회(翼擊旋回) 전법 등은 실로 적절하고도 남음이 있어 흠잡을 여지도 없으며 근대 전술의 좋은 본보기라고 했다.

두 함대가 활동한 이 해역만큼 그 당시 세계의 전문가들의 계속적인 주목을 받은 곳도 없었을 것이다.

그 무렵 대규모의 해전은 오래도록 없었다. 주력 함대의 결전은 28년 전 이탈리아와 오스트리아 사이에 있었던 리사 해전 이래 처음이었고, 그 뒤 세계의 해군이 근대화되어 군함과 그 밖의 병기도 일변했다. 그 근대 해전이라는 것이 어떤 것일까 하는, 이를테면 전문가로서의 '실험'이 극동에서 이뤄지고 있었던 것이다.

"모르긴 하지만 청국 함대가 이기겠지."

열강의 해군 전문가들은 거의가 그렇게 예상했다. 그 이유로 청국 함대에는 '정원', '진원' 같은 본격적인 전함이 있는 데 비해, 일본 함대는 순양함이 주력이어서 대함 거포가 승리의 열쇠가 된다는 절대 원칙에서 볼 때 당연히 그렇게 예상할 수밖에 없었다.

다만 일본 함대의 유리한 점은 빠른 속력이었다. 그것도 주력 함대의 속력이 거의 비슷하여, 이 운동성을 통일 함대로써 교묘하게 운용하면 혹시 아슬

아슬하게나마 승리를 거둘 수 있을지도 모른다.

그런데 일본의 전면적인 승리를 예상한 전문가가 있었다. 미국 해군 소장 조지 E 베르나프였다.

베르나프는 일본을 잘 아는 사람이었다. 안세이 4(1857)년 처음으로 일본에 내항했고, 그 뒤 게이오 3(1867)년부터 1년 동안 일본에 있었으며 다시 개화 후의 일본을 메이지 22(1889)년의 단계와 메이지 25(1892)년의 단계에서 보았다. 그는 황해 해전 뒤 〈뉴욕 선〉지에 이렇게 기고했다.

"일본인의 소질을 알려면 과거 1,000년 동안의 일본 역사를 알 필요가 있다. 그러면 이 민족의 헌신적인 무용과 전략적인 재능, 그리고 영웅적 행동이 얼마나 우수한지 알 수 있다. 그 역사는 영국사 혹은 유럽 각국의 역사와 비교해 조금도 손색이 없다."

그는 미나모토 요시쓰네, 가토 기요마사, 오다 노부나가, 도요토미 히데요시, 도쿠가와 이에야스의 예를 들고 그들을 서양사의 흑태자, 크롬웰, 웰링턴과 질에 있어서 차이가 없다고 했다. 일본의 단노우라(壇之浦) 해전은 트라팔가르와 더불어 중요한 것이면서 그 결사 열투의 정도는 오히려 일본 쪽이 더하다고 했고, 세키가하라(關原) 싸움은 워털루 싸움보다 전사적 가치가 크다고 보았으며, 일본인은 그 질에 있어서 영국인에 뒤지지 않는다고 했다. 그리고 유신 후 육해군의 훈련 정밀도가 영국 육해군과 다름없다고 하면서 특히 해군에 대해서는

"나는 일찍이 일본 해역에서 마침 영국 해군 사령관이 10척의 함대를 지휘하고 있는 것을 보았다. 같은 시기에 일본 사령관이 22척의 함대를 운동시키고 있는 것을 보았는데 그 솜씨에 차이가 없고, 만일 영국 함대와 일본 함대가 싸운다면 어느 쪽에 승리가 돌아갈 것인지 예측하기가 어렵다."

그런데 하물며 훈련 정도가 낮은 청국 함대가 상대인 이상, 그 결과가 어떠리라는 것은 쉽게 판단할 수 있다고 주장했다.

영국 해군의 잉글스 대령이 몇 년 동안 일본 해군 고문으로 있다가 개전 전에 퇴직하고 귀국했다. 그는 귀국 후에 이렇게 말했다.

"일본 해군은 완전히 유럽 수준에 도달했다."

사람들은 이 말을 믿지 않았다고 한다.

잉글스 대령의 말을 믿은 사람은 이 전쟁 중 극동을 시찰했던 영국 해군 중장 프리맨터였다.

프리맨터 중장은 이렇게 말했다.

"청일 양 함대 모두가 최신의 장비를 갖춘 함대이고 그 병력에 별 차가 없다. 그럼에도 불구하고 월등한 차로 일본이 강했던 것은 군인 정신의 차이가 너무나 컸기 때문일 것이다. 청국인은 원래 평화를 사랑하고, 수구를 지나치게 숭상하였다. 또한 민족적인 전통으로 군역에 종사하는 자를 천시하는 경향이 있어 청국 정부의 고관조차 군인을 천직으로 알고, 전쟁은 대인 군자가 할 만한 사업은 아니라고 했다. 군인은 난폭한 망나니를 고용하면 된다는 태도였다. 어떤 영국인이 전함 '정원'을 방문했는데 함장실 입구의 보초가 도박을 하고 있는 것을 보았다. 모두가 이와 같이 놀랄 만큼 군기가 문란한데 국가가 그것을 용인하고 있는 경향마저 있다."

중장은 일본 해군에 대해서도 칭찬만 하고 있는 것은 아니었다. 국제법상의 문제를 일으킨 풍도 앞바다의 영국선 '고승호' 격침에 관해서는 이렇게 말하고 있다.

"나니와의 함장 도고 헤이하치로는 이 영국 상선이 청국의 육군 부대를 태우고 있다는 것을 확인하고, 그 이유로 이를 격침시켰다. 격침하기까지 수속 절차는 과연 국제법에 밝은 도고답게 지극히 신중했고, 결과적으로 합법적이었다.

그러나 도고는 바다에 빠져 허우적거리는 1,000여 명의 청국병을 하나도 구조하지 않았다."

혹시 도고는 이 논고에 대해 항변할지 모른다. 나니와는 구조를 위해 보트를 두 척 내렸다고. 그러나 이 보트는 표류중인 청국병을 구하지 않았다. 바다 위를 왕래하면서 영국인 선장 외에 몇 명의 영국인을 찾아내어 이들을 구조했을 뿐이었다. 영국인만 구조한 것은 국제 여론 속에서 우등생이 되고자 하는 일본 육해군의 의식의 발로라고 할 수 있었다.

다시 도고는 말하리라. 고승호는 나니와의 수뢰와 포탄을 받고 나서 침몰하기까지 30분이 걸렸으며 그동안 가라앉는 고승호의 갑판 위에서 청국병이 소총으로 격렬하게 저항하여 해상 구조가 뜻대로 되지 않았다고. 그런 일이 있었는지 모르지만 고승호가 오후 1시 46분에 침몰하고 그 후 나니와는 오후 8시경까지 이 부근 수역에 있었는데, 그렇게 많은 시간에 한 사람의 적병도 구하지 않았다는 것은 그럴 의사가 없었다고 볼 수밖에 없다.

중장은 계속해서 말한다.

"일본인은 원래가 온후하고 친절하다. 그런데도 이런 형편이었던 것은 전시에 인도에 관한 지시가 없었기 때문일 것이다. 거기에 비하면 영국 해군의 전통은 전혀 다르다. 넬슨이 트라팔가르에서 '전승 후의 인애는 영국 함대의 특색이어야 한다'고 말한 이래 무력화한 적병을 구조하는 것은 당연한 일로 되어 있다."

일본 함대는 작전 초기에 있어서는 육군 부대의 수송에 전념했다. 그것도 함대의 총력을 기울여 그렇게 했다.

그것이 대략 끝났을 무렵

"슬슬 적의 북양함대를 찾아내어 주력 결전을 해야 하지 않을까?"

이런 안이 나왔다. 이로써 황해 해전의 작전이 발동했다.

안을 낸 것은 함에 동행하고 있던 군령부장(육군의 참모총장과 같음) 가바야마 스케노리였다.

가바야마는 사쓰마 사람으로 세이난 전쟁까지는 육군에 있었고, 뒤에 해군으로 옮겼다. 이 인물 또한 해군 기술의 기초 교양이 있었던 것은 아니다.

여담이지만 이 청일전쟁이 시작되기 전의 해군 군령부장관은 가바야마가 아니라 사가(佐賀) 번 해군 출신인 나카무타 구라노스케(中牟田倉之助)였다. 나카무타는 보신 전쟁 때 구막부 해군과 싸웠고 후에 세이난 전쟁에 종군하기도 하여 실전 경력이 풍부한 데다 탁월한 기술자여서 그 전문 지식은 동 시대의 어느 해군 관계자보다도 뛰어났으나, 다만 성격상 항상 자중을 기하고 모험을 싫어했다.

메이지 26(1893)년 해군 대신 사이고 쓰구미치는 만일에 청국과 싸울 경우 일본 해군은 어떻게 되겠느냐고 자문해 왔을 때 나카무타는 즉석에서 이렇게 말했다고 한다.

"그런 바보 같은 짓을 누가 생각했지. 일본이 청국과 전쟁하여 이길 거라고 생각하는가. 도저히 그 해군은 이기지 못해."

해군 대신인 쓰구미치도 동감이었으나 면밀한 전략을 짜고 덤비면 이기지 못할 것도 없다고 생각했다. 말하자면 단기 결전이라는 것으로, 초장에 기대를 꺾어 놓고 기회를 보아 강화로 이끌고 가는 방식이었다. 이것이 청일전쟁의 기본 전략이었다고 할 수 있다.

어쨌든 쓰구미치는 이 나카무라를 면직시키고 다소 만용을 좋아하는 경향이 있는 가바야마 스케노리를 기용했던 것이다.

개전과 더불어 가바야마는 군령부장의 몸으로 해상 종군을 했다. 물론, 함대의 지휘권은 사령장관 이토 스케유키에게 있었는데, 가바야마는 상담역이라는 명목으로 함대와 행동을 같이 했다. 군함을 탈 수는 없었으므로 상선인 '사이쿄마루(西京丸)'에 포 한 문을 싣고 작전해역을 출몰하였으므로 각국의 관전자들이

"사이쿄마루만큼 대담한 배는 없다."

감탄했다.

또 일본 해군의 최고 간부가 거의 사쓰마 출신이라는 점에 대해서도 각국의 관전자는 주목했다. 해군대신 사이고, 군령부장 가바야마, 사령장관 이토, 서전에서 문제를 일으킨 나니와 함장 도고 등 헤아릴 수 없을 만큼 많았다.

세계의 해군계에서 가장 권위 있는 영국의 부라세 연감 1895년 발간의 '청일해전' 항목에도 이에 대해 언급하고 있다. 이 연감의 기자는 사쓰마 사람이 일본인 중의 특수한 종족이라고 생각했던 모양으로

"생각컨대 사쓰마 사람 또는 그 일파인 종족은 천성이 날래고 용맹하기는 하지만 원래 학식이 없으며 따라서 냉정한 판단력이 결여되어 있었다."

이렇게 쓰고 있다.

그러나 같은 사쓰마 사람이면서도 가바야마에 비교하여 이토는 자중하는 경향이 있었다. 그 이토 역시 이 시기에 이르러 가바야마가 제안한 주력결전에 찬성을 표하고 있었다.

우선 적을 찾는 일이 급선무였다.

그 수색은 함대 그 자체가 하기로 하고 적을 '발견'했을 경우 즉각 싸우지 않으면 안 되기 때문에 이토 사령장관은 결전 태세를 갖추었다.

이토는 함대에 고속의 운동성을 갖게 하기 위해 방해가 된다고 생각되는 약한 군함은 떼어내 버렸다.

이 때문에 아키야마 사네유키가 타고 있던 '쓰쿠시'는 결전 병력에서 빠졌다.

9월 16일, 조선 북부 서해안에 있는 적벽곶을 출격한 결전 함대는 10척이었다.

선봉은 '요시노', '다카치호', '아키쓰시마', '나니와' 네 척이고, 본대는 '마쓰시마', '지요다', '이쓰쿠시마', '하시타테', '히에이', '후소'의 6척이었다.

그리고 정찰과 연락을 위한 포함이 한 척, 그 밖에 가바야마 스케노리가 타고 있는 '사이코마루'가 뒤따랐다.

수색 기간은 일주일로 예정되었다. 그 해역은 발해와 직례(直隸) 연안으로, 적이 숨어 있을 만한 항구는 대련, 여순, 태고, 산해관, 우장, 위해위 등이 있다. 그곳을 함대가 돌아다닐 예정인데 그 정밀한 일정표까지 작성되었다.

함대가 적벽곶을 떠난 것은 16일 저녁 5시였다. 이날의 목표는 압록강 서남 80해리 지점에 있는 해양도였다.

그날 저녁, 비구름이 떠다니고 서남풍이 강했으며 가는 비가 뿌렸다. 때때로 수평선 위에 '번쩍이는 번갯불이 보였다'고 했다.

이 해역에는 각국의 관전 군함이 염치 없이 출몰하여 함대는 더러 그것을 적으로 오인하는 바람에 수색에 쓸데없는 신경을 낭비하기도 했다.

그 근처를 떠돌아다니고 있는 외국 군함 중 가장 많은 것은 영국 군함으로 수 척에 이르렀고 미국, 프랑스, 독일, 러시아 등이 한 척 내지 두 척을 파견하고 있었다.

이 무렵 청국 북양함대 역시 남하하려고 했던 모양이다. 사령관 정여창은 그 휘하의 장병의 질이야 어쨌든 그 자신만은 용기와 지모에서 어쩌면 일본의 이토 스케유키를 능가하고 있었을지도 모른다.

정여창은 이토와 마찬가지로, 작전의 초기 단계에서는 함대를 육군 수송과 호송에 쓰고 있었다.

그러나 이 시기에 왜 그 근거지를 떠나 바다로 나왔는지 그 의도는 알 길이 없다.

양쪽 함대 모두 서로 상대방의 소재를 확인하기에 고심했지만 그렇다고 수색하기 위한 군함은 쓰지 않았다.

그러면 오히려 함대 주력의 소재를 적에게 알리는 것이 되기 때문에 불리하다는 것이 이토 스케유키의 이유였다. 정여창도 같은 이유였을 것이다.

청국 함대의 사정에 밝은 러시아 해군의 비트게프트 대령은 이 시기의 정여창의 심중에 대해 다음과 같이 쓰고 있다.

"정 제독은 자기 함대의 전투력이 일본보다 우세하다고 여겼고 순양함으로 이루어진 일본의 기동함대가 감히 청국 함대를 공격해 오지는 못할 거라고 생각했다. 비록 일본인이 공격해 오더라도 청국의 강력한 함대 속을 돌파하는 따위의 무모함은 저지르지 않을 것으로 짐작했다."

출항할 때 일본 함대는 석탄을 만재했다. 앞으로 일주일 동안의 긴 수색 항해를 각오했기 때문이었다.

그런데 청국과 일본 어느 편에게 행운이었는지 이날 밤이 샌 17일, 양국 함대가 황해 해상에서 맞부딪치게 되었다.

"갑작스러운 조우였다."

뒤에 이토 스케유키는 이렇게 말했고, 청국의 사령관 정여창도 러시아의 관전 무관에게 다음과 같이 말했다.

"처음에는 멀리서 검은 연기가 보이는 듯했으나 갑자기 일본 함대의 함체가 나타나고 이어서 전투를 개시하기까지 그 진항 속도가 지극히 빨랐다. 거의 기습을 당하는 것 같은 기분이었다."

그런 형태의 만남이었다.

마주치게 되기까지의 경과는 일본측의 말에 따르면, 먼저 선봉인 제1 유격대가 해양도 부근에 다다른 것은 그날(17일) 새벽이었다.

그 근처는 압록강의 하류를 껴안은 크나큰 만이고 해양도는 그 만 어귀에 있었다. 이 섬 그늘에서 본대를 기다렸다.

이윽고 날이 새어 6시 30분경에 본대가 뒤쫓아왔다. 적의 그림자는 보이지 않았다.

그동안 포함 '아카기'는 사냥개처럼 돌아다니며 해양도의 항구를 살피고 적 함대의 유무를 확인했으나 이윽고 돌아와서 신호를 울렸다.

"적의 그림자 없음."

여기서 이토는 함대 운동에 관한 연습을 명령했다. 머잖아 본격적인 해전이 시작되려고 할 때 연습을 한다는 세계 해전사에서도 그 예가 별로 없을 것이다.

제1 유격대는 파도를 차며 선회했고 단종진을 이루어 침로를 북동쪽으로

잡았다. 본대는 그것을 따르고 아카기와 사이코마루는 본대 오른쪽으로 나갔다.

밤부터 내리던 비는 멎고 해가 뜨니 하늘이 높아지면서 더할 나위 없이 화창한 날이었다.

"거울과 같은 황해(黃海)는."

노래에도 있듯이 파도는 거의 없었다.

제1유격대의 기함은 '요시노'이다. 사령관 쓰보이 고조(坪井航三) 소장이 타고 있었다. 이 요시노의 마스트가 동북동의 수평선 위에 한 줄기의 검은 연기가 피어오르는 것을 발견한 것은 오전 10시 23분이었다.

요시노는 즉시 본대에 신호를 보내 보고했다. 그로부터 1시간 7분 뒤에 연기의 줄이 세 가닥으로 늘어났다. 요시노는 다시 본대에 급보를 보냈다.

"적의 함대, 세 척 이상 동쪽에 보임."

정오쯤에는 쌍안경에 10척의 적함이 비치게 되었다. 다시 그 왼쪽에 별도로 두세 척이 따르고 있다는 것도 알았다.

12시 5분, 이토 스케유키는 각 함에 명하여 군함기를 마스트에 올리도록 하고 병사들에게 전투 배치를 시켰다.

이때 청국 함대는 7노트의 속력으로 일본 함대에 접근하고 있었다.

"정여창 제독의 불행은 돌발적인 사태였다는 점이다. 그는 자기 함대에 대해 필요한 명령을 내릴 겨를이 없었다."

러시아 무관은 이렇게 말했으나 과연 그랬을까? 실제로는 명령이 잇달아 내려지고 있었다. 정여창의 사령실에는 독일인 하네켄 이하 몇 명의 고용 참모가 있었다. 그들은 유럽인이었고 모두가 자발적으로 지원해 온 모험가들인만큼 이 사태에 민감하게 대응했으며, 내려야 할 명령을 정여창에게 차례로 가르쳐 주었다.

원래 정여창의 함대 고문은 랑그라는 영국인 대령이었는데, 수년간 이 함대를 훈련시키고 해전 때의 전투 대형 등도 정해 두었다. 그런데 랑그 대령은 청국인의 게으름과 명령에 대한 만성적 사보타지에 정이 떨어져 이 전쟁이 시작되기 전에 퇴직하고 중국을 떠나고 말았다.

그렇지만 전투 대형이나 함대 운동 기타의 방식은 모두 랑그가 남긴 것이었다.

그 대형은 전함대가 횡대를 짓되 한일자가 아닌 들쭉날쭉 톱니바퀴 같은 형태를 이루는 것이었다.

더구나 동형의 자매함이 한 짝이 된다. 예를 들면 '정원'과 '진원', '초용'과 '양위' 같은 자매함끼리 하나의 단위를 이루어 진퇴를 같이 하는 것이다.

"이것은 지상의 진형으로는 완전하다고 할 만한 것이었다."

영국 해군의 프리맨터 중장은 이렇게 비평하고 있다. 다만 다음과 같이 덧붙이고는 있지만.

"상당히 숙달된 지휘관과 최고도로 훈련된 함대가 아니면, 채택할 진형이 아니다."

사실 청국 함대는 그 반대였다.

훈련이 불충분한 데다 더욱 치명적인 것은 신호 및 명령이 청국어로 번역되어 있지 않고 영어가 사용되고 있는 점이었다. 외국어로 장병을 움직이는 것은 특히 전투 중에는 의사 소통이 곤란하여 불가능에 가깝다고 해도 무방하다. 이만한 함대를 갖고 있으면서도 해군 용어조차 번역하지 않았다는 것은 청국 정부의 태만도 이만저만이 아니라고 하겠다.

어쨌든 이 단횡진이 정여창의 명령 아래, 기민하게 움직이는 것은 훈련 정도를 보아도 기대할 수 없는 상태였다. 하는 수 없이 개전 전 정여창은 함대에 '신호는 쓰지 않는다'는 기이한 명령을 하달하지 않을 수 없었다. 영어 신호를 쓰면 오히려 혼란을 일으키기 때문이다. 이어서

"전투중에는 기함의 운동을 잘 보아라."

"동형함은 서로 협동하라."

"항상 함수를 적에게로 돌려라."

명령했다. 말하자면 개전 전에 통일 지휘를 중지하고 각 함의 개별적 행동에 맡겨 버렸다는 뜻이 된다.

진형이 이루어졌다. 주력함인 '정원'과 '진원'이 중앙에 위치했다. 대형은 날개를 펼친 듯 옆으로 퍼져 약한 군함이 가장자리에 갔다.

그런데 가장자리로 가야 할 '양위'와 '초용', '제원'과 '광갑'이 느리게 움직이기 때문에 제자리에 잘 들어서지 못했고 이 때문에 전체의 모양은 일본 함대에서 바라보면 V자형처럼 되어버렸다.

V자형 횡진을 몰아 청국 함대는 느릿느릿 다가왔다.

이에 대해 일본 함대는 단종진을 짓고 맹렬한 속도로 접근해갔다.

'단종진'은 일본 해군의 장기 중의 장기라고 할 수 있을 것이다.

이것은 함대가 일렬 종대를 이루어 돌격한다. 횡진을 검도의 '겨눔 자세'라고 한다면, 단종진은 달려 들어가면서 베고 그대로 달려 지나가 버리는 '달려 베기' 수법과 같은 것이었다.

방어에는 횡진이 좋다. 군함을 정면에서 보면 가늘고 작다. 적의 사격에 의한 피해를 최소화할 수 있는 가능성이 있다. 그렇지만 적을 공격하기 위해서는 자기 군함의 양현에 있는 포를 쓰기 어렵고, 전방의 주포만 활용한다는 점에서 어느 정도 단종진보다 불리하리라.

반대로 단종진은 방어에 결함이 있다. 적의 주포 바로 정면에 자기 군함의 커다란 옆구리를 드러내 놓지 않으면 안 된다. 그 대신 양현의 포를 모두 활용할 수 있다는 큰 이점이 있다.

해전에 어느 쪽이 좋은가, 횡진이냐, 종진이냐, 하는 문제는 이 시기에 세계의 해군계에서 논의됐으나 결론이 없었다. 결국, 진형에 완전한 것이란 있을 수 없고 어느 쪽을 택하는가는 그 민족의 성격에 달려 있다고 해도 좋으리라.

"일본 함대는 적의 전면을 비스듬히 가로질러 그 우측으로 나가려고 했다. 이토가 택한 이 단종진은 자기쪽과 같은 역량을 가진 함대에 대해서는 가장 위험한 전법이었다."

영국의 G. 핍스 호른비 원수는 말한다.

"그러나 이토는 청국 함대의 진형을 멀리 바라보자 이것을 쐐기형(V형)이라고 판단했고 쐐기형이라면 함대 운동이 크게 곤란할 거라고 보고서 이 단종진을 택하는 한편 쾌속을 이용하여 적을 혼란에 빠뜨리려고 했다. 이 전법은 트라팔가르의 해전에서 넬슨이 썼는데 이론적으로는 완전하지 않지만 전승을 기할 경우에는 가장 좋다."

그 당시 미국의 해군 소령 맥기핀이 청국에 고용되었고 이 함대 참모의 한 사람으로 '진원'에 타고 있었다. 전쟁후 〈센추리 매거진〉에 기고한 바에 의하면

"우리측(청국) 12척을 향해 일본 함대 12척(사이코마루 포함)은 참으로 뚜렷한 단종진으로 돌격해 왔다. 그 함대가 마치 하나의 살아 있는 생명체처럼 질서를 유지하며 일정한 간격과 속력을 갖추고서 돌진해 오는 모양은 찬탄할 수밖에 없었다."

패자측에 선 맥기핀 소령은 그 패인의 하나로 청국 정부가 정여창에게 내린 불가사의한 지령을 꼽고 있다. '어떠한 이유가 있어도 산동 등대에서 압록강 어귀를 긋는 선 밖으로 나가서는 안 된다'라는 것이었다. 이 때문에 청국 함대는 스스로 일본 함대를 찾아내는 적극적인 전법은 취하지 못했다고 한다.

"그런 점에서 볼 때 이토에게는 이런 구속이 없었다. 그러나 이 단종진은 용감하기는 해도 지나친 모험이 아닐까. 일본에는 단 한 개의 단위 부대밖에 결전용 함대가 없는데 왜 이같은 모험을 택했을까. 일본인의 용감성은 상식으로는 생각할 수 없다."

황해 해전에서의 첫 포탄은, 일본의 선두함 '요시노'를 향해 청국의 기함 '정원'이 발사한 것이었다.

그때의 거리는 5,800m였는데, '정원'이 자랑하는 12인치 주포탄이 요시노의 후방 10m의 파도 사이에 떨어져 엄청난 물기둥을 뿜어 올렸다.

신호를 쓰지 않기로 한 청국 함대로서는 기함이 쏜 최초의 일발이, 사격 개시 명령의 대용이었던 모양이었다. 이어 요시노의 전후 좌우에 무수한 물기둥이 치솟았다.

그런데 요시노는 발포하지 않았다. 함장은

"3,000m로 접근할 때까지 발포하지 말라."

명령하고 그 거리로 접근하기 위해 갑자기 속력을 14노트로 올렸다. 요시노의 최고 속력은 23노트였다. 그런데 일본 함대는 그 함대 속도를 10노트로 규정하고 있었다. 이것으로도, 그 당시 세계 해군의 수준에서 본다면 함대 속도로서 빠른 것이었으리라.

한편 청국 함대는 저속함을 갖고 있기 때문에 7노트로 규정하고 있었다.

"그 차이는 3노트다. 그러나 일본 함대는 함의 정비 상태가 좋기 때문인지 좀더 속력을 내는 것같이 보였다."

청국측의 외국 무관이 한 말이다. 아마도 요시노가 갑자기 속력을 올린 것을 보고 전부 그렇다고 착각했던 모양이다.

요시노는 12시 55분 3,000m에 다다르자, 우현의 포문을 모조리 열고 발사를 시작했다. 이어서 '다카치호' '아키쓰시마'가 이를 따랐다. 목표는 '양위'와 '초용'이었다.

요시노가 3분간 우현 일제 사격을 하는 동안, 적의 '경원'이 대담하게 맹진해 왔다. 그 충각(衝角)으로 요시노의 왼쪽 옆구리를 찌를 셈이었으리라. 요시노는 그것을 피하고 10분 뒤에는 '양위', '초용'과의 거리를 1,600m까지 줄였다. 가까운 거리이기 때문에 포탄의 허비가 없었고 거의 명중이었다.

그러나 치명상을 입히지는 못했다. 포가 작기 때문이었다. 함도 포도 작고 다만, 속력만 높아서 일본 함대는 외국 관전 무관들로부터 '경함대'라는 말을 들었다.

경함대로는 처음부터 적을 격침한다는 생각은 하지 못한다. 더욱이 세계에서도 가장 방어력이 강한 '정원' '진원'을 격침시키는 것은 불가능하다는 전제 아래 작전을 세우고 있었다.

요컨대 소구경의 속사포를 활용해야 했다. 일본 함대는 그와 같은 작은 포의 수에서는 청국 함대에 비해 우세했다. 청국의 141문에 대해 일본은 209문을 가지고 있었으며 속사포는 청국이 새것을 전혀 장비하고 있지 않은 데 대해, 일본은 76문을 갖추고 있었다. 게다가 쾌속이어서 이 고도의 운동성을 이용하여 소구경이나 중구경의 대포를 크게 활용하여 적의 함상 시설을 파괴하고 전투원을 살상하는 데 주안점을 두었다. 적함을 격침시킬 만한 거포를 갖지 않아도 적의 함상 시설이나 전투원을 무력화시킴으로써 '바다에 뜬 고철'로 만들어 버리면 효과는 마찬가지가 아닌가. 이러한 사고방식과 전법이 전 해전을 통해 보기 좋게 성공함으로써

──쾌속의 경함대도 그 운용 여하에 따라서는 중장갑, 거포를 비치한 함대를 격파할 수 있다.

이 새로운 전례가 확립되었다.

청국 함대도 잘 싸웠다.

'진원'에 탑승했던 미국인 맥기핀 소령은 개전 당시의 진원 함내의 상황을 다음과 같이 묘사하고 있다.

"(개전 직전) 머리에 변발을 감아올리고 두 팔을 드러내 놓은 장한(壯漢)들은 갑판에 늘어선 대포 앞에 모여들어 당장 죽이느냐 죽느냐 하는 긴장 아래, 명령이 떨어지기를 기다렸다. 갑판 위에는 전투 중에 발이 미끄러지지 않도록 모래를 깔아 놓았다. 무거운 침묵이 함의 상부 갑판과 함의 내부에서 감돌았다. 포탄 운반자 곁에도, 포탄을 올려주는 기체 곁에도, 수

뢰실에서도, 명령을 기다리는 청국인이 말없이 각기 자세를 취하고 있었다. 한 소위는 마스트에 올라가 육분의로 거리를 재고 그것을 일일이 아래쪽에 작은 신호기로 알리고 있었다. 거리 보고가 있을 때마다 포수는 그만큼 조척(照尺)을 낮추었다. 그것이 5,400m가 되었을 때, 기함 정원의 포가 포효하고 적함 요시노 옆에서 물기둥이 치솟았다. 이와 동시에 진원이 기함에 이어 제2탄을 요시노에 발사했다. 그러나 일본 함대는 용사하지 않았고 그들이 응해온 것은 5분 뒤였다."

"이윽고 진원의 12인치 포에서 발사된 일발이 정통으로 일본의 선봉대인 한 군함에 명중했을 때 배안에선 손뼉을 치며 환호했다."

이 진원이 자랑하는 12인치 포의 명중탄을 받은 것은 아마 연합함대의 기함 '마쓰시마'였을 것이다. 마쓰시마가 1,700m의 근거리까지 진원에 접근해 갔을 때, 진원의 12인치 포 두 문이 동시에 포효했다. 그 포탄은 마쓰시마의 함석 조각처럼 얇은 배 옆구리를 꿰뚫고, 거기에서는 폭발하지 않고 포순(砲楯)에 맞아 폭발했다. 다시 포 옆에 수북이 쌓아놓았던 탄환도 폭발하자 그 음향이 천지를 뒤흔들고 근처에 있던 94명을 일시에 살상시켰다. 비포를 깨뜨리고 함의 현측에 붙인 동판을 걷어 올려 함골까지 드러나게 만드는 무서운 힘이었다.

이 해전 중 일본 함대가 진원에 명중시킨 포탄은 220발에 달한다. 또한 정원에는 159발을 명중시켰으나 양쪽 함을 감싸고 있는 장갑판은 끝내 관통시키지 못했다. 다만 양쪽 함 모두 화재가 일어나 연기가 함을 뒤덮는 바람에 양쪽 함의 승조원들은 함상 활동을 거의 하지 못하게 되었다.

전투 4시간 반 동안에 청국 함대는 12척 중 4척이 격침되었다. '경원', '치원', '양위', '초용'이었다. 그리고 '광갑'이 좌초했다. 그러나 일본측은 하나도 격침되지 않았다.

청국 함대의 나머지 7척이 전장을 이탈하여 여순 방면으로 달아났다.

이토 스케유키는, 이들을 추격하여 전과를 확대시키는 것이 전술의 원칙이었으나 저녁 때 함대를 거느리고 돌아가 버렸다. 이 점을 청국 함대의 참모 맥기핀 소령은 미심쩍게 생각했다.

"일본의 주력은 전투력이 아직도 충분히 남았는데 웬일인지 남동 방향으로 철수하고 말았다."

이야기는 바뀐다.

아키야마 요시후루는 프랑스에서 돌아와 있었다. 메이지 24년(1891년)도 다 저문 12월에 귀국하여, 즉시 도쿄에 주둔하고 있는 기병 제1대대의 중대장으로 임명되었다.

그런데 얼마 되지 않아 직무가 바뀌었다.

메이지 육군은 이 기병의 개척자에게 적합한 일거리를 주었다. 육군 사관학교와 같은 유년학교의 승마술 교관으로 위촉했던 것이다. 그런데 그 기간은 반년에 지나지 않았다.

육군은 요시후루가 몸에 지닌 기병 사상을 군정(軍政)의 중추에 쏟아 부으려고 기병의 뒤처리를 하는 최고 관청인 '기병감'의 부관으로 삼았다.

"기병에 미친 사나이가 자리를 얻었다."

다른 과의 친구들이 말했다. 요시후루는 이와 동시에 기병 소령으로 승진했다. 메이지 25년 11월 1일자인데 동기 중에서 가장 빨랐다. 그때 나이 서른 살.

그런데 그 이듬해 26(1893)년 5월 5일, 다시 대대로 돌아왔다. 기병 제1대대장이었다. 그 이유는 이미 육군이 청일전쟁을 상정하고 동원 태세에 들어갔기 때문일 것이다. 요시후루의 기병 사상을 야전에서 실험해 보려는 것이었다. 대대라고 하는 것은 하나의 전술 단위로서, 몇 개의 중대를 통일하며 독립 부대로서의 기능을 가지고 있다. 그와 같은 뜻에서 요시후루는 처음으로 독립 기능을 가진 지휘관이 되었다.

메이지 27(1894)년이 되었다.

청일전쟁의 선전 포고는 8월 1일이지만 사전 충돌이라는 형태로 조선 주둔의 오시마 여단이 7월 29일 성환에서 청국군을 격파했다. 선전과 더불어 일본은 제5사단을 조선에 파견하고 다시 제3사단도 동원했다. 이 제5, 제3사단으로 제1군을 편성했다. 군사령관은 대장 야마가타 아리토모였다. 제1군이 활동할 전장은 조선으로 한정되어 있었다. 9월 10일, 제1군이 평양에서 청군을 패퇴시켰다.

같은 해 9월 17일, 황해에서 이토 함대가 북양함대를 격파하고 제해권을 확보하였기 때문에 해상 수송의 안전이 가능해졌다.

그렇게 되자 대본영(히로시마에 있음)은 새로 대군을 수송하여 만주에 상륙시키고 그 후 적극적으로 직례 평야에서 결전을 하기 위해 제2군을 편성했다. 군사령관은 대장 오야마 이와오로 그 휘하에 제1, 제2의 양 사단과, 다시 혼성 제12여단을 두었다. 그 동원이 시작되었다. 요컨대 황해의 승리로 인한 자동적 진출이라고 해도 좋으리라.

제2군의 동원과 더불어 당연히 요시후루의 기병 제1대대도 동원되었다. 그와 그의 부대가 주둔지인 도쿄 메구로(目黑)의 병영을 출발한 것은 9월 28일이다.

그들을 수송하기 위해 그 당시 아오야마에 임시 정거장이 만들어지고 있었다. 거기서 출발하여 이틀 후에 히로시마에 도착했다.

제1사단장은 한쪽 눈이 없기 때문에 독안룡(獨眼龍)이라고 불리던 중장 야마지 모토하루(山地元治)였다. 군사령관인 오야마가 사쓰마 사람, 야마지는 야마노우치 요도(山內容堂)의 호위 무사였던 도사 사람, 거기다 산하의 두 여단의 여단장은 조슈 사람인 소장 노기 마레스케(乃木希典)와 사쓰마 사람인 니시 간지로(西寬二郞) 소장이었다. 역시 메이지 정권을 성립시킨 번벌(藩閥)이 농후하게 살아 있다고 해도 좋을 것이다.

히로시마에서의 일이다. 요시후루는 지휘도를 차고 있었다. 거리에서 만난 동기인 보병 대위가 놀라며 물었다.

"뭐야, 그 허리에 찬 게?"

지휘도를 말하는 것이다.

지휘도는 장난감 같은 칼집에 칼날도 없었고 당연한 일이지만 들지도 않는다. 평시에는 장교는 장식과 지휘용으로 지휘도를 찬다. 그러나 전시에는 군도로 바꾼다. 군도는 양검식으로 만들어져 있으나 사실은 일본도이며 제식(制式)으로 되어 있다. 요컨대 요시후루는 평시 그대로였던 것이다.

"이것으로 충분해."

요시후루는 그대로 헤어졌다. 부대의 숙사로 돌아가자 부하 하사가 불안스러운 듯, 같은 질문을 했다.

불안해하는 것도 당연했다. 기병에게는 돌격이라는 것이 있다. 말 머리를 나란히 하여 적중에 뛰어들어 칼이나 창(일본 기병에게는 창은 없다. 유럽의 중기병이나 청국 기병은 그것이 무기로 되어 있다) 등으로 찌르며 싸워야 한다. 말하자면 지휘도는 죽도나 마찬가지여서 찔러도 적의 옷을 찢을 수 없고 내리쳐도 적을 베지 못한다. 첫째로 호신을 위한 무기가 장난감이라서야 불안해서 전장에 있을 수 없지 않은가.

"아냐, 괜찮아."

요시후루는 이번에도 이렇게 말했다.

그런 점이 이 인물의 기묘한 특색이라고나 할까. 그는 그 후의 러일전쟁에서도 허리에 이 지휘도를 차고 전장을 누비고 다녔다. 그 이유는 말하지 않았다. 이유는 말하지 않았으나 아마도 지휘관의 소임은 개인으로서 적을 살상하는 것이 아니라 1대 1로 군을 진퇴시켜 적을 압도하는 데 있다, 그러므로 개인으로서의 휴대 병기는 필요 없다고 생각했는지도 모른다.

그 밖에도 이유가 있을 성싶다. 요시후루는 같은 시대의 모든 사람들에게서 자주 '최후의 옛 무사'라느니 전국시대 호걸의 재래(再來)라느니 하는 말을 들어왔다. 그러나 진심은 어떤 것이었을까.

두 가지 측면에서 생각해 볼 수 있다. 첫째로 그는 다른 군인의 경우처럼 그의 만년에 자기의 자식들을 군인으로 만든다는 것은 생각해 보지도 않았다. 후쿠자와 유키치의 사상과 인물을 존경하고 그에 동감하여 자기의 자식들을 유치원에서부터 게이오 계통의 학교에 넣었고, 결국 보통 시민으로 만들었다.

또 한 가지는 그가 마쓰야마에서 지낸 소년 시절이나 오사카와 나고야에서 보낸 교사 시절, 사람들은 그에게서 도무지 호걸을 상상하지 못했다. 참하고 친절한 소년이고 청년에 지나지 않았다. 그러던 것이 관비로 학문을 할 수 있다고 해서 군인이 되었다. 군인이 되자 국가는 그에게 유럽풍의 기병 육성자가 되기를 기대했고 그 또한 그렇게 되려고 노력했다.

그는 스스로를 교육한 결과 '호걸'이 되었을 것이다. 싸움에 이기기 위한 온갖 노력을 아끼지 않았으나 그 자신 개인적으로는 그 오른손에 피 묻은 칼을 휘둘러 적의 살을 찌르고 뼈를 끊는 일은 은근히 피하고자 했던 것이 아닐까. 물론 그 때문에 들지도 않는 칼을 허리에 찬다는 것은 퍽이나 용기가 필요한 일이다. 용기는 어쩌면 고유의 것이 아니라 그의 자기 교육의 소산이 아니었을까 하는 생각이 든다.

지휘도 이야기가 나온 김에 육군 기병 소령 아키야마 요시후루의 지휘 아래 있는 기병 대대(2개 중대)의 장비에 대해 살펴보고자 한다.

기병은 그 긴 칼과 소총을 병기로 삼고 있다. 그렇지만 장교는 소총이 아닌 권총을 갖는다.
　기병의 소총은 비스듬히 어깨에 멘다. 유럽에서는 승마자의 부담을 덜고 마상 조작의 필요상 총신을 특별히 짧게 만든 기병 총이라는 것이 있었으나, 이 시기의 일본에는 없었다. 보병총인 무라다 총을 기다랗게 짊어지고 있었다. 무라다 총은 일본 육군의 제식총이었다.
　구 사쓰마 번사인 무라다 쓰네요시(村田經芳)라는 인물이 그것을 발명했다. 무라다는 구번시대부터 소총에 관심을 가지고 메이지 8(1875)년 보병 중령 때 유럽에 건너가 소총의 기능과 제조법을 개발했다. 메이지 13(1880)년 유저식(遊底式) 소총을 연구한 것이 최초의 무라다 총(村田銃)인데 단발이었다.
　메이지 18(1885)년 이것을 개량하고 20년에 다시 기구를 일신하여 연발식으로 개량했으나 유저식이라는 점에는 변함이 없었다. 이 무라다 연발총은, 뒤에 이것을 원형으로 38식 소총이 개발되기까지 그 시대의 세계에서 능률과 정밀도가 가장 높은 군용 소총으로 되어 있었으나, 생산이 수요를 따르지 못하여 메이지 27년의 청일전쟁 때는 이 소총이 고루 보급되지 못하고 아키야마 대대의 소총은 대부분 18(1885)년에 개발된 개량 단발식이었다.
　그 다음은 말(馬)이다.
　이 청일전쟁의 단계에서는 아랍종도 서러브레드종도 쓰이지 않고 있었다. 잡종조차도 아닌 일본 말이었다. 대대장인 요시후루도 서양 사람이 일본 기병을 보고 비웃었던 것처럼 '말 같지 않은 말'을 타고 있었다.
　단 한 사람 예외가 있었다. 사와다(澤田) 중위라는 젊은 장교가 혼자 양잡종의 말에 높직이 올라탔다. 이 말은 일찍이 통킹 싸움에서 프랑스군이 썼던 말을 육군이 종마로 사들여 일본 말과 교배시켜 낳은 것으로 사와다는 그것을 입수하여 스스로 조교(調敎)해 왔다.
　백마였다. 엄밀하게 따지면 얼룩말로 흰 바탕에 군데군데 얼룩이 있었다.
　사와다는 그것을 타고 히로시마에 왔다. 그런데 히로시마 체류중 육군에서 시달이 있어 백마를 전선으로 끌고 가는 것이 금지되었다. 적의 목표물이 되기 쉽기 때문이었다.
　사와다는 궁지에 몰린 끝에 물감을 사다가 물들였다. 녹색 말은 아마 세계 어디에도 없을 것이다.
　우지나(宇品)에서 출항하기 앞서 야마지 사단장에 의해 군장 검사가 있었다. 사와다는 이 커다란 녹마를 타고 바람 속에서 열병을 받았다.

이윽고 야마지가 다가와서 그 앞에 발을 멈추더니 놀란 듯 수행한 요시후루를 돌아다보았다. 요시후루는 재빨리 큰소리로 말했다.

"각하, 이 말은 원래 묘한 말입니다."

야마지는 애꾸눈을 치뜨며 구릿빛 얼굴을 약간 허물어뜨렸다. 대강 알아차린 모양이었다.

우지나를 출발한 것은 10월 5일이다. 요시후루가 속한 제1사단은 3제대로 나뉘어 각기 상륙지로 향했다.

"이것이 기선인가."

처음 보는 기선에 감탄해 마지않는 병사도 많았다. 단지 이 시대의 수송선은 1,000톤 전후의 작은 기선으로 큰 바다에 나가면 작은 파도에도 흔들려 거의 모든 사람이 뱃멀미를 했다.

여담이지만 당시의 일본 해운계에는 기선이 417척, 전부 합쳐서 18만 1,819톤밖에 되지 않았다(이밖에 범선이 222척, 3만 3,553톤).

육군의 참모본부 차장 가와카미 소로쿠는 개전에 즈음하여 이 일이 우선 고민거리였다. 육군을 수송하지 못하면 싸우려야 싸울 수가 없는 것이다.

이것에 관해서는 에피소드가 있다. 개전 전에 가와카미 소로쿠는 혼성 1개 여단을 조선의 인천으로 보내기 위해 배를 수배하려고 니혼유센회사(日本郵船會社) 소속의 선박 리스트를 점검했다. 당시 일본의 기선 총보유수 중 니혼유센이 3분의 1을 가지고 있었다.

가와카미는 부사장 곤도 렌페이(近藤廉平)를 불렀다.

——대훈련을 위해서.

이런 명분으로 리스트 속에서 10척의 배에 빨간 점을 찍고 '급히 빌려 쓰고자 한다. 이것을 일주일 이내로 우지나에 집합시키도록'이라고 했다.

곤도는 아와(阿波) 사람으로 도쿄대학 남교와 게이오 대학에서 수학하고 뒤에 이와사키 야타로(岩崎彌太郎)에게 인정받았다. 그해 46세였다.

"알았습니다."

대답했으나 회사에는 회사의 규정이 있다. 그래서 이 문제는 중역 회의에 상정하여 그 결정을 본 다음 정식으로 맡기로 하겠으니 그렇게 아시라고 덧붙였다.

가와카미는 난색을 표했다. 그런 회의에 올린다면 기밀을 유지하기가 어렵다. 당시 청국이 스파이를 도쿄, 요코하마에 잠입시켜 계속 일본의 동정을 살펴보고 있다는 것을 가와카미도 알고 있었다.

"당신의 배짱 하나로 밀고 나갈 수는 없겠소?"

그렇게 말해 보았으나 곤도는 고개를 가로저었다.

마침내 가와카미는 어느 정도 암시하지 않을 수 없었다. 대훈련이란 사실은 표면상의 일이라는 것을.

"어쨌든 중대 비밀이오. 만약에 이 사실이 새어 나가면 국가의 대사는 물거품이 되고 맙니다. 당신은 그 비밀을 지킬 것을 맹세할 수 있습니까?"

그 말에 곤도는 개전을 짐작했다. 그러나 가와카미가 하는 말투가 마음에 들지 않았다.

"일부러 다짐까지 하시다니 섭섭하군요. 원래 비밀은 관에서 새어 나온다고 합니다. 저보다 각하야말로 입을 조심하십시오."

"이건 그냥 들어넘길 수 없는 말이군, 이 가와카미가 비밀을 누설할 위험이라도 있다는 거요?"

"각하가 이 곤도를 의심하시니까 그러는 것입니다. 이 비밀은 우리밖에 모릅니다. 만일 누설된다면 범인이 각하가 아니면 나밖에 없을 터이니 그때는 내가 각하의 목을 찌르고 나도 죽겠소."

화려하다고 하면 화려한 메이지의 내셔널리즘이 이 전쟁을 수행시키고 있었다.

요동 반도의 화원구(花園口)라는 바닷가의 한 촌에 상륙한 것은 10월 24일이었다.

"금주(金州)와 대련만(大連灣) 부근을 점령할 것."

이것이 제1사단에 대한 군명령이었다. 요시후루의 기병 대대는 금주의 적정을 정찰하기 위해 전진했다. 요시후루에게나 일본 기병에게나 이것은 첫 싸움이라고 할 만했다. 행동을 개시한 것은 11월 초였다. 하늘에는 이미 추운 기운이 돌고 땅은 얼어 말발굽이 터질 것만 같았다. 그들은 복주 가도를 가다가 이윽고 사십리보 부근에서 적을 만났다.

"적 기병 약 200!"

이와 같은 급보가 척후병을 통해서 들어왔을 때, 요시후루는 말에서 내려

언덕으로 올라가 쌍안경을 꺼냈다. 이 쌍안경은 서양의 부인네들이 오페라를 구경할 때 쓰는 배율이 낮은 것으로 배우의 얼굴은 보여도 아득히 먼 적황을 보기에는 부적당했다. 하긴 이 시대에는 포병과를 빼면 어느 장교도 이 정도의 것밖에 갖고 있지 않았고 차이스 쌍안경이 보급된 것은 러일전쟁이 일어난 뒤의 일이다.

잇달아 척후의 보고가 들어왔다. 요시후루가 훈련한 '기병'은 충분히 기능을 발휘하고 있었다. 그것에 의하면 적의 기병 200은 이쪽의 존재를 조금도 알아차리지 못하고 전진 중이라는 것이었다.

요시후루의 대대에는 보병이 1개 중대 딸려 있었다. 그것은 '아키야마 지대'라고 불리고 있었다.

보병 중대장은 즉시 부하를 산개시키고 엄폐물로 몸을 감추게 한 다음 사격 준비를 하게 했다.

"알겠는가?"

요시후루는 보병 중대장인 대위에게 주의를 주었다. 나는 유럽에서 보았기 때문에 대륙이라는 것이 어떤 것인지 알고 있지만 이렇게 널찍하게 펼쳐진 곳에서는 거리를 잘못 재기가 쉽다, 적을 충분히 접근시켜 2, 300미터 앞까지 온 다음에 쏘라고 지시했다.

요시후루는 아무리 보아도 여느 때와 꼭 같은 얼굴이었다.

다른 장교들은 모두 흥분하고 있었다. 특히 보병 대위가 심했다.

적이 점점 다가오고 있었다. 보병 대위는 견디다 못해

"벌써 거리 400입니다."

요시후루에게 대들었다. 요시후루는 오페라 글래스를 꺼내 들고 '아니야, 아직 800은 된다'고 했다.

그런데 보병 대위는 참지 못하고 산병선(散兵線)에 대해 사격을 명령했다.

적은 정지했다.

그리고 유유히 되돌아가기 시작했다. 일본 보병의 소총탄은 한 발도 적에게 미치지 못하고 그 중간에 떨어져 연방 흙먼지만 일으키고 있었다. 적은 그 흙먼지 저편에서 점점 모습이 작아지더니 마침내 지평선 너머로 사라졌다.

요시후루는 웃음을 터뜨렸다.

"지금 자네 몇 백에서 사격 명령을 내렸지?"

보병 대위가 300에 조준하라고 했다고 대답하자 요시후루는 우스워서 못 견디겠다는 듯 코를 문지르며 지대의 전진을 명령했다.

전쟁에 있어서의 용맹성, 대담성이란 어떤 것일까.

요시후루는 지난날 그것을 생각한 적이 있다. 그는 군인인 이상 그것을 생각하지 않으면 안 되었다.

전국 말기의 무장으로 가토 요시아키(加藤嘉明) 이런 인물이 있었다. 어려서부터 도요토미 히데요시의 손에 키워진 히데요시의 군사 막료로 한때 요시후루의 고향인 이요의 영주가 된 적이 있다. 이요 마쓰야마 성은 그가 쌓은 성으로 요시후루는 어려서부터 이 무장의 이름을 친근하게 느껴왔다.

요시아키는 만년에 사람들로부터

"어떤 부하가 싸움에 강한가."

이런 질문을 받았다. 당연히 강하다고 하면 천하에 이름을 떨친 호걸들이라는 생각이 그 당시의 사회에도 있었다.

그러나 요시아키는

"그렇지 않다. 용맹을 자랑하는 자가 일단 유사시에 얼마나 소용이 있을지 의문이다. 그들은 자신의 명예를 탐내고 화려한 장소에서는 한껏 용맹성을 보일지 모르지만 다른 장소에서는 몸을 아껴 도망칠지도 모른다. 전투에는 갖가지 국면이 있고 화려한 장면은 극히 드물다. 화려한 연기만 생각하는 호걸은 나는 내 부하로 원하지 않는다."

이렇게 호걸을 부정하고 싸움터에서 진짜 필요한 것은 참된 자라고 말했다. 비록 힘이 약하더라도 책임감이 강하고, 물러서지 말라고 하면 뼈가 가루가 되더라도 물러서지 않는 자가 많으면 많을수록, 그 집단은 신뢰할 수 있으며, 전투를 승리로 이끄는 자는 그런 자들이라고 요시아키는 말했다.

──싸움은 누구에게나 두려운 것이다.

요시후루는 일찍이 아우 사네유키에게 그렇게 말했다. 천성적으로 용감한 자는 일종의 기인에 지나지 않으며, 자기는 평범한 사람이므로 역시 전선에 서면 공포가 일어날 것이다.

"그러한 자연적인 공포를 억누르고 유유히 일을 하게 하는 것은 의무감뿐이고 그 의무감이야말로 인간이 동물과 다른 고귀한 점이다."

이 청일전쟁에서의 요시후루는 한 장교로서의 의무감 외에 더 큰 무언가에 의해 움직였다.
 기병이었다.
 '기병 같은 것은 무용지물'이라는 의견이 육군 내부에 완고하게 뿌리를 내리고 있었다. 기병은 창설비와 유지비가 엄청나게 드는 병과인 동시에 방어력이 말할 수 없이 약하다. 적 보병의 일제 사격 앞에서도 허물어지며 적 포병의 집중탄을 받으면 보병과는 달리 노출 부대인만큼 손실이 매우 크다. 물론 돌격력과 타격력은 클지 모르나 그것으로 성공할 전략적 전기를 찾기가 몹시 어렵고 기회가 극히 드물다는 것이었다.
 요시후루는 자기편의 이 의견과 싸우지 않으면 안 되었다. 싸우려면 전선에서 승리하는 길밖에 없으므로 그는 행군 중에도 언제나 그것만을 생각하고 있었다.

 ──아무도 기병을 이해하려 하지 않는다.
 이것이 요시후루의 고민이었다.
 "기병의 특성은 무엇인가?"
 이에 대해 요시후루가 뒷날 육군대학교에서 강의했을 때 강의하기에 앞서 그 명제를 쓰고 나더니 옆의 창문 유리를 주먹으로 쳤다.
 유리가 산산조각나고 그 조각이 요시후루의 손을 찢어 피가 흘렀다. 그러나 힌덴부르크를 닮았다는 그 얼굴 표정은 조금도 변하지 않은 채 '바로 이것이다'라고 말했다.
 하기는 그랬다.
 기병은 보병처럼 움푹한 곳에 기어들어갈 수도 없고 지상에 높직이 육체를 노출시키고 있다. 쉽사리 적의 총포화를 받게 되어 전멸하는 예가 전사에 흔히 있다. 그런 점에서는 알몸뚱이에 맨손이다.
 그러나 어떤 병과보다 기동성이 풍부하여, 그 기동성을 이용하면 적이 생각지도 못한 장소와 시기에 출현할 수가 있어 지극히 효과적인 기습에 성공할 수 있다. 옛날부터 많은 명장은 이 기병을 전략적으로 잘 활용하여 적을 기습하고 괴멸시켰다.
 요컨대 전술적인 병과라기보다 극히 전략적인 병과로 보아야 하며 전선의 추이를 항상 날카롭게 그리고 대국적으로 볼 줄 아는 장수만이 기병을 사용할 수 있다.

더구나 기병은 한 곳에 모여 있지 않으면 안 된다. 하나하나로서는 약하지만 그것을 밀집시켜 좋은 기회를 포착하여 전선에 투입하면 믿을 수 없을 정도의 타격력을 발휘한다.

'타격!'

요시후루는 그것을 유리를 깨는 것으로 보여 주었다. 그러나 그 맨손은 상처를 입는다. 기병 또한 타격력을 발휘한 뒤 그 전선에서 전멸할지도 모른다. 그러나 그것은 전세를 일거에 호전시키기 위한 전멸인만큼 작전가는 주저 없이 그것을 감행해야 한다. 다만 평범한 작전가의 손에 걸리면 기병은 그저 전멸하고 말 뿐이다.

그와 같은 주장을 요시후루는 하급 장교일 때부터 상급자에게 주지시키려고 애썼다.

그런데 쉽게 이해해주지 않았다.

이번에 전시 편제로 제1사단 야마지 모토하루 밑에 들어가게 되었을 때 요시후루는 애꾸눈 장군에게 건의했다.

"분산시키면 아무것도 안 됩니다."

사실 다른 사단에서는 일껏 키운 기병 대대를 토막토막 세분화하여 각 보병 부대에 나누어 붙여서 전술적 협동을 하게 하고 있다. 어엿한 전략 병과가 이래서는 옥을 부수어 쓰는 것과 같다고 말했다.

말하자면 사단 직속으로 하라는 것이다. 야마지 모토하루는 이 건의를 받아들였다.

그리하여 제1사단만은 아키야마 대대가 독립 집단이 되었다. 그리고 방어력이 약한 기병을 위해 보병 1개 중대를 요시후루의 지휘 아래 배속하고 아키야마 지대로 불리는 단위로 만든 것이다.

요시후루는 그런 체제로 싸움터인 여순 요새를 향해 나아가고 있었다.

여순이라는 곳은, 싸움이라는 것의 사상적 시비를 젖혀놓더라도 두 번에 걸쳐 일본인의 피를 대량으로 빨아 마신 땅이다.

여순은 요동 반도 끝에 있는 천연의 양항으로 요동만, 발해, 황해의 세 바다를 그 가느다란 반도로 구분하고 있는 지리적 조건에서도 그곳이 해군 기지로 선택된 것은 당연한 일이었다.

이 지리적 위치에 착안하여 군항으로 만들 것을 청국 정부에 권한 것은 독일인이었다.

그리하여 청국이 이곳에 '수사영(水師營)'을 설치하고 군항 설비를 하기 시작한 것은 일본의 메이지 17(1884)년의 일이었다.

군항은 해군 기지이지만 그래도 함대 보호를 위해 군항 주위의 산하를 무쇠로 다질 정도의 육상 요새의 설비가 필요하다. 청국 정부는 그 설계를 독일인에게 위촉하여 청일전쟁 단계에서는 이미 완성되어 있었다.

'동양의 세바스토폴리'라고 했는데 이것은 좀 지나친 칭찬인지 모른다. 왜냐하면 러시아의 세바스토폴리 요새의 웅장한 규모와 빈틈없는 구조, 튼튼한 방어력은 요새 구축에 있어서 어떠한 민족보다 소질이 있다는 러시아인이 그 대제국의 국력을 기울여 만든 것인만큼 청국의 이 여순 요새와는 비교할 수 없는 것이었다.

그러나 동양 제일, 혹은 유일한 근대 요새인 것만은 확실했다. 프랑스의 제독 쿠르베는 여순에 와 보고 이렇게 말했다.

"이 여순을 함락시키려면 50여 척의 군함과 10만의 육군을 투입해도 반년은 걸릴 것이다."

그 항구는 황금산 포대(砲台), 만두산 포대 등으로 방어되고, 항구 배후에는 계관산, 이룡산, 송수산, 의자산 등의 진지를 어마어마하게 둘러쳐 놓았는데, 중앙은 백옥산 요새였고 그것들을 지키는 포는 대소 백 수십 문을 헤아렸으며 1만 2,000명의 수비병이 지키고 있었다.

"그렇지만 대단할 건 없는 것 같다."

최초에 이렇게 깨달은 것은 기병을 이끌고 있는 아키야마 요시후루였다. 그는 기병의 또 하나의 기능인 '수색'을 맡고 있었다. 그래서 다수의 기병 척후를 내어 적정을 상세히 살피게 하였다.

"수비병이 1만 2,000이라지만 그 실정은 엉성한 것이다. 원래의 수비병은 8050명이고 나머지는 금주나 대련만에서 도망쳐온 패잔병이어서 사기는 말할 수 없이 낮다."

요시후루는 11월 17일 오후 1시에 영성자에서 제2군 사령관인 오야마 이와오에게 의견서를 보냈다.

"여러 정보에 따르면 적은 여순성을 사수할 것이 확실하다. 포대는 대체로 표고 300m 이상의 각 고지에 있다. 어느 도로로 공격 종대를 진입시키더라도 5, 6m 범위 내에는 적의 종사와 측사를 면하지 못한다. 여순 공격의 가장 간단한 방법은 새벽녘 군의 주력을 갖고 여순 본 도로로 수사영을 거쳐 여순 시가지에 재빨리 쳐들어가는 것이다. 이 방법을 취하면 비록 돌입에 실패하더라도 퇴각병을 수사영 북방 3,000m 고지에 수용할 수 있다……."

계속하여 요시후루는 여순 공격의 방법을 풀이한다. '수색 기병대장'이라는 자격으로 내고 있으나 여순의 분석과 그 약점의 지적, 공격 방법의 정확한 제시 등 이렇게 훌륭한 수색 보고는 전사상 그리 많지 않을 것이다.

"여순의 각 포대는 포성의 작은 소리로 미루어 보아 의외로 소구경포가 많은 것 같다. 포탄이 어느 정도의 명중력을 갖고 있는지 관찰했는데 지극히 부정확하다. 공격 부대는 우려하는 것보다 손실이 적을 것으로 본다. 그리고 여순의 지형은 기복이 많아서 공격부대의 행동을 다소는 감추어 줄 것이다."

"또 한 가지 다른 방법이 있다."

요시후루는 두 번째 안을 제시하고 있다.

"그것은 여순 연병장 서쪽 약 400m 지점에 있는 고지에 설치된 두 개의 포대를 먼저 점령하는 방법이다. 이 방법을 쓰기 위해서는 군의 주력을 토성자에서 석취를 거쳐 수사영 서쪽의 고지에서 진입시키지 않으면 안 된다. 다만 이 공격에 있어서 최대의 난점은 표고 500m가 넘는 고지를 기어 올라가 공격 점령하지 않으면 안 된다는 점이다. 또한 이 공격법을 채택할 경우 수사영 서쪽 고지에 있는 각 도로를 상세하게 정찰해 둘 필요가 있다."

요시후루의 의견서는 참으로 상세하기 그지없었다. 일본군의 버릇으로 공병을 자칫 경시하는 점에도 언급하여 '어느 공격법을 채택한다 하더라도 각 공격 부대에는 공병을 배속시키지 않으면 안 된다'고 했다.

또 기병을 구사할 능력을 갖지 못한 군사령부를 생각하여

"각 공격 부대의 연락이 단절될 우려가 있다. 이를 위해 각 부대에는 기병을 조금씩 배속시킬 필요가 있다."

이렇게도 쓰고 있다(이하 생략).

러일전쟁 당시에는 요시후루가 여순을 담당하지 않았다. 러일전쟁에서 여순을 공격하기에 앞서 이 정도의 수색 보고가 있었으면 그 사상자는 아마도

반감했으리라(그런데 이 청일전쟁 당시 여순 공격에는 여단장으로 노기 마레스케 소장이 참여하고 있었다. 노기는 뒷날에 러일전쟁 때의 여순 담당이 되었다. 그는 우수한 통솔자이기는 했어도 전략가로서의 자질은 부족했던 것 같다).

아무튼 제2군 사령관 오야마 이와오는 이 요시후루의 의견서에 따라 공격 계획을 세웠다. 공격 개시는 11월 21일로 결정되었다.

요시후루는 위의 의견서를 제출하자 이튿날인 18일 아침 7시에 숙영지인 영성자를 출발하여 전진했다. 그런데 쌍대구에서 산간보에 도착한 오전 10시경 수사영 방면에서 전진해 온 듯한 다수의 적과 마주쳤다.

"얼마나 되나?"

요시후루가 언덕에서 바라보았더니 1개 여단 이상인 것이 확실했다. 아군은 겨우 3개 중대밖에 안 된다.

당연히 퇴각해야 했다. 왜냐하면 수색대는 적정과 지형을 정찰하여 그것을 후방에 보고하는 것이 목적이지 전투는 주목적이 아니다.

그런데 이 첫 대전에서 퇴각한다면 사기에 미치는 영향도 크거니와 군 전체에 대해 기병의 평가가 일시에 떨어질 것이다.

요시후루는 공격을 결심했다.

이 근처를 토성자(土城子)라고 한다.

요시후루는 병력을 둘로 나누었다. 기병 제1중대는 전원 말에서 내리게 하여 도보병을 만들고 본 도로 동쪽으로 산개시켜 전진하게 했다.

제2중대로는 기마전을 시도할 양으로 본 도로의 서쪽으로 나가게 했다. 그리고 별도로 자기 옆에 보병 중대를 두어 예비대로 삼았다.

──병사의 수가 모자란다.

요시후루는 생각했다. 모자라는 정도가 아니라 압도적으로 부족했다. 적은 보병 1개 여단에 포까지 갖추고 있었다. 그들은 일본측의 공격을 보고 유유히 응전 태세를 취하며 사격하기 시작했다. 맹렬한 총포성이 천지를 뒤흔들자 일본군은 서리맞은 배추 잎사귀 꼴이 되었다.

요시후루는 좀 색다른 사람이다.

수통에는 물이 아닌 술이 들어 있다. 중국술이다. 풀 덤불에 주저앉아 한 손에는 쌍안경을 든 채 수통의 술을 마시기 시작했다.

──전선에서의 술은 묘한 맛이지.

그는 늘그막에도 이렇게 말했다. 어떤 맛이 나는지는 설명하지 않는다.

그는 훗날, 러일전쟁의 전선에서도 그랬는데 카자크 기병단의 노도와 같은 공격 속에서도 술을 마셨다. 격전이 벌어지면 반드시 마신다. 마시고 용기를 내겠다는 것이 아니다. 이 대주가는 술을 마시면 머리에 피가 올라 기분이 유쾌해지는 것은 아니고 그냥 진정은 되는 모양이었다. 머리에 피가 오르려고 할 때 술을 마심으로써 정상적인 자기를 유지할 수 있었다.

전황은 처음부터 불리했고 시간이 갈수록 더욱더 불리해졌다.

'병사들이 위축되고 있다.'

요시후루는 판단했다. 모든 병사들이 최대한의 용기를 짜내어 사격 동작을 되풀이하고 있으나, 장교도 병사도 슬쩍 건드리기만 해도 울음을 터뜨릴 것처럼 잔뜩 긴장하여 굳어졌다.

이런 경우, 지휘관의 정신이 어떤 상태인지 아군에게 보여 주어야 한다. 그런 뜻에서 전쟁은 지휘관에게는 목숨을 내건 연기이다.

"어디 앞으로 나가 볼까."

요시후루는 말을 타고 그 자세 그대로 앞으로 나아갔다. 부관이 미친 듯이 놀라 말고삐에 매달렸으나 요시후루는 막무가내로 나아갈 뿐이었다. 마상에서 수통째 나팔을 불었다. 유유히 말을 몰아 마침내 최전선에서 복사(伏射) 중인 병사들 근처까지 갔다. 적탄이 요시후루의 주위에 흙먼지를 날리고 어깨를 스치며

머리 위에서 윙윙거렸다. 머리 위에서 소리를 내는 소총탄은 맞는 일이 없지만 지면에 박히는 탄이 많아지면 적탄의 명중률은 높아진다.

"정말 대단하더군."

도보병의 산병(散兵)을 지휘했던 제1중대장 고노 세이지로(河野政次郎) 대위가 나중에 술회한 말이다.

"얼굴빛도 변하지 않았지. 거동도 침착했어. 공포도 초조도 곤혹도 없이 마치 술꾼이 잔을 기울이면서 만개한 꽃을 바라보는 것 같은 모습이었어."

곧 장병들의 얼굴에 핏기는 돌아왔으나 전세는 도저히 회복될 가망이 없고 적은 더욱더 육박해 왔다.

때마침 전선 부근에 보병 제3연대의 제3중대가 행군하고 있었다.

중대장은 중위 주만 도쿠지(中萬德二)이다.

주만은

——기병이 적의 대군과 교전하고 있다.

이 보고를 받자 즉각 중대원에게 구보를 명하고 응원할 셈으로 전선에 도착했다. 기병의 방어력이 약하다는 것을 주만은 잘 알고 있었다. 그런데 전투에 참가하자마자 이 응원 중대는 속절없이 당하고, 주만 중위도 머리에 적탄을 받아 즉사하고 말았다.

퇴각해야 한다는 생각이 어느 장교의 뇌리에서나 깜박거렸다. 적에 대해 효과가 없다, 그런 반면 아군의 손해는 늘어날 뿐이다, 여기서는 재빨리 퇴각하는 것이 전술상의 모범 답안임에 틀림없었다.

그러나 요시후루는 앞을 향한 채 술만 마셨다. 그 전후 좌우에서 병사들이 쓰러졌다.

——이 손실을 어쩔 것인가.

요시후루의 부관 이나가키(稲垣) 중위는 생각했다. 누구나 아군의 패세를 인정했다.

그러나 요시후루만은 깨어 있었다.

'응원하러 온 보병 중대를 제외하면 기병의 경우 부상자는 매우 많지만 죽은 자는 아직 하나뿐이다.'

계산을 했다. 싸움은 그런 것이라고 요시후루는 생각하였다.

그런데 난처하게도 적측에는 우세한 포병이 지원하러 온 것인지 포탄이 이쪽저쪽에서 작렬하며 비 오듯이 쏟아지기 시작했다. 이 상태가 이대로 지속되다가는 포탄 때문에 전멸할지도 모른다. 이때 요시후루의 소속이 아닌 응원 중대가 퇴각하기 시작했다.

"여봐, 구마가이."

요시후루는 옆에 있는 구마가이 통역관을 돌아보았다. 이미 적과 아군의 전선이 뒤얽혀 요시후루 옆에는 이 통역관 구마가이 나오스케(熊谷直亮) 말고는 아무도 없었다.

"나는, 여순으로 가라는 명령을 받았다. 결코 퇴각이라는 명령은 받지 않았단 말이다. 한 발도 물러서지는 못하지. 갈 사람은 가라! 나 혼자서 여순으로 갈 테니까. 그러자면 통역은 있어야 하니 자네만은 따라와!"

이때쯤 어쩌면 요시후루는 술에 취해 있었는지도 모른다. 격전 시간이 길어서 취기가 한계를 넘고 말았던 것이다.

"전령!"

요시후루가 불렀다. 전령이 도보로 달려왔다.

"고노(제1중대장)에게 이렇게 전하라. 귀관은 제1중대를 이끌고 말을 타고 적의 포병 진지를 공격하여 격멸하라."

명령을 받은 고노 대위가 탄우 속을 달려왔다.

'이 상황에서 돌격이라니 무슨 소리야!'

——그때 아키야마 씨는 취해서 정신이 없었다.

는 설이 그 뒤 신빙성 있는 공론이 되었다. 정말 그랬는지도 모른다.

그러나 명령은 명령이었다. 고노 대위는 죽음을 각오하고 요시후루 앞에서 칼을 들어 절하고

"이로써 작별입니다."

말을 남기고 달려가 버렸다.

고노 대위가 이 비참한 상황 속에서 요시후루의 명령을 받고 적을 무찌를 셈으로 중대로 돌아왔을 때 적측의 거동에 큰 변화가 일어났다.

그들이 전선(全線)에 걸쳐 공세를 전환한 것이다. 그들은 4km에 걸쳐 전개하고 있었다. 포탄을 아키야마 지대의 중앙에 투하하면서 보병 부대를 둘로 나누어 양익으로 펼치고 포위의 태세로 놀랍게도 4, 500m 가까이까지 육박해왔던 것이다. 이쪽에서 습격할 처지는 아니었다.

"고노 대위에게 전하라. 명령은 중지다."

우선 전령을 보내 퇴각 배치를 정하지 않으면 안 되었다.

퇴각에 있어서는 기병의 장기인 속력으로 쏜살같이 달아날 수 있지만 보병 부대를 데리고 있었다. 이것이 방해가 되었다. 그러나 보병이 협력해 주고 있는 이상 기병이 먼저 도망칠 수도 없어 보병을 먼저 퇴각시킨다는 계획을 짰다. 싸움에서 가장 곤란한 것은 퇴각전이다. 적은 의기충천해 있다. 이쪽이 퇴각할 눈치를 보이면 '와아' 하고 밀려올 것이 틀림없으니 그것을 저지하면서 정연히 퇴각하지 않으면 안 된다. 그 저지하는 역할을 하는 것이 후미군이다. 즉 퇴각 엄호 부대가 가장 손해가 많은 것이다.

"내가 후위를 맡는다."

요시후루가 말했다. 상식과는 반대였다. 주장 자신이 그것을 맡는다고 했고 결국 그것을 해냈다.

요시후루는 최후미에서 지휘하며 자칫하면 무너지기 쉬운 병력을 이끌고 퇴각한다. 고전을 거듭하는 사이 보병 제2연대가 급보를 듣고 지원하러 왔기 때문에 겨우 적의 추격만은 저지하고 전선을 이탈할 수가 있었다.

"정말 어처구니없는 전투였다."

뒤에 싸움터를 시찰한 제1사단의 참모들이 말했다.

"아키야마는 순전한 만용이었다. 전술적으로 왜 미련 없이 퇴각하지 않았단 말인가."

참모들은 그렇게 수군거렸다. 요시후루가 수색의 최전선에서 여순 공격의 방법에 대해 의견서를 냈을 때 그 전략안의 정확성과 그 취지의 명쾌성에 모든 참모가 놀랐으나, 그것과 실전 현장에서의 만용을 견주어 생각하면 동일 인물이 아닌 것처럼 생각되었다.

제2군의 여순 공격은 오야마 이와오가 결정한 대로 21일 새벽, 추위를 무릅쓰고 개시되어 주력 부대가 전진했다. 그동안 아키야마 지대는 주력의 우측 엄호를 맡아 의자산 서쪽에 위치하고 있었고, 한편 구만까지 진입해온 해군의 함정과 연락하면서 우세한 적을 계속 견제했다.

"반년은 걸리겠는걸."

이렇게 말했던 여순 요새는 놀랍게도 만 하루 만에 함락되었다.

수비병의 대부분은 금주 방면으로 달아났다. 이 공격에서 일본군의 전사자는 장교 한 명, 하사관과 병사는 229명에 지나지 않았다. 승리의 최대 요인은 일본군측에 있지 않았다. 이 당시의 중국인에게 국가를 위해서 죽는다는 관념이 거의 없었기 때문이었다.

네기시(根岸) 시절

이 무렵 시키는 근처로 이사했다. 먼저 집의 번지는 가미네기시(上根岸) 88번지였으나 이번에는 82번지였다.

이사한 이유는 〈니혼〉의 사장인 구가 가쓰난이 이 무렵(메이지 27(1894)년 1월) 월급을 30엔으로 올려 주었기 때문이다. 그에게 있어서 마지막인 이 집의 집세는 처음에 4엔, 나중에는 4엔 50전이 되었다. 집은 단층이었다.

방은 다섯 개, 현관은 2조, 그 오른쪽 3조 방이 안방격이 되어 이 방에 어머니 야에가 거처했다. 누이동생 리쓰는 그 왼쪽의 4조반 방을 썼다. 현관 안쪽이 8조로 이것이 객실에 해당하는 것이었다. 객실 왼쪽이 6조 방으로 시키는 여기를 거실 겸 서재로 썼다. 이 서재는 남향이었다.

이 근처는 가가(加賀)의 구번주 마에다 집안의 소유로 되어 있었다. 마에다 집안은 혼고에도 웅장한 저택이 있었는데 메이지 초기 정부가 그것을 매수하여 대학 용지가 되었다. 그 때문에 이 가미네기시로 저택을 옮긴 것이다.

저택이라고 하지만 별장과 비슷하다. 정원에는 탈춤 무대도 가설되어 있고, 검은 판자 울타리로 둘러쳐진 그 광대한 정원은 마치 숲과 같아 소나무, 삼나무, 편백나무, 거기에 느티나무와 졸참나무 등이 빽빽이 들어서 있었다.

이 저택 뒤의 한 모퉁이에 마에다 집안의 부하들이 사는 작은 집들이 줄지어 있고 그밖에 가쓰난 소유의 셋집이 수십 채나 있었다. 시키의 집은 그 중의 하나였다.

시키는 아침 나절 드러눕기도 하고 책을 읽거나 글을 쓰기도 한다. 오후 2시 경에 신문사에 나가 두어 시간 정도 일을 보고 퇴근한다. 하기는 그림이 많이 들어가는 가정 신문인 〈쇼니혼(小日本)〉의 편집을 맡고 있었을 때는 근무 시간도 길었으나 그것이 6개월 만에 폐간되고 본지인 〈니혼〉에 돌아온 뒤로는 그런 근무 형태가 되었다.

〈니혼〉에 되돌아온 지 열흘 만에 풍도 섬 앞바다에서 해전이 일어나 전쟁이 시작되었다.

이 무렵 시키는 신문에 '문학 만언(漫言)'이라는 연재물을 쓰고 있었다.

그런데 다른 기자들이 종군 기자가 되어 자꾸 나가는 바람에 시키가 써야 할 분량이 많아졌다. 문학란 담당이었으나 때로는 국회에 나가 취재도 하고 정치 기사를 쓰기도 했다. 일손이 부족하여 때로는 4단, 5단도 써야 하는 날도 있었다. 그럴 때는 닛포리(日暮里)나 미카와시마(三河島) 근처를 산책하거나 하이쿠를 곁들인 글을 썼다.

그러는 사이 전지에서 보내오는 종군 기사로 지면이 크게 활기를 띠게 되자, 시키가 쓰는 하이쿠론이나 시를 곁들인 문장 같은 것도 이상할 만큼 빛을 잃었다.

시키도 종군하고 싶어서 구가 가쓰난에게 청했으나, 시키의 말이라면 웬만하면 다 들어주는 가쓰난도

"자네는 건강을 생각해야지."

받아들이지 않았다.

어쨌든 시키가 사는 네기시 마을에도 전쟁의 거센 바람이 밀어닥치고 있었다.

밀어닥친 정도가 아니었다. 아시아 최대의 국가라고 하는 강자에 대해 약자로 자처하는 일본이 도전한 것이다. 일본인들 대부분은 어느 모로 보나 자기들에게 승산이 없다고 생각하였다. 그래서 죽을 기를 써가며 덤벼들어 보

았던 것인데 뜻밖에도 연전연승하는 바람에 그만 어안이 벙벙하여 유사 이래 일찍이 없었던 국민적 흥분을 일본인들은 체험했다.

그도 그럴 것이었다.

일본은 메이지 이전에 '국민'이었던 적이 없었고 국가라는 관념을 거의 가지지 않고 지내 왔다. 그들은 촌락이나 번, 아니면 고작해야 분국의 주민이었다. 유신에 의해 처음으로 유럽의 개념인 '국가'라고 하는 대단히 현대적인 것을 가지게 된 것이다.

메이지 정부는 일본인들에게 국가니 국민이니 하는 관념을 갖게 하는 데 몹시 고심했던 모양이다.

그래서

──천황의 신민

이 사상을 심어 주려고 했다.

충성이란 관념은 봉건시대의 영주와 그 가신을 통해 이미 농후한 전통이 되어 있다. 이것을 가르치는 편이, 국가와 국민의 관계를 도덕에 대치시켜 일러주기보다 알기 쉬웠다. 그런 식으로 유신 성립 후 27년이 지나고 유신 후 국민 교육 속에서 자라난 자가 장정의 연령을 넘었다. 그들이 싸움터에 나가고 있었다. 더구나 승리를 계속하고 있었다. 이 국민적 흥분이 비로소 일본인에게 국가와 국민이 어떤 것인가 하는 것을 단번에 실질적으로 가르쳐 주었다.

전쟁이라고는 하지만 제1차 세계대전 이후의 전쟁처럼 국민 생활까지 궁핍으로 몰아넣는 것은 아니었다. 경비가 그 뒤의 전쟁에 비해 거저나 마찬가지로 싸게 먹혔다.

포탄의 사용량 역시 적이건 아군이건 모두 별것이 아니었고 전사자의 수도 적었으며 무엇보다 병사 일인당 경비가 놀라울 정도로 쌌다. 그들은 매실 짠지 하나를 박은 주먹밥만 먹고도 싸울 수 있었고, 극한의 만주에서 변변한 방한 외투도 없이 행군하고 야영하고 전투했다. 전쟁이라기보다 조그만 전투 비슷한 것이었다. 국민들 역시 전승의 광경을 그 어떤 전국시대 호걸들의 무용담이나 되는 것처럼 상상하고 열광했다.

그것은 좋다.

시키가 문제였다. 이 20대 후반에 있는 그 역시 남들과 같이 흥분했다. 전쟁 자체에 대한 회의나 부정(否定)의 사상이 일본의 지식 계급 사이에 움튼

것은 훨씬 뒤의 일이었다.

"전쟁이 드디어 일어났다고 들었을 때는 아닌 게 아니라 평화에 익숙한 귀라 놀랐네. 혹시 일본이 망해 버리지는 않을까, 내일이라도 도쿄에 적병이 쳐들어와 우리도 어디론가 도망치지 않으면 안 되는 게 아닐까, 그때는 책을 두고 가기가 아까울 텐데 어떻게 하면 좋을까, 등등 쓸데없는 걱정을 했지."

그는 친구에게 그 심경을 솔직하게 써 보내고 있다.

"그러나 아산(牙山) 전투에서 일본군이 대승리를 얻었다는 소식이 신문에 대서특필로 보도된 뒤로는 마음이 든든해지더군. 더욱이 평양이 함락되었다는 종군 기자의 보도가 자세히 난 것을 보고서는 저절로 용솟음쳐지는 마음이었다. 그런데 그 종군 기자 중에 나와 같은 신문사의 오다도 있다고 생각하니 부러워서 견딜 수가 없더군."

시키의 거짓 없는 마음은 거의 젖먹이 아기의 몸놀림이나 표정을 살피는 어머니와도 같은 눈으로 자신의 마음의 움직임을 관찰하고 그려 내려고 했다. 그의 하이쿠론에 있어서의 사생주의(寫生主義)는 이런 점에서도 나타나 있었다.

'준고로군이 군함을 타고 있다. 준고로의 형님도 만주의 언 땅을 밟고 여순을 공격하고 있다.'

이것이 그의 선망을 굳이 표현하자면 씁쓸하게 자극하였을 것이 틀림없었다. 그러나 그것을 어떤 형태의 글자로도 만들어 내지 않았다.

다만 다른 친구 중에 소집된 자의 이름을 들고 '그들도 평양의 전투에 참전했다고 한다'고 썼을 뿐이며, 친구가 모두 병사나 종군 기자가 되어 떠나 버린 뒤의 쓸쓸함에 대해 '요즘 신문사의 쓸쓸함은 정말 견디기 어렵다'고 쓰고 있다.

그는 〈니혼〉 신문에 하이쿠를 발표했는데 이 무렵은 전쟁을 내용으로 한 하이쿠를 실었다.

  전진 전진 호각 소리 드높으니
  달이 뜨네
  포성 그치고 피비린내 나는 듯
  달그림자에

산과 들을 간다 저 달 아래
　　3만의 기병

　이것이 정말 시키냐고 의심스러울 정도로 치졸한 노래를 만들고 있었다. 하기는 후세의 시인처럼 세태에 아부하고 국민의 전의를 앙양시키기 위한 시를 지은 것이 아니라 그 모두가 자신의 너무나도 절실한 감정에서 나오고 있었다.
　시인의 사상은 한 나라의 사회의 성숙도와 밀접한 관련이 있다. 시키가 같은 시대의 프랑스에 태어났더라면 전혀 다른 시인이 되었을 것이고 쇼와의 어느 시기에 살고 있었더라면 국가 안에서의 그의 사상은 좀 더 다르게 성숙했을 것이 틀림없다.
　하나 시키는 메이지 20년대라고 하는 시대에 살았다. 국가라고 하는, 이 지극히 로맨틱한 것에 대해 그는 어디까지나 순진한 로맨티스트였다. 일본인 자체가 그와 같은 국민 감정 속에 있었다. 어린 아이가 처음으로 장난감을 얻고 그것에 대해 최초의 예술적 흥분을 느끼는 것처럼, 일본인은 처음으로 손에 넣은 '국가'와 전쟁이라는 국가적 중대사에 대해, 이 시키의 시에서 볼 수 있듯이 온통 순박한 흥분으로 어쩔 줄 모르고 있었다.
　그러면서도 시키는 이 졸작과는 별개로, 그 뒤의 시키에 대한 평가를 결정짓는 새로운 시의 경지를 개척하고 있었다.

　　장맛비야 멎으려마 강 앞에 선
　　집 두 채를 위하여

　부손(蕪村)의 시다.
　청일전쟁이 시작되려고 할 즈음 시키는 110년 전에 가난을 짓씹으며 죽어간 이 하이쿠 시인의 가치를 재평가하고 있었다.
　그 무렵 부손은 거의 파묻혀 버린 존재였으나 시키는 부손의 시를 헌 책방에서 뒤져다가 읽던 중
　――바쇼 이후 최대의 존재가 아닐까.
　이런 생각을 하게 되고 끝내는 바쇼 이상이라는 결론을 얻게 되었다.
　다음은 조금 뒤의 일이 되지만, 시키는 일찍이 바쇼의 시 중에서

장맛비 모아 물살도 세구나
	모가미 강(最上川)

　이 구를 고금의 걸작으로 믿고 있었는데 곰곰이 생각하니 '모아'라는 말이 너무나 미끈하여 시키로서는 재미가 없었다. 지나치게 매끈한 것을 싫다고 느낄 정도로 시키의 시의 경지는 원숙하기 시작했던 것인데, 그것은 그렇다 하더라도 시키는 같은 장맛비를 읊은 부손의 구를 상기하지 않을 수 없었다.

	장맛비야 멎으려마 강 앞에 선
	집 두 채를 위하여

　이 편이 훨씬 회화적인 실감이 있다. 시시각각으로 불어가는 강물이라는 자연의 위력을 굳이 거창하게 다루지 않고 슬쩍 어루만져 묵화의 정경으로 만들어 버리면서도, 그 집 두 채의 근심스러움을 은근히 풍기고 있다. 이 두 구를 비교하면 부손이 훨씬 낫다고 시키는 생각한 것이다. 시키는 이 무렵부터 부손의 정신을 신봉함으로써 바쇼를 종조로 떠받들며 이미 쇠약해져 버린 하이쿠 시단에 새로운 기풍을 일으키려고 했다.
　시키는 전쟁에 흥분하면서 부손에게도 흥분하고 있었다. 그는 어느 날 나이토 메이세쓰를 찾아갔다. 도키와 회 시대의 사감으로 시키는 '선생님'이라고 부르고 있었다. 그런데 메이세쓰 자신은 하이쿠에 있어서는 말하자면 시키의 제자나 다름없었으므로 항상 시키를 추켜세우고 있었다.
　이날의 좌담도 부손에 대한 것이었다.
　"노보루 군, 뭐니 뭐니 해도 부손 최대의 걸작은, 봄의 시냇물 산 없는 고향 땅을 흐르거늘, 이지 아무래도."
　이런 메이세쓰의 말에 시키는 응하지 않았다. 그것은 부손으로서는 떨어진다는 것이었다.
　"산 없는 고향 땅이라는 것이 안 좋습니다."
　산 없는 고향 땅이란 어딘가. 예를 들어 간토의 무사시노 근방인지도 모르지만 그와 같은 지도적 관념에 의지하고 있다. 감상하는 자는 머리 속에 지도라도 그려야 한다면 그린대야 그것은 머리로 다뤄진 것이어서 회화적이 아니다. 하이쿠는 읊기를 끝마쳤을 때 결정적으로 정경이 떠오르지 않아서는 안 된다. 즉 회화적이 아니면 안 되고 거기에 한 마디 더 한다면 '사생(寫生)'이 아니어서는 안 된다고 시키는 말했다.
'사생'이라는 것의 중요성을 시키가 발견하게 되는 것은 바로 이 전쟁 중이었다.

시키는 심사가 좋지 못했다.
이 국가와 민족이 처음으로 치르는 대외 전쟁 속에서 사네유키도, 요시후루도, 하이쿠 친구도, 기자인 동료도 다 전지에 가 버렸다.
자기만이 병자여서 따돌림 받는 것 같았다. 누구보다 친구를 좋아하는, 그리고 정이 많은 이 사나이는 자기만 버림받은 것 같아서 견딜 수 없이 슬펐다.

전진 전진 호각 소리 드높으니
달이 뜨네

이런 식의, 말하자면 전의(戰意) 앙양의 졸작 하이쿠를 진지하게 신문에 발표했지만 그것만으로는 가슴 속의 울적한 회포를 풀 길이 없었다.
"나도 싸움터에 나가고 싶다."
시키는 매일처럼 어머니 야에에게 말하는 것이었으나 그렇다고 야에가 어떻게 해줄 수 있는 일이 아니었다.
그 무렵의 시키의 집 형편을, 시키의 고향 후배이고 마침내 그 후계자가 되는 다카하마 교시가 《병상의 시키 거사》에서 쓰고 있다. 아니 조금 틀렸다. '그 무렵'이라기보다 조금 뒤의 일인데 그 형편은 변함이 없었다. 시키가 말 하는 '사생'이 잘된 그 문장을 빌려보자.
"시키 거사의 가정은 쓸쓸했다. 병상의 거사를 문병 갔을 때의 느낌은 어둡고 울적했다. 먼저 바깥문을 열면 딸랑딸랑 방울소리가 나고 좁은 현관의 장지문이 썰렁하게 닫혀 있는 것이 눈에 들어온다. 창호지도 다 낡아 빠진 것이었는데 그래도 찢어진 데는 없었다. 찢어진 데가 있으면 금방 때운다……'계십니까' 하고 문을 열면 자당이나 누이동생의 얼굴이 나타났다……."
시키는 전쟁 기사를 신문사에서 읽었다. 그 나머지 시간에는 네기시의 집에 있었다. 아침에는 일과처럼 교외를 산책했다.

　울적했다.

　정체 모를 우울이었다. 병자여서 전쟁에 나가지 못하는 것, 그가 열심히 편집한 〈쇼니혼〉이 폐간되어 〈니혼〉으로 되돌아가지 않을 수 없었던 일. 그리고 그것들을 한데 합친 병자인 자신에 대한 울분. 그러한 말하자면 속되고 비예술적인 울분이었는데, 그러나 속되고 비예술적인 울분이나 불평은 예술적인 고민과 전혀 별개의 것이라는 도식이 한 사람의 인간 속에서 꼭 성립되는 것은 아니다. 시키로서는 그것이 하나의 기분이 되어 그의 창작에 대한 정열을 북돋는 불씨가 되기도 하고 촉매가 되기도 했다.

　그는 날마다 교외를 산책했다. 한편으로는 '전진 전진'을 지으면서, 또 한편으로 교외의 전원 풍경 속에서 '시키 하이쿠의 알맹이'라고도 할 수 있는 사생의 묘를 깨닫게 되는 것이었다.

　　　벼를 베누나 화장터의 연기도
　　　없는 날에

그야말로 황량한 무사시노의 늦은 가을 정경이 눈에 보이는 듯하다.

　　　해가 기우니 논두렁의 메뚜기도
　　　기운이 없네
　　　가을도 깊어 추수한 자리에
　　　메뚜기 늙어 가네
　　　탑꼭대기가 조금밖에 안 보이네
　　　노적가리 하 높아서

　이들 시의 좋고 나쁨은 젖혀두고, 기교나 경쟁심을 짓눌러 버림으로써 오로지 눈을 평명(平明)하게 하고 오로지 정확한 사생의 자세를 취하고자 하는 시키의 심경이 여기 드러나 있다. 시키의 시경(詩境) 비약은 이 시기에 시작된다.

　추워졌다.

시키는 여전한 늦잠꾸러기였으나 일단 일어나면 그런 대로 바쁘게 돌아가고 있었다. 신문사에 가지 않는 날은, 글을 쓰거나 요즘 쭉 해 오고 있는 옛날 하이쿠의 분류를 하고 산책을 하거나 화필을 들어 정원의 풀을 그리고 내객을 접대하는 등의 일로 하루해가 저물어 버린다.

"조바심을 내어서는 안돼."

입버릇처럼 후배에게는 그렇게 말하면서 정작 자기 자신은 어딘지 모르게 초조해하고 있었다.

"리쓰, 리쓰."

그날도 마당에서 외쳤다.

"아니, 어디서 뭘 하고 있는 거야."

이렇듯 말투에도 여유가 없어졌다.

'또 저렇게.'

누이동생은 속상해하는 것이지만, 어디서 무엇을 하고 있든 그것을 내버려 두고 달려가지 않으면 시키의 기색이 좋지 않다.

리쓰가 남향받이 마루 쪽으로 돌아가니 시키는 디딤돌 위에 무엇인가 놓고 두드리고 있었다. 손수건을 포개 놓고 작은 돌멩이로 두드리고 있었던 것이다.

"나무 망치, 나무 망치"

시키가 말했다. 그것을 갖다 주니 시키는 돌멩이를 버리고 나무 망치로 손수건을 두들기기 시작했다.

"뭘 하는 건데요?"

리쓰가 들여다보니, 보면 알 것 아니냐고 시키가 말했다. 마당의 단풍 진 잎사귀 한 잎을 손수건에 찍고 있는 모양이었다.

"야단스럽게 뭘 하는가 했더니."

리쓰는 웃지 않을 수 없었다.

그러나 시키는 말없이 두들기고 있다. 그런 일 하나에도 성미가 나타나 몹시 정성스럽다.

사정을 들어 보니 아까 마당에 나갔을 때 단풍잎 하나가 죽고 싶도록 고운 빨강으로 물들어 있어서 될 수 있으면 그 빨강을 영원히 간직 하고 싶어서 손수건에 찍고 있는 것이라고 한다.

시키의 몸은 이 무렵 그런 대로 소강 상태를 유지하고 있었다. 그러나 자기의 목숨이 남과 같지 않다는 것을 깨닫기 시작한 모양인지 하는 일마다 뜻이 있어 보였다. 하이쿠 연구나 하이쿠론의 정립이라고 하는 방면에서도 공을 서두르는 기색이 보였고 이와 같은 취미적인 일에 있어서도 그러했다. 의미를 붙여 생각한다면, 앞으로 몇 번이나 가을의 화려함을 볼 것인가, 하는 체념에서인지 계절의 아름다움에 대한 관조의 태도에도 집착이 엿보였다.

"준고로 군과 준고로의 형님은 지금쯤 정신없이 돌아가고 있겠지. 그런데 나는 마당의 디딤돌이나 두들긴다, 이 말이지."

시키의 인품에는 편벽스러운 데가 없어 별달리 자조로 말하는 게 아니라 지극히 무심하게 하는 소리였지만 리쓰로서는 그렇게만 받아들일 수 없는 것처럼 느껴졌다.

바로 그런 일이 있은 뒤 현관의 종이 딸랑거리며, 웬 남자의 목소리가 들려왔다.

"이리 오너라."

이리 오너라, 하고 주인을 찾는 것은 이요 마쓰야마의 누군가가 틀림없다. 그것도 성 밑 거리 사족의 말이었다.

"저건 기요시 군이 아닌가."

시키가 툇마루에서 리쓰에게 말했다. 햇볕이 담뿍 내리쬐어 리쓰의 턱에 난 솜털이 보시시 빛나고 있다.

리쓰가 나가 보니 역시 다카하마 교시와 가토 헤이고로(헤키고토) 두 사람이었다.

리쓰는 그들의 방문을 시키에게 알렸다. 시키는 미간을 모으며 중얼거렸다.

"헤키고토가 같이 왔다면 제대로 된 일은 아닐 텐데."

과거의 예로 보아 이 두 사람이 모이면 아무래도 어처구니없는 일을 저지르는 경향이 있다.

그들은 마쓰야마 중학교 학생이었을 무렵부터 시키의 집을 찾아오기 시작했다. 본래 바탕이 있었기 때문이기는 하지만 시키를 만난 뒤 어쩔 수 없이 문학 청년이 돼 버리고 말았다.

중학 4학년 때부터는 마쓰야마에서 입수할 수 있는 모든 잡지와 서적을 닥치는 대로 읽어치웠다. 와세다 문학(早稻田文學), 국민지우, 성남평론 등의 정기 간행물 외에 지카마쓰(近松), 사이카쿠, 거기에 로한(露伴), 고요(紅葉), 그리고 다카다 사나에(高田早苗)의 미사학(美辭學), 나가에 조민이 번역한 유씨미학(維氏美學) 등이었다. 그 당시 아직 대학 재학중이던 시키에게 편지를 띄워

"나는 소설가가 되고자 한다. 그러기 위해 상급 학교에 진학하지 않고 중학교만 마친 다음 바로 상경하여 오가이 씨나 로한 씨의 문하생이 되고자 하니 청컨대 그 일을 알선해 주기를."

써 보냈다. 시골 중학생의 상상력은 터무니없는 것이어서 대학생이니까 오가이나 로한 같은 인물과도 교제하고 있는 줄 안 모양이다.

──큰일 날 소리.

시키는 답장을 썼다.

"소설가가 되겠다고 결심한 용기는 가상하나 귀군 부모님의 의향은 어떠하신지. 학교만 제대로 마치면 우선 식생활의 어려움은 없지만 중학교만 나와 맨주먹으로 세상에 나오는 이상 굶주림과 싸울 각오가 없어서는 안 된다."

시키의 이 시대에도 대학만은 나와 두어야 했다. 중학교 5년의 비직업적인 교육을 받은 것만으로는 어중간하여 '굶주림과 싸울 각오'가 필요한 세상이었다. 하기는 설득했던 시키 자신도 대학을 중퇴하는 결과가 되었지만. 다시 시키는 말한다.

"그리고 오가이와 로한 등에게 소개하라고 하지만 나는 만난 일조차 없다. 비록 그 문하생이 된다 하더라도 얼마나 얻는 바가 있을지 의문스럽다."

그와 같은 시키의 설득도 있어 교시는 교토에 새로 생긴 제3 고등학교에 들어갔다. 헤키고토는 중학을 1년 휴학했기 때문에 다음해에 교시와 같은 제3 고등학교에 들어갔다.

두 사람이 한데 모이자 그들의 정신은 다시 문학을 향해 급격하게 기울어져 갔다.

이 두 사람의 제3 고등학교 학생──교시와 헤키고토──은 교토의 쇼고인(聖護院)에서 하숙하고 있었다. 이밖에 5, 6명의 학생들이 동숙하고 있었다.

그런데 이 두 문학 애호가는 자기들의 하숙에 '소쇼 암(双松庵)'이라는 이

름을 슬그머니 붙였다. 물론 하숙집 아주머니나 다른 하숙생들에게는 비밀이었다.

문학열도 여기까지 오면 병이라고나 할까. 이 병은 그들이 자각하는 바로는 시키에게서 옮은 것이었다.

학교가 시시하게 여겨졌다. 교시는 마침내 학교 생활 1년 만에 무단으로 교토를 등지고 도쿄에 나와 시키의 집에 보퉁이를 들고 들어갔다.

시키는 나름대로 걱정되었던지 무서운 얼굴로 물었다.

"도대체 어떻게 할 작정인가?"

교시는 도쿄에서 반년이 넘도록 하는 일 없이 돌아다녔으나 소설을 쓰기는커녕 제대로 된 글 한 줄 써 내지 못했다. 절망하여 좌우간 복교하기로 했다.

교토로 돌아가니 학교에서는 이번만은 관대하게 봐 준다고 복교를 허락했으나, 고등학교 제도가 바뀌어 교시는 센다이의 제2 고등학교로 전학하게 되었다. 가토 헤키고토도 같은 운명이 되었다.

그들은 보따리를 짊어지고 동쪽으로 가는 기차를 타고 가다 도쿄에서 갈아탔다. 이번에는 시키의 집에 들르지 않았다. 우에노에서 도후쿠로 가는 기차를 타고 시라카와(白河)의 관문을 지날 무렵부터

"천지가 어쩐지 비감하게 보이고 우리는 낙오된다는 일종의 쓸쓸한 마음을 금할 수가 없었다."(《시키의 기사와 나》)

그들 두 사람이 센다이의 학교에 머무른 기간은 겨우 석 달이었다.

센다이에서의 쓸쓸함과 점점 더해가는 문학열이 뒤엉켜 두 사람 다 무엇에 홀린 사람처럼 퇴학계를 썼다.

그 뒤 바로 상경했다. 역에서 곧장 네기시의 시키 집으로 가서 조금 전에 이리 오너라, 하고 부른 것이다.

시키는 그들을 자기 방으로 안내했다. 두 사람은 보따리를 복도에 놓았다. 둘 다 하늘빛 무명 홑옷을 입고 있었는데 윗도리 아랫도리 할 것 없이 땟국물이 흘러 만약에 여자였다면 어느 모로 보나 시골에서 무작정 올라온 계집아이 꼴이었다.

시키는 씁쓰레한 얼굴로 말했다.

"자네들은 그럴듯한 사람하고 의논한다는 걸 모르니까 안 된다는 거네. 앞으로 어떻게 하겠다는 거야. 뭐가 뭔지도 모르고 생각나는 대로 고집대로

일을 저지르고 보니까 되는 일이 없지."
'노보 씨의 입으로 할 말인가?'
교시는 속으로 생각했다. '고집대로 일을 저지르고 보니까 되는 일이 없는' 것은 시키야말로 그렇지 않은가. 시키가 사람들이 말리는 것도 듣지 않고 대학을 중도에서 그만두었다는 것은 마쓰야마에서는 아주 소문이 자자하다.
시키는 하는 수 없이 헤키고토와는 동거하기로 하고 교시는 하숙을 잡아주었다. 처음의 하숙도 두 번째 하숙도 시키가 주선했다. 두 번째 하숙은 혼고의 시바야마(柴山)라는 집으로 '이 집은 전에 나쓰메 소세키가 있었던 집'이라고 시키는 말했다.

청일 전쟁 중에는 시키는 이런 모습으로 지내고 있었다.
"종군하고 싶다."
시키는 기회 있을 때마다 사장인 구가 가쓰난에게 청했다. 시키가 조를 때마다 가쓰난은 찌푸린 얼굴이 되었다.
"아니, 그건 좀 아무래도."
아무리 생각해도 시키의 몸 상태로는 무리였다.
시키의 이 청탁은 전지에 있는 동료들에게도 알려져 그쪽에서도 반대해 왔다.
"싸움터에서 두려운 것은 포연과 탄우가 아니라 병마의 공격이다. 일단 전지에서 병을 얻으면 도저히 요양하기 어렵다."
그래도 시키는 귀를 기울이지 않았다. 시키의 성미였다.
교시가 말했다.
"시키 거사는 우리들을 그와 같이 타일렀으나 시키 거사야말로 한번 이렇다 하고 마음먹으면 도저히 가만히 있지 못하는 성미였다."
편집실의 모든 사람이 반대했다.
그런데 일이 잘못 되느라고(시키에게는 일이 잘 되느라고) 해가 바뀌어 두어 달 지나자 종군 기자가 한 사람 더 필요하게 되었다. 근위 사단이나 오사카 사단에 동원될 모양이었다.
시키는 또다시 가쓰난에게 떼를 썼다. 가쓰난도 더이상 말리지 못하고 끝내 말해 버렸다.

"그러면 한번 생각해 봅시다."

그 순간 시키가, 가쓰난 앞에서 벌린 입을 다물지도 못할 정도로 좋아서 어쩔 줄 몰라하는 꼴을 보자 가쓰난도 더 이상 아무 말도 할 수가 없었다. 시키는 어딘가 소년 같은 데가 있었다.

네기시로 돌아가자 제일 먼저 어머니 야에에게 보고했다. 시키는 자기가 기뻐하는 일은 물론 어머니도 기뻐할 것이라고 덮어 놓고 믿는 경향이 있었다.

야에는

"어머나, 그래?"

웃는 얼굴을 지었다. 시키에게 쏟는 정성만으로 살아가는 것 같은 이 부인은 분명히 외아들 시키가 기뻐하는 것은 자기도 다소곳이 기뻐하지 않으면 안 된다고 자신에게 강요하는 경향이 있었다. 그래 그 말을 들은 순간 느낀 공포를 얼굴에 나타내지 않으려고 안간힘을 썼다. 그것은 아들이 어렸을 적부터 몸에 배어 있는 마음가짐이었다. 야에는 도쿄에 살면서도 물건 한 가지 사는 데도 상인의 눈치를 살피는 촌 부인네의 조심성을 간직하고 살았다. 그러나 누가 뭐라 해도 이요 마쓰야마 번의 유관(儒官)의 딸이었고 무사의 아내이기도 했다.

"노보, 이제 뜻을 이뤘구나."

시키는 그날 밤 친구에게 편지를 썼다.

"난생 처음의 쾌사로다."

이렇게 쓰고 다시 일찍이 그가 《반생의 희비》 속에서 쓴 것과 같은 발상으로 '소생이 이제까지 가장 기뻤던 일'로서 하나는 마쓰야마 중학교 4년을 수료하고 상경이 결정되었을 때, 다른 하나는 처음으로 종군이 결정된 지금이라고 썼다.

그 당시 일본의 불가사의는 이러한 순진 무구한 문학자를 가지고 있었다는 점이다.

시키의 종군이 결정되었다. 아직 확정되기 전에 그는 자신의 보호자인 마쓰야마의 외숙 오하라 쓰네노리에게 편지를 써보냈다.

"저는 이번에 신문기자로 종군하게 될 모양인 바 기쁜 마음 그지없습니다. 방면은 아직 어딘지 결정나지는 않았으나 오사카 사단에 소속될 것으로 짐작됩니다."
 그가 도쿄를 출발한 것은 추위가 가신 3월 3일이었다. 그 출발에 즈음하여 나이토 메이세쓰는 다음과 같이 전별의 노래를 읊조렸다.

　　그대 가면 산해관의 매화가
　　반겨 맞으리

 그에 앞서 〈니혼〉의 편집 동인이 시키를 위해서 송별연을 열어 주었다. 그 석상에서 시키는 이렇게 용감한 단카를 읊었다.

　　돌아오지는 않으리라 맹세하고서
　　활과 전통을 메고 싸움터로 가노라

 시키가 신바시 역을 떠난 것은 오후 4시 10분이었다. 다카하마 교시와 가토 헤키고토도 플랫폼에까지 전송하러 나왔다. 그들에게는 시키가 말하자면 스승이었으나, 그런데 영 서로 사제간다운 스스러움이 조금도 없어 그들은 시키를 '노보루 씨'라고 아명으로 불렀고 말도 별반 경어를 쓰지 않았다.
 시키도 그들을 제자라고 생각하고 있지 않은 모양이었다. 누구보다 함께 이야기하기 좋은 손아래 친구라는 것이 시키의 눈으로 본 그들의 위치였다. 출발하기 전에 시키는 두 사람에게 한 통의 봉서를 건넸다.
 "이거 나중에 읽어보게."
 '유서일지도 모른다.'
 두 사람은 그들 나름대로 긴장하여 혼고에 있는 교시의 하숙으로 돌아와서 둘이서 봉투를 뜯었다.
 "청국을 정벌하려고 천하가 떠들썩한 가운데 여순, 위해위의 승리는 이 나라를 세계 최강국으로 만들었다."
 서두부터 거창하게 나오고 있었다.
 "세계 최강국."
 두 사람의 문학 청년은 서로 얼굴을 마주 바라보았다. 가토 헤키고토는 다소곳한 성품이어서 과연 세계 최강국이 되었는가 보다고 생각했으나, 다카하마 교시는 그런 일에는 별반 흥분하지 않는 성격이어서

"정말 그런 걸까?"

어정쩡한 표정을 지었다.

두 사람 앞에서 시키의 문장만이 흥분한 듯이 춤추었다.

"……병사는 용감하게 싸우고 국민은 순하게 따라 여기 이 나라의 광명이 찬란하다. 그러나 첩보가 미치는 곳에 오로지 군세를 떨치고 애국심은 더욱 더 공고해질 뿐만 아니라 식산이 풍부해지고 공업이 일어나며 학문이 향상하고 미술(예술)은 새로워지려 하도다. 우리들 문학에 뜻을 둔 자는 모름지기 이에 부응하여 이것을 발달시킬 준비를 하지 않을쏜가."

요컨대 싸움에 이기고 '최강국'이 되었으니 앞으로는 산업도 크게 일어나고 학문 예술도 흥왕해진다, 우리들 문학에 뜻을 둔 자도 정신을 놓고 있을 수 없지 않겠는가, 라는 뜻이었다. 이것을 '기요시 군' '헤이(秉)'라고 부르는 두 후배에게 건네고 시키는 도쿄를 떠난 것이다.

위해위

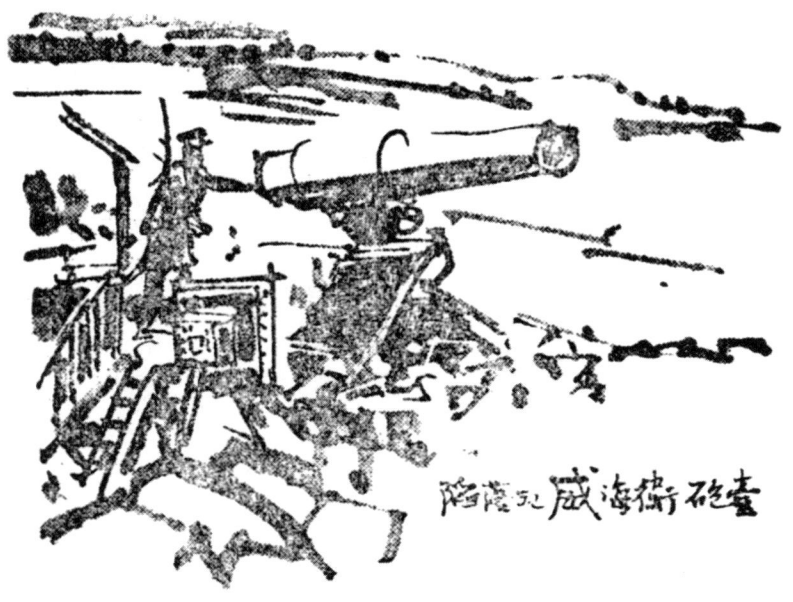

시키가 그 편지에서 말한 '위해위 싸움'이라는 것은 메이지 28(1895)년 정월에서 2월에 걸쳐 전개된 해륙 양면의 싸움이었다.

이미 전해 9월에 황해 해전이 있었고 11월에 여순이 점령되었다.

그동안 일본군은 적의 많은 거점을 탈취했으나 싸움의 승패를 결정하자면 마땅히 청 제국의 직례 평야에 군을 진공시켜 다시 북경성으로 쳐들어가 항복을 강요해야만 한다.

그 작전을 계획함에 있어서 육군은 제6사단과 제2사단을 동원하여 제3군을 편성했다.

이것을 직례 평야로 수송해야 하는데, 걱정이 되는 것은 해상의 불안이었다.

위해위는 청국 함대가 잠복하고 있었다.

이미 그들은 황해 해전에서 패하여 전투력의 몇 십 퍼센트를 잃고 있었으나 아직도 일본 함대와 대등하게 결전할 만한 능력이 없다고는 할 수 없었다. 세계 제일의 거함 '정원' '진원'은 여전히 건재했다.

그리하여 위해위 공격이 대본영에서 결정되었다. 그 방법은 육군의 제2군을 가지고 위해위 요새를 배후에서 공격하는 한편, 이토 함대는 항내의 북양 함대에 싸움을 걸어 이를 항 밖으로 끌어내어 전멸시킨다는 것이었다.

그 요새 공격을 위한 제2군을 어디에 상륙시키는가에 대해, 대본영에서는 이미 전해 12월 6일에 함대 사령장관 이토 스케유키에게 조사를 명해 두었다.

그 조사단이 구성되어 그들이 면밀히 조사한 결과 영성(榮城)만이라는 적지를 발견했다. 이 일대는 중국인의 어선이 떼 지어 있는 곳으로 북과 서에서 불어닥치는 겨울철의 풍랑을 피할 수가 있었다.

상륙지는 이 영성만으로 결정되었다. 이 영성만에서 육로로 위해위 요새의 배후를 친다. 담당은 오야마 이와오를 총지휘자로 하는 제2군이었다.

제2군의 집결지는 대련이었다. 대련에서 해로를 통해 이 영성만에 수송되는 것이다.

모두 40여 척의 기선이 동원되었다. 제1회의 수송이 시작된 것은 1월 19일이었다. 제2회는 20일 대련 출발, 제3회는 22일 대련 출발로 예정대로 진행되었다.

제1회만은 호위함이 따랐고 나머지 두 번의 수송선은 호위가 없는 무방비였다. 게다가 청의 북양함대가 있는 위해위 만 어귀를 지나가는 것이다.

다행히 적의 저항이 없이 무사히 끝났다. 이 알몸뚱이의 해상 수송에 대해 러시아측 해군대위 클라드는 이렇게 혹평했다.

"호위 없이 육병을 수송하다니 보다 어리석은 방법은 없을 것이다. 일본 선단을 청국 함대가 습격하지 않은 것은 단순한 우연이다. 이토는 우연이라는 기회를 이용하여 작전 계획을 세우고 있다. 기회라고 하는 것을 무지몽매한 자가 신봉하는 것이다. 이것은 칸트가 한 말이지만 어쨌든 해군 장관에게는 최고의 과학인 해군 전략에서 이토는 무식하다는 것을 증명했다."

혹평도 이만저만이 아니다.

이 러시아 해군의 클라드 대위라는 자는 위해위 작전의 관전 무관(觀戰武官)의 한 사람이었다. 그의 강평은 이 작전이 있은 해(1859년) 12월 15일 러시아 해군 병학교에서 특별 강의 형태로 이뤄졌다. 그것이 다음해 러시아의 해군 잡지에 실린 것이다.

그 당시 러시아는 청국편을 들며 일본에 대해 지극히 감정적이었는데 클라드 대위의 강평에도 어딘지 그런 점이 엿보인다.

"일본 함대는 전략에서 뒤떨어져 있어서 우리 러시아측에 좋은 참고가 될 만한 교훈이 하나도 없다. 다만 일본인은 전투에서 뛰어나다. 전술이라는 점에서는 어느 각도로 보나 교묘했다."

그러나 일본 해군이 전략에 얼마나 어떻게 졸렬한가에 대해서는 클라드 대위의 강평은 개념적이고 구체성이 적어 대단한 설득력은 없다. 클라드가 지적하는 가장 중요한 점은 이토 함대가 해군 전략의 주목적인 해상 결전을 회피했다는 것인데, 이 점은 이토에 대해 심히 가혹하다고 하겠다. 이토는 해상 결전을 의도하고 있었다. 온갖 고심을 다해 가며 북양함대를 위해위에서 끌어내려고 했으나 정여창은 반대편에 숨어서 나오지 않아 끝내 한 번도 모습을 볼 수 없었기 때문에 해상 결전은 물리적으로 불가능하게 되었다.

"적의 함대를 박멸하라."

이것이 이토에 대한 대본영의 명령이었다. 이토는 적이 나오지 않는다면 이 편에서 스스로 만 안으로 들어가려고 만 어귀 부근을 조사했던 바, 만 어귀를 막고 있는 방재(防材)가 예상 이상으로 견고하여 폭파 작업으로 함대가 들어갈 만큼 큰 구멍을 뚫는다는 것은 기술상 불가능했다.

방재는 청국의 고용 기사인 독일인 알베르트 넬젠이 설계한 것이었다. 재료는 목재였다. 직경 한 자의 원재, 또는 한 자 평방의 각재를 썼고 각기 길이는 12자가 넘는데 그것을 적당한 간격으로 늘어놓은 다음 세 겹의 강철선으로 묶고, 움직이는 것을 막기 위해 각 재목 중앙에 마닐라 밧줄을 매어놓았다. 그리고 그런 위에 재목 열 개 단위로 닻을 하나씩 달아 놓았.

이토는 결국 수뢰정을 만 안에 잠입시켜 어뢰 공격을 가하기로 했다.

어뢰는 영국인이 발명한 것으로, 그것이 발명된 것은 20 수년밖에 되지 않으며, 그것을 싣고 적함을 육박 공격하는 수뢰정이 발명된 것은 아직 20년 전에 불과하다.

그 수뢰정을 집중적으로 사용하는 작전을 생각해 낸 것은 이 시기의 일본 해군이 최초로, 이 세계 초유의 수뢰전을 보기 위해 그 좁은 해역에 각국의 군함이 몰려들었다. 영국은 네 척을 파견했고, 미국은 세 척, 이밖에 프랑스, 러시아가 한 척씩 발해 해상에 군함을 보냈다.

뒤에 태평양 전쟁 때 마지막 수상이었던 스즈키 간타로가 그 당시 해군 대위로 수뢰정의 함장이었다.

방재의 파괴를 명령받은 것은 정월 30일이었다. 나가 보니 적의 포대로부터의 포격이 치열하여 작업이 불가능했다.

이튿날부터는 궂은 날씨가 계속되었다. 수뢰정은 50톤 가량의 것으로 물결에 시달려 전진하지 못하고 결국 2월 3일 바다가 잠든 틈을 타서 출격했다.

그날 밤 달이 떴고 해면에는 엷게 얼음이 덮였다.

"배가 전진함에 따라 얼음이 깨져서 얼음 조각이 뱃전에서 사각사각하는 미묘한 소리를 냈다. 어쩐지 상쾌한 밤이었다."

그 만년의 담화 속기에 들어 있다. 이것으로 방재의 일부 폭파에 성공했으나 아주 하찮은 통로가 열렸을 뿐이었다.

야습은 5일에 실시되었다.

참가한 배는 10척이었다. 물고기가 전진하듯 2열 종대를 짜서 나아갔다. 파도를 뒤집어쓸 때마다 배에 얼음이 깔려 갑판에서 발이 미끄러지지 않도록 수병들은 짚신을 신고 작업했다. 방재선에 도달했을 때는 이미 달은 지고 '어둠이 바다를 덮었다'고 한다.

방재를 돌파하고 항내(港內) 들어갔으나 너무 어두워서 각정(各艇)이 뿔뿔이 헤어져 그 언저리를 방황하다가, 이윽고 각기 적함을 발견하고 저마다 어뢰를 발사했으나 발사약에 습기가 차서 어뢰가 나가지 않은 것도 있고 우군끼리 충돌한 적도 있으며, 돌아오다가 암초에 부딪친 것도 있었다. 그러는 동안에 적측에서도 사격을 하기 시작하여 바다가 소란스러웠으나 다행히 격침된 배는 없었다.

어쨌든 짙은 어둠에 덮인 항내를 더듬거리면서 돌아오기는 했으나 전과가 어느 정도인지 확인하지 못하여 이 세계 최초의 수뢰 공격도 실패로 돌아간 것처럼 보였다.

그런데 '마쓰시마'에 탄 사령장관 이토 스케유키는 이 공격법에 모든 희망을 걸고 그 보고를 음산구(陰山口)에서 기다리고 있었다. 이른 새벽 스즈키 대위가 돌아와 마쓰시마에 올라오더니 이토의 방으로 들어갔다.

"성적은 어떤가?"

이토가 묻자 스즈키는 정직하게 대답했다.

"성적은 모릅니다. 우리 정의 수뢰도 얼어서 나가지 않았습니다."

이토는 쓰디쓴 표정이 되었다.

"항내의 적함을 보았나?"

"보았습니다. 하지만 침몰한 것 같지는 않았습니다."

이토는

"체스토!"

내뱉듯이 말하고 뒤로 돌아앉아 버렸다. 사쓰마 사람이 기분이 들뜨거나 화가 났을 때 쓰는 말이다.

그런데 나중에 뜻밖의 사실이 판명되었다. 적의 최강함이고 정여창의 기함인 '정원'이 일본의 어뢰 공격으로 격침되었던 것이다.

정원의 상황에 대해서는 이 함에 타고 있던 영국인 고문 테일러의 보고가 있다.

테일러는 이 5일 밤에 사령관 정여창의 방에서 작전에 대한 협의를 하고 있었다.

오전 3시 30분, 항구의 동쪽 하늘에 몇 줄기의 화전이 올라갔다. 항내에 있던 청국 함대 중의 어느 함에서 발포한 것이었다.

"일본 수뢰정이 온 게 아닐까요?"

정여창이 말했다.

명장으로 일컬어지는 이 인물은 어떠한 경우에도 놀라는 표정을 나타내는 일이 없었다. 이때도 그랬다. 그는 테일러와 같이 윗갑판으로 올라갔다.

해면은 어둡고 아무것도 보이지 않았다. 각 함은 해면을 향해 이따금 포를 공연히 쏘아 댔다. 테일러는 적의 존재를 확인하기 위해 포격을 중지시켰으나 초연이 해면을 덮어 여전히 아무것도 보이지 않았다. 그러는 동안 포수들은 멋대로 포격을 재개했다. 발포하는 것으로 그나마 공포를 진정시키려고 했을 것이다.

테일러가 달려가서 원기(原基) 나침반대에 올라가 해면을 응시했을 때 시꺼먼 물체가 두 개 흰 물결을 일으키며 다가오고 있었다.

일본 수뢰정이었다. 그 중의 한 척이 300m까지 접근하여 어뢰를 발사하고 왼쪽으로 선회하려고 했을 때, 정원에서 쏜 일탄이 그것에 명중하여 눈 깜짝할 사이에 흰 증기가 어둠 속에 피어오르는 것이 보였다. 그 순간 정원의 함저에서 굉음이 일어나며 함이 격렬하게 진동했다.

정여창은 곧 방수비(防水扉)를 폐쇄할 것을 명했으나 때는 이미 늦어 바닷물이 승강구에서 쏟아져 들어오고 함체가 크게 기울어지면서 사관실이 한 자 정도나 침수했다.

"얕은 여울에 좌초시켜야 합니다."

테일러가 진언했다.

그렇게 하려면 함을 움직이지 않으면 안 된다. 급히 닻줄을 끊어 버렸다.

함은 남쪽으로 나갔다. 그러나 경사도가 더욱더 심해졌기 때문에 항내 유공도(劉公島)의 모래톱으로 몰고 가 그 얕은 여울에 좌초시켜 버렸다.

다음날 6일.

그 새벽에 일본 수뢰정이 다시금 침입해 왔다.

'수척'이라는 것은 청국측의 기록이지만 정확하게는 제1함대의 세 척이었다. 이 세 척이 합쳐서 어뢰 일곱 발을 쏘아 '내원'과 '위원'을 격침하고 이 밖에 수뢰 부설용 기선인 '보벌'을 파괴했다. 일본 어뢰의 사정 거리는 태평양 전쟁에서는 4만 m였으나 그 당시 영국제의 그것은 사정 거리가 겨우 300m였으니 말하자면 단검이라고 할 수 있었다.

어쨌든 '정원'은 좌초했다.

그 움직이지 않는 함에 타고 있다는 것에 대해 이 함의 병사들이 동요하여 사관을 협박하는 등의 사태가 벌어지자 정여창은 반란을 두려워하여 그들을 육상으로 옮긴 뒤 자기는 '진원'으로 옮겨 타고 그것을 기함으로 삼았다.

진원은 그래도 떠 있었다. 그러나 이미 항을 둘러싼 육상 포대는 거의가 일본 육군에 점령되어 있어 더 이상 전투를 속행해도 승산은 없을 듯했다.

청국의 북양함대 사령관 정여창만큼 불운한 제독은 근대 전사에도 드물 것이다.

정은 본래 육군 출신이었다.

그러나 청국 조정에서의 정규 무관 출신이 아니라 향군 출신이었다.

청국 말기에 이 향군만이 군대로서 정강(精强)하여 자주 내란을 진압해 왔는데, 정은 그 중에서 회군(淮軍)이라고 하는 군단에 속해 있었다. 회군에는 안휘성 출신이 많았다.

정도 안휘성 노강현 사람이다. 자주 공을 세워 존재가 뚜렷해짐으로써 이윽고 참장(參將)의 계급으로 올라가게 되었다.

청국이 해군 건설을 계획하고 군함을 구입하기 시작한 것은 메이지 8, 9년경인데 이때 정은 군함 매수를 위해 영국에 파견되어, 간 김에 유럽 제국을 시찰했으며 돌아와 해군으로 옮겨 북양함대의 사령관이 되었다.

여담이지만 중국인 중에서 예부터 해사에 밝은 것은 남지나의 주민으로 알려져 있었고 중세 말기 무렵에는 남지나가 해적의 근거지이기도 했다. 자연히 복건, 광동의 두 성에서 많은 고급 사관이 나왔다. 그 다음이 산동성과 천진 출신이다. 정여창과 같은 안휘성 출신자는 해군에 거의 없었다.

"정여창이 알고 있는 물이라면 양자강 물뿐이다."

그의 부하 장교들은 정의 해군 지식을 그렇게 경멸했다.

그런데 그들 장교들도 몇 명을 뺀 나머지는 정규 해군 교육을 받지 않았으며, 요컨대 정여창에 대한 반감은 향당 의식에 의한 것이었다. 청 제국이라고 해도 통일된 국민 의식 같은 것은 아직 거의 찾아볼 수 없었고 그들에게 단체 의식이 있다고 한다면 권력벌이나 횡적인 지역벌밖에 안 되었다. 원래 청국은 근대적인 국군을 가질 수 있는 체질이 아니었다고 할 수 있으리라.

게다가 정여창으로서 한 가지 곤란한 것은 북경 정부였다. 그는 그 작전 행동에 대해 일일이 북경에서의 명령을 기다리지 않으면 안 되었다. 더욱이 이홍장으로 대표되는 북경의 수뇌부는 모조리 문관이고 군사의 문외한들이었다.

예를 들면 여순전 때 일본 육군이 화원구에 상륙했다는 것을 안 정여창은 해군의 전력을 기울여 여순의 청국 육군을 도우려고 했다. 이 허가를 얻기 위해 그는 함대를 이끌고 태고로 가서 상륙하여 천진에서 이홍장과 만나 꼭 허가를 내려 달라고 청원했으나 이홍장은 허락하지 않았다. 그리하여 여순은 함락되고 북양함대는 주요 근거지를 잃었을 뿐만 아니라 함선의 수리 시설도 없어져 버렸다. 그런 시설은 여순에만 있을 뿐 위해위에는 없었다.

그런데 북경 정부의 방식이 기괴하다고 할 수밖에 없는 것은, 여순 함락 후에 정여창을 처벌한 일이다. 이유는 여순을 응원하지 않았다는 뜻밖의 것이었다. 처벌 내용은 그 직을 박탈한다, 단 당분간 유임시켜 앞으로의 전공 여하로 그것을 취소한다는 것이었다.

아마도 정여창은 분한 마음을 금치 못했으리라. 그러나 오히려 그는 그 직책에 충실한 군인의 몸가짐을 지속했다.

북경 정부는 정여창의 능력을 처음부터 의심하고 있었다.

이 때문에 정부는 그의 주위에 수많은 외국인 전문가를 붙였다. 그것은 원래 육군 출신이라는 점에서는 도움이 되었을 것이다. 정의 부하들도 정의 명령보다 차라리 외국인 전문가의 지시를 중하게 여겼다.

북양함대가 마침내 위해위에 정착하게 되었을 때 북경 정부는 그와 같은 전문가를 더욱 증파했다. 항만 방위를 위한 기술자로서 앞에서 말한 만구의 방재를 부설한 독일인 알베르트 넬젠이 부임해 온 것도 그러한 사정 때문이었다. 넬젠이 원래 청국 정부에 고용된 것은 세관 경험자로서였고 그때까지는 세관용 기선인 '비호'의 선장으로 있었다.

참고로 청국이 소유한 선박의 선장은 대부분 고용 외국인이었다. 그 중에서 '금룡호' '백하호'의 선장이었던 영국인 존 씨도 북경 정부의 요청으로 위해위로 와서 정의 막료가 되었다.

다시 북경 정부는 정여창에 대해 '일심 전력하여 위해위 항을 굳게 지키고 잔여 함대를 보전하라'는 명령을 내려 항의 출격을 굳게 금지했다. 정은 이 명령에 묶여 있었던 것이다.

현실적으로도 도저히 항외 함대와 결전할 만한 실력이 없다는 것을 정여창도 알고 있었다. 문제는 함의 수가 아니라 병사의 능력이었다. 일본 함대와 비교하여 수준이 엄청나게 떨어진다는 것을 황해의 일전에서 알았던 것이다. 이 때문에 위해위 항내에서 병사의 훈련을 실시하려고 했다. 특히 포원의 기술이 너무나 뒤떨어져 그 훈련을 주안으로 했다.

"멋대로 퇴함하거나 퇴주하는 자는 사형에 처한다."

이런 명령도 내렸다. 일부러 그와 같은 명령을 내리지 않을 수 없을 정도로 병사의 사기는 떨어져 있었다.

다음으로 정여창의 두 번째 불행은 그가 가장 신뢰하는 부하인 임태증(林泰曾) 대령을 잃은 일이었을 것이다.

그는 '진원'의 함장으로 해군 기술에 뛰어났을 뿐만 아니라 용감하고 충성심이 강하여 북양함대의 모든 이가 따르고 있던 뛰어난 장수였다. 메이지 24(1891)년에 이 함대가 일본을 방문했을 때 보기에도 늠름한 이 인물의 풍모는 각지의 게이샤(일본 기생)들의 마음을 설레게 만들었을 정도였다.

그의 '진원'은 이해 겨울에 등주부 해역의 순항을 마치고 귀향하다가 항구 서쪽 입구에 있는 기뢰의 부표를 피하려다가 잘못하여 암초에 부딪쳐 함저에 상처를 입었다.
 그 사고의 책임을 통감한 이 인물은 그날 밤 독약을 마시고 죽어 버렸다.
 자살의 직접적 원인은 이 사고였을지 모르나 그는 평소에 장병들의 전의가 도저히 군대라고 할 수 없을 정도까지 저하되어 있는 것을 한탄하며 싸움의 전도에 절망하고 있었다. 그로서는 살아서 패전을 보고 싶지 않았을지 모른다. 그러나 그의 자살은 함대의 상하에 충격을 주어 사기를 더욱더 저하시켰다.

 위해위(威海衛)는 어느 군항의 요새나 그러하듯이 육상 요새는 육군의 관할이었다.
 그 육군 사령관은 대종건(戴宗騫)이었다. 일본군이 오기 직전에 정여창은 이 육상 수비에 불안을 느꼈다.
 병사가 너무 적다고 생각한 것이다.
 여기서 전술적으로 가장 좋은 방법은 해군을 육지에 배치하여 포대를 지키게 하고, 육군은 포대에서 나와 천험을 이용하면서 기동적으로 움직여 전력을 다해 일본 육군의 침공을 막는 것이었다.
 정여창은 그것을 대종건에게 제안했다. 그러나 대는 듣지 않고 싸늘하게 거부했다.
 "해군의 지시는 받지 않겠다."
 하는 수 없이 정은 이홍장에게 호소했다.
 정여창으로서는 무리가 아니었다. 항만을 둘러싼 포대군이 함락되면 그 포문은 일본군의 손에 의해 방향이 돌려져서 항내의 함대는 마치 함지박에 담긴 물건이 돌을 맞고 물에 잠기듯 잠겨 버리게 된다. 게다가 정은 육군 출신이니만큼 청국 육군의 질이 좋지 않다는 것을 잘 알고 있었다. 그들은 근대 전술에 어두울 뿐만 아니라 포의 조작에도 숙련되어 있지 않았다. 그런 점에서 보면 해군 장병이 질적으로 훨씬 숙련도가 높았다.
 이홍장은 그것에 찬성하여 그가 직접 그 뜻을 대종건에게 지시했다. 그런데 대는 이미 감정적으로 되어 있었다.
 "정여창의 속셈은 육군의 공을 훔치려는 것입니다. 각 포대의 방비는 그가 지적하는 것과 달리 무척 견고하여 해군의 도움이 손톱만큼도 필요치 않습니다. 그뿐 아니라 지금 싸우기도 전에 각 포대에서 병사를 철수시키면 전의가 떨어지고 인심은 동요하여 마침내 소동이 벌어질지도 모릅니다."
이렇게 설득하여 이홍장의 마음을 돌려놓고 말았다.
그러나 정여창은 단념하지 않았다.
"그렇다면 이것만이라도 양해해 주기 바란다."
그러면서 대게에 요청한 것은 항구에 있는 용묘취 포대의 대포를 철거해 버리는 것이었다. 정여창이 보는 바 이 포대는 전체의 수비 상황으로 미루어 지형상 도저히 지켜 내지 못할 것이고, 만약 이것이 상처도 입지 않은 채 일본군의 손에 넘어가는 날에는 항내의 함대는 최악의 위험 앞에 서게 된다는 것이었다. 그러나 대종건은 그것마저 거부하고 이홍장에게 호소했다.
"정여창은 뻔뻔스럽기 짝이 없다. 또한 월권도 이만저만이 아니다."
해군측의 외국인 막료 가운데 한 사람인 미국인 호비는 시종 청국을 동정한 사람이었으나, 그 인물조차
"파벌 항쟁은 노후한 국가의 특징이다. 그들은 적보다 반대파를 훨씬 더 증오한다."
이렇게 탄식했다.
결과는 정여창이 걱정한 대로였다. 일본의 제2군이 상륙하자 청국 육군은 거의 저항해 보지도 않고 포대를 등진 채 달아났다.

요컨대 청일전쟁은 노후해 버린 질서(청국)와 갓 태어난 질서(일본) 사이에 이루어진 대규모적인 실험이라고 할 만한 성격을 지니고 있었다.
정여창은 어쨌든 이 퇴세를 혼자 손으로 막아 보려고 애썼다.
그러나 일본군의 계속된 수뢰 공격 때문에 차례차례 함정을 잃어버리고, 그때마다 수병의 사기는 저하하고 염전 분위기가 팽배해져 장교의 생명조차 위험하게 되었다.
2월 7일, 항 밖의 일본 함대는 종일토록 항내에 포탄을 쏘아 보냈다. 항을 내려다보는 산들의 포대가 거의 일본 육군에 점령되어 있어 거기서도 포탄이 쏟아졌다. 그 중의 하나가 항내의 일도(日島)에 있는 화약고에 맞아 대폭발을 일으킨 뒤 차례로 번져나가 비참한 상황이 되었다.
이날 해군과 유공도 수비의 육군 사이에 동요가 일어나 총검으로 정여창을 위협하며 항복을 강요하려는 기색조차 보였다.
정여창은 이를 진정시키기 위해서

"원군이 온다. 조금만 더 고수하라."

게시했다. 원군이 올 가망이 없다는 것은 정여창이 누구보다 잘 알고 있었으나 이 게시로 병사들은 조금 진정되었다.

9일, 항 밖에서 날아온 일본 포탄이 순양함 '정원(靖遠)'의 화약고에 명중하여 순식간에 굉침했다. 승조원 거의가 죽었다. 이 때문에 수병들은 더욱 더 동요하여 반란 직전의 상태가 되었다.

'정원'의 함장 유보섬은 부하의 배반에 절망하여 권총으로 자살했다.

해군에 협력한 육군 부대장 장문선은 칼을 든 부하들의 위협 앞에 굴복하여 정여창에게 항복을 권유할 것을 약속했다.

장은 하는 수 없이 '진원'의 사령실로 정여창을 찾아가 부하가 강요한 대로 정에게 강요했다. 그 장의 입실과 동시에 진원의 수병들도 사령실에 몰려들어가 정여창을 포위하듯 에워싸고 저마다 아우성이었다.

다시 그 교섭 장소에 잔존함의 함장도 부하의 강요를 이기지 못하고 와서, 이미 병사들 사이에 반란 분위기가 농후하니 더 이상 싸움을 계속할 수가 없다고 말하며 항복 결단을 간청했다.

정여창은 일어나 일동을 진정시킨 다음 지극히 온화한 목소리로 말했다.

"여러분의 부하가 이 여창을 죽이려고 한다면 어서 죽이라고 하게. 나는 신명을 아끼는 자가 아니네."

그러자 뜻밖에도 좌중에는 정여창의 비창한 입장을 동정하여 울음을 터뜨리는 자가 나왔다. 정은 그것을 보고 아직 싸울 수 있을지도 모른다는 가느다란 희망을 품고 함상에 수병을 집합시키는 한편 독일인 참모 T.H. 스크넬에 의뢰하여 군인된 자의 마음가짐을 설득하게 했다.

그러나 헛수고였다.

11일, 정여창은 최후의 결단을 내리고 함장들을 모아 회의함으로써 새로운 제안을 시도했다. 물론 항복이 아니라

"포위를 뚫고 탈출하자."

는 것이었다. 그는 그 탈출전에서 전사하려고 마음먹고 있었다.

그러나 어느 함장도 묵묵부답이었다. 그들은 각기 자기의 부하 수병들로부터 칼로 협박당하는 상태였다. 정여창은 마침내 중의에 떠밀려 항복을 결의하지 않을 수 없었다.

이 무렵 이토 스케유키(伊東祐亨)가 타고 있는 기함 '마쓰시마'는 음산구 만내에 있었다. 이 만의 북쪽 곶인 백척애를 서쪽으로 돌아가면 곧 위해위 항이니, 말하자면 적에 대해 병풍 한 장 뒤에 숨어 있는 것과 같은 형국이었다.

1월 하순, 추위는 날로 격심해지고 파도는 거세어 물결이 마쓰시마의 뱃전을 칠 때마다 그대로 얼어붙었다.

닻의 사슬과 어뢰 방어망은 얼음 때문에 몇 갑절의 부피가 되어 있었다. 천창(天窓)도 승강구도 측거(側渠)도 모조리 얼어붙어 수병이 그것을 깨뜨리면 파도가 들이쳐서 다시 얼어붙었다.

뿐만 아니라 포문과 포순까지 얼어 버리고 말았다. 모든 것이 얼어붙어 중요한 포미 기관인 폐쇄기까지 움직이지 않게 돼 버렸다.

"거함이 희고 영롱하니 큰 유리 덩어리 같은 기관이더라."

이런 기록이 있다.

남국 태생인 이토 스케유키는 사령장관실에 작은 화로를 두고 늘 끼고 있었다.

그는 첫 번째 수뢰 공격을 전후하여 어떤 일을 생각하고 있었다.

정여창에게 항복을 권하는 일이었다. 그는 하루에도 몇 번씩

"정여창이 가엾다."

이렇게 말했다. 사쓰마 사람에게는 이미 전국시대부터 패적에게 관용을 베푸는 예절이 있었으니 보신 전쟁 때 에노모토 등에게 명예를 보전케 하면서 항복을 권한 것도 사쓰마 사람이었다. 이토는 그렇게 하고 싶었다.

그렇지만 육군과의 협조를 도모하기 위해 이미 상륙하여 전투 중인 제2군 사령관 오야마 이와오에게 이것을 의논하려고 했다.

그는 먼저 자신의 참모장인 사메지마(鮫島) 대령을 보내 금주성에 있는 오야마 이와오에게 그 일을 의논하게 했다. 이어서 자신이 직접 상륙하여 오야마와 의견을 교환했다. 동향으로 같은 생각을 하고 있던 오야마는 당연히 찬성이었다.

"육군에서 기초하면 어떨까?"

이토가 말했다. 그 편이 좋을 것이다. 오야마는 거기에도 찬성했다. 이토가 기초 내용을 말하고 그것을 육군 쪽에서 영문으로 작성하여 서명은 해군의 이토가 하는 형식이었다.

기초자는 육군 참모인 가미오 미쓰오미(神尾光臣)소령과 군사령부의 아리가 나가오(有賀長雄)로 정했다.

이토는 정여창과 친했다. 정이 일찍이 함대를 거느리고 일본을 방문했을 때 이토는 일본측 접대 위원의 한 사람으로서 그와 가까워졌다. 이토는 평소에도

"정여창이 일본인이라면 얼마나 좋을까."

뇌었다. 뜻은 잘 알 수 없지만 그만한 인물이 일본인이라면 일본을 위해 상당한 일을 하리라는 뜻인지, 아니면 지금의 청국에서 태어난 것은 그런 인물에게는 불행한 일이라는 뜻인지, 어쨌든 이토가 정에 대해 우정을 품고 있는 것만은 분명했다.

그 항복 권고문은
"삼가 정 제독 각하에게 말씀드린다. 시국의 추이는 불행하게도 나와 각하를 서로 적으로 만들어 놓기에 이르렀다."
이런 말로부터 시작되었다.
"그러나 지금 이 시대의 전쟁은 나라와 나라 사이의 전쟁이지 한 사람과 한 사람의 반목은 아니다. 그런고로 나와 각하의 우정에 이르러서는 의연히 옛 그대로의 따사로움을 간직하고 있는 것으로 믿는다. 그러므로 각하는 단순히 이 서장을 항복을 촉구하는 성질의 것으로 받아들이지 말고 내 마음이 지금 깊이 고민하고 있는 바를 통찰하여 그것을 믿고 읽어 주시기를 간절히 바라는 바이다."
"귀국의 육해군이 지금 연전연패하고 있는 것을 생각하건대 그 원인이 되는 바는 여러 가지가 있을지나 그 진정한 원인은 자연히 타에 있다(군대 통솔 이외에 있다). 이 점은 찬찬히 관찰하면 누구나 용이하게 짐작할 수 있는 바이니 각하의 영명으로써 한다면 당연히 알고도 남음이 있으리라."
"귀국이 금일과 같은 상황에 이름은"
공식 역문은 문어체이다. 청국이 이와 같은 패전에 이르게 된 원인을 말하는 것이다.
"물론 한두 사람의 군신의 죄가 아니요, 제도가 나쁜 것이다. 지금까지 고수해 온 청국 제도의 폐해야말로 주요 원인이다. 예컨대 관리를 채용함에 있어서 문장 시험을 행하고 문예의 인사를 관료로 채용한다. 그것이 단계

가 오르고 정치를 하기에 이른다. 그 제도는 이미 1,000년 전의 것인데 여전히 1,000년 뒤에도 그것을 고수하고 있다. 과연 그 제도 자체로 본다면 이것은 반드시 선미(善美)하지 않다고는 할 수 없다. 가령 청국이 세계에서 고립되어 있는 상태라면 그렇다. 그러나 일국의 고립 독왕(獨往)은 오늘의 세계 정세에서는 바람직한 것이 아니다."

"30년 전"

이토는 일본의 유신 전후를 말했다.

"우리 일본 제국이 얼마나 어려운 처지에 있었고 얼마나 위험한 재앙에서 놓여났는가는 각하도 잘 아는 바이다. 그 당시의 일본은, 자국의 독립을 온전케 하는 유일한 길은 일국의 구제를 내던져 버리고 새로운 질서로 바꾸는 길 외에는 없다고 생각하고, 그것을 유일한 요건으로 하여 유신을 단행했다. 그 덕택으로 오늘날에 이른 것이다. 귀국도 그렇게 하지 않으면 안 된다. 이를 요건으로 하시라. 만일 그렇게 하지 않으면 조만간 멸망을 면치 못하리라."

요컨대 청국도 메이지 유신을 하라는 것이었다. 질서를 갱신하여 국가를 쇄신하는 길 외에는 청국이 살 길은 없고 그렇게 하지 않으면 망국이 있을 뿐이라고 이토는 말한다. 일찍이 유신의 주도 세력이었던 사쓰마 번 출신인 이토는 그 효능의 우수성을 누구보다 잘 알고 있었다. 그러므로 적장에게 귀국도 그렇게 하라는 것이다. 그렇게 하면 강해질 수 있다는 것이다. 기이한 친절이고 고금을 통하여 적장에게 이처럼 친절한 제안을 보낸 예는 아마 없을 것이다.

그 시대의 일본인은 그런 것이었는지 모른다.

일본인에게 있어 이웃 나라인 중국은 오랜 세월 동안 문화와 문명의 선진국으로 우러러본 나라였다.

그런데 그것과 싸워 하루 아침에 무찔러버렸다. 이토의 권항장에는 어딘가 그것을 미안하게 여기는 마음이 바닥에 깔려 있다. 그리하면 귀국도 강해질 수 있다. 그것은 질서를 일신하는 일이라고 권하고 있는 것이다. 우스꽝스러울 정도의 간섭이었으나 이토는 진지했다.

그 진지성은 지난날 스승의 나라였다는 것에 대한 감상뿐만 아니라, 유럽의 기술 문명 앞에 하마터면 나라가 멸망할 뻔했던 지난날의 일본과 같은 상황 아래 놓여 있는 청국에 대한 동정도 들어 있었다.

이토의 문장은 계속된다. 마치 정여창과 같은 걱정을 만난, 동지와도 같은 정황이다.

"이미 무운이 막혀 일이 이 지경에 이르렀으니"

이미 청국은 사면 팔방으로 막혀 버렸다는 뜻이다.

"지금 청국의 신하인 자, 그 중에서도 국가를 위해 충성을 다하려는 기개가 있는 자라면 완전히 노후화해 버린 이 질서 속에 그저 한가로이 몸을 맡기고 있어도 좋을 것인가. 하기야 물론 빛나는 역사와 광대한 영역을 가진 이 세계 최고의 제국을 이제 일조에 혁신하기란 용이한 일은 아니다. 그러나 그렇게 하지 않으면 귀 제국은 어떻게도 할 수 없다. 그와 같은 대사업에서 본다면 하나의 함대의 존망 따위는 대단한 것이 아니다. 항복한다고 하여 무슨 일이 있으랴. 지금은 조그만 절조에 구애될 때가 아니다."

"이로써"

공식 역문은 계속 이어진다.

"나는 세계에 떨치는 일본 무사의 명예심에 맹세코 각하에 대해 잠시 아국에 내유하여 타일에 구국 중흥의 운이 진정 각하의 근로를 요할 시절이 오기를 귀하와 더불어 간절히 바라노라."

일본에 망명하여 시절을 기다리라는 것이다. 망명에 관해서는 세계에 이름을 떨친 일본의 무사도가 보장한다는 얘기이다.

"각하는 모름지기 우인의 성실한 한마디를 청납하시라."

다시 이토는 예를 들어 말한다. 보불 전쟁 때 독일군에 세당을 포위당하고 성병과 함께 항복한 마크마옹 장군의 이야기를 했다. 일단 포로가 된 그는 휴전 후 석방되어 프랑스에 돌아간 뒤에 대통령까지 된다.

"저 프랑스의 장군 마크마옹은 한 번 항복하여 적국에 있었으나 시기를 기다렸다가 돌아가 본국 정부의 개혁을 도왔다. 그러나 프랑스 국민은 이에 치욕을 안겨 주지 않았을뿐더러 이를 대통령으로까지 추천했다. 또한 터키의 오스만 파샤와 같은 인물도 플레브나 전투에서 패하고 포로가 되었으나 일단 고국으로 돌아가자 육군 대신의 요직에 서서 군제 개혁의 위공을 세우지 않았던가."

이 이토의 서간에는 육군의 오야마 이와오도 서명했다. 항내의 기함에 있는 정여창의 손에 들어간 것은 1월 24일이다.

그는 그것을 다 읽은 뒤 좌우에 제시하고
"이토 중장의 우정에는 감동하나 나는 스스로 길을 택하지 않을 수 없다."
이렇게 말했다. 회신은 내지 않았다.

북양함대의 멸망은 그로부터 10여 일이 지난 2월 12일에 왔다.
정여창은 그 예하 군대의 불온한 공기에 절망하여 그 전야에 마침내 항복을 결의하고 동이 트자 군사(軍使)를 준비했다.
그가 준비한 군함은 함포 '진북'이다. 그 마스트에 흰 기를 걸고 항외로 나갔다. 오전 8시, 진북은 '마쓰시마'의 정면에 나타났다.
"자회의 일을 하도다."
이런 문장으로 시작되는 한문의 결항서가 이토 스케유키에게 건네진 것은 이때였다. 그 요지는 다음과 같다.
"나는 앞서 이토 사령장관의 서간에 접했으나 교전 중이었으므로 이제껏 답서를 증정하지 못했다. 자신은 처음에 어디까지나 결전하여 함이 잠기고 사람이 다한 뒤에야 그만두리라고 결의했으나 지금은 마음을 바꾸어 생령을 보전할 마음이 있어 휴전을 청하는 바이다. 지금 유공도에 있는 함선과 동도의 포대 병기는 전부 귀국에 헌상한다. 그러니 전투원과 인민의 생명을 손상하는 일이 없게 하고 또한 그들로 하여금 고향으로 돌아갈 것을 허락하라."
이토는 그것을 허락하고 답장을 만들어 청국측 군사 정벽광에게 건넸다. 다시 정여창에게는 곶감과 샴페인, 포도주를 증정했다.
다음날인 13일 오전 8시 반에 그것에 대한 정여창의 답장을 가지고 청국 군함 '진중'이 왔다.
정의 답장에는 이토의 수락을 깊이 치사하고 또 위문품에 대해서는
"양국 유사지제(有事之際)에 사사로이 수납키 곤란하니 삼가 반상(返上)하노라."
되돌려 보냈다.
군사는 어제의 정벽광이었다. 정은 공무를 마치자 이윽고 옷깃을 여미고 자기가 타고 온 진중의 마스트를 가리켰다. 반기가 게양되어 있었다.
간밤에 정여창이 독약을 마시고 자살했다는 것이었다.
오전 11시, 이토 스케유키는 전함대에 대해 정여창의 죽음을 알리는 동시

에 주악을 금하고 조의를 표했다.

그 뒤 오후 5시에 항복 후의 처리 조건에 관해 상의하기 위해 정벽광과 함께 온 우창병이 '마쓰시마'에 내함하여 일본측과 협의했다.

그 모든 조항 중에 청국측의 제안으로 정여창 이하 사자의 영구를 정크(중국식 범선)에 실어 그 고향으로 보낸다는 것이 있었는데 이에 대해 그 이튿날 이토는 불가하다 하고

"정 제독이라고 하면 장구한 시일에 걸쳐 그 위명을 아시아에 떨친 북양함대의 사령관이다. 그의 영구를 수송함에 있어 한 척의 정크를 사용한다는 것은 천만 불손한 일이니 이를 위해 위해위에 있는 몰수 함선 중에서 상선 '강제호'를 제외한다. 그러니 이 강제호에 영구를 실어 수송하되 여유가 있으면 귀환 병사를 태워도 상관없다."

이렇게 말했다.

항복 약정서에 양쪽 대표가 서명한 것은 2월 13일이다.

그리고 바로 이 시기를 전후하여 마사오카 시키의 종군이 결정되었다.

스마(須磨)의 등불

시키(子規)의 종군은 결국 어린 아이 장난처럼 끝났다.

히로시마(廣島)에서 대기하다가 4월 초, 어용선을 타기 위해 우지나 항(宇品港)으로 갔다.

"길가의 벚꽃은 반 이상 피었고 버드나무는 초록 물감을 들인 듯 싹이 텄다. 봄날이 한낮처럼 무르익을 무렵이다."

시키는 계절을 이와 같이 묘사했다. 그는 새로 지은 사지 양복에 옛 번주인 히사마쓰(久松) 백작 댁에서 받은 칼을 들고, 마치 장사와 같은 모습을 갖추었다.

대련에 입항했다.

그 뒤 유수둔, 금주성, 여순으로 갔다가 다시 금주성으로 돌아왔다. 이미 전투는 끝났고, 말하자면 새로운 싸움터로 견학 여행을 간 것 같은 꼴이 되었다. 그가 일본을 출발했을 때는 벌써 시모노세키(下關)에 이홍장이 와 있어서 강화 회담이 시작되었다. 그 회담도 시키가 금주성으로 돌아온 무렵에는 성립되어, 그 소식이 그의 귀에도 들어왔다.

그는 귀국하기로 결심했다. 결국 그 종군은 겨우 한 달 남짓에 지나지 않았다.

 5월 14일, 다른 신문 기자들과 함께 대련항에서 사도쿠니마루(佐渡國丸)라는 배를 타고 귀국길에 올랐다.

 안개가 짙었다.

 배는 느릿느릿하게 나아간다.

 "어쩐지 피로한 듯해서 하등실에서 자고 있었다."

 시키가 쓴 것 같은 배안의 생활이었다.

 군대 수송선의 대부분이 그렇듯이 커다란 선실에 선반을 매고 상하 두 단으로 나누어, 위쪽에는 대위 이하의 군인이 2, 30 명 기거하며 종일토록 전쟁 이야기 등을 주고받았다. 시키 등 11 명의 신문 기자는 아래 단에 수용되어 있었다. 천장이 낮아서 책상다리를 하고 앉아도 등을 구부리고 있어야 했다.

 사흘째 되는 날 낮, 시키는 누워 있었다. 그런데 맞은편 문 쪽에서

 "마사오카(正岡), 갑판에 올라가 보게. 큰 상어가 있어."

 권하는 자가 있어 호기심이 강한 시키는 일어나 구두를 신고 갑판으로 오르는 계단을 올라갔다. 이상하게 속이 언짢았다.

 계단을 올라 갑판으로 나가자마자, 기관지에 뭐가 달라붙은 것같이 느껴져서, 가래거니 생각하고 난간까지 나가서 바다에 뱉었다.

 그것은 가래가 아니라 피였다.

 시키는 큰 상어 떼를 보았다. 그러나 이미 심장이 얼어붙는 것 같아, 상어를 계속 보고 있을 마음의 여유가 없었다. 곧 선실로 내려가 자기의 짐 속에서 준비해 두었던 약을 꺼냈으나, 먹을 생각이 없어서 그것을 입고 있는 외투주머니에 밀어 넣고, 그대로 안정하기 위해 다리를 뻗고 누웠다.

 이 배에 의사가 한 사람 타고 있다는 것을 시키는 알고 있었다. 그러나 그 의사가 콜레라 약 외의 약은 가지고 있지 않다는 것도 알고 있었으므로 부를 생각도 하지 않았다.

 밤이 되어도 각혈은 멈추지 않았다.

 이튿날 오후, 시모노세키에 도착했다. 시키는 오래만의 일본을 보기 위해 무리를 해서 갑판으로 올라갔다. 시야 가득히 성성한 나뭇잎이 빛나는 것을 보고 기뻐서 '시모노세키에 돌아오니 신기하다, 푸른 잎'이라는 하이쿠(俳句)를 지었다.

배는 시모노세키에서 사흘 동안 정박했다.
"20일, 나의 병 약간 심하다."
시키는 주머니 속의 일기장에 그렇게 썼다. 23일 고베(神戶) 항의 와다 곶(和田岬)에 닿았다.
"가래가 더욱 심하다."
시키는 썼다. 그 여백에

스마의 등불인가 아카시(明石)의 등불인가 두견새 우네

하이쿠를 적었다. 두견새라는 말을 넣은 것은 피를 토하는 자신의 모습을 넌지시 그린 모양이었다.
배에서 내려 검역소를 향해 잔교를 걸었다. 어깨에 가죽으로 만든 배낭을 지고 있었다. 오른손에도 꽤 무거운 가방을 들고 헐떡거리면서 걸었다. 왼손에 일본도를 들고 그것을 지팡이 대신 짚으면서 살살 걸었다. 그래도 열 걸음마다 가슴이 메어 오면서 피가 나왔다.
그러다가 드디어 걷지 못하게 되어 모래 위에 가방을 내려놓고 그 위에 걸터앉았다.
'사람을 불러야겠다.'
생각은 했으나 얼굴을 들 수가 없었다. 소리를 지를 기력은 더욱 없었다.
때마침 동료 신문 기자가 지나가다가 시키를 알아보고 가까이 오자 시키는 간신히 자신의 용태가 심각하다는 것을 얘기할 수 있었다.
"병원에 가야겠어."
시키가 말했다.
"그런데 걸을 수가 없어. 인력거에도 올라탈 것 같지 않아. 부탁이니 들것을 좀 마련해 주지 않겠나?"
작은 소리로 말하자 그 신문 기자는 시키의 코밑의 듬성한 수염을 유심히 보더니 곧 힘있게 고개를 끄덕여 보이고는 잔교 한구석으로 달려갔다.
그는 동료들에게 이야기했다. 동료는 열 명이 있었다. 그들이 활동하기 시작했다. 우선 고베 병원으로 세 사람이 뛰어갔다. 두 시간쯤 지나 병원에서 들것이 왔다.

시키는 거기에 실렸다.

얼굴까지 유지로 만든 비옷이 씌워져서 거리를 볼 수는 없었다. 어디선가 북소리가 자꾸 들려오는 것을 보니 축제일인 듯했다.

'무리였던 거야.'

종군한 것을 후회했다. 이런 몸이 되어 버린 이상, 앞으로 2, 3년밖에 살지 못할 거라고 생각했다.

고베 병원에 닿았을 때에는 불을 켤 무렵이었다. 입원 수속은 동료 신문기자가 해두었기 때문에 이미 병실도 마련되어 있었다. 이층의 이등실이었다.

침대에 뉘어졌다. 짚깔개 위에 요가 두 장 겹쳐져 있어, 싸움터에서 흙 위에서 자기도 하고 그 돼지우리 같은 선실에 수용되었던 일을 생각하면, 마치 극락에라도 온것 같은 마음이어서 여기서라면 죽어도 좋다고까지 생각했다. 그만큼 기분이 좋았다.

각혈은 계속되었다.

그 뒤에도 며칠이나 계속되었다.

'이러다 죽는 것이 아닐까?'

도쿄의 어머니에게 전보로 통지해 주도록 병원 측에 부탁했다.

시키가 고베에 입원했을 무렵, 다카하라 교시(高濱虛子)는 교토(京都)에 있었다. 센다이(仙臺)의 이고(二高)는 벌써 퇴교해 버린 뒤였다. 문학만 한답시고 평소에는 하는 일이 없어서 교토의 고등학교에 있는 친구를 찾아가 그 요시다 신사(吉田神社) 앞 하숙집에 뒹굴면서 책을 읽기도 하고 그 부근을 돌아다니기도 했다.

거기에 시키의 발병을 알리는 전보가 왔다. 도쿄의 구가 가쓰난이 보낸 것으로

"간병하러 가라."

이런 것이었다. 교시의 시키에 대한 헌신적인 간병이 이때부터 시작된다.

교시는 서둘러 고베로 갔다.

병원 접수구에서 병실 번호를 묻고, 이층으로 올라가 병실문을 열자 피비린내가 몹시 풍겼다. 처음에는 무슨 냄새인지 잘 몰랐으나, 이윽고 그것이 시키가 토한 피 냄새라는 것을 알았다. 그만큼 시키의 각혈은 심했다.

실내는 조용했다.

시키는 이쪽으로 등을 돌리고 누워 있었다.

'자는 건가?'

교시는 발소리를 죽이고 다가가서 시키의 얼굴을 들여다보았다. 피부가 말갛게 비칠 것처럼 하얗다.

시키는 자고 있지 않았다. 눈을 들어 교시의 얼굴을 보았으나 잠자코 있었다.

"노부루(시키의 본명) 형, 어쩐 일이오?"

교시가 물었다. 이 일에 대한 〈시키 거사와 나〉의 문장을 빌리면

"그때 나의 얼굴과 거사의 얼굴은 석 자(尺) 쯤의 거리밖에 되지 않았으나 거사는 나를 손짓해 불렀다."

손짓이라지만 손을 흔들어 부른 것이 아니라, 홑이불 위에 놓여 있던 손을 아주 조금 들고 손가락만 약간 움직인 데 지나지 않았다.

──귀를 가까이

하는 것 같았다. 교시는 알아차리고 귀를 시키의 입술에 가까이 갖다댔다. 그러자 시키는 거의 알아들을 수 없을 정도의 작은 목소리로

"피를 토하기 때문에 말을 해선 안 되는 걸세. 움직여도 못 쓴다네."

바로 그때 쉰 살쯤 되어 보이는 시중드는 여자가 컵을 들고 들어왔다. 그것을 시키에게 건네주자, 시키는 얼굴을 옆으로 돌려 피를 토했다. 피는 컵에 절반가량이나 찼다.

각혈을 하루에도 몇 번이나 하는 모양이었다.

게다가 식사를 하지 못했다. 수저로 떠넣어 주는 우유조차 받아들이지 못하여 이대로라면 죽음을 기다리는 수밖에 없었다.

며칠 지나자 의사는 영양 관장으로 체력을 보양할 조치를 취했다. 최초의 관장을 했을 때, 시키는 예전처럼 손가락을 움직여서 교시의 얼굴을 가까이 불러다가 물었다.

"기요시(清) 군, 지금 그게 뭔가?"

교시가 설명하자, 시키는 약간 표정을 움직였다. 놀란 것이다. 자신의 용태가 이미 그렇게까지 진행되었는가 하고 생각한 모양이었다.

그 뒤, 시키는 애써 입으로 영양물을 섭취하려고 노력했다.

아마도 이 무렵이 고비였던 것 같다.

고비를 넘기고 나자 어머니 오야에(八重)가 가와히가시 헤키고도(河東碧五桐)의 안내로 찾아왔다. 간병하는 사람이 늘어난 것이다.

시키의 몸에는 단단한 생명력 있는 모양이었다.
고베 병원에 꼭 두 달 입원하는 도안 각혈도 멎고, 그 후부터는 스마에 있는 보양원에서 전지 요양을 하게 되었다.
"고광나무 꽃이 필 무렵에 입원했는데, 벌써 거리를 걸어다니는 사람이 홑옷을 입었군."
병원 현관을 나온 시키가 말했다. 간병하던 사람들은 다 돌아가 버리고 교시 혼자만 남아 있었다. 그 교시도 시키가 스마로 가는 것을 배웅하고, 이제는 도쿄로 돌아갈 작정이었다.
정거장으로 가는 도중, 시키는 모자를 하나 샀다. 더위를 막는 헬멧이었다. 오래 앓아 여위고 수염이 더부룩해서, 헬멧을 쓴 모습은 시키를 딴 사람처럼 보이게 했다.
교시는 보양원에서 며칠 머물렀다. 드디어 출발을 하루 앞둔 날 밤, 시키는 송별연이라는 생각으로 여느 때의 저녁 식사 외에 한두 가지 다른 접시를 마련했다.
그런 밥상에 마주 앉으면서 가볍게 머리를 숙였다.
"기요시 군, 이번에 간호해 준 은혜는 오래도록 잊지 않겠네."
교시는 그러한 시키의 얼굴을 물끄러미 바라보았다. 시키가 말했다.
"그러나, 앞으로 몇 년을 살 수 있을지 나도 모르겠네. 오래 살지는 못하겠지. 목숨은 아깝지 않지만 미련이 남는 것은 지금 시작하고 있는 일에 대한 것일세."
옛 하이쿠 연구와 하이쿠에 문예의 생명을 불어넣어 가는 하이쿠론을 확립하는 일이었다. 그 일은 시키가 중도에 죽으면, 아마도 잡초가 나서 헛되이 되어 버리고 말 것이다.
"헛되이 되어 버리면 난 무엇 때문에 이 세상에 나왔는지 그 의미가 없어지고 만다. 무슨 일이 있더라도 후계자가 있어야겠어."
——그래서
시키는 말을 이었다.
"자네를 후계자로 하고 싶네. 자네로선 귀찮을지도 모르지만, 자네 외에는 적당한 사람이 없어."

사실, 교시는 귀찮은 듯한 표정을 지었다. 시키가 말하는 일은 연구가 주였고 교시가 하려는 것은 실제로 하이쿠를 짓는 일이었다.

"그런데 아무래도 자네 태도를 보니, 학교를 그만두고 나서부터 조금도 안정되지가 않았어. 자세히 살펴보니 자네 혼자 있을 때는 그렇지도 않은 것 같은데 헤이공(秉公 : 헤키고도)과 함께 있기만 하면 곧 동화되어 못 쓰게 되는 것 같단 말이야."

이제부터는 헤이공과 떨어지라고 했다.

"그리고 조용히 학문을 할 생각을 하게나."

시키는 교시에게 입만 열면 학문 학문 했다. 그러나 교시는 문예 활동을 하는 데 학문은 필요 없다고 생각하였고, 게다가 무엇보다도 학문하는 것이 싫었다.

"도쿄로 돌아가면 학교에 들어가게. 지금이라도 도쿄 전문학교(뒤에 와세다 대학 : 早稻田大學)라면 들어갈 수 있을 테니까. 거기서 쓰보우치(坪內) 선생의 셰익스피어 강의를 듣게나. 그리고 내 연구를 이어 주게."

시키는 매우 집념이 강한 천성을 타고난 모양이었다.
그의 하이쿠도 그러했다.

"훌륭한 하이쿠도 짓지만 졸렬한 것도 나오게 마련이지. 그러나 지어진 하이쿠는 졸렬한 것이라도 버리지 말고 적어 두어야 하네. 이유는 없어. 마치 돈을 모으는 사람이 한 푼의 돈이라도 헛되이 하지 않고 모아 두는 것과 같은 것이지. 그런 하찮은 한 푼 두 푼을 헛되이 하는 자가 절대로 부자가 될 수 없듯이, 자기가 지은 하이쿠를 아무렇게나 취급하여 적어 두지 않는 사람은 좀처럼 일류 작가가 될 수 없는 거야."

이런 말을 교시나 헤키고도 등의 제자에게 말할 뿐만 아니라 선배격인 나이토 메이세쓰 옹에게도 얘기했다.

"시키의 인간적 특징은 집착이 강한 데에 있다."

교시는 후년에 그렇게 말하고 있다. 집착은 자신이 지은 하이쿠에 대해서만이 아니라, 제자에 대해서도 그러했다. 인간에 대한 집착은 결국 사랑이라고 말하고 교시는 이에 대해 이렇게 말한다.

"사람의 스승이 되고 우두머리가 되는 데 절대적으로 필요한 요소는 제자나 아랫사람에 대한 집착이다. 이를테면 그것은 어머니가 자식을 사랑하는 것과 같은 것이다."

아무리 방탕한 자식이라도 어머니는 그 자식을 버리지 않고 밀착한다고 교시는 그러한 예를 들고 있다.

원래가 제자나 부하는 제멋대로이고 변하기 쉬우며, 스승과 우두머리가 생각하는 것의 절반 정도도 그 스승이나 우두머리를 생각해 주지 않는다. 그래도 스승과 우두머리는 여전히 강한 집념으로 제자와 부하를 생각하며, 그들을 날개 속에 넣어 따뜻하게 보호해 주고, 달아나려고 하면 쫓아가서 붙들어다가 다시금 따뜻하게 해준다.

시키는 그랬다.

"자네를 후계자로 삼겠네."

시키는 그렇게 말했지만 결국 교시는 학문을 싫어하여 달아남으로써 그것을 거절한 모양이 되어 버렸다. 그래도 시키는 화내지 않고, 열심히 교시에게 하이쿠를 가르쳤다.

시키의 병세는 소강상태에 들어갔다.

그래서 기분이 좋아진 그는 스마 보양원에서의 생활을 한 달로 끝내고, 일단 고향인 이요 마쓰야마(伊豫松山)로 돌아가기로 했다.

8월 20일, 스마를 출발했다. 도중 오카야마(岡山)에서 1박하고, 히로시마에서 2박 했다. 히로시마에서 배를 타고 시코쿠로 건너가 미쓰하마(三津濱)에 상륙한 뒤, 그날 밤은 피로를 풀기 위해 미쓰하마에 머물고, 이튿날 아침 마쓰야마로 돌아왔다.

마사오카(正岡) 집안의 저택은 벌써 남에게 팔아 버렸기 때문에, 어머니의 친정인 미나토 거리(湊町) 4가 19번지의 오하라 쓰네노리(大原恒德)의 집에 머물렀다.

그런데 다행히 시키의 대학 시절부터의 친구인 나쓰메 소세키(夏目漱石)가 이번 4월에 마쓰야마 중학교에 영어 교사로 부임해 와 있었는데 그 하숙이 니반 거리(二番町) 2번지에 있었다. 우에노(上野)라는 집의 별채였다. 소세키는 그 집 이층의 두 칸 방에 있었다. 시키는 그 아래층 두 칸을 빌리기로 하고 이사했다.

"나는 이층에 있고 대장(시키)은 아래층에 있었다. 얼마 안 있어 온 마쓰야마의 하이쿠를 하는 문하생들이 모여들었다. 내가 학교에서 돌아와 보면 언제나 많은 사람들이 와 있었다."
소세키가 그 당시에 대해 쓴 글이다.

이 시절, 시키는 한동안 소세키와 한 지붕 밑에서 지내게 되었다. 그들의 교유는 오랜 것으로 대학 예과 시절부터였다.
메이지 22년 초부터인데, 두 사람이 사귀게 된 것은 서로 문학을 좋아했다는 점보다 흥행관에 잘 다녔다는 것이 서로를 끌어당긴 모양이었다.
소세키가 그렇게 말하고 있다.
"둘이서 흥행관 이야기를 했을 때, 선생은 흥행에 대해 매우 자세히 알고 있는 것으로 자처하고 있었다. 그런데 나도 흥행에 대해선 잘 알고 있었으므로 이야기를 할 만하다고 생각했던 모양이다. 그때부터 매우 가까워졌다."
그 뒤, 시키는 소세키를 가장 좋은 친구로 알았던 것 같다.
"무슨 일이고 대장이 되어야만 직성이 풀리는 사람이었다."
소세키는 시키의 성격을 그렇게 보고 있다. 말하자면 시키의 응석을 소세키의 침착하고 여유 있는 성격이 받아들인 셈이었다. 매사에 우스꽝스럽도록 파고 드는 시키의 성격이 소세키에게는 좋게 보였던 모양이다.
메이지 24(1891)년, 서로 대학생 무렵, 소세키가 마쓰야마의 시키네 집에 와서 머물렀던 적도 있었다. 이따금 중학생이었던 다카하마 교시가 그 현장을 보았다.
'대학의 제복을 입은 신사적인 태도를 지닌 분.'
이것이 교시가 본 인상이다. 소세키는 양복바지를 입은 무릎을 꿇고 단정히 앉아 있었다.
시키의 어머니 오야에가 마쓰야마 초밥을 차려 와서 소세키에게 권했다. 시키가 어머니에게 이야기했다.
"이 나쓰메는 대단히 열성적으로 공부하고 성적도 좋답니다."
소세키는 그 마쓰야마 초밥을 매우 좋아했다.
"화선지에 하이쿠를 쓴 것이 그 자리에 흩어져 있었던 것으로 기억된다."
교시는 당시의 기억을 쓰고 있는데 그 하이쿠는 시키가 쓴 것이었는지도 모른다. 소세키는 그 전에도 이따금 하이쿠를 짓기도 했으나 아직 힘들여 공부한 것은 아니었다.

"소세키는 메이지 28(1895)년 처음으로 하이쿠를 지었다."

시키가 나중에 그의 글 〈메이지 29(1896)년의 하이쿠계〉에 이렇게 썼으니, 소세키가 본격적으로 하이쿠를 시작한 것은 그가 마쓰야마 중학 교사 시절, 다시 말해 시키가 요양하기 위해 고베에서 마쓰야마로 돌아와 소세키와 같은 하숙의 아래층을 얻은 뒤부터였다.

시키가 이 하숙(니반 거리 우에노 씨댁)으로 옮긴 것은 8월 27일 햇볕이 쨍쨍한 아침 나절이었다.

임시 서재에 도라지 꽃 꽂아 놓고
운치 살리네

시키는 재빨리 그런 하이쿠를 지었다.
소세키는 그동안의 일을 다소 해학을 섞어서 이렇게 쓰고 있다.
"내가 마쓰야마에 있을 때, 시키는 중국에서 돌아와 내가 있는 곳으로 찾아왔다. 자기 집으로 가는 건가 했더니, 자기 집에도 가지 않고 친척집에도 가지 않고 여기(소세키의 하숙)에 있겠다 한다. 내가 승낙도 하기 전에 본인 혼자서 결정했다…… 우에노(집주인) 집안 사람들이 한사코 말린다. 마사오카 씨는 폐병이라니까 전염되면 안되니 그만두라고 자꾸 말한다. 나도 다소 언짢았지만 거절하지 않아도 좋다고 그대로 두었다."

이 '니반 거리의 집'은, 시키가 그 아래층 두 칸을 점령했기 때문에 사람의 출입이 매우 많은 집이 되고 말았다.

마쓰야마에는 이미 쇼후 회(松風會)라는 하이쿠의 모임이 있었는데, 시키가 이 마쓰야마에 머무르는 것을 계기로 갑자기 하이쿠 열이 높아졌다. 그 사람들이 한자리에 모여서 하이쿠를 짓고 좋은 것을 뽑기 위해 시키의 하숙으로 찾아오곤 했다.

소세키는 무척 귀찮았던지
"내가 학교에서 돌아와 보면 매일같이 많은 사람들이 와 있곤 했다. 나는 책을 읽을 수도 없고 아무것도 할 수가 없었다. 하기야 당시에는 그다지 책을 읽는 편도 아니었지만, 아무튼 내 시간이라는 것을 가질 수가 없었으므로 하는 수 없이 하이쿠를 지었다."

후년에 '두견새'라는 데에 쓴 글이 있다. 다소 재미있게 쓰기 위해 과장이 있는 것 같지만 아무튼 그런 상태였다.

시키는 또 시키대로, 도쿄에 있는 헤키고도에게 그 무렵의 떠들썩한 모습을 알렸다.

"나쓰메도 최근 하이쿠 모임에 모이는 사람들 중의 한 사람이 되었다네. 찾아오는 사람이 많은 것과 다소 체온이 오르내리는 두 가지 원인으로 아직 도고(道後)에도 미쓰(三津)에도 다카하마에도 가지 않았네."

시키는 이 하숙에 '구다부쓰 암(愚陀佛庵)'이라는 이름을 붙였다. 집주인인 우에노라는 옛무사에게는 물론 아무런 양해도 얻지 않고 그렇게 한 것이다. 구다부쓰란 소세키의 별명이었다.

"계십니까."

하이쿠 회의 사람들이 들어온다. 보통 대여섯 사람이 떼를 지어 오곤 했다. 많이 오는 날은 여남은 사람이 앞서거니 뒤서거니 해서

"계십니까."

하면서 들어온다.

우에노 댁의 주인인 요시카타(義方) 노인은 옛날 번 시절 200섬의 지체 높은 선비였는데 지금은 장사하는 집의 지배인 같은 일을 하고 있었다. 머리를 짧게 깎은 온화한 노인으로 이런 소란스러움에 대해서는 아마 질색이었던 모양이지만 그렇다고 드러내어 불평하지는 않았다.

"난 하이쿠 부흥의 횃불이 될 생각이야."

시키는 곧잘 이렇게 말했다. 어쩌면 박명한 생애를 마칠지도 모르는 이 젊은이는 자기 생애의 과제를 지나칠 정도로 잘 알고 있었고, 그것으로 남은 여생을 보내려 하였다.

쇼후회의 회원 중에 야나기하라 교쿠도(柳原極堂)라는, 하이쿠에 열심인 젊은이가 어느 날 '구다부쓰 암'을 찾아왔다.

"마침 잘 왔군. 이시데 사(石手寺)까지 산책하세."

시키는 평상복 차림에 방서용 헬멧을 쓰고 걷기 시작했다. 교쿠도는 불안했다. 이시데 사까지는 왕복 4킬로쯤 된다. 그에게 무리가 아닐까 하고 불안했지만, 장본인 시키는 태연하게 주위의 경치를 즐거운 듯 바라보면서 걸었다. 도중에 3, 40구의 하이쿠를 지었다.

이시데 사에 들어가 대불전 마루 끝에 앉아서 잠시 숨을 돌리고 있을 때,

발밑에 누가 버렸는지 습자지 크기 만한 길흉을 점치는 제비가 바람에 움직이고 있었다. 시키는 그것을 집어 들고 유심히 들여다보았다. 옆에서 교쿠도가 들여다보니

'24 번 흉'

이렇게 적혀 있었다. 그 종이에 '병이 오래 끌 것이다. 생명에는 지장 없다'고 인쇄되어 있었다.

그 무렵, 군함 '쓰쿠시(筑紫)'가 구레(吳) 항으로 돌아왔다. 칠이 벗겨지고 함교 부근에 탄흔이 남아 있어서 제법 싸움터에서 돌아왔노라하는 무시무시한 모습을 하고 있었다.

'쓰쿠시'는 보조함이었기 때문에 주요 해전에 참가하는 행운은 얻지 못했으나 위해위 포위에는 참가했다. 그때 항내에 있던 청국함이 발사한 포탄을 맞아 여러 명의 사상자를 냈다. 탄흔은 그때에 생긴 것이다.

사네유키는 구레에서 며칠 휴가를 얻었다.

구레에서 마쓰야마는 가깝다. 사네유키(眞之 : 아키야마)는 시키의 발병이며 그 뒤의 소식에 대해서 알고 있었으므로 병문안을 하려고 마쓰야마로 갔다.

이미 아키야마(秋山)네는 마쓰야마에 있지 않았다. 그의 아버지인 야소쿠웅이 죽은 뒤, 집을 팔고 도쿄에 있는 요시후루(好古) 형님 집으로 옮겨 버린 뒤였으므로 여관을 잡아야만 했다. 여관은 산반 거리(三番町)의 기도야(城戶屋) 여관으로 정했다. 우연한 일이지만 이 여관은 소세키가 마쓰야마 중학에 부임해 와서 맨처음 들었던 곳이다.

"마사오카 노부루 군은 오하라네에 있는가?"

여관 사람에게 물어보았다. '아니요, 니반 거리의 우에노 댁의 외딴채를 빌렸다고 하던데요' 하고 하녀가 가르쳐 주었다.

'니반 거리의 우에노란 말이지.'

대강 짐작이 갔다. 사네유키는 여관을 나섰다. 니반 거리의 큰길에서 동쪽으로 구부러져 골목을 조금 가니까, 창살 창문이 달린 처마가 얕은 단층집이 있었다.

"계십니까."

음침한 표정의 중년 부인이 나와 사네유키가 찾아온 용건을 물었다. 사네

유키는 일러주는 대로 바깥 현관 앞을 왼쪽으로 돌아 안뜰로 통하는 문을 지난 뒤 뜰을 빠져나갔다. 이윽고 취사장과 우물이 있는 데로 나와 그곳의 석자 문을 지나니 간신히 뒤뜰이 나왔다. 그 뒤뜰 한 모퉁이에 외딴 이층집이 서 있었다.

"나일세."

사네유키가 말하자, 아래층에서 인기척이 나더니 시키가 가만히 미닫이 틈에서 얼굴을 내밀었다.

매우 놀라는 얼굴이었다.

'이 친구 수염을 길렀군.'

사네유키는 생각했다. 듬성듬성해서 있는 둥 마는 둥 한 수염이었다.

"싸움터에서 언제 돌아왔나?"

시키는 온 몸을 마루로 내밀면서 그렇게 말했다. 사네유키는 대답하지 않고 시키의 안색을 살펴보았다.

"각혈을 했다면서?"

원래 하얀 얼굴이지만 예전에 비해 더 창백했다. 그러나 요양하고 있는 탓인지, 뺨 언저리는 예전보다 통통했다.

"이젠 괜찮아."

시키는 말하고, 그런 것은 어쨌든 빨리 들어와, 들어오라구, 하고 연거푸 말했다.

사네유키는 방에 들어가 앉으려고 했다.

"방이 지저분하군그래."

해군 생활에 젖어 있던 사네유키로서는 시키의 지저분한 방이 이상해서 엉덩이를 내려놓고 싶지가 않았다.

"여전한 달제(獺祭)지."

시키는 지저분하게 늘어놓은 자기 방에 대해 그렇게 말했다.

물가에 사는 수달이라는 동물은 보금자리에 많은 물고기를 모아서 저장하는 습성이 있는데, 고대 중국의 시인은 그것을 가리켜 물고기를 제사지내는 것이라고 했다. 시키는 그것을 근거로

"내 집도 그와 마찬가지야. 책이며 쓸모없는 것들을 잔뜩 늘어놓고 있으니까."

그는 말했다. 그는 대학시절부터 자기가 기거하고 있는 그 방을 '달제서옥'이라 부르고 있었다.

"부러운데."

사네유키는 주위를 둘러보며 말했다. 복장에 무관심한 것과 신변의 난잡함은 형님 요시후루와 사네유키에게도 있어서 야소쿠 옹으로부터의 유전이라는 말을 곧잘 들었지만, 그래도 지금은 해군 생활에 익숙해져 주변의 정리만큼은 어떻게 겨우 해놓는다. 사네유키는 시키가 그 성벽 그대로 생활하고 있는 것에 부러움을 느꼈던 모양이다.

혹은 그것과는 다른 심정이 담겨 있었는지도 몰랐다. 이를테면 시키가 그 뒤 이층을 가리키며

"나쓰메도 있다네."

하면서 그가 자기들의 모교인 마쓰야마 중학의 영어 교사로 부임해 왔다는 말을 했을 때

"나쓰메라니, 나쓰메 긴노스케 말인가?"

확인하였지만 별다른 관심을 나타내려 하지 않았다. 나쓰메 긴노스케와 사네유키는 대학 예비학교 시절의 동창이다.

"지금 학교에 나갔는데, 이제 곧 수업이 끝나고 돌아올 걸세. 나쓰메도 기뻐할 거야."

"나쓰메가 그런 걸 기뻐하는 사람이던가?"

사네유키가 묘하게 빈정대는 말을 하자 시키는 매우 놀라며 물었다.

"자네, 나쓰메와 사이가 나빴었나?"

사네유키는 고개를 저으며 사이가 나빠질 정도는 아니었다고 말했다. 사네유키의 말로는 나쓰메는 에도(江戶 : 도쿄) 태생이면서도 첫인상이 좋지 않고, 어딘가 가시가 돋친 데가 있는 사람이어서 끝까지 교제할 기회가 없었다고 했다.

"가시가 돋쳤단 말이?"

시키가 재미있다는 듯이 웃었다.

"그래도 반가울 걸세."

"너무 반가워서 탈이지."

사네유키는 갑자기 쓸쓸한 표정을 지었다. 사네유키는 솔직하게 말해서 형편과 뜻이 달라서 예과를 중퇴하고, 문학가가 되겠다는 희망을 버리지 않

을 수 없었던 자신의 지나간 청춘 시절을 새삼스럽게 여기서 끄집어내 바람을 쏘이게 하고 싶지 않은 심정이었다.

"난 내 마음의 그 방에 자물쇠를 잠갔네. 나쓰메를 만나면 하는 수 없이 그 자물쇠를 열어야 할 걸세."

"알겠어."

시키는 일부러 쾌활하게 고개를 끄덕이고, 전쟁 중에는 어떻게 지냈나, 한 번 싸워보았느냐고 물었다.

"타고 있는 군함이 작은 포함이어서 늘 제2선에서 돌아다녔다네."

사네유키가 말했다.

꼭 한 번 비상 행동을 할 기회가 있었다. 금년 1월 말, 함대 사령장관의 허락을 얻어 '스쿠시' 이하의 작은 군함들로 결사대를 만들어, 적의 일도(日島) 포대에 대해 총검을 가지고 육전으로 탈취하려는 전법이 계획되었다.

'스쿠시'의 항해사 사네유키는 거기에 뽑혀서 그날 밤 함상에서 적전 상륙을 준비했다. 병사들은 모두 흰 머리띠에 흰 어깨띠를 맨 옷차림을 하게 하고, 군함 '아카기'에 옮겨 타서 목표로 하는 일도에 다가갔다. 그런데 이날 오후부터 눈 섞인 강풍이 불고 바다가 너무 거칠어서 접안하지 못하고 마침내 이 계획은 중지되었고, 사네유키로서는 이야기할 만한 무공을 세우지 못한 채 끝나고 말았다.

"적의 포탄을 맞았나?"

"꼭 한 번."

사네유키가 말했다. 2월로 들어선 날 오후 1시경 위해위 항 입구에서 항내를 포격할 때 거탄이 날아왔다. 청국 함대가 발사했는지 아니면 항내의 유공도 포대에서 쏜 것인지 그것은 알 수 없었다. 그 거탄은 폭발하지 않은 채 '스쿠시'의 좌현에서 중갑판을 꿰뚫고 우현으로 튀어나와 그대로 바다 속에 떨어졌다. 마치 꼬챙이에 뀐 것 같은 꼴이 되었는데, 이때 하사관 한 명, 병사 두 명, 합해서 세 명이 즉사하고 장교 등, 병사가 셋 부상했다.

"갑판은 피투성이가 되었지."

사네유키는 애써 아무렇지도 않은 듯이 말했지만, 그 살이며 뼈가 사방에 흩어진 끔찍한 광경은, 그 후에도 평생토록 계속 꿈속에 보였을 정도로 처참한 인상을 주었다. 사네유키는 이렇게 투쟁적인 성격으로 태어났으면서도 남의 죽음에서 받는 충격이 남들보다 더 심각하다는 것을 알게 된 것도 그때부터였다.

"중이 되려고 생각했어."

사네유키는 말하려다가 입을 다물었다. 다른 종군자들의 비참한 체험으로 보면 그 정도의 일로 그렇게 과장된 감회를 갖는다는 것이 부끄러워서였지만, 중 운운한 것은 이 젊은이의 진정이며 그 뒤의 동해 해전 뒤에도 이런 생각이 깊어져서 퇴역할 것까지 골똘히 생각하다가 선배들이 말려서 간신히 마음을 돌리기도 했다.

"그렇지만 일본군은 강했어."

시키가 말했다. 시키는 그런 점에서는 순진한 서민과 조금도 다르지 않았다.

"상대가 너무 약했지."

사네유키가 말했다.

"처음부터 청국 병사들은 아무렇게나 싸움에 임하는 것 같았어. 그들 나라의 정권은 만주인종들이 잡고 있고 물론 황제도 그렇거든. 중국인 장교와 사병이라면 이민족인 황제와 그 정부를 위해 죽는다는 마음을, 일으키려 해도 일으킬 수 없다는 것이 솔직한 이야기일 걸세. 그렇지만 일본인은 청국 그 자체를 쓰러뜨린 줄로 착각하고 있단 말일세."

"청국군이 그렇게 약하던가?"

시키는 불만인 모양이었다. 인정으로는 일본이 아시아의 최대국을 쓰러뜨렸다고 생각하고 싶은 것이다. 사네유키가 말을 이었다

"그들은 전혀 싸울 생각이 없었던 거야. 다시 말해 일본이 이긴 일면의 원인은 그들 한인 장졸들이 만든 거란 말일세."

"흠."

시키는 불만인 듯했다. 시키의 서민 정신으로 말하면 적은 선전 분투했지만 그 이상으로 강한 일본군에 힘이 다하여 드디어 굴하고 말았다는 것이 바람직한 광경이었을 것이다.

"그런 것이 아니네."

사네유키는 냉정했다.

"일본 해군의 장병들의 분투하는 자세는 과연 국가와 국민이 기대한 이상

의 것이었지. 그러나 기량은 졸렬하고 약해."

"재주가 말인가?"

"한마디로 그렇게 말해 버리면 오해가 생기겠지만, 군함을 다루는 조함술과 함대 운동은 훌륭해. 아마도 그 재주에 있어 일본 해군에 필적할 만한 것은 영국 정도밖에 없을 거라고까지 생각했네. 그러나 가장 중요한 포술이 부족해."

"포탄을 쏘는 기술 말인가?"

"맞아. 포탄을 발사해서 적함에 명중시키는 기술. 이것이 함대 활동의 최종 목적인데 이것이 시원찮으니 아무짝에도 쓸모가 없는 거지."

"그렇게나?"

"특히 황해 해전에서 가장 형편 없었어. 이쪽은 적이 잘하지 못했으니까 하나도 가라앉지 않았지만, 그렇더라도 좀더 큰 치명상을 주지 않으면 완전한 승리가 될 수 없어. 사실 황해 해전에서 적의 북양함대를 전부 바다 속에 처넣었어야 했거든. 그런데 적을 남겨 두었단 말일세. 그래서 위해위를 공격하게 되었지만 위해위는 여분이야. 만약 청국의 육해군이 유럽 일류국 정도로 강했더라면 황해의 패전쯤은 슬쩍 스친 찰과상에 지나지 않고 그 후의 남은 병력으로 충분히 일본군을 격멸할 수 있었을 걸세."

"포술이 부족했다는데, 적과의 비율은 어떻던가?"

수학을 좋아하는 시키가 물었다.

그러나 이 점은 비밀이었다. 유럽에서는 전쟁이 끝나면 그 전투 자료를 극히 담담하게 공표하는 일이 흔히 있지만, 일본은 거기에 대해서 극히 비밀주의여서 사네유키도 그것을 말할 자유를 가지고 있지 않았다.

"유감이지만 말할 수 없네."

이번 전쟁을 통해 일본 해군의 포술이 얼마나 부족한가에 대해서는 뒤에 미국 해군 대령 A.T. 머핸이 언급하고 있다. 머핸 대령은 그 당시 해군전술학의 세계적인 권위자로 알려져 있었다.

"우선 일본 해군은 군함이 청국의 군함에 비해 우수했어. 병기 탄약의 품질도 우량하고 공급도 충분했지. 더욱이 장병들의 능력은 적보다 훨씬 우수해. 그런데 일본이나 청국은 모두 포술이 형편 없었네. 일본 해군 스스로 이 점을 인정하고 있는데, 청국이 약간 나아. 왜냐하면 6파운드 이하의 경포를 제의하면 일본군의 명중률은 12퍼센트였는데, 청국은 20퍼센트였거든."

이야기를 하면서 사네유키는 몇 번인가

"괜찮은가?"

물었다. 병약한 시키의 몸을 생각해서 그러는 것이었는데, 시키는 그때마다 필요 이상으로 머리를 세게 끄덕여 보았다.

"다음은 러시아인가?"

시키가 물었다. 그러한 관측이 이미 온 일본 여기저기서 들려오기 시작하였다.

"글쎄, 어떨지."

사네유키는 그러한 소박한 질문에는 대답하기가 어려워 고개를 갸우뚱할 뿐 입을 다물고 있었다. 솔직하게 말해서 러시아는 청국의 수천 배는 강하게 생각되었고, 첫째 육군의 병력 차가 현격했다. 해군에 관해서도 사네유키의 견해로는 일본 해군의 훈련을 포술면에서부터 다시 시작하지 않는다면 비교하는 것조차 어리석은 일이었다.

"10년쯤 지나면 일본이 이길 수 있을까?"

"모르지. 전쟁의 요소에는 외교가 큰 역할을 하니까. 어느 강국이 일본을 지원하지 않는 한 도저히 무리일 거야."

"강국이란 미국 말인가?"

"영국일지도 모르지."

시키는 의외라고 했다. 영국은 이 전쟁에서 청국만 지원하지 않았느냐고 하자 사네유키가 말했다.

"국가의 외교는 변하게 마련일세. 특히 영국의 외교는 현실에 따라 변한단 말이야."

사네유키는 이번 전쟁 중에, 영국이 일본이 우세하다고 보고 별안간 태도를 바꾸었던 사실을 구체적으로 알고 있었다.

위해위를 포위하고 있는 동안, 일본 측은 항내를 향해 계속 수뢰 공격을 퍼부었다. 사네유키의 선배인 스즈키 간타로(鈴木貫太郞) 대위도 정장(艇長)으로 활약했는데, 어느날 아침 스즈키의 함정이 근거지로 돌아오자 영국의 관전 군함 에드거가 접근해 와서 보트를 내렸다.

이때 스즈키는 자지 못한 야전중의 피로를 풀기 위해 정내의 조그마한 사관실에서 자고 있었다. 수병이 문을 노크했다.

―― 영국의 함장이 찾아왔습니다.

스지키가 곧 상의를 입고 윗갑판으로 올라가 보았다. 얼굴이 뻘건 우람한 몸집의 영국인 대령이 대여섯 명의 사관을 거느리고 보트 위에 서 있었다.

이윽고 얼어붙은 갑판 위에서 서로 인사를 하고 나자, 영국 함장은 정중한 태도로 수뢰 야습에 대해 물었다. 스지키가 그들의 연구를 돕기 위해 자세하게 이야기를 해주었더니 영국 함장은 매우 기뻐하며

"실은 당신들이 공격하러 간다기에 따라갔었소. 풍랑이 무척 심해서 일본의 수뢰정 두서너 척은 전복할 거라고 생각했었소. 전복하면 구조하려고 했소."

전쟁 초기에 극히 반일적이었던 태도와는 전혀 달랐다. 그 이유는 뒤에 알게 되었지만 일본이 선전하는 것을 보고 영국 정부는 방침을 바꾸어 동양함대에 대해 친일적인 태도를 취하라는 훈령을 내렸기 때문이었다.

시키가 붙잡았으나 사네유키는 곧 일어났다. 시키는 문 앞까지 배웅했다.

"조금만 더 기다리면 나쓰메가 돌아올 텐데 그러나?"

미련이 남는 것처럼 몇 번이나 그렇게 했으나, 사네유키는 나쓰메 긴노스케라는 동창에게는 옛날에 교제가 별로 없었던 만큼 그다지 그리운 정을 느끼지 않았다.

"첫째는 저쪽에서 기억하고 있지도 않을 걸세."

사네유키는 시키를 떨쳐 버리는 것처럼 산반 거리 쪽으로 사라져 갔다.

"아키야마가 다녀갔네."

시키가 말했으나, 아니나다를까 소세키는 금방 생각이 나지 않는 모양이었다.

"왜, 있지 않나?"

시키는 강요하는 것처럼 말했다.

"예과를 중퇴하고 스키지(築地)에 있는 해군에 들어간 사나이 말이야."

"아아, 생각나. 자네가 곧잘 이야기하던 문장이 좋다는 친구 말인가?"

"콧대가 높은"

"얼굴까지는 잘 모르겠어."

소세키는 시키가 너무 다그쳐 묻는 데 굴복하여 아키야마의 얼굴까지는 생각나지 않는다고 말했다.

"사생(寫生) 능력이 부족하군."

시키는 이상한 데다 결부시켜 소세키를 놀려 댔다. 그전부터 시키는 자신의 예술을 주장하는 한 가지로서 사생주의를 들고 있었다. 소세키는 거기에는 그다지 관심을 나타내지 않고 웃음을 터뜨렸다.
"또 사생인가?"
시키의 생각은 사네유키에서 겐지 모노가타리(源氏物語)로 옮겨갔다. 스마 요양원에 있었던 무렵부터 '겐지'를 다시 읽고 있었다. 스마에 있을 무렵에는 장소가 장소인만큼 스마 아카시(明石)의 권(卷)을 읽고, 요즘은 다른 권을 읽고 있었다.
"놀라운 것은 겐지의 사생력이야. 최근의 문단에서도 사실파니 뭐니 하고 떠들기 시작하고 있지만, 그 사실적인 면에서도 요즘 소설보다 겐지가 훨씬 나아."
시키는 목덜미가 뻘게지도록 말하기 시작했다. 사네유키에 대해서는 잊어버리고 만 것 같았다.

　　읽는 중인데 달이 돋는구나
　　스마의 권

하이쿠를 적은 것을 소세키에게 보여주었다.
10월 19일, 시키는 소세키와도 헤어져서 마쓰야마를 떠났다. 도쿄로 돌아갈 예정이었으나 곧장 돌아가지 않고 교토와 오사카 지방 여기저기를 보아야겠다고 생각했다. 히로시마(廣島)에서 스마까지 왔을 무렵, 갑자기 왼쪽 허리뼈께가 아프기 시작해서 걸을 수도 없게 되었다.
시키의 만년을 괴롭힌 카리에스가 여기서 증세를 나타냈던 것이다. 시키는 그때는 그다지 심한 증세로 생각하지 않고 통증이 좀 덜해질 때까지 스마에서 요양한 뒤 이윽고 오사카와 나라에서 지냈다.
야마토 거리(大和路)를 걸어 호류 사(法隆寺)까지 가서 찻집에서 쉬었을 때, 전원에 저녁 안개가 자욱한 것이 무척 쓸쓸해 보였다.

　　감을 먹는 데 종소리 울리누나
　　호류 사

미국행

이보다 전에 요시후루는 결혼했다.

참고로 아키야마 형제의 결혼관은 이 시대의 일본인답게 상당한 용감성을 기반으로 하고 있다.

"군인은 결혼하지 말아야 해."

요시후루는 전부터 이렇게 말하고 있었다. 언젠가 마쓰야마 출신의 젊은 사관이 서른이 되기 전에 결혼하여 인사차 찾아오자, 요시후루는 눈을 세모지게 뜨고는 내뱉듯이 말했다.

"어리석은 짓을 했군."

이런 점이 기묘했다.

요시후루 시대의 일본은 마치 장난감 같은 작은 나라로서, 국가의 여러 기관도 규모가 작고, 그 여러 기관 속에서 그 부분 부분을 움직이고 있는 소장들은 자신의 하루의 태만이 국가의 발전을 하루 늦춘다는 그러한 긴장감 속에서 일상 업무를 진행하고 있었다. 실제로 그 소장들 개개인의 능력과 근태(勤怠)가 그 부분 부분의 운명에 직접적으로 영향을 끼쳤다. 그래서 요시후루가 결혼을 하면 가정의 잡다한 일에 시달려서 연구도 소홀히 하게 되고, 무엇을 생각해 내는 창조력도 흐려진다는 설을 내세우며 동료와 후배들에게도 그렇게 주장하고 있었다.

"과학과 철학은 유럽 중세의 수도원 안에서 태어났다. 수도자들은 독신이기 때문에 자기에게 주어진 과제에 대해 한눈팔지 않고 정진할 수 있었던 것이다. 설사 범용한 자라도 그와 같이 일심불란하게 노력하면 다소나마 일을 성취할 수 있다."

이러한 것이 그의 독신론이다. 물론 그 주장을 동생인 사네유키에게도 강요했다.

"정욕이 일어나거든 술을 마셔라. 신기하게도 여러 가지 욕정이 모조리 흩어져버리게 될 테니까."

사네유키도 그럴 생각으로 글을 쓴 적이 있다.

"대부분의 사람은 처자를 거느리게 됨과 동시에 한쪽 발을 관 속에 집어넣고 절반은 죽어 버리며, 진취의 기상은 떨어지고 퇴보하기 시작한다."

사네유키는 이미 해군 전술을 확립하는 일에 일생을 바치리라 결심하고 있었다. 그러한 자기에 대해서

"범속한 행복은 구할 것이 못된다. 자신을 군신(軍神)의 화신으로 생각하라."

이렇게 규정하고 있었다. 이러한 자신의 '사업'을 '일생의 대도락'이라고 표현했다.

그런데 청일전쟁 전해, 요시후루가 결혼했다. 나이 서른다섯이었다.

그 전해, 마쓰야마에 남아 있던 어머니 오사다(貞)에게 집을 처분하게 하고 도쿄로 오게 했다. 비로소 한 가정을 이룬 것이다. 집은 요쓰야(四谷)의 시나노 거리(信濃町) 10번지에 정했다. 그러자 한 집안의 살림을 꾸려나갈 사람이 필요하게 되었다. 요시후루는 결혼하기로 마음을 정했다.

신부는 요시후루가 소위였던 시절에 하숙한, 옛날 장군의 직속 무사였던 사쿠마(佐久間)의 맏딸 다미(多美)였고 나이는 24살이었다.

요시후루가 본토로 개선하려고 유수둔까지 내려온 것은 5월 22일이 지나서였다. 종군 중인 시키가 며칠 전에 이 부근에서 떠났기 때문에 서로 길이 어긋나서 만나지 못했다.

요시후루는 이 무렵 기병 중령으로 승진해 있었다. 기병 제1대대의 대대장직에는 그대로 있었다.

그 휘하 대대와 함께 유수둔에서 군용선을 타고 5월 31일, 우지나(宇品)항에 들어왔다. 그날 히로시마에서 숙영했다.

"부관, 내 가방을 열어 주게."

요시후루는 숙사에 도착하자마자 부관에게 말했다. 부관인 이나가키(稻垣) 중위가 요시후루의 장교 가방을 열었더니, 월급봉투가 다발로 묶여서 들어 있었다.

전쟁 중의 몇달치 급료였다.

"모두 함께 개선을 축하하게."

그 전액을 몽땅 주어 버렸다.

메이지 육군 창설 당시에 살았던 사나이들은 금전에 대해서는 항상 이런 식이라 집의 생활비에 대해서는 거의 신경을 쓰지 않는 버릇이 있었다.

이듬해인 29(1896)년, 육군 승마학교장으로 전보 발령되었다. 요시후루는 그곳에서 기병 장교를 교육하고, 그 전술 능력을 높이는데 노력했다.

"군작전의 대국을 모르면 기병 장교가 될 수 없다."

이것이 요시후루의 지론이었고 유럽의 군사계에서 그것이 상식이었지만, 일본의 경우는 그 점이 극히 미숙했다. 요시후루는 이 무렵부터 문자 그대로 일본 기병의 교관이 되었다.

전후, 기병의 장비도 약간 충실해졌다. 그해 2월, 총신이 짧은 연발식 기병총이 처음으로 각 대에 배급되어, 그때까지 쓰던 보병총이 폐지되었다.

3월, 사단이 증설되어 모두 13개 사단이 되고, 그에 따라 기병도 증설되어 그때까지 2개 중대 편성으로 1개 대대를 이루는 단위였던 것이 3개 중대 편성이 되는 동시에 대대라고 부르지 않고 연대라 부르게 되었다.

이 무렵, 러시아를 주역으로 3국 간섭 등이 있어, 일본에 대한 러시아의 압박이 커지자 조만간 러시아와 전쟁을 하지 않으면 안 될 거라는 것이 상식화되어 가고 있었다. 군은 대러전을 준비하고 있었다.

메이지 30년(1897년), 요시후루는 군당국의 기병에 대한 무지를 바로잡기 위해〈본국 기병 용병론〉이라는 논문을 써서 기병감을 경유하여 군당국에 제출했다. 군사 논문으로서 역사적인 명논문이 되었다.

"우리나라에는 아직껏 기병의 명장이 없다."

그는 썼다.

"그러나 명장이 없음을 한탄할 필요는 없다. 없는 것이 지당하기 때문이다. 유럽 각국도 수백 년 동안 수천 명의 기병 장교가 있었지만 진정한 기병의 명장이라고 할 만한 자는 겨우 한두 명에 지나지 않으며……."

이해, 청일전쟁의 체험을 토대로 하여 기병 조전(操典)이 개정되었다. 초기에 번역된 조전에서 일본 독자적인 것으로 바뀐 최초의 조전이었다.

사네유키는 전쟁 중에 중위로 승진되고 전후에는 대위로 승진했다.

그 사이, 요코스카(橫須賀)에 있는 수뢰 연습소의 연습생이 되기도 했는데 이윽고 메이지 29(1896)년 5월 11일 새로운 사령을 받았다.

"요코스카 수뢰단 제2 수뢰정대 전속을 보함."

"히로세(廣瀨) 대위도 거기에 있네."

군령부의 상관이 그렇게 말했다.

병학교의 1기 선배로 특히 친했던 히로세 다케오(廣瀨武夫)를 말하는 것이다. 히로세는 청일전쟁 중에 '후소'라는 낡은 배를 타고 여순항 입구의 소해(掃海) 작업을 하고 있었는데, 그 전후에 히로세는 요코스카에서 군인 사회에서 말하는 소위 '수뢰장이'가 되었다.

우연히 사네유키가 부임하는 제2 수뢰정대에 히로세도 바로 전 달에 착임한 것이다.

"함께 있게 됐구나."

요코스카 병사에서 히로세는 똑같은 말을 여러 번 되풀이했다. 히로세는 1기 아래인데도 사네유키에게 가장 진한 우정을 지니고 있었던 모양이었다.

사람으로 병학교 시절부터 유도에 열중하여 임관된 뒤에도 시간만 나면 도쿄의 고도관(講道館)에 다니며 가노 지고로(嘉納治五郞)에게서 직접 지도를 받았다.

메이지 23년(1890년) '가이몬(海門)'에 탔던 소위 후보생 시절에는 고도관 홍백 대시합에 나가 검은 띠(유단자) 다섯 명을 연거푸 메다 꽂고 여섯 명째에 간신히 무승부로 끝나 고도관 개설 이래 처음이라는 기록을 세웠다.

이 사람도 독신주의자였다.

"내게는 신부가 너무 많아 걱정이야."

그가 말하는 신부란 해군과 유도, 그리고 또 하나는 한시였다.

청일전쟁 종군 중에는 마음대로 지었는데 이를테면 그 중의 하나에 다음과 같은 것이 있다.

묻노라, 과연 인생은 몇 년이런가
남아, 목숨을 즐기고 또한 하늘을 알며
푸른 대양 도처에 뼈를 묻기에 족한데
청산에 묏자리를 잡을 필요 무엇 있으랴.

그 시가 소박하듯이 이 사나이의 인생관도 소박하고 간결해서, 간결하게 살다 죽는 것만을 평소의 철학으로 삼고 있는 듯했다.
그러나 두 달 뒤에는 헤어졌다. 군인의 인사란 눈이 어지러울 정도여서, 히로세가 '반조(磐城)'의 항해장으로 전임되고, 사네유키는 '야에야마(八重山)'의 분대장으로 전임된 것이었다.
히로세가 '반조'의 항해장이 되었을 때 그의 조모가 여든 번째 생신을 맞았다. 조모의 이름은 지마(知滿)라고 했다. 어려서 어머니를 여읜 그는 조모 지마의 품에서 자랐으므로 몹시 기뻐하여, 때마침 반조가 나가사키(長崎)에 입항했기 때문에 상륙해서 사진을 찍었다. 조모에게 보내기 위해서였다.
한 장은 해군 대위의 정장한 모습으로 찍었다. 그 촬영이 끝나자, 그는 윗도리를 벗은 다음 바지를 벗고, 마침내 팬티만 남기고 모조리 벗은 뒤
——이렇게 하고 한 장 부탁하오.
사진관 주인에게 떼를 섰다. 주인은 하는 수 없이 그 벌거벗은 모습을 찍었다. 히로세는 그 사진 뒤에 글 한 줄을 써서 조모에게 보냈다.
"저를 낳은 것은 부모요, 저를 키워 주신 것은 조모님입니다. 조모님의 80회 생신을 축하합니다. 특히 버릇없이 벌거벗은 모습을 찍은 5자 6치의 한 남아의 사진을 조모님 슬하에 보내오니 한 번 웃으시기 바랍니다."
이렇게 색다른 데가 있는 사나이였다.
그런데, 이듬해인 30(1897)년에 사네유키와 또 같은 곳에서 근무하게 되었다.

제정 러시아는 극단적인 침략 정책을 쓰고 있었다. 그 세력은 연해주, 만주로부터 남하해서 조선에 이르러, 일본까지 압박하려고 했다.

일본의 고민은 이 특출한 대국인 러시아를 적으로 가상하지 않으면 안 되게 된 일일 것이다. 메이지 29(1896)년 10월, '야에야마'에 타고 있던 사네유키가 배에서 내려 '군령부 근무'를 명령받게 된 것도 이러한 분위기와 짙은 연관성이 있다.
"군령부 첩보과 과원에 보함."
이것이 그 사령 내용이었다. 해군에서 전략 전술의 재능이 있는 사관을 골라 이 임무를 맡게 한 것은, 물론 앞으로 닥쳐올 대전쟁을 예상한 처사였다.
히로세 다케오에 대해서도 마찬가지이다.
그는 사네유키보다 약간 뒤늦게 이듬해인 30년 3월에 '반쓰'에서 내려 군령부에서 근무하게 되었다. 같은 첩보과의 과원이었다. 그러나 곧 그것을 그만두게 되고 사네유키는 미국으로, 히로세는 러시아로 가게 되는데, 겉으로는 다음 관명이지만, 해군이 기대한 그들의 직무의 성격은 아마도 첩보과원의 업무의 연장이었을 것이다.
두 사람이 군령부에 근무하던 시절 누가 먼저랄 것도 없이
"차라리 둘이 집을 한 채 빌리세."
말을 꺼내어 모든 일에 성질이 급한 사네유키가 아자부 가스미 거리(麻布霞町)에 집을 얻어 둘이 함께 살았다. 한집에 살게 된 주목적은 서로의 해군 연구를 교환하기 위해서였다.
히로세는 이 기간에, 러시아 어 공부에 열을 올리고 있었다. 참고로 이 히로세 다케오를 비교 문학의 연구 대상으로 하는 획기적인 일을 한, 짓센 여자대학 교수 시마다 긴지(島田謹二) 씨의 명저 《러시아에서의 히로세 다케오》에 의하면, 히로세는 소위 시절부터 러시아에 관심을 가지고 러시아 어를 독학하려고 했다 한다.
우연히 병학교 시절의 교관이었던 야시로 로쿠로(八代六郎) 대위(뒤에 대장)는, 그가 가르친 제자 가운데 사네유키와 히로세를 가장 사랑했는데, 그 야시로가 청일전쟁 직전 첩보 임무를 위해 블라디보스토크에 파견되어 현지에서 러시아 어를 공부하고 귀국했다. 히로세는 이 야시로에게 초보에 대한 지도를 받았다. 그 뒤 전쟁이 일어나자 야시로와 히로세도 출정했다.
전쟁 뒤에도 여러 방법으로 연줄을 찾아 러시아 어를 조금씩 배우고 문헌도 수집했다. 시마다 씨의 말에 의하면 히로세가 죽은 뒤, 형인 가쓰히코(勝比古)로부터 도쿄 외국어학교(현재의 도쿄 외국어대학)에 기증된 그의 장서

(러시아 군사 관계)는 130권에 이르렀다 한다. 지금도 동대학 서고에 있다.
"히로세는 러시아 연구를 하는 것 같다."

이런 소문이 해군 동료들 사이에 나기 시작했을 무렵, 해군성에서 해외 파견 사관을 인선하게 되었다. 제각기 뛰어난 수재들이 뽑혔다. 영국에는 히로세와 동기인 다카라베 다케시(財部彪) 대위, 프랑스엔 무라카미 가쿠이치(村上格一) 대위, 독일에는 하야시 미네오(林三子雄) 대위, 미국에는 아키야마 사네유키, 이렇게 우수한 사람들이었다. 러시아에는 병학교의 졸업 석차가 80명 중 68등이라는 극히 성적이 저조한 히로세 다케오가 뽑혔다. 히로세의 러시아 어에 대한 열의가 이런 행운을 그에게 가져다 준 것이었다.

도쿄에는 두 사람 다 형들이 살고 있었다. 사네유키의 형인 요시후루는 요쓰야의 시나노 거리 10번지에 살고 있었고, 히로세 다케오의 형인 가쓰히코(해군 중령)는 고지 마치 상6번가(上六番町)에 살고 있었다. 히로세는 형수도 따랐지만 사네유키의 어머니 오사다도 몹시 따랐다.
"떡이 와 있단다."

어느 날, 사네유키의 어머니한테 편지가 왔다. 마쓰야마에 있는 친척이 떡을 보내준 것이다. 그것을 먹기 위해 일요일을 택해서 그들은 나란히 집을 나섰다.

그들이 세 들어 있는 집 맞은편에 커다란 저택이 있었다. 그 집 하녀가 그들에 대해 나중에 이렇게 말했다 한다.
"히로세 씨는 얼굴이 위엄이 있고 용감해 보였는데 나중에 알고 보니 매우 상냥했어요. 반대로 아키야마 씨는 얼굴은 그렇지 않은데, 뱃속에서 전기가 나오는 것 같아서 무서워 접근하기 어려운 느낌이었어요."

그러한 사네유키를 어머니인 오사다는 어느 자식보다도 사랑하여, 어렸을 때와 조금도 다름없이 귀여워했다.
"준(淳: 사네유키)아, 빨리 집을 마련하도록 해라."

입버릇처럼 말했다. 사네유키가 집을 갖게 되면 함께 살고 싶은 것이 오사다의 간절한 소망이었고 부탁이었다. 어찌된 영문인지 가장 무뚝뚝한 이 막내들이 귀여운 것이다.

그러한 사네유키의 친구니까 오사다는 히로세도 자기 아들처럼 귀여워했다.

이때 떡을 먹는데 히로세가
"시합할까?"
제안했다. 둘 다 메이지 원년(1868년)생인 서른 살이니까 아직도 식욕이 왕성해서 사네유키는 열여덟 개를 먹었다. 그런데 히로세는 스물한 개를 먹어서 히로세가 이겼다.
"히로세, 참 잘 먹는구나."
오사다는 드러내놓고 칭찬했지만 히로세는 좀 괴로운 듯했다. 그런 히로세를 위해 오사다는 손수 부엌에 내려가서 무즙을 만들어 먹였다.
"조모님도 곧잘 무즙을 만들어 주셨습니다."
히로세는 또다시 조모 이야기를 했다. 조모 생각을 하면 눈물이 나온다고도 말했다.
그의 고향은 분고(오이타 현 : 大分縣)의 다케다(竹田)이다. 다케다에 성을 가지고 있는 오카 번(岡藩)이라는 작은 번의 사족이다. 아버지 도모노조(友之允)는 막부 말기에 교토(京都)로 가서 근왕 활동을 하다가, 번의 정치범이 되어 수년 동안 옥에 갇혔다. 유신 뒤 재판관이 되어 각지를 전전했다. 히다(飛驒)에 있는 다카야마 구(高山區) 재판소장으로 있을 때, 히로세는 그 다카야마의 소학교를 졸업했다. 겨울에 아버지가 기후(岐阜)로 전근되었다. 가족을 남겨 두고 단신 부임하려고 눈 속을 가마를 타고 출발했다. 히로세는 그 뒤를 쫓아가 중간에 따라잡고는 함께 가겠다고 매달렸다. 도쿄에 나가서 공부하겠다는 것이었다. 조모에게는 글을 써 놓고 왔노라고 했다. 그러나 아버지는 히로세를 돌려보냈다.
히로세는 다카야마의 집으로 돌아왔으나 너무나 슬퍼서 마루 끝에 앉아 울었다 한다. 그런 히로세를 조모는 온갖 말을 다해서 달랬다. 얼마 되지 않아 곧 조모의 주선으로 도쿄로 나오게 되었다. 그 눈오는 날 밤의 조모의 다정한 위로를 잊을 수가 없노라고 오사다에게 이야기했다.

어쩐지 이 사람들은 훗날의 일본인보다 그 생애를 사는 모습이며 사는 보람 같은 것이 상당히 단순해서, 그런 의미로 행복했던 것같이 생각된다.
이를테면 이 히로세 다케오, 아키야마 사네유키라는 두 해군 대위는 뒤에 영국에서 서로 만나 당시 일본이 영국에 주문해서 비커스 조선소에서 만들고 있던 전함 '미카사(三笠)'를 견학한 일이 있었다. 그 뒤 포츠머스 군항에 가서 그곳에 회항되어 온 미카사의 자매함 '아사히(朝日)'를 견학하고, 그 웅대함에 감탄하여 뒷갑판에서 나란히 기념 사진을 찍었다.
"이건 굉장한 기념 사진이 되겠는걸."
사네유키는 흥분을 금치못했다. 그 뜻은 우선 배경이 세계에서 가장 큰 군항이라는 것이었다. 또 서 있는 곳은 일본에서 제일 큰 군함 아사히이며 사진에 찍힌 두 사람은 '일본 해군의 호프'라는 것이었다.
이 흥분은 극히 어린 아이다운 데가 있지만, 그 어린 아이다운 흥분이 직접적으로 작은 일본의 충실과 전진이라는 것과 직결된다는 점에서 행복한 시대였다고 할 수밖에 없다. 그들은 인간 생존에 대하여 회의적인 철학에 사로잡히는 일이 별로 없었던(사네유키는 러일전쟁 뒤에 그 심연에 빠졌지만) 것 같다.
히로세와 사네유키의 동거 생활은 수개월로 끝났다. 함께 살면 오히려 서로 방해가 된다는 것을 알게 된 것과, 그 외에 사네유키의 어머니 오사다가
"준아, 집을 한 채 마련하렴."
평소에 늘 말해왔는데, 드디어 적당한 집을 오사다가 찾아냈기 때문이다. 장소는 시바 다카나와(芝高輪)의 구루마 거리(車町)였다. 사네유키는 자기를 더할 수 없이 사랑해 주는 어머니를 위해 함께 살기로 했다.
"준아, 꿩이 왔구나."
어느 날, 집에 돌아오자 어머니가 말했다. 어딘지 동화적인 달콤함과 재미를 지닌 노모는 언제나 불쑥 그런 말을 한다. 사네유키는 그런 어머니이니까, 꿩까지 불러다가 노는 것이 아닌가 하고 문득 생각했다.
그러나 살아 있는 꿩이 아니라, 이요(伊豫)에 있는 친척이 보내 준 먹기 위한 꿩이라는 것을 알았다.
"자, 꿩 요리를 해먹자. 히로세도 부르럼."
오사다가 말했다.
이튿날 히로세가 찾아왔다.
그 자리에서 오사다가 '노보루'에 대한 얘기를 화제로 올렸다. 노보루 군도 앓지 않는다면 부를 것을 그랬구나 했다.
"노보루라니, 누굽니까?"
"어머, 자넨 알지 못했던가?"
오사다는 엉뚱한 소리를 하고 자신의 우둔함을 웃었다. 물론 노보루 군이

란 마사오카 시키를 말하는 것이었다. 오사다는 그만 히로세를 정신없이 착각하고 마쓰야마의 사족 저택 거리 태생으로 생각했던 모양이다.

두 사람의 관력(官歷)을 보면

아키야마 사네유키 메이지 30(1897)년 6월 26일 미국 유학을 명령 받다.
히로세 다케오 메이지 30(1987)년 6월 26일 러시아 유학을 명령 받았다.

라고 되어 있다. 똑같은 날 명령을 받고 있다.
사네유키는 분주해졌다. 이요 마쓰야마의 현인회(縣人會)도 송별회를 열어 주었다.
'마사오카가 올까?'
그렇게 약간 기대했으나 시키는 참석하지 않았다. 시키는 메이지 28(1896)년 여름부터 초가을에 걸쳐서 마쓰야마에서 정양하고 있었다. 10월 19일 마쓰야마를 떠나서 교토, 오사카 등 여기저기를 돌아다니고 그달 말께 도쿄로 돌아가 줄곧 집에서 쉬고 있었다. 하이쿠나 단카(短歌)의 모임 같은 것은 자택에서 가졌다.
"작년까지는 이따금 모임에 나왔는데."
나이토 메이세쓰가 말했다. 메이세쓰도 수염이 희끗희끗한 게 눈에 띄게 늙었다. 시키는 사람들에게 인기가 있어, 사네유키의 송별회인데도 화제는 시키의 소식에 대한 것이 많았다.
"맞아. 작년에는 히사마쓰(久松) 집안 모임에도 나왔지."
다른 사람이 말했다. 작년 1월에 히사마쓰 백작의 개선 축하연이 있었다. 히사마쓰 집안에 여러 가지로 신세를 진 일이 있는 시키는 앓는 몸을 이끌고 그 모임에 참석했다.
"그렇지만 신문 같은 데서 보면 그다지 나쁜 것처럼 생각되지 않던걸."
누군가가 말했다.
시키는 주로 〈니혼(日本)〉 등에 하이쿠론과 하이쿠를 발표하였다. 오히려 건강한 때보다 발표량이 많아졌다.
그 자리에 다카하마 교시가 참석하였다.
"마사오카 노보루 씨에 대해선 기요시(淸) 군이 잘 알 거야."

누군가가 말했다.
'기요시?'
사네유키는 끝자리에 있는 둥그런 얼굴의 젊은이를 보았다. 본 기억이 있어서 술잔을 권하려고 일어나서 가니까 교시는 자세를 바로 하고 앉았다.
"다카하마 군, 작년 1월에 만났지요?"
사네유키가 말했다. 작년 1월이라는 것은 앞에서 말한 히사마쓰 백작의 개선 축하연을 이르는 말이다. 그 자리에서 교시는 약간 술이 취해서, 과묵한 사나이가 신기하게도 소리를 높여 노래를 불렀다. 사네유키도 취했기 때문에 교시의 곁으로 가서 함께 노래를 불렀는데 그것을 가리키는 것이다. 사네유키는 어렸을 때 백부한테서 노래를 배웠다.
"마사오카를 문병해야겠다고 생각하면서도 오늘까지 분주한 나머지 가 보지 못했네. 역시 아픈 모양이지?"
"괴로워하고 계십니다. 아프기 시작하면 숨도 쉴 수 없을 만큼 괴로우신 모양입니다."
그 통증은 마쓰야마를 떠나 교토, 오사카를 구경하러 나섰다가 생겼는데 그 뒤 더욱 심해졌다. 지금은 폐병도 그렇지만, 이쪽이 더 괴로워서 누워만 있는 것이다.
처음에는 류머티즘이라고 생각했으나 작년 봄, 그 방면의 전문의에게 진찰 받고 결핵성 척수염이라는 것을 알게 되었다. 그때까지 자신의 불행을 참고 견디면서 '땅이 꺼지고 산이 무너져도 더이상 놀라지 않는다'고 했던 그도 이 병명에는 놀라지 않을 수 없었다. 지난 3월에 수술을 받았으나 그 결과가 그다지 좋지 않아서 아직도 허리를 세우지 못해, 집에 간호원을 두어야 할 형편이었다.

이튿날 아침 사네유키는 시키의 문병도 할 겸 당분간 헤어질 것을 알리려고 네기시(根岸)에 갔다.
'어쩐지 마음이 내키지 않는걸.'
걸어가면서 그렇게 생각하며 몇 번인가 걸음을 멈추었다. 자신은 이토록 건강하고 더욱이 유학하기 위해 미국으로 가지 않는가. 그런데 시키는 아마도 다시 일어나기 어려운 심한 병으로 누워 있다. 시키의 어머니는 이러한 것을 어떻게 생각하겠는가 하는 생각이었다.

'나답지 않군.'

우에노(上野) 공원 근처에서 다시 생각했다. 전술가가 되려는 자는 우선 그러한 자기를 만들지 않으면 안된다고 평소부터 생각하고 있다.

전술이란 목적과 방법을 세워 실시할 것을 결심한 이상, 그에 대해 망설여서는 안 된다는 것이 동서고금을 통해 그 길의 철칙이었지만, 싸움터라는 치열하고도 복잡한 상황 하에서는 쉽게 그것이 지켜지지 않는다. 사네유키는 그것을 궁리하면서 평소의 마음가짐에 있다고 생각했다.

"명석한 목적 수립, 그리고 빈틈없는 실시 방법, 거기까지는 두뇌가 생각한다. 그러나 그것을 물이나 불 속에서 실시하는 것은 두뇌가 아니다. 성격이다. 평소에 그러한 성격을 만들어 두어야 한다."

어쨌든 사네유키는 가야만 했다. 우에노 공원을 빠져서 네기시로 들어서면 커다란 문이 있는 저택이 있다. 그 다음은 작은 주택들이 이어져 있다. 군데군데 덤불이 있고 참새들이 그 속에서 짤막한 소리를 지르고 있었다.

사네유키는 현관 앞에 섰다. 부르면서 문을 열자 문이 덜컹거리는 데 따라 종이 울리더니, 곧 시키의 누이 동생인 리쓰(律)가 나왔다.

"……어머나!"

리쓰는 눈을 커다랗게 뜬 채 한동안 잠자코 있었다. 안에서 기침 소리가 들렸다. 손님을 좋아하는 시키가 현관에 온 손님이 누굴까 하고 귀를 기울이고 있는 모양이었다. 그러한 모습이 사네유키에게도 느껴졌다.

"좋지 않은가요?"

병세를 묻는 말이다. 좋지 않다면 이대로 문병차 가지고 온 선물을 놓고 돌아갈 작정이었다. 그러나 리쓰는 그 말에는 대답하지 않고 물었다.

"미국에 가신다고요?"

예, 하고 사네유키는 대답했다. 그래서 인사차 왔는데, 용태가 좋지 않으면 돌아가겠노라고 했다.

기침 소리가 들렸다.

"리쓰"

시키가 불렀다. 리쓰는 사네유키에게 가볍게 머리를 숙이고 안으로 들어가더니, 곧 나와서 잠자코 고개를 끄덕여 보였다. 좋다는 모양이었다.

사네유키는 시키의 머리맡에 앉았다.

"괴롭군."

시키는 사네유키를 올려다보았다.

"많이 아픈가?"
사네유키가 시키를 들여다보았다.
"구멍이 뚫렸어."
시키는 무척 다정한 표정을 지었다. 지난 3월에 수술했을 때 생긴 구멍에서 고름이 나온다. 구멍도 아프지만, 등이 짓물러서 피부가 벗겨지고, 이따금 허리에 돗바늘을 쑤셔 넣는 것 같은 통증이 있어, 붕대를 갈아 댈 때에는 '부끄럼도 체면도 없이 미친 듯 소리를 지른다'고 했다.
"오늘은 괜찮은가?"
"응, 내내 아픈 것은 아니니까. 이렇게 덜 아플 때는 글을 쓰기도 하고, 하이쿠를 짓거나 그림을 그리기도 한다네."
"그림을?"
그림은 어렸을 때 사네유키가 자랑하던 재주여서 이웃에 소문이 났을 정도였으나 요즘엔 다른 사람의 그림에도 관심이 없었다.
머리맡에 그림이 놓여 있었다.
"저 그림을 무슨 그림으로 보나?"
시키가 물었다.
사네유키가 들어올려보니, 무언지 빨갛고 둥그런 것이 그려져 있다. 감일 거라고 생각하고 그렇게 대답했더니, 시키는 만족한 듯이 고개를 끄덕였다.
"잘 보았네. 그건 감이야. 그런데 다카하마 기요시란 사람은, 그 사람 자네도 알고 있지? 그 기요시가 찾아와서 이 그림을 유심히 보면서 말의 항문 같군요, 하더란 말일세. 감이야, 했더니 다시 유심히 보더니, 그렇게 말하니 또 그렇게도 보이는군 하더란 말이야."
"딴은 그렇군."
그러고 보니 말의 항문 같기도 하여 말을 좋아하는 형 요시후루에게 보여 주면 기뻐할지도 모르겠다고 생각했다.
"노보루 군, 그거군."
"그거라니?"
"하이쿠야. 노보루 군이 주장해 온 새로운 하이쿠에 작년께부터 세상 사람들이 와아 따라오는 모양이더군. 나는 잘 모르네만, 해군의 스이코 사(水

交社)의 사무원 가운데 그런 쪽에 밝은 사람이 있는데, 언제나 자네 이름을 염불처럼 외고 있다네."

"그런가."

시키는 어린 아이처럼 기뻐했다.

"그러나 적도 있는걸."

이쪽이 신문으로 때리기 때문이라고 시키는 말하고, 그래도 적은 내게는 그다지 물고 늘어지진 않아, 왜냐하면 내가 이렇게 허리도 세울 수 없는 환자이고 언제 죽을지 모른다는 것을 적도 그것을 알고 있기 때문에 무심중에 날카로운 공세가 늦춰지는 거지, 나는 득을 보고 있어, 하고 웃었다.

시키는 그 웃는 얼굴 그대로 사네유키의 미국 유학에 대한 화제로 바꾸었다.

"해군이라면 영국이라고 생각했는데 미국에도 해군이 있는가?"

"페리의 이름을 잊었나?"

"아참, 그렇군. 게다가 스페인과는 굉장한 해전을 치렀다던데, 미국이 그렇게 강한가?"

"영국이라는 특별한 나라를 빼면 프랑스, 독일, 러시아, 미국 모두 거의 비슷하겠지."

이윽고 시키는 열이 나는지

"난 이제 자야겠네."

말했다. 사네유키는 이불자락을 눌러 주었다. 그런 다음 살그머니 일어나 곧 마사오카네 집에서 물러나왔다.

골목길을 지나갔다. 부근에서 참새들이 아직도 재재거린다.

'잊었구나, 송별의 하이쿠를 받아올걸.'

사네유키는 생각했다.

메이지 26(1893)년 순양함 '요시노(吉野)'의 인수 위원으로 영국에 파견되었을 때, 시키는

"아키야마 사네유키가 영국으로 가는 것을 배웅함."

이런 머리말로

　　무더운 날엔 생각하기 바라네

우리 후지산(富士山)

하이쿠를 읊어 주었다. 그때 시키는 사네유키를 부러워했다. 시키만큼 지리적 관심이 왕성한 사람도 드물어서, 온 세계를 그토록 보고 싶어하는 사람도 적을 거라고 사네유키는 전부터 생각하고 있었다. 그러나 야속하게도 운명은 그 뒤의 시키를 여섯 자 병상에 가두어 놓고 말았다.

무더운 날에는 후지산을 생각하라는 하이쿠의 여운에는 시키의 그러한 심정이 숨어 있는 것이 아닐까? 일본에서 세상이 좁은 줄 알고 살고 있는 나도 조금은 생각해 주기 바란다는 마음이 뜻밖에도 발상의 불씨가 되어 있는지도 모른다.

그러나 시키는 이때도 송별의 하이쿠를 잊지 않았다. 사네유키가 도미한 뒤, 신문 〈니혼〉에
"아키야마 사네유키의 도미에 부친다."
이런 머리말로 시작하여

그대 보내고 생각나는 일 있어
홀로 모기장 속에서 울었노라

하이쿠를 실었다.

사네유키는 그것이 실린 신문을 끝내 보지 못했다. 워싱턴의 일본 공사관에 왔던 일본인이 그 하이쿠를 사네유키에게 일러주었다. 사네유키는 한동안 이 하이쿠가 머릿속에 달라붙어서 떠나지 않았다. 생각나는 일이 있다는 것은 무엇일까?

'자신의 건강'일 것이라고 생각했다. 시키만큼 자기의 재능에 대해서 자부심이 강한 사람도 없었다. 문학뿐인 아니라 정치가로도 자신은 적재라고 생각하였다. 그런데 처세 상의 직업은 신문기자가 되었다. 더욱이 사장인 구가 가쓰난과 같은 정치 기자가 아니라 문예란 담당자였다.

문예는 그의 필생의 대사업이었지만, 일면에서는 일찍이 중학생 시절에 자유 민권 연설에 열중했던만큼, 어딘지 정치야말로 남아가 한번 크게 해 볼 만한 일이라는 기분을 갖고 있었다. 다시 병이 그 신문 기자의 실무까지 그에게서 빼앗고 병상에서 원고를 써야 하는 생활을 강요했다. 젊었을 때의 크

나큰 뜻을 생각하면 아직 서른 살밖에 안되었는데 인생이 시들어가고만 있었다. 머지않아 죽을 거라고 각오하고 있을 게 틀림없었다.
 무엇을 이 세상에 남길 수 있겠는가 하는 것을 생각하면, 저 자부심 강한 사나이는 사네유키의 화려한 인생을 생각할 때, 필시 그날 사네유키가 돌아간 뒤 '모기장 속에서 울었을'지도 모른다. 사네유키는 그렇게 생각했다.

 해군 대위, 미국 파견 유학생 아키야마 사네유키가 소속해야 하는 기관은 워싱턴 N가 1310번지의 4층 벽돌 건물이었다.
 일본 공사관이었다.
 공사는 호시 도루(星亨)였고, 사네유키는 공사관의 무관실에 있는 해군 무관 나리타 가쓰로(成田勝郎) 중령의 감독을 받게 되어 있었다.
 "자넨 미국에서 무얼 할 작정인가?"
 맨 처음 나리타 중령이 물었다.
 "간단합니다."
 "무슨 말인가?"
 "전략과 전술의 연구입니다."
 "그렇게 명령받았는가?"
 "아닙니다. 자발적인 겁니다."
 이 시대, 다시 말해 발흥기에 있는 일본은 해외 파견자에 대해 세세한 규정을 하지 않았다. 현지에서 필요하다고 생각하는 것을 판단하고, 무엇이든지 거둬들여 오라는 대범한 방법을 취했다. 육군이었던 형 요시후루도 그러한 대범한 명령을 받고 프랑스로 가서 기병 제도를 도입해 왔다.
 출발에 앞서, 사네유키 외에 파견 명령을 받은 다섯 사람이 스키지에 있는 스이코 사에 모여 양식을 먹은 적이 있다.
 스이코 사는 모든 것이 양식이어서 당구실서부터 댄스 연습실까지 마련되어 있었다.
 그 자리에서 사네유키는 이런 말을 했다.
 "여러분은 그곳에서 무엇을 하실지 모르겠지만, 기술을 익히는 것만으로는 안 된다고 생각합니다. 기술은 유신 후 많은 사람들이 가서 몸에 익히고 돌아왔어요. 해군도 처음에는 그러는 게 필요했고 그것으로 충분했지만, 이제 일본 해군의 초창기는 지났소. 세계의 어느 해군도 경험하지 못했던 근대 해전도 경험했소. 그 해전을 돌아보고 생각건대, 군함운용 같은, 요컨대 기술적인 면에서는 정말 훌륭했어요. 각 함장 이하 모두 참으로 잘했소."

"……."

모두 어이가 없었다. 사네유키는 그 전쟁 때, 임관되었다고 할 수도 없는 젊은 나이로 종군했고, 더욱이 중요한 결전장에는 나가지도 않았다. 그런데도 자기의 선배들이 한 일을 마치 제독이라도 되는 것처럼 칭찬하고 있는 것이었다.

"그러나 전략과 전술이 부족했어요. 정말 형편없었소."

"이토(伊東) 각하 같은 분들 말인가?"

영국으로 가는 다카라베 다케시 대위가 킬킬 웃으면서 놀렸다.

"어느 분을 말하는 것이 아니오. 일본 해군 전체가 한 사람의 무사로서는 우수하지만, 일군을 진퇴하게 하는 용병법은 극히 졸렬하다고 생각하오."

"그래서 귀관은 어쩔 셈인가?"

독일로 가는 하야시 미네오가 물었다.

"나는 전략과 전술을 공부할 생각이오."

"미국에서 말인가?"

영국으로 갈 다카라베가 말했다. 영국은 해군의 본거지니까 그것을 연구한다 해도 이해가 되지만, 세계 해군에서 말하면 시골에 불과한 미국에서 그것을 한다는 것은 우습지 않느냐는 말이었다.

"미국이니까 가능할 것 같소."

사네유키가 대답했다.

해군 무관 나리타 가쓰로에게 말한 것에 대해서는 그러한 경위가 있었다.

미국 해군이 일본과 접촉한 것은 물론 페리의 내항 때 비롯되었다. 이때, 일본인은 이른바 흑선(黑船)의 위용을 보고 열강의 무시무시한 제국주의를 지나치게 민감하게 받아들였고, 그때부터 막부 말의 양이의 소란이 일어난 것이다.

그러나 그 무렵의 미국 해군은 세계의 이류나 그 이하밖에 되지 않았다.

그 뒤에도 오랫동안 이류였다. 그리고 남북전쟁이라는 내란을 겪었으나 이때도 해군력은 그다지 뛰어나지 않았다.

더 나아가 말하면 유럽식의 제국주의는 이 신국가의 풍토에는 적합하지 않았다. 국내에 미개한 것이 많아서, 그것을 미국화하는 것으로 충분했으며, 외교적으로 19세기 전반은 유럽에 대해 고립주의를 취하고 있었다. 이런 국가 정세 하에서는 해군이 크게 확충되어야 할 필연성이 없다.

그러나 19세기의 국가는, 그 국가적 생리로서 팽창을 원한다. 미합중국도 국가인 이상 그 생리적 욕구는 내재하고 있었다.

그것이 겉으로 드러나는 계기를 만든 것은 1867년 러시아가

──알래스카를 사지 않겠는가.

고 제의했던 때부터이다. 예전에 러시아는 팽창 정책에 의해 알래스카에 침입하여 그것을 차지했다. 그 뒤 경영하기가 어려워지자 미국에 교섭했던 것이다. 미국은 그것을 샀다. 겨우 720만 달러였다.

그 뒤 라틴 아메리카에 관심을 나타내는 한편 태평양에 '산재해 있는' 섬들에 눈을 돌리기 시작했다. 알래스카를 사들인 바로 그해, 멀리 태평양 한복판에 있는 미드웨이 섬에 성조기를 가지고 가서 간단하게 차지해 버렸다. 이 섬은 우연히도 유럽 제국의 침략의 길에서 빠져 있었기 때문에 마치 거저 주운 것이나 마찬가지였다. 뒤늦게 태어난 국가답게 그런 짓을 한 것이다.

이어서 1878년(메이지 11년), 남태평양의 사모아 군도에 손길을 뻗쳐, 섬의 추장을 속이고 그 중 한 섬을 빌려 해군 기지를 만들었다.

그 다음에는 하와이였다. 사모아 군도에 손을 댔을 무렵부터 이미 하와이 군도에 대해 보호 정책이라는, 유럽 열강들이 곧잘 하는 수법을 쓰고 있었는데, 1887년(메이지 20년) 하와이의 여왕으로부터 이 섬의 진주만에 군항을 설치할 권리를 얻었다. 그 시기를 전후하여 정책적 필요에 의해 해군이 확충되기 시작했다.

1893년(메이지 26년), 하와이에서 혁명이 일어나 왕궁이 포위되었다. 혁명군의 주력은 미국인으로, 수병들까지 부탁을 받고 가세하여 여왕을 퇴위시켰다. 혁명 정권은 미국에 합병할 것을 요청했다.

그렇기는 했지만 이 혁명정부 기관의 너무나 노골적인 태도에 당시 미국 대통령인 클리블랜드는 거절했다. 그러나 영토 확장의 위세에 사회여론이 끓기 시작하여, 사네유키가 도미한 다음해에 합병해 버렸다.

요컨대 그때까지 이류 정도였던 미국 해군은 사모아 섬 조차에서 하와이 합병까지의 기간 내에 비약적으로 확충되어 이류의 상위로 올라선 것이다.

미국의 해군은 그런 정도의 수준이었다.

그러나 해군 당국은 일류로 발돋움하고자 대확충 안을 만들어 매년 의회에 작용해서 전체 예산의 대부분을 소비하고 있었다. 미국의 대다수 납세자들의 의사는

"무엇 때문에 그런 대함대를 가질 필요가 있단 말인가. 미국에는 유럽의 해군국과 건함 경쟁을 해야 할 이유가 없다."

이런 것이었고, 건국 이래의 고립주의는 여전히 장애가 되고 있었다. 첫째 재계의 지지가 약했다. 유럽 제국처럼 시장 획득을 위해 '국위'를 다른 후진 지대를 향해 뻗쳐 나가야 할 이유가 이 당시의 미국 경제에는 아직 없었던 것이다.

하여튼 미국 해군은 영국, 프랑스, 독일 제국에 비해 그 당시 '신흥 해군'으로 불렸다. 이 나라의 해군 당국이 부단히 애를 써서 한 척 두 척 군함을 늘리기 시작한 것은 겨우 1890년부터였다.

그 해, 해군 당국은

"10년 이내에 일등 전함 열 척을 보유한다."

이런 계획이었다.

그러나 의회의 반대로 순조롭지 못했다. 사네유키가 도미한 메이지 30년(1897년)에 미국이 보유한 전함은 불과 네 척이었다. 그러나 그것들은 아직 함령 4, 5년밖에 되지 않은 신조함뿐이며 6315톤 짜리 텍사스를 제외하고는 모두 1만 톤이 조금 넘는 것들이었다.

해군은 그래도 우수한 편이었다. 육군에 이르러서는 해외 파병이라는 것은 도저히 상상할 수조차 없는 나라에서 상비군은 겨우 2만 7,000명밖에 되지 않았다(육군의 존재 이유에 비하면 해군의 존재가 훨씬 필요하다는 것은 여론으로도 인정되었기 때문에, 확장하기 어렵다 해도 육군보다는 나았다).

군인의 사회적 지위도 유럽 열강의 그것에 비하면 매우 낮았다. 이를테면 유럽에서는 군인들에게 중장이나 대장의 계급을 얼마든지 주었으나 미국에서는 그렇게 하지 않았다.

오래된 이야기지만, 페리가 일본에 왔을 때는 동양함대의 사령관이라는 자격이었는데, 그래도 계급은 대령밖에 되지 않았다.

대령이 최고위 실무자라고 할 수 있다. 드물게 준장에 오르는 자도 있기는 하다.

1862년에 처음으로 '해군 소장'이라는 계급을 만들었다. 사네유키가 도미했을 때는 미국 해군을 장악하고 있는 최고 계급자는 소장들이었다. 대장이나 중장을 만들고 싶어하지 않는 점, 그것은 시민 국가다운 좋은 점이었다고 할 수 있을 것이다.

이상과 같이 미국 해군이 확장기로 들어간 19세기 후반에는 미국 내의 공업력의 성장이 그에 수반되고 있다. 공업 생산력과 기술 능력이 뒤늦게나마 유럽 일류국의 공업 생산력과 기술능력을 따라잡기 시작했다. 그 뻗어나가는 속도를 보아 조만간 앞지를 것은 확실하며, 그런 면의 상승 커브와 해군 확장이 부합되고 있었다.

사네유키가 도미한 것은 바로 그러한 시기였다.

사네유키는 전략 전술의 천재라는 말을 들었다.

그러나 어쩌면 천재는 아니었을지도 모른다. 그것은 그 자신이 너무나 잘 알고 있었고, 첫째 메이지 해군에 천재는 끝내 나타나지 않았다.

첫째 사네유키의 특징은 그 발상법에 있는 듯하다. 발상법은 우선 사물의 요점이 무엇인지를 생각한다.

요점의 발견법은 과거의 온갖 형태를 보고 듣고 조사하는 일이었다. 그가 해군 병학교 시절에 기말 시험을 모두 이 방법으로 통과했다는 것은 앞에서도 말했다. 교육받은 많은 사항을 개괄적으로 조사하여 그 중요도의 순서를 생각하고, 더 나아가 출제하는 교관의 출제 경향을 가미하여, 그다지 중요하지 않거나 필요하지 않은 사항은 대담하게 잘라 버렸다. 정력과 시간을 요점에 주입했다. 사네유키가 졸업할 때

"이것이 지난 4년 동안 해군 병학교의 시험 문제집이네."

하면서 고향 후배인 다케우치 시게토시(竹內重利)에게 주었다는 것은 이미 말했다. 이때 동석했던 동급생 모리야마(森山)에게

"사람의 두뇌에 상하가 있을 리 없다. 요점을 포착하는 능력과, 불요불급한 것은 잘라 버리는 대담성만이 문제야."

그리고 이렇게 덧붙였다.

"따라서 어떠한 일을 할 수 있다 없다 하는 것은 두뇌가 아니라 성격에 달렸지."

사네유키가 말하는 요점 파악술은 여러 해 동안 단련이 필요한 것 같다.

사네유키가 죽은 뒤 그 추도회가 시바(芝)의 세이류 사(靑龍寺)에서 거행되었을 때, 그 자리에서 러일전쟁 때 그의 상관이었던 시마무라 하야오(島村速雄)가 사네유키를 추억하고 평가했다. 그 속기록에 의하면
"러일전쟁에서 해상전의 작전은 모두 그의 두뇌에서 나온 것이었습니다."
이렇게 당시의 함대 참모장(뒤를 이은 자는 가토도 모사부로 : 加藤友三郎)으로서의 입장에서 명언했다.
"그가 앞에서 말한 전쟁을 통해서, 갖가지로 복잡해지는 상황을 그때그때 총합 통일해서 해석하는 재능은 참으로 놀라운 것이었습니다."
이것이 사네유키가 병학교 입교 이래 단련해 온 요점 파악술이었을 것이다.
그리고 시마무라는 사네유키를 세평대로 '천재'라고 했다.
"그는 그의 머리에 끊임없이 샘솟는 천재의 샘을 가지고 있었다."
그 '천재'라고 시마무라가 말하는 두뇌의 구조는 시마무라가 해석하기에
"눈으로 보고, 귀로 듣고, 혹은 수많은 책을 읽고(사네유키는 미국에서도 그랬지만 미친 듯이 책을 읽었다) 얻은 지식을 그대로 쌓아두는 것이 아니라 불필요한 것은 버리고 필요한 것만 담아 두는 식이어서 어떤 일이 일어나면 저절로 그것이 나오는 그러한 작용을 했던 모양이다."
그것을 사네유키식으로 말하면 성격적으로 요점 파악 능력이 좋았기 때문이었던 것 같다.
도미에 앞서 그 자신이 골라잡은 목표가 전략과 전술 이외는 생각하지 않는다는 것도, 이 인물의 두뇌(혹은 성격)가 그렇게 되어 있었기 때문일 것이다.

미국 해군의 현재는 그 정도밖에 되지 않지만, 그래도 유럽 해군에 비해서 몇 가지 자랑스러운 것이 있다고 사네유키는 생각했다.
수병들의 질은 극히 허약하고 좋지 않다. 그러나 장교의 질은 유럽 해군을 능가하지 않을까 하고 생각될 정도였다. 그것은 하나하나의 장교를 만나거나, 아나폴리스에 있는 해군사관학교며 뉴포트의 해군대학을 참관한 인상으로는 그랬다.
이어서 그 특징은 조함에 있어서의 능력이다. 기술이 뛰어난 것이 아니라, 유럽처럼 전통에 얽매이는 데가 없기 때문에 발상이 자유로웠다. 재미있다

고 생각되는 착상은 당장 받아들여지는 정신이 이 나라에는 있는 모양이었다.

이를테면, 군함의 장갑판을 들 수 있다. 장갑이 두터우면 두터울수록 방어력이 강해진다는 것은 어린 아이도 알고 있지만 또한 두터우면 두터운 만큼 반비례해서 함의 전투력과 항속력이 줄어든다는 것도 누구나 다 알고 있는 상식이자 숙명이어서 전통적으로 체념해오고 있었다.

그러나 '새로운 해군'을 자부하는 이 나라의 해군은 자기 나라의 철강 산업에 이 모순을 극복할 것을 주문하여, 드디어 얇고 강력한 장갑판을 만들게 하는 데 성공했다. 유럽에서 만들어진 상식을 미국은 태연히 깨뜨려 버린 것이다.

다음에 사네유키가 남모르게 들고 있는 것은 이 해군은 전술가로서 세계적 수준을 앞지른 인물을 두 사람이나 가지고 있다는 사실이었다.

한 사람은 현직 해군 대학장인 해군 대령 캐스퍼 굿리치이다. 또 한 사람은 예비역 대령이면서 그보다 훨씬 널리 알려져 있는 앨프레드 세이어 머핸이었다. 이 머핸 대령을 모르는 해군 사관은 세계 어느 나라에도 없을 것이다.

사네유키는 처음에 될 수 있으면 뉴포트 해군 대학에 들어가고 싶어서, 일본 공사관에서 국무성을 통해 해군과 교섭했다.

그러나 허락이 나지 않았다.

해군 대학은 군의 기밀에 관한 것을 취급하는 일이 많아 곤란하며, 현재 외국인을 입교시킨 전례가 없다는 것이 이유였다.

사네유키는 '차라리 머핸 대령한테서 개인교습을 받도록 하자. 두서너 번만 만나도 된다'고 생각했다.

머핸은 이미 현역이 아니었다. 그래서 우선 공사관을 통해 현직 해군 대학 학장인 굿리치 대령을 만나 소개장을 써 달라고 부탁했다. 굿리치는 쾌히 승낙했다.

일이 잘 진행되었다.

이윽고 머핸 대령으로부터 사네유키에게 면회일을 지정해 왔다.

"너무 넘치는 행운이다."

이 일을 주선한 공사관 전속 무관인 나리타 가쓰로 중령이 말했다.

"자네는 머핸 씨 댁에서 먹고 자고 하는 제자라도 되게 해 달라고 할 작정인가?"

"아닙니다. 연구 방침만 가르쳐 주시면 됩니다. 그 나머지는 제 힘으로 하렵니다."

머핸 대령은 아직 예순이 안된 나이였다. 그러나 그 해군 경력은 오래다.

이 세계적인 해군 전술의 권위자가 아나폴리스의 해군사관학교를 졸업한 것은 열여덟 살 때였고, 일본으로 말하면 14대 장군 이에모치가 통치하던 시대인 안세이(安政) 5년(1858년)이다.

그해 6월, 일본과 미국간에 운명적인 인연이 맺어졌다. 다이로(大老 : 쇼군을 보좌했던 최고 직명) 이이 나오스케(井伊直弼)가 양이의 여론을 누르고 미일조약에 조인한 것이다.

그리고 9월, 나오스케는 소위 안세이 대옥이라는 이름으로 알려진 공포 정치를 단행하여, 다수의 반대파에 대해 신분을 뺏기도 하고 감옥에 보내거나 목을 베기도 했다.

생각하면 일본이 태평양을 사이에 둔 이웃 나라 미국과 가장 은혜와 원한 깊은 관계를 맺게 되는 출발점은 바로 이 무렵이었다고 할 수 있다.

졸업 후 10년이 지나서 머핸은 아시아 함대의 '아이로코이'의 부장이 되어, 메이지 원년(1868년), 이른바 보신 전쟁이 한창일 때 일본에 왔다.

동지나해를 지나 나가사키(長崎)에 들어와서, 세토 내해를 지나, 고베(神戶), 오사카(大坂)에 닻을 내렸다. 목적은 내란 중인 일본에서 미국 거류민을 보호하는 것이었다. 요코하마(橫濱)에도 입항했고, 하코다테(函館) 항에도 들어갔다.

그 뒤 해군대학교의 교관이 되었다. 전략 전술을 학생들에게 가르치고 자신도 연구하는 동안, 원래 역사가의 천분이 있었던지 이 분야에 역사 연구의 사고법을 도입했다. 나중에 되돌아보면 아무것도 아닌 것 같은 일이면서도 이 방법이 세계의 전술 연구에 획기적인 새로움을 가하게 되었다.

그 중에서 가장 알려져 있는 저술은 《해상 권력사》이다. 해상권의 변천이 서양 역사에 어떻게 영향을 미쳤는가 하는 것이 주제로, 이것이 출판되자 곧 프랑스 어로 번역 출판되었고 이어서 독일어로도 번역되었다. 그리고 이런 새로운 경향의 것에는 기민한 일본인이 곧 그 완역 일어판을 만들었다. 사네유키의 경우 그것을 영어판으로 읽었는데, 새로나온 일어판으로도 읽어서 거의 전권을 암송할 정도로 숙독했다.

머핸은 그 뒤에도 해군 전술에 대한 논문을 수없이 발표했고, 사네유키는 일본에서 구할 수 있는 한 그것들을 읽었다.

"머핸의 위대함은 원리를 발견한 데 있습니다"

사네유키는 자신의 감독자인 나리타 가쓰로 중령에게도 말했다. 머핸은 그가 수집한 과거의 수많은 육전을 포함한 전례를 자세하게 검토하고, 수많은 원리를 찾아내는 데 성공했다. 거기에 성공하자, 이번에는 그러한 원리와 원칙에 의거해서 전사를 재평가하고 실전의 예를 비판했다. 그러한 논문을 전 세계의 해군 사관들이 읽고 지지했다.

머핸 대령은 현역에서 물러난 뒤에는 뉴욕에서 살았다. 9월의 맑게 갠 어느 오후, 사네유키는 센트럴 공원 옆에 있는 한적한 주택가로 머핸을 찾아갔다.

머핸은 이날 오후를 모두 이 일본인에게 제공하기 위해 부인과 함께 기다리고 있었다. 이윽고 그가 왔다.

"아키야마 대위, 나는 당신의 나라를 알고 있습니다."

머핸은 악수한 뒤, 그렇게 말하며 손님의 기분을 부드럽게 해 주려고 했다. 응접실에 앉자 한동안 그 이야기를 했다.

"다만 30년 전이었지요, 사무라이 시대였습니다, 사무라이 시대가 끝나려 하던 무렵이었어요."

하고 말했다.

'내가 태어난 해인가 보군.'

사네유키는 속으로 계산했다.

머핸도 감개가 깊었다. 나가사키와 오사카에서 일본인은 모두 머이에 상투를 틀고, 무사들은 크고 작은 칼을 두 개씩 차고 있었다. 거리를 가마가 오락가락했다. 기차는커녕 마차도 없는 나라였는데 불과 30년 사이에 이러한 해군 사관이 배출되어 지금 바로 눈앞에 앉아 있는 것이, 아무래도 추상의 세계와 잘 맞물리지 않는 느낌이었다. 그러나 현실의 일본은, 몇 년 전에 청국의 북양함대와 훌륭하게 싸워 깨뜨렸던 것이다.

"얄루(鴨綠江) 해전에는 참가했소?"

일본에서 말하는 황해 해전을 세계에서는 얄루 해전이라고 부르고 있었다. 머핸은 이 해전에 대해 자세하게 조사하고 그 논평을 발표했다. 그것도 사네유키는 읽었다.

"그 주변에는 있었지만, 직접 참가하지는 못했습니다. 그러나 전후, 실전자들에게 듣기도 하고 자료와 논문을 읽기도 해서 상세한 것을 알았습니다. 그 논문 가운데는 물론 선생님의 논문도 들어 있습니다. 채점이 박한데 놀랐습니다."

"나는 역사의 대변자라고 생각하니까, 지나치게 까다로운 시험관인지도 모르오."

온화한 머핸은 처음으로 소리내어 웃었다. 예비역 해군 대령이라기보다는 대학 교수 같은 인상이었다.

점수가 박하다고 말한 것에 머핸은 마음이 다소 걸린 듯, 이토 스케유키의 작전 한두 가지를 간결한 표현으로 칭찬했다.

사네유키는 우스워졌다.

"어쨌든 선생님께선 넬슨에 대해서도 그토록 엄격하게 채점하셨으니까요."

사네유키가 말했다. 로드 넬슨이라는, 영국뿐만 아니라 세계의 해군 사관들이 신처럼 우러러보고 있는 명장에 대해, 이 머핸은 그 넬슨의 해장으로서의 성격과 업적의 전술적인 면을 규명한 책을 최근에 출판했다. 사네유키는 그것도 읽고 있었다.

머핸은 이 젊은 일본인이 그런 신간서까지 읽었다는 것에 감탄하며, 자신의 해군 사상에 대한 것을 이야기할 수 있을 것같이 생각되었다.

머핸이 사네유키에게 전수한 내용은 다음과 같은 것들이다.

"해군대학 입교를 거절당한 모양인데 그것은 외국인을 입교시킨 전례가 없는 일이니까 하는 수 없소. 그러나 해군대학이라 해도 그 중요한 교과 과정은 겨우 반년에 불과하오. 그 정도의 시간으로 해군 전술을 다 배운다는 것은 어렵소."

"그러니까 스스로 연구해야 하오."

"그 연구 방법은"

머핸의 말이 이어졌다.

"과거의 전쟁사에서 실례를 끄집어내어 철저하게 조사하는 것이오. 근세나 근대뿐만 아니라 고대의 것도 하는 게 좋소. 전투의 원리에는 현재고 옛날이고 없는 것이오."

"육지와 바다를 구별할 필요는 없소. 육전을 조사함으로써 해전의 원리도 알게 되고, 육전의 법칙과 교훈을 해전에 응용할 수도 있소."

"육군의 병서도 뛰어난 것은 모조리 읽어야 하오. 육군의 병서로 추천할 수 있는 것은 조미니(프랑스 인)의 《전쟁의 기술(Art of war)》이 좋소."

"에드워드 햄리(영국인)의 《작전 연구(Operations of war)》도 육군서지만 도움이 될 거요."

"그 외에 잡다한 기록도 읽을 필요가 있소."

"그러한 책과 기록은, 아마도 개인으로서는 좀처럼 구하기가 어려울 것이오. 그런 것은 모두 워싱턴의 해군성이 가지고 있소. 해군성의 3층이 서고로 되어 있으니까 그것을 자유로이 열람할 수 있도록 내가 해군성 정보부의 파커 대령에게 연락해 놓겠소."

——그런 것들에서 얻은 지식을 분해하고, 스스로 다시 편성하여, 스스로 자기 나름의 원리원칙을 세워야 하며, 그렇게 자신이 세운 원리 원칙만이 응용할 수 있는 것이므로 다른 사람에게서 배운 것만으로는 안 된다고 그는 말했다.

'내 생각과 비슷하군.'

사네유키도 생각했다.

사네유키는 그 뒤 다시 한 번 머핸을 방문했는데 그때는 잡담만으로 끝났다. 두 번째는 잡담만으로 족했을 정도로 사네유키는 머핸에게서 배워야 할 것은 다 배워 버렸던 것이다. 그 뒤에는 스스로 공부해서 얻는 수밖에 없었다.

"머핸 대령의 조언에 의하면."

사네유키는 이 무렵, 일본에 있는 동료에게 편지를 써 보냈다.

"전략 전술을 연구하려면 해군 대학교의 불과 수개월 과정으로는 부족하다. 반드시 고금을 통한 해류의 전쟁사를 찾아다니며, 그 승패의 결과를 확인하고, 나아가서 유럽 여러 대가의 명론을 읽고 그 요령을 포착함으로써 자기의 독특한 본래의 특색을 기를 것을 요한다."

사네유키는 그대로 실행했다. 워싱턴의 해군성 현관에는 낡은 함재포가 장식품으로 놓여져 있다. 사네유키는 N가 1310번지의 일본 공사관에서 그 함재포가 있는 해군성까지 매일 다녔다.

밤은 밤대로 공사관 3층 자기 방에서 잘 때까지 책을 읽었다. 밤의 독서 시간은 공간서(公刊書)를 읽는 데 소비했다. 최근 공간된 것으로 머핸의 논문 전집이 있었다. 대부분 예전에 읽은 것이었지만 다시 읽어보았다. 러일전쟁의 해군 전술은 이 워싱턴의 일본 공사관 3층에서 태어났다고 해도 무방할 것이다.

미서전쟁(美西戰爭)

미합중국은 그것을 만들어 낸 사람들에게는 이상 사회에 가깝고, 그러한 만족감은 자부심이 되어, 그 자부심이 이 세기에 가장 현대적인 시민국가인 이 나라 사람들의 등뼈를 구성하고 있다.

그 자부심은

"다른 지역 사람들도 미국과 같은 자유로운 사회를 갖는 게 좋아. 아니 우리 미국인들은 그것을 다른 지역에도 미치게 하는 친절한 마음을 가져야 한다."

이런 의식으로 펴져 간다. 사네유키가 미국에 갔을 때는, 미국 특유의 기묘한 친절(참견이라고도 할 수 있는)이 유럽에서 유행하고 있는 제국주의의 분위기와 섞여서 국가 팽창 사상이 되어 의회 일부와 민중 속에서도 열기를 띠었다. 그것은 앞에서도 잠깐 이야기했다.

그러한 기운 속에서 쿠바 문제가 과열되기 시작했다.

설탕의 섬이라고 할 수 있는 이 지역은 4세기에 걸쳐 스페인 영토였다.

중세의 모험적인 해양 국가였던 스페인은 많은 식민지를 대륙에 가지고 있었으나, 19세기 초 식민지들은 차례로 독립했다.

그런데 푸에르토리코와 쿠바는 이 독립 시대에 혼자 남겨져, 그 뒤 스페인에 대해 10년 전쟁이라고 불리는 대반란을 일으키는 등 크고 작은 혁명 사건을 끊임없이 일으켰다. 그때마다 스페인은 무력으로 진압했다.

요컨대 쿠바는 계속 스페인의 압정 하에 있었다. 그 원인은 여러가지가 있으나 군사적인 면만으로 말하면, 이 쿠바에 스페인의 강대한 육군 기지가 있기 때문이며, 반란군은 항상 스페인 정부군보다 병력과 병기에 있어서 훨씬 더 열세였기 때문이다.

일본에서 말하는 메이지 28년, 즉 1895년에 제2차 독립 전쟁이 일어났다. 정부군에 의해 각지에서 진압되면서 그 진압 중 정부군은 혁명 분자에 대해 처참하기 이를 데 없는 학살과 파괴를 대규모로 감행했다.

인접한 미국의 여론은 이런 경우 언제나 그렇듯이 약자의 편을 들었다. 그들 시민 중 일부는

"어째서 쿠바를 구하지 않는가."

정부에 호소했지만 대통령 매킨리는 이에 동요되지 않고 중립을 지켰다. 먼로주의의 체면도 있었을 것이고, 만약 쿠바에 간섭하면 미국은 스페인을 상대로 전쟁을 하지 않으면 안 되는데, 이 경우의 전쟁은 미국에 이익을 가져다주지 않기 때문이었다.

그러나 저널리즘이 정부의 이러한 태도에 대해 불만을 표명했다. 질적으로 좋은 신문은 그렇지도 않았지만 저질적인 신문들은 전 지면을 할애하여 전쟁 분위기를 부추겼다. 그들은 '무식하고 천박하며 뭔가 신나는 일을 벌이기 좋아하는 일부 미국 아저씨'의 감정에 영합하여 그것으로 신문을 팔려고 했다.

사네유키의 체재 중에 일어난 미국과 스페인의 미서전쟁은 전쟁 그 자체의 사회과학적 필연성은 아무것도 없는 상태에서 발발했다. 미국 정부를 전쟁으로 끌어넣은 것은 허스트계의 신문과 퓰리처계의 신문이었다는 점에서 이 전쟁은 세계 전사상(戰史上)의 희귀한 예라 하겠다.

요컨대, 스페인에 대한 전쟁은 매킨리 대통령도 좋아하지 않았고 실업계도 달가워하지 않았으며 해군의 롱경도 좋아하지 않았지만, 통속적인 여론이 앞뒤 생각 없이 막무가내로 미국을 개전으로 끌어넣었던 것이다.

정부가 겨우 반쯤 움직이기 시작한 것은 그해 2월 25일이다. 해군성은 각

방면에 있던 여러 함대에 대해 요지요지에 집결하도록 명령하고, 다음 3월 9일, 임시 국방비의 지출을 결정했다. 전쟁 준비를 위한 돈이다.

4월에 들어서서 미국 정부는 스페인 정부에 대해 쿠바 섬의 독립을 인정하라는 내용의 교섭을 했다. 유럽의 외교 상식으로는 좀 이해하기 어려운 간섭이었다.

당연히 스페인에게는 '쓸데없는 참견'이었다.

물론 스페인은 응하지 않고 일축해 버렸다.

이 스페인 정부의 태도는 미국인의 미국적인 선의를 몹시 손상시켰으므로 여론은 들끓었고 신문들은 그것을 더욱 부채질했다.

4월 19일, 미국 국회는 드디어 대통령에게 중대한 권한을 주었다.

"대통령은 스페인 정부에 대하여 쿠바 섬으로부터 육해 병력을 철수시키도록 요구하라. 이 요구를 스페인 정부가 받아들이도록 하기 위해 무력간섭이 필요하다면 그것을 발동할 권한을 준다."

요컨대 아무런 이해 상관도 없는 제3자가 싸움을 걸고 나선 것이다. 그러한 말하자면 순진한, 그러나 남에게 폐가 되는 일을 도맡고 나서는 순정이라면, 가장 그와 흡사한 것이 미합중국의 전통적 발상법일지도 모른다. 후년에 만주사변 이후의 일본이 미국의 이러한 강력한 '선의' 때문에 매우 비참한 꼴을 당하고 결국 대미전쟁에 빠져들지 않을 수 없었고, 나아가서 그보다도 후년에 베트남 문제에 대해 미국이 개입하게 된 발단도 다분히 이러한 세계사에 유례없는 '선의'에 기인하고 있다.

스페인은 비명을 질렀다. 이 딱한 사정을 유럽의 다른 여러 나라에 호소하고 돌아다녔다. 프랑스는 전면적으로 동정했고 독일도 마찬가지였으며 헝가리와 오스트리아도 미국의 이러한 강제성을 비난하며 스페인을 동정했다.

그러나 미국은 그 정책을 밀고 나갔다. 스페인 정부는 벌써 이 단계가 미국의 실질적인 선전포고라고 해석하고, 4월 23일, 미국에 대해 선전을 포고했다.

이틀 뒤에 미국도 스페인에 대해 정식으로 선전을 포고했다. 후세에 생각하면 속이 빤히 들여다보이는 연극 같지만, 국가 간의 이러한 연극은 설사 그것이 연극이라 할지라도 거대한 역사를 만들어 간다.

"양국 다 전쟁의 주역은 해군이 될 것이다."

이렇게 생각하는 건 각국 주재 무관들의 일치된 견해였고, 당연히 워싱턴

공사관에 있는 사네유키도 이 과제를 분석하고 예상하기에 바빴다.

　운이 좋다는 점에서는 그 당시 일본의 젊은 해군 사관들 가운데서 아키야마 사네유키가 가장 운이 좋았는지도 모른다.
　왜냐하면 그는 이 미서(美西)전쟁에서 미국 함대가 스페인 함대를 쿠바 섬의 산티아고 군항으로 몰아넣고(봉쇄 작전), 더욱이 그 항구 입구에서 기선을 자침(自沈)시켜, 불완전하니까 세계 최초의 폐색(閉塞) 작업을 한 것을 그 눈으로 직접 보았던 것이다.
　그는 바로 이것을 러일전쟁에 이용했다.
　러일전쟁 중, 일본의 연합함대는 적의 여순함대를 여순항에 몰아넣고 그 좁은 항구 입구를 기선의 자침에 의해 폐색했다. 사네유키가 그 안을 세우고, 도고 헤이하치로(東鄕平八郞)가 그것을 채택했으며, 히로세 다케오가 그것을 실시했다.
　미서전쟁에서의 교훈을 살렸다고 해도 무방할 것이다.
　사네유키가 닥쳐올 해전을 견학하라는 일본 해군의 명령과 미국 해군의 허가에 의해 관전 무관이 된 것은 5월도 끝나갈 무렵이었다. 워싱턴을 출발하여 철도로 남하해서 플로리다 반도의 탬파 항까지 왔다. 탬파 항은 쿠바 작전을 위한 미국 육해군의 보급 기지로, 항내에는 30척 이상의 운송선이 닻을 내리고 있었고, 기정(汽艇)이 달리고 있으며, 부두에는 인마가 무리지어 있었다.
　사네유키는 탬파 시의 호텔에 머물렀다.
　동료 관전 무관의 국적은 영국, 독일, 프랑스, 러시아 네 나라 사람들이고, 일본에서는 두 사람이었다. 또 한 사람은 아이즈 와카마쓰(會津若松) 출신인 시바 고로(柴五郞) 중령으로, 사네유키의 형인 요시후로와는 사관학교 동기였다.
　6월 8일 밤, 배를 탔다.
　배는 세그란사 호라는 미국 육군의 군사령부용 수송선으로, 다른 관전 무관들과 함께 승선했다.
　그러나 도중에 여러 가지 사정이 있어서 수송선이 출항한 것은 6월 13일 정오였다. 열세 척의 수송선단이 짜여졌다. 항해 중 진형이 흐트러져서 한때는 길을 잃은 배까지도 나왔다.

'일본군이라면 좀더 잘했을 텐데.'

사네유키는 배 위에서 몇 번이나 그렇게 생각했다.

어쨌든 그 뒤 가장 높은 계획 능력과 뛰어나게 우수한 능률주의를 채택하기에 이른 미군도, 이 시대에는 어느 나라의 육해군보다 그런 점이 떨어진다 해도 좋을 만큼 조잡한 수송 작전이었다.

전황은 교착되어 있다.

세르벨라 소장이 이끄는 스페인 함대는 미국 함대와의 해상 결전을 피하고 산티아고 항내에 그대로 머물러 있었다.

미국 함대가 쿠바 섬 연안을 뛰어다니면서 간신히 그 사실을 확인한 것은 5월 19일 새벽녘이었다. 발견자인 제2함대 사령관 슬라이 준장은 상급 사령관인 샘슨 소장에게 타전하여 항내 함대의 상황을 알렸다.

'항내에 적 있음.'

물론, 산티아고에 있는 미국의 스파이들로부터도 거의 앞서거니 뒤서거니 해서 그런 내용이 이미 타전되어 있었다.

스페인측의 세르벨라 소장은 자기의 함대가 질과 양에 있어서 미군 측에 약간 떨어진다는 것을 알고 있는데다, 본국에서 1만 4,000마일이나 되는 머나먼 항해를 해왔기 때문에 배 밑바닥에 굴이 달라붙어 각 함마다 운동 능력이 떨어지고, 기계도 수리해야 한다는 것도 물론 알고 있었다.

독서 마니아인 사네유키는 미국과 스페인의 형세가 이상해지자, 스페인과 관련된 서적을 모아 그 역사나 민족성을 알려고 했다.

여전히 요점주의였다.

——어째서 스페인은 왕년의 영광을 잃었는가, 하는 것이 그가 알고 싶은 점이었다.

왕년이라고 하는 것은 15,6세기를 말한다. 일본으로 말하면 무로마치(室町)와 전국시대로부터 도요토미(豊臣) 시대에 걸쳐서이다. 이 세계사상에서 말하는 대항해 시대에 스페인 왕국은 국가 자체가 거대한 모험가가 되어, 풍부한 모험 정신으로 상인과 선원들은 범선을 타고 지구 구석구석까지 나가 미개 지대에 상륙하여 영토로 만들었다.

서인도 제도와 중앙아메리카, 필리핀 제도 등을 점유하고, 같은 종족인 포르투갈 인과 함께 세계의 식민지를 나누어 먹는 잔치를 벌였다. 이를테면 극동에 있는 섬에 사는 당시의 일본인들에게는 '남만인' 하면 스페인인이나 포르투갈인을 말하는 것이었다.

16세기 초, 남아메리카의 대부분을 판도에 넣고, 더 나아가 가까운 곳인 유럽에서도 오스트리아, 독일 서남부, 북부 이탈리아 등을 손아귀에 넣었다. 16세기 후반, 프랑스와 싸워 이기고 터키 해군을 레판토 바다에 침몰시켰을 무렵이 스페인 영광의 마지막이었을 것이다. 1588년, 일본에서 도요토미 정권이 확립되었을 무렵, 이 나라는 영국 본토를 덮치려고 했다.

그러기 위해 역사상 유명한 무적함대를 만들었다.

그것은 머핸의 명저 《해상권력사》에 상세하게 나와 있다.

무적함대의 전함은 127척.

포 2,000문.

선원 8,000명이다.

거기에 2만 명 가까운 육군 부대를 태우고 1588년 5월 말, 포르투갈의 리스본 항을 출항했다.

영국측은 80척의 전함밖에 갖고 있지 않았다. 그러나 배의 성능이 좋고, 각 함의 기동성이 무적함대보다 월등했다. 그리고 영국 측의 우월성은 승조원의 훈련 정밀도가 비교도 되지 않을 정도로 높았다는 것, 사관의 지휘 능력이 뛰어났다는 것, 특히 사령관 하워드 경이 권한을 나누어 준 드레이크와 호킨스가 뛰어난 명장이었다는 것 등의 여러 점에 있었다.

결국 무적함대는 속력이 빠른 영국 함대를 붙잡지 못하고 칼레 항에 들어가서 휴식할 때 야습을 받아 참패했다. 이어 그레블린 앞바다의 해전에서 결정적으로 패배했다. 잔존 함대는 차례로 추격당해서 본국으로 돌아간 것은 54척에 불과했다.

이 해전을 경계로 스페인의 세력은 크게 쇠퇴하기 시작하고 그 대신 영국이 세계의 해상권을 쥐게 되는데, 사네유키는

――문제는 전쟁에서의 패배만이 아닐 것이라고 생각했다.

'그 내부의 가장 깊은 곳에 민족적 성격, 활력의 방향이라는 것이 있는 게 아닐까? 그것을 간단하게 민족적 능력이라고 바꾸어 말해도 좋다.'

사네유키는 그렇게 생각했다.

'문명의 단계 단계에서 꼭 그 단계에 맞는 민족이 그 역사 시대를 담당하는 게 아닐까?'

스페인은 15세기의 대항해 시대라는 세계사의 단계에서는 크게 그 능력을 발휘했다. 그 시대, 다시 말해 세계의 대부분이 욕심을 내어 각축을 벌이던 단계였을 때, 스페인이 지니고 있는 열혈성, 열광성, 앞뒤를 가리지 않는 기질과 능력이 그 조건에 가장 맞았다고 할 수 있을지도 모른다.

그러나 문명의 단계가 16세기 후반에 들어와서는 개인적인 모험 정신만으로는 큰일을 할 수 없게 되었다.

해군사도 그렇다. 겨우 두 척이나 세 척의 무장선으로 지구의 알지 못하는 세계를 정복할 수 있었던 시대는 끝나고, 함대라는 조직적인 힘이 등장한 것이다. 해군만이 아니라 상업과 광업의 세계에서도 인간의 조직을 유기적으로 움직이지 않고서는 큰일을 할 수 없게 되었다.

그러한 능력을 지닌 민족은 일상의 사회를 만들어 가는 데에서도 조직적이다. 스페인 사람들에게는 그것이 결여되어 있었고 영국인이 그 점에서는 가장 우수하다. 그들은 조직과 조직 질서를 중히 여기고 후세의 독일인 만큼은 못하다 하더라도 스페인과 비교하면 극히 튼튼한 사회를 이룩해 왔다. 이 질서에 대한 복종 정신과 훌륭한 조직 운영은, 상업에서는 회사를 만들어 내고 군사적으로는 근대적인 의미의 '함대'를 만들어 냈다.

이 점, 스페인의 아르마다(무적함대)는 함선의 수는 훨씬 많지만, 함선 하나하나가 중세기적인 하나의 무인이고, 그들의 함대는 그들 개개의 무인들이 모인 것에 불과하여 하워드 경이 인솔하는 영국 함대와는 전혀 다르다. 영국 함대는 함정마다 승조원의 조직이 기계와 같고, 승조원은 기계의 부품처럼 일할 수 있도록 훈련되어 있어 그 한 함정마다 함대를 짤 때 함대 자체가 거대한 기계가 되어 그 조직의 목적을 향해 극히 유기적으로 움직인다.

그 문명 시대가 아직도 계속되었다.

'지금은 더욱 그것이 필요하다.'

사네유키는 생각했다.

스페인 정부는 미서전쟁을 결의하면서 세르벨라 소장에게 함대와 그 지휘권을 부여했는데, 군함 하나하나에는 실로 문제가 많았다. 주력함이라고 할 만한 '비스카야'는 낡은 군함이어서 짧은 시간으로는 증기도 오르지 않았다. 대부분의 수뢰정은 구식이며, 여러 함정 중 이탈리아에서 구입한 순양함 '크리스토발 코론'은 설계도에는 주포가 달려 있지 않았다. 또한 청일전쟁의 황해 해전에서 효능이 인정되어 유행처럼 되고 있는 속사포는 각 함마다 그것

미서전쟁 397

을 비치하기는 했지만 탄량이 부족했다.

스페인의 경우는, 국가와 민족 그 자체가 정연한 함대를 준비하는 기본적 능력이 결여되어 있다고밖에는 말할 수 없을 것이다.

예정된 싸움터는 쿠바의 카리브 해이다.

워싱턴의 해군사령부 벽에는 카리브 해의 해도가 걸려 있다.

그런 것 정도는 스페인의 마드리드 해군사령부에도 있을 것이다. 대해도도 내걸지 않고 소장에게 함대만 내주어 보냈을 리는 없다.

그러나 워싱턴의 경우는 그 해도의 점점이 군함을 표시하는 핀이 꽂혀 있다. 군함이 이동할 때마다 그 핀이 움직인다. 적인 세르벨라 함대의 소재도 정보가 있을 때마다 핀이 이동한다. 이에 의해 누가 보더라도 상황 파악이 일목요연하고, 상황만 명확하면 다음에 취해야 할 수단——이를테면 함대의 집산, 공격의 목표, 연료 탄약의 보급 등——은 아무리 범용한, 이를테면 경험 없는 미숙한 참모라도 알 수 있다.

요컨대 작전실 전원이, 서기까지도 시시각각으로 변하는 상황을 머릿속에 넣고 저마다 분담한 사항을 처리하는 것이다. 조직을 기능화하는 것은 그들 개척민의 자손들이 자랑스럽게 여기는 바였다.

한편 스페인의 세르벨라 함대는 어땠을까.

세르벨라 소장은 4월, 포르투갈령 카보베르데 군도의 산비센테 항에서 함대가 집결하는 것을 기다리고 있었다.

29일 심야에 출항. 일부러 심야에 출항한 것은 물론 함대 행동을 은밀히 감추기 위해서였다. 출항 전야, 세르벨라 소장은 본국에 전보를 쳤다.

"내일 아침 드디어 출격할 예정. 평온한 양심으로 나는 제물이 되기 위해 나아간다."

원망이 담겨 있다.

본국 정부의 무능, 무책, 태만 등 모든 정치적 악덕의 모순으로 인한 부담이 세르벨라 함대를 짓누르고 있었다. 이기기 위한 조건이라고는 조금도 마련해주지 않는 정부에 대해 죽음의 실무가가 뱉는 최후의 원망의 말이었다.

참고로, 러일전쟁 무렵의 러시아는 그 당시의 스페인에 비해 훨씬 대국으로 그 육해군도 거대했으나, 국가가 노쇠하고 정부는 부패하여 국민이 젊은 기운을 잃고 있었다는 점에서는 이 시기의 스페인과 매우 흡사했다. 더욱이 그 상대가 조직이 활발하게 움직이는 신흥국가라는 점에서도 똑같았다. 세르벨라 소장의 출항시의 심경은 후년의 발틱함대의 승조원이 본국을 출발할 때 느꼈던 심경과 매우 흡사하다.

더욱 흡사한 것은, 그 원정 항해의 장대한 규모이다. 대함대를 이끌고 싸움터를 향해 장대한 항해를 할 때의 사령관의 고심은 그렇게 해 본 사람이 아니고선 모른다. 세르벨라의 고뇌는 후년의 발틱함대 사령관 로제스트벤스키 단 한 사람만이 이해할 수 있는 것이 아닐까.

세르벨라 함대는 천천히 전진했다. 침로는 오로지 서쪽이다. 열대인데다 혹서의 계절이어서 함내 생활의 고통스러움은 고참 수병들도 비명을 지를 정도였다.

20여 일의 항해 끝에 5월 19일, 그들은 쿠바의 산티아고 항으로 들어갔다. 이 정보는 곧장 스파이에 의해 워싱턴의 미국 해군 사령부에 알려졌고, 사령부는 지체하지 않고 쿠바 주위에서 정찰 활동을 하고 있는 샘슨 소장의 함대에 통보했다.

샘슨은 해상 결전을 원했으나 세르벨라는 그것을 싫어했다. 산티아고 군항 깊숙이 틀어박혀, 군항의 요새포에 의해 함대를 보전하려고 했다. 이 방침은 러일전쟁에서의 러시아 여순함대의 경우와 같았다.

"나오지 않겠다면 가두어 버리겠다."

이것이 미국 측의 생각이었다. 세르벨라 함대가 어물어물 시간을 끌면 이쪽이 곤란하다. 미국으로서는 육군을 보낼 해상 수송을 할 수 없기 때문이다. 적을 격침시키는 것이 최상이지만, 곰이 바위굴 깊숙이 들어간 것처럼 나오지 않는다면, 바위굴 입구를 화기(火器)로 막아 나오지 못하게 해버리는 것이다.

그것이 봉쇄작전이었다. 앞에서도 말했듯이, 미국은 나중에 러일전쟁 때 도고 함대가 여순함대에 대해 감행했던 것과 같은 방법을 쓴 것이다. 일본과 미국의 해군은 우연히도 같은 경험을 했다.

봉쇄는 장기간에 걸쳤다.

이 봉쇄 중에, 아키야마 사네유키 등 관전 무관들은 이 해역으로 나갔던 것이다.

그때

"아예 저 좁은 항구 입구에 낡은 기선을 가라앉혀서 세르벨라가 나오려 해도 나올 수 없도록 하면 어떻겠습니까? 즉, 물리적으로 가두어 버리는 겁니다."

이렇게 미국 측에서 말을 꺼낸 자가 있었다.

폐색을 말하는 것이다.

이 항구 입구 폐색이라는 진기한 전술(어느 전술이나 최초에 고안되었을 때는 진기한 법이다.)을 생각해 낸 것은 군인이 아니었다.

아니, 군인이라도 전투를 하는 병과 장교가 아니었다. 그는 기관과의 장교였다. 기관과 장교는 그 당시 세계 어느 해군에서도 정식 장교로 인정되지 않고 '기사' 대우를 받고 있었다.

R.P. 홉슨이라는 중위 대우를 받는 젊은 기사였다.

이 의견을 샘슨 사령관에게 상신했다.

"고안자인 제가 지휘관으로 가겠습니다."

전사할 확률이 높은 이 위험하기 짝이 없는 일에 전투원이 아닌 일개 기사가 자진해서 가려고 한 것은, 이 나라 국민에게 공통된 모험 정신일 것이다. 샘슨은 그것을 허락했다.

홉슨은 결사대원을 모집했다. 100명이 넘는 자들이 지원했다. 홉슨은 그 중에서 여덟 명만 뽑아서 부하로 삼았다.

자침용 배로 '메리맥'이라는 기선을 골랐다. 2,500톤의 화물선으로, 그때는 석탄을 운반하는 배로서 함대를 위해 일하고 있었다.

6월 3일 새벽, 구름 사이로 달이 떠올랐다. '메리맥'은 증기를 가득 피워올리고 전속력으로 항구 입구를 향해 돌진했다.

산티아고 만의 입구는 전함이 겨우 한 척 지나갈 수 있을 정도로 좁다. 그곳이 목표였다. 그러나 서쪽 입구에 포대가 있었다.

──포대에 들키면 그야말로 끝이다.

모두들 가슴이 조마조마했다. 포대는 잠자코 있었다.

그러나 그보다 먼저 항구 입구를 야간 초계하던 조그마한 포함에 들켰다. 포함은 함을 정지시킨 채 포문을 열었다. 속사포였다. 숨을 쉴 틈도 없이 바쁘게 쏘아 대기 시작했다. 그 중 한 방이 명중했다.

그 폭발로 서쪽 입구 포대에 있는 조준수의 눈에 '메리맥'의 모습이 뚜렷이 드러났다. 포대는 불을 뿜기 시작했다.

배의 전후좌우에 포탄이 떨어지고, 커다란 물기둥이 치솟았다. 기관총탄까지 날아왔다.

'메리맥'은 그 흘수선 밑에 자침용 수뢰를 몇 개씩 매달고 있었다. 만약 거기에 적탄의 파편이라도 맞는다면, 홉슨 기사 이하 여덟 명의 미국인들의 목숨은 공중으로 날아갈 것이다.

'메리맥'은 스페인의 요새포와 함포의 일제 사격을 받으면서 전진했다. 1분마다 배의 모양이 바뀌었다. 굴뚝은 날아가고, 선교는 산산조각이 난 채, 선체는 옆으로 기울어져 전진했다. 배는 조타기가 망가졌는지 생각한 방향으로 나가지 않았다.

폐색은 홉슨 기사가 생각했던 대로 되지는 않았다. 키가 말을 듣지 않아서 조수가 흐르는 대로 몸을 맡기는 형국이 되어, 충분한 위치로 가져갈 수가 없다. 홉슨은 수뢰의 자폭을 명령했다.

자폭했다.

배는 일단 왼쪽으로 기울었으나 곧 뱃머리에서부터 가라앉기 시작하더니 이윽고 고물을 높이 쳐들고 바다 속으로 가라앉고 말았다.

그때는 홉슨 이하 모두가 준비했던 뗏목에 매달려 있었다. 뗏목에는 물론 스스로 달릴 수 있는 자주 장치가 없으므로, 천천히 조류에 밀려 흘러갔다.

날이 밝기를 기다렸다. 그 뒤에는 적이 발견해주기를 기다릴 뿐이다.

"보트를 사용하지 않고 뗏목을 쓴 것은 홉슨이 처음부터 일을 결행한 뒤 포로가 될 작정이었기 때문이다."

사네유키는 나중에 이 폐색에 관한 보고서를 썼다. 만약 일본이 이 작전을 결행할 경우 포로가 된다는 관념이 희박하기 때문에 폐색 대원들의 생명을 보장할 수 없다고 보아야 할 것이다.

아침이 되어 홉슨 이하 9명은 스페인 함대의 기정(汽艇)이 건져 올려 전시의 국제법대로 융숭한 간호를 받았다.

그러나 폐색 자체는 실패였다. 폐색선은 항구 입구에서 가로로 가라앉지 않고 세로로 길게 가라앉았기 때문에 스페인 함대의 출입에는 조금도 방해가 되지 않았다.

세르벨라 소장의 스페인 함대는 여전히 항내에 웅크리고 있었다.

항구 밖에는 샘슨 소장의 미국 함대가 온갖 운동을 되풀이하면서 그것을 봉쇄하고 있었다.

샘슨은 휘하 함대에 포격도 명령했다.

항외에서 항내의 적을 치는 것이다. 목표가 확인되지 않은 상태에서 원거리 사격을 하는 것이니까 당연히 잘 맞지 않았다. 맞지 않다는 것을 알면서도 샘슨은 계속 명령했다. 샘슨의 봉쇄 함대는 이리떼를 연상시키는 것이었다. 짖는 것으로 항내에 있는 적의 간담을 서늘케 하여 전의를 꺾는 한편 자기 군의 사기를 높이는 것이다.

여러 가지 사격법을 사용한다. 때로는 군함을 정지시킨 채 사격하고, 때로는 몇 패로 나뉘어 교대로 공격하는 전법처럼 각 함마다 빙 돌아와서는 일정한 지점에 이르면 발사한다.

"참으로 물자도 흔한 해군이다."

스페인 함대 사람들은 적이 거의 끝도 한도 없이 포탄을 사용하는 모습에 어이없어했다. 5월 말일부터 6월 중순까지 단 열흘이 조금 넘는 사이에, 미국 함대가 사용한 포탄 사용량은 약 4,000발이었다. 그만큼의 양을 쏘아 댄 데 비해 항내의 스페인 함대에 끼친 손해는 기록할 것도 없었다.

스페인 인들은 용케도 이런 위협을 견뎌냈다. 이런 상황 하에서 스페인 함대만큼 무의미한 시간을 보낸 함대도 흔치 않을 것이다. 항외로 나가면 박살을 당하고 만다.

그렇다고 항내에서 함대 보전에 힘쓰고 있어도 작전의 장래에 희망이 있는 것도 아니었다. 보통 이와 같은 해상 농성 작전은 시간을 벌어서 자기편의 강력한 함대가 지원하러 오기를 기다린다는 데 의의가 있다. 러일전쟁의 경우에 러시아의 여순함대가 그러했던 것처럼.

여순함대는 여순 군항 내에 틀어박혀 숨을 죽이고, 도고 함대는 그것을 봉쇄했다. 여순함대에 크나큰 희망이 되었던 것은 자기편인 발틱함대가 멀리 희망봉을 돌아 극동으로 와 주는 것이었다. 그러나 세르벨라의 스페인 함대에는 그러한 희망이 없는 것이다.

"설사 눈앞에 보이는 희망이 없더라도 함대는 보전되어야 한다."

이런 생각을 세르벨라는 하고 있었다. 함대가 출항하면 전멸해 버리고 함대가 전멸하면 미서전쟁은 그것으로 끝나고 만다. 함대만 보전해서 느긋하게 시간을 벌고 있느라면, 본국이 유럽에서 벌이고 있을 외교 활동에 어떤 전략상의 전개가 펼쳐질지도 모른다. 또 제3국이 중재할지도 모르는 일이었다.

한편 샘슨은 다소 초조해하고 있었다. 군사적으로는 어떠한 의미로도 조급할 필요는 없었지만, 미국의 납세자들의 감정과 떠들어 대고 있는 신문 때문에 대중의 여론이 샘슨의 느긋함을 용납하지 않았다.

――어째서 항내로 돌입하지 않는가. 샘슨은 용기가 없는 게 아닌가?

이렇게 떠들어 대고 있었다. 샘슨은 물론 함대 책임자로서 그러한 어리석음은 피하려 하고 있었다. 항내로 돌입하면 적어도 군함 하나 둘은 얻어맞게 마련이다. 그렇게 되면 간신히 적에 대한 우세를 유지하고 있는 함수와 화력이 저하한다.

여기에 당연히 하나의 원칙이 있어야 한다. 적의 함대는 군항 안에 있고 군항은 요새포로 무장하고 있다. 그 무장을 해상에서 파괴할 수는 없다.

"육군이 움직이도록 하는 방법밖엔 없습니다."

샘슨 소장의 참모장 채드윅이 계속 주장했다. 샘슨도 같은 생각이었다. 육군으로 육상에서 요새를 공략하는 수밖에 없다. 뒤에 러일전쟁 때의 여순 공격에서 노기 마레스케(乃木希典)가 이끄는 제3군이 했던 역할은 소규모이지만 산티아고 요새에서는 미군의 제5군단 새프터 소장이 해야 할 일이었다.

이 작전은 실행되었다.

6월 22일 제5군단의 다이커리 해안의 상륙이 그것이었다. 다이커리는 산티아고 만에서 동쪽으로 약 16마일 떨어져 있다. 함대의 원호를 받으면서 새프터 소장 이하 1만 6,000의 육군이 이곳에 상륙했다.

그 뒤에는 산악 지대에서의 전투 행군이 계속되었다. 일본의 관전무관 시바 고로(柴五郞) 중령은 이 군단 가운데 제1사단에 동행했다.

이 작전에 있어서 미국 육군의 행동은 작전이나 전투 경험이 거의 없는 일반인들의 영역을 벗어나지 못했다. 정글을 헤치고 도로를 만들면서 나아가는 데 있어서 공병의 활동은 극히 활발하지 못했다. 정찰 활동도 조잡해서 적정을 잘 알 수가 없었다.

게다가 끔찍하게 더워서 날로 사기가 떨어졌다. 그 사기를 높여준다는 점에서 노인인 새프터 소장은 그다지 적당한 인물이 아니었다. 그 자신부터 이 어려운 행군에 굴복한 것이다.

온갖 작정상의 착오를 거듭하면서 상륙 후 일주일째인 29일, 미군은 산티아고 시가를 바라보는 지점에 포진했다. 이를 저지해야 할 스페인 육군의 활동은 지지부진하여, 이따금 용감한 소부대의 저항은 있었지만 통일된 작전상의 의사가 없는 듯했고, 미군은 적의 그 같은 허약함 덕분에 몇 가지 행운을 얻었다. 후에 일본군을 막은 여순의 러시아군과는 이 점에서 비교도 되지 않는다.

본격적으로 전투가 시작된 것은 7월 11일 이른 아침, 미군의 산티아고 진격 개시부터였다.

그러나 스페인군은 요새에 의지하고 있었다. 요새라고 하기 어려울 정도로 구식이었지만, 그래도 화포가 적은 미군에게는 터무니없이 거대한 적이어서 공격 시도는 차례로 좌절되었다. 그들은 여순에서의 일본군처럼, 오로지 소총과 육탄만을 무기로 삼아 목숨을 아끼지 않고 진격한 끝에 시체를 산더미처럼 쌓아올리는 장면을 연출하지는 않았다. 포탄이 떨어질 때마다 마구 달아나서 장교들은 그러한 병사들을 장악하는 데만도 큰 고생을 했다.

이와 같은 미서전쟁에서의 미국 육군의 취약점에 대해서는 시바 고로 중령에 의해 일본 참모본부에 자세하게 보고 되었다. 기묘하게도 이 19세기말의 자료가 일본 군인의 미국 육군에 대한 고정 관념이 되어 그 뒤로도 거의 수정되지 않은 채 40년이나 지나 그 육군을 상대로 전쟁을 시작하려 했을 때, 일본 군부는 미군 병사들의 본질에 대해 그 정도의 인식밖에 갖고 있지 않았던 것이다.

그러나 전국은 의외의 곳에서 전환되었다. 항내에 있는 스페인 함대의 세르벨라 사령관에게 본국의 국방성으로부터

"산티아고 항을 탈출하라."

명령이 내린 것이다.

본국의 의향으로는 스페인령인 필리핀이 미군의 공략을 받고 있으므로 이런 상황에서는 양면 작전은 불리하니 방위를 동양으로 좁히기 위해 세르벨라 함대를 그쪽으로 옮겨 가려고 했던 것이다.

──어림도 없는 소리

세르벨라 소장은 생각했다.

지금 육상에서는 요새의 공방전이 계속되고 있었다. 세르벨라는 1,000명의

해병을 상륙시켜 육군에 협력하게 했는데, 본국으로부터의 전보는 그 1,000명을 함대에 수용하여 항구를 탈출하라는 것이었다. 이 해병들을 물러나게 하면 산티아고는 곧 함락되고 만다. 산티아고가 함락되면 쿠바 자체를 버리는 것과 마찬가지였다.

"지금 탈출하는 것은 완전히 무의미한 일이다."

본국의 의사를 중계하고 있는 하바나 총독에게 이렇게 회전(回電)하자, 곧 같은 의미의 전보가 되돌아왔다.

"최대한 빨리 탈출하라"

이런 명령이었다.

이렇게 되면 따를 수밖에 없다. 따른다면 그 뒤는 어떤 방법으로 탈출하는가 하는 것이다. 지극히 어려운 작업이었다.

세르벨라는 작전 회의를 열었다. 검토한 결과 미국 함대의 봉쇄진은 항상 서쪽이 약하다는 것이 드러났다. 그곳을 돌파하기로 했다. 그러나 그냥 돌파하다가는 모든 함대를 잃게 된다.

세르벨라는 결단을 내렸다. 자기와 기함이 희생되면 된다. 미국의 전함이 오면 그것과 정면 충돌하도록 돌진하여 충각(뱃머리의 수면 밑에 쏙 나와 있는 뿔)으로 부딪치려는 것이었다. 그러는 동안 시간을 벌어 다른 함정을 탈출시키는 것이다.

탈출은 7월 3일 아침으로 정했다.

그날이 왔다.

세르벨라 함대는 행동을 개시했다. 세르벨라의 훌륭한 지휘 아래 각 함은 차례로 좁은 항구 입구에서 빠져나왔다.

그러나 이런 상황은 미국 측 전함 '아이오와'에 의해 의외로 빨리 발견되었다. '아이오와'는 신호기와 신호포로 함대 전체에 그것을 알렸다.

세르벨라의 기함 '인판타 마리아 테레사'가 만 밖으로 모습을 나타냈을 때, 미국 함대는 이미 전투 준비를 갖추고 있었다. 일제히 6,890톤의 스페인 군함을 향해 집중 포화를 퍼부었다.

전투가 시작되었다.

해상은 증기를 가득 올린 각 함이 토해 내는 검은 연기와 끊임없는 사격으로 생기는 포연 때문에 때로는 시계가 제로에 가까웠고, 이 때문에 뛰어다니던 중순양함 '브루클린'이 자기편 전함 '텍사스'와 하마터면 충돌할 뻔했다.

스페인 함대는 달아나면서 되는 대로 마구 사격을 퍼부었다.
그러나 그 사격은 몹시 졸렬했다.

스페인의 비애 중의 하나는, 해군 예산이 너무 적어서 포술을 연습하기 위한 장약이 없었기 때문에 어느 함, 어느 포수도 실탄 사격이라는 것을 해본 적이 없는 것이었다.
실제 전투에서 그 결함이 노골적으로 나타났다. 그들은 열심히 쏘아 댔지만 도무지 맞지 않았다.
그에 비해 미국인의 포탄은 정확히 맞았다. 전투 개시 후 얼마 되지 않아 세르벨라가 탄 기함 '인판타 마리아 테레사'는 전함 '아이오와'의 12인치 주포의 포탄을 고물에 맞아 배의 동맥이라고 할 수 있는 증기 파이프가 눈 깜짝할 사이에 파괴되었다. 흰 증기가 높이 치솟고, 그것이 화재로 발전했다. 함내에는 증기와 화염으로 병사들의 전투 행동이 방해되었다. 불은 탄약고에까지 미치려고 했다.
——이대로 가면 함도, 사람도 산산이 조각으로 날아가 버리고 만다.
누구나 그렇게 생각했다. 세르벨라 소장은 군함을 좌초시키려고 육지를 향해 돌진했다. 그러나 그보다도 빠르게 불길이 앞갑판까지 뒤덮었다.
세르벨라는 전원에게 탈출을 명령했다. 사람들은 바다로 뛰어들었고 함정만 불길에 휩싸인 채 전진했다. 이윽고 군함이 카브레렐라 곶(岬)의 해변에 올라갔을 무렵에는 해면에 떠 있는 수병들은 미국 함대의 구조원에 의해 구출되었다. 세르벨라도 미국 포함에 구조되어, 나중에 전함 '아이오와'에서 융숭한 대접을 받았다.
스페인의 2번 함인 '아르미란테 오켄도'도 얼마 되지 않아 똑같은 운명에 처한다. 집중 포화로 큰 화재가 일어나서 기함과 마찬가지로 해안을 향해 달리다가 좌초되고 승조원들은 포로가 되었다.
그 밖의 함정들은 도주하는 도중 차례로 붙잡혀 모조리 박살당하듯 가라앉고 말았다.
결국 스페인 함대는 전부 격침되거나 나포되었다.
사네유키는 다른 관전 무관들과 함께 운송선 위에서 이 해전을 자세히 관찰하고 그 요점을 노트에 적었다.
사네유키는 다른 관전 무관들과 함께 스페인 측의 실전 상황을 알아보기 위해 가장(假裝) 순양함 '하버드'에 작은 기선을 대고 그 배에 수용되어 있는 포로들을 위문했다.

전투가 끝나면 스페인인들은 명랑하게 이야기하기를 좋아했다.

"뭐든지 물어보십시오. 가능한 범위 내에서 대답해드리죠."

이렇게 말한 것은 기함 '인판타 마리아 테레사'에 승선했던 장교 아자르 소령이었다.

"산티아고 요새는 어느 정도의 방어력을 가지고 있었습니까?"

사네유키가 물었다.

"그것을 요새라고 할 수 있을까요? 예전부터 있던 성이죠. 대부분이 벽돌로 만들어져서 콘크리트로 된 근대적인 요새는 아닙니다. 우리 함대가 산티아고에 들어가게 되어서 급히 보강했지만, 보강한다 해도 흙으로 만든 보루였죠. 그런 것을 여섯 개 만들었을 뿐입니다."

이 정도의 것에 미국 함대는 4,000발의 함포를 쏘아 댔지만 거의 손해다운 손해도 주지 못했다. 이 전쟁의 교훈에서 보더라도 해상에서 요새를 향해 쏘는 포화는 아무 소용이 없으며, 결국 육상에서 공략해야 한다는 것을 사네유키는 알았다. 이 경험을 여순 공격 때 살리게 되는 것이다.

미서전쟁의 전훈(戰訓)은 뒤에 일본과 러시아 사이에 벌어진 해상 봉쇄와 결전에 얼마나 큰 도움이 되었는지 모른다.

이것을 다소 신비적으로 말하자면, 일본인이 러시아와 싸우기 위한 모형을 제공하기 위해 미국인과 스페인인이 싸워 주었던 것 같으며, 그 전훈의 취재자로서 하늘이 아키야마 사네유키를 쿠바에 보내주었던 것 같은 느낌마저 든다.

사네유키는 뒤에 러시아에 대한 해상 결전의 현장 설계자 겸 감독자가 되었다. 그때 이 '모형'의 요점을 알기 위해 각국의 관전 무관 등이 그토록 어이없을 만큼 열심히 취재했다.

스페인 함대의 아자르 소령에 대한 사네유키의 태도도 물론 그러했다.

아자르가 설명하는 산티아고의 방어력과 실제적인 활동과 효력을 자세히 메모했다.

스페인 함대의 탈출전에 관해서도 전문가로서 질문을 하고, 전문가로서의 회답을 얻었다. 아자르는 감추는 일없이 모조리 이야기했다.

그런 다음, 사네유키가 한 경탄할 만한 일은 스페인 함대의 주요 군함 네 척의 잔해를 자세히 조사한 것이었다. 어느 나라의 어느 관전무관도 이 점은 게을리했다.

그는 먼저 탄흔을 조사했다.

참담한 모습의 기함 '인판타 마리아 테레사'의 함상에 기어올라가 탄흔에 대해 하나씩 조사하여 메모했다. 합계 23발의 탄흔을 찾아냈는데 이것은 뜻밖이었다. 해전 초기 미국 함대는 전력을 다해 이 기함을 먼저 때려 부수려고 포화를 집중하여, 생각하기에는 1,000발은 맞은 것 같았으나 이 정도밖에 되지 않았다. 더욱이 미국 전함이 발사한 12인치 이상의 주포탄은 두 발밖에 맞지 않았다. 해전의 숙명인가, 아니면 미국 해군의 사격 능력이 이 정도란 말인가.

그리고 '비스카야'가 26발, '아르미란테 오퀜도'가 50발, '크리스토발 코론'에 이르러서는 겨우 6발인데, 이것은 함의 전투력을 잃게 할 정도의 피해는 아니었다. 아마도 전의를 상실하여 스스로 해안으로 올라간 듯했다.

사네유키는 이 조사를 기초로 하여 '스페인 함대 피탄수 통계표'라는 것을 만들어 일본에 보냈다. 이러한 표를 생각해내는 것은 사고의 정리 능력이 극히 높은 사네유키가 자랑하는 바이지만, 그렇다 해도 메이지 31년(1898년)경의 일본인이 '표'를 만들어 사태를 한눈에 알도록 했다는 것은 신기한 일이라고 할 수 있을 것이다.

표뿐 아니라 관찰과 감상, 교훈을 그가 자랑하는 훌륭한 문장으로 표현했다.

"이 표를 보건대, 스페인 군함의 피탄은 그다지 많지 않다. 그 치명적인 타격이 무엇이었나 볼 때, 그것은 화제다."

사네유키는 미국 군함의 피탄 상황도 조사했다. 미국 측은 거의 피해를 입지 않았다.

"이 양 함대의 승패의 현저한 차이는 무엇에 의한 것인가."

사네유키는 그것을 보고서에서 자세히 말하고 있다.

이 해전의 결과로 보아 그 승패에 관해서는 이러한 이유를 끌어낼 수 있다.

우선 '미국 함대의 포수의 우수성'이라고 사네유키는 보고서 첫머리에 썼다. 포수의 차이라는 것이 승패의 결정적인 이유가 되었다.

더욱이 황해 해전에서 세계가 인정한 함재 속사포의 위력에 있어서는 미국이 단연 우수했다. 미국의 것은 '모두 신식이고 예리한 것'이었지만 스페인 측의 주력함 세 척에 실려 있는 혼토리아식 14인치 속사포는 이름만 속사포이지 극히 빈약한 기능밖에 갖고 있지 않았다.

이렇게 양군의 포수와 포의 기능으로 보아 일정한 시간 내에 발사되는 포탄량은 스페인 함이 미국 함의 3분의 1에 불과했다. 이것이 승패를 결정짓는 가장 중대한 원인이 되었다.

다음은 명중시키기 위한 '거리 측정기'이다. 미국함은 신식 계기를 사용하고 있었다.

"사격술의 치졸함은 양군 모두 비슷하다. 그러나 미군은 실탄 연습량에서 우세하며 거리 측정기로 인해 조준에 있어서도 월등했다."

사네유키는 더욱이 양군의 발사량을 계산하여 명중도를 산정해 냈다.

그의 계산에 의하면 미국 측은 100발에 두 발, 스페인측은 100발에 한 발이었다.

다음은 사기에 대해서이다.

"스페인 군인은 풍기가 문란해서 개전 때에는 이미 기운이 소모되어 있었다. 그리고 스페인인의 고유한 기질로서 라틴 인종의 민족적 유전에 의한 것인지 잠깐 열중했다가도 곧 식어 버리는 곤란한 성질을 공유하고 있다."

"미함대의 사기는"

그의 설명은 계속된다.

"전세가 처음부터 유리했으므로 갈수록 왕성해진 듯하다. 유리하다고 생각하면 용감하게 나가는 것이 미국인의 특성이다. 개인적 용기의 예는, 맹렬한 불길에 휩싸인 스페인 군함에서 적의 부상자를 구출해 낸다는 것, 또 이것은 용기라기보다는 약간 경솔한 부류에 속하는데 함장 적함을 포위하려고 나섰다는 것 등이 있다."

"화재에 대해서는 미국 군함의 대부분은 황해 해전 뒤에 의장된 신형의 것이다. 당연히 앞에서 말한 전훈이 받아들여져서 화재에 관해서는 충분한 배려가 되어 있다. 다시 말해서 목재 부분이 적다. 이것 때문에 작은 화재가 일어난 것은 아이오와 한 척뿐이다. 이에 비해 스페인 군함은 상대보다 약간 구식이며, 목재를 사용한 부분이 매우 많다. 더욱이 증기관이 파손된 함정이 많았다. 그것은 구조상 그것에 대한 충분한 보호가 되어 있지 않았기 때문이다."
"이에 관해서 스페인 군함의 한 장교가 소관에게 말한 바로는"
아자르 소령인 듯한 사관의 대화를 삽입한 것이다.
"황해 해전의 전훈에 비추어 보아, 화재가 무섭다는 것은 스페인의 해군도 잘 알고 있었다. 이 때문에 출항 전에 목재 가구와 부품을 바다에 버렸는데, 그래도 원래의 구조상 목재가 많아 어쩔 수 없는 일이었다."

전쟁은 끝났다.
사네유키는 8월 3일, 워싱턴으로 돌아왔다.
짐은 이미 부친 뒤였다. 정거장에서부터는 느릿느릿 걸었다. 호주머니에 손을 집어넣어 말린 콩을 꺼내 먹었다.
말린 콩을 좋아한다기보다 사네유키에게는 오히려 주식에 가까워 미국에 있는 동안에도 어머니가 계속해서 보내 주었다.
쿠바에서는 관전 중에도 배 위에서 이것을 먹었다.
호주머니가 언제나 마른 콩으로 불룩했다.
"길을 걸으면서 콩을 먹다니, 해군 사관의 위엄과 관계되지 않는가?"
노골적으로 이렇게 나무라는 선배가 있었지만 사네유키는 도무지 개의치 않았다.
공사관은 도심지에서 떨어진 N가의 1310번지에 있다는 것은 앞에서 말한 바 있다. 땅 값이 싼 장소인데, 그 볼썽사나운 4층 벽돌 건물은 버젓한 신문사의 워싱턴 지국 정도밖에 되지 않았다.
정원에 겹벗꽃이 잎만 무성하게 피어 있었다.
관원들과 종업원들이 모두 무사히 돌아왔음을 기뻐해 주었다.
공사인 호시 도루에게 인사를 하려 하자 해군 무관인 나리타 가쓰로 중령이 말했다.
"본국으로 돌아가셨다네."
후임 공사는 아직 정해지지 않았다 한다.
"자네도 싸울 상대가 없어져서 심심하겠군."
나리타 중령이 말했다.
"싸울 상대?"
사네유키는 특별히 호시와 싸웠던 기억은 없었다.

다만 호시는 그 얼굴 생김새가 돼지의 화신 같았고, 그 탓은 아닐 테지만 그의 지식욕은 돼지의 식욕처럼 왕성했다. 공사로 있는 동안 그는 2층의 한 방을 서재로 쓰고 있었다. 부지런히 책을 사들여 책장이 복도까지 나와 있었다. 그는 공무의 대부분은 서기관에게 맡겨 두고, 틈만 나면 이 서재에 들어박혀 책을 읽었다.

문학 서적이 많았다. 셰익스피어 희곡집을 위시하여 디킨스 등 영미 관계의 문학 서적은 빠짐없이 널리 수집했고, 그밖에 지리 관련 학술서, 외교관과 정치가의 전기, 각국의 역사 서적, 그리고 병서 등이었다.

사네유키의 독서욕도 호시에게 지지 않았다. 다만 호시처럼 서적을 사들일 재정적인 힘이 없었으므로, 호시의 서재에 양해도 얻지 않고 드나들면서 책을 뽑아다 그 속독하는 솜씨로 읽었다.

호시는 이것을 싫어했다.

언젠가 사네유키를 붙잡고 따졌다.

"자네 내 서재에 마음대로 드나들면서 책을 읽는 모양인데, 어떻게 생각하나?"

사네유키도 호시를 그다지 좋아하지 않았다.

"각하께선 그만큼 방대한 서적을 갖고 계십니다만, 그다지 읽으시는 것 같지 않아서, 제가 각하를 대신하여 읽어 드리고 있는 겁니다."

이 이야기는 공사관원들 사이에 다소의 화제가 되었다. 그것이 나리타 중령의 머리속에 남아 있었던 모양이다.

아키야마 사네유키라는 인물의 전술 능력이 해군성과 군령부에 강한 인상을 준 것은 바로 이 쿠바에서의 미서 해전의 보고서였다.

그의 표면상의 신분은 '해군 유학생'이었지만 실제로는 '해군 군령부 제삼국 첩보과'에 속해 있었다. 이른바 넓은 의미의 스파이가 되는 셈인데, 각국은 이러한 역할의 무관을 공공연하게 다른 나라에 주재시키고 있었다. 현지에서 주로 공간(公刊) 자료를 분석하기도 하고, 전투의 견학과 공장 견학을 하여 본국에 그 보고들은 바를 보고한다.

사네유키가 쓴 산티아고 해전에 관한 보고서는 '극비 첩보 제118호'라는 어마어마한 표제가 붙여졌다.

요컨대 해전을 실제로 보고 얻은 전술상의 문제점을 적출, 분석하고, 거기에 의견을 첨가한 것으로, 일본 해군이 창설된 이래 그것이 끝날 때까지 이처럼 정확한 사실 분석과 창조적 의견에 찬 보고서는 끝내 나오지 않았다고 한다. 이것이 사네유키 개인의 운명을 바꾸는 데도 도움이 되었다.

그가 나중에 발틱 함대에 대항하는 도고 함대의 참모로 뽑혀서 '함대의 작전은 모두 아키야마에게 맡긴다'는 신용을 얻게 된 것은, 이 보고서가 일본 해군의 상층부를 놀라게 한 데서 비롯되었다 해도 과언이 아닐 것이다.

그는 워싱턴에 돌아와 며칠 걸려 이 보고서를 작성하여 본국에 보냈다.

보내 놓고 나자 비로소 피로가 몰려와, 사흘쯤 자기 방 침대에서 뒹굴면서 디킨스의 소설을 탐독했다.

문에는 '정양중'이라는 팻말을 걸어 놓았다. 그러나 원래 그 당시의 공사관 전체가 집무라는 면에서는 태평해서 관원들이 모두 나오려면 정오나 되어야 하고, 사네유키가 관내에서 종일토록 뒹굴고 있어도 조금도 눈에 띄지 않았다.

관원들은 오후 1시에 식사를 한다. 그 뒤 대여섯 명이 4층에 올라가 매일 그것이 할 일인 것처럼 화투장을 뒤적이고 있었다. 그 당시 일본 공사관에는 그다지 할 일도 없는데다 일본인 자신이 사무실에서 집무하는 데 대한 사무 규율과 사무를 진행시키는 방법 등을 충분히 몸에 익히지 못했다. 요컨대 일이 없으면 노는 것이었다.

9월에 접어들자

"아무래도 고무라 씨가 올 모양이야."

소문이 온 관내에 파다했다. 고무라 주타로(小村壽太郞)이다.

일찍이 북경의 대리 공사로서 청일전쟁 개전 전야에 외교 처리를 한 인물이며, 지금은 외무 차관을 지내고 있는 사람이다. 차관직에 2년 동안 근무하며 사실상 일본 외교를 움직이고 있었던 인물로 물론 사네유키도 그 이름을 알고 있었다.

북경 시절에 몸집이 자그마한 사나이가 어지럽게 돌아다니는 것을 보고 열강 외교단이 '쥐새끼 공사'라는 변명을 지어 주었던 인물이다.

일국의 외교는 천재적인 경륜가만이 해낼 수 있는 일인데, 메이지(明治)의 일본은 그러한 인재를 갖는 것에 다소 행운을 얻고 있었다.

청일전쟁 때는 무쓰 무네미쓰(陸奧宗光)라는 인재를 얻었고, 러일전쟁에서는 고무라 주타로를 얻었다.
  이때를 전후한 고무라의 연보를 보면

  메이지 29년(1896) 41세. 조선에서 러시아 공사와 접촉하여 조선에 대한 협정을 끝냈다. 외상 오쿠마 시게노부(大隈重信) 밑에서 외무 차관.
  메이지 30년(1897) 42세. 무쓰 무네미쓰 사망. 독일 함대 교주만 점령.
  메이지 31년(1898) 43세. 9월 3일부로 미국 주재 특명전권공사에 임명.
  메이지 33년(1900) 45세. 러시아 주재 공사에 임명.
  메이지 34년(1901) 46세. 9월 21일 외무대신에 임명.
  메이지 35년(1902) 47세. 1월 30일 영일동맹 체결.

  이상인데, 외무 차관에서 주미 공사, 그대로 주러시아 공사로, 도중에 런던에 들러 영국의 외교 실정을 관찰하면서 모스크바로 갔다가 이어 외무대신으로 취임. 다시 영일동맹 체결이라는, 불과 수년 간의 고무라의 발자취는 그대로 메이지 30년대 일본의 운명의 골격을 만들어 놓았다고 해도 무방하다.
  그는 바싹 마른 체격이었다.
  그리고 보통 이상으로 몸집이 작다.
  빈약한 용모에 큰 수염을 위로 뻗치고 있는데 그것이 오히려 쥐를 연상하게 했다. 그가 주미공사로 결정되었을 때, 워싱턴의 각 신문사에서 공사관으로 그의 사진을 얻으러 왔다. 어떤 기자는
  "이 사람은 독일계인가?"
  이렇게 물었다 한다. 그러고 보면 작은 눈이 움푹 꺼져서, 독일 시골의 제화 직공 같은 느낌이 든다.
  사네유키는 이 고무라와 접촉했다.
  이 시기의 고무라의 언행을 기록에 담아 두는 것은, 그 시대와 그 시대인을 이해하는 데 다소나마 도움이 될지도 모른다.
  다음은 그것에 대한 기록이다.
  고무라 주타로의 정당론.
  "일본의 정당은 사리사욕을 위해 모인 도당들이다. 주의도 없거니와 이상도 없다. 외국의 정당에는 역사가 있다. 사람에게 정당의 주의가 있고, 가

문에 정당의 역사가 있다. 조상들은 그 주의를 위해 피를 흘리고, 가문은 그 정당 때문에 부침했다. 일본에는 그러한 사람도, 그러한 가문도, 그러한 역사도 없다. 일본의 정당은 헌법 정치의 미망에서 태어난 일종의 픽션이다."

번벌론.

"번벌은 이미 섀도(그림자)이다. 실체가 없다."

참고로 말하자면 고무라는 휴가(日向：宮崎) 오비 번(飫肥藩) 출신이고, 사쓰마 조슈 사람은 아니다.

"픽션인 정당과 섀도인 번벌이 맞붙어 싸움을 계속하고 있는 것이 일본 정계의 현실이다. 허구와 그림자의 싸움인만큼 일본의 운명을 어떻게 굴러가게 해 버릴지 알 수 없다. 장차 일본은 이 공허한 두 개의 싸움 때문에 말할 수 없는 심연에 빠지고 말 것이다."

고무라는 번벌과 당벌이 국가를 멸망시킨다고 늘 말하곤 했다.

그뿐만이 아니다.

"나 자신은 오로지 국가에 속해 있을 뿐이다. 어떠한 파벌에도 속해 있지 않다."

이런 입장을 항상 언명해 왔다.

이를테면 메이지 31년(1898년) 1월에 설립된 이토 히로부미 내각에서 외무 차관으로 있을 때, 고무라는 '경부, 경인철도 부설권 문제'를 해결하려고 했다.

조선에 이 두 개의 철도를 깔려는 것이다. 청일전쟁이 시작될 무렵에 일본 정부는 조선 정부로부터 이 부설권을 얻었으나 전후 여러 가지 사정으로 실현되지 않았다.

요컨대 청일전쟁 후의 일본의 국력과 기술 능력, 민간의 자본력이 얼마나 빈약했는지를 생각하면, 외국에 나가서 거기에 철도를 깐다는 그런 엄청난 일은 도저히 할 수가 없었다. 국내에서도 일부 간선 외에는 변변한 철도가 없었고, 그것을 까는 데도 외국인 기사를 불러야 하는 상태였다.

——아예, 이 권리를 외국에 팔면 어떤가.

이런 안이 나와서 청일전쟁이 끝나고 2년 만에 미국인 모르스라는 사람에게 팔아 버렸다.

고무라는 이것을 안 된다고 했다. 메이지 29년(1896년) 가을, 오쿠마 외상의 차관이 되자, 이것을 도로 사들이려고 팔방으로 분주히 뛰었다. 드디어 오에 마사루(大江卓) 등을 설득하여, 민간에서 '경인철도 부설조합'이라는 것을 만들게 했다. 다만 권리를 매수하기 위한 돈이 180만 엔이 드는데, 그 원리 보증을 정부가 한다는 데서 암초에 부딪쳤다. 의회가 이 문제를 당리당략을 써서 승인하지 않으리라는 것은 누가 보아도 명백한 일이었다.

그러던 중 정변이 일어나 제3차 이토 내각이 출현하고, 고무라는 계속 사이도쿠 지로(西德二郞) 외상 밑에서 차관으로 근무하게 되었다. 조각이 성립되자마자 고무라는 시바 공원에 있는 스에마쓰 겐토(末松謙澄)의 사저로 이토 히로부미를 찾아갔다. 이토는 이때 수상 관저로 들어갈 때까지 이 사위 네 집에 임시로 머무르고 있었다.

고무라가 앞서 말한 용건을 들고 나오자, 이토는 브랜디 잔을 기울이면서 말했다.

"고무라, 말해 두겠네만 그것은 안 되네. 그렇게 크나큰 국고 부담이 될 안건을 의회와 의논하지 않고 정부가 독단으로 처리하는 것은 형법 위반일세. 형법을 기초한 내가 위헌을 할 수는 없네."

그러자 고무라는 다음과 같이 말했다. 이것은 고무라의 정치사상을 잘 나타내고 있다.

"위헌이라고 하셨습니까?"

"원래 입헌 정치란 책임 정치를 이르는 것입니다. 국리민복이 되는 일이라면 국무총리가 책임지고 단행하면 되는 것이지 일일이 의회와 의논하는 것만이 입헌 정치는 아닐 겁니다. 현재 헌정의 본거지인 영국은 어떻습니까? 일찍이 디즈레일리는 전보 한 장으로 하룻밤 사이에 수에즈 운하의 주식을 사들이고 45만 파운드라는 큰 돈을 지출하여 운영의 관리권을 영국의 수중에 넣지 않았습니까? 그때는 마침 의회가 휴회 중이어서 다시 열리기를 기다려 일을 하면 기회를 영원히 놓쳐버린다는 생각에서 그렇게 했던 것입니다."

결국 이 문제는 고무라의 주장대로 되었다.

고무라의 언행록은 계속된다.

주미 공사로 부임하기 위해 도쿄 역을 출발할 때 고향 후배가 물었다.

"감상이 어떻습니까?"

고무라는

"호시 도루 씨의 뒤를 잇는 건데 뭐."

이렇게만 말하고 너털웃음을 웃었다. 전임자인 호시 도루는 전문적인 외교관이 아니었고 각국의 외교단과 교제도 하지 않았다. 따라서 자연히 밭이 마구 파헤쳐지지는 않는다. 다시 말해 '후임자로서 일하기 쉽다'는 의미였을 것이다.

그는 부인을 동반하지 않고 고무라 집안의 서생 출신인 공학사 마스모토 우헤이(桝本卯平)와 요리사 겸 집사인 우노 야타로(宇野彌太郎) 두 사람을 데리고 도미했다. 부인은 심한 히스테리로 고무라와의 사이가 보통 부부 같지 않았다.

미국 재임 중, 외무성의 동료인 가토 다카아키(加藤高明)가 영국에서 귀임하는 길에 워싱턴에 들렀다. 가토는 부인 동반이었다. 참고로 가토의 부인은 미쓰비시(三菱)의 이와사키(岩崎) 가문 출신이다.

고무라는 이 가토 내외를 위해 공사관에서 환영회를 열었다. 그 석상에서 가토는 고무라의 얼굴을 유심히 살펴보더니 말했다.

"여전히 지저분하군그래."

고무라의 험구도 정평이 있었지만 가토는 그 이상이었다.

"술만 퍼마시고 호걸인 체하는 것도 정도껏 하라구. 이제 마누라를 부르는 게 어떻겠나?"

가토의 말에 그의 부인이 합세했다.

"정말 그래요. 저희들이 일본으로 돌아가면 부인께 부디 도미하시도록 권하겠어요."

그녀는 외교관 부인으로서 거의 나무랄 데 없을 정도로 대인 접촉 감각이 세련되어 있었다.

그러나 고무라는 수염에서 술방울을 뚝뚝 떨어뜨리면서

"글쎄요, 그건 사양하고 싶군요. 못생긴 마누라를 끌고다니면서 온 세상에 창피한 꼴을 보이는 건 딱 질색이니까요, 핫하하하!"

웃어 젖혔다.

가토와 그 부인의 얼굴이 새파래졌다. 못생긴 마누라라는 것이 가토와 그 부인에 대한 빈정거림이라는 것은 그 자리에 있는 사람은 누구나 다 알 수 있었다.

고무라에게는 외교관으로서의 품위 같은 것은 조금도 없었다. 따라서 관료로서의 자신에 대한 평판에도 신경을 쓰지 않았다.

"정직이 가장 좋은 정책이라고 말한 워싱턴을 나는 누구보다 훌륭한 정치가라고 생각해."

고무라는 미국에 머물고 있는 동안 항상 이렇게 말했다. 사네유키도 종종 들었다.

"그는 독립 전쟁의 당파 싸움 속에서 오직 혼자 초연했고, 미국주의를 주장했다. 미국 외에는 아무 것에도 그의 관심이 없었다. 또한 그의 외교는 거짓이 없다. 다른 나라도 마침내 워싱턴은 거짓말을 하지 않는다는 것을 믿게 되었다. 거짓말로 이룬 외교는 매우 힘이 들고 언젠가는 탄로가 나지만, 항상 성심으로 밀고 나가면 대단한 지혜를 쓰지 않아도 된다. 워싱턴은 외교가로서도 위대하다."

고무라의 미국관이다
"미국인은 상당히 용맹스럽다. 그들의 정신은 우리 일본 무사들의 정신과 흡사하다. 명예를 중히 여기며 의협심에 차 있고 약한 자를 돕는다."

그 시대에 개인으로서의 미국인은 다른 나라 사람들에게 그런 인상을 주는 면이 강했다. 고무라는 메이지 8년(1875년), 대학의 '법과 본과 학생'으로 재학 중, 문부성 유학생으로 하버드 대학 법학부에 입학했다. 메이지 10년(1877년), 23세로 이 학교를 졸업하고, 그 뒤 3년 동안 뉴욕의 법률 사무소에서 일하며 실무를 견습했다.

"그 유학 중의 추억은 불쾌한 것이 하나도 없었다. 나는 피부색이 다른 일본인이었고, 그 일본인 중에서도 유난히 작은 몸집이었는데, 학교의 교수들은 나를 사랑해 주었다. 학생들은 나를 경멸하지 않았을 뿐 아니라, 오히려 매우 존경해 주었다. 길에서 만나도 자기쪽에서 먼저 모자를 벗고 경의를 표해 주었을 정도였다."

그러나 유학생 시절의 미국이라면 그에겐 18년 전의 인상이다.
"미국을 안다고 생각했는데, 아무래도 그것은 일면뿐이었던 것 같아."

그는 착임하자마자 틈만 나면 공사관 2층에 틀어박혀서 미국 사정에 관한 책을 읽었다.

"미국은 복잡하군."

고무라가 유학 시절에 접촉한 것은 다행히도 지식 계급에 속한 사람들이 대부분이어서 노동 계급은 알지 못했다.

노동 계급은 캘리포니아 주에서 배일 감정이 점점 높아가고 있었다. 그들은 일본 이민을 혐오했다.

——캘리포니아 주에서는 일본인에게 방을 빌려 주는 사람이 없다.

사네유키도 히로세 대령이라는 체미중인 해군 사관한테 들었다. 일본인이 살게 된 뒤로는 백인이 들지 않는다고 한다. 그래서 집 주인이 거절한다는 것이었다.

원래는 일본인 이민의 강한 생활력이 미국 노동자를 압박하기 때문이라고 했다. 생활비가 싸기 때문에 낮은 임금에도 일하고, 게다가 된장, 술, 침구, 다다미(疊)까지 모조리 일본에서 보내오게 함으로써 그곳에 돈을 떨어뜨리지 않았다. 그러한 폐쇄적인 경제 생활자는 미국인의 대중 감각에서 보면 사회의 적이 되는 셈이어서 열렬히 배척당했다.

이 경향에 대해 일본 정부는 여러 번 항의도 했지만, 미국 정부도 캘리포니아 유권자의 기분을 해치면서까지 이 움직임에 찬물을 끼얹을 용기는 나지 않았다.

고무라도

"캘리포니아 주 이민 문제는 외교의 힘으로는 도저히 해결할 수 없다."

이처럼 절망적이 되어 있었다.

그러나 한편으로, 미국의 지식층 사이에 일본을 알고자 하는 움직임이 차츰 일어나고 있었다.

고이즈미 야쿠모(小泉八雲)의 일본을 소개하는 저작물들이 고무라가 착임했을 무렵 미국에서 압도적인 인기를 얻고 있었다.

"사교계에서는 고이즈미에 대한 화제가 한창이다."

고무라는 이렇게 말하며, 그도 서둘러 사들여서 모조리 읽었다. 또한 니토베 이나조(新渡戶稻造)의 영문으로 된 《무사도》도 간행되자마자 베스트셀러가 되었다. 미국에는 그러한 층도 있었던 것이다.

고무라는 일본에 있을 무렵, 이미 니토베의 《무사도》도 읽었으므로, 미국인으로부터 이 책에 대해 질문을 받아도 별로 당황하지 않았다.

"일본의 빛은 무사 정신이다."

고무라는 사네유키에게도 말했다.

"같은 동아시아인일지라도 중국인의 장점은 상인 근성이다. 이것도 매우 우수하다. 이 두 민족이 협조하여 그 장점을 살린다면, 비로소 동아사아에 평화가 올 것이고 인류의 행복이 보장될 것이다."

다음은 영국관.

"아키야마 군은 이로쿼이라는 인디언의 일족을 알고 있소?"

어느날 고무라가 물었다.

"아닙니다, 인디언에 대해선 자세히 알지 못합니다."

사네유키가 대답하자, 고무라는 설명하기 시작했다.

17세기 후반, 북미의 대평원에서 서로 영토와 이권을 다투던 것은 영국과 프랑스였다.

그들 백인은 원주민인 아메리카 인디언을 적으로 생각했지만, 그래도 직접 싸우지는 않았다. 인디언이 수많은 종족으로 나뉘어서 서로 항쟁하고 있는 점을 백인들은 연구하여, 그들의 한쪽에 이익을 주어 다른 한쪽과 싸우게 했다.

그들은 총기와 독한 술을 좋아했기 때문에 백인들은 아까워하지 않고 그것을 주었다.

"인디언에게는 이성적인 판단력은 부족하나, 그에 비해 감정이 풍부하여 부족을 사랑하는 마음이 강하며 적을 증오하는 힘이 매우 왕성하고 명예심이 풍부하오. 또한 싸움을 즐겨, 일단 싸움을 시작하면 서로 멸망할 때까지 싸움을 그치지 않소. 영국과 프랑스도 이 습성을 이용했소. 그들에게 총과 술을 한없이 제공했소. 특히 영국인은 교묘해서, 그들은 인디언 가운데서도 이로쿼이족이 가장 용감하고 의협심이 풍부함을 알고, 이들에게 이익을 주어 자신들과 동맹을 맺게 한 뒤 이 종족의 힘을 빌려 북방에서는 프랑스군의 남하를 막고, 나아가서는 서부 인디언을 평정했소. 그들 인디언은 이처럼 서로 항쟁해서 죽였기 때문에 17세기 후반에 북미에 살고 있던 180만의 유색 인종은 그 세기가 지난 지금은 연기처럼 사라지고 말았소. 당연한 결과였소."

고무라는 말을 이었다.

"이것이 영국의 전통적인 수법이오. 동아시아를 돌이켜보건대, 중국을 사이에 두고 영국의 기득이권과 이익을 지금 러시아와 프랑스가 침범하려 하고 있소. 영국으로서는 꼭 동아시아에서 이로쿼이족을 찾고 싶을 거요――그것이."

"일본이겠지요."

"그렇소, 일본이오. 영국은 일본을 이로쿼이족으로 쓰려고 생각하고 있소. 지금 그들은 열심히 연구 중이오. 그런데 우리 일본은 오랜 국운이라는 관점에서 보아, 여기서 한번 동양의 이로쿼이가 되지 않을 수 없는 시기에 왔소. 상대편의 속셈을 속속들이 다 알고 난 후에 한번쯤 이로쿼이가 되지 않을 수 없소."

이때 고무라는 그 뒤의 영일동맹의 구상을 은근히 이야기하고 있었을 것이다.

이 무렵, 뒤의 러일전쟁에서 활약하게 되는 네 척의 군함이 미국에서 건조되고 있었다.

일본 2등 순양함 지토세(千歲)
일본 2등 순양함 가사기(笠置)
러시아 전함 레트비잔
러시아 순양함 벨랴그

이 중 '지토세'와 '가사기'는 러일전쟁 때 연합함대의 제3전대에 속하여 활약하고, 레트비잔은 러시아 여순함대의 주력함의 하나로 일본 측이 두려워했다.

참고로 청일전쟁이 끝난 뒤 일본 정부는 동아시아의 국제 정세의 긴장 아래 대규모 해군 확장을 시작했다.

새로 건조되고 있는 군함은 물론 국내에서 건조할 능력은 없었다. 국내에서 만들 수 있는 것은 작은 함정뿐이며, 그밖에는 모두 외국에 주문해야 했다. 80퍼센트까지 프랑스와 독일로, 나머지 6퍼센트는 국내 생산, 마지막 4퍼센트는 미국에 주문하기도 했다.

"미국에 주문할 건 없지 않은가."

물론 이런 소리가 해군 부내에 있었다. 뭐니 뭐니 해도 미국의 건함 기술에 대한 평가는 아직 국제적으로 높지 않다.

다만, 일본으로서는 장래의 대러(對露)를 상정할 경우, 미국을 우호국으로 만들어 둘 외교상의 필요가 있었다. 그래서 '요시노형(吉野型)'의 쾌속 순양함을 미국에 주문하기로 한 것이다. 어디까지나 외교적인 배려였으니 그 배려가 실로 자상했다. 같은 미국 안에서도 일본인 배척 운동이 심한 샌프란시스코 조선소에 의뢰하기로 한 것이다.

이 조선소와 그 값을 정하는 것은 고무라 주타로의 전임자였던 호시 도루가 활약했다. 갖가지 곡절을 겪은 뒤 '지토세'는 샌프란시스코의 유니온 조선소에, '가사기'는 필라델피아의 클램프 조선소에 발주되었다.

이 소식은 일본 외무성이 상상한 대로 미국 사람들을 크게 기쁘게 해 주었다. 일본 측은 그것이 신문 기사가 되도록 여러 가지로 손을 썼다.

이를테면 가사기의 진수식은 메이지 31년(1898년) 1월 20에 열렸는데, 일본 공사관은 이를 성대하게 하기 위해 미국의 국무장관, 해군장관을 비롯해서 관계 요인들을 모두 초대했다. 진수식의 테이프를 끊는 역할은 롱 해군장관의 사랑하는 딸 헬렌에게 부탁했다.

그리고 필라델피아에서는 오찬회를 베풀고, 돌아갈 때는 워싱턴까지 식당차를 한 칸 마련하는 등 세심하게 마음을 썼다. 앞으로 만약에 러시아와 일본 사이에 싸움이 일어날 경우, 미국에 그 조정역을 맡아 달라고 하려는 일본의 외교적 저의에서였다.

물론 사네유키도 이 진수식과 오찬회에 일본 측의 접대자 중의 한 사람으로 참석했다.

이 두 척의 순양함은 각각 배수량 4800톤, 속력 22.5노트, 크고 작은 속사포가 30문이나 실렸다는 특징이 있고, 장차 해전이 있을 경우에는 그 쾌속을 이용해서 사냥개처럼 전장 수역을 돌아다니며 속사포로 적의 함상을 소사할 것이 기대되었다.

러시아가 미국 조선소에 주문한 순양함 '벨랴그'와 전함 '레트비잔'에 대해서는, 고무라 주타로의 서생 마스모토 우헤이가 건조되어 가는 진행 과정을 직접 보았다.

마스모토 우헤이는 고무라와 동향인이며, 고무라를 의지해서 도쿄로 나와 그의 서생이 되어 제일고등학교에 다녔다. 대학은 조선과였다.

재학 중 실습생으로서 나가사키(長崎)의 미쓰비시 조선소에서 일하며, 자국산인 '히타치마루(常陸丸)'를 만드는 일에 참가했다. 히타치마루는 러일전쟁에서 비극의 배로 그 이름을 세상에 알리게 된다.

마침 고무라가 미국으로 부임하기 직전에 졸업했다. 미쓰비시에 들어갈까도 했으나 고무라가

"그보다도 함께 미국에 가지 않겠나?"

권하여 결국 동행하기로 한 것이다. 고무라로서는 자기의 품안에서 어른으로 자란 이 청년에게 해외의 조선 기술을 배우도록 해주고 싶었던 모양이었다. 여비는 미쓰비시에서 부담했다.

고무라는 마스모토를 공사관에서 잠시 놀게 해두었는데, 얼마 뒤 고무라는 미합중국 독립 기념제에 초대되어 필라델피아 시로 갔다. 그곳 연회석상에서 시의 클램프 조선소 사장 찰스 클램프를 만났다.

──어떻습니까. 일본 청년을 하나 직공으로 써 주시지 않겠습니까? 일본에서 조선학을 공부한 사람입니다.

고무라가 부탁하자 간단히 받아 주었다.

마스모토는 고무라의 소개장을 가지고 필라델피아로 가서, 조선소 사무소에서 클램프 사장을 만났다.

"자네는 우리 공장에서 무엇을 배우려고 왔나?"

그 작은 몸집의 노인이 불쑥 물었다. 과연 맨주먹으로 노력하여 대공장주가 된 경력의 소유자답게 눈이 날카롭고 자부심에 찬 얼굴의 노인이었다.

마스모토는 이러한 소위 철학적인(마스모토는 그렇게 생각했다) 질문을 받으리라곤 생각하지 않았으므로 잠시 망설였으나, 순간적으로 대답이 나왔다.

"저는 배 만드는 것을 배우러 온 것이 아니라, 배를 만들고 계시는 사장님을 배우러 왔습니다."

이 대답이 노인을 매우 흡족하게 했던 모양이었다. 마스모토를 일부러 자기의 개인 사무실로 불러들여 한 시간 가량 이야기를 나누었다. 노인은 더욱 마스모토를 마음에 들어했다.

"공장 각 부에 반 년 가량씩 두루 돌아보도록 하게."

이 무렵, 사네유키가 필라델피아로 와서 마스모토를 위해 하숙을 알선해 주었다. 주인은 헤이그라는 독일계의 미국인으로 조선 기사였다. 당신의 공부를 위해서 크게 도움이 될 것이라고 사네유키가 말했다.

참고로, 사네유키는 공표되어 있지는 않았지만 해군 군령부 첩보과 소속이었다. 그러나 마스모토에게 그런 종류의 일은 일체 부탁하지 않았다.

마스모토는 직공이 되었다. 맨 처음에 배속된 곳은 제도장(製圖場)의 군함부였다. 마침 러시아가 주문한 순양함 '벨랴그'의 제작이 시작되고 있었다. 마스모토도 그 일을 맡게 되었다.

제도장 군함부에는 50명 가량의 사람들이 일하고 있었다.

순수한 미국 태생은 극히 적었고, 노르웨이, 독일, 영국, 프랑스에서 온 이주자가 주로 많았다.

사장이 유태인이라는 사실을 처음으로 알았다.

몇 달 뒤 마스모토 우헤이는 현장으로 돌려졌다. 원래 순수한 직공으로 일급도 1달러 40센트여서 1주일 동안 쉬지 않고 다니면 7달러 70센트가 되었다. 그런데 하숙비는 1주일에 5달러였다. 그래도 동료 직공들은 이렇게 말했다.

"전 세계에 미국의 노동자처럼 행복한 노동자는 없을 거다. 받는 돈이 많고, 음식값은 터무니없이 싸거든."

사실 5센트만 가지고 술집에 가면 직공들은 다 마실 수 없을 정도의 맥주를 마실 수 있었다. 맥주만이 아니라 일본의 선술집에서 내놓는 것 같은 무료 안주도 곁들여 나온다. 그 무료 안주가 쇠고기, 햄, 샌드위치, 비스킷, 치즈 등 규모가 큰 것들이어서 그것이 점심식사와 저녁식사를 대신했다. 그러니까 유럽에서 이 나라로 끊임없이 이민이 밀려오는 것도 당연한 현상이었다.

마스모토 우헤이의 새로운 부서는 전함 '레트비잔'의 현장이었다.

공장은 마치 전쟁터 같았다.

시뻘겋게 단 팔뚝만한 리벳(대갈못)이 총알처럼 머리 위를 날아가는 것은 종종 있는 일이었다. 어떤 때는 매달려 있던 철판이 일직선으로 떨어져서 밑에 있던 직공의 얼굴과, 눈, 코를 모조리 깎아 버린 일이 있었다. 마스모토가 높은 철가 위에서 일하고 있을 때, 눈앞에서 사람이 거꾸로 곧장 떨어지는 것도 보았다.

"열 명이 한꺼번에 높은 곳에서 떨어진 일도 있다. 팔이 부러지거나 손이 잘려나가는 정도는 하루에도 몇 번이나 있는 일이다."

마스모토 우헤이가 회고록에서 쓴 글이다.

그래도 미국의 노동자는 쾌활해서, 일하는 틈틈이 마스모토를 놀려 대기도 했다.

"자네만큼 어리석은 놈도 없을 거야. 멀고 먼 일본에서 와서 적의 군함을 만들고 있으니 말이야. 이 군함은 머지않아 자네 나라를 치러 간단 말일세."

극동에서 러시아의 침략 행위는 미국의 무식한 노동자 사이에서도 상식화되어 있었고, 그들은 '중국과 조선 다음에는 일본이 먹히고 만다'는 그 정세를 알고 있었다.

물론 다른 노동자는

"웬걸, 마스모토는 스파이야. 이놈은 이 군함 밑바닥에 송곳으로 구멍을 뚫기 위해서 일본에서 온 거라구."

이처럼 놀리기도 했다.

이런 태평스러운 거동은 제각기 고국의 속박에서 떠나 미국 시민 사회의 자유로움 속에서 살고 있다는 것이 원인이 되고 있는 듯했다. 그들에게는 설사 마스모토가 스파이라도 아무 상관 없는 일이었다.

물론 마스모토는 스파이가 아니었다. 일본 해군으로서는 러시아 군함의 성능, 구조 등 그해 그해의 해군 연감을 보면 알 일이며, 마스모토에게 그것을 부탁할 필요는 없었던 것이다. 마스모토는 조함 기술을 습득하면 그것으로 족했다. 다만 그 연습대가 머지않아 일본해 해상에 뜰지도 모를 러시아의 전함이라는 사실만이 기이한 운명이었을 뿐이었다.

시키암

시키(子規)는 여전히 네기시(根岸)에서 요양하고 있었다.

"옛날부터 세상에는 대망을 품은 채 죽어간 사람이 많지만, 나만큼 큰 뜻을 안고 지하로 가는 자는 없을 거야."

교시에게 그렇게 하소연을 했지만 병세는 그 말에 비해서는 그다지 중하지 않고, 다만 요통이 이따금 심했다.

그렇다고 누워만 있는 것은 아니었다.

〈니혼(日本)〉지에서 29엔의 월급을 받고 있는 이상 원고를 써야만 했다. 의무라기보다 하이쿠론, 와카(和歌)론을 〈니혼〉에 계속 연재하는 것이 시키에게는 필생의 사업이었다. 낮에는 병실에서 방문온 손님들과 이야기를 하고, 밤에는 원고를 쓴다. 깊은 밤까지 일하는 일도 종종 있고 머리가 피곤해서 쓰지 못할 때도 있었다.

"시키는 먹는 데 집착하는 사람이었다."

소세키는 그렇게 말했는데, 머릿속이 피곤하면 과자를 먹었다. 그러면 '힘이 생겨서 또다시 두서너 시간은 쓸 수 있다'고 시키는 말했다. 과자 가게의 외상값이 한 달에 1엔 50전이 넘었다. 쌀집 외상값이 4엔, 집세가 5엔인 살림 속에서 말이다.

누구라 할 것 없이, 이 집세 5엔짜리의 네기시의 집을 시키암이라고 부르게 되었다.

시키가 누워 있는 방은 여전히 작은 뜰을 바라보는 남향인 5조 방이었다. 이 지저분한 병실이 서재이기도 하고 객실로도 쓰인다.

기둥에 골풀 삿갓 하나가 이 방안에서 가장 중요한 장식인 것처럼 걸려 있었다. 아직 건강했던 국문과 학생 시절인 메이지 24년(1891년)도 저물 무렵, 간토(關東) 곳곳을 두루 돌아다닐 때 사용했던 것이므로 와라비(歲) 역전에서 산 것이다. 오시(忍), 구마가야(熊谷), 가와고에(川越), 마쓰야마(松山)의 백혈(百穴) 등을 돌아보았다.

무사시노(武藏野)의 늦가을 찬 바람을 막으며 가던,
그 옛날의 삿갓을 방에다 거노라

이렇게 시키는 읊었다. '여행하던 그 옛날의 삿갓'을 걸어놓고 있으면, 그토록 즐기는 여행도 할 수 없는 현재의 생활 속에서 다소나마 스스로를 위로할 수가 있다.

물론 삿갓 밑에 도롱이도 매달아 놓았다. 이것도 여행의 추억이다. 골풀 삿갓을 쓰고 무사시노를 돌아다닌 그해도 저물 무렵, 보소(房總)반도로 여행했을 때 갑자기 비가 쏟아져서 찻집에서 산 도롱이이다.

풀 베개 베는 나그네길 쓸쓸히 내리는 비에
제비꽃 피는 들을 가던 때의 도롱이로세

이 도롱이에도 어김없이 노래가 지어졌다. 시키가 이런 물건에 대해 마치 자신의 분신처럼 애착을 느끼고 있는 것은, 역시 명이 짧다는 것을 자각한 데서 나온 심경인 듯하다.

그밖에 뜰이 보이는 유리문 옆에 조그마한 돌을 일곱 개 나란히 놓았다. 별로 이렇다 할 물건은 아니지만 만주, 조선을 여행했던 그의 하이쿠 동료가
"노보루 군, 이 돌은 만주의 아무르 강가에서 주운 걸세."
그러면서 일부러 시키를 위해 가져다주었던 것이다. 일본 외의 땅도 여행

하고 싶어 견딜 수 없었던 시키는 이 일곱 개의 조약돌을 매일 병상에서 바라보기만 해도 삭풍이 몰아치는 광야를 상상할 수 있었다. 이 조약돌에도 시키는 와카를 읊어 주어 자신의 이른바 종자(從者)로 삼고 말았다.

"준(淳 : 사네유키) 군은 쿠바까지 가서 스페인과의 해전을 보았구면."

시키는 사네유키한테 온 편지로 그 소식을 알고 부러워했지만, 시키의 천지는 6조밖에 안되는 방과 남쪽으로 접한 작은 뜰밖에 없었다.

뜰이 있다 해도 기껏 셋집 뜰이다. 사람의 키보다 큰 나무라고는 울타리 안쪽으로 너도밤나무가 서 있고, 울타리 바깥쪽에도 똑같이 너도밤나무와 느티나무가 있을 뿐이었다.

"뜰이 매우 쓸쓸해 보이는군요."

때로는 이렇게 말하는 사람이 있다. 이런 데서 어떻게 와카며 하이쿠를 지을 수 있겠는가 하는 마음을 은연중에 말하는 사람도 있지만, 시키의 사생이론으로 말하면 따로 명승고적이나 기암괴석이 서 있는 해안에 서지 않더라도 와카와 하이쿠는 얼마든지 지을 수 있는 것이다.

"고킨(古今 : 노래의 일종)이나 신고킨의 작가라면 이 뜰로는 안 되겠지만 난 이 조그마한 뜰을 사생하는 것으로 천지를 볼 수 있다네." 그는 교시에게도 이렇게 말했다.

집주인이 시키의 병상을 위로하기 위해 작은 소나무를 세 그루 심어 주었다. 그밖에 뜰을 자세히 살피면 싸리도 있고 참억새니 장미, 백일홍, 색비름, 맨드라미, 석죽, 국화 등이 있다. 나팔꽃도 있고 중국에서 선용화라고 불리는 패랭이꽃도 있고 채송화, 과꽃, 황매화나무, 도라지 등도 있다.

"감나무와 비파나무도 있지."

시키는 자랑을 하지만, 그것들은 한 자 가량밖에 되지 않는 어린 나무라 이따금 어디에 있는지 참억새 풀숲 주변을 헤치고 찾지 않으면 안 될 정도였다. 그밖에 어린 묘목은 얼마든지 있었다. 석류, 차, 단풍나무, 매화 등인데, 어느 것을 막론하고 열매는커녕 꽃이 피려면 아직 오랜 세월이 더 지나야 한다.

"모두 싹이 텄어."

시키가 말했다.

"저렇게 싹이 튼 묘목이 한해 한해 성장한다네. 그것이 즐거워서, 두 잎에서 가지가 나오고 꽃이 피어 열매를 맺을 때까지 기다리고 있노라면, 저절로 한가로운 마음이 되어 언제까지나 살 수 있을 것 같은 생각이 든다네. 그 나무가 무슨 나무건 그런 것은 상관없네."

시키는 살아 있는 동안 현재 일본의 하이쿠 단카의 사상을 일변시켜서 다음 대에 넘겨주고 싶다는 비통한 심정으로 옛노래와 옛 하이쿠를 분류하고, 연구하며 하이쿠론이나 단카론을 쓰기도 하지만, 그렇다 해도 그의 원래의 마음은 그 자신이 좋아하는 일본 말의 하나인 '한가로운' 심경을 동경하고 있었다.

참고로 시키의 고조 뻘 되는 사람은 마쓰야마 번의 다도사범으로 잇포(一甫)라고 했다. 초봄에 인사차 아는 사람들의 집을 찾아다닐 때면 반드시 옷깃에 매화 가지를 꽂고

──한가로운 봄입니다.

인사말을 하면서 다녔다 한다.

시키는 이 약간 우스꽝스럽지만 화창한 성 주위의 봄을 느끼게 하는 에피소드가 좋아서 친구들에게 곧잘 이야기했다. 이런 낭만을 좋아하는 시키가 싹튼 어린 모종을 보면서 꽃이 필 날을 기다리고 있다. 그 무렵에는 지상에 없을지도 모른다고 생각하면서

　사과 먹으며 모란 앞에서 죽어 버릴까.

이런 하이쿠를 짓기도 하였다.

어느날 교시가 왔다. 교시가 이 집을 찾는 것은 사무적으로는 잡지 〈호토토기스〉의 편집상의 의논이고, 하이쿠 시인으로서는 시키의 시론에 있어서 시키가 가장 이야기하기 쉬운 말상대가 되어주며, 겸해서 병세를 위로하기 위해서인데, 실제로는 병구완까지 손길이 미치는 일이 많았다.

그러나 다카하마 교시 자신이 말하듯

"시키 거사의 집은 매우 쓸쓸했다. 병상으로 거사를 문병했던 감상을 말하면 어둡고 음울했다."

이것이, 아직 20대였던 교시에게 있어서 거짓 없는 심경이었을 것이다.

현관에 들어서면 여동생인 리쓰가 있다. 먼저 교시는 리쓰에게 가만히 병세를 묻는다.

다만 여기서는 긴 이야기를 해선 안 된다. 방안의 시키가 재빨리 알아듣고
"누가 왔느냐?"
병상에서 묻기 때문이다.
"기요시 씨입니다."
리쓰가 대답하면 시키는 꾸밈없이 기뻐했다. 병상에서 줄곧 생각하는 갖가지 생각들을 교시에게 들려줄 수 있기 때문이었다.
"무어, 먹을 건 없느냐?"
시키가 리쓰에게 말한다. 아무것도 없어요, 하면 소세키가 말했듯 '먹는데 욕심을 부렸다'는 시키는 이것저것 집에 있음직한 먹을 것의 이름을 대고는 없느냐고 묻는다.
고구마 있지, 하고 어머니 야에가 말하면 겨우 시키는 마음을 놓고
"그거라도 구워 오세요."
한다.
고구마가 구워지면 시키는, 기요시 군 먹게, 먹으라구, 하면서 자신이 먼저 먹는데, 입속에서 소리를 내면서 매우 맛있게 먹는다.
"나는 말일세, 기요시 군. 약도 중요하다고 생각하지만 생선도 중요하다고 생각하네. 약을 먹고 야채 먹는 것보다는 약을 그만두고 생선을 먹는 편이 폐병을 위해서는 좋다고 생각해. 기요시 군은 어떻게 생각하나?"
"전 의사가 아니라 모르겠습니다."
"아무튼 음식만큼은 좀 잘 먹어야 해. 하지만 난 이 이제 병에서 빠져 나가려곤 생각하지 않네. 병중에도 글을 써야 해. 글을 쓸 체력이 필요한 거지."
시키는 죽을 때까지 체력을 계속 유지하고 싶다고 했다.
어쨌든 병상에 눕게 된 뒤의 시키의 문필활동은 엄청난 것이었고, 그 이름이 세상에 널리 알려지고 있었다. 시키의 이름이 세상에 알려짐과 동시에, 그의 주위에 있는 '기요시 군' '헤이 공(秉公)'이라고 시키가 부르고 있는 교시와 해키고도와 같은 젊은이의 이름도 더욱 명사와 같은 이름으로 세상에 퍼지기 시작했다.
이 점에서 시키의 기성 가단(歌壇)에 대한 비판은, 그것들을 뿌리에서부터 부정해 버릴 정도로 굉장한 세력을 나타내고 있었다.
"내가 예부터 내려오는 속담에 대해 욕만 하고 있는 데도 세상 사람들이

참아 주고 있는 것은 내가 병을 앓는 사람이기 때문일세. 내가 건강한 남자였다면 세상은 도저히 참아 주지 않았을 거야. 그것을 생각하면 앓는다는 것은 편리한 일이기도 해."

그는 이렇게도 말했다.

이 무렵, 시키의 하이쿠론과 하이쿠 연구, 또 그 실제 작품을 통해 하이쿠 혁신은 거의 완성됐다고 해도 무방할 정도였고, 세상도 이 시키의 혁명 사업의 성공을 거의 인정하고 있었다.

남은 것은 단카였다.

이 단카의 세계는 하이쿠보다 까다로웠다.

왜냐하면 그 당시 낡은 파의 하이쿠 시인들은 비교적 교육을 받지 않은 사람들이 많았기 때문이다. 이전 시대인 에도 시대에는 독서 계급이었던 무사들은 그다지 하이쿠를 하지 않았고, 그 문예는 부유한 도시민이나 호농들의 보호를 받아 계승되어 왔다.

그러나 단카는 에도 시대 이래 지식 계급과 손을 잡고 있었다. 메이지 유신 후 시키의 생존 당시만 해도 이런 사정은 변함이 없었다.

"하이카이(俳諧 : 풍자적인 와카)는 장기이고 단카는 바둑."

이렇게 그 지지층이 설명하는 일도 있었다. 이 사정은 물론 시키의 출현 이후 크게 변화했다.

요컨대 하이쿠의 경우, 시키가 해냈던 기성관념을 타파하는 일에는 강력한 반론자가 나오지 않았다. 시키는 이른바 적이 없는 들을 정복하여 새 국가를 개척한 것처럼 잘 나갔지만, 단카의 경우는 상대가 지식인이 많은 만큼 간단하게 나가지 않았다.

일을 시작한 시키는 처음부터 도전적이었다.

"단카를 하는 사람들에게 보내는 글"

이라는 10회 연재의 글이 '니혼'지에 실리기 시작한 것은 메이지 30일 년 2월 10일자부터였다.

그 문장은 우선 맨 첫머리에

"최근의 와카는 도무지 시원치 못합니다. 솔직하게 말하면, 만요(萬葉) 이래, 미나모토 사네토모(源實朝) 이래, 와카는 매우 부진합니다."

의미의 글을 서간문 형식으로 썼다.

'기노 쓰라유키(紀貫之)는 서투른 와카의 작가이고 고킨슈(古今集)는 하찮은 책입니다'라고 했다. 와카의 성인으로 일컫는 기노 쓰라유키를 서툴다고 헐뜯고, 와카의 성전처럼 취급되어 오던 고킨슈를 하찮은 책이라고 깎아내리는 데 시키의 대단함이 있다.

무엇보다도 시키는

"실은 이렇게 말씀드리는 소생도 수년 전까지는 고킨슈를 숭배한 사람 중의 한 사람이었으니까, 오늘날 세상 사람들이 고킨슈를 숭배하는 기분은 잘 알고 있다고 자부하는 바입니다."

정직하게 말하고 있다. 시키는 고킨슈를 숭배했을 뿐만 아니라, 실증하고 검증하는 방법을 좋아하여 고킨슈에 대해서 자세히 조사한 시절이 있었다. 그런 끝에 결국 하찮다고 보고, 고전으로는 만요슈와 미나모토 사네토모를 적극 칭찬하며 권하게 되었다.

당시의 가인(歌人)이라는 존재까지 큰 철퇴로 때려 부수려 한 것이다. 그에 의하면 와카를 읊기 위한 가인들의 노래는 예술이 아니라는 것이었다. 노래는 사실을 불러야 하는 것, 그 사실은 사생이어야 한다는 것이었다. 그리고 자신이 왜 그렇게 말하는가 하는 것을 일일이 고금의 와카를 실례로 들어가며 논증했다.

과연 시키에 대한 공격이 빗발치듯 몰려왔다.

극히 소수의 예외를 제외하고 와카라는 것은 거의 하찮은 것이라고 해버린 시키는 그 하찮은 이유를 여러 가지로 실증했다.

이를테면

"달을 보니 삼라만상이 모두 슬프구나, 내 한 몸의 가을은 아니로되."

유명한 와카를 인용했다. 앞부분은 무난하지만, 뒤에 오는 구절은 구실이며 핑계라고 시키는 평했다.

"노래는 감정을 말하는 것이지 구실이나 핑계를 늘어놓는 것이 아니다……만약 내 한 몸의 가을이라고 생각한다고 부른다면 그것은 감정으로 이론이 정연하다. 그러나 그런 가을은 아니지만, 하고 말한 점이 구실이며 핑계인 것이다. 속인은 말할 것도 없지만, 최근의 이른바 가인이란 자들은 대부분 핑계나 구실을 늘어놓고 좋아하고 있다. 엄격하게 말하면 이런 것들은 와카라고 할 수도 없으며 또한 그들은 가인도 아니다."

단호한 말이었다. 옛 단가를 헐뜯을 뿐 아니라, 옛 단가를 고마워하며 그것을 모범으로 삼아 와카를 짓고 있는 요즘 가인은 가인이라 할 수 없으며, 그 작품 또한 와카가 아니라는 것이다. 물론 시키는 남들이 흔히 하는 것처럼 이름을 숨기는 식으로 모든 사람을 모조리 쓸어넣으려 한 것은 아니었다. 자신의 와카론을 명시하고, 그가 내세우는 사실론을 기준으로 삼고 하는 말이었다. 그는 자신의 시론에 적절한 예, 다시 말해서 이것이야말로 와카라고 할 수 있다는 미나모토 사네토모의 와카를 들어 논지를 더욱 명백하게 밝혔다.

이러한 말에 대해 대중에게서 되돌아온 반론에 대해서도, 하나하나 상대편의 마지막 숨통을 끊어놓는 듯한 말로 논박했다.

"말이 좀 지나치군."

시키 주변의 팬들까지 그렇게 말하며 시키를 위해 걱정했다. 사람들의 반감을 살 거라는 것이다.

또한 시키의 은인인 구가 가쓰난도 단카에도 일가견이 있어, 〈니혼〉지의 사장으로서 시키의 원고에 대해 쓸데없이 참견을 하거나 간섭을 하지는 않았지만, 시키가 논하는 것에는 분명히 반대했다. 또한 〈니혼〉지의 사내에는 와카를 읊거나 와카에 관심 있는 기자들이 많았다. 그런데 그들이 전부라 해도 과언이 아닐 정도로 시키의 논지에 반대했다.

"이 점이 난처해."

그해 3월 18일, 시키는 소세키에게 이렇게 적어 보냈다.

"와카에 대해서는 안팎으로 모두 적일세. 밖에 있는 적은 재미도 있지만 안의 적에는 어쩔 수가 없네. 안의 적이란 신문사의 선배, 그밖에 교제가 있는 선배들의 잔소리일세. 차마 그런 사람(가쓰난을 염두에 두고 있었던 것 같다)에게 이치를 따질 수도 없는 일이고, 그렇다고 이제 와서 내놓은 이론을 도로 집어넣을 수도 없어 매우 난처하네. 그러나"

그는 계속했다.

"와카에 관해서는 종종 실패한 경험이 있기 때문에(가쓰난 이하 신문사 내의 가론과의 충돌을 말한다) 이번에는 미리 허가를 얻은 뒤에 시작했다네. 그러니까 이렇게 된 이상 죽을 때까지 물러설 수는 없네."

그리고 다른 친구에게도 다음과 같은 각오를 써 보냈다.

"내가 아무리 어리석다 해도, 또한 병든 몸이라 할지라도, 현재의 가인들에게 질 수 없네."

메이지 32년(1899년) 2월, 미국에 있는 사네유키에게서 시키에게 그림엽서가 왔다.
"뉴욕호에 타고 있다."
간단한 글이 적혀 있다.
'뉴욕호가 무엇일까.'
시키는 병상에서 생각했다. 그 뒤의 편지로 알고 보니 그것은 군함의 이름이었다. 전함인데, 미국 해군의 북대서양 함대에 속한 것이었다. 사네유키는 미해군성에 청탁하여, 7개월 동안 이 군함을 타고 미국 함대의 근무 상황을 실지로 견학했다.
이해 말경이 되어 일본에서 명령이 내려 사네유키의 임무가 바뀌었다. 영국으로 가라는 것이었다. 영국 공사관 전속 주재 무관이었다.
사네유키는 영국으로 건너갔다.
다음해인 메이지 33(1900)년 5월 20일, 일본으로부터 귀국 명령이 내렸다.
도쿄에는 예년보다 더위가 빨리 왔다. 아키야마 집안에 볼일이 있어서 왔던 사람이 네기시에 있는 시키의 집에 와서 전했다.
"준 씨도 영국에서 돌아온다더군요."
"조금 더 있었더라면 좋았을걸."
시키가 말했다.
별다른 이유는 없었다. 지금 구마모토의 제5 고등학교 교사로 있는 나쓰메 소세키가 머지않아 영국으로 유학하게 되었다는 것을 시키는 듣고 있었기 때문이었다. 그러나 생각해 보면 사네유키와 소세키는 대학 예과에서 함께 있었다는 것밖에는 아무런 인연도 없었다.
최근 수년 동안, 시키가 아는 수많은 사람들이 시찰이나 유학을 하기 위해 해외로 떠났다. 그럴 때마다 시키는
"그가 귀국할 때까지 나는 살아 있을지 모르겠어."
판에 박은 듯이 생각했지만, 다행히 모두 살아 있는 동안 귀국해서 그쪽 이야기를 시키에게 들려주었다.
금년 1월에는 화가인 아사이 다다시(淺井忠)가 유럽으로 건너가게 되어

그 송별회가 이 시키암에서 열렸다. 시키는 병상에서 몹시 들떠서 떠들어 댔다.

보통 사람의 병상 생활과는 달리 시키는 죽음이 예정되어 있는 병자이면서도 그 신변에 일이 많았다. 하이쿠 회와 호토토기스 편집 회의, 게다가 송별회 같은 소란스러운 일까지 이 병실에서 열리는 것이 보통이었다.

"시키는 뭐든지 대장이 되지 않고는 못 견디는 사람."

소세키의 말대로 병자가 된 뒤에도 시키는 동료들 사이에 대장이 되려 했다.

문병객도 찾아왔다.

특히 이웃에 사는 구가 가쓰난은 매일처럼 얼굴을 보이고 용태를 물어 주었다.

"오늘은 좀 어떻습니까?"

어머니 야에나 여동생 리쓰에게 묻고, 몹시 아픈 모양입니다, 라는 대답을 들으면 얼굴이 새파랗게 질려서 뛰어올라와 베갯머리에서 시키의 얼굴을 들여다보곤 했다.

말은 하지 않았다.

시키도 대개 아무 말도 하지 않는다.

"아파……."

시키가 얼굴을 찡그리면 가쓰난은 잠자코 시키의 손을 꼭 잡아 주었다.

2월, 소세키는 아직도 구마모토에 있었다.

"〈니혼〉이 팔리지 않아."

이러한 주위의 일들을 시키는 긴 편지로 구마모토에 써 보냈다.

신문 〈니혼〉지를 말하는 것이다. 구가 가쓰난에 의해 메이지 22년(1889년)에 창간된 이 신문은 당대에 가장 저명한 기자들을 기용하고 있는 데도 이상하게 잘 팔리지 않았다.

"가쓰난이 사장인데, 〈니혼〉의 사람들은 가쓰난을 사장이라고 생각하지 않고 스승이라고 생각하고 있어. 그런 자들이 모여 있는 곳이지."

현재 사원들은 이 가쓰난을 가쓰난 옹 이라고 부른다. 옹이라 하지만 아직 43세인 가쓰난에게는 이것은 존칭이었다. 그러나 어쨌든 신문이 팔리지 않았다. 팔리지 않는 이유의 하나는

"이 신문은 파는 물건이 아니다."

이런 의식이 사원들에게 구석구석 배어 있는 탓인지도 몰랐다. 원래 가쓰난이 쓴 창간사가 그러했다.

"지금 세상에서 간행되고 있는 신문은 정권을 다투기 위한 정당 기관지이든가, 그렇지 않으면 사사로운 이익을 추구하는 상품이든가 그 어느 쪽에 속한다. 정당, 또는 정부의 기관지로 자처하는 신문은 자기 당의 뜻에 치우친다는 비난을 면하기 어렵고, 또한 상품으로 생각하고 있는 신문은 아무래도 속된 흐름을 따라가기 쉬워서 현 시대에 신문으로서의 위치는 극히 어렵다. 〈니혼〉은 처음부터 지금의 정당과는 관계가 없고, 또한 상품으로 스스로 만족하는 것도 아니다."

이렇게 어디까지나 그 편집과 경영에 있어서 비상품주의를 채택하고 있었다. 그러나 그 때문에 팔리지 않는다기보다 다른 큰 이유 중의 하나는 그 사시(社是)에 있었는지도 모른다.

민권주의를 취하지 않고 국권주의를 채택하고 있었던 것이다. 그 당시의 시류로 말하면 민권은 어느 정도 진보적이고 국권은 약간 보수적이었다. 어느 정도라는 것은 민권이 진보적이라 하더라도 메이지 20년(1887년)경까지의 일본인이 느낀 '민권'이라는 것의 진보성은 입헌정치의 성립 후 약간 색이 바래 버렸기 때문이며, 국권주의가 약간 보수적이라 해도 완전한 보수도 아니었다.

진짜 고루한 보수는 오히려 번벌주의이며, 국권주의는 차라리 새로운 개념의 신 보수주의라고 할 수 있을지 모른다. 그러한 사상의 대표적 인물로서 구가 가쓰난이 있고, 가쓰난의 친구인 고무라 주타로가 있었다.

가쓰난은 '국가'라는 입장에서 신문사를 내세워 번벌 내각에 저항해 왔으므로, 좌우의 감각으로 말하면 중앙에 위치한 사고방식인지도 모른다.

그러나 중도란 항상 성립되기 어렵다. 관념적으로는 성립되어도 중도로는 현실 처리가 어려우며, 더욱이 신문의 경우는 어떠한 방면의 지지도 잃게 되는 경우가 있다.

〈니혼〉의 부진은 바로 그것 때문이었을 것이다. 시키는 그 부진에 대한 것을 소세키에게 써 보낸 것이다.

"〈니혼〉은 잘 팔리지 않는다네."

"〈호토토기스〉는 잘 팔리고 있네."

시키로 말하면, 구가 가쓰난의 〈니혼〉지의 사원으로서 월급을 받고 있지만, 자신이 동료들을 규합해서 내고 있는 잡지 〈호토토기스〉가 더 잘 팔리고 있다는 것이다.

〈호토토기스〉는 메이지 30년(1897년) 1월, 이요 마쓰야마(伊豫松山)에서 창간호를 냈다. 그 창간호 이래, 시키는 〈니혼〉과 〈호토토기스〉 주로 시문을 발표해 왔다.

마쓰야마에서 내던 〈호토토기스〉는 메이지 31년(1898년) 10월, 발행처를 도쿄로 옮겼다. 그 후엔 더욱 잘 팔리게 되었다.

그런데, 소세키에게 보낸 편지에선 이렇게 말했다.

"구가 씨는 내게 신문에 관한 이야기를 가끔 한다네. 그래도 나더러 쓰라(좀더 신문에 글을 실으라는 뜻)고는 하지 않는다네. 〈호토토기스〉를 질투하는 일은 전혀 없더군. 내가 〈호토토기스〉 때문에 바쁘다는 것을 너무 잘 알고 있기 때문에."

시키는 가쓰난의 이 다정한 마음씨에 몹시 감격하여 눈물을 흘렸고, 그 때문에 종이가 젖어 거기에는 붓을 댈 수가 없었다.

시키는 다시 계속한다.

"(가쓰난 옹은) 나더러 〈니혼〉지에 쓰라고는 하지 않네. 그리고 언제나 〈호토토기스〉가 번창하는 방법을 말해 준다네."

가쓰난의 다정함을 생각하기만 해도 시키는 가슴이 메어질 것 같다. 〈니혼〉의 판매 실적은 하여튼 좋지 않았다.

"현재 판매고가 1만이 못되니까 말일세."

발행 부수를 말하는 것이다. 1만도 안 되는 부수로 가쓰난은 사원들을 부양해 나가야 하는 것인데, 그래도 당대에 가장 인기를 모으고 있는 문인 중의 한 사람인 시키에게 '좀더 니혼에 쓰라'고는 하지 않는다는 것이다.

시키도 쓰지 않는다.

쓸 수가 없었다. 월급을 받고 있는 이상 조금은 쓰지만, 시키에게는 하이쿠 혁신운동의 중핵인 〈호토토기스〉쪽이 보다 소중했고, 이 세상에 남겨진 세월이 얼마 남지 않은 이상 모든 힘을 이 잡지에 쏟고 싶었던 것이다. 그래도 이렇게 병든 몸으로는 뼈를 깎는 것 같은 일이어서, 뜻하는 만큼 많은 원고도 쓸 수 없었다. 가쓰난은 시키의 하이쿠론이나 와카론에 이론을 가지고 있었지만 그러한 시키의 절실한 소망에 대해서는 가장 잘 알고 있는 인물이었다. 그런 만큼 시키를 붙잡고 '신문사의 어려운 형편을 구하라'고만 할 수는 없었을 것이다.

"나로 말하면 〈니혼〉은 정식 아내이고 〈호토토기스〉는 소실인 셈인데, 아무튼 소실 쪽으로 자주 다니는 형편이니 〈니혼〉에 대해 면목이 없네. 그래서 구가 씨를 생각하면 언제나 눈물이 나오는 걸세. 덕으로 말하면 이런 분은 그리 흔치 않을 거라고 생각하네."

시키는 마음이 조급했다.

그 〈호토토기스〉도 2월치 원고가 한 장도 되어 있지 않은 것이다. 이런 용태 속에서도 어쨌든 1주일 이내에 원고를 써내지 않으면 〈호토토기스〉를 낼 수가 없게 된다. 그런 어려운 사정을, 신문과도 하이쿠지와도 아무런 관련이 없는 소세키에게 이렇게 넋두리하고 있는 것이다. 그런 경우, 시키에게는 소세키가 아주 좋은 말 상대였다.

가을로 접어들었다.

그보다 전, 8월 13일 아침, 시키는 심하게 각혈을 했다. 메이지 28년(1895년) 이래 처음으로 다량의 각혈을 했다. 그래도 각혈한 뒤의 처치가 좋았던지 한 번만으로 그쳤다.

각혈은 물론 시키를 몹시 놀라게 했다. 그러나 이러한 충격 속에서도 이 사람은 오카야마(岡山)에서 온 한 통의 봉함편지를 펴 보고 이렇게 말하는 것이었다.

"리쓰, 좋은 소식이 왔구나."

그는 전부터 히라가 모토요시(平賀元義)라는 막부 말기의 이름 없는 가인에 대해 조사하고 있었다. 모토요시는 비젠(備前 : 오카야마 현) 사람으로 사방을 거지처럼 방랑하다가 유신 직후 굶주림과 추위로 길에서 쓰러져 죽은 사람인데, 그의 존재를 시키가 발견한 것이다.

뿐만 아니라 시키는 이 모토요시를 사네토모 이래의 몇몇 손꼽히는 가인으로 높이 찬양하고 있었다. 그러나 행려 사망자인 무명 가인의 작품을 수집하기란 그리 쉬운 일이 아니었다.

그런데 지금 시키의 문우 중에 오카야마 현 사람이 있다. 그 사람이 고향에 돌아가 있는 동안, 히라가 모토요시의 알려지지 않은 와카를 몇 수 발견해서 시키에서 적어 보내온 것이다. 시키의 와카론은 이것으로 조금이나마 진전이 있을 것이다.

피를 토하는 병상에 누워 무료할 때면
모토요시의 와카가 나를 기쁘게 하네

고맙다는 답장을 쓴 엽서에 그런 술회를 곁들여 리쓰에게 부치게 했다. 시키의 이런 모습을 보면, 인간이라는 이 가련한 생물은 아무래도 일을 하기 위해 사는 존재인 것 같다.

9월 8일, 영국으로 유학하러 가는 나쓰메 소세키가 요코하마에서 출발했다. 시키는 물론 전송할 수가 없었다.

'이제 살아서는 저 사람을 다시 만날 수 없을 거다.'

이렇게 생각하자 시키는 서글퍼졌다. 되도록 우는 소리를 하지 않을 작정인 그였지만, 이번에는 그러한 생각이 매우 절실했던 모양인지 〈호토토기스〉의 소식란에도 '이제는 도저히 가망이 없다고 생각하니 절로 슬퍼지도다'라고 썼다.

그런데 시키 주변의 인사 왕래는 매우 분주했다. 소세키가 간 뒤 며칠 지나서, 소세키와는 반대로 영국에서 일본으로 돌아온 친구가 있었다. 아키야마 사네유키였다.

사네유키가 찾아왔을 때, 시키의 병상에서 작은 새가 시끄럽게 우짖고 있었다.

"새장이 있구먼."

사네유키는 머리맡에 앉자마자 뜰을 향해 나 있는 창가를 바라보았다.

새장이라기보다 작은 오두막에 가까운 크기였다. 철망으로 만들어 양철로 원추형 지붕을 씌운 것이었다. 속에는 작은 새가 세 마리 있었다. 연작 수놈이 한 마리, 자카르타 참새 암놈이 한 마리, 검은 방울새 수놈이 한 마리인데 모두 활발해서 쉴 새 없이 목을 움직이고 있었다.

"아사이 다다시를 알고 있겠지?"

시키가 말했다. 사네유키도 그 이름은 알고 있었다. 나카무라 후세쓰(中村不折)와 함께 그림 솜씨로 〈니혼〉의 동인이 되어 있는 인물인데, 일본화와 서양화 양쪽 다 잘 그렸다. 지금은 도쿄미술학교 교수로서 파리로 유학가 있었다.

그 아사이가 어떤 집 뜰에 버려져 있는 것을 얻어다가 이 남쪽 처마 밑에 놓아 주었다고 시키는 설명했다.

"미국서는 어떻게 지냈나?"

시키가 미국 얘기를 듣고 싶어 했다.

사네유키가 극히 요점만 조목별로 이야기하자

"준 군도 군인이 다 되었군."

이렇게 안타까워했다. 군인은 이야기를 재미있게 하지 못한다는 말이다.

"영국은 어땠나? 재미있는 데 갔다 왔겠군."

영국은 이번이 두 번째였다.

"주로 군항이나 조선소만 보고 다녔네."

"직업이니까."

"정말 묘한 직업이야."

사네유키가 말한 것은 시키와는 다른 감개였을지도 모른다. 사네유키에게는 군인이란 싸움에서 이기기 위해서 명예와 급료를 국가로부터 받고 있는 직업인이었다. 항상 러시아 해군의 현재 정세와 성장을 염두에 두고, 일본 해군이 나아갈 길을 생각하며, 러시아와의 해전을 매일처럼 머릿속에서 설계했다가는 지우곤 하였다.

"지금 영국에서 일본의 새로운 해군이 절반 이상 완성되어 가고 있다네."

"군함 말인가?"

"그래."

사네유키는 고개를 끄덕였다.

사네유키는 영국의 각 조선소에서 공사가 진행되어 가고 있는 군함을 모두 견학했다. 이를테면 신식 순양함인 '이즈모(出雲)'와 '이와테(磐手)'도 보았다. 미국 해군이 가지고 있는 어떤 순양함보다 우수한 성능을 지니고 있는 배들이었다.

사잠프턴에서 의장중인 전함 '아사히(朝日)'에 이르러서는 세계 제일의 대전함이며, 그 자매함 '미카사(三笠)'도 비커스 조선소에서 건조 중에 있다.

"이것이 아사히의 뒷갑판일세."

사네유키는 호주머니에서 한 장의 사진을 꺼내 시키에게 보였다.

"아사히가 포츠머스에 인수되어 왔을 때 찍은 거야."

사관 두 사람이 나란히 서 있었다.

"이 옆에 있는 사람은 누군가?"

"히로세라는 친구지."

사네유키가 말했다.

해군 대위 히로세 다케오를 일컬음이다. 히로세는 이때 러시아 주재 무관으로 있었다. 그는 허락을 얻어 유럽 시찰 여행 중 때마침 런던에 들렀다가 영국 주재중인 사네유키를 만나, 함께 포츠머스로 가서 아사히를 견학했던 것이다. 이 사진을 찍고 나서 두 사람은 40일에 걸친 유럽 여행을 함께 했다.

"지금 각국에 주문해서 건조되고 있는 각급 군함은 모두 시대의 첨단적인 기술이 도입되어 있네. 이것들이 모두 완성되는 날이면 러시아에 대한 일본의 공포도 간신히 반감될 걸세."
"겨우 반감이라? 완전히 사라질 수는 없단 말인가?"
"그렇게는 되지 않을 걸세."
"만약 러시아의 대함대가 공격해 온다면 일본 해군은 이길 수 있을까?"
"작전과 운용 여하에 따라선 이길 수도 있지."

"일본이란 참 가엾은 나라야."
사네유키가 말했다.
유럽을 돌아보니 모두 산업에 의해 나라가 부강해져 있었다. 그런데 일본이란 나라는 아직도 농업 외에는 이렇다할 산업도 없으면서 유럽 일류국과 같은 해군을 만들려 하고 있다고 사네유키는 말했다.
"그것도 초일류 군함을 모조리 갖추려고 하니 말일세. 그 에너지의 하나는 공포라네. 외국에서 침략해 올지도 모른다는 공포가 메이지 유신을 일으켰고, 유신 후 이런 해군을 가지게 되었네. 그러나 유감스럽게도 군함은 작은 함정을 제외하곤 모두 외국 제품이란 말일세."
"뭘 그러나, 다 그런 거지."
시키는 베개 위의 머리를 약간 움직이며 단정했다.
시키는 와카론을 펴기 시작했다.
"난 최근에 구파의 가인들을 너무 공격해서 원망을 사고 있네. 이를테면 구파의 가인은, 와카란 국가(國歌)이므로 고유한 야마토(大和 : 일본) 말이 아니면 안 된다는 걸세. 가인들이 군함이라는 말을 와카에 쓸 때는 일부러 싸움배라고 하지. 매우 부자연스러워 와카 외에는 통 쓸모가 없어. 준 군이 수병들에게 명령할 때 싸움배 바닥의 판자를 깨끗이 하라고 말하나?"

"군함의 갑판을 청소하라는 건가?"

"수병들이 웃을 걸세. 웃는다는 것은 결국 살아 있는 일본어가 아니기 때문일세."

시키는 '가인에게 보내는 글'의 일곱 번째 원고에 그런 것을 썼다.

외국어도 사용하고 외국에서 행해지고 있는 문학 사상을 채택하라고도 했다.

"그런 것이 모두 일본 문학을 파괴하는 거라고 생각하는 것은 근본적으로 잘못되어 있다."

시키는 그 글에서 그렇게 주장했다.

"설사 한자어로 시를 짓건 서양어로 시를 짓건 또는 산스크리트어로 시를 짓건, 일본 사람이 지은 이상 일본 문학인 것은 틀림없네."

"옛날 나라 시절, 일본은 당의 제도를 흉내내어 관리의 계급도 정하고 복장도 정하고 당나라 사람 같은 외관을 차려 입었지만, 그러나 일본인이 조직한 정부인 이상 일본 정부였네."

"와카의 부패는"

시키가 말을 이었다.

"요컨대, 취향의 변화가 없었기 때문이야. 어째서 취향의 변화가 없었는가 하면, 순수한 야마토 말만 사용하고 싶어하니까 용어가 한정되어 버리거든. 그 탓이야. 그러면서도 매화, 국화, 춘풍 같은 원래 중국에서 건너온 한자어를 그대로 태연히 쓰고 있단 말일세. 그것을 공박하면, 그런 것들은 쓰기 시작한 지 천 년 이상이 되니까 야마토 말과 같다고 한단 말일세. 아무튼 일본인이 일본의 고유어만 쓰고 있으면 일본국이 성립되지 않는다는 것을 가인들은 모른단 말이야."

"결국은 운용이 중요한 거야. 영국의 군함을 사고, 독일의 대포를 산다 하더라도 그것을 일본의 손으로 운용하고 그 운용으로 이긴다면, 승리는 전부 일본인의 것일세. 최근 나는 그렇게 생각하고 있어. 고루한 생각은 못 써."

시키는 열띤 어조로 말했다.

사네유키가 시키암의 손님으로 있는 동안, 시키가 말하는 헤이 공(헤키고토)과 기요시 군(교시)이 왔다. 두 사람은 시키를 간호해 주고 있었다.
　날을 정해 놓고 교대로 오고 있었는데, 오늘은 둘이 함께 왔다.
　문장론이니 시론이니 하는 것이 나왔다.
　"이 준 군이라는 분은 매우 뛰어난 문장가일세. 군인이 되지만 않았다면 헤이 공이나 기요시 군보다도 훨씬 나았을 거야."
　"무슨 소리, 내게는 집착이 없어. 무슨 일이건 집착이 없으면 아무것도 되지 않아."
　"집착은 있을걸, 아마."
　시키는 그렇게 단정한다. 사네유키는 군인이 되었어도 아직 옛날의 미련이 남아 있다는 것을 시키는 알고 있다.
　"없어."
　사네유키는 그 얘기는 피하고 싶은 듯한 얼굴로 말했다. 그런 것은 잊으려고 했다. 사네유키의 현재의 집착은 해군 작전에 관한 것밖에 없었다. 그 집착은 약간 비정상일 정도였다.
　"준 군은 책을 무던히 많이 읽지."
　시키는 이 점만은 사네유키에게 탄복하고 있었다. 사네유키는 더욱더 마음이 내키지 않는 듯이 말했다.
　"난독이지. 책은 도구니까."
　"도구라고?"
　이 말에는 시키도 걸리고 말았다. 시키는 빠듯한 살림 속에서 책을 사들이고 있었다. 그 서적을 모두 미술품처럼 애장하는 것이 다소 광적인 경향마저 있었다.
　사네유키는 그렇지 않았다. 책은 아무리 명저라 할지라도 몇 줄, 또는 몇 페이지밖에 기억하지 않는다. 마음에 드는 부분은 기억해 버리고, 나머지는 껍질이라도 버리듯이 버리고 만다. 남에게 주어 버린다든가, 빌린 거라면 돌려주고 그것으로 끝나는 것이다. 따라서 그처럼 다독가이면서도 장서라는 것을 거의 가지고 있지 않았다.
　"그게 전쟁을 하는 사람일세. 해전을 하는데 책을 보면서 할 수는 없지 않나."
　"기억해 두는 건가?"
　"단 몇 줄이지. 그 사항, 다시 말해서 나의 경우는 해군 작전인데, 거기에 관심만 강렬하다면 누구라도 자연히 기억할 수 있지. 다만 유명한 명문구를 만날 때가 있네. 그것은 책의 내용과는 별도로 따로 뽑아서 적어 두지. 하기는 뽑아서 적어 놓은 비망록을 잃어버리곤 해서 참고가 되지 않지만, 그래도 기억은 하고 있어."
"어떤 명문구인가?"
"여러 가지 있지. 한문 서적은 그다지 읽지 않았지만, 신문에도 그런 것이 있고 영어 서적에도 그런 것이 있네. 그것을 발췌해서 적어 두었다가 이따금 보고서 따위를 작성할 때 이용하지."
이것이 사네유키의 생애를 통해 단 하나의 문장 수업법이었다. 신선한 방법이라고는 도저히 말할 수 없지만, 문장의 리듬을 몸에 간직하는 데는 그런대로 좋은 방법인지도 모른다.
"그런데 무엇이 명문입니까?"
기요시 군이 물었다. 사네유키는 모른다며 피했으나, 시키가 대신 대답했다.
"미에 기준이란 게 어디 있겠나? 나는 미에 일정한 기준은 없다고 생각하네. 미의 기준은 각 개인의 감정 속에 있으며, 동일 인물이라도 시간이 흐르면 기준도 변하게 마련이지. 나는 미에 일정한 기준은 없다고 생각해. 무엇이 명문인지는 그것을 읽고 느끼는 사람에 따라 다른 걸세. 안 그런가, 기요시 군?"
시키는 피곤했다.
사네유키는 돌아가려고 했으나 시키가 한사코 보내주려 하지 않았다.
"괜찮아, 좀더 있다 가게."
사네유키는 긴 이야기를 하는 것이 시키의 병에 부담을 줄 것 같아, 그렇다면 글이라도 읽게 해주게, 난 옆에 누워 읽기로 하겠네, 신문의 스크랩이라도 좋겠어, 하고 말했다.
"스크랩이라면 얼마든지 있지."
시키는 리쓰를 불러, 이것저것 귀찮게 지시하더니 스크랩한 것을 꺼내 오게 했다.
사네유키는 한 시간 가량 그것들을 읽었다. 거의가 하이쿠와 단카의 혁신론에 관한 것뿐이어서 읽어감에 따라 시키의 혁신 사상의 격렬성과, 그 용맹스러운 전투 정신에 취하는 것 같았다.

"어떤가, 무슨 감상이라도 일어나나?"

시키가 이따금 말했다. 그때마다 사네유키는 건성으로 대답하면서 읽어나갔다.

다 읽고 나서 사네유키는 한 대 얻어맞은 사람처럼 멍한 표정을 지었다.

"자네한테는 정말."

사네유키는 이 기분을 잘 표현할 수 없었으나, 시키의 이 투지는 웬만한 군인들은 발밑에도 따라 갈 수 없는 거라는 것만은 분명히 알 수 있었다. 군인식으로 비유한다면, 시키의 전투의 주제와 논리는 항상 명석하다. 게다가 전투에 있어서는 한 마디, 한 마디의 강한 어조가 마치 백발백중의 포문에서 발사되는 포탄과 같았다.

"놀랐어."

그러고는 그 비유를 말하자, 시키는 시대적인 사람이어서 군인으로 비유된 것이 어지간히 자랑스러웠던지 몇 번이나 고개를 끄덕였다. 그러나 입으로는 전혀 딴 말을 했다.

"나는 무사 집안의 자식으로 태어났으면서도 겁쟁이였어."

시키는 어렸을 적의 일을 회상하기 시작했다. 시키의 집 가운데 방에 화승총이 걸려 있었다.

"기억하네."

사네유키도 고개를 끄덕였다.

"나는 그 화승총 보기가 영 무서웠어. 총소리도 아주 싫었고. 그 소심증은 지금도 여전해서 거리에서 총을 들고 사냥하러 가는 사람을 보기만 해도 무섭다네. 하지만 사람이란 복잡 미묘한 존재여서, 이를테면 생사에 대한 일이라면 군인에게 지지 않는다네."

'그야 이 사람이라면 누구에게도 지지 않을 것이다.'

사네유키는 생각했다.

"노보루 군에게는 용기가 있어."

"용기일까? 용기보다 더욱 깊은 바닥에서 우러나는 대용맹심이라는 것이 매일의 나를 움직이고 있는 것처럼 생각되네만."

"도를 깨쳤단 말인가?"

"수도자의 도는 나는 모르네. 염불을 하는 중의 흔구정토(欣求淨土)라는 것도 나와는 인연이 없는 말이야. 나는 종교에는 무관심하지만 좋아하는 종조가 누구냐고 묻는다면 그야 니치렌(日蓮)이라고 대답하겠네. 니치렌의 그 활활 타는 듯한 점이 나는 좋아. 나는 앞으로 몇 날이나 더 살지 모르지만 살 수 있는 날까지는 해야 할 일을 하겠네. 도를 깨우치거나 염불을 외고 있을 겨를이 없어."

사네유키는 미국에 있을 때부터 줄곧 생각해 오던 것을 시키에게 이야기했다.
"내가 생각하는 일이란 어차피 해군에 관한 일이네만, 그것과 아울러 생각하면서 지금 노보루 군의 글을 읽으니 가슴을 치는 것이 있었네. 노보루 군은 하이쿠와 단카의 기성 개념을 뒤엎으려 하고 있어. 나도 그런 것을 생각하고 있네."
"해군을 뒤엎어?"
"아니, 개념을 뒤엎는 걸세. 이를테면 군함이란 것은 한번 원양 항해에 나갔다 돌아오면 배 밑바닥에 굴껍질이 가득 붙어서 그 속도가 현저히 떨어지네. 사람도 이와 마찬가지여서, 경험이 필요하지만 경험에 의해 느는 지혜와 같은 분량만큼의 굴껍질이 머리에 달라붙게 마련이지. 지혜만은 거둬들이고 굴껍질을 버리는 것은 인간에게 있어 소중한 일이지만, 노인이 되면 그게 잘 안돼."
'무슨 말을 하려는 건가?'
시키는 짐작이 가지 않았지만 기쁜 마음으로 듣고 있었다.
"인간 뿐만 아니지. 나라도 낡고, 해군도 낡아가네. 온통 굴껍질 천지가 될 걸세. 일본의 해군은 열강의 해군에 비하면 비교할 수 없을 정도로 젊지만, 그래도 창설된 지 30년이 되었네. 그동안 근대 전쟁을 한 번 경험했고, 그 경험 덕분에 지혜도 늘었지만, 그 대신 굴껍질도 붙었어."
"그런가?"
"야마모토 곤노효에(山本權兵衛)라는 해군성의 터줏대감이 굴껍질이라는 것에 대해 잘 알고 있지. 그래서 청일전쟁을 시작하면서 보신 전쟁 이래의 원훈적인 해군 간부의 대부분을 제거해 버렸네. 이 대정리 작업이 바로 굴껍질 청소라는 걸세. 그 대신, 정규 해군병학교 출신의 사관들을 나란히 황해로 내보냈어. 덕택에 일본 해군의 배의 속도가 기민해져서, 굴껍질투성이인 청국 함대를 마음껏 때려 부수었네."

"아하, 그렇군."
"굴껍질은 인사에만 한하는 게 아닐세. 나는 작전하는 사람이어서 군정(軍政)에는 흥미가 없어. 그래서 인사에 대해선 말하지 않겠네. 내가 말하고 싶은 것은 작전일세. 작전의 기본이 되는 해군의 머리야."
"낡았단 말인가?"
"고킨슈(古今集)만큼 낡지는 않았지만 매우 오래되었지. 이미 해군이란 이런 거다, 함대란 이렇다, 작전이란 이렇다, 하는 굴껍질(고정관념)이 붙어 있어. 무서운 것은 고정 관념 자체가 아니라, 고정 관념이 박혔다는 것도 알지 못하고 태연히 사령실이며 함장실의 푹신한 의자에 파묻혀 있다는 점일세."
사네유키는 미국 해군에 대해 이야기했다.
"미국 해군은 서투르다고 생각했네."
"일본은 더 전문적이란 말인가?"
"세계에서 가장 우수한 영국 해군에서 배웠기 때문에 당연한 일이지만 기술이 우수해. 내 전문적인 안목으로 미국 해군을 보면 하는 짓이나 해놓은 일이 참으로 미숙하기 짝이 없어. 그러나 무서운 것은 바로 그 미숙하다는 점이야."
미숙하고 경험이 적은 자는 지혜가 얕은 대신 고정 관념이 없으니까, 필요하고 합리적이라고 생각하는 일은 서슴지 않고 채택해서 실행한다. 어떤 의미에서는 스페인 해군이 더 어른이었지만 그 경험 많은 전문가가 카리브 해에서 어린 미국에 격침되고 말았다고 사네유키는 말했다.
사네유키의 이 감상에 대해서는 그가 귀국한 뒤 분주하게 돌아다닌 것으로 증명되고 있다.
'병기(兵棋) 연습'이라는 바로 그것이다.
그가 미국 해군에서 보고 들은 것들 가운데 가장 감탄한 것은 병기 연습이었다는 것은 이미 앞에서도 말했다.
어린 아이들 장난감 같은 각종 군함을 큰 그림판 위에 띄운다. 군함은 나무로 만들었고 작은 손가락만한 크기다. 그러나 '미카사(三笠)'면 '미카사'처럼 그럴 듯한 모습을 하고 있다.
"여기에 적의 전함 보로지노가 침로를 이렇게 잡고 몇 노트로 달리고 있다. 구축함 세 척을 거느리고 있다."

고 가정하면, 거기에 '보로지노'형의 모형을 놓는다. 구축함 세 척도 늘어 놓는다.

"아군은 이만한 세력으로 여기에 있다."

이렇게 상정한 대로 군함을 거기에 놓는다. 연습하는 자는 적과 아군으로 나뉘어, 교관의 통제 아래 작전 연습을 하는 것이다.

현재 실시되는 것은 도상(圖上) 연습이라는 것으로, 일본은 그것을 영국에서 배웠다. 일본뿐 아니라 온 세계의 해군이 이런 방식을 채택하고 있었다. 그림 위에 붉고 푸른 연필로 작전을 전개시켜 간다.

거기다 대면 장난감 병기를 사용하여 연습하는 것은 미국식의 이른바 어린 아이 장난 같지만, 고금을 통해 사물을 혁신하는 자는 대부분 그 길에 문외한인 자들이다. 더욱이 이 병기 연습에는 도상 연습으로는 도저히 가늠할 수 없는 크나큰 이점이 몇 가지 있다.

사네유키는 미국에 머무르는 동안, 본국 군령부에 이를 채택할 필요가 있다는 의견서를 보냈는데, 귀국한 뒤에 그것을 더욱 열심히 설득하고 다녔다. 그 이유를 그는 인간론으로 설명했다.

"평소에 극히 지혜가 풍부하고, 더욱이 용감하다는 말을 듣는 사람이라 할지라도 막상 전장에 나가 중책을 맡으면 그 책임의 무거움 때문에 마음이 흐려지고 정신이 헛갈려 모처럼의 자질을 발휘하지 못하는 실례가 많다. 일본 군인의 대부분은 나폴레옹이나 넬슨이 아니라 평범한 사람에 지나지 않는다. 평범하기 때문에 책임의 무거움에 짓눌리는 크나큰 약점을 가진다."

이런 이유로 해서 병기 연습이 좋다는 것이었다.

병기를 움직임에 있어 중책을 띠고 저마다가 함대 사령관, 참모장, 함장이 된 기분으로 진지하게 운용하며 그 연습을 거듭 단련함으로써, 어떠한 때라도 자신과 침착성을 잃지 않는 제2의 천성을 만들어 낼 수 있다는 주장이었다.

"나아가서는 의식을 항상 신선하게 해둘 수 있다."

이렇게도 말했다. 움직이고 있는 병기는 그 군함이 가지고 있는 성능에 의해서 움직인다. 적보다 열세의 성능을 지녔을 경우에는 운용으로 이를 보충해야하지만, 결국 지는 경우가 많다. 이 때문에 항상 성능이 뛰어난 기계력으로 상대를 압도하지 않으면 안 된다는 생각이 일어난다. 이 생각이 있는 한, 새로운 것을 도입한다는 적극적인 정신도 일어난다. 병기 연습은 그러한 의미에서도 중요하다는 것이었다.

사네유키의 이 제안은 곧 해군 당국에 의해 채택되었다. 일본 해군은 그런 점에서는 그다지 고루하지 않았다.

열강

 이 19세기 말의 지구는 열강국들의 음모와 전쟁의 무대 외에 아무것도 아니었다. 모략만이 다른 나라에 대한 의지였고 침략만이 국가의 욕망이었다.
 제국주의의 시대였다. 그런 의미에서 이 시대만큼 화려했던 시대는 없었는지도 모른다. 열강은 항상 이빨에서 피를 뚝뚝 떨어뜨리는 식육동물이었다.
 그 열강들은 최근 수십 년 동안 중국이라는 죽음 직전의 거대한 동물에 대해 엄청난 식욕을 줄곧 품어왔다.
 그러나 여전히 중국의 실력을 과대하게 평가하고 있었다.
 '중국은 잠자는 사자다.'
 열강은 이렇게 생각하고, 만약 그 사자를 지나치게 자극함으로써 드디어 떨치고 일어나기라도 한다면, 그때 크게 다치는 것은 열강국들이라는 두려움이 그들의 침략 행위를 항상 제어했다.
 그런데 청일전쟁에서의 패배는 중국의 실체를 세계에 드러내 놓았다. 그 변변치 않은 전쟁 수행 능력, 정부 고관의 망국적 태만, 무기력, 더구나 병사들의 국가에 대한 충성심 결여는 이미 평화시에 그것을 감지하고 있었던 열강의 외교 전문가의 눈에도 의외일 정도였다.

——중국은 이미 죽어 있다. 죽어 있는 이상 고기가 썩을 것은 당연하므로 썩기 전에 먹어야 할 것이고 그런 때 선후 따위는 없는 것이다. 먼저 칼을 꽂는 나라가 이기는 것이다.

이러한 기분이 어느 나라 정부에서나 일반적인 개념이 되었다.

일본은 청일전쟁 결과, 2억 냥의 배상금과 영토를 얻었다. 영토는 대만과 팽호도, 그리고 요동반도였다.

강화 조약은 메이지 28년(1985년) 4월 17일에 조인되었는데 그 뒤 1주일도 지나기 전에 러시아가

"요동반도를 중국에 돌려주라."

일본에 간섭해 왔다. 물론 러시아 자신이 생각해서 발안한 것이지만, 러시아는 이 요구를 세계의 공론이라는 형식으로 정당성을 가장하기 위해 프랑스와 독일을 끌어넣어 함께 요구했다. 겉으로 나타난 이유는

"요동반도를 빼앗은 것은 동양의 평화에 장애가 된다."

이런 것이었지만, 물론 그것은 구실에 불과했다. 왜냐하면 그 다음 불과 2년 뒤에 러시아는 스스로 요동반도에 군대를 보내 빼앗아 버렸을 뿐 아니라 만주까지 점령하고 말았던 것이다.

일본은 전율했다. 주 러시아 공사 사이도쿠 지로가 탐색한 결과

——이 요구를 받아들이지 않으면 오로지 전쟁이 있을 뿐.

이런 태도가 러시아 측에 있다는 것이 밝혀졌기 때문이다. 일본은 도저히 러시아와 싸울 수 있는 나라가 못되었다. 하물며 독일, 프랑스까지 적으로 돌릴 만한 실력은 없었으며 실력이 없으면 하라는 대로 하는 수밖에 없는 것이다. 일본은 요동반도를 돌려주었다.

러시아에 대해 잠시 더 이야기를 계속하고자 한다.

18세기 또는 그 이전부터 러시아인은 동쪽으로 진출하여 세력을 확장하기 시작했다. 육지로 이어진 토지를 이토록 광대한 지역에 걸쳐 차지한 민족은, 징기즈칸의 몽골인 외에는 역사상 없을지도 모른다.

그렇다고 해서 슬라브 러시아인이 본래 호전적이고 침략적인 민족이라고 단정하는 것은 크나큰 잘못이다. 오히려 그 민족적 본성은 그 반대인지도 모른다.

일본의 헤이안 조(平安朝 : 10세기 전후) 무렵, 일본인은 이미 그 나름의 통일 사회와 문화를 지니고 있었는데, 슬라브인은 아직도 미개인에 가까웠다. 인구가 희박한 동유럽에서 점점이 마을을 이루고 있었고 물론 그들을 연합하는 군가는 아직 태어나기 전이었다.

그들이 국가라는 것을 경험한 것은 다른 민족에게 정복됨으로써였다.

그 무렵 스웨덴 근처에 있는 노르만인이 유럽에서 가장 활동적인 민족의 하나다. 그 노르만인의 추장 류리크라는 인물이 슬라브 지대 일부를 정복하여 처음으로 규모는 작지만 러시아 국가의 조상과 같은 것을 만들었고, 이 가계의 왕가가 점차 판도를 넓혀 키예프에 도읍을 정했다.

13세기에 들어와서는 아시아에서 온 몽골인에게 정복당했다. 일본 가마쿠라(鎌倉 : 11~13세기) 시대에 호조 야스토키(北條泰時)가 집권했던 해 몽골의 침입군이 칼카 강변에서 남러시아의 제후 연합군을 격파하고, 그로부터 13년 뒤 다시 몽골의 장수 바투가 러시아에 들어와 모스크바와 키예프를 점령한 뒤 이윽고 이곳에 봉건제를 펴고 대몽골제국의 일환인 킵차크한족을 건설했다. 이것은 비록 타민족의 지배를 받는 것이기는 했지만 슬라브인이 하나의 국가 밑에 큰 집단을 형성한 시초라고 해도 좋을 것이다.

몽골인의 지배는 2백 수십 년이나 계속되었다. 그 지배 하에서 그들은 몽골군의 전투 방법 등을 자연적으로 배웠던 것으로 생각된다.

이윽고 몽골인의 지배력이 쇠퇴하자, 슬라브인은 같은 민족의 영웅 밑에서 결집력을 강화했고 뒤에 이반 3세는 슬라브인의 군사력을 강화하여 일본의 무로마치(室町 : 14~15세기) 말기 무렵, 우그라 강변의 결전에서 몽골군을 격파하여 킵차크한족을 멸망시켰다.

이에 의해 같은 민족 출신의 왕에 의한 최초의 민족 국가가 성립되며 이후 통일이 진행되어 흥망성쇠를 거듭하면서 그 뒤의 러시아 권의 원형이 완성되어 간다.

러일전쟁 때의 러시아 지배자 로마노프 왕가가 이룩된 것은 일본에서는 도쿠가와 막부(德川幕府 : 1603~1867)의 성립 초기인 1613년이었다.

초대 황제 미하일 표도로비치 로마노프는 내정 정리에 수완을 발휘했고, 그 아들인 알렉세이도 그것을 계승하여 그 뒤까지 계속되는 러시아적 체제의 기초를 만들었다.

그러나 아직도 서유럽 제국에 비하면 문명 수준이 낮았고 러시아인 자신도 그것을 당연하게 생각하며 민족적 분발을 하려는 기개는 가지지 않았다.

　러시아 제국이라는 나라의 본질에 대해 다음과 같은 재미있는 학설이 있다.
　"원형은 몽골 제국이며, 뒤에 러시아인이 세운 제국은 그 후계자다."
　이런 사고방식을 취하는 파를 유라시아 학파라고 한다. 이 유라시아 학파의 설을 극단적으로 말하면 사회적으로 본 러시아인은 눈이 파란 몽골인이라는 말이 될 것이다.
　징기즈칸의 몽골인은 서쪽으로는 러시아 평원까지 포함해서 중앙아시아에 장대한 제국을 세웠는데, 그 이전인 5세기에도 러시아 평원에 제국을 세운 민족은 몽골족이라고 불리는 흉노였다.
　흉노는 동양사에서 부르는 이름으로 훈족이라고도 한다. 몽골어로 humun이라는 것은 사람이라는 뜻이다. 순수한 유목 생활을 하고 말타기와 활쏘기에 능하며 그 용모가 일본인과 흡사하고 언어도 일본어 문법과 비슷하다.
　흉노와 징기즈칸의 몽골인이 모두 고비 사막 북쪽을 근거지로 삼고 있었는데, 기마 민족인만큼 그 행동 범위가 극히 넓어 기원전부터 중국 본토를 줄곧 침범해서 종종 중국 제국을 쇠망케 하는 원인이 됐다.
　그들이 러시아 평원의 정복자로서 5세기와 13세기에 그들의 국가를 세웠다는 것은 이미 앞에서 말했다. 뒤에 러시아인이 민족적으로 결집하여 서양 사상에서 말하는 '타타르(몽골인)의 멍에'를 끊고 민족 국가를 세우기에 이르렀지만 반 유라시아 학파의 학자라고 할지라도 그 영향을 전혀 받지 않았다고는 말할 수 없을 것이다.
　러시아인이 유럽인이 지닌 것 같은 시민 사회를 끝내 지니지 않았던 것도, 러시아 이전의 지배자인 몽골인의 영향이라고 설명하는 편이 알기 쉬울 것이다. 그리고 유라시아 학파가 말하듯 황제의 전제주의라는 것도 아시아의 유목 민족에게서 상속된 것이리라. 황제의 전제주의는 러일전쟁 당시의 러시아에서도 경탄스러울 정도로 드러났다. 이렇게 같은 백인이면서도 거의 유럽과는 거리가 먼 러시아적 현실은 아시아인의 지배를 오래 받았다는 사실과 깊은 관계가 있다.
　아무튼 러시아인은 '타타르의 멍에'가 있었기 때문에 다른 유럽인에 비해 모든 점에서 뒤떨어져 버린 것만은 확실하다.

게다가 러시아인은 아득한 옛적에는 상업 민족이 아니었다. 고대에 상업 민족은 그 밖의 민족에 비해 훨씬 모험적이고 행동력이 있었지만 러시아인은 그렇지 못하다. 러시아인을 최초로 정복한 노르만인은 무장한 대상(隊商)을 짜고 사방을 두루 다니는 기능을 갖고 있었으나, 그 무렵의 러시아인은 그런 데서 배우는 바가 매우 적었다.

그러나 그런 러시아인도 16세기 무렵이 되자 상업적 정열을 갖게 되었다. 그 상업이란 모피를 말한다.

시베리아에는 모피가 풍부하다. 그 시베리아를 향해 러시아인과 러시아 국가가 뻗어나가기 시작한 것은 식민지를 획득하기 위해서가 아니라 모피를 얻고 싶어서였다. 모피를 얻는 것이 결국은 토지를 얻는 일이 되었다.

당시 러시아 국가는 한낱 거대한 모피 상인이었다. 특히 17세기 이후에 모피 수출이 국가의 중요한 재원이 되어, 전매제가 채택되었던 일도 있었다.

시베리아는 그 보물 창고였다. 이 총면적 1230만 km^2라는 광대한 지역에 광대한 삼림이 있었고 그 과실로 생활하는 모피 동물이 엄청나게 많이 살고 있었다. 곧 여우, 족제비, 토끼, 다람쥐, 특히 모피로서 가장 소중히 여겨지고 있는 검은담비와 누런 담비가 살고 있었다.

인류도 극히 드물지만 띄엄띄엄 살고 있었다. 모두 아시아인으로 총칭되는 여러 인종인데, 최초의 시베리아 주민은 옛 아시아 여러 민족에 속하는 수렵 민족이었다. 그리고 흑룡강 쪽에 있던 퉁구스인과 야쿠트인과 같은 유목 민족이 침입하여 오랜 세월 동안 토착했다.

그들이 모피동물을 잡는다. 러시아인이 그것을 사러 온다. 러시아인은 서구의 귀족 사회가 좋아하는 모피를 토인들에게서 사들이고 모으는 것으로 상업이라는 것이 얼마나 재미있는 것인지를 알았다. 그들은 시베리아를 동으로 동으로 진출하여 드디어 연해주에 이르고 또 캄차카 반도에까지 도달했다. 그리하여

——이곳은 러시아의 영토다.

이렇게까지 주장하게 되었다. 그곳에 먼저 살고 있던 민족들은 수렵이나 어로를 하는 미개인으로 영토 의식이 극히 적은데다 침입 민족과 싸울 만한 국가가 형성되어 있지 않았다. 나아가서 러시아인은 서구와의 접촉으로 항상 새로운 무기를 가지고 있어, 그 무기로 토민들을 정복했다.

러시아 국가 자체가 시베리아를 차지하고자 하는 정치적 의도는 처음에는 없었으나, 모피 상인과 카자크인들이 개인적으로 약탈 행위를 했고 그 약탈한 영역이 결국 러시아 국가의 소유가 되고 말았다. 이른바 모피에 대한 매력이 러시아로 하여금 역사상 일찍이 없었던 대영역을 가지게 해준 것이다.

여기에 또 하나, 시베리아 영유에는 러시아인의 심리적 사정이 있다. 그 러시아인들을 오랫동안 지배했던 것은, 시베리아 남쪽에 퍼져 있는 중앙아시아의 대지대를 근거지로 하고 있던 아시아계 유목 민족이었다는 것은 이미 말했다. 이 중앙아시아와 시베리아를 포함하여 러시아인은

──우리의 정복자의 토지

이렇게 되었던 것을, 그 정복자가 내분 등으로 눈이 녹듯이 그 지배 기구를 소멸시켜 버리자, 러시아인은 재빨리 그 지역으로 진출해서 자기의 것으로 만든 것이다.

극히 심리적으로 말하면 러시아인은 그 지대를 남의 지대라고 생각하지 않고, 그저 나가서 아무런 의심도 없이 그것을 자기 땅으로 해버린 데 지나지 않는다. 침략전의 피비린내가 그다지(정도 문제이겠지만) 동반되지 않았던 것이 이 러시아의 북아시아 영유 사업이었다.

그들은 오랜 세월 동안 조금씩 '침략'을 거듭하면서 마침내 캄차카 반도에 이르렀고, 더욱 지시마(千島) 열도로 남하하여 슈무스(占守), 호라무시로(幌筵) 두 섬을 점령한 뒤 더욱더 나아가서 우루푸 섬(得撫島) 이북의 여러 섬을 침범했을 때, 비로소 일본과 접촉했다.

1711년 육대 장군인 도쿠가와 이에노부(德川家宣)가 통치하던 시절, 다시 말해 러일전쟁으로부터 약 200년 전이었다.

일본인이 러시아에 대해 위기를 느낀 것은 이때가 처음이었다.

이쯤에서 표트르 대제라고 불리고 있는 거인에 관해 이야기해야겠다. Peter를 페트르라고 읽기도 하고 피터라고 영어식으로 읽기도 하는데 여기서는 표트르라고 부른다.

'왕으로서의 혁명가'

이렇게 불렸을 정도로 러시아를 일신시킨, 인물로, 러시아를 표트르 이전과 표트르 이후로 크게 나눌 수도 있다.

근대 러시아는 이 인물로부터 시작되고 있다. 그는 러시아적인 것을 '뒤떨

어진 것'이라고 생각하고 싫어했으며 서구의 문물을 홍수처럼 러시아에 도입했다.

표트르 대제가 활동한 시대는 일본에서 말하면 8대 쇼군인 도쿠가와 요시무네(德川吉宗)의 중흥 시대에 해당한다.

물론 당시의 일본은 쇄국 속에 있었다. 러시아 또한 표트르가 나오기까지는 문화적으로는 쇄국이나 다름없었다. 게다가 그 뒤떨어진 문명은, 당시의 서구인의 눈에는 반개국(半開國)처럼 보였을 것이다.

젊었을 때의 표트르의 초상은 옛날 이야기에 나오는 왕자처럼 귀여운 얼굴이다. 공부하기를 싫어해서 궁정 교사의 눈을 피해 도망다녔으나 기계 만지기를 병적일 정도로 좋아했다. 서구에서 수입한 기계류 총을 분해해서 구조를 조사하기도 하며 그 원리를 알아내려고 했다.

곧 배에 흥미를 갖고 16세 때 조선소에 나가 배목수로 일했다. 10세에 즉위 하였으니까 제왕의 신분이었다. 측근이 말려도 듣지 않았다. 천성적인 직공이라 할 정도여서 얼마 되지 않아 일류 배목수가 되었다.

이와 같이 기술을 동경해서 수학을 배우는 데도 열중했다. 그가 만약 서민으로 태어났더라면, 러시아에서 으뜸가는 기사가 되었을 것이다.

그는 항해에도 마음이 끌렸다. 그래서 항해술을 배우고 실제로 항해 연습도 했다. 만일 서민으로 태어났더라면 선장이 되었을지도 모른다.

총도 그가 좋아하는 기계 중의 하나였다. 직공으로서 그 제조법을 배우고, 나아가서는 노련한 하사관처럼 능숙한 사격법도 익혔다. 터키와의 전투에서 23세인 이 제왕은 2m의 장신을 가볍게 움직이면서 손수 포 옆에 서서 포수로서 싸웠다. 그러고 보면, 그가 서민으로 태어났더라면 가장 실력 있는 포병 사관이 되었을지도 모르는 일이다.

어쨌든, 이러한 기계를 좋아하는 마음이 그의 서구에 대한 동경심을 줄곧 부채질했다. 동시에 이 기계를 좋아하는 마음이 그를 관념론자로 만들지 않았다. 그리고 아마도 '러시아적'이라고 하는 구습 존중주의, 미신, 그 밖의 온갖 불합리한 것들을 타파하는 개혁주의자로 만들었는지도 모른다. 표트르는 단순히 새로운 것만 좋아하는 사람이 아니라, 국가와 여러 현실을 역학의 견지에서 보려고 했다.

그는 러시아 사상 최강으로 생각되는 육해군을 손수 만들었는데, 그러한 그에게 필요한 것은 러시아 신화나 습관이 아니라 항상 이론에 맞는 현실이었다. 현실 분석력이나 직시 정신은 그의 기계를 좋아하는 마음에서 나왔다 해도 무방할 것이다.

표트르 대제는 일본 역사 속에서는 막부 말기의 개명(開明) 군주라고 불린 사쓰마 번의 시마즈 나리아키라(島津齊彬)나, 비젠(肥前) 사가 번(佐賀藩)의 나베시마 간소(鍋島閑叟)와 극히 비슷하다. 다만 표트르에게는 나리아키라나 간소가 지니고 있었던 인문적인 교양은 없었다.

비교라는 점에서 생각나는 것은 나리아키라와 간소라는 개명 군주의 출현이 표트르보다 150년 뒤라는 사실이다.

150년이나 뒤떨어진 일본이 이렇게 개화한 것은, 유신 후 구미에 대한 일본의 운명이었지만 그 점은 젖혀놓기로 하겠다.

나리아키라나 간소는 자기의 번을 구미식의 산업국과 같이 하려고 새 기술을 자꾸 도입했으나, 동시에 그들 자신은 한문학에도 밝았다. 간소와 같은 사람은 당시 시문에 있어서도 뛰어났다.

그러나 표트르 대제에 대한 재미있는 이야기는, 제왕으로서 문서를 쓰는 데 있어서도 반드시 한두 글자는 철자법을 잘못 쓸 정도로 그런 면에서의 교양은 없었다는 것이다.

그러나 표트르가 나리아키라나 간소보다 위대——하다기보다 좀 별난——했던 것은 그 자신이 외국에서 직공이 되었다는 점이다.

——러시아의 조선 기술은 틀려먹었다.

표트르는 전부터 생각하면서 그 불만을 해소할 기회를 노리고 있었다. 그 당시 조선 기술이 가장 뛰어난 곳은 영국과 네덜란드였다.

그 기회를 만들기 위해 그는 다른 기획을 생각하고 실행했다. 그는 25세 때, 궁정 정치가들을 중심으로 한 250명의 단체를 조직하여 그가 손수 이끌고 서구 문명을 견학하는 여행을 했다. 러시아 귀족의 사고방식을 바꾸기 위해서였다. 이것도 일본의 유신 당시와 매우 흡사한 데가 있다.

이와쿠라 도모미(岩倉具視)를 단장으로 한 대견학단이 바로 그것이다. 각료의 거의 절반이 이에 참가하여 인원수가 200명이나 되는 큰 단체가 되었다. 오쿠보 도시미치(大久保利通), 기도 다카요시(木戶孝允), 이토 히로부미 등이 이에 참가하였고, 그 수확은 그 뒤의 개화에 측량할 수 없는 영향을 가져다주었다.

러시아의 경우도 마찬가지이다. 그 '문명 견학'은 여러 가지 진귀한 이야기를 낳았다. 생활 습관이 다르기 때문에 서구 측에서 보면 러시아인은 야만인이라고밖에 생각할 수 없는 일이 많았다. 그렇게 단정하는 사람도 있었다. 적어도 표트르 이하 모두가 머물렀던 런던의 호텔 주인은 그렇게 생각했다.

러시아인은 실내에서도 가래를 뱉고, 침을 뱉고, 술을 마시면 집단 발광을 하는 것처럼 난폭해져서 커튼을 찢기도 하고 가구를 부수기도 했다.

표트르 자신이 제일 많이 때려 부수는 대장이었다. 그는 술을 마시면 러시아식의 난잡한 소란을 피우기를 좋아했다. 유럽의 왕이나 귀족 같은 품위는 눈씻고도 찾아볼 수 없었고 그의 그런 점은 그야말로 흉노(匈奴)였다.

그러나 이 '흉노의 왕'은 유럽의 귀족적인 품위는 없지만, 행동력에 있어서는 그들 문명한 귀족들이 발밑에도 따라갈 수 없는 데가 있었다.

네덜란드에서 사르담 조선소에 일개 직공으로 들어갔다.

"러시아의 차르(황제)라는 것을 남들에게 퍼뜨리지 말라."

처음부터 조선소의 간부들에게 부탁해 두었기 때문에 직공들은 그것을 전혀 알지 못했다.

'목수 피테르'

이런 가명으로 일하며 공장장에게 욕을 먹으면서 온갖 노동에 종사했다. 재목도 날랐고 못을 나르기도 했다. 그는 전체 길이 100피트인 배의 건조 공사에 처음부터 참가하여 준공될 때까지 계속했다. 어떤 기술이라도 직공 기술부터 한다는 것이 표트르의 사고방식이었고, 그것을 해낸 제왕은 동서고금에 그 외에는 아무도 없다. 제왕으로서도 인간으로서도 표트르는 빼어난 인물이었다.

표트르의 어느 사진을 보아도 러시아식의 텁수룩한 수염은 기르고 있지 않다. 그는 그것을 매우 싫어했다. 그는 귀국하자, 자기의 귀족들이 그런 수염을 기르고 있는 것을 보고 참을 수가 없어서

"앞으로 수염을 기르고 있는 자에게는 세금을 부과한다."

이렇게 선언하고 사실 그대로 실행했다. 개화한 일본이 상투 트는 것을 용납하지 않고 단발령을 내렸던 것과 비슷하다.

"모두 긴 양말을 신어라."

표트르는 이렇게도 명령했다. 그때까지 러시아는 동양의 영향을 받아 귀

족은 헐렁한 긴 옷을 입는 것이 보통이었는데 그것을 금하고 복장을 서구식으로 바꾸었다.

당연히 보수적인 사람들 사이에서 '양이론'이 일어났고 표트르의 평판은 좋지 않았지만 그는 차례로 개혁과 서구화를 단행했다.

학교를 세우고 산업을 일으키는 등, 여기서 일일이 늘어놓을 수 없을 정도로 많은 사업을 했다. 그러한 정치적 기적——혁명——이 오로지 그의 손으로 이루어졌다는 것은 차르(황제)라는 것이 그처럼 크나큰 전제의 힘을 가질 수 있는 위치였다는 데 기인한다.

그것은 군주 전제의 국가였다.

이 군주 전제라는 것을 생각하지 않고는 혁명 이전의 러시아를 이해하지 못한다. 15세기 이후 유럽과 일본에서는 러시아와 같은 전제 군주를 가지지 않았다. 군주의 권능은 극히 좁게 제한되어 있었다. 그것이 이른바 진보된 사회라는 것인지도 모른다.

일본에서 군주로서의 절대권을 자유로이 행사할 수 있었던 인물은 거의 없었다. 미나모토 요리토모(源賴朝), 도요토미 히데요시(豊臣秀吉), 도쿠가와 이에야스(德川家康)를 하나하나 들더라도 그들은 모두 러시아의 황제보다 자유롭지 않았다. 그러므로 이러한 창업자 뒤의 군주들은 보좌하는 사람에 의해서 군주권이 대폭 제한되어 있었다.

표트르가 해낸 문화 대혁명은 러시아적 사정에 의한 차르였으므로 가능했던 것이다. 뒤에 러일전쟁을 일으킨 것도 다분히 황제의 의사에 의한 것이었음을 우리는 상기해야 할 것이다.

러일전쟁 당시의 러시아 황제는 니콜라이 2세였다.

그의 아버지는 알렉산드르 3세로 그는 선제보다 교양은 있었지만 제왕으로서는 훨씬 범용했다.

선제인 알렉산드르 3세에 대해 잠시 살펴보자. 이 선제는 둘째 아들이었기 때문에 제왕학 교육을 받지 않고, 일개 군인으로서의 교육을 받았다. 사실 그는 군인에 적합했다. 그것도 장성급 군인이 아니라 영관급 군인에 더욱 적합했다. 그 자신 자기를 성실한 연대장으로 자처하고 스스로 연대장으로 근무했는데, 맏형의 죽음과 함께 황위 계승자가 되었으며, 이윽고 아버지가 암살당하자 러시아 황제가 되었다.

"알렉산드르 3세는 개인적으로는 교양이 없었으나 제왕으로서는 훌륭했다."

입이 험악한 비테조차 그렇게 평가했다. 참고로 말해 두거니와, 앞으로 이 비테라는 이름이 종종 나올 것이다. 이 시대의 러시아에서는 걸출한 재정가여서 알렉산드르 3세와 니콜라이 2세 두 황제를 섬겼고 재무 장관을 지냈으며 나중에 수상이 되었다. 비교적 비 러시아적인 인물로, 서구적 교양과 사상을 지니고 러시아 그 자체의 비판자로서도 그의 말은 항상 현명하고 뛰어났다.

알렉산드르 3세의 치세 때에는 러시아적 자본주의가 거의 완성되어 서구적인 부르주아라는 부유한 계급도 생기고, 동시에 도시 노동자가 사회의 크나큰 존재로서 등장하고 성숙하여, 러시아적 전제 체제에 커다란 차질이 생기기 시작하였다.

그런 때에 알렉산드르 3세는 신념적인 보수주의자로서 어디까지나 러시아적인 전제 체제를 견지하기 위해 그런 선언도 하고 정책도 내놓았다. 그는 러시아의 귀족 계급이 마치 에도(江戶) 말기(18세기)의 대장 직속 무사 계급의 영락과 마찬가지로 몰락하기 시작하는 것을 막고 귀족의 봉건적 특권을 옹호하여 유지하려 했으며, 대학의 학생 문제로 골머리를 앓아 교육 제도를 바꾸고 대학의 자치를 빼앗기도 했다.

비테는 그러한 정책 하나하나에는 다른 의견이 있었지만 알렉산드르 3세가 옹호하려고 하는 전제 체제 자체에는 찬성이었다.

"러시아는 전 국민의 35퍼센트가 이민족이다. 오늘날까지 러시아의 최선의 정체는 절대 군주제라고 확신한다."

서구적 부르주아 사상의 소유자였던 비테로서 더욱이 이러한 의견을 갖는 것은 러시아 국가와 그 사회가 다른 유럽 제국과 어떻게 다른지를 보여 주고 있다.

알렉산드르 3세 때의 러시아 제국은 분명히 강대했다.

"무엇이 그 러시아 제국을 이루었는가. 그것은 물론 무제한의 독재 정치였다. 무제한의 독재였기 때문에 대러시아 제국은 존재했던 것이다."

러시아 제정은 니콜라이 2세를 마지막 황제로 무너졌다. 그런데 그것을 대신한 혁명 정권 또한 독재 정치를 펼쳤던 시기가 길었음을 생각하면 이 비테의 말은 지극히 깊은 암시를 지니고 있다.

열강 459

개화파라고 할 수 있는 비테도 러시아적 성격에는 독재 정치가 필요하다고 했다.

"표트르 1세이든 알렉산드로 1세이든, 헌법이 있었다면 러시아 제국의 건설은 불가능했을 것이다."

비테는 이렇게 말했다.

"나는 마음속으로는 마치 마녀에게라도 홀린 것처럼 무제한의 독재 정치에 심취해 있다."

비테 백작이 이 회상기를 썼을 때는 이미 러시아의 절대군주제가 무너진 뒤였으므로 군주제에 아첨을 할 작정으로 쓴 것은 아니었다.

다만, 그가 심취한 무제한적인 독재 국가에 어리석은 군주가 나타났을 경우에는 어떨 것인가?

"그 나라는 가장 무서운 시련을 겪어야 한다."

이렇게 말하며, 그 '어리석은 군주'로서 비테는 자기의 반대를 뿌리치고 러일전쟁을 일으킨 니콜라이 2세를 본보기로 들고 있다.

"파괴만큼 쉬운 것은 없다. 세 살 난 어린 아이도 어른이 10년이나 100년을 생각하여 만들어 놓은 것을 눈 깜짝할 사이에 부수어 버릴 수가 있듯이, 어리석은 군주는 그의 선행자가 만들어 놓은 좋은 것을 순식간에 부수어 버린다."

——좋은 독재 군주란 어떤 것인가?

"강한 의지와 성격이 필요하다. 다음은 고결한 감정과 사상, 그리고 지혜와 교양과 훈련이 필요하다. 다만 지혜와 교양 운운하는 조건은 특별히 언급할 정도는 아니다. 19세기부터 20세기에 걸친 유럽 각국의 귀족과 부호에게 있는 일반적인 속성이기 때문이다. 요컨대 독재 정치는 보통 두뇌로도 훌륭하게 해나갈 수 있는 것이다. 프러시아의 빌헬름 1세가 무엇보다 좋은 증거이다."

비테는 독재 군주에게 필요한 첫째 조건으로 강한 의지와 고결한 사상, 고결한 감정을 꼽고 있다.

"이것 없이는 자신의 나라와 자기 자신에게 행복을 가져다 줄 수 없다."

그 반대가 니콜라이 2세다, 라고 말하고 싶은 듯한 어조이다.

비테는 니콜라이 2세의 아버지 알렉산드르 3세 밑에서 장관이 되었고 이 선제에게서 이상에 가까운 독재 군주를 보았다.

"나는 개인적인 감정으로 말하는 것이 아니다. 알렉산드르 3세는 평범한 두뇌와 교양을 지니고 있었지만, 강철 같은 의지와 성격을 갖추고 있었다. 그는 언행이 일치하는 사람이었다. 황제다운 품격과 황제다운 고매한 사상을 지니고 있었다. 그에게는 이기심도 자부심도 없었고 그의 자아에는 러시아의 행복이 아주 단단히 결부되어 있었다. 그는 천성이 독재자여서 역사적으로 혼란의 정점에 달했던 러시아의 절대적 독재를 지지하고 보존할 수 있었다."

그 반대가 니콜라이 2세다.

니콜라이 2세는 바보는 아니었다. 교양에 있어서는 아버지를 능가하고 있었다. 그러난 아버지보다 뛰어난 것은 그 점뿐이었다. 그 밖의 것은 앞에서 들었던 아버지의 훌륭한 성격과 모두 반대라고 비테는 말한다.

다시 말하면 어둡고 우매하진 않더라도 용렬한 군주라고 할 수 있을 것이다. 그 독재자가 극동에 있는 섬나라의 상대자였다.

니콜라이 2세는 평소에 일본이나 일본인이라는 말이 나올 때 '원숭이'라는 병명으로 불렀다.

비테의 말로는 공문서에까지 이 황제는 '원숭이'라고 썼다. 그는 즉위하기 전부터 일본인에 대해 생리적이라고까지 할 만한 증오심을 품고 있었다고 비테도 말하고 있다. 그 증오는 황제가 죽을 때까지 계속되었다.

그는 원숭이의 나라를 방문한 적이 있었다.

아직 스물다섯 살의 황태자였을 무렵이었다. 블라디보스토크에서 시베리아 철도 기공식이 거행될 예정이었다. 황태자는 거기에 가기 위해 러시아 함대를 이끌고 극동으로 내항하여 도중에 일본을 방문했다. 스물세 살의 조카뻘 되는 그리스의 조지 황태자를 동반하고 있었다.

메이지 24년(1891년)의 일이었다. 그해 5월 11일, 황태자는 비와 호를 구경했다.

그런 다음 돌아가는 도중 오쓰(大津)를 통과했을 때, 연도를 경비 중이던 순사(巡査) 쓰다 산조(津田三藏)가 갑자기 황태자의 인력거로 달려가 칼을 빼어 두 번에 걸쳐 내리쳤다.

순사 쓰다는 미에 현의 무사 가문 출신으로, 정신의학에서 말하는 미치광이는 아니었다.

열강 461

아마 사상적 광인이었을 것이다. 나라를 생각하는 우국적 감정이라는, 당시에 가장 위험한 심정을 낳기 쉬운 격렬한 정신이 그에게는 있었다. 그것이 너무나 심한 데 비해 그 심정을 통제할 수 있는 지식과 양식이 지극히 빈약해서, 결국은 논리를 비약시켜 행동으로 자기의 정념을 표현하려고 한 것이다. 쓰다는 광신적인 양이주의자였다. 더욱이 일본이 유럽의 대국 특히 러시아의 침략을 받으려 하고 있다는 위기의식으로 가슴을 태웠다.

지나친 위기의식은 망상을 낳기 쉽다. 쓰다는 망상에 사로잡혔다──이번에 러시아 제국의 황태자가 함대를 이끌고 일본을 구경하러 온 것은, 침략의 전제 행동이며 일본의 실정과 지리를 정찰하러 온 것이라고. 이것은 비단 쓰다만의 망상은 아니었다. 당시에는 이런 생각을 가진 자가 많았다.

그러니까 쓰다의 입장에서는 이를 쳐야 한다는 결론이 나온다. 그리하여 국난을 미연에 방지하고 러시아의 침략자들을 놀라게 하여 일본 사람이 얼마나 무서운가를 보여 주려고 했다.

쓰다는 하사관 출신으로 검술에도 능했다.

황태자의 오른쪽 관자놀이에 한 칼 내려치고 달아나다가 다시 후두부에 한 칼 내려쳤다. 상처의 깊이는 골막에 달할 정도였지만, 두개골까지는 이르지 않았다. 어쨌든 황태자에게는 평생의 상처가 되었다.

그리스 황태자가 대나무 회초리를 휘둘러 쓰다의 행동을 막았고, 계속해서 두 사람의 일본인 인력거꾼이 쓰다에게 덤벼들어 칼을 빼앗고 제압했다.

황태자의 머리에서 놀라울 정도의 많은 피가 흘렀다.

현장 옆에 나가이(永井)라는 양복점이 있었다. 거기서 응급으로 지혈을 한 다음 다시 인력거에 태웠다. 일본 측은 시가 현청에서 일본인 의사한테 치료받을 것을 간청했으나, 황태자는 손을 내저으며 측근에게 말했다.

"일본인 의사의 치료는 안 받겠다."

그리하여 교토로 급행하여 숙소인 도키와 호텔로 돌아가 그곳에서 러시아 의사의 치료를 받았다.

이 소식은 온 일본을 뒤흔들었다. 누구나 일본의 멸망을 생각했다. 반드시 전쟁이 벌어지겠지. 일본은 잠시도 지탱할 수 없을 것이다. 메이지 24년(1891년)의 일본 국력은 인구가 5,000만 명이나 된다는 점을 빼놓고는 유럽의 어떤 작은 나라의 국력보다 약했다.

정부 수뇌가 문병과 사죄를 하기 위해 교토로 급행했고, 메이지 천황이 몸소 도키와 호텔을 방문하여 사죄하고 문병했다.

온 나라의 소란은 이만저만이 아니었다. 온갖 단체, 이를테면 협회, 시회, 학교, 회사 등에서 문병 전보, 서신이 도키와 호텔, 또는 도쿄의 러시아 공사관에 밀려왔다. 그 수는 며칠 동안에 1만 통에 달했다.

사람들은 러시아 공사관으로 몰려갔다. 학사회도 히도쓰바시(一橋)의 강의실에서 긴급회의를 소집하고, 일본의 학계에서도 깊은 사과와 위문을 하기 위해 두 사람의 회원이 파견되었다.

목을 찔러 자결한 자까지 있었다. 27세 된 여성이었다. 기다바다케 유코라고 하며 쓰다 산조와 연관이 있는 여성도 아니었다. 지바(千葉) 현 가모카와(鴨川) 사람으로 사건을 듣자 교토로 급행하여 교토 부청 앞에 앉아 단도를 뽑아 목을 찔러 죽었다. 일본 정부와 러시아 정부에 보내는 몇 통의 유서가 있었다. 러시아 정부에 보내는 유서에는 극진한 말로 사죄하였다. 러시아인들도 놀랐을 것이다. 동시에 칼을 맞은 피해자인 황태자의 심정으로 말하면 쓰다 사건이고 기다바다케 유코의 비정상적인 행동이고 간에 일본이라는 것 자체가 기분 나쁘게 느껴졌을 게 틀림없다.

일본인이 집단으로 흥분할 때는 나중에 살펴보면 약간 이해하기 어려운 현상이 일어난다. 사죄가 마치 유행 현상처럼 번졌다. 불교의 모든 사찰에서 '건강 회복 대기도회'가 열린 것은 그렇다 치고 도후쿠 지방의 어느 마을에서는 마을회에서

"앞으로 태어나는 아이에게 산조라는 이름을 지어 주어서는 안 된다."

이런 결의도 했다.

이 일이 있은 뒤 황태자는 모후의 지시에 의해 일본의 호텔에서 나와 고베(神戶) 항내에 정박 중이던 자기 나라의 군함으로 옮기게 되었다. 그 소식을 듣고 메이지 천황은 다시금 고베 항의 잔교까지 황태자를 부축해 준 뒤 보트가 잔교를 떠나 군함에 닿을 때까지 전송했다. 니콜라이 2세와 일본의 인연에는 이와 같은 사건이 있었던 것이다.

그가 일본인을 '원숭이'라고 부르게 된 심정에는 감정적인 사람인 만큼 이 사건도 중요한 요소가 되었을 것이다.

슬라브 민족은 원래는 침략적이 아니라는 것을 앞에서 말한 바 있다.

열강 463

이에 대해서는 조금 더 주석이 필요하다. 침략적이 아니라는 것은 이를테면 노르만인 같지 않다는 정도, 다시 말해 비교해서 본 인상이다.

노르만이란 '북방의 사람'이라는 의미이다.

5,000㎢의 대빙하가 있는 스칸디나비아 반도와 덴마크에 살던 민족으로, 오래 전부터 항해에 능하고 모험심이 풍부하며 성격이 사나워 민족 전체가 해적 일을 하기에 가장 적합했다. 바이킹이라고 불린 사람들이 바로 그들이다.

이 이른바 야만적——당시의 기준으로 말하면 비 그리스도교적——인 이 민족은 8세기에서 12세기라는 장기간에 걸쳐 유럽의 다른 농경, 목축 지대를 마구 소란을 피우며 돌아다녔다.

동서 프랑크 왕국도 매우 혹심한 꼴을 당했고 앵글로 색슨인 잉글랜드도 이 민족에게 정복되었다. 남 이탈리아도, 시실리 섬도 마찬가지였다.

노르만인은 유럽 여기저기에 노르만 왕조를 세워 그들 자신도 피정복 민족과 혼혈하고 동화하고 그리스도교화하여 이 '휘젓는 작업'에 의해 유럽이 인문적으로 혼연일체가 되는 결과를 만들었다.

슬라브인도 9세기에 노르만인에게 정복된 전설을 가지고 있다는 것은 앞에서도 말했다. 《원초 연대기》가 전하는 러시아 건국 신화에는 당시 슬라브인의 수많은 집단이 서로 다투며 하나로 뭉쳐지지 않았기 때문에 자기들의 통치자를 구하기 위해, 원래 가장 무서운 전투 민족인 노르만에 사람을 보낸 것으로 되어 있다.

"우리는 풍요로운 지역에 살고 있지만, 질서를 가지고 있지 않다. 그대들 노르만인이여, 우리를 위하여 와서 군림하라. 우리를 지배하고 질서를 세워 주기 바란다."

이에 의해 노르만의 한 씨족이 북쪽에서 남하하여 러시아 지대를 지배하고 최초의 왕인 류리크가 슬라브인을 통치했다. 이것이 키예프 국가의 시초라고 한다. 물론 현재의 소련에서는 이 전설을 인정하려 하지 않는다.

요컨대 슬라브인은 역사의 오랜 기간에 걸쳐 노르만인 같은 모험심과 활동성으로 침략을 하지는 않았다는 것이, 앞에서 말한 '슬라브인은 원래 침략적이 아니다'라는 말의 배경을 이루고 있다.

그러나 표트르 대제의 러시아 근대화에 있어서, 이 민족도 다른 유럽 여러 민족에 비하면 늦게 눈을 떴다고는 하지만 국가적인 팽창을 하려는 움직임이 눈에 띄게 나타나기 시작했다.

아시아에 대한 관심은 시베리아 모피에 대한 매력이 중심이 되어 있었다는 것은 앞에서도 말했지만, 표트르 대제 이후 더 나아가서 부동항을 얻고 싶다는 요구가 차츰 강렬해지기 시작했다.

그 뒤 유럽에서 다른 나라와 분쟁이 일어나면 그 동안만은 동쪽으로 뻗는 활동이 약화되거나 멈추게 되지만, 서쪽의 문제가 처리되면 다시금 동쪽으로 방향을 돌리는 것이 대제국의 생리적 습관처럼 되었다.

러시아 제국이 극동 침략의 야망을 노골적으로 나타내기 시작한 것은 일본의 연대로 말하면 에도(江戶 : 1750년대) 시대 중기부터 후기에 걸쳐서다.

그 지명에

──동쪽을 정복하라.

이 뜻이 있다는 블라디보스토크를 러시아가 중국(청국)으로 하여금 양보하게 한 것은 일본이 양이 열에 들떠 있던 안세이(安政) 5년(1858년)이었다.

이 시기에 러시아 제국의 침략열이 가장 뜨거웠다. 제국주의의 후진국이었던 만큼 오히려 눈을 뜨게 되자 걸신들린 것처럼 마구 침략을 자행했다. 그리하여 일본의 막부 말기 무렵부터 호시탐탐 중국 영토를 탐내기 시작했다.

만주를 포함한 중국 지대는 시베리아와 달리 한민족(漢民族)의 독립국이다. 더욱이 기원전부터 존재했던 문명권이므로 맨발로 마구 짓밟을 수는 없었다. 이런 점에서 다른 유럽 제국은 같은 침략을 하더라도 노련하고 교묘한 수단을 행사했지만, 러시아인들은 더욱 노골적이었다.

그 노골적인 점은 다른 나라의 예보다 일본에 대해서 행한 예로 느끼는 편이 훨씬 실감이 날지도 모른다. 1861년 러시아 군함에 의해서 쓰시마가 점거된 사건이 있었다.

당시에 '극동을 다투는 자는 영국과 러시아'라 하여 그것은 러일전쟁 당시까지 계속된다.

하여튼 일본의 막부 말기에 영국도 이 한반도와 규슈(九州) 사이의 해협에 가로 놓여 있는 섬에 대해 집요한 관심을 집중했다. 그것을 차지해서 군항과 무역항을 열고 싶었던 것이다. 만약 영국이 쓰시마 섬(對馬島)을 점령

한다면 러시아는 어찌 될 것인가?

남하책이 중도에서 꺾이게 된다. 러시아는 연해주와 블라디보스토크를 얻어 거기에 대대적인 해군 기지를 만들려고 하는데, 쓰시마에서 영국의 방해를 받아 모처럼 제압하려던 동해는 러시아에 있어 댐호가 되어 버려 블라디보스토크의 함대가 남하해서 중국으로 가기는 어렵게 된다.

"영국은 쓰시마 섬 주위를 측량하고 있다. 그들에게 침략, 탈취의 야심이 있으니까 귀정부는 러시아에 가담하라. 러시아는 이 섬을 영국으로부터 보호하기 위한 포대를 구축해주겠다. 대포도 제공하겠다."

러시아 정부가 외교관 고스케비치를 통해 에도 막부에 요구하게 한 것은 분큐(文久) 원년(1861년) 2월이다. 막부는 이를 거절했다.

그러자 러시아는 실력 행사로 나왔다. 빌리레프라는 사람을 함장으로 한 군함이 2월 3일 쓰시마에 나타나서 오자키우라(尾崎浦)에 닻을 내리고 12일 오후나고시(大般越)의 초소 부근에 육전대를 상륙시켜 초소의 고모노 야스고로(小者安五郎)라는 일본인을 사살했다.

더욱이 초소에 놓여 있던 무기와 물품들을 모조리 약탈하고 마을로 들어가 소 일곱 마리 외에 금품을 빼앗아 군함으로 돌아갔다. 이러한 강도 같은 침략 방식이 러시아의 수법이었다.

그런 뒤에도 군함은 사라지지 않았다.

쓰시마는 소(宗) 가문 10만 섬의 번으로 이즈하라(嚴原)를 성밑거리로 삼고 있었다. 물론 고대 중국에서 발간된 《위지》에도 왜(일본)의 영역의 하나로 나와 있다.

러시아 군함은 이 쓰시마의 정박지 부근을 점령한 채 계속 머물렀고, 쓰시마 번에서는 이에 대하여 퇴거할 것을 요구했으나 러시아 측은 상대도 하지 않았다.

러시아가 점령하고 있는 이웃 마을들은 러시아 수병의 약탈과 폭행에 견디지 못해 마을을 버리고 산속으로 들어가 야영했다. 쓰시마 번은 에도에 이러한 상황을 급히 보고했다.

파발꾼이 왕복하기까지 날짜가 걸렸기 때문에 막부에서 교섭하기 위해 오구리 고즈케노스케(小栗上野介)가 온 것은 5월에 들어서였다. 그달 10일 러시아 측의 함장 빌리레프와 면담했다. 러시아 측은

"막부의 대표보다, 쓰시마 번주와 면담하고 싶다."

이 의향을 밀고 나왔다. 막부측은 말하기를 교섭할 상대는 막부이다, 번주는 아무것도 모른다고 하며 끝까지 거절했으나 러시아 측이 듣지 않아 마침내 오구리는 그에 대한 막부 당국의 훈령을 받기 위해 일단 에도로 돌아왔다. 쓰시마에 묵은 것은 2주일 가량이었다.

그동안 러시아 대표는 쓰시마 번의 교섭관(중신 니이 마고이치로 : 仁位孫一郞)과 대면하여 러시아의 뜻을 전하였다.

이때의 러시아 측의 발언 내용은 쓰시마 번의 공식 기록에 남아 있다. 러시아의 제국주의라는 것이 어떤 것인지 이 기록은 그 내장의 냄새까지 충분히 풍기고 있는 것 같다.

러시아 측은 이렇게 말했다.

"히루가우라(晝浦)에서 이모자키(芋崎)까지의 토지를 조차하고 싶소. 이것은 전에 영국도 쇼군에게 신청한 적이 있소(필자주 : 거짓말이다). 에도 관리는 러시아에 호의적인데 그들은 쓰시마 번만 허락한다면 괜찮다고 말하고 있소(필자주 : 이것도 거짓말이다). 그러니까 쓰시마 번은 조차해도 좋다는 증서를 우리에게 내주기 바라오."

"영국인의 본의는 쓰시마를 조차하는 이상 쓰시마에 있는 일본인을 내쫓을 생각(필자주 : 근거 없는 말이다)이나 러시아인은 그런 짓을 하지 않소. 우리는 쓰시마 번의 이익을 도모할 생각이요. 이를테면 우리는 지난번 조선에 가서 연안을 측량했소. 조선쯤은 우리의 무력으로 당장이라도 뺏을 수 있는데, 만약 당신들이 이 섬의 일부를 러시아인에게 조차해 준다면 러시아 제국은 조선을 빼앗아 쓰시마 번에 주겠소. 그러면 쓰시마 번은 아주 큰 영주가 될 수 있는 게 아니겠소."

"그 대신 이런 조건을 받아들여 주어야 할 것이오. 앞에서 말한 조차지를 러시아에 제공하는 외에, 우시지마(牛島)에서 오후나고시까지의 모든 포구는 러시아 제국의 경비지(警備地)로 하겠소. 다른 나라 사람이 온다 해도 상대해서는 안 되오. 러시아인이 그들을 상대하리라."

요컨대 쓰시마의 주권을 러시아 제국에 달라는 것이었다. 그 대신 조선을 주겠다고 했으니 그말이야말로 그들의 뻔뻔스러운 미끼였다.

이와 같은 소동은 주일 영국 공사가 그 함대 세력을 배경으로 러시아 측에 항의하여 군함을 퇴거할 것을 요구함으로써 끝났다. 쓰시마는 하마터면 러시아의 영토가 될 뻔한 것을 면했다.

러시아가 그와 같이 쓰시마에서 침략 소동을 벌인 것은 알렉산드르 2세 때였다.

그 전의 황제인 니콜라이 1세는 만년에 이르러 이른바 크리미아 전쟁을 일으켜서 세바스토폴리 요새에서 크게 싸웠으나 패전했다. 한창 패전할 때 서거하여 알렉산드르 2세가 즉위한 것이다.

러시아의 남하 정책은 대대로 내려온 국가 방침이었다. 알렉산드르 2세도 그것을 시도하여 터키와 싸워 승리를 얻었으나 영국과 그 밖의 간섭 외교에 굴복하여 결국은 유럽에서의 남하 정책은 실패로 돌아갔다.

유럽에서의 실패를 극동에서 회복하려는 것이 러시아 외교의 기본 성격이었다. 알렉산드르 2세의 가라후토(樺太)나 지시마(千島)에 대한 빈번한 위협은 일본과 막부의 존립을 위태롭게 하고, 논객들에게 북방 방어론을 제창하게 했으며, 지사들을 비분강개케 하여, 급기야 유신에 의한 국가 통일에 대한 크나큰 자극제가 되기에 이르렀다.

이 알렉산드르 2세가 허무당원(虛無黨員)에게 암살되자 1881년, 알렉산드르 3세가 36세로 즉위했다. 그의 재위는 1893년 죽을 때까지 계속된다.

이 사람의 아들이 오쓰에서 흉한에게 부상을 입은 니콜라이 2세로 러일전쟁을 능동적으로 일으킨 인물이다. 그러나 러일전쟁을 일으키지 않을 수 없게 된 러시아 측의 조건은 알렉산드르 3세 때 이미 무르익어 있었다.

러시아적 숙명인 극동 신장과 극동에서 남하하여 부동항을 얻고 싶다는 국가적 욕구가 알렉산드르 3세의 치세에 이르러 역사상 일찍이 없었던 활발함을 나타냈다.

알렉산드르 3세와 그 정부는 유럽에서 남하하려는 생각(이를테면 발칸에 대한 야심)을 버리고 대외 정책의 중점을 명백히 극동으로 돌렸다. 1889년, 일본의 메이지 20년, 시베리아 철도를 기공함과 동시에 그 정책은 더욱 노골화했다.

물론, 이 제왕보다도 전 시대에 이미 러시아의 극동 제패의 기초 공사는 완성되어 있었다. 일본의 안세이(安政) 5년(1858년)에는 흑룡강 이북을 점령하고 만엔 원년(1860년)에는 우수리 강 북동의 광대한 땅을 얻었으며, 한편으로는 중앙아시아를 차례로 침범하며 도중에 청국 영토도 침범하면서 남쪽으로 내려가 아프가니스탄으로 나아갔다. 장차는 인도양으로 나가는 것도 그들의 꿈 중의 하나였다.

이 제왕은 만주와 조선만 차지하지 못한 채 죽었다.

제패극동왕이라고도 할 만한 알렉산드르 3세가 죽은 해가 일본이 청일전쟁을 시작한 해였다는 것은 매우 상징적이다.

이 무렵

"러시아에 있어서 남아 있는 것은 만주와 조선뿐이다."

이렇게 말한 러시아의 궁정인이 있다는데, 있음직한 일이다. 제왕이 살아 있는 동안, 중국 본토를 제외한 그 주위의 광대한 부분이 러시아 또는 그 세력 하의 영역에 들어가게 되었다. 시베리아 철도의 공사가 진척됨에 따라 조만간 만주와 조선이 그 세력 하에 끌려들어가리라는 것은 이미 시간 문제에 지나지 않았다.

이른바 추세였다. 러시아 침략주의자에게 있어서는 만주와 조선은 뺏지 않으면 안 되는 땅이었다.

왜냐하면 러시아의 극동 진출의 크나큰 이유의 하나는 남하해서 급기야 바다를 보는 것이었다. 요컨대 부동항을 얻고 싶은 것이다.

그러기 위해서는 만주를 얻지 않으면 안 된다. 특히 남만주의 요동반도가 귀중했다. 거기에는 여순, 대련, 위해위 등등의 천연의 좋은 항구가 있었다. 그리고 그 동쪽의 한반도. 이것을 차지함으로써 비로소 러시아의 남하 정책은 완결되는 것이다.

그런데 일본이 일어나기 시작했다.

일본은 역사적으로 러시아의 남하책을 매우 두려워하였다. 그리고 일본 방위의 생명선으로서 한반도를 중요시했다. 이 한반도를 러시아와 청국의 양 세력으로부터 독립된 지대로 하는 것을 국방의 주안점으로 했고, 그러한 조선 문제가 쟁점이 되어 청일전쟁을 일으켰다.

"일본은 중국에 질 것이다."

이렇게 러시아는 내다보았다. 뿐만 아니라 청국을 응원했다.

그런데 일본이 이긴 것이다. 이겨서 숙원대로 조선에서 청국 세력을 몰아냈다.

그러한 때 '만주와 조선'이라는 두 가지 과제를 남긴 채 알렉산드르 3세가 죽었다. 그것은 자연적으로 후계자가 계승해야 한다. 니콜라이 2세가 25세로 즉위했다. 그가 즉위한 달에 일본 해군은 대련만에 진입, 육군은 그 여러 포대를 점령하고 나아가서 여순 요새를 함락시켰다.

"원숭이는"

공문서에서도 일본인을 그렇게 쓰는 니콜라이 2세는 시가(滋賀) 현 오쓰에서 흉한에게 살해될 뻔한 것을 평생토록 잊지 않았던만큼 일본의 동태에 대해 다소의 경멸과 증오를 품지 않고는 생각할 수가 없었을 것이다.

"원숭이들이 만주를 약탈하려 한다."

전후 일본이 청국과의 강화 조약에 의해 요동반도를 얻었다는 것은 앞에서 이미 말한 바 있다. 그에 대하여 러시아가 독일, 프랑스를 꾀어서 이른바 삼국 간섭을 하여

"요동반도를 청국으로 돌려주라. 그렇지 않으면 러시아는 독자적인 자유 행동(군사력 행사)에 의해 임의로 조치를 취할 것이다."

일본을 위협하고 결국은 굴복케 했다.

영국이 제국주의의 노숙기에 있었다고 한다면 러시아와 독일은 그 청년기에 있었다.

그런 만큼 이 요동반도 환부의 경우, 방법이 매우 노골적이어서 욕망과 행동이 직결되어 있었고 그 고집스러움은 19세기 말의 외교사상 유례가 없을 정도였다.

"중국에 요동반도를 돌려주라."

주일 공사 히트로보를 시켜 일본 정부에 담판하게 했을 때, 공사의 배후에는 극동 수역의 러시아 함대가 있었다. 그것들은 도장을 모조리 전투색으로 바꾸고 각 함마다 탄고에 포탄을 만재하여 언제라도 명령 한 마디면 도쿄 만에 침입하여 도쿄시에 포탄을 퍼부을 수 있는 태세를 취하였다. 일본은 굴할 수밖에 없었다. 당시의 외상 무쓰 무네미쓰(陸奧宗光)는, '누가 이 정국에 처했다 해도 굴복할 수밖에 도리가 없었을 것'이라고 자위했다.

간섭하는 측인 러시아, 독일, 프랑스는 '일본의 요동반도 포기는 동양의 평화를 위한 것'이라는 명목을 내세웠다. 그러나 제국주의 외교에 있어 외교상의 언어는 항상 마법과 같은 것이며 진실은 무력일 뿐이다.

독일은 그 뒤 느닷없이 교주만(膠州灣 : 靑島)을 빼앗아 버렸다. 다짜고짜

군대를 상륙시켜 청국으로부터 약탈한 것이다.

청국의 사전 양해 따위는 얻지 않았다. 독일 황제는 러시아 황제에게만 양해를 얻었다. 이 두 황제는 메이지 30년(1897년) 8월, 러시아의 페테르호프로 피서를 가서 이궁의 한 방에 틀어박혀 밀담을 나눴다. 먼저 얘기를 꺼낸 것은 독일의 카이저(황제)였다.

"독일은 아시아 함대의 근거지로서 교주만을 차지하고 싶습니다만, 귀국에 이의가 없으신지?"

니콜라이 2세는 고개를 가로저으며 말했다.

"러시아는 천진 이남의 땅에는 현재로선 욕망을 느끼지 않소. 여기서 분명히 말씀드리겠는데 러시아에 있어 중대한 관심은 여순에서 압록강에 이르는 지역에 집중되어 있소."

카이저는 마음이 놓여 거듭 다짐을 두었다.

"만약에 말입니다, 독일이 교주만을 점령하게 된다면 귀국은 어쩌시겠습니까?"

"아무런 이론이 없소. 오히려 환영하는 바이오. 지금 러시아의 대 아시아 정책을 도처에서 방해하고 있는 것은 영국이오. 그래서 매우 난처해하고 있소. 독일이 와준다면 오히려 러시아에겐 유리할지도 모르오."

이 일이 있은 뒤 마치 백주의 강도짓 같은 독일의 교주만 사건이 일어났다. 그러나 그 점령은 러시아 측을 자극했다.

그 전보가 수도 페테르부르크(레닌그라드)의 외무성에 들어왔을 때, 곧 어전 회의가 열렸다. 멤버는 예의 재무상관 비테, 육군장관 반노프스키, 해군장관 티르토프, 그리고 외무장관 무라비요프였다.

"러시아로선 이 독일의 강탈 사건을 이용하여 이 기회에 요동반도의 여순과 대련을 점령해야 합니다."

이 주장에 비테를 제외한 다른 장관이 모조리 찬성하고 황제도 찬성했다.

비테는 재무장관이었으나, 각료 중의 실력자로서 외교 문제에도 강력한 발언권을 가지고 있었다.

이 비테의 시종 변하지 않은 사고방식은 극동에서는 되도록 일본과의 충돌을 피한다는 점에 있었다. 요컨대 러일전쟁을 회피한다는 것이며, 이러한 사고방식은 이 시기의 러시아의 고관에게 있어서는 극히 보기 드문 것이었다.

　물론 비테는 평화주의자는 아니다.

　수도원적(修道院的)인 평화주의자가 이 시대의, 원래 전쟁이 잦은 대국의 고관으로 적당할 리가 없다.

　다만 비테는 제정 러시아의 장관 가운데서는 드물게 서구적인 부르주아의 사고방식을 지니고 있다는 것은 이미 앞에서 말했다. 간단히 말해, 비테는 은행가의 대표이며 그러한 입장에서 '일본과의 전쟁은 러시아에 아무런 이익도 가져다주지 않을뿐더러 해로울 따름'이라는 사고방식을 가지고 있었다.

　우선 재정이 피폐해질 것이다. 게다가 일본과 싸워 얻는 것은 일본 열도 정도이다. 얻어 봤자 바다를 사이에 두고 열도를 지배하는 것은 쉬운 일이 아니며, 더욱이 열도에는 단일 민족이 많이 살고 있어 그들을 지배하는 것은 몹시 귀찮은 일이다. 또한 일본에는 쌀 외에 다른 산물이 없으며 자원도 없다. 이러한 열도를 차지해 보았자 아무런 이득도 없다(물론 러시아의 다른 고관들도 일본까지 빼앗으려고 생각하는 사람은 한 사람도 없었다).

　또한 비테는 전쟁의 부산물인 사회 문제에 대해 날카로운 통찰력을 지니고 있었다. 이미 러시아에서의 반제정주의 운동은 러시아적 모순 속에서 암처럼 퍼져 있었다. 전쟁만큼 인심을 투기적으로 만들고 사회의 기존 질서를 뒤흔드는 것은 없는데, 이런 시기에 러시아가 만약 대일 전쟁을 일으키면 제정질서(帝政秩序)는 그대로 유지가 어려울 것이다. 하기는

　"오히려 러시아 제정으로서는 유리하다."

　하는 자가 많았다. 대규모 외정군(外征軍)을 일으켜 연전연승하면 국민의 관심은 일거에 전쟁 쪽으로 집중되어, 국민의 국가에 대해 순종하는 마음도 크게 높아진다는 것이 그런 말을 하는 자의 주장인데, 비테는 그렇게 생각하지 않았다. 비테는 이미 러시아의 사회주의 세력이 어디까지 와 있는지 잘 알고 있었다. 만약 병사들에게 염전 기운이 일어나면 싸움에 질 뿐 아니라, 지면 후방의 러시아 사회는 변질된다. 제정이 쓰러질지도 모른다고 우려하고 있었다.

　비테는 아마도 낙천가는 아니었던 모양이다. 그래서

　"일본을 자극해서는 안 된다."

　혼자서 계속 주장해 온 것이다.

　물론 그는 러시아의 극동 신장정책 자체에 이의가 있는 것은 아니었다. 그

세습적 국책은 러시아의 장관으로서 물론 지지하고 있었다. 다만 일본을 자극하지 않고도 그렇게 할 방법이 있다는 주장이었다.

"그 당시, 청일전쟁을 전후하여 극동에 관한 여러 문제는 오로지 내 수중에 달려 있었다."

재무장관 비테는 말한다. 제정 러시아에서 재무장관은 크나큰 권한을 가지고 있었다.

제정 러시아의 체질의 일부가 이런 점에도 이따금 나타났다. 외무장관의 일은 주로 유럽과의 '교제'이며, 재무장관은 극동을 관장한다. 극동이란 중국, 조선, 태국, 그리고 일본 등을 말한다. 그곳에서 일어나는 대외 문제는 재무장관의 소관이라는 말은, 러시아에 있어서의 극동이란 '재산, 또는 재산이 될 수 있는 토지'라는 뜻이다.

물론 이 무렵의 러시아의 성(省)들은 근대적인 의미의 조직이라고 하기는 어려웠다.

시베리아 철도만 해도 그러했다. 교통장관이라는 것이 있었지만 이 철도의 건설과 운영은 초기에는 재무장관 비테의 일이었다. 선제가 비테의 수완을 인정하고 그렇게 하라고 명령했다. 황제의 명령은 온갖 법률이며 법규에 선행한다. 이에 대해 비테는 이렇게 말했다.

"시베리아 철도를 건설해서 유럽 러시아와 블라디보스토크를 연결하는 것은 선제 알렉산드르 3세가 특히 나에게 위임하신 사업이다."

참고로 니콜라이 2세가 즉위한 뒤로, 비테는 시베리아 철도에 대한 철도 기술적인 일은 거의 전부 교통성에 넘겼다. 교통장관도 비테가 황제에게 추천했다. 전에 철도국장을 했던 힐코프라는 후작이었다.

이 후작의 약력으로 당시의 러시아의 일면을 엿볼 수가 있다. 그는 원래 근위연대의 한 사관으로 투벨스카야 현에 세습적인 영지를 소유하고 있었다. 그는 한때 농노 해방이 실행되었을 때 그 토지를 모두 농부들에게 나누어 주고 자기는 러시아를 버리고 미국으로 건너갔다. 그 당시의 러시아 귀족 가운데 양심적이고 능동적이며 그러면서도 혁명 따위는 생각하지 않는 청년의 한 전형이었을 것이다.

미국은 이미 기술사회였다. 거기로 건너간 힐코프 후작은 한낱 노동자가 되었다. 그는 철도일에 종사하며 맨처음에는 공원이 되었다. 이어서 기관사의 조수가 되었고 그 후 기관사가 되었다.

그런데 이 무렵 러시아에서 철도는 부설 공사가 대대적으로 시작되었다. 힐코프가 때마침 러시아로 돌아오자 정부는 이 방면의 공원 및 기관사 출신인 그의 기술을 인정하고 철도국장으로 임명했던 것이다.

당시 러시아의 철도 기술의 단계를 이 후작의 약력으로 다소나마 상상할 수 있을 것이다.

그런데 비테는 철도의 부설이나 운영 같은 기술면은 교통부에 넘겨주었지만, 그 재정과 연선(沿線)의 행정면에 대해서는 여전히 재무성의 권한 범위 안에 두었다. 이 철도는 극동으로 간다. 자연히 비테는 극동의 지리, 역사, 정치 정세에 대해서는 어느 장관보다 잘 알고 있었다. 물론 외무장관이나 육군장관보다도 더 자세했다.

———극동을 정복하라.

이것은 러시아 고관들의 구호처럼 되어 있으면서도

"그 당시 러시아의 정치가들에게서 흔히 볼 수 있는 폐단은 극동에 대해 아무것도 알지 못한다는 점이었다. 이를테면 중국의 국내 정세나 중국, 조선 및 일본 등지의 지리적 정세, 그리고 그들 여러 나라의 상호 관계에 관해 고관들을 주욱 훑어본즉 도무지 알고 있을 것 같지 않았다."

비테는 이렇게 말하고 있다.

외무장관조차도 예외가 아니었다.

"만약 전 외상 로바노프 후작에게 만주란 어떤 곳인가, 봉천, 길림은 어디에 있는가 등을 질문하면, 그는 중학 2학년 정도의 대답밖에 할 수 없을 것이다."

그러면서도 러시아의 극동지부 기관은 결코 둔하거나 느리지 않았다. 호랑이 같은 공격성과 기민성을 지니고 있어, 청일전쟁이 발발했을 때도 블라디보스토크에 있었던 러시아 군단은 어떤 목적인지 갑자기 전투 태세를 갖추고 국경을 넘어 만주의 길림에까지 진출했고, 그곳에 진주하면서 사태를 관망했다. 이 목적의 진의는 수수께끼이다.

어쨌든 수도인 페테르부르크의 고관들은, 극동에 대해 그 정도의 지식밖에 없었다. 단 한 사람 비테만이 그것을 알고 있었다. 비테가 재무장관의 몸으로 황제의 극동 문제에 대해 계속 자문 역할을 해 온 이유의 한 가지는 바로 거기에 있다.

비테의 극동 감각을 아는 데 있어서 그가 청일전쟁 직후 각의에서 한 말은 매우 중요하다.

"중국을 현 상태에 오래 머물러 있게 해야 한다."

현 상태라는 것은 '잠자는 상태'대로 머물러 있게 한다는 것이며 중국 쪽에서 생각하면 기막힌 발언이다.

"그러기 위해서는 여러 가지 수단이 필요하지만 그 중 한 가지는 중국 측의 입장에 서서 그 영토와 독립을 보전해 주어야 한다. 독립을 위협하는 짓은 조금이라도 해서는 안 된다."

비테의 생각은 중국을 가축으로 삼는 것이었다. 당장 조급하게 도살을 서둘러서는 안 된다. 러시아만이 도살할 수 있다면 좋지만 다른 나라도 그렇게 할 것이다. 그렇게 되면 자연히 자기 몫으로 돌아오는 고기는 적어질 것이고, 또 그 일에 반항해서 중국 민중이 각성해 버리면 끝이다.

그것보다 회유해서 러시아의 좋은 가축으로 만들어야 한다는 것이었다. 비테는 러시아인이면서도 마치 영국인 같은 감각을 지니고 있었다.

그리고 비테는 일본을 쓸데없이 자극하는 데는 반대했지만, 일본이 청일전쟁으로 요동반도를 얻은 데 대해서는 다른 러시아 고관들과 같은 입장을 취했다. 결국 일본에 요동반도를 포기하게 하여, 중국으로 돌려주라는 의견이었다. 그렇게 함으로써 러시아는 중국에 은혜를 베풀어놓는 것이다.

"만약 일본이 반환을 꺼려한다면 일본의 어떤 지점을 포격하는 것쯤은 부득이한 일"이다.

각의에서 주장했다.

비테의 극동에 대한 정략은 이러한 것이었다.

결국 일본은 러시아 등 세 나라의 위협을 받아 요동반도를 청국에 돌려주었다. 그 뒤 러시아가 그 요동반도를 빼앗은 것은 앞에서 이미 말했다.

당시의 러시아 외교의 사고법을 알기 위해 러시아가 요동반도(여순, 대련)를 가로채기에 이른 경위를 살펴보면, 이 각의에서 당연히 비테는 반대였다.

"중국에 대한 배신이 아닌가. 러시아와 중국의 조약은 어떻게 된단 말인가."

러시아와 중국의 조약은 청일전쟁 뒤에 체결된 것이다. 중국을 일본의 침략으로부터 보호해 주겠다는 조약이었다. 이른바 중국을 러시아의 가축으로 만들려는 조약이었다. 그 조약을 체결하자마자, 그것을 깨뜨릴 뿐 아니라 보호자 스스로가 강도 흉내를 내는 것은 당치도 않다고 비테는 말했다.

"물론 이것은 도의 문제가 아니다."

비테가 말할 것까지도 없이 제국주의 외교에 도의 따위는 없다. 필요 때문에 도의인 것처럼 하는 것이 외교의 기술이다. 어차피 침략의 야심은 있다. 그것을 도의로 위장하는 것이 중요한 일이며, 지금 요동을 빼앗는 것은 러시아의 본심을 러시아 스스로 폭로하는 일이다.

"중국은 러시아를 의심하고 있었다. 그렇게 되면 러시아의 극동 발전에 크나큰 장해가 초래될 것이다. 눈앞의 한 조각의 토지를 탐내다가 백년의 국가 이익을 잃어서는 안 된다."

그러나 외상, 육상, 해상은 여순과 대련을 점령하는 것이 얼마나 중요한지를 한사코 주장했다.

물론 해상은

"나는 해군의 근거지가 여순과 대련이 아니면 안 된다고 하지는 않겠소. 오히려 조선의 어딘가가 더 좋지요. 왜냐하면 조선이 대양에 더 가까우니까요."

이렇게 말하기도 했다. 해군장관이라는 것은 어느 나라에서나 해군만의 기술적인 사항밖에 발언하지 않는다. 그에 비해 많은 나라의 육군장관이 대외 강경론자가 되기 쉽듯이 그 당시의 러시아 육상 반노프스키도 그러했다. 어디까지나 여순과 대련을 얻을 것을 주장하며, 외무장관을 응원했다.

외상 무라비요프는 비테의 말을 빌리면 '평범한 인물이었지만 매우 공명심이 강하여', 자신의 탈취 안을 주장했다.

그 뒤는 황제가 단안을 내린다.

니콜라이 2세는 비테의 의견을 물리치고 외상의 안을 채택했다.

비테는 이에 분개하여 회고록에서 이렇게 말했다.

"우리가 만약 중국과의 조약을 충실하게 지켰더라면 부끄럽기 짝이 없는 러일전을 야기할 것도 없이, 러시아는 극동에서 흔들리지 않는 입장을 계속 유지하고 있었을 것이다."

또한 이 탈취안을 황제가 채택한 날 비테는 어떤 황족을 만나 화나는 김에 이렇게 속삭였다.

"전하, 오늘을 기억해 주십시오. 이날의 제1보가 러시아를 위해 얼마나 무서운 운명을 가져올 것인지 잘 보셔야 할 겁니다."

비테는 러일전쟁을 예상했다.

그리고 그 패전도 예상했다고 비테 자신이 회고록에서 말하고 있는데, 거기까지는 믿을 수 없다. 지나간 일을 되돌아볼 때 인간은 신이 될 수 있다. 이렇게 될 것을 나만은 알고 있었다고 당시의 소용돌이 속의 당사자가 말하는 것만큼 어리석고 졸렬한 일은 없다.

비테는 각료로서 그 소용돌이 속에 있었다.

"요동반도(여순, 대련)를 강탈한 것이 러시아의 저주받은 운명의 제1보였다. 나만이 그것을 알고 있었다."

비테는 그러면서도 니콜라이 2세가 요동반도를 중국으로부터 빼앗을 것을 결정한 뒤로는 자기 자신의 반대론을 버리고 그 반도를 빼앗는 방향을 향해 자신의 능력을 발휘했다.

관료는 하나의 기능이다. 황제의 대신인 이상 어쩔 수 없는 일이었는지도 모르지만 비테가 말하는 '몰락으로의 제일보'에 비테 자신도 힘을 보탰던 것은 틀림없는 사실이다.

"비테 경, 경은 반대했지만 나는 그렇게 하기로 결정했소. 우리 함대는 이미 육군 부대를 태우고 요동반도를 향하고 있소."

니콜라이 2세는 식탁에서 주고받는 화제와 같은 어조로 비테에게 그렇게 말했다. 비테는 말없이 고개를 떨어뜨렸다. 황제 전제의 국가인 이상 하는 수 없는 일이었다.

황제가 말했을 때는 아직도 항해 중이었던 러시아 함대는 메이지 30년 (1897년) 12월 18일 여순과 대련에 상륙하여 이곳을 점령했다. 중국은 몹시 놀랐다.

곧 해가 바뀌었다. 그 1월 1일 러시아에서는 육군 장관이 경질되었다. 후임에는 육군 부대에서 수재로 명성이 높은 크로파트킨 장군이 취임했다.

"그는 아직 젊고, 이해력이 풍부하며 완고하지 않다. 내가 설득하면 이번의 모험책이 장차 얼마나 큰 화근이 될 것인지 이해해주지 않겠는가."

비테는 그렇게 생각했다. 일단 빼앗은 여순과 대련을 포기한다는 바로 그것이었다.

그러나 실제로는 크로파트킨도 비테가 말하는 모험주의자였다. 그가 최초의 각의에서 강경하게 주장한 것은 전임자 이상의 내용이었다.

"여순과 대련을 빼앗았지만 그것은 항구뿐이었습니다. 항구를 지키기 위해서는 거대한 요새를 구축해야 하는데 그러기 위해서 요동반도의 전부가 필요합니다. 중국에 대해 그것을 요구해야 합니다."

결국 이것이 채택되었다.

청국에서는 독재권을 가진 서태후가 이때 북경 교외의 별장지에 있었다. 서태후는 러시아의 요구에 대해 고개를 설레설레 저었다고 한다. 이미 영국과 일본이 외교적으로 손을 써서, 절대로 승낙해서는 안되며 만약의 경우에는 영국과 일본이 청국을 지키겠다는 언질을 서태후에게 주었던 것이다.

이 때문에 서태후의 태도는 극히 강경했다.

그러나 비테에게는 방법이 있었다.

비테의 방법이란 뇌물을 쓰는 것이었다.

중국인 관리에 대한 러시아인의 견해는

"중국 관리들은 조금이라도 일을 하면 당연히 보수가 있는 것으로 생각한다. 이런 요령을 알고 있지 않으면 중국에서 외교 업무를 볼 수 없다."

이런 것이었는데 비테는 바로 그 방법을 쓰려고 했다. 뇌물을 줄 상대는 이홍장이었다.

이 청나라 제국의 중요한 국정기관을 움켜쥐고 있는 권세가를 비테는 전에 그가 러시아의 대관식에 왔을 때 페테르부르크에서 만나 알고 있었다.

"그는 내가 본 위인 중에서도 위인이다. 그는 유럽식의 학자는 아니지만 중국에서는 대학자였다. 게다가 더욱 존경할 일은 명민한 두뇌와 상식의 소유자라는 것이다."

비테는 그렇게 칭찬했다. 비테는 러중 조약을 체결하기 위해 그 동안 이홍장과 절충을 벌이면서 이홍장의 정치 철학을 알게 된 데다가 인상적인 말을 몇 마디 들을 수 있었다.

대관식은 모스크바에서 거행되었다. 그 행사의 하나로 모스크바 근교의 광장 하두빈카에서 군중의 자유 참가를 방침으로 하는 원유회가 기획되었다. 여기에 새로운 황제가 친히 나와서 군중의 축하를 받는 것인데, 그날 새벽 일찍 모여든 군중들 때문에 그만 혼잡을 일으켜 2,000여 명의 사상자를 내기에 이르렀다.

그런 참사가 있은 뒤 이홍장의 마차가 왔다. 이홍장은 마차에서 내려 비테에게 가까이 가서

"참사가 있었다는 것을 폐하께서 아십니까?"

비테가 당연히 알고 계시다, 왜냐하면 그런 것은 관할 장관으로부터 곧장 보고되기 때문이라고 대답하자, 이 홍장은 근심스러운 듯 고개를 저으며 훈계하는 듯한 어조로 말했다.

"아무래도 귀국의 정치가들은 경험이 모자라는 것 같습니다. 내가 옛날 직례성의 총독이었을 무렵, 관내에 유행병이 창궐해서 매일 수천 명의 사람들이 죽어 나갔소. 그러나 나는 황제에게 그것을 보고하지 않고 관내는 평온무사하며 민중은 생활을 즐기고 있다는 보고만 올렸지요. 어차피 구할 수 없는 일을 아무리 보고해봤자 군주의 마음만 괴롭힐 뿐이 아니겠소."

그것이 동양식이라는 것일 것이다. 러시아아인은 서구적인 기준에서 보면 그 사고법에 동양색이 강했고, 그만큼 러시아인 자신도 뒤떨어져 있다고 생각하였다. 비테는 이홍장의 말을 듣고 속으로 생각했다.

'역시 우리 러시아인이 앞서 있구나.'

비테는 북경 주재 재무관 포코틸로프에게 전보를 쳐서 이홍장과, 그 다음가는 권세가인 장음환에게 뇌물을 보낼 것을 명령했다. 이홍장에게는 50만 루블, 장음환에게는 25만 루블이었다. 그들은 그것을 받고 서태후에게 러시아의 요구를 받아들이도록 교묘하게 설득하여 승낙을 받아냈다.

요동반도는 러시아의 것이 되었고 메이지 31년(1898년) 3월 15일 조인되었다.

러시아가 차지한 요동반도 남단 지방은 보통 '관동주'로 불리었다. 여기서도 그렇게 부르기로 한다. 만주 대륙이 남쪽을 향해 뻗어가서 요동반도가 되고, 더욱이 그 끝이 새끼손가락처럼 뻗은 반도로 되어 있다. 새끼손가락의 뼈인 척량산맥은 극히 낮은 지형이어서 언덕이 낮게 오르내리는 기복이 있을 뿐 높은 산봉우리는 없다. 삼면이 바다에 면하고 있고 중요한 만으로는 서쪽에 금주만, 동쪽으로 대련만이 있으며 끝의 좁은 만구에 여순항이 있다.

여순에는 '중국인이 구축한 장난감 같은 요새'(비테의 표현)가 있다. 지난

해에는 이것을 일본군이 단 하루 만에 함락시켰다. 그들이 그 요새를 차지한 이상

"여기에 대요새를 구축하여 대해군을 건설해야 한다."

이것이 러시아 군부의 긴급하고도 가장 중대한 과제가 되었다. 바로 극동 해군이라는 것이었다. 나중에 블라디보스토크 함대, 여순 함대로 불리는 것으로 아시아에서 가장 큰 해상 세력이 된다.

황제는 그것을 재가하면서 군부장에게 말했다.

"그러나 비테가 허락할는지."

비테는 재무장관으로 러시아의 금고지기이다. 비테가 그것을 안 된다고 하면 문제가 복잡해지는 것이다. 그러나 비테는 예산 외의 비상 지출을 하면서 그것을 염출했다. 총계 9,000만 루블이나 되는 까무러칠 만한 거액이었다.

이 러시아의 관동주 조차가 있었던 때부터 중국에는 소위 의화단이 봉기하여 순식간에 북중국 천지가 들끓어 올랐다.

'권비(拳匪)'라고도 한다.

이 무렵 열강들은 앞 다투어 중국에 토지며 이권──이를테면 광산 개발──을 얻어 철도를 깔고, 대량의 상품을 유입했다. 이러한 일은 중국의 전통적 경제 질서를 큰 혼란에 빠뜨렸다.

상품의 유입은 농민의 부업을 빼앗아 버렸고, 철도와 하천의 기선편은 뱃사공과 파발꾼의 실직을 야기했으며, 그밖에 헤아릴 수 없는 파괴를 가져왔다. 그로 인해 생업을 잃어버린 농민들이 각지에서 폭동을 일으켰고, 그것이 점차 의화단 운동에 흡수되어 가면서 폭동의 범위가 넓어졌다. 의화단이 양이 단체라는 것은

'부청멸양(扶淸滅洋)'

즉 청을 돕고서 양을 멸망시킨다는 슬로건으로도 알 수 있다.

한편 종교 단체이기도 하여 주먹을 무기로 쓰고 지휘자 외에는 무기를 사용하지 않으며, 주먹 쓰는 법을 익힘으로써 신령이 몸에 들어와 칼이나 창으로부터 몸을 보호할 수 있다 했다. 이 집단이 각지에서 외국인을 습격하고 외국 상사를 불태우고 철도를 파괴하고 전신소를 습격했다. 끝내는 유민들뿐만 아니라 소지주 계급까지 이에 합세하고 중앙 정부와 지방 정청까지 음으로 양으로 이를 응원하기에 이르렀다.

"이 강렬한 배외 운동은 러시아 독일이 남보다 먼저 착수한 토지 약탈과 권익 강탈이 도화선이 된 것이다."

중국을 먹어치울 고기가 아니라 가축으로 사육하려고 하는 비테는 그렇게 보았다.

민족에게는 극히 토속적인 감정으로서 내셔널리즘이라는 것이 있다.

때에 따라 이 말은 국가주의라는 의미로 쓰이기도 하고, 국민주의 혹은 민족주의라는 의미로 쓰이기도 하는데 요컨대 민족이 지니고 있는, 결코 고급은 아니지만 극히 자연스러운 감정――이를테면 자기가 사는 마을을 사랑하여 이웃 마을을 욕하기도 하고, 향토를 사랑하여 그 욕하는 말을 들으면 화를 내기도 하는, 그러한 흙냄새를 풍기는 감정――을 말하는 것이리라.

침략은 그것을 자극한다. 침략이란 단순히 다른 민족의 토지에 마구 짓밟고 들어가는 물리적인 행위를 말하는 것이 아니라, 그 민족의 그러한 마음속에 흙발로 짓밟고 들어가는 극히 정신적인 충격을 말한다.

결국 내셔널리즘을 유발하는데 그것 때문에 한 민족이 다른 민족의 영역에 침입하여 성공한 예는 역사상의 긴 안목으로 보면 극히 드물다. 결국은 보복을 당하게 마련이다.

그런데 19세기 말의 유럽인들은 '중국인에게는 내셔널리즘이 없다'고 보았다.

그래서 경멸했다. 경멸당하는 쪽에서는 비교적 맞지 않는 이야기이겠지만, 내셔널리즘이 없는 민족은 문명의 능력과 경제적 능력을 아무리 지니고 있어도 다른 민족으로부터 멸시당하고 바보 취급을 받게 된다.

19세기 말 청일전쟁이 끝난 뒤 유럽인과 일본인이 중국인을 갑자기 바보 취급하기 시작한 것은 아무래도 그런 이유 때문인 것 같다.

――이 민족에게는 무슨 짓을 해도 될 것 같다.

그들은 이렇게 마음을 정하고, 앞을 다투어 중국으로부터 이권과 토지를 강탈했다. 그러나 그렇게 생각한 것은 착각이었다.

과연 한민족은 '청'이라는 이민족에 대해서는 청일전쟁 때처럼 무자각한 태업으로 패했지만 메이지 30년(1897년) 이후의 러시아, 독일, 영국 등이 마구 행사한 토지 강탈 소동에 대해서는 그렇지 않았다. 농민 자신이 외국인이 부설하는 철도 때문에 토지를 빼앗기고, 외국인의 상공업 진출에 의해 수

공업을 빼앗겨 직접 피해를 입었다. 그리스도교의 대대적인 진출도 그들의 토속적인 신앙 감정을 자극했다.

그들은 그제야 겨우 내셔널리즘에 자극을 받은 것이다.

'부청멸양(扶淸滅洋)'이라는 당시의 한민족으로서는 보기 드물게 국가적인, 다시 말해 청왕조를 도우려는 슬로건이 의화단에 의해 높이 올라간 것은 그러한 사정에 의한다.

의화단이 백련교라는 토속적인 미신종교로 통일된 것도 '양이(洋夷)'의 종교에 반발하는 저변의 사정에 의한 것이리라.

더 나아가서 천재지변이 그들의 창궐을 부추겼다.

북중국에서는 해마다 천재지변이 계속되었다. 황하나 회하가 범람하여 전답이 떠내려가고 농민은 유리하였다. 가뭄도 계속되고 메뚜기의 피해도 있었다. 농민은 토지를 떠났다.

소용돌이를 이루며 이동했고, 그것이 의화단이 되어 외국인의 토지, 건물, 시설을 습격했다.

의화단 소동은 천지를 뒤덮을 듯한 기세로 퍼져 도처에서 관군을 깨뜨리고, 급기야 수도 북경에까지 들어갔다. 약 20만 명의 의화단이 수도에서 약탈, 방화를 되풀이했고 끝내는 청국 정부도 공공연하게 이들과 손을 잡았다.

그들은 외국 공관원도 죽였다. 메이지 33년(1900년) 6월 11에는 일본 공사관 서기 스기야마 아키라(杉山彬)가 살해되고, 20일에는 독일 공사 케틀러가 살해되었다.

그러나 외국 측에서는 손을 쓰지 못하였다. 북경에 눌러앉은 것은 의화단이고, 그것을 관병이 응원하고 있었다. 여러 외국의 공관은 고립되었다.

그뿐만이 아니었다. 독일 공사가 살해된 이튿날, 청국 정부는 이미 자포자기한 듯한 행동으로 나왔다. 영국에 대해 선전을 포고하는 황제의 어명을 정부군과 의화단에 내렸던 것이다.

북경에 살던 외국인들은 제각기 공관을 성채로 삼고 농성하며 구원군을 기다렸다.

그러나 아무래도 본국이 멀어 급하게는 대군을 보낼 수가 없었다. 그러나 일본은 가까웠다.

"일본이 대군을 내는 게 좋겠다."

이렇게 주장한 것은 일본과 협조적인 영국이었다. 미국도 그것을 지지했다.

그러나 독일과 러시아는 난색을 표했다. 그것은 대군을 내보낸 나라가 전쟁이 끝난 뒤의 처리에 있어서 크나큰 이권을 차지할 것이라는 생각 때문이었다. 러시아와 독일은 이때, 제국주의적인 강한 욕망 때문에 항상 초조한 사고방식을 갖곤 했다.

결국은 일본이 연합군의 총병력 1만여 명 가운데 대부분을 보내게 되어 연합군의 한패에 끼게 됨으로써 중국에서 열강의 위치를 새로 차지하게 되었다. 일본은 히로시마의 제5사단이 움직였다. 이 사단의 병참감으로 이때 이미 기병 대령이 되어 있었던 아키야마 요시후루도 출정했다. 이 외정을 일본에서는 북청사변(北淸事變)이라고 불렀다.

한편 러시아에서는 당초 비침략론을 주장하다가 고립되었던 비테는
"그것 보라."
참을 수가 없어 누구에게나 그런 말을 하고는 분개했다. 러시아가 관동주(요동반도)만 강탈하지 않았더라면 이러한 의화단 사건은 일어나지 않았을 거라는 것이다. 비테의 말로는 설사 의화단을 무력으로 진압한다 해도 이것이 도화선이 되어 차례로 국제 분쟁을 유발해갈 것이라고 했다.

그것을 군벌의 총수인 육상 크로파트킨에게 말하자 크로파트킨은 흥분된 어조로 말했다.
"농담하지 마십시오, 백작님. 북경에 병력을 내겠습니다. 그러나 의화단은 북경에만 있는 게 아니니까요. 만주에도 있습니다. 우리는 만주에 대군을 보내렵니다. 그리고 그대로 주저앉는 겁니다. 그러면 만주는 자연히 러시아의 것이 됩니다."

군부에서는 이미 그 준비가 완료되어 있었던 모양이다.

만주.
아시아 대륙의 동부에 위치한 이 광활한 산하만큼 예부터 많은 민족이 흥망을 거듭한 지역도 없을 것이다.
옛날에는 한민족의 영토가 아니었다.
한민족과는 다른 사고방식과 언어와 습관을 지닌 민족이 거기에 있었다. 그 언어는 아마도 우랄 알타이어계에 속하며 일본어 또한 그 계통에 이어져

있다.

　한민족은 이 이상한 사람들을 기원전에는
　맥(貊)
　예(濊)
라고 불렀다.

　맥(貊)이라는 것은 豸변이 붙어 있다. 한자의 기원으로 말하면 고양이가 등을 높이 구부리고 숨을 죽여 쥐를 노리는 모양을 묘사한 것으로, 그러한 연상에서 승냥이 시(豺), 표범 표(豹), 담비 초(貂)라고 하는 종류의 짐승을 나타내는 글자가 생겼다. 중화민족에게는 문명 밖에 있는 야만인이 마치 반동물적(半動物的)인 것으로 느껴졌다는 것은 재미있는 일이다.

　참고로 말하면, 일본인을 '왜(倭)'라고 불렀다. 체격상의 인상으로 자세가 곧지 못하고 어쩐지 작고 자갑스럽게 보이는 모양이 이런 글자가 된 모양이다. 그래도 사람인변이 붙어있는 것만으로도 다행으로 생각해야 할 일이다. 맥은 기마 민족으로 사냥이나 목축을 했으며 예는 氵변이 붙어 있는 데서 알 수 있듯이 바닷가에서 물고기를 잡아 생활하고 있었다.

　그 뒤 만주는 한민족 제국의 판도가 되기도 하고 떨어져나가기도 하고, 때로는 고구려나 부여와 같은 부족 연합국가가 태어나기도 했으나, 이윽고 7세기 말 당나라 무렵, 남만주에 본거지를 둔 발해 제국이 일어나 헤이안(平安, 8세기~12세기)시대의 일본과 국교를 갖기도 했다. 그 무렵의 민족의 이름은 한민족으로부터 말갈(靺鞨)이라고 불리었다. 가죽 혁(革) 변이다.

　훨씬 뒤로 내려와서 민족의 이름이 여진(女眞)이라고 불리게 되었을 무렵, 금나라가 일어났다가 곧 그것도 쇠망하고 만주는 몽골인 즉, 원나라의 지배 아래 들어가고, 원을 이은 명나라도 이곳을 지배하였다. 명이 쇠망하자 만주에 있던 여진족이 일어나 중원에 침입하여 명나라를 멸망시키고 청제국을 세웠고 그 청나라가 일본과 청일전쟁을 일으키기에 이른다.

　청나라 황실은 한민족에게는 오랑캐인 여진──퉁그스 인종──이지만, 그들에게는 만주가 고향이며, 이 땅을 신성시해 왔는데, 17세기 후반 이래 지금까지와는 전혀 다른 이민족이 이 땅을 노리게 된다.

　바로 러시아인이다.

　이 종족은 19세기 후반 이래 집요하게 침략을 되풀이하여 이미 흑룡강 이북, 우수리 강 이동을 빼앗고 이어서 관동주를 빼앗았다. 그리고 의화단 사건을 이용하여 전 만주를 얻으려 하고 있는 것이다.

소위 북청사변에서 연합군을 조직한 것은 영국, 독일, 미국, 프랑스, 이탈리아, 호주의 여섯 나라와 일본과 러시아이다. 러일 양국이 가장 병력이 많아 주력을 이루었다.

각지에서 청국군과 의화단을 격파하면서 8월 14일, 드디어 북경을 에워싼 군대를 깨뜨리고 입성하여 각국 공관원과 거류민들을 구출할 수 있었다.

그리스도교 나라 측에서 보면 이른바 정의의 군대이다. 그러나 입성 후에 그들이 자행한 무차별 살육과 무자비한 약탈은 근대사상 그 유례가 없는 것이었다.

그들은 민가란 민가엔 모두 난입해서 할 수 있는 한의 약탈을 했을 뿐 아니라, 떼를 지어 궁전에 난입하여 값나가는 물건은 모조리 강탈했다.

러시아군은 사령관인 리네비치 장군이 직접 약탈에 가담했을 정도였다.

"이것은 풍설이 아니었다. 나는 그 후 북경 주재 재무관 포코틸로프로부터 비공식 정보를 받아 그 풍설이 사실이었음을 알았다."

비테의 말이다.

북경 점령 후 각국이 시내를 몇 개로 분할하여 경비를 담당했는데, 일본군 담당 지역에서는 이런 약탈 폭행 사건은 없었고, 피난갔던 중국인도 이 말을 전해 듣고 속속 돌아와서 복구가 가장 빨랐다. 일본은 조약 개정이라는 난문제를 안고 있어 '문명국'임을 세계에 과시해야 했고 그 때문에 국제법과 국제 도의의 충실한 수호자가 되려고 했다.

"이미 백인들도 하고 있지 않습니까? 우리만 점잔 떨 필요는 없습니다."

이렇게 말하는 자도 있었으나 점령지의 군정 장관인 시바 고로 중령이 그것을 계속 저지하고 있었다. 시바 고로는 아키야마 요시후루와 사관학교 동기이며 사네유키와는 미서전쟁의 관전 무관으로 쿠바에서 함께 머물렀던 사람이었다.

그러나 이 엄격한 군율도 시바 고로가 나중에 다른 곳으로 전출함과 동시에 허물어지고 말았다.

"육상 크로파트킨은 이 사변에서 매우 경솔한 행동을 취했다."

비테는 말하고 있다.

경솔한 행동이란 블라디보스토크의 군대를 움직였을 뿐만 아니라, 매우 과장되게 유럽 러시아로부터도 대군을 파견한 것을 말한다.

열강

시베리아 철도로 극동에 이송된 러시아군은 그대로 전만주를 점령하고 눌러앉아 버렸다. 물론 위법이다.
——일본이 어떻게 반발하고 나올 것인가.
이것이 비테의 근심이었으나 이 무렵부터 극동에 관한 비테의 발언권은 매우 약화되어 있었다.

북청사변이 끝나고 나서 열강들은 청국에 주둔군을 두었다.
명목상으로는 거류민의 생명과 재산을 보호하는 것이었다. 물론 권익의 보호도 있다.
이것을 청국 쪽에서 보면, 이미 독립국으로서의 체면과 위엄이 땅에 떨어졌다고 할 수 있을 것이다. 그것이 의화단 소동의 결말이다. 이 소동이 중국 역사에서 어떤 위치를 차지하는가 하는 것은 어려운 문제이지만, 어찌 되었든 이 시기에는 공과 죄 중에서 죄 쪽이 훨씬 컸다.
연합군이 해산된 뒤 각국은 북경과 천진에 주둔군 사령부를 두었다. 일본도 마찬가지였다.
각국이 모두 거의 항구적인 주둔이었다.
천진에서 일본군 사령부는 '청국 주둔군 수비대 사령부'라고 불렸다.
사령관에 임명된 것은 이미 대령으로 진급한 아키야마 요시후루였다.
천진이란 곳은 수도 북경의 외항에 해당하는 상업 도시로, 명나라의 영락 연간에 처음으로 성곽이 구축되어 도시의 형태를 이루었다.
청나라가 된 뒤 거리는 더욱 번창하여 이윽고 직례성의 수도가 되고, 직례 태수가 보정과 천진 두 곳에 번갈아 머물게 되는 정치 도시가 되었는데, 얼마 뒤 시장이 개방되어 화북에서의 외국 무역의 중심지가 되었다. 거류민도 많았다. 당연히 의화단 소동 무렵에는 이 거리도 의화단이 점거함으로써 연합군의 공격 목표의 하나가 되어 그 포격으로 성벽이 파괴되기도 했다.
전후 그나마 남아 있던 성벽도 연합군의 손에 의해 파괴되어 무방비 도시가 되었다.
일본도 열강들이 하는 대로 이곳에 조계(외국인 거류지)라는 것을 설치했다.
"북청사변으로 미쓰이(三井)" 큰 돈벌이.
이런 기사가 그 해 1월 6일자 〈호치(報知)신문〉에 나와 있다. 미쓰이 물산은 지난해 의화단 소동 때문에 손해를 입었으나 그 뒤에는 이 사변 덕택으로 오히려 큰 돈벌이를 하여 말굽 은의 매매만으로도 100만 엔의 이익을 올렸다는 것이다. 그 미쓰이의 중국 근거지도 천진의 일본 조계였다.

"아시아의 20세기는 북청사변의 포연이 가라앉음과 동시에 열렸다."

천진에 거류하고 있는 외국인들은 모두 입버릇처럼 그렇게 말했다.

메이지 34년(1901년)은 20세기의 첫해에 해당한다. 중국으로서는 매우 소란한 해였지만 중국 이권으로 포식하려는 열강에게는 이처럼 고마운 여명은 없었을 것이다.

"제국 국민이 세계적으로 크게 비약해야 할 세기가 왔도다."

이해 정월 초하루 〈지지(時事)신보〉도 그 사설에서 이렇게 쓰고 있다.

"새 무대는 동양에서 열리려 하고 있다. 우리 국민은 크게 분발하여 이 새 무대에 우자(優者)의 지위를 차지할 각오가 있어야 한다."

이 무렵의 천진 총영사는 이슈인 히코키치(伊集院彦吉)라는 가고시마 현(鹿兒島縣) 사람이었다. 그는 요시후루를 좋아해서 때로는 아침 저녁으로 두 번이난 주둔군 사령부에 찾아온다. 이슈인은 이것을

'아키야마 구경'이라고 스스로 말하였다.

어느날 그가 창 밖을 내다보면서 말했다.

"아키야마 씨, 아무래도 일본 조계는 좀 지저분하군요."

물론 잡담이었다.

"유럽 여러 나라의 조계에 비해 좀 창피한 일이오."

지저분하다 해도 요시후루에게 책임이 있는 것은 아니었다. 이 시대는 군인은 어디까지나 한낱 무인으로서 정치권 밖에 있는 것을 미덕으로 삼고 있었고 특히 요시후루는 평생토록 그런 자세를 지켰다. 그는 정치는커녕 육군 부대 내의 인사 군정에조차 극히 소극적인 태도를 취하고 있었다.

"정말."

창밖을 돌아보며 무엇이 우스운지 갑자기 터지는 듯한 웃음소리를 냈다.

"말씀하신 대로 참 지저분하군요."

8월 초여서 햇볕이 강하다. 땅이 메말라서 바람이 조금만 불어도 그 주변이 누레질 정도로 먼지가 일고 나무도 적다. 빈약한 일본식 집과 상점, 사무소 같은 것이 즐비하게 서 있는데 길 폭도 좁고 전체가 누추하고 지저분해서

유럽인들이 보면 빈민굴 같은 풍경일 것이다.
 일본 조계는 지대가 낮아서 비가 오면 물이 여기저기 괴어 장마철에는 습지대가 된다. 그렇다고 하수도를 만들어야겠다는 생각도 돈도 일본인에게는 없었다.
 남쪽은 영국 조계, 북동쪽은 프랑스 조계와 인접해 있다. 거기는 석조나 목조의 큰 건물들이 즐비하고 도로는 벽돌로 포장되어 있으며, 바람에 흔들리는 가로수가 있어 일본 조계에 비하면 한눈으로 문명의 낙차를 알 수 있다. 프랑스 조계 북쪽 너머의 이탈리아 조계도 일본의 조계보다는 아름다웠다.
 물론 그들은 북청사변 전부터 이곳에 도시를 조성했고 그런 것을 가꾸어낼 만한 경제력이 있는 상인들이 거류하고 있었다. 일본의 조계는 새로 만들어진 데다 여기에 와 있는 사람들은, 이른바 돈을 벌어 보려고 나선 가난한 사람들이 거의 모두라는 데 한 가지 원인이 있을 것이다.
 "가난한 모습이군요."
 창 밖의 광경을 보면서 이토록 가난한 나라의 납세자들이 유럽과 비슷한 군대를 소유하고 있다는 사실이 새삼 어이없다는 생각이 들었다.
 "일본은 괴로운 나라인 것 같습니다."
 요시후루는 이슈인 쪽으로 돌아서며 말했다. 괴롭다는 것이 어떤 뜻인지 요시후루는 설명하지 않았고, 이슈인도 묻지 않았다.
 외국에 와서 서로의 모습을 보면 왠지 모르게 알 수 있게 되는 느낌인지도 모른다.
 그러나 이런 광경을 보고 일본인의 괴로움을 불평하는 것만이 능사는 아닐 것이라고 생각하면서 요시후루는 말했다.
 "최소한도의 도로 공사라도 할까요?"
 도로를 넓히는 것이다. 넓힐 뿐만 아니라, 가운데를 봉긋하게 돋워서 물이 잘 빠지도록 하고, 가로변에 햇빛을 가리는 가로수를 심으면 다소나마 거리답게 보일 것이다.
 "그러나 예산이 없어요."
 총영사 이슈인 히코키치가 말했다.
 "아니 좋습니다. 머지않아 제 예하에 공병 1개 소대가 오게 되어 있습니다. 공병들에게 시키면 돈을 들이지 않아도 됩니다. 일본인은 돈보다 몸으로 어떻게든 해나가는 수밖에 없습니다."

며칠 뒤에 공병 소대가 도착했다. 대장은 나카시바 마쓰스미(中柴末純) 중위였다.

그들은 히로시마(廣島)에서 왔다. 천진에 상륙하여 백하 강변에서 노영을 하고 소대장인 나카시바 중위만이 요시후루에게 신고하기 위해 사령부로 향했다.

사령부라 하지만 급조된 바라크 건물이었다.

이 부근은 해광사라는 절이 있었던 곳이다. 그 넓은 땅을 중국으로부터 빌려 여기에 사령부와 병영을 세울 예정이었다.

"아키야마 사령관님께선?"

중위가 사령부의 조장에게 묻자, 조장은 지금 영사관에 계시다고 대답했다.

중위는 영사관 청사로 갔다. 여기는 전부터 있던 건물이어서 여하간 이탈리아 영사관 정도는 되는 건물이다. 들어가면 가운데 있는 정원을 바라보는 큰 홀이 있다. 정원에 햇빛이 비치고 있어서 소파에 기대앉은 사람의 그림자가 검다. 기병 장화를 신은 다리가 소파 옆으로 삐어져 나와 있었다.

기병 장화는 마주 앉은 평복차림의 사람——나중에 이슈인 총영사라는 것을 알았다——과 열심히 이야기를 하고 있었다.

"공병 중위 나카시바 마쓰스미 방금 도착했습니다."

나카시바는 붉은 융단 위에서 차렷 자세를 취했다. 기병 장화가 천천히 일어섰을 때 나카시바는 순간 판단이 서지 않아 망설였다. 서양인 장교인가, 하고 생각한 것이다. 그러나 장교는 곧

"내가 아키야마네"

태평한 목소리로 말했다. 그러고 나서 실로 간결하고 요령 좋은 인사를 했다.

"귀관을 기다렸네. 수고를 좀 해주어야겠어. 내일이라도 자세한 이야길 하겠다."

이렇게 말하면서 커다란 눈을 약간 가늘게 떴다. 우뚝한 코, 붉은 뺨 그리고 머리카락이 약간 갈색이었다. 아니 그보다 그 불그스름한 머리카락은 거의 없고, 앞머리 부분은 모자에 늘 눌려서 그런지 대머리가 되어 있었다. 마흔을 두서넛 지났을 뿐인데 대머리는 너무 일렀다.

그 이튿날 사령부에 가자, 요시후루는 담당관을 불러 일본 조계에 대한 모든 도면을 나카시바 중위에게 주게 했다.

이슈인 총영사가 '아키야마 구경'이라고 하면서 매일같이 요시후루를 만나러 왔듯이 요시후루는 일본인에게뿐만 아니라 천진에 주재하는 유럽 각국의 군인이나 청국의 관민들에게도 인기가 있었다.

특히 청국인들의 말로는

——저 장군(대령인데도)이야말로 여러 나라에서 첫째가는 대인이야.

이렇게 말하며, 요시후루의 극히 자연스러운 동양의 호걸풍인 인격에 안심하기도 하고 따르기도 했던 모양이다.

이를테면 프랑스군 사령부의 부관인 콘다미 대위 같은 사람은 요시후루의 열렬한 팬이었다.

어느 날 오후, 요시후루가 부관인 이시우라(石浦) 대위를 데리고 거리를 걷다가 도중에 콘다미 대위를 만났다. 그는 때마침 요시후루를 만나야 할 용건이 있었으므로 길에서 그것을 말하자, 프랑스어가 능한 요시후루는

"흠, 흠."

일일이 고개를 끄덕이면서, 이따금 웃기도 하더니 이윽고 큰 소리로, 더욱이 일본어로

"아하하하, 그것 참 잘됐군. 나도 이제야 마음을 놓았소."

그러고는 콘다미 대위의 어깨를 툭툭 치고 그대로 가려고 했다. 그 대위가 일본어를 몰라서 우두커니 서 있자, 요시후루의 부관인 이시우라가 딱하게 생각하여 자기의 전공인 독일어로 그것을 통역해 주었다.

그러한 일이 자주 있었다.

각국 사령관들의 친목회에서도 요시후루는 고주망태가 되도록 술을 마시고, 상대편이 프랑스어로 말을 걸어오면 내내 고개를 끄덕이며 이야기 상대가 되어 준다. 그러나 대답할 때는 열 번에 두서너 번은 거침없이 일본어로 했다.

일부러 그러는 것은 아니고 자기는 프랑스어를 지껄이고 있는 줄 알고 있지만 극히 자연스럽게 일본어가 튀어나오고 마는 것이다. 요컨대 상대편에 대해 격의가 너무 없는 것이다.

각국의 군대가 주둔하고 있기 때문에 마찰도 많았다.

어느 날, 사령부의 젊은 장교가 북경 공사관이며 천진 영사관의 젊은 사람

들과 천진에 있는 일본 요정에서 간담회를 열었다.

그런데 이런 요정에도 외국 장교가 손님으로 들어온다. 그날 독일 장교가 들어와서 구두를 신은 채 툇마루 위를 걸어왔다.

"뭐야, 저 놈!"

북경 공사관인 가도다(門田)라는 서기관이 방에서 뛰어나가 그 독일 장교를 질책했다.

독일 장교가 반항하는 몸짓을 하자 그 서기관은 상대편의 목덜미를 움켜쥐고 마당에 메다꽂고 말았다. 서기관은 유도 5단이었다.

뿐만 아니라 영사관 경찰을 불러다 인도한 뒤 술을 계속 마셨다.

당연한 일이지만 이튿날 요시후루에게 이 독일 장교가 찾아와서 불평을 늘어놓았다.

때마침 요시후루는 정원에서 다른 사람들과 스키야키(전골요리)를 먹던 참이어서 이 사람을 불러들여 술잔과 젓가락을 건네주고는 함께 술을 권하며 거리낌 없는 대화를 주고받더니 아무런 일없이 흐지부지해버리고 말았다.

──아키야마 대령에게는 독특한 외교의 재주가 있다.

일본인들은 이렇게 그를 평했다.

이 무렵 요시후루는 원세개로부터 중대한 기밀을 얻어 듣곤 했다. 그런 일 때문에 이슈인 총영사 등 외교 관계자들은

"아키야마 씨는 의외의 인물이야."

이렇게 수군거렸다. 외교의 재능이 있다는 것이었다. 그러나 요시후루 자신은

"군인의 본임무는 적을 죽이는 데 있다. 그 사고법은 항상 직접적이어서 군인이 아무리 수재라 해도 정치라는 복잡한 것은 모르며 만약 알게 되면 군인은 약해지게 마련이다. 세상에서 추악한 것 중의 하나는 군인이 정치에 관여하는 것이다."

이렇게 말하는 것을 보더라도 좋아서 외교에 정성을 기울였던 것은 아닌 것 같다.

그의 직무가 그것을 내포하고 있었다. 그는 메이지 34년(1901년) 7월에 '청국 주둔 수비대'의 사령관이 되었다. 10월에는 승격해서 '청국 주둔군' 사령관을 겸하게 되었다. 전임자는 야마네(山根)라는 소장이었는데 요시후루

는 대령의 몸으로 겸임했다.

그러한 직무였기 때문에 주둔지인 '청국' 자체의 정치 실정을 알아 두어야 했고 그 청국과의 외교 문제의 책임도 총영사와 함께 지지 않으면 안 되었다.

청국 왕조에서 최대의 실력자는 이홍장이었다. 이 인물은 북청사변이 일단락된 다음 해에 병으로 사망했다.

대신 명성을 높이기 시작하고 있는 것은 원세개였다.

"효웅(梟雄)"

훗날 이런 말을 들은 사람인만큼 이홍장보다 훨씬 다루기가 어려웠다. 이홍장은 뭐니 뭐니 해도 쇠망해 가는 왕조의 주석이라 할 만한 데가 있었지만, 원세개는 그런 진지한 맛은 없었다. 그는 청조의 신하이면서도 이미 청왕조의 멸망을 내다보고 자립할 생각을 가지고 있었다.

이홍장이 과거(고등관 등용 시험)를 거친 학자였음에 비하여 원세개는 과거의 낙제생 출신이다. 중국에는 옛날부터 돈으로 관직을 사는 연납이라는 제도가 있었는데, 원세개는 그 방법으로 관리가 되었고 이윽고 무관직으로 옮긴 뒤 병사를 키워 군벌을 형성해 갔다.

청일전쟁 뒤에 청국에서는 군대의 서양화가 추진되었다. 원세개는 그것을 담당하여 그러한 군대 세력을 배경으로 정계에 진출하였으며 북청사변 당시에는 산동순무라는 중직에 있었다.

그가 얼마나 다루기 어려운 사람인가는 북청사변 때의 거동으로도 알 수 있다. 그때 청국의 의화단과 연합해서 급기야 열국에 선전 포고를 하기에 이르는데, 원세개는 군대를 마지막까지 산동에 묶어놓고 꼼짝도 안하다가, 청군과 의화단이 궤멸하자 조금도 손상되지 않은 군대를 이끌고 전후의 경영에 참가했다.

원세개는 나중에 혁명파와 손을 잡고 청왕조를 쓰러뜨리고, 초대 중화민국 대통령이 되는데, 곧 본심을 드러내 제정을 펼 모략을 도모하여 스스로 황제가 되려다가 오래지 않아 천하의 신망을 잃어 혼란 속에서 병들어 죽게 된다.

요시후루가 청국 주둔군 사령관으로 천진에 있었을 때, 바로 이 원세개가 직례 태수였다.

그러한 원세개가 남이 보기에도 이상할 정도로 요시후루를 신뢰했던 것이다.

 요시후루는 인생을 간단명료하게 살고 싶어했다.
 "내 일생에 중요한 일은 오직 하나이다."
 평소에 이렇게 말하곤 했는데 그 하나라는 것은 기병의 육성을 말하는 것이었다. 그리고 더 나아가서 그 육성된 기병을 이끌고 장차 러시아와 전쟁을 하게 될 경우, 저 강대한 카자크 기병과 싸워서 설사 이기지는 못하더라도 지는 것은 최소한으로 막아 보고 싶었다.
 "지는 날엔 죽는다. 그러니까 처자는 필요치 않다."
 그는 동생인 사네유키에게도 이렇게 말하곤 했는데 그러나 청일전쟁 직전, 서른세 살에 아내 다미(多美)를 맞았다는 것은 이미 말했다. 아이도 생겼다. 그는 남달리 아이를 사랑했고 그러한 자신을 남모르게 부끄럽게 생각하여
 "결혼을 너무 일찍했어."
 남들에게 털어놓곤 했다. 러시아와의 전쟁이 시작되어 끝날 때까지 독신으로 있는 편이 좋았을 걸 그랬다는 얘기이다.
 어쨌든 그러한 사람이었다. 군에서도 그의 기분을 알았던 모양인지 육군대학교 출신자로서는 매우 드물게 군정면이나 참모본부에는 일체 돌리지 않고 기병 관계의 학교나 부대에만 근무하게 했다.
 그러나 그의 생애 가운데 이 시기만은 달랐다.
 청국 주둔군 사령관이라면 군대 지휘자인 반면 극히 정치적인 능력을 필요로 하는 일이며, 현재 그의 휘하에 비밀 정보를 캐는 특무 기관이 부속되어 있다.
 어느 날, 그 기관이 얻은 미확인 정보를 통해
 "러시아와 청국 사이에 비밀 조약을 체결하는 일이 진행되고 있는 것 같다."
 이런 것을 알았다.
 중대한 일이었다.
 북청사변 이래 만주에 눌러앉아 있는 러시아가 또다시 군사 경제상의 크나큰 이권을 얻으려고 청국에 강요하는 모양이었다. 그것이 성립되면 당연히 일본의 안전에 위협이 된다.

사실이라면 일본은 온갖 수단을 다해 그것을 막지 않으면 안 된다.

"사토 대위!"

이날 군사령부 전속인 대위 사토 야스노스케(佐藤安之助)를 불러 원세개에게 그 사실 여부를 확인하러 보냈다.

이 정도의 외교 비밀을 원세개에게 직접 물을 정도로 요시후루와 원세개 사이에는 신뢰 관계가 형성되어 있었다.

원세개는 모든 것을 사토 대위에게 이야기했다.

요시후루는 곧 천진 총영사인 이슈인 히코키치에게 그 사실을 알렸다. 외무성에서는 이미 공수 동맹을 맺고 있는 영국과 함께 즉시 러시아 청국 양국에 항의하여 그 밀약을 유산시켰다.

물론 러시아는 일단 손을 빼기는 했으나 그 뒤 여전히 비밀 협상을 진행시켜 급기야는 그 밀약을 성립시키는 데 성공했다.

그런데 여기서 한담 한가지.

이 메이지 30년대 전반에 도쿄에서 유행한 것 중의 한 가지는 밀크 홀이었다.

그것도 보통 밀크 홀이 아니라 여러 가지 신문이 갖추어져 있어서

'우유를 드시는 분에 한하여 신문을 무료로 봉사함'

이런 종이쪽지가 붙여진 가게인데, 가게 안에 각종 신문을 묶은 신문걸이가 있다. 그리고 도서관에 있는 것 같은 긴 책상이 있어서 우유를 주문하면 그 신문을 읽는 것이다. 머리를 두 갈래로 갈라 맨 시중드는 소녀가 있다가 커다란 우유통에서 컵에 우유를 따라 주며 돌아다닌다.

그런 가게가 번창하였다. 손님에게는 우유보다 신문을 보는 게 목적이었다.

신문이 잘 읽혔다. 어느 거리에나 한 사람쯤은 신문광 같은 사람이 있어 시사에 훤했다. 시사문제가 그 이전의 어느 시대보다 훨씬 국민의 관심사가 되어 있었다. 그만큼 세계, 특히 아시아의 국제 정세와 일본의 운명이 절박했다 할 수 있겠다.

시험 삼아 필자도 당시의 여러 신문을 펴 보았다.

"러시아의 대군, 동아시아로 향하다."

메이지 34년(1901년) 1월 11의 〈지지 신보〉. 러시아 육군 4만이 오데사

에서 해로를 통해 극동을 향했다 한다(만주를 비합법적으로 점거하는 것이 목적이었다).

"바야흐로 닥쳐오려고 하는 일대 위험, 러시아의 만주 점령은 동아시아의 평화를 교란할 것이다"

이것은 1월 2일자 〈요로즈조보(朝報)〉의 사설이다.

"러시아와 청국의 밀약 문제에 대해 대학 교수들 분기. 이토 내각의 나약한 외교를 통렬히 비난"

1월 24일 〈호치 신문(報知新聞)〉. 러시아와 청국의 밀약은 아직도 풍문 단계였으나 법과 대학(도쿄 대학 법학부)의 저명한 교수들이 '러시아와의 전쟁을 할 기회를 놓쳐서는 안된다'라고 강력하게 논하고 아울러 이토 히로부미의 러시아에 대한 연약한 외교에 분개했다.

"아무리 문화가 진보해도 일국의 독립을 유지할 수 없으면 아무런 소용이 없다."

'제국 의회는 모조리 공로병 환자'라고 한 것은 이 신문의 30일자 기사였다.

"후쿠자와 유키치(福澤諭吉) 서거"

2월 5일자 각 신문.

"러시아와 청국의 밀약 내용. 만주는 마음대로"

2월 27일자 〈지지신문〉. 첫머리가 '그 방면 소식통으로부터 탐지한 바에 의하면'으로 시작되는데 내용은 아키야마 요시후루가 원세개로부터 들은 것이 외무성으로 들어오고, 그 외무성에서 기자가 취재한 모양이었다. 러시아가 만주의 주병권과 행정권을 청국에 요구하여 청국이 버틸 힘이 없어서 받아들인 것 같다는 기사였다.

"러시아 국기를 갈기갈기 찢어 유린하다."

4월 6일 〈호치신문〉. 러시아의 만주 횡령에 분개한 청국의 지사들이 이 기사가 게재된 날보다 이틀 전에 상해의 장원 안에 있는 홀에 모여 항의 대회를 열었다. 개회에 앞서서 변발의 지사 여남은 명이 정면으로 나가, 정면 옆에 장식된 러시아 국기를 끌어내린 뒤 모두 덤벼들어 갈기갈기 찢고 발로 밟은 다음, 회장 왕강년 씨를 의장으로 개회했다. 그런데 그 회의장이 온통 러시아의 횡포에 분개하는 목소리로 가득찼다고 썼다.

청국에서 가까스로 국민운동이 일어나려고 하던 시기이다.

신문 열람은 계속된다.

"러시아, 만주 점령 선언"

런던 발 기사가 1901년 4월 8일 〈지지신보〉에 나와 있다.

표제의 '선언'이라는 말은 지나치게 강하지만, 현실 문제로서 러시아는 사실상 만주를 점령하고 있었고, 그 동안 청국의 당혹과 항의에도 불구하고, 러시아는 이를 기정 사실로 했고 러시아의 정부 방면에서조차 이 기정 사실을 공공연히 말하기에 이르렀다는 뜻이다.

그런 의미에서는 이 기사는 정확했다.

실제로 러시아는 만주뿐만 아니라, 만주에 잇닿은 조선도 점령할 의도를 키워 가고 있었다. 러시아 황제의 총신 베조브라조프라는 퇴역 기병 대위가 있다.

비테의 말로는 보기 드문 빛 좋은 개살구격인 사람이지만, 제국주의적 팽창기에는 어느 나라에나 반드시 등장하는 타이프의 인간으로 이른바 우익에서 가장 중요시되는 인물이라 할 수 있겠다. 러시아 황제 니콜라이 2세는 러시아 궁정에서는 극히 드문 웅변 재주와 공상적인 경륜 능력을 지닌 이 사람을 최근 수년 동안 누구보다도 신용하고 있었다.

──러일전쟁의 원인은 베조브라조프가 만들었다.

비테는 말하는데, 어쩌면 정곡을 찌른 말인지도 모른다. 베조브라조프는 이 〈지지신보〉의 기사가 나왔을 때 러시아의 유력한 황족들의 후원아래 황제를 갖은 말로 설득하고 있었다.

"조선까지도 소유해야만 합니다."

베조브라조프의 논지는 다음과 같은 것이었다.

"만주와 요동만 점령하고 조선을 남겨 두면 아무 쓸모가 없습니다. 조선은 일본이 열심히 그 세력 하에 두려 하고 있으며, 장차 일본은 이 반도를 발판으로 해서 북진을 꿈꿀 것입니다. 그러한 일본의 야심을 미리 분쇄하기 위해서는 하루라도 빨리 조선을 빼앗아 버리는 수밖에 없습니다."

골수에서부터 정치적 허영가인 니콜라이 2세는 자기에게 역사적 위업이 될 이 안에 크게 찬성했다.

"그러나 조선과 어떻게 전쟁을 한단 말인가?"

아무리 이 시대의 열강이라도 구실이 없으면 전쟁을 시작할 수 없다.

"반드시 포탄을 쓸 필요는 없습니다. 조선에 국채 회사를 진출시키고, 거기서 온갖 사업을 일으켜 산업, 도시 건설, 철도, 항만 건설 등에 러시아 자본을 넉넉히 주입하면 그것만으로도 조선 사람의 마음을 살 수 있고, 다음에 기회가 있으면 단번에 일본의 세력을 조선에서 쫓아낼 수가 있을 겁니다."

베조브라조프는 니콜라이 2세의 허영심에 호소할 양으로 이렇게 덧붙였다.

"한반도를 얻어야 비로소 폐하께서 유럽과 아시아에 걸친 역사상 비할 데 없는 제국의 주인이 되시는 겁니다."

조선과 러시아를 아울러 가졌던 역사상 유례 없는 제국은 이미 몽골제국에 전례가 있었으나, 산업혁명 이후에는 그러한 제국을 만들어 낼 수 있는 황제는 폐하밖에 없다는 것이었다.

니콜라이 2세는 이 말에 귀가 솔깃했다.

러시아 황제가 모사 베조브라조프가 올린 계획에 의해서 설립한 것은 '동아공업회사'였다. 만주는 군이 빼앗고 조선은 동아공업회사가 빼앗도록 그 침략 작업이 분담되었다.

회사가 생긴 것은 메이지 34년(1901년)인데, 그 전해에 이미 조선에 상인을 가장한 군인을 파견하여 군사 지리와 경제 지리를 조사하고, 그해 5월 조선 공사 파블로프로 하여금 토지를 조사할 것을 한국 정부에 제의하게 하여 성공한 바 있다.

조선에서 러시아가 조차한 토지는 마산포에서 가까운 율구미라는 곳으로 여기에 409에이커의 땅을 조차하고, 게다가 그 부근에 있는 거제도를 다른 나라에 빌려주지 않는다는 약속을 얻어냈다. 장차는 거제도까지 소련의 영유지로 할 작정이었던 것이다.

이 부근, 다시 말해 마산 연안과 거제도는 진해만을 끼고 천연의 양항을 이루며, 일본의 쓰시마 섬과 가장 짧은 거리에 있어서, 여기에 만약 군항이 생기고 요새가 생겨 러시아 함대를 수용한다면 일본은 그 군사적 공포감으로 몸을 움츠리지 않을 수 없게 될 것이다.

그리고 러시아는 동아공업회사의 명의로 북쪽 압록강 하구인 용암포 항을 근거지로 하여, 거기서 대규모 삼림 사업을 시작했다.

이러한 일은 모두 황제의 총신 베조브라조프 퇴역 대위가 주재했다. 베조브라조프의 아내는 미인이며 교양이 있었다——고 비테는 전한다. 그 아내가 자기의 남편이 황제의 비위를 맞추며 이런 큰일을 하고 있다는 것을 나중에 알고 놀라서

"나는 도무지 알 수가 없어. 저 반미치광이 같은 인간을 궁정의 여러분들께선 어째서 모르는 것일까?"

이렇게 말했다고 한다.

그 아내가 말하는 반미치광이는

"조직적으로 단계를 따라 조선을 점령해야 한다."

항상 이렇게 말했고, 황제도 설득하여 황제까지 그런 생각을 가지게 했다.

극동(중국, 조선, 일본)에 관한 한, 베조브라조프의 권능은 무한에 가까웠다.

아니 또 한 사람 극동에 관한 무한에 가까운 권능을 지닌 사람이 있었다.

관동주 총독 알렉세예프이다. 이 인물은 베조브라조프의 헌책으로 지위가 크게 올라 극동 총독이라는 새로 마련된 자리에 올랐다. 바이칼 호에서 동쪽 전역의 군사와 행정을 독단으로 전행할 수 있는 막강한 자리로 청국, 조선, 일본에 대한 외교상의 전단권도 가지고 있었다. 외무대신을 통하지 않아도 되었으니 극동에서의 러시아 황제의 완전한 분신이라 할 수 있었다. 그는 여순에 상주했다.

한편 상식파(常識派)인 비테는 이 시기에 황제가 멀리해서 정계에서 소외되어 있었다. 베조브라조프의 공작에 의한 것이라고 했다.

'중세가 다시 한번 온 것 같은, 시대에 뒤떨어진 모험주의.'

비테가 이렇게 욕했듯이, 러시아 황제가 마치 징기즈칸 같은 터무니없는 모험을 향해 본격적으로 나선 것은, 이 알렉세예프와 베조브라조프 두 사람의 극동 체제가 확립되고 나서였다.

이 너무나도 노골적인 러시아 황제의 극동 침략 방법에는 러시아와 이른바 침략 동료인 독일의 빌헬름 황제까지 오히려 근심이 되어 그의 막료들에게 말했다 한다.

"우리의 맹우(니콜라이 2세)는 아무래도 좀 지나친 듯하다."

이때 독일 외무성은 도쿄로부터의 암호 전보로

"일본은 맹렬한 기세로 대 러시아 개전 준비를 하고 있다. 러시아가 지금

의 태도(극동 침략)를 지속한다면 일본은 개전하는 수밖에 없다고 결심하고 있다."

이런 내용의 정보를 얻었다.

독일은 러시아와 동맹 관계에 있어서 황제 빌헬름은 황제 니콜라이 2세에게 이 정보를 알려줘야 할 의무를 느꼈다.

1903년(메이지 36년) 8월의 일이다. 이때 니콜라이 2세는 요양을 위한 해외여행을 계획하여 다름슈타트에 체재하고 있었다.

독일 황제의 사자가 러시아 황제를 찾아왔다. 전보의 내용을 밝히자 이 패기와 교양으로 가득찬, 그러나 정신적 뿌리가 다소 연약한 러시아 황제는 조금도 놀라지 않고 말했다.

"전쟁은 일어날 리가 없지."

그 침착한 태도는 마치 항해에 매우 익숙한 선장이 내일의 날씨를 확신을 갖고 단언하는 듯한 냄새를 풍겼다.

사자인 독일 황제의 시종무관이 놀라서 물었다.

"폐하, 전쟁은 있을 수 없다고 말씀하시는 겁니까?"

러시아 황제는 고개를 끄덕이며 아무렇지도 않게 대답했다.

"왜냐하면 내가 전쟁을 바라지 않으니까."

이 니콜라이 2세의 대답은 곧 파리와 베를린의 외교계에서 화제가 될 만큼 관심을 끌었다.

——호오, 그렇군. 딴은 내가 바라지 않는단 말이지.

그 당시 이미 대신 자리에서 물러나 있던 비테는 파리에 체제하고 있었다. 다름슈타트에서 찾아온 니콜라이 2세의 신하 프레델릭스 남작에게서 훗날 유명해진 이 에피소드를 있는 그대로 들었다.

비테 "폐하께선 강녕하시오?"

프레벨릭스 "극히 쾌적하게 매일을 보내고 계십니다."

이런 대화로부터 시작되어 화제는 당연히 극동 문제로 옮겨져서 이 에피소드에 이르렀다.

"내가 전쟁을 바라지 않으니까."

이렇게 중얼거린 한 황제의 말은, 거인과 난쟁이 사이의 코미디와도 같은 것이어서 별로 해설을 필요로 하지 않지만, 비테는 황제의 대일 외교관에 관하여 황제 자신의 말로 이렇게 설명했다.

"과연 일본은 러시아가 하는 말을 듣지 않는다. 중국도 러시아가 바라는 대로는 되지 않는다. 그것은 러시아가 그 동양의 나라들에 대해 너무나 조심스러운 태도를 보여 왔기 때문이다. 그들이 우리의 명령을 듣도록 하는 수단은 한 가지밖에 없다. 바로 위압이다."

위압하면 족하다. 그들이 러시아와 전쟁할 능력은 전혀 없으니까, 전쟁은 어디까지나 러시아가 결정하는 것이며, 러시아가 바라지 않는 한 일어날 리가 없다는 것이다.

17일 밤

사네유키(眞之)가 외국 근무에서 돌아온 것은 메이지 33년(1900년) 가을이었다.

귀국 후 상비함대 참모로 임명되고 이듬해 34년, 해군 소령으로 승진했다.

"준(사네유키)은 용케도 해군에서 써주시는구나."

이 무렵 어머니인 오사다는 곧잘 이렇게 말했다.

사네유키는 요코스카(橫須賀)에 있었다. 어머니에게 자주 사진을 보내왔다. 그것을 들여다보면서 오사다는 이렇게 중얼거린다.

어느 사진을 보아도 자세가 좋지 않다. 의자 등받이를 한 팔로 끌어안듯이 하고 찍기도 하고, 약장을 달고 정장을 했는데도 똑바로 써서 찍지 않고 풀숲에 털썩 주저앉아서 멍하니 땅을 보고 있는 장면도 있다.

이 무렵 그는 해군 전술 연구에 더욱 열중했다. 그 열정이 너무 지나쳐서 사네유키 스스로 다소 민망스러움을 느꼈던지 '일생의 도락'이라고 사람들에게 말하곤 했다.

군인도 관료인 이상, 그런 일을 하지 않더라도 해군의 그날그날의 임무를 감당해나갈 수 있었고, 어김없이 승진도 할 수 있었다. 그러한 의미에서 연구는 일상 업무 밖의 일이므로 도락이라고 하지 못할 것도 없었다.

그 당시 일본 해군에서는 전술가라고 자타가 공인하는 인물은 놀랄 만큼 적었다. 사네유키의 선배로는 시마무라 하야오(島村速雄)와 야마야 다진(山屋他人) 두 사람밖에 없었다.

물론 해군 전술에 대한 일본인의 저서도 야마야 다진이 쓴 간단한 것 외에는 한 권도 없었다.

그래서 사네유키는 모든 것을(특별히 명을 받았던 것은 아니지만) 자기 스스로 해야 했고, 그것도 오로지 혼자서 직접 만들지 않으면 안 되었다.

그는 전 세계의 병서란 병서는 모조리 읽으려 했다. 대부분 육군 병서였는데, 그는 재미 시대부터 그러했듯이 전술에 육지와 바다의 차이는 없다는 명확한 태도를 취하고 있었다.

중국의 병서인 《손자》와 《오자》는 되풀이해서 읽었고, 구미의 병서는 전사, 전술서를 포함해서 모조리 섭렵했다. 그 가운데서도 브루메의 《전략론》과 마카로프의 《전략론》은 다른 사람에게도 추천했다. 나중에 러일전쟁에서 그가 애독한 그 책의 저자 마카로프 중장을 상대로 싸워 계속하여 이긴 것은 우연이지만 숙명인 듯도 하다.

일본의 병서도 읽었다.

그 중에서도 가장 뛰어난 것으로서 그는 언제나 야마가류(山鹿流) 군서를 들었다.

우에스기 겐신(上杉謙信)과 다케다 신겐(武田信玄)의 싸움의 기보인, 고슈(甲州) 에치고(越後) 관계의 군서도 애독했다.

그뿐 아니라, 마술이나 궁술 같은 무예서까지 모조리 읽었다.

"마술과 궁술은 개인적인 무예이지만 그 원리를 뽑아 내면 군리에 응용할 수 있다."

그는 항상 이렇게 말했다.

"아키야마의 천재는 사물을 귀납하는 힘에 있다."

해군부 내에서는 이렇게 말하고 있었는데, 온갖 잡다한 것을 늘어놓고 거기서 순수한 원리를 끌어내는 것은 사네유키가 자랑할 만한 재주였다. 이 재주가 장차 일본의 운명과 교차될 날이 온다는 것을 사네유키 자신은, 물론 자부심이 강한 사람인만큼 예감하고 있었다.

'아키야마 군사학'이라고 불린 사네유키의 연구 방법은 대략 그런 것이었다.

그 시절, 이런 이야기가 있었다.

귀국한 지 얼마 되지 않아 위장병으로 장기간 병원에 입원한 적이 있었다. 오가사와라(小笠原) 대위가 문병차 갔더니 사네유키가 물었다.

"자네네 집에 해적 전법에 관한 책은 없나?"

오가사와라는 규슈(九州) 가라쓰(唐津)의 영주였던 오가사와라 가문의 현재의 호주였다. 그러한 집안인만큼 무언가 낡은 책이 있을 거라고 생각했던 것이다.

"찾아보지."

오가사와라는 집으로 돌아가 옛 가신들에게 물어서 진귀한 책을 찾아냈다.

《노지마류 해적고법(能島流海賊古法)》

대여섯 권으로 되어 있는 사본이었다.

여담이지만 세토 내해는 일본 해적(수군)의 소굴로 멀리는 미나모토 씨(原氏), 다이라 씨(平氏)의 시대부터 번성했는데, 그 무렵 그들은 처음에는 다이라 가문에 협조하다가 나중에 미나모토 가문에 가세하여 요시쓰네(義經)의 지휘를 받아 단노우라(壇浦)에서 다이라 가문의 선대를 섬멸했다.

가마쿠라(鎌倉) 시대를 거쳐 남북조시대에 이르러 세상이 어지러워지자, 그들의 세력은 더욱 커졌다. 세도 내해의 여러 수군을 통일한 것은 이요(伊豫)의 무라카미 요시히로(村上義弘)였다.

그는 전법에 능했다. 그 전법이 급기야 무라카미파라고 일컬어지게 된다. 이윽고 무라카미는 인노시마(因島) 무라카미, 구루시마(來島) 무라카미, 노지마(能島) 무라카미 등으로 나뉘었다.

노지마는 이요 오시마 섬에 딸린 섬으로 온섬이 요새화되어 노지마 무라카미의 근거지가 되었고 여기서 노지마 전법이 생겨났다.

사네유키는 입원 중에 이 책을 읽었다. 거기에 정신없이 빠져들어 탐독을 하고 나자, 나중에 문병하러 온 오가사와라에게 몇 번이나 말했다.

"눈이 열리는 것 같네."

"일본 해군의 전술은 아키야마의 입원 중에 태어났다."

오가사와라는 훗날 사람들에게 이렇게 말했다.

수군(해적)의 전법은 재미있다.

특히 사네유키가 감탄한 것은

'아군의 전력(全力)으로 적의 분력(分力)을 친다'는 점이었다. 이것이 수군의 기본 전법이었다. 그 때문에 진형은 '항상 장사진을 취한다'고 그 전법서에 나와 있다. 근대 해군의 용어로 말하면 종진(縱陣)이다. 함대를 기다랗게 세로로 늘어세워 적을 향해 접근해 간다. 이 진형은 응변하기가 쉽고 적의 분력을 포위하는 데도 편리하다. 사네유키가 가장 깊이 느낀 것은 바로 이 점이었다. 결국은 이것이 아키야마 전술의 기간(基幹)이 되고 동해 해전의 전법과 진형도 된다.

그 동해 해전이 끝나고 나서 오가사와라는 전사 편찬 위원으로 임명되었다. 전투의 자세한 부도(付図)를 그리는 데 대해서는 일일이 사네유키와 의논했다. 어느 날 오가사와라가 웃으면서 말했다.

"아무래도 이 전법에서는 수군 냄새가 나는 것 같군."

사네유키는 무뚝뚝하게 대답했다.

"흰 설탕은 검은 설탕에서 만들어지는 거야."

사네유키가 이른바 아키야마 군학을 만들어 가는 과정은 이러한 것이었으리라.

사네유키가 그의 체계화한 전술에 수군의 전법을 참고로 했다는 데 대해서는 아래와 같은 이야기도 있다.

수군 전법에 호진(虎陣), 표진(豹陣)이라는 것이 있었다.

여담이지만 해적들은 호랑이의 마누라는 표범이라고 생각했던 모양이다. 그러니까 이 경우에 남편진, 아내진이라고 번역해도 무방하다.

호진이 본진이다. 그것이 섬 뒤이든가 어디에 숨어 있고, 약하디약한 표진이 적이 오는 수역을 어물거리고 다니다가 이윽고 적이 오면 달아나는 체하며 호진 쪽으로 끌고 간다. 그러면 시기를 보아 호진이 나타나서 순식간에 물어 죽인다는 전법이다.

훗날 발틱함대가 일본 근해에 나타났을 때도 그러했다.

표진으로서 제3, 제4, 제5, 제6 전대를 내놓고 적 함대와 접촉하면서 오키섬(沖島) 북쪽에 대기하고 있던 호진 제1, 제2 전대 쪽으로 유인하여 보기 좋게 성공했다.

그밖에 사네유키의 전법에는 예부터의 전법에서 얻은 것이 많다.

수군 전법에 '배를 공격하지 말고 인심을 공격하라'는 것이 있다. 사네유키는 이에 크게 감명받아 '손자'의 이른바 싸우지 않고 적을 굴하게 하는 것이 가장 선하다는 말과 합치된다 하여, 그의 군학의 기본 사상의 하나로 삼았다.

적함을 가라앉히거나 적을 죽이는 일에 중점을 두면 크나큰 에너지를 써야 한다. 수군 전법에서는 '적의 기를 빼앗아 승리를 거둔다'고 했다. 이긴다는 것의 안목은 거기에 있다고 그는 보았다.

다케다 신겐의 고슈류 군학에서도 많은 것을 얻었다.

이것만은 독학이 아니라, 그것을 해석해 주는 스승을 찾아가서 지도를 받았다.

스승은 우쓰노미야 사부로(宇都宮三郞)라고 한다.

우쓰노이먀는 원래 오와리(尾張)의 번사이며 고슈류 군학의 집안에 태어나 뒤에서 양식 병학으로 전향했다. 막부 말에는 막부에 출사하기도 하고 기슈번의 병제 개혁에 참가하기도 해서 매우 바빴다. 재주가 무척 많은 사람이어서 한편으로 화학도 배워 유신 후에는 화학자로 이름이 알려지면서 도쿄대학 공학부의 전신인 공학료의 교수가 되기도 했다. 사네유키가 그에게 배움을 받았을 무렵은 이미 노령이어서 모든 공직에서 물러나 은거하고 있었다.

고슈류 군학에는 '수레바퀴 전법'이라는 것이 있다. 적의 선봉에 대하여 이쪽은 수레바퀴 돌듯이 차례차례로 새로운 병력을 내보내어 공격하는 전법을 이룬다. 사네유키는 이것도 그의 군학에 받아들여 일본해 해전에 썼다.

또한 적의 일부가 어느 지점을 점령하려고 나올 때, 그것을 장기에 비유하여 그 적의 병력이 '차'라고 한다면 이쪽은 한층 위인 '포'를 보내 그것을 누르라는 전법이 고슈류에 있다.

사네유키는 러일전쟁 발발 직후의 인천 해전 때 적의 '차'에 대해 '포'를 썼다.

믿기 어려운 일이지만, 해군대학교에서 전술 강좌가 시작된 것은 메이지 35년(1902년) 7월이다.

일본 해군은 이때 처음으로 전술이라는 것의 계통적인 연구에 적극 착수하기 시작하였다. 그때 사네유키가 그 초대 교관으로 뽑혔다.
"아키야마 외에는 적임자를 구할 수가 없다."
해군대학교의 교장은 사카모토 도시아쓰(板本俊篤)였다. 이 사카모토가 유럽을 시찰하는 도중 미국에 들렀다가 워싱턴에서 대위 시절의 사네유키를 만난 일이 있다.
"자네는 해군대학교에 안 들어가나?"
사카모토가 물었다.
해군대학교의 갑종 학생은 소령이나 대위 중에서 선발되었으므로 이 질문은 이상할 것이 없었다.
그러나 사네유키는 묘한 표정으로 이 노선배의 얼굴을 바라보면서 반문했다.
"저를 가르칠 수 있는 교관이 있겠습니까?"
사카모토는 잠시 생각했다.
'딴은 그럴지도 모르지.'
워싱턴에 머무는 동안 공사관 홀에서 주욱 사네유키의 이야기를 들으면서 하나하나 감탄했다.
'이 자는 학생이 아니라 교관이다.'
그리하여 전술 강좌를 개설할 때 생각할 것도 없이 해군 소령 아키야마 사네유키를 교관으로 지명한 것이다.
사네유키는 함대 근무를 떠나 도쿄로 돌아가서 대학교에 근무하게 되었다.
집은 그 전부터 빌려쓰던 시바의 다카나와 구루마 거리의 그 집이었다. 어머니 오사다는 사랑하는 막내아들 사네유키와 함께 사는 것을 낙으로 삼고 있었으므로, 이 도쿄 근무는 오사다에게 있어서 중대한 사건이었다.
"준아, 이젠 저어, 뭐냐. 배는 얼마 동안 정말 타지 않는 거냐?"
어머니는 재차 확인했다.
"예, 당분간 타지 않습니다. 그러나 다음에 타게 될 때는 전쟁일지도 몰라요."
사네유키가 대답했다. 러시아의 대일 압박 외교가 초연 냄새 풍기는 데까지 접근해 있었다.
형 요시후루는 천진에 있었다. 오사다가 중얼거렸다.

"전쟁이 시작되면 아키야마네 집안은 형도 나가고 동생도 나가고 보통 소동이 아니로구나."

사네유키는 다카나와 구루마의 집에서 대학교를 다녔다. 꼭 문에 들어설 때쯤이면 어김없이 소변이 보고 싶어졌다. 현관 앞에 벚꽃나무가 있어서 거기에 매일 소변을 보았다. 학교의 사환이 매일 난처해했지만 항의할 수도 없었다.

대학교 학생 중에 이요 마쓰야마 출신자가 있었는데, 그가

"저 분의 아버지가 그랬다."

학생들에게 설명했다.

선친인 야소쿠(八十九) 옹은 언제나 노상에서 소변을 보았다. 당시의 순경은 매우 엄해서 발견되면 그 자리에서 벌금을 내게 되어 있었다. 어느 때 야소쿠 옹은 소변을 보다가 붙잡혔는데, 겸연쩍어하며 순경에게 벌금을 주더니, 다시 돈을 조금 더 주면서

"이 돈만큼 더 누게 해주시오."

부탁한 다음 남은 소변을 보았다는 이야기가 마을에 전해지고 있다. 그것을 그 학생은 알고 있었던 것이다.

사네유키의 해군대학교에서의 전술 강의는 후세에까지 오래 남을 정도로 명강의였던 모양이다.

어떠한 원전도 쓰지 않았다.

사네유키 자신이 조직해서 체계화한 해군 군학을 가르쳤을 뿐만 아니라, 그것을 어떻게 조직화시켰는가 하는 비결을 되풀이하여 가르쳤다.

"온갖 전술서를 읽고, 수많은 전사를 읽는 동안 여러가지 원리 원칙은 저절로 끌려나오게 마련이다. 모두가 제각기 자신의 전술을 구상하라. 전술은 남의 것을 빌린 것으로는 여차할 때 응용할 수가 없다."

이렇게 말하고 시험을 보아 학생의 해답이 자신의 의견과 다르다 해도 나쁜 점수를 주지 않았다.

해군의 선배까지 청강생으로 들어왔다.

야시로 로쿠로(八代六郞) 같은 사람은 사네유키가 병학교 생도였을 무렵의 교관이었다. 그럼에도 청강생으로 입교하여 사네유키의 강의를 열심히 들었다.

야시로는 호걸로 알려져 있다. 의문 나는 점은 가차없이 질문했다.

그리고 사네유키의 그 대답이 마음에 들지 않으면 자리에서 일어나 사네유키에게 도전하여 단상과 단하에서 싸움 같은 토론을 벌였다.

어떤 때는 양쪽이 양보하지 않아 급기야 사네유키는 이 병학교 시절의 은사에게

"정말로 어리석기 짝이 없습니다. 야시로란 분은 좀더 훌륭한 분인 줄 알았는데 요만한 것을 모르다니 너무 놀랍습니다."

이토록 심한 말까지 했다. 야시로는 대령이었고 사네유키는 소령이었다.

야시로는 잠자코 있었다.

성격대로라면 맞붙잡고 싸울 인물이지만 깊이 생각에 잠겨서 그날은 잠자코 돌아갔다.

이튿날 야시로 대령은 눈을 시뻘겋게 하고 찾아와서 교실 안에서 큰 소리로 사과했다.

"아키야마, 자네가 옳았네!"

어젯밤 자지 않고 생각한 결과라고 야시로 대령은 말했다.

"그럴 테지요."

사네유키는 냉담하게 말했다. 보통 사람이라면 상급자가 꺾여서 부끄러워하고 있을 경우, 하급자로서 인사하는 방법이 있을 것이다. 그런데 그에 대한 사네유키의 응대는 쇠망치로 못을 박는 듯한 태도로, 애교도 아무것도 없었다.

천재이긴 하지만 아무래도 인덕이 없다고 일부에서는 비판하는 사람도 있었다. 사네유키의 말로는

——전술에 무슨 애교가 필요하단 말인가?

이런 것이었다.

그런데 사네유키의 전술 강의는 조금도 빈틈이 없는 이론에 뒷받침되어 있지만, 그 도상 연습이나 병기 연습은 베면 피가 나는 구체성을 띠고 있었고 항상 가상적이 있었다.

러시아 함대였다.

그 군함의 성능, 함대 운동의 습관, 러시아적 작전의 발상법 등, 그가 러시아 여행 중에 얻은 지식과 해군이 얻은 온갖 러시아 자료로 러시아 함대를 교실에 재현하고, 그것을 적으로 하여 싸우는 방법을 학생과 함께 연구하며

섬멸법을 하나하나 끌어내 보였다.
　이 학생들이 러일전쟁과 함께 각 전대의 참모로 배속되어 사네유키의 지시 아래 아키야마 전법을 낱낱이 실시하여, 이 때문에 작전면에서 거의 일사불란하게 전군이 움직이는 결과를 얻었다.

　도쿄로 옮긴 뒤 사네유키는 꼭 한 번, 네기시의 집으로 시키를 문병 갔다.
　시키의 병상을 들여다보고 잠시 숨이 멎어버릴 만큼 놀란 것은, 전에 작별한 뒤로 시키가 완전히 다른 사람처럼 쇠약해졌기 때문이었다.
　시키는 눈을 감고 있었다. 눈을 뜨면 그것만으로도 열이 올라 매우 상기되는 증상이 나타난다고 한다.
　통증이 있는 모양이었다.
　그것도 등뼈, 허리뼈 도처에 송곳으로 도려내는 듯한 극심한 통증이라는 것을 사네유키는 시키의 누이동생 리쓰에게서 들었다. 리쓰에게는 처녀티가 없었다. 병구완으로 야위어서 얼굴이 누렇게 뜨고 얼굴 표정의 움직임도 중년 부인처럼 둔해져 있다.
　"요즘은 어떻게 지내나?"
　시키는 눈을 감은 채 물었다.
　"무슨 재미있는 일이라도 있나?"
　"여전하이."
　사네유키가 대답했다. 소령으로 승진되어 육상으로 올라와 해군대학교의 전술 교관이 되었다는 등의 신변 보고는 병상에 있는 시키에게는 아무런 의미도 없을 것이다. 앓는 사람에게는 그러한 세상사는 지나치게 눈부시게 느껴질 것이다. 지나치게 눈부신 것은 원래가 속되다는 것은, 만년에 승려를 동경한 사네유키가 평소에 갖고 있는 생각이었다.
　"러시아와 전쟁을 하는 건가?"
　"하게 되면 아마도 일본인의 1할은 죽을지도 모르지."
　"그렇게 죽을까?"
　시키는 눈을 떴다.
　그때부터 시키는 그가 수첩에 남모르게 써두었던 그의 잔혹관(殘酷觀)을 이야기했다.
　맨 처음에는 효행론이다.

수첩에 얘기하듯이 씌어 있으니, 이 부분은 그것을 그대로 옮겨 보기로 한다.

"공자주의(孔子主義)의, 부모에게 효도하라는 것은 난 질색이다. 그런 말을 들으면 효도라는 것이 핑계나 구실처럼 들려서 극히 불쾌하다. 나는 부모라도 마구 덤벼들 때가 종종 있다. 그러나 그것 때문에 부모에 대한 사랑이 없어지지도 줄지도 않는다."

"한편으로 나는 매우 잔혹한 성질을 가지고 있다. 도요토미 히데요시(豊臣秀吉)가 나카가와 기요히데(中川淸秀)를 희생시키고 말았다(나카가와는 시즈가타케(賤岳) 접전시의 히데요시측의 전선 지휘관)느니, 나폴레옹이 몇천 명을 일시에 죽였다느니 하는 말을 들어도 그다지 잔혹하다고 생각하지 않는다. 히데요시만한 사업을 하는 데는 나카가와 한 사람쯤은 죽어도 괜찮다고 생각한다. 나카가와도 또한 히데요시만한 사람에게 희생되는 거라면 기꺼이 그렇게 되어 주어도 좋다고 생각한다. 내가 히데요시의 위치에 있다면 역시 그런 짓을 할지도 모른다."

"그렇게 생각하면 나는 꽤 악인의 성질을 가지고 있다. 세상 사람은 나쁜 짓을 하지 않으면 선인이라고 생각하는데 그것은 잘못이다. 아무리 악인이라도 나쁜 짓을 할 기회가 오지 않으면 나쁜 짓을 하지 못한다. 나도 지금까지 나쁜 짓을 하지 않은 것은 기회가 없었기 때문이다. 매우 잔혹한 짓도 할 마음이 있다."

시키가 무슨 마음으로 이런 말을 하고 썼는지 알 수가 없다. 아무래도 전쟁이라는 것이 줄곧 머릿속에 있었던 모양이다.

결국 이날의 문병이 사네유키와 시키의 마지막 대면이 되고 마는데, 시키는 그 뒤에도 한 달 가량 살았다.

시키는 자신의 죽음을 알고 있었다. 심한 통증이 덮쳐올 때마다 소리를 지르지만, 죽을 때가 다가온 것을 슬퍼하는 빛은 없었다.

시키가 최근 1년 동안에 고통스러운 틈틈이 쓴 편지나 수기에 의하면, 자신의 생사에 대해서는 이를테면 이런 것이 있다.

이것은 아키타 현(秋田縣)의 이시이 로게쓰(石井露月)라는 하이쿠 시인에게 보낸 편지다. 시키는 병상에서 너무 고통스러워 '죽고 싶다'고 외치는 일이 있는 것을 로게쓰가 나무랐다. 이것은 그 답장이다.

"남들도 그토록(즉 로게쓰가 충고하듯이) 죽지 않기를 바라는데 어찌 자신의 목숨이 아깝지 않을 리가 있겠는가? 그 소중하고도 소중한 목숨도 필요치 않으니 제발 잠시라도 빨리 죽고 싶어하는 것은 그만큼 고통스럽기 때문이라네."

그 무렵 자유 민권 사상가인 나카에 조민(中江兆民)이 암에 걸려 의사로부터 수명이 앞으로 1년 반이라는 선고를 받고, 병상에서 《1년하고도 반》이라는 이른바 생사의 감회를 쓴 책을 출판하여 화제가 되었다. 시키는 사람을 시켜서 그것을 사다 읽었다.

"내게다 비한다면 아무것도 아니다."

그는 주위 사람들이 놀랄 정도로 미소를 짓고 책을 머리맡에 놓았다.

"조민은 평범하고 천박하군."

세평으로는, 조민이 죽음의 선고를 받고도 여전히 글을 썼다는 것을 글을 쓰는 자의 천직을 다한 것이라고들 말했다. 시키는

"대단한 일을 하는 게 아니다. 병중에 글을 쓴다는 것은 기분 전환에 불과하다."

똑같이 죽을 병을 앓고 있는 자로서 솔직한 말을 했다.

조민은 후두암이었다.

"조민 거사는 목에 구멍이 하나 뚫려 있다. 나는 하나는 고사하고 배에도 등에도 궁둥이에도 벌집처럼 구멍이 뚫려 있다. 1년 반이라는 기한도 비슷할 거다. 그러나 거사(조민)는 아직도 아름다움이라는 것을 모른다."

시키는 자기에게는 미(美)가 있다고 했다. 사실 그는 병상에 누워 있으면서도 미의 수도자라는 점에서는 어떠한 건강인도 미치지 못하는 데 있었다. 정원의 풀을 바라보거나 창문에 매달린 새장을 바라보기도 하고, 하이쿠를 짓고, 꽃이며 새에 대한 감상을 얘기하면서 모르핀 주사로 고통을 가라앉히며 사생첩을 들고 머리맡에서 보이는 얼마 되지 않는 자연을 그림으로 그리고 있었다.

"미를 알면 즐길 수가 있다."

조민의 경지에는 그것이 없다고 했다.

《1년하고도 반》에 조민은 살구를 사다가 아내와 함께 먹었다는 부분이 있는데

"그것은 즐거움에 틀림없지만 어딘지 하나의 까닭이 담겨 있다."

자신의 경지와 비교하고 있다. 조민도 삶을 체념하고, 체념해버린 데서 생긴 정신의 여백을 경지로 했는데, 시키는 그 여백에 그림을 그리고 하이쿠를 지었다는 점에서 즐거움이 크다. 그만큼 내가 더 훌륭하다고 자랑하고 있다. 이미 시키는 천진난만해져 있었다.

"나는 이제 다시는 자네를 만날 수 없을 거라고 생각하네."
시키가 런던에 있는 소세키에게 이런 편지를 낸 것은 작년 11월이었다.
"만일 만날 수 있다 하더라도 그때는 이야기도 할 수 없게 될 걸세. 실은 나는 살아 있는 게 괴롭네."
괴롭다는 것은 예의 심한 통증을 말하는 것이다. 올해로 접어들면서 통증이 시작되면 시키는 부끄럼도 체면도 없이 마구 소리내어 울었다.
"중국이나 조선에서는 아직도 고문이라는 것을 하고 있는 모양인데, 나는 그것을 매일 매시간 받고 있네."
교시에게도 그렇게 말했다.
시키가 기요시 군이라고 부르는 이 젊은 문하생은, 시키가 죽는 마지막 해에는 거의 시키에게 붙어 있다시피 간호했다.
"기요시 군, 나는 왜 그런지 어렸을 때부터 자연이 좋았다네."
자연 감상이나 관찰에 대해서 그날의 체력이 있는 한도껏 교시에게 이야기했다.
그러나 이야기는 아무래도 회고조가 되곤 했다.
"어째서 천연적인 미가 좋은 것인지, 기요시 군, 어째서 그런 걸까. 나는 어렸을 때 미라는 것을 이처럼 좋아했는데, 우리 집은 그야말로 살풍경해서 집의 살림살이에 미라고 할 만한 것은 하나도 없었네. 오직 화투밖에 없었지. 어째서 나는 이렇게 가난한 집에 태어났는가 하고 다른 집을 부러워했다네. 그래서 인공적인 미를 단념하고 꽃이며 구름 같은 천연적인 미에 마음이 쏠리게 되었는지도 모르지."
그러한 화제뿐이었다.
9월로 들어서자 시키는 더욱 쇠약해졌다. 그래도 그가 '병상 육척(病狀六尺)'이라고 제목을 붙인 짧은 글은 일과처럼 계속 써나갔다.
아니, 구술로 했다. 그것을 받아쓰는 것은 교대로 머물고 있는 교시나 헤키고토(碧梧桐) 같은 문하생들이었다.

13일 밤은 교시가 머무를 차례였다. 옆방인 객실에서 잤다.

영창이 희끄무레해짐과 동시에 시키는 잠에서 깼다. 때마침 바깥에서 낫토(納豆——콩을 삶아 띄워서 만든 음식) 장수의 목소리가 지나갔다.

그만한 변화마저도 시키는 기뻐하여 그 변화에 자신의 행동으로 반응하려 했다. 행동이란 그것을 사는 일이다.

"낫토를 좀 사주오."

야에가 일어나서 나간다.

교시가 종이와 붓을 들고 들어왔다. 구술을 받아쓰기 위해서였다.

구술이 끝난 뒤 시키는 교시와 스마 요양소에 있었던 무렵의 아침 풍경 등을 그리운 듯이 이야기했다. 이야기하는 동안 뜰의 수세미외의 잎이 한 잎 흔들렸다. 놀라서 시키는 그쪽을 쳐다보았다.

"저건 틀림없이 이슬이 떨어진 거겠지."

그래서 잎이 흔들렸을 것이다. 그것만이 시키의 세계에서의 변화였다. 벌써 가을이었다.

매일 여러 명의 문하생들이 병상에 찾아왔다. 그 중의 한 사람이 머물게 되는데, 시키는 이 '수세미외 잎'이 흔들리던 날 아침 이후 며칠 동안 거의 목소리를 내지 않았다.

시키가 죽은 것은 메이지 35년(1902년) 9월 19일 오전 1시였다.

그 전날인 18일은 낮에 의사가 오기도 하고 사람들이 왔다갔다해서, 병실에서 내내 잠자는 것처럼 누워 있던 시키에게도 사람들의 목소리가 들렸던지

"지금 누가 와 계시냐?"

여동생 리쓰에게 묻기도 했다.

"기요시 씨예요. 그리고 헤이(秉 : 헤키고토) 씨 하고요. 그리고……."

리쓰가 일일이 이름을 들자, 시키는 이미 표정 없는 얼굴로 끄덕였다.

밤이 되자 모두 돌아가 버리고, 마침 자기 차례였던 교시만이 남았다.

시키는 모기장 속에 있었다. 잠이 들었는지 조용했다.

한밤중에, 교시는 옆방에 이부자리를 폈으나 도저히 잠이 올 것 같지 않아 뜰로 나가 보았다.

이미 12시가 지나 있었다.

수세미외를 받쳐준 시렁에 밤이슬이 내렸는지 이파리 두서너 장이 빛나고 있었다. 그것은 열이레 달이 환하게 떠 있기 때문이다. 이날은 음력으로 열이렛날 밤이었다.

교시가 방으로 돌아오니 시키의 모기장 옆에 어머니 야에가 조그마한 그림자를 만들며 앉아 있었다. 야에는 조금 전에 자기 방에서 두어 시간 잤다. 교시와 교대하기 위해 일어난 것이다.

"기요시 군, 좀 쉬어요. 다시 교대해 주어야 할 테니까."

교시는 모기장 속을 들여다보았다. 시키는 깊이 잠들어 있는 것 같았다.

"리쓰, 너도."

야에는 리쓰에게는 자라고 했다.

교시는 옆방으로 물러나 누웠다. 머릿속에 선명하게 자리잡고 있는 것은 아까 본 열이레 밤하늘이었다. 묘하도록 맑고 큰 달이 혼자 떠 있었다.

교시는 잠깐 잠이 들었던 모양이다.

잠을 잔 것 같지도 않은데, 몹시 허둥대는 목소리로, 기요시, 기요시, 하고 옆방에서 부르는 소리가 들렸다. 야에의 목소리였다. 교시는 벌떡 일어났다.

나중에 들으니 리쓰는 그때까지 자지 않고 어머니와 부채질을 하면서 이야기를 한 모양이었다. 그러다가 문득 모기장 속이 궁금해서 들여다보니 시키는 이미 숨을 쉬지 않고 있었다.

"오빠, 오빠!"

리쓰가 울면서 시키를 깨우려 했으나 시키는 대답이 없었다.

"리쓰, 의사를."

야에는 흐트러지지 않은 태도로 엄하게 일렀지만, 그러나 그 뒤에 교시를 불렀을 때에는 역시 다급한 목소리였다.

리쓰는 맨발로 옆집으로 전화를 빌리러 뛰어갔다.

교시는 표정이 없는 사람이다. 그는 시키의 얼굴을 물끄러미 바라보고 앉았다가 이윽고 일어났다. 근처에 사는 헤키고토며 소코쓰(鼠骨)를 부르러 가기 위해서였다.

밖으로 나갔다. 열이레 달이 시키의 생전이나 사후나 변함없이 빛을 비추고 있었다.

달빛 아래서 교시는 다급하게 나막신 소리를 냈다. 헤키고토와 소코쓰에게 시키의 죽음을 알리고 교시는 돌아섰다.

다리가 무거웠다.

'돌아가고 싶지 않다.'

이런 생각이 들었다. 돌아가도 시키는 이미 주검이 되어 있고, 어머니인 야에와 여동생 리쓰는 비탄에 잠겨 있을 테니 그 자리에 있는 것조차 참혹하게 느껴졌다.

그러나 돌아가야만 했다. 이제 마사오카 집안에는 오직 여자만 둘이 남겨져 있을 뿐, 장례며 뒤처리며 모든 것을 교시들이 처리해야만 했다.

오른쪽은 대나무 울타리이고 왼쪽은 가가(加賀) 저택의 검은 나무판자 울타리가 죽 이어져 있었다. 달빛은 그 판자 울타리를 가득히 비추고 있어서 그 판자 울타리만 보면 밤이라고 생각할 수 없을 만큼 밝았다.

순간 그 판자 울타리의 밝은 빛 속에서 무엇인가가 움직이는 듯한 생각이 들었다. 시키 거사의 영혼이라고 교시는 생각했다. 영혼이 지금 공중으로 올라가고 있는 것이리라.

　시키는 가네, 열이렛날 달 밝은 밤에

교시가 입속으로 그렇게 중얼거린 것은 이때였다. 즉흥적이었으나 일부러 다듬어 만든 것이 아니라, 시키가 그 문학적 생명을 걸고 귀가 따갑도록 말한 사생(寫生)을, 교시는 지금 실천한 것 같은 기분이었다.

돌아와보니 야에도, 리쓰도, 시키의 유해 곁에서 멍하니 앉아 있었다.

야에는 조금 전에는 눈물 한 방울 흘리지 않았으나, 현관에 나막신을 벗어 놓고 방으로 올라온 교시의 모습을 보자, 갑자기 마음의 지주(支柱)가 허물어지는 듯한 느낌이 드는 모양이었다.

"기요시 군"

야에는 교시를 부르면서도 교시 쪽은 보지 못하고 얼굴을 돌리고 어두운 벽을 지켜보는 자세였다.

교시는 자리에 앉았다. 잠자코 있으니까 야에가 고개를 숙였다. 울지 않으려고 하는 듯, 그 참는 모양이 조그마한 어깨에 나타나 있었다.

"노보루(升 : 시키)는 기요시 군을 가장 좋아했어요. 기요시 군에게는 정말 많은 신세를 졌어요."
　야에는 시키를 대신해서 이런 형태로 고맙다는 인사를 하고 싶었던 것이리라. 말을 마치자 어깨가 더욱 심하게 떨렸다. 그러나 끝내 울음소리는 내지 않았다.
　교시는 말없이 있었다. 모든 사람들이 올 때까지 묵묵히 있는 수밖에 없다고 생각했다. 다만 이따금 시키의 유해를 바라보았다.
　'당신께서 올라가시는 것을 방금 저는 보았습니다.'
　교시는 비밀인 것처럼 마음속으로 시키에게 고하고 있었다.

　문득 시키의 노래가 생각났다.

　　세상 사람은 시코쿠 원숭이라 비웃는다네
　　그래, 나는 원숭이로다, 시코쿠의 원숭이

　시키는 자신이 시골 사람이라는 것을 남모르게 비하하고 있었지만, 그 시골 사람이 일본의 하이쿠와 와카(和歌)를 혁신했노라고 외치고 싶은 자랑을 이 노래에 담고 있다. 시키는 임종 때 남기는 노래를 짓지 않았지만 그의 35년의 생애를 이 한 수의 노래가 나타내고 있는 것처럼 교시는 생각되었다.

　무슨 일이든 남에게 지시하기를 좋아하는 시키는 자기의 장례에 대해서도 이미 지시를 써두었다.
　"장례를 광고할 필요는 없다."
　그 이유는 집도 좁고 마을도 좁다, 광고를 보고 사람들이 많이 몰려들면 영구를 움직이기가 어렵다는 것이다. 시키는 무슨 일에고 어림을 잘하는 사람이어서 장례식 참례자는 대충 2, 30명 정도로 보고 있었다.
　시키에게는 종교가 없었다. 선(禪)에는 다소 귀를 기울였던 때도 있지만 그런 것의 도움을 빌리지 않더라도 스스로 살아갈 수 있다는 것을 극히 자연스럽게 생각하였다.
　그러나 역시 그는 자연스러운 사람이므로 승려의 독경은 거절하지 않았다. 또 어떤 종파라도 상관 없었다. 그러나 유해 앞에서 조사를 읽거나 고인의 약력을 읽는 것은,

"필요 없다."

이렇게 미리 말해 두었다. 죽은 사람에게 붙여주는 계명(戒名)이라는 것도

"필요 없네."

거부하였다. 그것도 뽐내며 자신의 무종교주의를 관철하려는 자세가 아니라, 시키답게 실용적인 자세를 보인 것이다. 시키는 일본의 옛 하이쿠 시인이나 가인들에 관해 조사하며 연표를 만들 때, 계명이 나오면 보통 그것이 너무 길어서 칸 속에다 써넣지 못해 애를 먹은 일이 있었다. 있으나마나한 것이라고 생각했다.

묘비에 대해서도, 흔히 자연석 등을 써서 겉모습을 꾸민 것이 있는데 그런 것을 불쾌하게 생각했다. 극히 평범한 것을 좋아 했다. 시키는 평온하고 극히 평범한, 아무렇지도 않은 듯한 상식적인 수준의 세계에서 미를 발견하고자 했던 사람이다.

밤을 새우는 것에 관해서도

"유해 앞에서 밤을 새울 필요는 없다."

이렇게 썼으나 그건 아무래도 지나치다는 생각이 들었던지

"밤을 새우더라도 번갈아 가면서 새우라."

이렇게 덧붙여 썼다. 그리고 밤을 새우면서 우는 것에 대해서도, 유해 앞에서 거짓 눈물을 흘리는 것은 아무래도 수선스러워서 못쓰겠다고 하였다.

"담소하기를 평소와 같이 하라."

이렇게 권고했다.

이것을 주위 사람들은 모두 알고 있었고 교시 외의 옛친구들도 되도록 고인의 뜻에 따르고 싶어했다.

교시는 침묵 속에 앉아 있었다.

20분 가량 그렇게 앉아 있으니 옆집의 구가 가쓰난, 그리고 헤키고토와 소코쓰가 와서 앉았다. 모두 내내 병구완을 계속해 온 사람들인만큼 야에에게 잠자코 묵례하고 말없이 시키의 머리맡에 앉는 것으로 족했다.

"장의 절차는 어떻게 할 건가요?"

가쓰난이 젊은 사람들에게 물었다. 가토 헤키고토가

"저희들은 어려서 아무것도 모릅니다. 그래서……"

가쓰난의 지시를 받고 싶다는 것이었다.

"그럴지도 모르겠소. 나이가 들었다는 건 장례식의 지시를 할 수 있다는 것인지도 모르지요."

40대의 가쓰난이 말했다.

시키는 예비학교 입학 시험을 치르려고 상경한 이래, 내내 이 가쓰난의 도움을 받아 왔다. 결국 마지막까지 가쓰난의 도움을 받게 되었다.

시키의 죽음은 곧 아키야마 댁에 알려졌으나 운 나쁘게 사네유키는 요코스카에 출장중이어서 이 부음을 듣지 못했다.

요코스카 선(線) 기차 속에서 옆자리에 앉은 교사 같아 보이는 두 남자가 연방 시키의 죽음에 대해 이야기를 주고받는 것을 듣고 놀라서 물었다.

"실례입니다만, 시키란 마사오카 시키를 말씀하시는 겁니까?"

교사처럼 보이는 사람은 몹시 정중하게 그렇습니다, 시키님께서 돌아가셨답니다, 저는 이제 겨우 하이쿠를 시작했을 뿐입니다, 하고 대답했다.

"그게 언제입니까?"

"제가 하이쿠를 시작한 때 말입니까?"

"아닙니다. 시키가 죽은 것 말입니다."

"그건"

사나이가 신문을 보여 주었다. 시키가 재직하던 〈니혼〉의 9월 20일자 신문이었다. 사네유키가 죽 훑어보니

'신 하이쿠단의 거성 마사오카 시키'라고 고딕체 활자로 짜고 검은 선이 둘러쳐져 있다. 사망란이지만 120줄 가량의 기다란 기사로 시키의 생애와 업적을 찬양하였다.

'죽었구나……'

사네유키로서는 망연자실하였으나, 곧 정신을 차리고 신문을 돌려주었다.

장례 일자는 신문 기사에는 나와 있지 않았다.

시바 다카나와의 구루마 거리 집으로 돌아오자, 어머니 오사다가 사네유키의 얼굴을 보자마자 그 소식을 전해 주었다. 장례식은 내일 21일 오전 9시, 네기시의 자택에서 거행된다는 것이었다.

"그래요?"

사네유키는 노한 듯한 표정으로 그렇게만 말하고 안으로 들어갔다.

오사다가 따라 들어왔다.

"노부루 네는 앞으로 어떻게 될까?"

오사다는 문지방의 티끌을 주우면서 말했다.

난감할 테지, 하고 사네유키는 생각했다. 그러나 시키의 어머니 쪽 친정인 오하라(大原) 가문이 마쓰야마 무사족 중에서도 기반이 잡힌 집안이니까 어머니와 누이동생을 돌봐줄지도 모르는 일이다.

'그 사람이고 보면 저축은 한 푼도 없을 거다.'

사네유키는 생각했다.

그러나 오사다가 말한 것은 그러한 경제적인 것이 아닌 듯했다.

마사오카 집안의 대가 끊긴다는 것이었다. 시키는 독신이었으니까 자식이 있을 리 없다.

"준아, 너도 이젠 생각 좀 해야 해."

오사다가 말했다.

결혼을 말하는 것이다.

"어머니, 장례식 이야기에서 갑자기 결혼 이야기로 넘어가시는 것은 온당치 못한데요."

"그렇지 않아. 결혼이나 장례는 알고 보면 안과 겉의 차이가 있을 뿐 한가지 일이란다."

'과연 그럴듯한 구실이구나.'

그러나 곰곰이 생각해 보면 한가지 일인지도 모른다. 오사다는 줄곧 아들 사네유키에게 결혼을 권하였다. 요컨대 오사다는 아직 옛날의 무사 집안의 사고 방식에 젖어 있어 가문을 이을 아들을 낳는 것이 조상에 대한 첫번째 공양이라고 생각하는 것이다.

네기시의 시키네 집이 있는 곳은 골목도 깊고 집도 좁아서 시키 자신이 장례식에 참석할 사람의 수를 2, 30명 정도가 고작일 거라고 보았으나, 신문의 사망란 등에서 알게 된 사람들이 150명이나 모여들었다.

"공상이었는걸."

헤키고토가 교시에게 속삭였다. 시키의 유언도 있고 해서 장례식은 되도록 검소하게 치르자고 둘이서 이야기했던 것이다. 그것이 묘하게 되었다. 공상이었다는 말은 당시의 서생들의 유행어였다.

시키도 한평생 자기 자신을 서생으로 알고 지냈다. 교시도 헤키고토도 진짜 이름 그대로의 서생이었다.
——서생이 서생의 장례를 치르는 것이다.
이렇게 생각하였다. 그랬는데 어엿하게 남들처럼 100명이 넘는 사람들이 모였다.
그러나 장례 자체는 검소했다. 오전 9시를 지나 한 차례 죽 읽어 가는 독경이 끝나자 영구가 집을 나섰다.
"그렇군, 런던에 계신 나쓰메 씨께도 알려 드려야겠다."
교시가 헤키고토에게 속삭였다.
"나쓰메 씨도 그렇지만 아키야마의 준 씨가 오시지 않았잖아."
헤키고토가 말했다.
"준 씨는 군함을 타고 있는 게 아닌가?"
"아니야."
헤키고토는 향리 사람들의 소식통이었다.
"해군대학교라는 데 있어."
"아 그래, 거사께서도 그러시더군."
이렇게 말했을 때, 장례 행렬 저쪽에서 몸집이 작은 사나이가 어깨를 펴고 힘차게 걸어왔다.
머리를 빡빡 깎고, 마치 서생처럼 하오리(羽織)는 걸치지 않고 하카마를 짤막하게 입은 데다 몽둥이 같은 굵은 지팡이를 짚고 성큼성큼 걸어오고 있다.
"저건 준씨 아닌가?"
말하는 동안 얼굴 생김새가 뚜렷하게 보여서 사네유키임을 알 수 있었다.
사네유키는 조금 늦게 왔다. 가까이 다가가서 교시 등을 보고나서 시선을 돌리고는 곧 영구 곁으로 다가섰다. 영구를 노려보는 것처럼 뚫어지게 보더니 이윽고 꾸벅 머리를 숙였다.
그대로 서 있었다. 장례 행렬은 앞으로 나아가는 데 따라가려고도 하지 않았다.
장례 행렬이 지나가 버린 뒤 인기척 없는 골목길에 사네유키만 혼자 서 있었다.
'노보루 군, 사람은 모두 죽는 거라네.'
그리고 나도 언젠가는 죽네 하고 속으로 중얼거렸다. 사네유키에게는 그것이 그의 염불인 셈이었다.

그러고 나서 집 쪽으로 걸어갔다. 야에, 리쓰, 구가 부인 등이 영구가 떠나 버린 방에 넋을 잃고 멍하니 앉아 있다.

사네유키는 말 없이 올라가 두 손을 짚고 애도의 말을 하려고 했으나, 도무지 말이 나오지 않아 하는 수 없이 입을 다물고 그대로 향로 앞에 무릎걸음으로 다가가 향을 집었다.

사네유키는 그대로 돌아갔다.

시키를 매장하는 절 쪽으로도 가지 않았다. 절은 그 무렵 다키노가와 마을(瀧野川村)이라고 불리던 다바타(田端)의 다이류 사(大龍寺)였다.

곤노효에 (權兵衛)

 이 소설을 어떻게 쓸 것인가 하는 것으로 아직도 고민하고 있다.
 시키는 죽었다.
 요시후루와 사네유키는 머지않아 러일전쟁 속으로 뛰어들게 될 것이다.
 할 수만 있다면 그들을 계속 주축으로 하여 러일전쟁 자체를 그려 나가고 싶으나, 대상이 너무 막연하게 커서, 소설은 그것을 충분히 포착할 수 있을 정도로 편리한 것이 못된다.
 그렇기 때문에 때로는 주인공들로부터 떠나야만 한다. 그래서 앞에서도 지면이 너무 많을 정도로 러시아와 그 사정, 그리고 니콜라이 2세에 대해 이야기했던 것이다.
 왜냐하면 러일전쟁을 일으킨 에너지는 역사 그 자체라 하더라도 그 역사의 현재, 바로 이 국면에서의 운전자 중의 한 사람이 니콜라이 2세였기 때문이다.
 어느 쪽이 일으켰는가 하는 질문은 그다지 과학적인 것이 못된다. 그러나 굳이 이 전쟁의 책임자를 사사오입해서 정한다면, 러시아가 8할, 일본이 2할이다. 그 러시아의 8할 중 거의 대부분은 니콜라이 2세가 져야 한다. 그 황제의 성격과 판단력이 이 크나큰 화근을 초래한 데 대한 책임을 지지 않으면 안 된다. 이 때문에 니콜라이 2세에 대해서는 많은 지면을 할애했다.

그러면 일본측은 어떠한가?

일본측 정치가의 대부분은 러시아와 싸워 이기리라곤 생각하지 않았다. 일본의 대표적인 정치가인 이토 히로부미는 공러가(恐露家)라는 별명이 붙어 있었다.

이토는 두려웠을 것이다. 그는 막부 말기에는 조슈의 요시다 쇼인(吉田松陰)의 문인 중의 한 사람으로서, 천황의 권위의 절대화와 봉건적 배외주의를 결합한 존왕양이의 지사였다. 낮은 자리의 지사였지만, 막부 말기의 조슈 소동의 거의 전부를 빠짐없이 체험했다. 분큐(文久) 3년(1863년), 4개국 함대와 조슈 번이 싸웠을 때, 그는 런던에 있었다. 타임스를 보고 곧 귀국했으나, 그가 본 것은 패전한 싸움터였다.

조슈는 막부의 제1차 조슈 정벌 때도 하마터면 번이 멸망할 뻔하는 마지막 단계까지 밀렸다. 때마침 사쓰마와 손을 잡음으로써 기적적으로 기사회생을 했지만, 그와 같은 어려움을 모조리 맛본 데다가 이토는 천성적으로 뛰어난 외교적인 사고법과 감각을 몸에 지녔다.

막부 말기에 조슈는 사쓰마와 손을 잡고 죽음 직전에 되살아나 승리자의 위치를 차지했다. 일본의 운영자의 하나가 된 지금, 조슈는 사쓰마의 역할을 해낼 동맹자가 필요했다. 다른 사람들은 그것을 영국으로 하려고 생각했으나 이토는 러시아를 주장했다.

러시아가 극동을 침략하고 압박하고 있다. 그 압박자와 손을 잡음으로써 침략과 압박으로부터 빠져 나가려는 것이 이토의 안이었으나, 이 안은 끝내 당국자에게 받아들여지지 않고 결국 영국과 동맹을 맺었다.

그러면 군부는 어떤가?

러시아와 싸우는 데 대한 육군의 준비는 앞으로 언급할 때가 있을 것이다.

문제는 해군이었다.

일본국의 지리적 특징은, 주위가 바다로 둘러싸여 있는 것이리라. 적의 해군력은, 일본의 해안으로부터 마음대로 공격해 들어갈 수가 있고, 경우에 따라서는 일찍이 페리 함대가 에도를 위협했듯이 도쿄 만 깊숙이 들어갈 수도 있다.

당시 러시아의 해군부 내에서는 이렇게 말했다. 만약 일본의 해군이 소멸하면 러시아는 20척 정도의 군함으로 일본 열도를 꼼짝할 수 없게 포위하여 어쩔 수 없이 강화 조약을 맺도록 만들 수 있다──

일본은 해군을 강화하지 않으면 안 된다.

오직 한 사람의 인물이 그것을 기획하고 추진하고 이뤄냈다.

야마모토 곤노효에(山本權兵衞)이다.

"곤노효에"

세상에선 이렇게 부른다. 여기에서도 곤노효에에 대해 이야기하기 전에 놀라운 사실을 제시해 두어야겠다.

일본의 국가 예산이다.

미쳤다고 할 만한 그 재정 감각이다.

청일전쟁은 메이지 28년(1895년)에 끝났으나, 그 전시하의 총세출은 9160여만 엔이었다.

이듬해인 29년은 평화 속에서 지나갔다. 마땅히 국민의 부담을 덜어 줘야 할 텐데도, 이 29년도의 총세출은 2억 엔이 넘었다. 거의 배 이상이었다. 이 가운데 군사비가 차지하는 비율은 전시하인 메이지 28년이 32퍼센트임에 비하여 이듬해에는 48퍼센트로 비약했다.

메이지 시대의 비참함은 바로 여기에 있다.

우리가 메이지라는 시대상을 되돌아볼 때는 숙명적인 어둠이 따라다닌다. 빈곤, 즉 국민 소득이 놀랄 만큼 낮은 것이 거기에 기인한다.

별다른 산업도 없는 국가가 이렇듯 무겁고 괴로운 예산을 짰으니, 국민 생활이 괴롭지 않을 수가 없다.

이 전쟁 준비를 위한 대예산(러일전쟁까지 계속되는) 자체가 기적이지만, 그것을 감당해 낸 국민이 오히려 더 기적적이었다.

그것은 일본인이 빈곤에 익숙해 있었기 때문이었다. 이 당시, 아이들은 도회지 일부를 빼놓고는 거의 신을 신지 않았다. 손으로 만든 짚신이나 맨발이었다. 눈이 많이 오는 나라의 겨울 신은 짚으로 엮은 눈신이며, 이것도 역시 손으로 엮은 것이다. 아이들뿐 아니라 시골에서는 어른들도 대부분 눈신을 신었다.

먹을 것이라고는 쌀과 보리, 좁쌀과 피이며, 부식물이 나쁜 것은 말할 수 없었다.

게다가 봉건적인 사고방식은 아직도 뿌리박혀 있어, 사람들은 자신의 욕망을 주장하기를 되도록 삼가는 것을 미덕으로 삼았다. 개인적인 자아를 존중하는 사상은 겨우 도쿄의 일부 살롱에서 이야기되고 있는 정도였다.

그밖에 여러 가지 요소가 있었으나, 한 나라를 전쟁 기계와 같이 만들어 가는 점에서 이처럼 편리했던 시대는 없었다.

한 시대가 지나가 버린다는 것은 그 시대를 구축했던 여러 가지 조건이 사라진다는 말일 것이다. 사라져 버린 뒤에 그 시대를 이해한다는 것은, 후세 사람들에게는 같은 시대의 외국을 이해하는 것보다 어렵다.

이를테면 삼국 간섭에 의한 요동 반도 환부 이후, 와신상담이라는 말이 유행했다. 고대 중국의 춘추시대, 오왕 부차가 월왕 구천을 쳐서 아버지의 원한을 풀기로 결심하고, 그 원한을 잊지 않기 위해 항상 땔나무 위에서 자면서 자신을 채찍질했다. 그 복수가 성공하자, 이번에는 월왕 구천이 그 치욕을 씻으려고 항상 곰의 쓸개를 핥아 그 쓴맛을 맛봄으로써 자기 마음속에 있는 원한을 계속 지탱했다.

그 당시의 일본인이 어느 정도 러시아 제국을 증오했는가는 그 당시로 되돌아가서 살아 보지 않고선 알 수 없다. 와신상담은 유행어가 아니라 이미 이 시대의 에너지가 되어 있었다.

에너지는 민중 속에서 일어났다. 위정자는 오히려 그 무시무시하게 들고 일어나는 것을 누르지 않으면 안 될 입장이어서, 이토 히로부미 같은 사람은 "많은 사람의 훌륭한 의논과 뛰어난 이론을 들은들 무슨 소용이 있겠는가. 나는 대포와 군함하고 의논하고 있는 것이다."

이렇게 말하기도 했다. 군사력에 있어 비교할 수도 없는 대국에 대해 국내 여론이 아무리 정부에 들고 일어난다 해도 정부로서는 어떻게 할 수가 없는 것이다.

대 건함 계획은 이 나라 이 시대의 이와 같은 국민적인 분위기 속에서 태어나 수행되었다.

메이지 29년(1896년)에 건함 10개년 계획이 실시되기 시작하였다. 국가 예산의 총세비가 더욱 불어났다. 메이지 30년(1897)도의 총세출은 군사비가 55퍼센트이며 메이지 32(1899)년도의 그것은 28년(1895)도의 약 세 배 정도로 불어났다. 국민생활로 말하면 거의 기아 예산이라 해도 할 수 있을 정도인데, 이 시기의 일본의 기묘한 점은, 이에 대한 불만이 어떤 형식으로도 나타나지 않았다는 점이다.

"생각도 할 수 없는 일이다."

이것은 삼국이 간섭한 직후 프랑스 해군이 일본의 건함열에 대해 한 말이다.

"일본과 같은 빈약한 국력을 가진 나라가 열강의 해군과 어깨를 나란히 할 정도의 함대를 갖는다는 것은 도저히 불가능한 일이며, 또 일본은 그와 같은 짓을 하지 않을 것이다."

그렇게 관측했다.

실제로 청일전쟁 당시의 일본 해군은 열악하기 짝이 없는 것이었다.

일등 전함이란 1만 톤 이상의 것을 말한다. 그것을 일본은 가지고 있지 않았지만 러시아는 10척이나 가지고 있었다. 이등 전함은 7,000톤 이상인데 일본은 그것조차 없었고 러시아는 10척. 일등 장갑 순양함은 6,000톤 이상으로 일본은 하나도 없었으나 러시아는 10척이었다. 일본이 가지고 있던 것은 이등 순양함 이하의 함종뿐이었다. 그런 것을 10년 동안 거대한 해군으로 만들겠다는 것이다.

세계사상 때로는 민족이라는 것이 후세의 상상을 초월하는 기적을 연출할 때가 있는데, 청일전쟁에서 러일전쟁에 걸친 10년 동안 일본만큼 기적을 연출한 민족도 드물다.

청일전쟁 단계에서의 일본 해군은 해군이란 이름뿐이었고 낡은 기선에 대포를 달았을 뿐인 군함이 대부분이었고 물론 전함도 가지고 있지 않았다. 일등 장갑 순양함도 없었다. 속력이 빠른 이등 순양함 이하를 가지고 함대라고 일컫고 있을 뿐이었는데, 전후 10년의 러일전쟁 직전에는 거대한 해군이라고 할 만한 것을 만들어 내어 세계의 5대 해군국의 끝에 나란히 서게 되었다.

"일본인은 믿기 어려운 일을 해냈다."

당시 영국의 해군 평론가 아키발트·S·하드가 한 말이다. 일본은 러일전쟁 직전에 여태까지 가져본 적도 없는 제일급의 전함 6척과 제1급의 장갑 순양함 6척을 갖추고, 이른바 66제에 의한 새로운 해군을 만들어 냈다. 이것만도 경탄할 일인데, 그 군함은 모두 최신의 계획을 과감하게 채용했으니, 이를테면 장갑되지 않은 방호 순양함 같은 것은 한 척도 만들어지지 않았다.

영국 해군이 아직도 이런 종류의 순양함을 만들어 가고 있었는데 말이다.

일본인은, 좀 과장해서 말하면 먹지도 마시지도 않고 전함을 만들었다.

바로 그 일본 해군의 설계자가 이 건함 계획 당시 갓 해군 소장이 된 야마모토 곤노효에인 것이다. 에너지는 국민 그 자체로 돌려야 할 일이지만 일본 해군의 설계와 추진자로서의 공로는 오직 한 사람 이 사쓰마 태생의 사나이에게 돌아가야 한다.

야마모토 곤노효에에 관해서 일찍이 몇 번인가 언급했는데, 그는 보신 전쟁 때는 사쓰마의 육병으로 종군하여 호쿠에쓰에서 도호쿠(東北)로 전전했다.

전란이 끝난 뒤 도쿄로 나왔으나 할 일이 없어서 씨름꾼이 되려고 당시의 요코즈나(橫綱 : 최상급 지위에 있는 씨름꾼)인 진마쿠 히사고로(陣幕久五郎)에게 입문을 부탁하러 갔다. 물론 거절당했다. 곤노효에는 가고시마(鹿兒島) 성밑거리에서 살던 소년 시절부터 씨름이 장기여서 '하나구루마(花車 : 꽃수레)'라는 씨름꾼 이름까지 가지고 있었다.

그 뒤 향리의 총수인 사이고 다카모리(西鄕隆盛)의 설득으로, 사이고의 소개로 가쓰 가이슈(勝海舟) 밑에 가서 해군 이야기를 듣기도 하면서 당시 쓰키지에 갓 세워진 해군 병학료에 들어갔으나 해군을 그다지 좋아하진 않았던 것 같다.

해군 병학료에서는 그 당시의 사쓰마 젊은이들 식으로 싸움만 했다. 학과는 수학이 장기였고 실과는 특히 마스트 오르기가 장기였다.

소위 후보생이 된 뒤로 독일 군함 '비네타' 호에 위탁생으로 승선했다가, 이어서 같은 독일 군함 '라이프치히' 호에 맡겨져서 승조 기간 중에 임관되었다.

보신 전쟁의 생존자이므로 다소 나이가 많았으며 임관은 메이지 10년(1877년), 이미 25세가 되어 있었다.

야마모토 곤노효에가 독일의 군함 '라이프치히' 호를 타고 해군 수업을 하던 무렵, 다시 말해 메이지 10년경의 독일 해군은 대단한 것은 아니었다.

"배를 운용하는 것은 훌륭하지만 전술이나 용병면에서는 매우 뒤떨어져 있다."

함내에서 전술 강의가 있었다. 그 강의 내용은 빈약해서 육군의 전술을 흉내내고 그것을 번역한 투였으며, 해군의 독특한 행동을 설명하는 데도 육군의 예를 인용했다. 독일은 어디까지나 육군국이어서, 이 나라가 대 해군 건설에 착수한 것은 메이지 30년(1897년)대가 된 뒤부터다.

"그건 이렇지 않습니까?"

곤노효에는 질문하기를 좋아해서 한 가지 문제를 파고들어 종종 교관과 서로 논쟁을 벌이는 일도 있었으나, 전술 교관은 결코 불쾌해하지 않고 오히려 곤노효에의 두뇌를 경외했다. 다른 사관들도 곤노효에를 인정했다. 그 이유의 하나는 곤노효에는 소년병으로 보신 전쟁에 참가한, 이른바 실탄 속을 뚫고 온만큼 싸움터의 여러 문제를 실감나게 이야기할 수 있었기 때문이다.

"곤노효에는 용사이다."

독일인들은 모두 그렇게 말했다.

그 배를 탔던 시절, 독일이 남아메리카의 니카라과와 분쟁을 일으켜서 독일 정부가 라이프치히 호를 니카라과로 급행케 한 사건이 있었다.

당연히 전쟁이 되는 것이다. 다만 육전이었다.

군함에서 육전대와 대포 두 문을 양륙하여 전투에 참가하도록 했는데

"곤노효에도 종군해 주기 바란다."

함장이 희망했다. 곤노효에의 역할은 양륙한 대포의 지휘관이었다. 단 이에 관해서는 일본 정부의 양해를 얻어야 했다.

그러나 일본 정부는 해군 유학생을 다른 나라의 아무 연유도 없는 전쟁에 쓰는 것을 싫어해서 거절했기 때문에 곤노효에는 도중에 퇴함하여 일본으로 돌아왔다.

"독일 해군에는 육전대의 훈련이 되어 있지 않다. 그러니까 실전 경험자인 나를 쓰려고 한 것이다."

곤노효에는 훗날 그렇게 이야기했다.

그 뒤 약 10년 동안의 곤노효에의 경력은 다른 해군 사관과 다름이 없다. 군함의 분대장 노릇을 하기도 하고, 부장을 지내기도 했으며, 인수되는 군함의 회항원을 지내거나 함장에 임명되기도 했다. 그의 운명과 일본 해군의 운명이 바뀌는 것은 메이지 20년(1887년) 35세로 해군 장군의 전령사(부관)가 되고 난 뒤부터이다. 당시 해군 소령이었다.

이 무렵부터 군정을 담당했다. 물론 담당 중에도 '다카오(高雄)'며 '다카치오(高千穗)'의 함장으로 바다에 나가기도 했는데, 드디어 그러한 그가 육

상에 자리를 잡은 것은 메이지 24년(1891년) 39세의 해군 대령 때, 해군 장관의 '관방 주사(官房主事)'라는 것이 되고난 뒤였다.

흔히 '해군 주사(海軍主事)'라고 했다. 일본 해군의 재건이라고도 할 만한 큰일에 놀라운 솜씨를 발휘하는 것은 이때부터이다.

메이지 해군의 재미있는 점은 야마모토 곤노효에가 한낱 대령이나 소령의 몸으로 대개혁을 해냈다는 사실이다.

곤노효에가 해군성의 육상 근무를 하게 되어 최초로 모셨던 해군 장관은 사이고 쓰구미치(西鄕從道)였다. 나중에도 쓰구미치가 상관이 된다. 쓰구미치와 곤노효에는 이른바 콤비였다.

쓰구미치는 사이고 다카모리의 동생이다.

막부 말에는 사이고 신고(西鄕愼吾)라고 하며 다카모리의 곁에서 막부 타도 활동에 종사했는데, 모든 일에 생각이 잘 미친다는 것 외에 별로 두드러진 점은 없었다.

그러나 유신 후에 원래의 특질을 나타냈다. 메이지의 저널리스트 이케베 미야마(池邊三山)는 메이지의 3대 정치가 중의 한 사람으로 쓰구미치를 꼽고 있는데, 인물이 너무나도 컸던 것과, 자기 자신은 얼핏 보아 바보처럼 행동해서 자신의 공적을 감추는, 말하자면 노장적(老莊的)인 분위기가 있었기 때문에 동시대나 후세에 있어서 충분한 평가가 내려지지 않았다.

인물이 크다는 것은 매우 동양적인 표현이지만 메이지도 끝난 어느 날, 한 외무장관의 사적인 연회석에서 메이지의 인물론이 나왔다.

"사람이 크다는 점에서는 오야마 이와오(大山嚴)가 제일일걸."

누군가가 그렇게 말하자, 아니야, 같은 사쓰마 사람이지만 사이고 쓰구미치가 오야마의 다섯 배나 컸지, 라고 다른 사람이 말했더니 좌중의 누구에게서도 이론이 나오지 않았다 한다. 물론 그 자리에서 사이고 다카모리를 알고 있는 사람이 있다가

"그런 쓰구미치도 형인 다카모리에 비하면 달 앞의 별이었지."

이렇게 말하자 좌중의 사람들은 사이고 다카모리라는 인물의 거대함을 상상하니 정신이 아득해지는 것 같았다고 한다. 다카모리와 쓰구미치는 앞에 쓴 대로 형제이지만, 오야마는 이들의 조카뻘이 된다. 이 혈족은 무언가 좀 유별난 피를 나누어 가졌던 모양이다.

이 세 사람은 사쓰마 사람의 한 전형을 이루고 있다. 장수의 성격이랄까, 그러한 것이 있는 모양이었다.

사쓰마적 장수란 앞에서 말한 세 사람에게 공통되어 있듯이 같은 방법을 쓴다. 먼저 자신의 실무 일체를 맡길 훌륭한 실무가를 찾는다. 거기에 대해서는 가능한 한 자기의 감정과 이해관계를 배제하고 선택한다. 그런 뒤에는 그 실무가가 일하기 쉽도록 넓은 자리를 마련해 주고, 모든 것을 다 맡겨버린다. 단지 자리를 만드는 정략만을 담당하고 만약에 실무가가 실패하면 지체하지 않고 할복할 각오를 한다. 그들 세 사람과 같은 가고시마의 가지야 거리(鍛治屋町) 출신인 도고 헤이하치로(東鄕平八郞)도 그러한 사쓰마식 방법을 썼다.

사이고 쓰구미치에게는 이러한 경향이 한층 더 강했다. 그는 메이지 18년(1885년)부터 31년(1898년)까지 해군 장관을 세 번 지냈으나 해군에 관한 것은 아무것도 알지 못했다.

그런데 청일간의 형세가 수상해지자 해군을 강화해야 했다. 그래서 야마모토 곤노효에를 등용했다.

"무엇이든 마음대로 하시오. 당신이 하기 어려운 일이 있으면 내가 직접 나서리라."

곤노효에의 개혁이 너무 급격하여 사방에서 불평이 쏟아져 나왔을 때에도 사이고는 그 나름의 독특한 방법으로 적절하게 정치적으로 처리했다.

청일전쟁 전에 곤노효에가 한 가장 큰 일은 해군성의 늙고 무능한 간부들을 대량으로 제거해 버린 일이었다.

"대정리를 단행해서 유능한 자에게 각각 중책을 맡기는 것 외에는 전쟁에 이길 길이 없습니다."

그는 사이고 쓰구미치에게 이렇게 진언했다.

그 무렵의 해군 장성이나 영관급에는 형편 없는 사람들이 많아, 사쓰마의 해군이라고 하듯이 번의 유신 때 공적에 의해 단순히 사쓰마 사람이라는 것만으로도 장성이나 영관 계급을 받은 자가 많았으며, 그 사람들은 군함의 운용은커녕 구조조차 알지 못하면서 많은 봉급을 받고 더욱이 중요한 자리를 맡고 있기도 했다.

그리고 늙어서 쓸모없는 자들 가운데 막부 해군 계통의 사람도 있었다. 유신 당시에는 신정부에 해군 기술을 가진 사람이 적었기 때문에 그들이 소중하게 대우받았던 시기가 있었지만, 그 뒤의 세계 해군의 진보에 따라가지 못하고 아직까지 네덜란드식 범선을 다루는 방법밖에 모르는 장성급이나 그 뒤에 출현한 수뢰정 등의 육박병기(肉薄兵器)에 대한 지식이 전혀 없는 영관급들이 많았다.

곤노효에에게는 모두 상관이나 또는 선배들이었다. 그는 이들의 리스트를 만들었다. 장성급과 영관급을 합쳐서 무려 96명이라는 숫자에 이르렀다. 그것을 주무 장관인 사이고 쓰구미치에게 보이자

"그런데 야마모토."

뱃심 좋기로 정평 있는 이 사나이도 난색을 표했다. 이 사람들이 능력이 없는 건 사실일지 모르지만 유신을 처음 시작한 공로자인 것만은 틀림없었다.

"공로자는 훈장을 주면 그것으로 족합니다. 실무를 맡기면 여러 가지로 해가 될 뿐입니다."

곤노효에는 물러서지 않았다. 곤노효에의 계획으로는 이들이 물러난 뒤의 공백을 정규적인 병학교 교육을 받은 젊은 사관으로 충당하여 실력 있는 해군을 만들어 낼 작정이었다.

"원망을 들을 거요."

"물론 그들은 원망할 겁니다. 그러나 국가가 망해 버리면 모든 것은 끝장나는 겁니다."

사이고는 허락했다.

곤노효에는 이 파면 작업을 사이고에게 맡기지 않고 자신이 직접 했다. 해당자를 해군성 부관실에 불러, 그 자신이 선고했다. 이때 곤노효에는 일개 대령에 불과했다.

특히 사쓰마 출신 선배들은 몹시 분노하였다.

"야, 이놈아, 건방진 월권이 아닌가? 일개 대령의 신분으로 중장 소장의 목을 자를 수 있는 거야? 국가의 질서고 뭐고 엉망이지 않나!"

책상을 두들기며 고함을 치는 자도 있었으나 곤노효에는 굴하지 않았다. 품속에 단도를 품고, 그렇지 않아도 매서운 눈초리를 표범처럼 빛내며 가차 없이 선고했다. '사쓰마 해군'은 사쓰마 사람인 야마모토 곤노효에에 의해 사실상 매장되었다 해도 무방할 것이다.

후년 러시아의 발틱함대가 동양으로 회항할 때, 함대 간부 중에는 범선의 조작법밖에 알지 못하는 늙은 사관들이 많았다고 한다. 일본 해군은 이미 청일전쟁 직전인 메이지 26년(1893년)에 그러한 것은 일소되어 있었다.

이 메이지 26년의 야마모토 곤노효에에 의한 해군 간부 대정리 당시에 '해군 대령 도고 헤이하치로'라는 이름도 정리될 리스트에 올라 있었다.
도고는 영국의 상선 학교 출신이며 국제법에 대해서는 매우 조예가 깊다고 하나, 인품이 과묵한 탓인지 그 전술 능력에 관해서는 좋고 그르고 간에 평판이 없었다. 또한 잔병이 많았다. 병을 치료한다는 이유로 실무를 떠난 기간도 적지 않았다.
"이 사람은 어떤 사람인가?"
해군 장관인 사이고 쓰구미치가 물었다.
사이고와 도고는 같은 가고시마 성밑의 같은 거리 출신이었다. 가지야 거리였다. 곤노효에도 가지야 거리 출신이었다.
그러므로 곤노효에는 도고와는 다소 접촉이 있어, 그가 지니고 있는 장군으로서의 무언가를 벌써부터 알아보았던 것 같다.
"이 사람은 조금 더 두고 보기로 하죠."
"두고 보다니?"
"요코스카에 정박 중인 '나니와(退速)'에나 태워 두도록 하지요."
이렇게 해서 도고는 나니와의 함장이 되어 그 직책으로 청일전쟁에 참가했다.
그러한 도고가 개전하자마자 청국의 육병을 가득 실은 영국 기선 '고승호'를 격침시켜 국제 문제를 야기시켰다는 것은 앞에서 이미 언급했다.
영국의 각 신문은 이 '폭거'를 비난했고 외상 킴벌리는 아오키(靑木) 주영 공사에게 일본 정부의 책임을 추궁했다. 결국 사태가 명백해짐에 따라 나니와의 조치는 국제법상 합법이라는 것을 알고 영국 측의 태도도 냉정해졌지만, 해군 주사 야마모토 곤노효에는 도고를 그대로 두지는 않았다. 일부러 싸움터에서 나니와를 귀국시키고 도고를 해군성으로 불러 말했다.
"자네의 조치는 국제법상 틀리지는 않았지만, 주도면밀하게 생각한 끝에 내린 결단이라고는 생각되지 않네."
도고는 야마모토와는 같은 고향 출신인 데다 같은 대령이어서 말을 삼가지 않았다.
"내 조치는 옳았다."
도고는 말했다. 그로서는 국제법의 온갖 법규에 비추어 격침의 영단을 내린 이상, 이러쿵저러쿵 시비를 걸 이유가 없다고 생각했다.
"그것은 사실이네."
곤노효에는 일단 긍정했다.
"법률상으로는 자네의 조치가 옳아. 그 증거로 당초에 몹시 흥분했던 영국의 여론도 곧 자네의 정당성을 인정하고 진정되었네. 그러나 일본 군함의 함장은 그 직책 범위 내에서 국가를 대표하는 걸세."
곤노효에는 도고에게 군함 또는 함대의 행동이라는 것이 항상 국제적인 배려를 아울러 생각하고 행하여야 한다는 것을 설명했다.
"만약 자네가 격침할 때 고승호에 대해 영국 국기를 내릴 것을 명령했다면 영국의 여론을 이렇게까지 자극하지는 않았을 걸세. 그런데 나였다면 다른 조치를 취하겠네. 격침시키지 않고 나포하겠어. 어떤가? 그렇게 하면 외교상의 문제는 조금도 일어나지 않았을 걸세."
도고는 잠자코 미소 지으며 곤노효에의 말에 승복할 뜻을 표정으로 나타냈다. 곤노효에는 이때 도고의 자질 있는 주도성과 결단력, 그리고 무엇보다도 그 순종하는 태도를 높이 평가했던 것 같다.

야마모토 곤노효에가 젊었을 때는 난폭하고 몹시 지기 싫어하는 성질이어서 아무도 그에게 손을 댈 수 없었다. 그의 병학료 동기생은 대개 그의 도전으로 맞붙어 싸웠다가 흠씬 두들겨 맞은 경험을 가지고 있었다.
이것은 사쓰마식이기도 하다.
사쓰마의 소학교나 중학교에서는 신학년이 되어 클래스의 인원 구성이 새로 바뀌면 싸움이 시작된다. 매일 몇 패씩 싸움이 벌어져 강약에 대한 서열이 정해져 가고, 가장 강한 자가 나올 때까지 계속된다. 그것이 나오면 그때야 비로소 클래스에 평화가 찾아온다. 옛 막부시대는 물론 그렇지만, 이러한 풍습은 태평양 전쟁이 끝날 때까지 계속되었다.
곤노효에와 도고 헤이하치로는 똑같이 보신 전쟁에 참가했던 사쓰마의 예비역 동료인데, 도고가 다섯 살 위였고, 그가 영국의 상선 학교를 졸업하고 귀국했을 때, 곤노효에와 한때 같은 군함에 타기도 했다. 곤노효에는 이미 해군 병학료는 나왔지만 계급은 도고보다 아래였다.

"그런 법이 어디 있나? 도고가 나보다 해군의 학문 기술이 월등하다는 건가?"

이것이 곤노효에의 평소의 불만이었던 모양이다. 어느 때, 갑판에서 논쟁이 벌어졌다.

"그런 엉터리 같은 일이 어디 있나?"

곤노효에는 그의 일본인답지 않은 논리적 재능을 구사하여 상관인 도고를 누르려 했지만, 도고도 지지 않고 주장하여 끝내 매듭이 지어지질 않았다.

그런 뒤에는 싸움이 붙는 것이다.

이렇게 되는 것이 사쓰마식인데, 이미 두 사람 다 해군 사관이 되어 있는 이상 그렇게 젊었을 적의 흉내를 낼 수는 없었다.

"좋다, 마스트 오르기로 승부를 가리자!"

곤노효에가 외쳤다.

도고도 이에 응했다.

곤노효에는 얼굴 생김새나 성질이 표범과 같은 사람인데 마스트 오르기에서는 마치 고양잇과 맹수와 흡사해서 누구에게도 지지 않았다.

눈 깜짝할 사이에 마스트 꼭대기에 올라가 버렸다.

그러나 도고는 아직 중간에도 이르지 못했다. 영국의 본바닥에서 교육을 받았다고는 생각할 수 없을 정도로 참으로 서투르고 재주가 없었으며, 더욱이 어디에 바지가 걸렸는지 가랑이까지 찢어져 버렸다. 승부가 이미 가려졌으므로 도고는 그만 올라가도 되련만, 그는 서투른 솜씨로 여전히 오르고 있다. 드디어 꼭대기까지 가서야

"내가 졌네."

그러고는 내려오기 시작했다. 마스트 꼭대기에 있던 곤노효에는 날렵하게 내려와서 내려가는 것까지 도고에게 이겼다.

끝나고 나서 곤노효에는 사관실에서 마치 자기가 상급자인 것처럼 도고를 칭찬했다.

"도고는 가능성이 있는 사람이야."

칭찬한 이유는 다음과 같다.

"그는 마지막까지 승부를 포기하지 않았어. 적인 내가 설사 꼭대기까지 가 있었다 해도 어쩌다가 급성 맹장염이라도 걸려 마스트에서 굴러 떨어질지

도 모르지. 도고는 그런 것을 기대했던 것은 아니겠지만, 일군의 대장은 저러한 끈질긴 데가 있어야 해."

곤노효에는 해군 건설자로서 세계의 해군사상 가장 큰 인물 중의 한 사람인 것은 틀림없다.

그는 거의 무(無)나 다름없는 데서 새롭게 해군을 설계하고 건설하여, 이른바 해군 소유자(Owner)로서 청일전쟁의 '해전' 설계까지 해치웠다.

청국 해군은 '정원'과 '진원'이라는 우수하고 거대한 전함을 가지고 있었지만 그 밖의 다른 배들은 경중이 고르지 않아 속력도 일반적으로 둔했으며, 그 둔한 상태 역시 고르지 못하다는 점에 곤노효에는 주목했다.

그들을 이길 수 있는 일본 함대를 갖추는 데 있어 우선 될 수 있는 대로 고속함을 외국에 주문했다. 예산이 빈약하기 때문에 청국의 군함보다 작은 군함들뿐이었으나, 속력이 빠르고 평균 함대 속도도 청국보다 빨라서, 요컨대 함대의 기동성을 극히 높였다. 극단적으로 말하면 민첩한 늑대의 무리를 이끌고 가서 물소 떼를 습격하려는 사고 방법이며 그 방식으로 함대를 만들었다.

대포도 그렇다. 적은 거포를 가지고 있지만, 이쪽에선 함재 속사포를 잔뜩 실어 적에게 치명상을 주진 못하더라도 소구경의 포탄을 단시간 안에 많이 발사함으로써 적의 함상 건조물을 모조리 파괴하고, 적의 승조원의 함상 활동을 방해하여 급기야 화재를 일으켜서 군함 자체를 전투 불능이 되게 하려고 했다.

그러한 곤노효에의 구상은 훌륭하게 성공했다.

더욱이 곤노효에는 인사에 있어서도 묘한 수를 썼다.

이 청일전쟁 때의 연합함대 사령장관은 전에 등장했듯이 이토 스케유키(伊東祐亨)인데, 그러나 난점이 있었다. 그는 지나치게 신중한 사람이어서 때로는 쓸데없는 자중을 하는 일이 있었다.

이 때문에 곤노효에는 해군 작전의 통할자인 군령부 총장 가바야마 스케노리(樺山資紀)를 현지에 파견하여 기선 '사이코마루(西京丸)'에 태워 함대에 동행케 했다. 말하자면 가바야마는 맹장형(猛將型)이며 고집이 세므로 그와 함께 붙여 놓으면 이토도 쓸데없는 신중을 기하지 않을 거라고 생각한 것이다. 물론 명령이 두 가닥으로 나오는 일이 없도록 현장 지휘권은 어디까지나 이토가 쥐게 했으며, 가바야마의 입장은 현지 순찰 정도로 머물게 했다.

그 동안 곤노효에는 그의 대선배인 장군들을 마치 부하처럼 다루었다. 그의 신분은 고작 일개 대령에 불과했다.

이러한 곤노효에가 일개 대령의 신분으로 마치 권능자처럼 마음먹은 대로 일을 해낸 것은 위에 사이고 쓰구미치라는 해군 장관이 버티고 있었기 때문이라는 것은 이미 말했다.

사이고는 육군 중장으로 전역하여 해군 장관이 되었다는 것도 이미 말했다. 사이고는 모든 것을 철저하게 곤노효에에게 일임했다.

"만약 사이고 쓰구미치라는 비호자가 없었더라면 곤노효에와 같은 모가 많이 난 색다른 인물은 아마도 이등 순양함의 함장쯤으로 퇴역하고 말았을지도 모른다. 그랬다면 청일전쟁이나 러일전쟁도 그 양상이 어떻게 전개 되었을지 모른다."

나중에 해군부대에서도 곧잘 이렇게 말하곤 했다.

메이지 역사에서, 해군에 관한 한 야마모토 곤노효에 한 사람의 활약을 상당히 과대하게 평가한다 해도 지나칠 것은 없을 것이다.

곤노효에는 해군을 두 차례 설계했다. 청일전쟁과 러일전쟁의 두 전쟁 준비를 위한 것으로 각각 준비에 10년이라는 시간이 걸렸다.

전에 곤노효에의 역할에 대하여 소유자(Owner)라는 말을 썼는데 직업 야구에 비유하면 감독이라고 할 수 있다. 그렇다면 소유자는 사이고 쓰구미치이다.

청일전쟁이 일어나기 훨씬 전, 곤노효에가 대령인 해군 주사로서 해군을 마왕처럼 마음대로 주무르고 있을 때, 사이고가 육군에서 전역하고 해군 장관에 취임했다. 그에 관해서는 이미 말했지만, 그가 취임할 때 곤노효에가

'귀찮기는 하지만 또 장관 교육을 해야겠는걸.'

이렇게 생각하고 해군 군정에 관한 현황과 장래에 대해 두툼한 보고서를 작성하여 그것을 장관용 교과서로 제출했다.

얼마 지난 뒤

"각하, 일전에 올린 서류 읽으셨습니까?"

물었더니, 사이고는 언제나 하는 버릇대로 입가에 미소를 띠면서 보기 좋게 눈을 가늘게 떴다.

"아니."

또 며칠이 지났다. 곤노효에는 다시 한번 물었다.

"아니."

아직도 읽지 않았다는 것이다.

곤노효에는 화가 났다. 화가 나면 정직하게 눈초리가 험악해지는 사나이였다.

사이고는 그러한 곤노효에를 재미있다는 듯이 바라보더니 이윽고 책상 너머로 몸을 내밀고 조그마한 목소리로 말했다.

"야마모토 군, 내가 해군에 대해서 모조리 알게 되면 귀관들은 좀 곤란하지 않을까? 나는 해군에 관한 걸 모르고, 귀관들은 잘 알고 있네. 귀관들이 좋다고 결정한 것을 내가 내각에서 통과시키겠네. 그것으로 족하지 않을까?"

제3차 이토 히로부미 내각 때의 일이다.

각의가 있어, 그 자리에 해군성으로부터 방대한 예산인 '해군 보충 계획안'이란 것이 제출되어 있었다.

2억 엔이라는 터무니없는 금액이었다.

이토도 얼굴을 잔뜩 찌푸렸으나, 당사자인 대장 장관 이노우에 가오루도 매우 불쾌한 표정으로 말했다.

"사이고 씨, 당신은 좀 진지하게 해 주셔야겠습니다."

사이고가 그것은 어떤 의미냐고 묻자, 이노우에는 언성을 높여, 이런 어처구니없는 예산 청구가 어디 있습니까, 2억 엔이라니 무슨 말씀이오, 하고 말했다. 사이고도 지지 않고 언성을 높여 말했다.

"이노우에 씨, 당신이나 이토 씨나 마찬가지로 해군에 대해선 모르시오. 그런 인물들에게 해군 이야기를 해서 무슨 소용이 있겠소."

이토도 이노우에도 크게 격분해서, 우리가 모르니 해군 장관인 당신이 그것을 설명할 필요가 있지 않느냐고 따지자, 사이고는 크게 웃으면서 말했다.

"실은 나도 모르오."

모두들 어이가 없어서 멍하니 있자, '사이고는 해군에는 대령이지만 야마모토 곤노효에란 자가 있소, 이 사람을 나중에 이리로 보내서 설명하게 하겠소'라고 말했다. 곤노효에의 존재를 이들 각료에게 알리게 된 것은 이때부터이다.

해군을 만들어 낸 사이고 쓰구미치라는 사람은 그러한 위인이었던 모양이다.

자질구레한 행정 기술에 있어서는 얼핏 보기에 둔한 것같이 보였지만, 어쨌든 총명한 사람이었다는 것은 이토 히로부미가 누구보다 인정하고 있었다.

이토는 세계의 정국 등에 대해 재미있는 견해를 얻거나 하면 누구보다 먼저 사이고에게 이야기하고 싶어했다. 사이고는 이야기를 들어주는 데 능했고, 이토 히로부미를 동년배이면서도 일찍부터 인정하여 소박하게 존경했다. 이토가 정치적으로 괴로운 입장에 서게 되면 종종 그 태평스러운 성격과 기지로 구해 주곤 했다.

인간관계를 대차 관계로 말하면 이토는 한평생 사이고에게 한 번도 빚을 준 일은 없고, 사이고에게 빚을 지고만 산 그런 사이였다. 그렇기 때문에 다른 사람들에게는 하대하는 이토가 사이고에게만은 존대를 하며 항상 형을 대하는 태도를 취하곤 했던 것이다.

사이고는 사물의 본질을 통찰하는 데 능했다. 요점만 포착하고 그 나머지는 봄 들판에서 미풍이라도 쐬는 듯한 얼굴을 하였다.

사이고는 만년에 이토에 대하여 이렇게 말했다.

"이토 씨는 박식하며 위대한 사람이다. 그러나 비상 사태가 발생하면 사물을 잘못 판단하기 일쑤였다."

이토를 이처럼 정확하게 평가하였다.

사이고 쓰구미치의 알 수 없는 점은 해군에 대해서 아무것도 알지 못하는 이 사람이 메이지 18년(1885년) 이토 내각에서 처음으로 해군 장관을 지낸 것을 시초로 해서, 메이지 26년(1893년)에도 취임하고 다시 마쓰가타(松方), 이토, 오쿠마 세 내각에서 계속 해군 장관을 지냈다는 사실이다. 그 한 가지 이유로는 해군에는 육군과 균형을 이룰 만한 정치가가 없었기 때문이지만 그가 맡음으로써 해군이 잘 되어간 것만은 확실했다.

전함 '미카사(三笠)'를 영국의 비커스 회사에 주문한 것은 메이지 33년(1900년)이었다. 이 시기에는 이미 해군의 예산이 다 없어져 버린 뒤여서 전도금을 염출하지 못해 곤노효에는 무척 고민했다.

그 무렵의 곤노효에는 48세로 햇수로 3년 동안 해군장관을 지냈다.

당시 사이고는 내무장관이었다.

사이고라는 사람은 문부상, 육군상, 농상무상에서 해군장관, 내무장관 등 대장 장관을 제외하고는 거의 모든 장관을 지냈으나 총리만은 하지 않았다.

곤노효에는 온갖 방법을 다 강구했다. 사이고에게 어떤 지혜가 없겠는가, 하고 물었더니 사이고는 사정을 자세히 알고 나서 이렇게 말했다.

"야마모토, 그건 사야만 하오. 그러니까 예산을 유용하시오. 물론 위헌이지. 그러나 만약 의회에서 추궁하여 허락하지 않는다면 당신과 나 둘이서 니주바시(二重橋 : 宮城) 앞에 가서 할복합시다. 두 사람이 죽어서 주력함이 만들어진다면 그것으로 족하지 않겠소."

미카사는 이 사이고의 결단으로 만들어졌다.

사이고와 곤노효에는 일본 해군 건설에 있어서 그러한 관계였다.

외교

만주에 눌러앉은 러시아는 조선의 북쪽까지 손을 뻗었다. 당연히 일본의 국가적 이해와 충돌한다.

'국가 이해'

이 말만큼 19세기 초기로부터 20세기에 걸치는 국제 사회에서 자주 쓰인 말은 없다.

그 사이 100년, 그것을 둘러싸고 국가 사이에 음모와 외교와 전쟁이 되풀이되었다.

외교관과 군인이 세계사 속에서 가장 화려했던 시대이다.

말할 것도 없이 18세기에 영국에서 일어나 19세기에 들어서자 유럽 문명의 체질까지 바꾸어 버린 산업혁명의 결과이다. 이 결과가 유럽의 산업 국가들을 중심으로 전국시대를 빚어 낸 것이다.

그들이 세계의 미개 지역에 식민지와 시장을 획득하지 못하면 국가 자체가 탈이 나게 되어 있었다.

국가가 이러한 생리를 가지게 된 것이다. 소위 제국주의이다.

러시아의 남하는 지정학적 본능이라고 앞에서도 언급했지만, 또 하나는 그러한 자극도 있어서 남하한 것이다. 하기야 이 시기의 러시아 제국은 다른 지역에 잉여 상품을 처리할 곳을 찾아야 할 만큼 산업이 발달한 것은 아니었지만, 그래도 세계사적인 입장에서 큰 자극을 받고 있었다.

본래의 남하 본능에 역사적인 자극이 보태져서, 비테가 말하는 미치광이 짓과 다를 바 없는 모험적인 영토 확장에 나섰다고 할 수 있으리라. 국가가 한번 이런 행동을 일으키게 되면, 어디서 멈추어야 한다는 자제력이 극히 약해진다.

조선이 바로 일본의 국가 이해와의 접점이다.

여기서 부연하거니와, 조선은 일본의 식민지가 아니다.

그러나 군사적으로는 일본 열도가 대륙에서 받는 압력을 완충하기 위한 안전 쿠션이 되는 셈이다.

이러한 위치론은, 한반도에 사는 조선인으로서는 비위가 거슬리는 일이리라.

하지만 국가란 기본적으로 지리에 따라 제약을 받는다. 지리적인 제약이 국가 성격의 기본 부분을 형성하고, 나아가서는 외국을 대하는 자세의 기본을 만든다. 그리고 그런 것은 지극히 성가신 일이지만 그 시대 시대의 국가가 가지는 의사 이전의 문제에 속한다.

일본은 한반도를 방위상의 쿠션으로 생각하고 있었을 뿐만 아니라, 이씨 왕조의 조선을 가능하면 시장으로 삼으려 했다.

다른 열강이 중국을 그렇게 한 것처럼 일본은 조선을 그렇게 하려고 했다. 메이지 유신 후 30여 년밖에 안되어 공업력은 아직 유치한 단계였고, 팔아먹을 상품도 거의 없으면서 어처구니없게도 수법만은 유럽의 흉내를 내고자 했다. 즉 그것을 조선에서 시도하자는 것이었다.

흉내를 내다가 보면 미구에 강대국이 되리라고 생각했다.

그래서 19세기 말에서 20세기 초기 문명의 단계에는, 자연히 조선은 일본의 생명줄이 되는 셈이다.

요컨대, 러일전쟁의 원인은 만주와 조선이었다. 만주를 삼킨 러시아는 이윽고 조선에 손을 댈 것이다.

그것은 지극히 명백한 일이었다. 만약 러일전쟁에서 일본이 졌더라면, 조선은 러시아의 소유가 되었으리라는 것은 의심할 여지가 없다.

졌다면 물론 일본도 빼앗겼다고 할 수 있을까.

지나간 시기에 이러한 종류의 가정을 설정하여 이것저것 생각하는 것은 무의미하지만, 다만 바다를 사이에 두고 있기 때문에 소유까지는 당하지 않았을 것이다.

이러한 낌새는 같은 섬나라인 영국인만이 알고 있었으리라. 영국 외무성은, 러일전쟁이 일어나서 설사 일본이 져도 나라까지 빼앗기지는 않을 거라고 내다보았다. 이유는, 섬나라라는 지리적 환경 때문이었다.

그러나 막대한 배상금을 치르느라고, 산업은 쇼와 중기까지 뒷걸음질쳤을 것이 틀림없다.

거기에다 홋카이도(北海道) 하나는 빼앗기고, 쓰시마(對馬)와 쓰루가 항(敦賀港)은 러시아의 조차지가 되었을 것이 분명하다.

이러한 러시아의 남하에 의한 중압을 어떻게든 외교적 방법으로 회피할 수 없을까 하는 생각에서, 차라리 러시아와 공수 동맹을 맺으면 어떨까, 하는 결론을 생각해 낸 사람이 이토 히로부미였다.

비약이었다.

이웃 마을까지 쳐들어온 무장 강도들에게, 제발 자기 마을과 이웃 마을만은 그대로 놓아 둘 수 없겠느냐고 머리를 조아리고 흥정을 하는 격이니, 강도들 쪽에서 볼 때는 뻔뻔스러운 수작이었고 아울러 마을 사람들이 볼 때는 지나치게 비굴한 노릇이었다.

그러나 이토는 그 길밖에 방법이 없다고 생각했다. 이토는 누구보다도 훌륭한 현실주의자였기 때문에, 이런 경우에는 공포가 공포로밖에 보이지 않는 결점이 있다. 그 때문에 그는 공러론자(恐露論者)라는 낙인이 찍혔다.

그러나 이토는 태연했다.

"러시아는 현실적으로 육박해온다. 그 러시아의 손가락 하나도 될까말까 한 국력과 군비를 가진 나라가 집안에서만 으스대서 어쩌겠다는 것인가."

일본인은 프랑스인과 닮은 점이 많다. 대외적으로 화려함을 좋아하는 민족이라는 점이다. 가령 실속 없는, 외교에서도 이길 수 없는 세력을 상대로 외교상의 아슬아슬한 재주를 부려서 허세를 부리거나, 때로는 이기기 어려운 적에게 싸움을 걸어 국위를 떨치기를 좋아했다.

어느 시대이든 여론은 그것을 좋아했고 정권 담당자는 그것을 눌렀다. 그래서 대외 문제에 관한 것은 신중파인 당국의 방침과 급진파인 항간의 여론으로 이분되었다.

이토에 대한 비판이 이때만큼 험악했던 적은 없었다.

극동 천지가 러시아인의 발길이 닿는 곳마다 모조리 러시아의 소유가 되고 있는 괴상한 사태는, 응당 유럽의 외교계를 자극했다.

일본의 정권 담당자들은 그런 점에 대해서는 감각이 둔했다.

"아무래도 다른 나라가 도와주지는 않을 거야."

일본은 그렇게 생각했다. 일본인의 의식으로는 극동은 세계의 벽촌이며, 그 벽촌에서 러시아인이 어떻게 횡행을 하고 있든 유럽 외교계의 관심사가 되지는 않으리라고 생각하였다.

그러나 영국은 은근히 극동의 사태에 대해 관심을 높여 갔다.

영국은 세계의 돈을 긁어들였다. 산업혁명의 선진국이라는 사실이 이 나라의 국가적 사고방식을 바꾸었다.

나폴레옹 전쟁에 의해 유럽이 황폐해지자, 세계의 공장이라고 할 수 있는 영국에서 모든 물품이 홍수처럼 유럽 대륙으로 흘러들어가서, 영국의 부를 키워 주고 다시 생산력을 증강시켜 주었다. 그래서 해마다 불어나는 생산품을 이제는 인도와 중국까지 시장으로 삼아 팔고 있는 것이다.

그런데 러시아는 극동 지역뿐만 아니라 인도로 남하하려 한다. 그 세력을 그대로 방관한다면 미구에 영국은 시장을 잃고, 상품은 창고 속에 가득 쌓이게 될 것이 틀림없었다.

영국의 외교는 언제나 이러한 자신의 존립을 위협하는 사태를 받아 초기에 깨끗이 도려내는 정책을 썼다.

그런데, 그 도려내는 방법이 상당히 교활했다. 가능하면 전쟁이라는 직접적인 수단을 피하고, 피할 수 없을 때도 교묘한 외교 수단을 부려 다른 나라를 앞세웠다. 나중에 궁지에 몰려 자기 나라 군대를 움직여야만 할 때도, 가능한 데까지 이해가 공통되는 나라와 손을 잡아 연합해서 대처했다.

영국은 극동에서의 러시아의 횡포를 보고, 그 움직임을 새싹일 때 꺾어 버리고 싶었다. 그렇다고 러시아와 전쟁을 하지는 않았다.

영국 외교의 상투어를 빌린다면 '극동의 세력 균형'이라는 그 세력 균형을 도모하기 위해, 그것을 외교 수단으로 처리하려 했다.

맨 처음에는 독일을 생각했다.

독일도 교주만(膠州灣) 일대를 약탈하여 청도(靑島)에 요새를 만든 뒤부터는 극동에서 이해관계를 가지게 되었다.

러시아를 가상적으로 하는 영독 동맹은 어떨까.

"차라리, 영·독·일 동맹이 어떻겠습니까?"

이렇게 입을 뗀 것은, 독일의 주영 대리공사 헤르만 폰 에카르트슈타인이었다.

영국은 일본의 국력에 대해서는 낮게 평가하고 있었으나, 독일이 가담해 준다면 더 이상 바랄 것이 없었다.

이즈음 영국은 남아전쟁에 바짝 매달려 있어 극동까지 손을 쓸 수가 없었다. 이런 때 신흥국 독일의 군사력이 극동을 자진해서 맡아 준다면, 더 이상 다행한 일이 어디 있으랴.

외교관이 가장 화려한 시대였지만, 때로는 엉터리 외교관도 있었을지 모른다.

주영 대리공사 에카르트슈타인이라는 독일 외교관이 아무래도 그런 느낌을 준다.

그는 정규적인 외교관 훈련을 받지 않고 어쩌다가 외교관이 되었다. 강대한 독재권을 가진 카이저(황제)의 신임을 얻었기 때문에, 관료 제도를 시끄럽게 따지는 독일이었지만 그런 일이 있을 수 있었던 모양이다.

그는 런던 외교계에서 사비를 써서 사교를 했다. 그런 짓을 할 수 있을 만큼 재산도 가지고 있었다.

그런 사람이, 영국의 식민 장관인 조셉 체임벌린에게 동맹안을 소곤거린 것이다.

그는 처음에는 '영·독·일'이 아닌 '영·독'만의 동맹을 제안했다.

러시아의 행동을 누르고

"동양의 세력 균형을 도모하기 위해서는 그 길밖에 없다."

이렇게 말했다. 이 말을 들은 체임벌린은 노골적으로 군침을 삼켰다.

그런데, 에카르트슈타인은 일본의 주영 공사 하야시 다다스를 찾아가서도 같은 말을 소곤거렸다.

이번에는 '영·독·일 동맹'이었다.

"이 동맹으로 조선에서의 일본의 자유행동이 인정될 것이오. 물론 동맹국 중 한 나라가 적국과 교전을 하게 되는 경우에는"
에카르트슈타인은 러일간의 전쟁을 불가피한 것으로 보고 있었다.
"동맹국인 다른 두 나라는 중립을 지키게 될 것이오."
고립된 나라인 일본으로서는 더 이상 바랄 것이 없는 이야기였다. 하야시는 곧 본국에 훈령을 요청했다.
외무성에서는 신중을 기하기 위해 일본 주재 독일 공사 베델과 그 일을 상의했다. 아무것도 모르고 있던 베델은 놀라서 베를린에 진위를 물었다.
그랬더니, 독일 외무성도 까맣게 모르고 있었다. 요컨대 에카르트슈타인 혼자서 연출한 놀음이었다.
그것이 에카르트슈타인이라는 주책없는 인간의 엉터리 연극이었다손치더라도, 그 엉터리에서 영일 동맹이 빚어지게 되었다고 하면 경위로 보아 그릇된 것은 아니었다.
영국의 체임벌린은 이 독일인의 말을 곧이들었다. 곧 독일 황제 빌헬름 2세에게 전보를 쳐서, 전보에 의한 직접 교섭을 개시했다.
그런데 카이저는 뜻밖의 회답을 보내왔다.
"그것은 독일의 이해에 반하는 일이오. 원래 러시아는 프랑스와 동맹을 맺고 있소. 만약 러시아를 적으로 돌린다면 독일은 러시아와 프랑스로부터 협공을 당하게 되오. 그때는 영국이 구해 주겠소? 귀국의 해군은 발트 해에서는 어느 정도 행동할 수 있겠지만, 흑해까지는 진입할 수 없을 것이 아니오. 그렇게 되면 독일은 고립무원이 되는 거요. 러시아 하나를 적으로 돌린다 해도 독일이 위태로운데, 하물며 등 뒤로 프랑스 육군의 습격까지 받는다면 고스란히 당하는 거요. 독일 제국의 안전을 위해 어디까지나 러시아를 우방으로 둘 생각이오."

독일이 거부의 태도를 분명히 했다.
일본 외무성은 영국과 독일 사이의 이러한 거래는 물론 모르고 있었다. 그러나 일본에 있어서 독일은 학문과 전술학 부문에서는 매우 가깝지만, 외교에 있어서는 먼 거리에 있었다. 그런 독일이 극동의 현 정세 아래에서 중대한 역할을 감당하리라고는 처음부터 크게 기대하지 않았던 것이다.
문제는 영국이었다.

외무성은 영국과 동맹을 맺고 싶었다. 그러나 국력도 그렇고, 문명의 수준도 그렇고, 세계에서 월등한 실력을 갖고 있는 그 나라가 세계의 벽지인 극동의, 게다가 공업력도 대단치 않은 반미개국인 나라와 대등한 동맹을 맺을지는 의심스러웠다. 일본의 외무장관 스스로 반개화국이라고 일컫는 나라가 아닌가.

외무 장관이란 아오키 슈조(靑木周藏)를 가리킨다.

그는 조슈(長州) 출신으로 의원의 아들로 태어나 일찍이 양의학을 배워서, 막부의 제1차 조슈 정벌 때는 조슈군의 군의로 종군했는데, 유신 후에 외무성에 들어간 뒤에 공사가 되었다.

공사로서는 외무성에서 아오키가 가장 풍부한 경험을 지녔다. 독일, 오스트리아, 네덜란드, 덴마크 등의 주재 공사를 역임했고, 메이지 10년(1877년)대와 20(1887)년대 초기에는 일본 정부의 최대의 숙원인 불평등 조약의 개정에 진력했다.

메이지 22년(1889년)년과 30년(1899년)에 외무장관을 지냈다. 그만큼 중후한 외교의 이력을 가졌으면서도 실제의 공적이 별로 없었으니 오히려 이상한 인물로 분류될 만하다.

아오키는 정력적인 독서가였다. 그의 독서 범위는 '온 세계에 걸친 것이라'고 자찬할 정도로, 전문 분야인 정치와 외교뿐만 아니라 과학에까지 이르러 세계에 대한 풍부한 지식이라는 면에서는 조슈 출신의 정치가와 군인 가운데서 뛰어난 존재였다.

다만 포용력이 없었다.

극단적으로 오만해서, 그의 눈에 비친 동향 출신의 원로인 이토 히로부미나 야마가타 아리토모도 주체할 길 없는 바보들이었으니 하물며 외무성의 동료나 아랫사람들은 더 말할 것도 없었다. 한 걸음 더 나아가서는 일본인 자체가 그의 눈에는 야만인으로 보였던 것 같다.

그런 것이 전부 우국의 마음과 범벅이 되어 자연히 언동이 신경질적이었다.

메이지 33(1900)년, 그가 외무장관이었을 때, 그는 수상인 야마가타와 상의도 없이 이례적으로 천황에게 상주문을 써서 바쳤다.

"러시아가 일본을 침략하려는 이 시기에 다시 한번 이 나라의 현상을 살펴봅니다. 청일전쟁에 이겨서 하나의 강국이라는 지위에는 올랐으나, 실상 반개화국에 불과합니다. 한 가지 예로, 신 아오키의 집과 궁성 사이의 거리는 불과 5리도 못 됩니다. 입궐하는 도중 마차에서 바라보면, 왕래하는 일본인의 8, 9할은 여전히 만복(蛮服 : 일본옷)을 입고 있습니다. 이러한 미개 상태에서 어찌 강한 러시아의 압박을 물리칠 수가 있겠습니까. 국가를 구하고자 할 때는 대개혁이 필요합니다. 구구한 외교 수완으로 국운의 궁상을 타개할 수는 없을 줄 압니다.”

이러한 내용이었다. 외교관에게 흔히 있는 대내적인 히스테리라 치더라도, 실제로 일본의 현상은 그러한 것임에 틀림없다.

이와 같이 일본의 수뇌부가 은근히 영일 동맹을 기대하고 있는 가운데, 런던에 있는 주영 일본 공사 하야시는 눈부시게 활약하고 있었다.

하야시 다다스는 조슈 출신의 아오키와는 달리 전 막부 계통이었다.

막부의 벼슬아치였던 하야시 도카이(林洞海)의 양자로서, 막부 말엽인 소년 시절에 요코하마에서 영어를 배웠다. 그가 나중에 외무성에서 가장 영어 회화에 능통하고 영문을 잘 쓴다는 평을 얻게 된 것은 바로 이 시절이 있었기 때문이다. 게이오(慶應) 2년, 막부는 영국으로 유학생을 보내게 되었는데, 그는 기쿠치 다이로쿠(菊池大麓)와 나카무라 게이우(中村敬宇) 등과 함께 뽑혔다. 그때 나이 열여섯이었다.

막부가 쓰러지고 귀국 명령을 받아 요코하마에 돌아왔을 때, 마침 막부의 해장(海將) 에노모토 다케아키(榎本武揚)가 옛 막부의 함대를 이끌고 시나가와 만(品川灣)에 닻을 내리고 있었다.

하야시는 그들과 손잡고 하코다테(函館)까지 가서 고료카쿠(五稜郭)를 거점으로 관군과 싸웠을 정도의 사나이였으니, 당시의 표현으로 열혈남아였던 것이다.

그동안에 에노모토는 자기들의 행동에 대해 국제적인 이해를 얻으려고, 행동의 취지를 써서 하야시에게 영어로 번역하게 한 뒤 영국 공사 파크스에게 보냈다. 하야시 다다스의 외교 활동이 개시된 셈이다.

이때 하야시는 나이 18세였는데, 판크스는 그 영문을 읽고 능숙함에 놀라서

“탈주한 구막부군 가운데 영국인이 있다.”

이렇게 생각했을 정도였다.

결국 실패로 돌아가 에노모토 등과 함께 항복하여, 하야시는 다른 500여 명과 함께 쓰가루 번(津輕藩)에 이송되어 아오모리(靑森)의 사원에서 억류 생활을 하였다.

당시의 관군 참모는 사쓰마의 구로다 기요타카(墨田淸隆)였다. 구로다는 구류 반도들 가운데 끼어 있는 하야시라는 인물이 영국인과 다를 바 없이 영어를 잘한다는 것을 알고, 몰래 하야시를 불러 그 만을 빼내어 도쿄의 신정부에서 일을 시키려 했다.

하야시는

"다른 사람과 함께 석방된다면 몰라도 나 혼자만이라면 거절하겠소."

대답했다.

그 일이 후일 사쓰마 계통의 요인들 사이에 하야시 다다스관(觀)을 만들게 하여, 평생을 통한 그의 신용의 근본이 된 것 같다.

하야시는 외교관이 된 뒤에도 사쓰마 계통의 비호를 많이 받아 일을 수월하게 수행할 수 있었다.

메이지 24년(1891년) 외무 차관, 30년(1897년)에 주러공사, 33년(1900년)에 주영 공사로 전임했다.

그의 이력이 증명하듯이, 하야시는 청일, 러일전쟁이 시작되기 전 외교 무대에서 가장 일을 많이 한 사람 중의 하나였다.

참고로 아키야마 사네유키가 영국 주재의 명을 받았을 때, 하야시는 공사로서 런던에 있었다.

사네유키는 미국에서 처음에 호시 도루(星亨)와 접촉했을 때는 아무런 영향을 받은 것이 없었는데, 나중에 고무라 주타로(小村壽太郞)를 만나고 다시 영국에서는 하야시 다다스를 만나게 되어, 두 사람으로부터 국가를 생각하는 점에서 큰 영향을 받았다.

사네유키는 하야시의 정세 판단력과 적절한 조치에 늘 감탄하곤 했다.

"당신은 군인이 되어도 가장 우수한 장군이나 제독이 될 것입니다."

아무튼 하야시는 외무성의 훈령을 요청했다.

"영국은 일본과 동맹을 맺는데 대해 마음이 움직이고 있는 것 같습니다. 교섭을 진행시켜도 좋겠습니까?"

애초에 하야시는 영국에 부임할 때, 이런 일이 있을 것이라는 생각을 하고 미리 이토 히로부미를 찾아가 속셈을 떠보았던 것이다. 즉 이토는 러일동맹론자였다. 그렇다면, 하야시 자신이 런던에서 영일 동맹을 추진한다 해도 결국은 수포로 돌아갈 우려가 있다.

그런데 이토의 대답은 뜻밖이었다.

"아니, 난 상관없네."

이토에게는 영국과 같은 나라와 대등하게 동맹을 맺으려고 교섭한다는 자체가 엉뚱한 일임에 틀림없는 것이다. 그것은 꿈에 속하는 일이지, 정치에는 속하지 않는 것으로 알고 있었다.

청일전쟁 전후의 일본 외교를 수행한 무쓰 무네미쓰(陸奧宗光)는 메이지 30년 8월 폐결핵으로 죽었다. 그도 죽기 전에는 영일 동맹의 전망에 대해서 "이름만은 지극히 아름답지만, 과연 성공을 기대할 수 있을지?"

이런 뜻의 말을 늘 뇌까렸다. 물론 언제나 '노'라고 단정하고 있었다.

그는 항상 먼저 영국측 입장이 되어서 생각해 보라고 했다.

영국은 남의 고통을 위해 몸바쳐서 돕는 돈키호테가 아니다. 일본은 자신의 안전을 보장해 달라고 한다. 그렇게 되면 영국도 당연히 자기의 안전을 보장할 담보를 요구한다. 일본에 그런 국력이 있는가.

영국은 당연히 동양에 있는 자기들의 이권을 일본보고 지켜 달라고 할 것이다. 그런데 영국의 동양에서의 이권은 중국 대륙을 비롯해서 싱가포르, 인도에 걸쳐 있으므로, 일본으로서는 그처럼 광범위한 지역에 육해군을 보낼 만한 실력이 있어야 한다.

그런 국력이 있어야만 비로소 영일 동맹을 운운할 수 있는 것이지, 지금의 일본이 그것을 바라는 것은 세계의 웃음거리밖에 더 될 것이 없다는 것이 무쓰의 의견이었다.

이토도 마찬가지였다.

그래서 이토는 러일동맹을 생각하고 있었던 것이다. 그러나 하야시 다다스가 한쪽에서 영일 동맹을 추진한다 해도 그것은 상관없는 일이다.

만에 하나라도 성공한다면 일본의 큰 행운이므로 하야시의 복안에 대해 반대는 하지 않았다.

하야시는 런던에 부임했다.

이윽고 하야시에게 아련한 기대 같은 것이——비록 주책없는 독일 외교관이 일으킨 것이긴 하지만——일기 시작했다.

외교 549

하야시는 재빨리 그것을 포착하여 본국의 승낙을 얻은 다음, 곧 영국 외무성으로 랜스다운 외상을 찾아갔다.

랜스다운은 여위고 눈이 작아서 얼핏 보기에 일본의 고무라 주타로를 닮았다. 허튼 데가 없는 학자형이었다.

영국의 태도는 일본으로서는 거의 기적이라고 할 만한 것이었다.
하야시 공사의 방문을 받은 외무장관 랜스다운은
"말씀하시는 바와 같이, 영국으로서도 동맹의 필요를 인정합니다."
이렇게 나오는 것이었다.
그 당시 영국은 유럽 어느 나라와도 동맹을 맺고 있지 않아, 자타가
'명예로운 고립'
이렇게 부르고 있을 때였다. 이러한 외교의 태도를 허물어뜨리고 그렇게 말을 한다는 것은, 영국이 극동에서의 러시아의 끝없는 침략 행위에 대해 어지간히 겁을 먹고 있다고 보아야 한다.
하야시는 그렇게 보았다.
'어쩌면, 이쪽 입장을 강하게 밀어붙여도 영국은 따라올지 모른다.'
랜스다운이 말을 이었다.
"그런데 독일을 포함시키는 게 어떻소?"
어떠냐는 말은 하야시의 의견을 묻는 것이 아니라, 확실히 독일을 포함시키지 않으면 곤란하다는 속셈으로 짐작되었다. 독일의 육해군이 참가함으로써 비로소 동양이 러시아에 대해 안정된다, 일본만으로는 얘기가 안 된다는 뜻으로도 간주되었다.

그러나 하야시는 독일 건에 대해서는 일부러 깊은 언급을 피하여, 좋겠죠, 하는 정도의 관심만 보였다.

일본으로서도 영국이 독일을 끌고 들어와서 삼국 동맹이 된다면 더 이상 바랄 것이 없는 일이다.

어쨌든 기본방침은 정해졌다. 더 이상 서로 설왕설래할 필요가 없다. 랜스다운도
"일본 쪽에서 동맹의 내용에 관한 구체적 제안이 나온 다음에 검토하기로 합시다."
이 정도로 말을 하고, 서로 헤어졌다.

돌아오는 길에 하야시는 생각했다.

'이제 설사 러일전쟁이 일어나더라도 이기지는 못할망정 지지는 않는다.'

그 후에 하야시가 탐문을 해보니, 영국은 독일을 끌어들인다는 일을 잊은 듯이 입 밖에 내지 않았다.

그 동안 체임벌린 식민장관과 카이저 황제 사이에 전보로 의견 교환이 있었던 것을 하야시도 몰랐던 것이다.

즉 영국은 독일한테 거절을 당했고 그것은 영국의 체면에 관한 문제이기도 해서 오래 감추고 있었다.

어쨌든 영국은 상대가 일본 하나만일 경우에도 동맹을 맺을 의사가 있는 모양이었다.

하야시는 '영·독·일 안' 때도 일본으로 긴 전보를 쳤지만, 물론 이 경우에도 소상한 전보를 쳤다.

이를 전후하여 일본은 내각이 바뀌었다.

영·독·일 안 때는 이토 내각이었다. 그것이 2개월 반 만에 와해되고 가쓰라 다로(桂太郞)가 새로 조각한 것이다.

일본은 국력으로 봐서 무리를 거듭한 군사 예산 때문에 파산 직전의 상태에까지 몰려 있었다. 이토 내각의 와해도 원인은 그것이었다.

그 결과, 실무자인 하야시로서는 지극히 다행스럽게도 영일 동맹론자인 가쓰라 수상이 그의 전보를 받게 된 것이다.

가쓰라 다로는 이토 히로부미가 내각을 내놓은 다음, 메이지 34년(1901년) 6월 2일 처음으로 수상직을 맡았다.

가쓰라는 조슈 출신으로, 젊었을 때 보신전쟁에 출정했는데, 물론 무명의 일개 사관에 불과했다. 그 후 육군에 들어와서 진급을 거듭했다.

그동안 일본 육군을 독일식으로 고치는 데 공이 있었던 것처럼, 그는 야전형이라기보다 군정형으로, 군인보다 정치가가 어울리는 사람이었다.

"가쓰라는 칼을 찬 아첨꾼이다."

이러한 혹평을 받기도 했지만, 그는 사람을 회유하기 위해 늘 얼굴에 웃음을 머금고 있었고, 친근감을 보이기 위해 남의 어깨를 툭툭 치기도 해서 '니코폰'이라는 변명을 듣기도 했다. 니코폰이란 노상 웃으며 어깨를 툭툭 치는 사람이란 뜻이다.

말하자면 그는 조정의 명수였다.

그는 소위 원훈도 아니고 원로도 아니었다. 원훈이나 원로가 조각하는 것이 관례처럼 되어 있었는데, 그들의 눈에는 애송이로밖에 보이지 않는 후배인 가쓰라가 수상이 되었다 하여, 세상을 한심스럽게 생각했다.

이 무렵 어떤 사람이 준원로의 한 사람인 사이고 쓰구미치에게, 근래의 세상의 불안을 하소연하며, 가쓰라로는 관록이 없지 않겠느냐고 하자, 쓰구미치는 껄껄 웃으며

"관록 따위는 모닝코트를 입혀서 너덧 마리의 말이 끄는 마차에 태워 몇 번 왔다갔다하게 하면 자연 붙게 되는 거요. 그 이상의 별것은 아니오."

이처럼 대답했다고 하지만, 이러한 세상의 불안한 공기 속에서 수상으로서 가쓰라 다로가 탄생하고 다시 그가 조각을 완료했을 때 세상은 더한층 불안감을 느꼈다.

젊은 가쓰라가 수상인만큼 거물을 각료로 끌어들일 수가 없어 모두 송사리들이었다. 좋게 표현하자면, 소장기예의 내각이다.

공사에서 외상으로 발탁된 고무라 주타로(小村壽太郞)——한때 재무상 소네 아라스케(曾禰荒助)가 겸임——, 내상에는 우쓰미 다다카쓰(內海忠勝), 체신상에는 요시카와 아키마사(芳川顯正), 농상에는 히라타 도스케(平田東助), 법무상에는 기요우라 게이고(淸浦奎吾), 문부상에는 기쿠치 다이로쿠(菊池大麓) 따위의 소위 지명도가 낮은 사람들이 발탁되어 그 때문에 2류 내각이니 후진 내각이니 하는 소리를 들었다.

그러나 결국은 이 젊은 내각이 러일전쟁을 치러 냈다.

가쓰라에게는 네 사람의 시끄러운 시어머니가 있었다.

원훈, 원로로 꼽히는 야마가타 아리토모(山縣有朋), 이토 히로부미, 마쓰카타 마사요시(松方正義), 이노우에 가오루(井上馨), 이 네 사람이다.

그들은 저마다 가쓰라의 보호자로 자처했으나, 그들의 사상과 성격과 정견이 각각 달랐기 때문에 며느리로서의 가쓰라는 각각 모시는 것만도 예삿일이 아니었다.

그러나 가쓰라는 용케 노인들을 회유했다.

이런 판에 런던의 하야시 공사한테서 영일 동맹을 추진할 것이냐는 전보가 왔다.

가쓰라는 노인들을 회유해야 했다. 특히 러일 동맹을 주장하는 이토를 설

득하는 일이 가장 어려울 것 같았다.
 그 사이의 일을 고무라 외상은 다음과 같이 말했다.
 "원래 외교에 있어서는 정 외교보다 내교(內交)가 더 어려운 법이다."
 맞는 말이었다.

 가쓰라가 자신의 장기인 회유책을 써서 원로 이토 히로부미를 주무르는 데 있어서는, 나름대로 신중을 기했다.
 우선 주영 공사 하야시로부터 전보를 받자, 제일 먼저 이토에게 보여 주기 위해 오이소(大磯)로 달려갔다. 이때 이토는 오이소의 소로각(滄浪閣)에서 살고 있었다.
 이토는 전보를 보고 의외라는 표정을 지었다.
 "내가 재임할 때에도 하야시가 영·독·일 동맹에 대한 전보를 보내 왔소. 불과 얼마 지나지 않았는데 그 사이 독일이 빠지고 영일 동맹이 되었군. 그간에 무슨 곡절이 있었던 게 아닌가."
 이토의 말에 가쓰라는 고개를 끄덕였다.
 그러나 유럽 정계의 사정은 일본으로서는 늘 알기 어려운 일이어서, 이토의 의문에 대해 정확한 대답을 할 수가 없었다.
 이토도 그 정도의 사정은 알고 있기 때문에 갓 수상이 된 가쓰라에게 답을 구하고자 한 것은 아니었다. 그것은 말하자면 이토의 혼잣말이었다.
 "그런데, 이 전보를 곧이들어도 괜찮을지?"
 "다른 사람이면 몰라도, 하야시가 하는 일이니 틀림은 없을 것 같습니다."
 "영국의 진의가 무엇일까?"
 그것이 아무래도 수상쩍었다.
 "무엇보다 자존심이 월등히 강한 앵글로색슨이란 말이야. 여태까지 명예로운 고립을 고집해 오다가 그 고립주의를 버리고 타국과 동맹을 맺을까? 그것도 대등하게 말이야. 더구나 상대는 황색 인종이겠다, 영국 외교상 일찍이 없었던 일이야."
 현실주의자인 이토에게는 그런 비약이 믿어지지 않는 것 같았다.
 "영국도 남아전쟁 때문에 상당히 골머리를 앓고 있는 것 같습니다. 그 여파가 아닐는지요."
 가쓰라는 다시 말을 이었다.

"그건 사실입니다. 그래서 영국은 극동에까지 손을 쓸 겨를이 없어서 그 공백을 일본에게 맡겨, 러시아의 그칠 줄 모르는 남하 행위를 현재의 선에서 저지시키려는 것이 아니겠습니까. 영국이 일본을 이용 가치가 있다고 나온다면, 일본도 또한 영국을 이용하면 되지 않겠습니까?"

"그렇게 되기만 하면야……."

"만약 이것이 영국의 진의라면 말입니다. 각하의 뜻은 어떠신지? 찬성하시겠습니까?"

"이 사람아, 그거야 당연한 일이지. 내가 일찍이 러일 동맹을 제창한 것은, 그것이 더 실현되기 쉽다고 생각했기 때문이야. 영국이 이렇게 나온다면야 물론 이쪽이 훨씬 낫지."

가쓰라는 이 말 한마디만 들으면 족했다. 이토가 이것저것 방해를 놓으면, 모처럼 런던에서 진행되고 있는 일이 오히려 국내에서 허물어지고 만다.

가쓰라는 도쿄로 돌아왔다.

이튿날은 원로 회의가 있었다.

원로 회의는 하야마(葉山)에 있는 가쓰라의 별장을 장소로 정했다.

때는 삼복더위의 8월 4일이었다. 이슬이 마르고 햇살이 따가워질 무렵 해서 원로들이 모여들었다.

가쓰라의 별장은 신축한 지 얼마 안 되어 뜰의 수석도 아직 제대로 자리가 잡히지 않았다.

야마가타 아리토모는 오이소의 피서지에서 왔다. 그는 와카(和歌 : 일본 고유의 노래)와 정원 설계가 취미여서, 오자마자 뜰을 돌아보며 이것저것 비평했다. 주인인 가쓰라는 그의 뒤를 따르면서 일일이 지당하다는 듯이 고개를 끄덕였다.

이토 히로부미는 가나가와(神奈川)의 가나자와(金澤)에서 왔다.

이노우에 가오루는 오키쓰(興津)에서 왔다.

이 세 원로가 모두 조슈 출신인데 대해, 마쓰카타 마사요시만이 사쓰마 출신이었다. 그는 피서지인 가마쿠라(鎌倉)에서 왔다.

아직 일행들이 자리에 앉기 전에 가쓰라는 이토의 비위를 맞추듯이 말했다.

"각하, 저의 이 보잘 것 없는 별장에 이름을 하나 지어 주시면 영광이겠습니다만"

이토가 싫지 않은 표정을 짓자, 얼른 벼루 상자와 명주천을 가지고 나왔다.

이토는 글씨를 자랑하는 터였다. 한참 동안 생각하다가 이윽고 붓을 들더니

'조운 각(長雲閣)'이라고, 큼직하게 썼다.

퍽 만족스러운 모양이었다. 가쓰라가 감탄의 소리를 지르자, 이토는 한층 더 만족스러운 듯이, 신축 별장의 주인인 상국(相國 : 수상) 가쓰라 다로를 위해 즉흥시를 지어서 가까이 있는 종이에 휘갈겨 썼다.

任地世論如亂糸
大海看來似小池
相國豈無閑日月
兵事不談只談詩

아무튼 세론은 얽힌 실처럼 어지럽구나
대해를 둘러보니 작은 못과 같도다
상국인들 어찌 한가한 날이 없으랴
병사는 제쳐 놓고 오직 시를 논하누나

"허허, 썩 잘된 시로군."

야마가타는 가학(家學)이 국학이어서 '와카'를 잘했으나, 요즘은 한시에 열중하여, 한시 잡지인 '햑카란(百花欄)'에도 자주 기고하였다.

이윽고 회의가 시작되었다.

이토가 맨 먼저 말문을 열었다. 가쓰라로서 뜻밖이었던 것은, 어제는 '영일'이라도 좋다는 말을 해놓고, 여기서는 어쩐지 반대하는 듯한 의견을 늘어놓기 시작한 점이었다.

"영일 동맹은 좋으나, 그렇게 되면 러시아가 가상적국이 되지 않는가?"

러시아의 감정을 필요 이상으로 해치는 결과가 될 수도 있다는 뜻이었다. 이토는 러시아를 그 정도로 겁내고 있었다.

그렇지만 이토의 말은 아무래도 이상했다. 공수 동맹을 맺는 이상 러시아의 감정을 해치는 것은 당연하며, 그것은 이미 계산이 끝난 것이 아니었던

가. 영일 동맹을 맺지 않아도 러시아는 대든다. 일본은 혼자 힘으로라도 싸우지 않을 수 없는 상황인데, 영국이 동맹을 맺어 준다면 그만큼 득인 것이다.

가쓰라는 이토의 자존심을 건드리지 않도록 슬그머니 둘러대어 설명했다.

이윽고 이토는 찬성했다. 다른 세 원로는 처음부터 영일 동맹을 주장하는 사람들이어서 이의가 없었다.

회의는 그 방향으로 결정되었다.

대영 교섭을 하는 데 대해, 이토 히로부미는 원로로서 정식으로 찬성은 했다. 그러나 현실주의자인 그는

──영일동맹이 될 턱이 있나.

이 생각을 끝내 버리지 못하였다.

'정부는 어떻든, 나 이토 개인이 나서서 러시아와 교섭을 해봐야지.'

그는 마음속으로 이렇게 결심했다.

이런 점이 이토라는 인간의 재미있는 점일 것이다.

참고로 정치에 있어서의 완전한 현실주의자는 2류 이하의 정치가에 지나지 않으며, 정치가라기보다는 장사꾼에 불과하다. 정치가가 어떠한 이상을 가지느냐에 따라 인물의 성품이 정해지지만, 정치가 현실을 떠나서 존재하지 않는 이상, 이상의 비중이 너무 무거운 인물은, 결국은 단순한 정치 이상가가 아니면 시인, 그것도 아니면 현실 부정의 신경질적인 미치광이가 되기 쉽다.

이토는 현실주의자이기는 했으나, 현실만으로 정치 거래를 하는 인물이 아니라는 증거로, 막부 말에 양이 사조가 조슈 과격파의 '현실'이었을 때 과감하게 세계의 현실을 설파하여 4개국 함대와 강화를 이루도록 했고, 메이지 10년 대에는 민권 기피증 요인들 사이에서 가장 냉정하고 가장 강력한 입헌주의자였으며, 실제로 헌법을 제정한 다음에는 야마가타 아리토모가 싫어하는 정당의 조직자가 되었다.

이토로서는 이상과 현실이 언제나 조화를 이루고 있었다.

이번의 외교상의 대과제에서는, 영일 동맹이 물론 일본을 위해 가장 좋은 일이다. 그러나 이토는 그것은 기대뿐인 세계라고 내다보았다. 저 영국이 일본과 같은 아시아의 시골뜨기 나라와 대등한 공수 동맹을 맺을 리가 없다고

생각한 것이다.
 그보다 이토가 보건대는 러시아가 가능성이 높았다. 러시아는 세계 최대의 육군을 가졌다고는 하지만, 그들의 문명은 서구에 비하면 아직 후진 상태였고, 일본과 비교해도 그다지 격차가 없었다. 그리고 따르기가 수월하다. 게다가 러시아는 아시아에 압박을 계속 가하고 있는 직접적 범죄 행위자이니, 그것과 직접 담판을 하여 범죄의 정도를 늦추어 달라는 것이 교섭으로는 첩경이었다.
 이토는 이렇게 믿었다.
 ——다행히 나는 일본의 현직 총리장관이 아니다.
 입장이 자유롭다. 더구나 일본의 이토 히로부미라면, 개인의 이름으로도 국제 정계에 알려져 있어서 상대국은 설사 '개인의 자격으로' 이토가 가도 소홀하게는 대하지 않으리라.
 '러시아에 가자.'
 이토는 결심했다. 그는 이 비밀에 관해서는 수상인 가쓰라에게만 약간 비추었을 뿐, 외무성에는 알리지도 않았다.
 그러나 가쓰라는 이토의 이러한 전단(專斷)의 기색을 좋아하지 않았다.
 이토에게는 다행히도 외유 예정이 있었다.
 미국의 예일 대학이 창립 100년 기념사업으로 각국의 저명인사를 선정하여 그들에게 명예박사 학위를 주기로 했는데, 이토도 거기에 들어 있었다.
 이토는 그것을 구실로 미국에 갔다가, 그 길로 러시아에 들르려고 했다.
 이토 히로부미가 미국을 향해 출발한 것은 메이지 34년 9월 17일이었다.
 10월 초에 예일 대학에서 명예박사 학위 수여식에 참가하고 유럽으로 건너가기 위해 뉴욕에서 기선을 탔다.
 마침 영일 동맹의 교섭이 런던에서 진행 중이었기 때문에 여느 때 같으면 영국으로 건너갔을 것이지만 프랑스로 직행했다.
 파리에 숙소를 정하고, 영일 동맹 교섭의 진행 상황을 알기 위해 런던의 하야시 공사에게 전보를 쳐서 곧 파리에 오도록 했다.
 하야시는 곧 달려왔다.
 이토는 하야시로부터 상황을 들었다. 그런데 하야시의 대영 교섭은 이토가 어이없이 놀랄 만큼 잘 진척되고 있었다. 남은 문제는 쌍방이 부담할 의무에 대한 세부 교섭뿐이라는 말을 듣자 일부러 달갑잖은 표정을 지었다.

"하야시 공사, 자넨 지나치게 깊이 들어간 것 같은데."
"그건 무슨 뜻인지?"
"무슨 뜻이고 뭐고 간에, 난 지금부터 페테르부르크에 가서 대 러시아 교섭의 가능성을 찾으려 하네."
하야시는 펄쩍 뛸 만큼 놀랐다.
그로서는 본국 정부의 의향을 물어서 대영 교섭을 추진하고 있는 것이다. 그것이 80퍼센트 정도는 성공하고 있는 판에, 설사 현직 수상은 아니라 해도 일본 최고의 정치가인 이토가 하야시의 방향을 부정하고 러시아로 간다니 어찌된 일이란 말인가.
"각하, 그러나……"
하야시는 영일 동맹이 이미 성립 직전에까지 가 있다는 것을 다시 설명했다.
만약 일본이 영국에는 아시아 외교의 적인 러시아에 대해서도 교섭하고 있다는 것을 영국이 알게 되면, 감정은 급히 악화되어 일본은 유럽에서 명예와 위신을 잃게 되리라.
"알겠네."
이토는 가볍게 미소를 지으며, 나의 대러 교섭은 중지다, 라고 말했다. 현실을 보고 재빨리 전환하는 점이 이토의 정치적인 특징이었다.
"난 페테르부르크에 가지 않겠네."
이토의 말이다.
하야시는 그것도 서투른 태도라고 생각했다. 간다는 것을 러시아 정부에 통첩해 놓은 이상 특별한 이유도 없이 취소하는 것은 국제 의례상 옳은 일이 아니다.
"가시는 것이 좋을 듯합니다."
하야시는 말한다.
"개인 자격으로 상대방과 인사를 나누시는 정도라면 상관없지 않겠습니까? 오히려 그렇게 하시는 것이……"
지금 진행하고 있는 대영 교섭을 유리하게 할지도 모른다고 하야시는 말했다.
왜냐하면, 영국은 부담 의무를 결정하는 세부면에서 상당히 완고하여, 자기도 버티고는 있으나 교섭이 목하 답보 상태이다, 이런 판에 일본의 이토 후작이 러시아에 갔다고 하면, 영국은 약간 당황하여 교섭의 타결을 서두르지 모른다는 것이었다.

이토는 그렇게 하기로 했다. 그는 며칠 동안 파리에 머물렀다가 페테르부르크로 떠났다.

이토 히로부미가 러시아를 향하고 있다. 그의 최종 목적은 러일전쟁을 피하고 일본을 멸망에서 구하는 데 있었으나, 그 당시의 러시아는 이토의 희망을 받아들이기에는 너무도 이질적인 공기가 지배적이었다.

우선 조정과 군부가 극동 침략의 열에 들떠 있었다.

조정에서는, 비테가 '간신'이라고 부르는, 문제의 베조블라조프가 황제의 마음을 더욱 사로잡아 그 권위를 방패로 장관들을 어린아이 취급하는 판국이었다.

이 군인 출신의 모험주의자는, 대부분의 군인이 그렇게 여기기 쉽듯이 국가는 거대한 기업이며 제국주의야말로 그 기업의 유일한 내용이라는 생각을 가지고 있었다.

그는 원래 현지군의 위력을 배경으로 한 압록강 목재 주식회사의 경영자였다. 또한 몽상가여서 황제에게 호화롭기 이를 데 없는 대계획을 진언하고 있었다.

"영국의 오늘날의 번영은 인도 제국을 합방했기 때문입니다. 폐하의 러시아가 지구를 제패하는 것은, 만주와 연해주, 그리고 조선을 인도처럼 만드심으로써 비로소 가능할 것입니다."

이 자는 황제를 설득하기 전에 이미 조정에 세력이 있는 여러 황족과 심지어 그 부인들한테까지 손을 써서, 이 '애국 사업'의 취지를 보급시켰을 뿐만 아니라, 황족들을 자기의 압록강 사업의 고문으로 추대하거나 주주로 삼아서 자기의 애국 사업을 지지하는 것이 곧 조정에 금은보화를 유입시키는 길이 되는 것처럼 그런 조직까지 짜놓고 있었다.

황제는 그의 계획을 허용했을 뿐만 아니라, 이 애국자의 가장 열렬한 지지자가 되었다.

그것이 러시아의 나아가야 할 방향이 되어 있었다.

군부도 그 방향을 따랐다. 어느 시대 어느 나라 군인이든, 단순한 그들의 두뇌가 한번 침략 사업에 열중하게 되면 침략 이외의 태도를 취하는 국민과

외교 559

정치가는 비애국자로 취급하는 경향이 있다. 그 무렵 비교적 온건한 정치 자세를 견지하고 있던 육군 장관 크로파트킨조차 그 동조자였다.

이 계획을 추진하자면 당연히 러일전쟁이 일어난다는 것은 모든 러시아 군인에게는 역력한 사실이었다. 결과야 물론 일본의 분쇄이다. 분쇄하는 임무는 군인이 맡는 것이지만, 이상하게도 러시아 군인 가운데 단 한 사람도 일본의 실력을 정당하게 평가한 자가 없었을 뿐만 아니라, 그것을 냉정하게 분석한 자조차 없었다.

한 나라의 군부가 침략에 열광했을 때는 자기의 전문 분야인 적국의 군사적 분석조차 게을리 하게 되는 것인지도 모른다. 그런 작업 자체가, 들떠 있는 정치적 열기로 본다면 어리석게 보일 수도 있으리라.

이 시기에, 러시아 군인이 관찰하고 분석한 일본 육해군의 실력 평가는 다음과 같다.

타국의 군대를 관찰하고 분석하는 일의 현지 책임자는 말할 것도 없이 공사관에 딸린 무관이다.

메이지 33년(1900년) 이후 개전까지의 주일 러시아 육군 무관은 반노프스키라는 육군 대령이었다.

그는 러시아 육군성에 '일본의 육군은 젖먹이이다'라고 보고했다.

"일본 육군이 유럽에서 가장 약한 군대의 수준에 도달할 수 있는 도덕적 기초를 얻기까지는 앞으로 백 년은 걸릴 것이다."

반노프스키가 말하는 것은, 일본 육군의 장비와 작전 능력을 논하는 것이 아니라 그 이전의 군대 도덕에 대한 논평이었다.

군대 도덕이란, 장병들의 국가에 대한 충성심이나 군대 내부에서의 통수상의 윤리, 즉 상관과 조직에 대한 복종심을 말한다.

그런 것이 유럽에서 가장 약한 군대보다 떨어질 뿐만 아니라, 거기에 따라가자면 백 년은 걸린다는 것이다.

그 당시의 일본 군대에서, 지나칠 정도로 많은 요소는 충성심과 복종심뿐이었을 텐데, 반노프스키는 그런 명백한 사실조차 관찰할 능력이 없었다.

반노프스키의 보고는 그 후에 러시아 군부의 일본관의 기초가 되었다.

일본 해군에 대해서는, 메이지 36년(1903년) 유력한 관찰자가 러시아에서 왔다.

이해 4월, 고베(神戶)에서 대관함식이 거행되었다. 그것을 견학하기 위해 러시아에서 순양함 '아스코리드'가 일본에 왔다. 함장은 그란마치코프 대령이었다.

관함식을 보고 나 그는 주일 러시아 공사 로젠에게 말했다.

"일본 해군은 군함을 외국에서 구입함으로써 물질적 장비만은 갖추었소. 그러나 해군으로서의 군인 정신은 도저히 우리에게 미치지 못하오. 또한 군함의 조작법과 운용에 있어서도 유치하더군요."

그런데 이 관함식을 똑같이 참관한 영국 해군의 관찰에 의하면, 일본인의 군함 조작법과 운용의 능숙함은 세계에서 영국 해군만이 겨우 비견될 수 있다는 정반대의 평을 했는데, 결국은 그것이 후일 발틱함대를 전멸시킴으로써 실증되었다.

한편 러시아 육군에서 가장 우수한 장군이라는 말을 들은 육군 장관 크로파트킨은, 메이지 36년(1903년) 6월 일본에 와서 일본 육군을 소상히 견학하고, 역시 세계 최약이라는 비슷한 결론을 내렸다.

"일본병 세 사람에 대해 러시아병 한 사람이면 충분하다. 우리 육군은 13일 동안에 40만의 군대를 만주에 집결시킬 수 있고, 그 준비도 하고 있다. 이것은 일본군을 패배시키는 데 필요한 병력의 세 배이다. 앞으로 올 전쟁은 전쟁이라기보다는 단지 군사적 산책에 지나지 않으리라."

이러한 러시아 군인의 관찰 능력은 그들의 두뇌 어디서 나오는 것인지 모르겠다.

어느 나라의 군인이든, 군인이란 기성 개념의 노예라는 것은 러시아에 있어서도 예외는 아닌 것 같다.

이러한 공기, 아니 역사적 조건하의 페테르부르크에 이토 히로부미는 약간의 희망을 가지고 갔다. 이 무렵의 이토는 러일전쟁의 회피에 거의 목숨을 걸고 있는 듯이 보였다.

그런데, 러시아 측은 이토에 대해 의외의 태도를 보였다.

환대였다.

그가 호텔에 투숙한 그날, 재무장관과 외교면에도 발언권을 가지고 있는 비테가 자진해서 찾아왔다. 원래는 방러한 이토 쪽이 비테의 사정을 물어서 날을 정하여 방문하는 것이 관례였다.

그런데 자기쪽에서 비테는 혼자 찾아왔다.
비테는 러시아 제국주의 정부 안에서 유일한 러일전쟁 회피론자였다. 그는 일본의 이토도 그렇다는 것을 당연히 알고 있었다.
비테로서는 이토가 내일부터 러시아의 요인들과 만나는 데 있어 강한 선입감을 넣어주고 싶었으리라.
비테는 이토와 호텔의 특별실에서 만나 먼저 운을 떼었다.
"각하의 내유(來遊)를 진심으로 환영합니다. 이번 기회에 서로 흉금을 터놓고 극동 문제에 대해 얘기하고 싶습니다."
그의 태도를 보고, 온화한 면이 있는 이토는 속을 털어놓고 극동의 평화 유지에 대해 이야기하고, 당면한 러시아의 침략적인 태도에 대해 논란했다.
이에 대해 비테가
"참으로 맞는 말씀입니다."
깨끗이 인정하자 비난했던 이토가 오히려 더 놀랐다.
"그런데 각하, 어느 나라이든 보수파와 급진파가 정권을 다투고 있듯이 러시아도 마찬가지입니다."
비테가 말하는 급진파는, 러시아 황제에게 아부하고 있는 알량한 제국주의자를 가리킨다. 비테는 그것은 플레베와 베조블라조프를 말하는 것이라고 했다.
"그들은 과격론을 주장하여 조선에까지 손을 뻗치려 하고 있습니다만, 그들도 일본까지 침략하겠다는 말은 하지 않고 있습니다."
그건 사실일 것이다. 그러나 과격론이 천하를 얻으면 내친 김에 일본까지 침략하지 않는다고 장담하지 못한다고 이토는 생각했다.
"그들은 황제의 환심을 사고는 있습니다만 줏대 있는 장관들은 그들을 경계하고 있습니다. 그들을 양식파(良識派)라고 부릅시다. 양식파는 말하자면 신임 외상인 렘스돌프나 육군 장관 크로파트킨 같은 사람들로, 그들은 어디까지나 러일의 친선관계가 계속 유지되기를 바라고 있습니다."
'응, 그렇게 되어 있단 말이지.'
이토는 속으로 생각했으나, 외교란 어디까지나 이쪽의 진의와 감정, 이해를 상대방에게 똑똑히 알리는 데 있다는 것을 이토는 물론 알고 있었다.
"러일 친선이라지만 그것을 막연히 추상적으로 말해서는 곤란합니다. 그런 추상론을 가지고 조선에서의 위험한 사태가 해결되는 것은 아닙니다."

현실적으로, 러시아가 조선에서 손을 떼는 것 외에는 해결책이 없다고 이토는 말했다.

이튿날 이토는 러시아 외상 렘스돌프를 만났다.
렘스돌프는 새로 외상에 취임한 자였다. 전임자인 무라비요프 백작은 군부의 강압에 굴복하여 여순과 대련을 강탈하는 비상 외교를 감행한 책임자였는데, 그의 천성은 러시아인답게 태평했으며 엄청난 호주가였다. 그는 어느날 밤, 아는 사람의 집에서 샴페인을 얼마나 마셨는지 머리의 혈관이 터져서 급사했다.
그 뒤를 렘스돌프가 계승한 것이다. 비테가 보는 바로는, 그는 실무가이며 전임자처럼 경솔한 사람은 아니었다.
군부의 폭주에 장단을 맞추지는 않을 거라고 비테는 보고 있었으나, 이토가 만났을 때의 인상은 그렇지도 않았다.
아무래도 렘스돌프도 시대의 침략 기분에 편승하는 듯한 기색이 있었고, 전날 비테에게서 들은 그런 양보적인 태도는 조금도 없었다.
"이토 각하, 당신이 말씀하시는 조선의 보호와 독립이란 것을 들으면, 일본이 조선의 모든 것을 차지하고 러시아는 빈손으로 물러나는 결과가 될 것 같군요. 그래서는 협상은 성립되기 어렵지 않겠습니까?"
기본 방침으로서 조선의 절반쯤은 러시아가 차지해야 한다는 속셈이 그의 태도에 나타나 있었다.
그러나 러일의 현 위국(危局)을 군사가 아닌 외교로 처리하고자 하는 생각을 피력하며 그는 이토를 납득시키려 했다.
이토는 속으로 적지 않이 기뻐했다. 그러나 렘스돌프의 말은 단순히 외교 기술상의 흥정에 불과했다.
렘스돌프의 배후에는 군부가 있었다. 군부의 총수는 육군 장관 크로파트킨이다. 크로파트킨은 비테가 말한 것처럼 러일 평화론자가 아니었다는 것은, 비테 자신이 그의 회고록에서 적고 있다.
요컨대 크로파트킨은 렘스돌프에게 '이토에게 평화의 사탕을 안겨주라'는 뜻의 의사를 내비치고 있었다.
왜냐하면 일단 전쟁이 일어나면 러시아 본국에서 만주의 전장에 대군을 수송해야 할 시베리아 철도가 금년 안에는 완성되지 않는다. 그것이 완성될 때까지는 개전을 피해야 하며, 그때까지는 일본과 평화를 유지하는 것이 전략상 필요했던 것이다.

물론 이토는 이러한 사정을 모르고 있었다.

──아무튼 러일의 위기는 평화 외교로 회피할 수 있다.

자신감을 얻고 이토는 러시아를 떠났다.

이토는 독일로 향했다.

베를린에 도착한, 이토는 가쓰라 수상에게 전보를 쳐서 조언했다.

"영일 동맹의 조인은 보류하라. 러시아와 협상이 가능할 것 같다."

수상 가쓰라도, 외상 고무라도, 이토의 이러한 사적인 외교에 이맛살을 찌푸렸다.

이토는 베를린의 호텔에서 기다렸다.

러시아 측이 이토가 타진했던 것에 대해 문서로 회답하겠다 약속했기 때문이다.

"반드시 좋은 내용의 회답일 거야."

이토만한 인물도, 기대를 자기 나름대로의 희망으로 물들이면서 기다렸다. 꼭 어린 소녀 같았다.

이윽고 답신이 왔다.

베를린의 러시아 대사관을 통해 전달되었다. 일본 공사관에서 번역되었는데 그러나 그 내용은, 이토가 페테르부르크에서 느낀 것과는 상당히 거리가 먼 냉랭한 것이었다.

"러시아의 만주에서의 행동은 자유이다."

러시아는 자국의 침략의 자유를 무제한으로 인정하고 그것을 단호하게 표현하고 있었다. 그것과는 달리, 일본의 조선에 대한 행동에 대해서는 '제한된 자유밖에 인정할 수가 없다'는 것이었다.

큰 나라는 언제나 자유이며, 작은 나라는 언제나 제약을 받는다는, 제국주의의 대원칙을 마치 초등학생에게 가르치듯 설명한 회답이었다.

'비테가 말한 것과는 다르다.'

이토는 번역문을 내려놓으며 한동안 망연자실했다.

'이 회답문을 기초할 때, 비테와 상의하지 않은 것이 아닐까.'

이런 생각도 했는데, 이런 점에서 이토는 너무 고지식했던 것이다.

사실은 비테 자신이 육군 장관 크로파트킨과 상의했고, 매듭은 크로파트킨이 지은 것이었다. 말하자면 비테도 육군에 굴복한 것이었다. 실제로 비테는

"일본은 목하 방대한 군대 예산 때문에 파산 직전에 있다."

각료들에게 이렇게 설명한 다음, 이럴 때 일본에 대해 적당한 담보를 잡고 돈을 빌려주면 그들은 러시아에 대해 은혜를 느끼게 될 것이라고 말했다. 그러나 육군장관 등은 반대했다.

"그건 소용없는 짓이오. 일본이 파산 직전이라면 더욱 잘된 일 아니오. 그렇다면 일본은 전쟁 따위 엄두도 못 낼 것이고 설사 전쟁이 벌어진다 해도, 일본은 바람 앞에 쓰러지는 썩은 나무토막일 뿐이오. 요컨대 지금 일본과 대등한 외교 관계를 맺는 것은 전혀 무의미한 일이오."

이것이 크로파트킨 등의 의견이었다. 사실 러시아의 팽창 정책이라는 관점에서 보는 외교 감각으로는 이 견해가 옳았는지도 모른다.

이러한 정세 판단과 러시아적 기분 속에서 이 회답문이 씌어졌다. 비테도 러시아에서의 시세의 힘 앞에는 굴복하지 않을 수 없었다.

이토는 실망했다.

한편 이 결과에 대해 기묘하게도 안도감을 느낀 것은 가쓰라 수상을 비롯한 정부 수뇌들이었다.

이것으로써 정부에 방해밖에 안되는 이토의 사적인 외교는 끝장이 나고, 일본의 외교 방향은 하나로 통합된 것이다.

즉 영일 동맹이었다.

이토는 실패했다.

그가 힘없이 일본으로 돌아왔을 때, 전부터 이토를 싫어했던 다니 다테키(谷干城)는 이렇게 비웃었다.

"이토는 물에 빠진 생쥐 꼴이 되어 돌아왔고 그 장관 정부의 코는 우뚝 높아졌다."

이때의 외무장관은 고무라 주타로였다. 가쓰라 수상은 모든 외교 판단을 고무라에게 맡겨놓고 있었다.

"이토 씨도 어리석단 말이야. 러시아와 손을 잡으면 연약한 처녀가 손발이 묶여 강간당하는 꼴이 되어, 막상 약속한 결혼을 따지면 당장 발길에 차이

는 꼴이 되는 거야."

고무라의 말이었다.

러시아인은 민족으로서는 호인들이었으나, 국가를 운영하는 데 있어서는 일반적으로 생각할 수 없는 거짓말을 예사로 한다는 것이 유럽 국제 정계에서의 상식이었다.

고무라는 특별히 영국을 좋아하는 것은 아니었고, 영국 외교의 노회함을 그 정도로 많이 아는 사람은 없다고 해도 지나친 말이 아닐 정도였으나, 러일 동맹이냐 영일 동맹이냐를 결정하는 마당에서는 우선 러영 양국의 신뢰도를 놓고 판단하려고 했다.

그는 부하 직원에게 명하여 러시아와 영국이 각각 다른 나라와 맺은 외교사를 조사한 결과, 놀랍게도 러시아는 타국과의 동맹을 번번이 일방적으로 파기하는 점에서 거의 상습적이었다.

그러나 영국은 한 번도 그런 예가 없이, 늘 성실히 동맹을 이행하고 있었다.

더욱이 '러시아의 본능은 약탈'이라는 말을 유럽에서 하듯이, 그 약탈 본능을 무력이 약한 일본이 외교 테이블을 통해 간청해서 그들의 자제심에 호소하는 것은 불가능한 일이었다.

예의 삼국 간섭이 있은 뒤, 간섭한 장본인인 러시아가 만주를 꿀꺽 삼켜 버렸을 때, 고무라는 외무성의 산자(山座) 정무 국장에게 물었다.

"자네, 아이누(홋카이도, 사할린, 쿠릴 열도에 사는 민족)가 곰을 사로잡는 방법을 아는가?"

아이누는 우선 바닷가에 소금에 절인 청어알을 잔뜩 버려둔다. 그러면 곰이 다가온다.

곰은 청어알을 무한정 주워 먹고 마침내 목이 말라 못 견딜 지경이 된다. 그래서 바다에 목을 늘이고 바닷물을 마신다. 짠물이니 더욱 목이 탄다. 점점 더 마신다. 그러다 보면 뱃속의 청어알이 불어서 곰은 꼼짝달싹 못하게 된다. 이때 아이누가 다가와서 힘 안 들이고 생포하는 것이다.

고무라의 이 비유 속의 곰은 러시아이고, 아이누는 일본이다. 청어알은 만주이고, 한반도는 짠물이 되는 셈이다.

곰이 조선이라는 물을 마시기 시작하면 열국은 마침내 일어선다. 고무라의 수법으로는, 그때 일본은 열국의 도움을 빌려 곰을 퇴치하면 된다는 것이었다. 그 예언은 적중하여 영국이라는 거물이 등장해 주었다.
 이토 히로부미의 러일 교섭의 실패는 전혀 무의미한 것은 아니었다.
 그 무렵 런던에서는, 주영 공사 하야시 다다스가 영일 동맹의 내용에 대해 영국 외상 랜스다운과 토의를 거듭하고 있었는데, 쌍방이 다같이 자국의 의무는 가볍게 하고 이익은 무겁게 하려고 서로 양보하지 않는 단계였다.
 그런데 영국으로서는 꺼림칙한 일이 생겼다.
 러시아를 방문한 이토 히로부미라는 존재였다.
 영국 측으로서는 일본이 교섭을 질질 끄는 데 진저리가 나서 '혹시 대 러시아 교섭도 진행시켜 양 다리를 걸칠 속셈이 아닌가?' 하는 의혹을 가진 것이다.
 "아무래도 이토 후작의 행동이 수상하다. 런던에서 중요한 교섭을 하고 있는 이상 마땅히 베를린에서 런던으로 와야 할 텐데 러시아로 갔다. 이게 어떻게 된 일인가?"
 이런 뜻으로, 랜스다운 외상은 하야시에게 질문을 했다.
 하야시도 난처했다. 설마 일본 정계의 원로가 멋대로 외유하는 것이라고는 할 수가 없어서 구차한 변명을 했다.
 "그건 오로지 이토 후작의 건강상의 이유 때문입니다. 런던의 겨울은 일년 중 가장 기후가 나쁜 계절이니 그것을 피한 것에 지나지 않습니다."
 랜스다운은 언짢은 표정이었다.
 "그건 이상하오. 영국의 겨울이 건강에 좋지 않다는 것은 알고 있지만, 그렇다고 러시아의 겨울이 건강에 좋다는 말도 들은 적이 없소."
 그리고 이렇게 덧붙였다.
 "충고합니다만, 러시아인은 언제라도 맹약의 신의를 헌신짝처럼 팽개치는 상습자란 점을 알아야 합니다. 이토 후작에게 러시아의 쾌적한 겨울 날씨에 너무 젖지 않는 게 좋을 거라고 전해주시오."
 하야시는 이미 영국이 영일 동맹에 대해 일본 이상으로 적극적으로 나오고 있다는 것을 간파하고 있었다. 그래서 자그마치 한 달 반이나 걸린 동맹 내용에 관한 교섭을 버티고 버티어서 일본에 유리하게 만들려 하고 있었다.
 한편 이토는 러시아에서 베를린으로 돌아온 뒤, 런던의 하야시의 권유를 좇아 영국으로 건너갔다.
 어찌 되었든 이토의 그 행동이 이토 자신으로서도 뜻밖의 효과를 거둔 것은, 그 때문에 영국 측은 동맹 내용에 대해 큰 양보를 하고 동맹체결을 서두르게 된 셈이다.

메이지 35년(1902년) 1월 30일, 영일 동맹이 조인되었다.

이토는 그 전에 런던을 출발하여, 2월 25일 나가사키(長崎)에 도착했다.

도착 후 나가사키 시의 환영회에 나가 '영일 동맹과 국민의 각오'란 제목으로 연설을 했다. 연설 가운데

"외국과의 문제는 정당과 정파의 문제가 아니고 한 나라의 문제이다. 만약 우리 국민 가운데서 영국당이라든가 러시아당 같은 것이 생겨난다면, 나라의 불행은 예측할 수 없게 되리라."

이렇게 역설하고, 그러한 표현을 함으로써 그 자신이 자기의 대 러시아 교섭을 취소했다는 것을 천하에 공표했다.

풍운

영일 동맹이 체결되기 얼마 전, 해군 소령 히로세 다케오(廣瀨武夫)는 러시아 주재 무관에서 풀려나 일본에 돌아와 있었다.

이 무렵, 아키야마 사네유키(秋山眞之)는 여전히 해군대학교의 교관직을 맡고 있었다.

어느 날, 사네유키의 교관실에 예고도 없이 들어온 장한(壯漢)이 있었다.

히로세였다. 시커먼 얼굴에 두 눈만 반짝였다. 사네유키는 처음엔 누군지 알아보지 못했다. 얼른 알아볼 수 없었던 것은, 원래 살결이 흰 편이었던 히로세의 얼굴이 시꺼멓게 변했을 뿐 아니라, 그 거동이 어쩐지 일본인의 것이 아닌 듯한 느낌을 주었기 때문이다.

히로세의 러시아 주재는 오랜 기간이었다. 햇수로 5년이었다. 그동안 그는 많은 러시아의 해군 사관들과 사귀었는데, 그들 사이에서 히로세는 가장 인기 있는 외국 무관이었다.

그것은 해군 사관들에게만 한한 것이 아니었다. 궁정의 부인들 사이에서도 히로세는 인기가 있었고, 그 중에서 당시 페테르부르크의 귀족 아가씨 가운데 빼어나게 미인이라는 평을 들었던 알리아즈나 코발레프스카야라는 아가씨로부터 열렬한 구애를 받기도 했다.

그러나 독신주의자인 히로세는 끝내 그것을 받아들이지 않고, 귀임 명령이 내리자 곧 페테르부르크를 떠났다.

그러한 페테르부르크의 생활이 히로세가 풍기는 느낌을 다소 바꾸어 놓았는지도 모른다.

"이 얼굴 말인가?"

히로세는 사네유키가 권하는 의자에 앉으면서, 시베리아의 눈에 그을은 거야, 하고 말했다.

얘기를 들으니, 극한의 시베리아를 썰매로 횡단했다고 한다.

하기는 처음에는 철도를 이용했다. 시베리아 철도의 속도와 회수 등, 일단 군대 수송에 사용되었을 경우의 수송 능력을 알기 위해서였다. 모스크바에서 이르쿠츠크까지 탔다.

이르쿠츠크에서 횡단 준비를 갖추기 위해 일주일 동안 체재했다.

그 동안 호텔에서 페테르부르크에 있는 알리아즈나 코발레프스카야 앞으로 마지막 편지를 썼다.

"영원토록 잊지 못할 당신에게 하느님의 은총이 있기를."

그러고 나서 눈 위의 썰매 여행이 시작되었다. 썰매는 이르쿠츠크에서 사고, 역관에서 역마 세 필과 마부를 빌려 출발했다.

하루 평균 200km를 달렸다고 하니, 러시아인으로서도 이 기록을 깨는 사람이 드물 정도였다.

히로세는 치타를 경유하여 카라므이스카에 이르기까지 열흘 동안 쉬지 않고 달렸다. 여관에는 한 번도 들지 않았다. 잠은 썰매 위에서 조는 것으로 때웠다.

그래도 그다지 피곤하지 않았다고 해군성에 구두 보고를 했으니, 초인이라 할 만하다.

"내가 본 범위에서 러시아 해군의 실태를 얘기하겠네."

이렇게 말하고, 히로세는 사네유키에게 연필과 종이를 준비하라고 했다.

히로세는 러시아 해군에 대해 정말 섬세한 관찰을 하고 있었다.

"그들은 일본 해군 따위는 안중에 두지도 않고 있네."

그런 이유도 있어, 군항이나 조선소를 견학하겠다고 신청하면 거절하는 적이 없었다. 그들로서는 오히려 일본의 해군 사관에게 러시아 해군의 위용을 보여줌으로써 그 투지를 꺾으려는 듯이 보였다.
　마침 러시아는 대규모 해군 증강을 한창 추진 중이어서, 각 조선소마다 크고작은 군함을 만들고 있었다.
　히로세는 페테르부르크의 해군 공창과 가레르니의 조선소를 몇 차례나 견학했고, 그 밖의 발트 조선소와 세바스토폴리의 해군 공창도 구경했다.
　전함 '페레스베트'의 진수식에도 참석할 수 있었다. 1만 2,000톤으로 속력은 빠른데 그만큼 방어력은 약했다.
　"우리 시키시마(敷島)하고 싸우면 승산은 시키시마에게 있을 거네."
　그는 자세한 수치를 들어서 이러한 단정을 내렸다.
　바실리 섬의 남단에 있는 발트 조선소에서는 전함 '포베다'와 장갑순양함 '그로모보이'를 보았다.
　페테르부르크의 관문이라고 할 수 있는 군항이 크론슈타트이다. 이곳에는 진수부(鎭守府)가 있고, 총사령관은 해군 중장 스테판 오시포비치 마카로프였다.
　그는 러시아 해군의 유수한 명장으로서, 사네유키와 히로세는 그의 저서 《전술론》을 일찍이 읽은 적이 있었다.
　"호쾌한 데는 없으나, 상상했던 대로 이지적인 풍모였어."
　히로세는 소상히 그 인상을 말했다.
　히로세는 이튿날에도 왔다.
　러시아 해군에 관한 같은 화제였다.
　이번에는 사네유키가 몇 가지 질문을 준비하고, 히로세가 그것에 답하는 형식을 취했다.
　오후 1시부터 시작해서 밤 9시경까지 같은 주제의 대화가 계속되었다.
　"장교들의 질은 어떤가?"
　"결코 나쁘지는 않네. 사관은 대부분이 귀족이니 황제에 대한 충성심도 강하지."
　"수병의 질은?"
　히로세는 그 점에 대해서도 자세한 설명을 했다.
　일반적으로 판단력은 둔하지만, 지시받은 것은 충실히 한다. 특히 포술의 능력은 상당하다고 했다.

"다만 수병의 사기가 의심스럽네."

히로세가 말했다.

그들은 농노가 아니면 그와 비슷한 계급 출신으로 징병에 의해 끌려나왔는데, 군인이라기보다는 기질적으로 농민이었다.

러시아의 농민은 매사에 능동적이 못되며, 특별히 일종의 체념을 체질적으로 가지고 있었다. 그 때문에 해군 군인이란 적의 배를 침몰시키는 것이 임무라는 생각이 결핍되어 있고, 오히려 전쟁에 나가는 것은 적의 포탄에 얻어맞기 위해 가는 것이라는 피동적인 근성을 못 버리고 있다고 히로세는 설명했다.

히로세는 덧붙여서, 여러 해에 걸쳐 러시아 제국의 지반을 흔들고 있는 사회 불안과 혁명 기운에 대해서도 얘기했다.

히로세는 러시아 해군의 능력과 새로 건조하는 군함의 성능에 대해 자세히 이야기한 다음 이렇게 덧붙였다.

"그런데 이상한 일이 많단 말이야."

첫째 사관 계급은 귀족이 독점하고 있다는 점이다. 그는 러시아에 체류하는 동안 열차의 급사장으로부터, '당신은 일본의 해군 사관이신 모양인데, 그렇다면 백작이오? 아니면 후작이오?' 하는 질문을 받은 적이 있었다.

히로세는 나는 그런 출신이 아니다. 자기뿐만 아니라, 일본의 육해군 사관은 누구든지 소정의 시험에만 합격하면 등용되며, 장군을 비롯해서 모두가 일반 서민 출신이라고 말하자, 급사장은 농담이시겠죠, 하고 믿지 않았다.

"일본은 지금 거국적인 관심 속에서 해군을 건설하고 있고, 러시아도 해군의 건설만은 일본 이상으로 열을 쏟고 있지만, 서민은 그 사실조차도 모르며 관심을 가지려고도 않더군. 국가라는 것은 귀족의 소유이니, 해군 건설도 서민 측에서 보면 귀족들이 멋대로 하는 일이 되는 거지. 전시가 되면 이런 무관심한 서민 계급에서 하사관과 수병이 제공되는 걸세. 그들에게서 과연 얼마만큼의 전의를 기대할 수 있을지 의문이네."

이야기는 해군 건설에 관한 것으로 옮아갔다.

이 20세기 초기는 해군에 관계되는 한, 독일과 러시아의 열광적인 해군 건설로 시작되었다고 해도 과언이 아니다.

그 선구는 독일의 카이저(황제)이다. 그는 유럽 정계에서 커다란 발언권을 얻자면 영국에 대항할 만한 해군력을 가질 필요가 있다고 판단하고 대해군 건설에 착안했다.

러시아는 이에 자극을 받아, 20년을 기한으로 독일을 능가할 대계획을 세워 건설을 시작했다. 메이지 34년(1901년)부터인데, 히로세는 러시아에 체류하게 된 첫 무렵에 그 진척도를 현지에서 보았던 것이다.

일본은 이미 그 전부터 하고 있으나 국력의 차이로 러시아의 대계획과 비교한다면 아무것도 아니었다.

메이지 34년(1901년)에 러시아의 대 계획안의 정보를 일본 해군이 입수했을 때, 이미 양자의 계획 단계에서 일본의 패배는 필연적이라고 느껴졌다.

이미 일본의 국력은 바닥을 드러내기 시작했다. 그런데도 종전의 계획에 몇 척의 군함을 추가시켜야만 했다.

히로세와 사네유키가 이야기를 나눈 이듬해, 즉 1903년 그 추가안은 제3기 확장 계획으로 제18회 제국 의회에 제출되어 통과했다.

이 계획은, 1만 5,000톤의 전함 세 척, 1만 톤의 일등 순양함 세 척, 5,000톤의 이등 순양함 두 척이 결정되고, 총경비 1억 5,500만 엔, 실시는 메이지 36년(1903) 이후 46년(1913)까지의 11개년이었다.

그러나 이 계획에 의한 군함은 계획의 추진 도중에 일어난 러일전쟁에는 참가하지 못했다.

귀국 후 히로세 다케오는 전함 '아사히(朝日)'에 탑승했다.

아사히가 영국에서 건조 중일 때, 사네유키와 히로세는 그것을 견학한 바 있다. 히로세는 그 후 실제로 타보고 그 장비와 성능에 감탄하여 사네유키에게 이렇게 말했다.

"아사히는 아마 세계 제일일 거야."

메이지 36년(1903년) 초여름에, 아키야마 요시후루(秋山好古)는 청국에서 돌아와 치바 현(千葉縣) 나라시노(習志野)에 있는 기병 제1여단장에 보직되었다.

요시후루가 44세 때였다.

소장이라고 하면 늙은이 냄새가 나지만, 요시후루의 체력은 청년 시절과 조금도 다름이 없었고, 주량도 여전했으며, 독서량은 오히려 늘어 있었다.

읽는 것은 주로 프랑스어로 쓰어진 병서인데, 특별히 기병에 관한 책과 러시아 관련서적을 많이 읽었다.
 요시후루가 청국에서의 임무를 떠나 기병 본래의 임무로 돌아온 것은, 일본 육군이 갖추는 중인 임전체제의 한 현상이었다. 일단 개전이 되면, 일본의 기병을 이끌고 세계 제일의 러시아 기병과 맞설 수 있는 사람은 요시후루밖에 없다고 인정했던 것이다.
 나라시노에 부임해서 몇 달이 지난 어느 날, 육군성의 호출을 받았다.
 "러시아에서 이상한 초대장이 와 있소."
 차관의 말이었다.
 초대는 러시아 육군성에서 한 것이었다. 오는 9월, 시베리아의 니콜리스크에서 러시아 육군의 대연습을 거행하니 귀국에서 참관 무관을 파견해 달라는 내용이었다.
 "귀관이 다녀오도록 하시오. 오바 지로(大庭二郎) 보병 소령을 수행시키겠소."
 이날 시나노 거리(信濃町)의 집에 돌아와 보니, 동생인 사네유키가 와 있었다.
 사네유키는 이 형을 변함없이 어버이처럼 섬기며 해상 근무가 아닌 이상 한 달에 한 번은 꼭 인사하러 오곤 했다.
 "너 요즘 술을 점점 더 많이 마신다면서?"
 요시후루는 근엄한 얼굴로 말했다. 자기는 육군에서 소문난 대주가이면서, 동생이 술 마시는 것은 좋아하지 않았다.
 사네유키는 그런 일방적인 설교가 어디 있느냐는 듯이 말했다.
 "형님의 술이 더 큰일입니다."
 "내 술은 밥이야."
 요시후루가 대답했다.
 사실 요시후루는 체질적으로 술이 없으면 영양실조처럼 되어 버리기 때문에 전장에서 싸울 때도 마셔댔고, 지금도 여단장실의 물병에 술을 담아 놓고 물처럼 마시고 있었다.
 그러나 요시후루가 말하는 사네유키의 술은 억지술이라는 것이다. 요정에서 주량을 자랑하며 마시거나, 동료와 모여서 호기를 부리기 위해 마신다.
 "요즘은 육군의 무리들과 마시고 있다면서."
 요시후루는 꾸중하면서 물었다.

사네유키가 육군 참모본부의 젊은 참모들과 종종 모임을 가지며 러시아의 정세를 논하고 정부의 연약성을 비방하면서 주전론(主戰論)적인 기염을 토하고 있다는 것을 요시후루는 듣고 있었다.

"술을 마시고 군사를 논하는 것은 예부터 못난 수작으로 일컬어졌다. 전쟁이라는 국가 존망의 위험사를 술자리에서 왈가왈부해서는 안돼."

사네유키는 싫은 낯이면서도 듣고 있었다.

생각해 보면 그런 점이 없지 않아 있었던 것이다.

일찍이 청의 원세개가, 요시후루를 평하여

"내가 본 일본인 가운데 아키야마만큼 큰 인물은 없다."

말했을 만큼, 소위 중국인이 좋아하는 동양적인 호걸풍의 사나이였다. 그러나 동생인 사네유키에게만은 일본의 가장답게 잔소리를 잘했다.

'내가 몇 살인지 알기나 하는지 모르겠군.'

사네유키는 이렇게 투덜대지만, 이처럼 타인에게는 오만한 사나이도 형인 요시후루에게만은 어렸을 때와 마찬가지로 고개를 들지 못했다.

"너, 미국에서 런던으로 가는 도중에 배에서 노름을 했지?"

요시후루는 청국에서 귀국한 후 사네유키에 대한 소문을 어디서 잔뜩 얻어들은 모양이었다.

사네유키로서는 해군으로서 도박쯤 하는 것은 당연하다고 생각했으나 형은 그런 것을 말하는 것이 아닌 것 같았다.

바른대로 말해서 그가 배에서 도박을 한 것은 사실이었다.

상대는 미국인이었으나 그 미국인은 유럽의 신사인 체 점잔을 뺐다. 처음에는 지루하시지 않습니까, 하고 교묘히 유혹해 왔기 때문에 그만 거기에 넘어가고 말았다.

상대자들은 저마다 남남인 것처럼 거동했으나 나중에 알고 보니 이탈리아계의 갱으로 한패거리였다.

그들이 사네유키에게 눈독을 들인 것은 메이지의 이 무렵, 일본 해군 사관들 중에 군함을 사러 미국과 유럽으로 가는 사람이 많았고, 따라서 출장비를 두둑이 가지고 있다는 것을 알고 있었기 때문이다.

포커를 했다.

처음에는 사네유키가 계속 이겼다. 물론 상대의 계책이었다. 이기고 일어설 수가 없기 때문에 계속하다 보니, 상대가 속임수를 쓰기 시작해서 이제는 사네유키가 자꾸만 돈을 잃었다.

사네유키는 호주머니의 돈뿐 아니라, 기어이 가방 속의 거액의 돈에까지 손댔을 즈음에 상대의 속임수를 알아차렸다.

알고도 모르는 척했다.

마침내 한 푼도 남기지 않고 다 털리고 나서, 사네유키는 일어나며

"잠깐 할 얘기가 있다."

갱들의 두목으로 보이는 신사를 자기 방으로 데리고 들어가 재빨리 방문을 잠갔다.

"이봐, 사람을 어떻게 보는 거야!"

사네유키는 호통을 쳤다.

네 놈의 속임수 정도는 일찌감치 간파했으나 일부러 두고 본 거다, 생각해 봐라, 사기도박에 속아서 돈을 털렸다면 '무사'의 명예가 어떻게 되겠나, 돈을 깨끗이 내놓아라, 싫다면 이걸 받아야지, 하면서 허리춤에서 흰 칼집에 꽂힌 단도를 번쩍 뽑아 쥐었다.

살기등등한 기세였다.

두목은 어지간히 겁을 먹었던지, 이 종류의 상습 사기꾼치고는 드물게도 사네유키에게 깨끗이 모든 돈을 돌려주었다.

이런 이야기를 요시후루는 들은 것이다.

"넌 학생 때와 달라진 데가 없구나."

요시후루는 큼직한 눈을 껌벅거리면서 설교를 했다.

사네유키는 고개를 숙이고 듣고 있었다. 형님은 할 말을 다 하고 나면 다시 유쾌한 기분으로 돌아간다는 것을 사네유키는 알고 있었다.

사네유키가 돌아갈 무렵쯤 해서 요시후루가 한 마디 했다.

"난 곧 시베리아에 간다."

사네유키는 내심 놀랐다. 시베리아라면 러시아의 시베리아·만주 점거로 온 세계가 들끓고 있는 바로 그 문제의 땅이 아닌가.

"시베리아에 뭣 하러 가십니까?"

"임무를 띠고."

'임무인 줄 누가 모르나.'

생각했으나, 형이 더 이상 말을 안 하니 이쪽에서 물을 수도 없었다.
"감기 조심하십시오."
현관에서 말하고 사네유키는 형과 헤어졌다.
그로부터 며칠이 지난 9월 4일, 요시후루는 요코하마에서 배를 타고 블라디보스토크로 향했다.
동행하는 오바 지로 보병 소령은 후일 육군 대장이 된 사람이다.
——아키야마 씨는 배에서 노상 싱글벙글 웃으며 술만 마셨다.
오바는 요시후루와의 배 여행을 훗날까지 그리운 추억으로 떠올렸다.
오바는 대 러시아 작전을 생각해야 하는 한 사람으로서 일본의 기병이 어느 정도의 힘을 가졌는지를, 기병의 귀신 같은 이 사나이에게 물어 보고 싶었으나 주제넘은 것 같아서 차마 묻지 못했다.
내일이면 블라디보스토크에 도착하는 전날 밤, 오바는 몹시 단순한 질문을 드려 죄송하다고 전제를 한 뒤, 대러전의 경우 일본 기병과 러시아 기병의 문제가 어떻게 되겠느냐고 물었다.
요시후루는 고개를 끄덕이며 남의 얘기처럼 말했다.
"전부 죽을 각오로 나서겠지. 만약 전멸하더라도, 군 작전 전체로 봐서 그것이 효과를 거둔다면 그것으로 충분한 거다. 기병이란 그런 성질의 것이야."
"그런데, 러시아 기병이 어느 정도로 강한지……."
오바가 다시 묻자, 요시후루는 이상하다는 듯이 젊은 보병 소령을 바라보며 웃었다.
"이 사람아, 지금부터 그것을 보러 가는 게 아닌가?"
"그런데, 러시아 육군이 자진해서 대연습을 일본의 무관에게 보이려 하는 건 무슨 까닭일까요?"
"겁을 주려는 거다."
요시후루는 껄껄 웃었다.
세계 제일의 육군을 일본인에게 보여 줌으로써, 일본인으로 하여금 도저히 당할 수 없다는 생각을 하게 하면 러시아와의 전쟁을 쉽게 일으키지 못할 것이다.
러시아 측이, 시베리아 철도가 완성되기까지는 만주에서의 전쟁을 피하고자 한다는 것은, 지금 러시아 주재 무관으로 가 있는 아카시 대령에게서 보고가 들어와 있었다.

　대연습을 참관시키는 것은 바로 그런 목적 때문이며, 이것은 특별히 러시아 황제의 지시에 의한 것인 모양이었다.

　원숭이, 하고 황제는 일본인에 대한 얘기만 나오면 입이 험악해졌다.

　"원숭이들이 놀랄 거야."

　황제는 아마 이렇게 중얼거렸을 것이다.

　배가 블라디보스토크에 입항한 것은 9월 1일 아침이었다.

　이 군항에 러시아는 모든 군사 시설을 가설했을 뿐만 아니라, 이미 극동에서의 전쟁을 예상하고 증강된 블라디보스토크 함대의 전함과 순양함이, 웅크린 표범 떼와도 같은 위용을 보이고 있었다.

　아무튼 항구와 산하를 보며 느끼는 것은 쇠로 무장되었다는 느낌뿐으로, 극동에 대한 러시아의 뜻이 어떤 것인가를 무언으로 말해 주고 있었다.

　"여순은 여기 이상이라고 하죠?"

　오바 소령이 소곤거렸다.

　부두에는 마중 나온 러시아 육군의 젊은 참모 대위와 그밖에 10명 정도의 장교가 위의를 갖추고 기다리고 있었다.

　마중 나온 대위는 밀스키라는 흑룡(黑龍) 총독부의 참모였다.

　그들은 모터보트에서 부두로 올라온 요시후루를 보자 일제히 경례를 했다.

　더욱 놀라운 것은, 그들 배후에 1개 소대 정도의 의장병 같은 것이 도열하고 있는 것이었다.

　'나를 황족으로 착각하는 것이 아닌가?'

　요시후루는 이렇게 생각했다.

　아무리 봐도 황족의 대우였다.

　이런 대우는 아마도 중앙의 지시였는지 요시후루의 시찰 기간 동안 죽 한결같았다.

　러시아의 뜻이 어디에 있는지 알 것 같았다.

　숙소까지는 얼마 안 되는 거리였으나, 화려한 마차가 마련되어 있었다. 그 마차도 페테르부르크 일원에서 대공 전하(大公殿下) 정도가 타고 다니는 것 같은 호사스러운 것이었다.

호텔은 육군 장교단이 경영하는 것으로서, 일본으로 친다면 '가이고 사(偕行社)'의 숙사에 해당되는데, 건물의 훌륭함이라든가 내부의 호화로움으로 치면 일본에서도 이 정도의 호텔은 둘도 없을 정도였다.

잠시 휴식을 취한 다음, 밀스키 대위가 근엄한 표정으로 들어오더니 시내를 안내하겠다고 했다.

아까 그 마차였다.

마부석에는 상사와 중사가 타고 있었다.

두 시간쯤 안내를 한 다음, 장교 클럽에서 점심을 먹었다.

"블라디보스토크의 인상이 어떠신지요?"

밀스키 대위가 유창한 프랑스어로 요시후루에게 물었다.

그는 이 일본의 소장이 프랑스어에 능하다는 것을 미리 알고 있었다.

요시후루는 몸을 가누면서

"두 시간 정도로 어떻게 알 수 있겠소."

일본어로 말했기 때문에, 밀스키는 당황했다.

오바 소령이 그것을 러시아로 고쳐서 통역했다.

프랑스 이야기가 나왔다.

"각하는 프랑스에서 기병을 배우셨다지요?"

"기병이라……."

요시후루는 중얼거리면서 탁, 하고 목에 앉은 파리를 손으로 때려잡았다. 짜부라진 파리가 창자가 터져서 손바닥에 붙어 있었다. 요시후루는 그 손으로 컵 손잡이를 잡았다.

밀스키는 어처구니없는 표정이었다.

"아니, 놀러 갔을 뿐이오."

러시아의 장군은 거의 전원이라 할 수 있을 정도로 귀족 출신이라 당연히 프랑스의 궁정과 같은 고상한 언동을 익히고 있다.

그런데 일본의 이 장군이라는 자는 파리를 때려잡은 손으로 태연히 잔을 기울이고 있으니 밀스키 대위는 놀랐으리라.

허나, 언행이 거친 편인가 하면 그렇지도 않다.

밀스키는 지난날 프랑스에 유학해서 포병에 대해 배운 적이 있었다. 요시후루와 얘기를 하다 보니 서로 같이 아는 사람이 몇 사람 나왔다. 요시후루는 그들을 일일이 부드러운 표현으로 인물평을 하면서 그들에 대한 이야기를 했다.

그의 대화에는 프랑스적 교양인이 많은 러시아 육군의 장교들 가운데서도 보기 드문 기지가 독특한 차분함에 감싸여 있는 듯했다.

밀스키는 요시후루에게 무척 호감을 가진 모양으로, 그 철학적인 풍모를 자주 허물어뜨리며 웃곤 하였다. 그러다가도 간혹 엄숙한 표정으로, '체류하시는 동안 저는 각하의 시종입니다'라는 말을 세 번이나 되풀이했다.

나이는 서른 전후인 듯하고, 성격은 고지식해 보였다. 요시후루도 그를 좋은 군인이라고 생각했다.

오후에도 시내 구경을 했다.

그런데 밀스키가 안내하는 곳은 대단찮은 곳뿐으로, 군사 시설 앞에 이르면 그냥 지나쳐 버렸다.

이쯤에서 요시후루의 방약무인한 행동이 시작되었다.

"어, 여긴 사령부 같군."

억지로 마차를 멈추게 한 다음 인사를 해야 한다고, 당황하는 밀스키를 젖혀놓고 거침없이 현관으로 들어갔다. 군항 사령부도 그런 식으로 견학했고 요새 사령부 앞에서도 마차를 세우게 했다.

"인사야."

들어가서는 현관에 명함만 꺼내놓고

"밀스키 대위, 이 집 3층에 올라가면 요새와 군항이 잘 보이겠군."

거침없이 층계를 올라가는 것이었다.

밀스키는 제지하지도 못하고 난처해할 뿐이었다.

이런 식으로 연해주 군무 지사(軍務知事)도 방문하고, 블라디보스토크 함대 사령관도 찾아보았다.

그뿐 아니라, 항구를 바라볼 수 있는 장소에 마차를 세우고는 자신도 내리고 밀스키 등의 접대 위원도 내리게 해서

"저 곶(岬)에는 포대가 얼마나 있소?"

라든가

"저 건너편 산에 있는 포대의 사정거리는 얼마나 되오?"

따위의 적어도 다른 나라 군인에게는 물어볼 수 없는 질문을 하여 밀스키를 더욱더 난처하게 만들었다.

그러나 요시후루의 반짝이는 얼굴에는 언제나 미소가 서려 있었고, 그 태도가 자연스러웠기 때문에 그만 말려들어가 사실을 두어 가지 털어놓기도 했다.

밀스키 등은 말할 것도 없고, 일본 측의 오바 소령조차도 조마조마 속을 태웠다고 한다.

이튿날 아침 블라디보스토크를 출발하여 저녁때 니콜리스크에 도착했다.
여기서도 밤 숙소는 장교단이 경영하는 호텔이었다.
이날 밤, 호텔의 홀에서 러시아 측의 환영연이 베풀어졌다. 과연 러시아인은 술이 셌다.

참석한 러시아 장교들 가운데, 천진 시절의 지인이 있었다. 보르노프라는 대령으로 천진에서는 러시아 조계의 민정청에 근무했었는데, 지금은 여기서 용기병의 연대장을 맡고 있었다.

두 사람은 서로 옛 지인이라는 것을 확인하자 그만 얼싸안았다.
"보르노프는 니콜리스크에서 일류 군인이며, 또한 누구보다도 기병 장교의 자질을 갖추고 있는 자임."

요시후루는 이렇게 수기(手記)에 적고 있다. 요시후루가 말하는 기병 장교의 자질이란, 착안(着眼)이 날카롭고 정확해야 하며, 머리의 회전이 기민하고, 적진에 육박하는 대담성과 소수의 병력을 가지고 대군 속으로 돌입하는 용기를 가진 자를 가리킨다.

'이 보르노프 정도의 기병 적성자가 일본의 기병 장교 가운데 몇 명이나 있을까?'

이런 생각을 하면 다소 허전한 마음이 들기도 했다.
"이 사람도 기병이네."
보르노프는 부지런히 기병 장교를 끌고 와서는 요시후루에게 소개했다.

그럴 때마다 요시후루는 보드카 잔을 들었다. 기병은 보병과 달라서 그 성격이 특이한 만큼 국경을 초월하여 서로 전우처럼 느껴지는 모양이다. 요시후루도 역시 같은 생각이었다. 러시아의 젊은 기병 장교들은 요시후루에게 더욱 어리광이라도 피우는 듯했다.

유별나게
"각하는 제 아버님과 꼭 닮으셨습니다."

요시후루의 곁을 떠나려 하지 않는 젊은 중위가 있었다.

애기를 들으니 페테르부르크 태생이라고 했다. 나중에 본인의 말을 들으니, 아버지는 후작이며 해군 중장이라는 것이었다.

"그런데, 아버님은 연세가 몇이신가?"

"예순이십니다."

"야, 이 친구야. 농담 작작하게나. 내가 닮았다면, 자네 아버님이 자네 어머님과 결혼하기 전의 얼굴이겠지."

요시후루는 호쾌하게 껄껄 웃었다.

연회가 끝나고 2층 방으로 돌아오자, 취기가 한꺼번에 몰려왔다. 장화를 벗는 것조차 귀찮아서 그대로 침대에 벌렁 드러누워

"아, 기분 좋게 취했다."

중얼거렸다.

정말 요시후루의 오랜 음주 이력 중에서 이렇게 기분 좋은 술자리는 없었다.

'정말 좋은 녀석들이야.'

요시후루는 몇 번이나 되뇌었다.

그러나 언젠가는 전쟁이 벌어져 그들과 전장에서 서로 만나겠지. 그들도 요시후루를 보고 그런 생각을 했으리라.

그러나 요시후루에게는 꼭 전쟁은 참담한 것이라고만 연상되는 것은 아니었다. 연회에 나온 러시아 장교들도 마찬가지였을 것이다.

러시아에도 아직 기사도가 남아 있었고 요시후루에게도 무사도가 남아 있었다. 러일 양국이 함께 전장에서의 용감성을 미로 간주하는 미적 신앙을 가지고 있었고, 자기가 미인 동시에 적도 또한 미이기를 바라는 마음을 윤리적인 습관으로서 늘 가지고 있었다.

그 무렵은 그러한 습관의 마지막 시대였던 것이다.

이튿날인 13일 오후부터 견학이 시작되었다. 요시후루는 말을 빌려 타고 니콜리스크에서 4km 떨어진 연습지에서 숙영 중인 부대에 가서, 기병대와 보병대의 상황을 견학했다.

이날은 그것뿐이었다.

감탄한 것은 병사들의 체격이 훌륭한 점이었다. 물론 일본군과는 비교도

되지 않았다.

　게다가 병사들은 기병이든 보병이든 모두 장화를 신고 있었다. 다른 물가에 비해 피혁이 지나치게 비싼 일본에서는 보병은 장교만 장화를 신고 다른 병과에서는 말을 타는 기병과 포병, 그리고 수송병과만이 장화를 신었다.

　요시후루는 러시아병의 장화를 손에 들고 살펴보았다. 일본 것보다 훨씬 가죽이 상품이며 단단했다. 군대가 업자로부터 사들이는 값을 물으니, 일본 돈으로 3엔 50전 정도라 한다. 일본의 관급 장화 한 켤레는 아무래도 12, 3엔은 된다.

　연습은 14일 밤부터 개시되어 이튿날 오후에 끝났고, 16일에는 열병식이 있었다.

　연습은 당초 예정의 10분의 1정도의 소규모로 끝났다. 시베리아 각지의 여러 군단이 이 니콜리스크의 광야에 모여서 공전의 대연습을 거행할 예정이었는데, 9월 상순에 시베리아 각지에 큰 비가 내려 도로와 철도가 여러 곳이 파괴되는 바람에, 예정대로 군대 이동을 할 수가 없었던 것이다. 그래서 연습은 니콜리스크 부근에 주둔 중인 2개 여단의 대항으로 거행되었을 뿐이다.

　"러시아인은 실망했을 거야."

　요시후루가 오바 소령에게 말했다. 세계 제일의 육군의 위용을 보여서 일본인의 전의를 꺾으려던 의도는 수포로 돌아간 것 같았다.

　그러나 요시후루에게는 많은 참고가 되었다.

　참고가 되었을 뿐만 아니라, 러시아 기병의 강력함은 상상 이상의 것이었다.

　기병 연대는 6개 중대로 구성되고, 기수는 각 중대마다 대개 120기였다.

　말들은 모두 건강했다.

　"우리 기병의 말에 비해 크게 뛰어남을 인정함."

　요시후루는 정직하게 일기에 이렇게 적었다. 더구나 러시아 기병들은 사치스럽게도 중대마다 말의 빛깔을 달리 하고 있었다.

　일본은 엄두도 못 낼 일이었다.

　메이지 20년에 알제리아 종 말 90필과 그 이듬해 170필을 수입한 것을 종마로 해서 번식시키고 있으나, 번식이 잘 되지 않아서 여전히 당나귀 사촌 같은 일본 재래종이 중심이 되어 있었다.

첫째 말을 번식시킬 종마소와 목장조차 겨우 메이지 29년에야 설비되어, 그때부터 본격적인 마필 개량에 힘을 쓰고 있는 것이다. 아직 그로부터 7년 밖에 되지 않았다.

요시후루가 관찰한 바에 의하면, 러시아 기수의 능력도 각종 행동에 있어서

"칭찬할 가치가 있음. 우리 기병보다 우수하다고 인정함."

수기에 적고 있다.

러시아 기병의 우수성에 대해 요시후루는 솔직히 감탄했다. 그뿐 아니라 다른 병과도 몰래 일본군과 비교하면서 채점해보았다. 모두 나쁘지 않았다.

그의 수기에

"수일간의 관찰에 의하면"

러시아와 일본의 병사에 관한 총평을 적고 있다.

"기병, 포병은 말에 있어서 우리보다 우수함. 보병 병사는 우리 보병 병사와 큰 차이가 없음."

겨우 보병의 경우에만 일본병과 동점을 매기고 있다. 요시후루의 수기는 계속된다.

"장교는 일반적으로 날래고 씩씩함. 특히 기병 장교는 결의, 적중에 돌입할 수 있는 기개를 가졌음."

엄청나게 우수한 것이다.

이러한 적과 일본군이 싸워야 한다는 것은, 생각해야 할 문제가 아닐까.

다음으로는 고급 통수자의 능력이 문제가 된다. 통수자가 만약 무능하고 비굴하면 그 휘하에 아무리 정병이 갖추어져 있어도 승리하기는 어려워진다.

요시후루는 이 고급 통수자도 '견학'하기 위해, 블라디보스토크와 니콜리스크에서 가급적 사령관급 인물들을 만났다. 그 총평은

"고급 지휘관, 특히 장군은 우수한 사람을 배치했음."

이렇게 기술하고 있다.

나쁜 점은 거의 없었다. 단지 결론으로서

"그러나 만약 우리 군대가 더욱 노력 분투한다면, 러시아군을 능가할 수도 있음. 결코 불가능하지 않다고 믿는 바임."

노력하면 따라붙을 수도 있다는, 말하자면 자기 위안 같은 말을 적었을 뿐이다.

그러나 노력 분투한다고 했으나 결국은 그 이듬해에 러시아와 일본은 전쟁을 시작했다. 노력 분투해서 추월할 희망을 가질 만한 시간이 일본군에게는 없었다.

요시후루는 쇼와 시대의 일본 군인이 즐겨 강조한 정신력이니 충성심 따위의 추상적인 말은 일체 언급하지 않았다.

모든 것을 객관적 사실로 포착하여 군대의 물리성만을 논하고 있다. 이것이 요시후루뿐만 아니라 메이지 시대 일본인의 공통점이며, 쇼와의 일본 군인이 적과 자국의 군사력을 비교하면서, 저울에 올려놓을 수도 없는 충성심과 정신력은 처음부터 일본이 월등 크다고 보고 그것을 계산의 요소로 크게 대입한 것과는 전혀 달랐다.

견학은 끝났다.

당연히 요시후루는 시베리아를 떠나야 했으나 이 기회에 만주를 포함해서 러시아의 군사 시설을 둘러보는, 기병 용어로 '위력 정찰'이라는 것을 해보자고 생각했다.

필경 러시아 측의 접대 위원은 난색을 표하리라. 그러나 요시후루는 주저 않고 신청했다.

만주와 그 경계인 시베리아는 지금 제정 러시아로서는 최대의 기밀 지대가 되어 있었다. 한창 병력이 증강되는 중이고, 요소요소의 요새화가 추진 중에 있었다.

일본의 참모본부는 응당 그 실체를 알고 싶어서 아무리 간첩을 보내도, 러시아 측 방첩이 엄중하여 도무지 핵심을 포착한 첩보를 얻을 수가 없었다.

그런데 이곳에 오기 전에 요시후루가 참모본부에서

"내가 그것을 보고 오지."

대수롭지 않게 말하여 참모 장교를 놀라게 했다.

한 참모는 이렇게 말했다.

"아키야마 각하, 지금까지 상당히 유능한 간첩도 제일급의 보고를 못 가져오고 있습니다. 무리하지 마십시오."

"난 기병이야."

요시후루는 웃어 넘겼다.

기병의 첫 번째 기능은 멀리까지 달려가서 적중 깊숙이 들어가 적정을 탐색하는 데 있다. 요시후루는 그것을 말한 것이다. 그로서는 일단 개전이 되면 일본 기병을 이끌고 싸워야 할 사람은 자신이니, 미리 적의 상황을 알아두는 것은 그 자신의 문제이기도 했다.

그래서 러시아 측 접대 위원에게 말했다.

"지금 하바로프스크의 총독 대리로 있는 르네비치 대장과는 내가 천진에 있는 동안 자주 왕래하여 서로 친분이 두텁소. 예까지 와서 르네비치 대장께 인사를 안 하고 가는 것은 일본의 무사도가 용서하지 않소."

일부러 프랑스의 시골 사투리를 쓰면서 태평한 얼굴로 고집을 부리자, 접대위원들은 난처하지 않을 수 없었다.

니콜리스크에서 하바로프스크로 가는 도중의 새로운 군사 시설은 일본인에게 절대로 보일 수 없는 것이었다.

"대단히 죄송하지만"

접대 위원들이 말했다.

"이 연습에 초대한 분들의 단독 여행은 인정되지 않고 있습니다."

"여행이 아니오, 인사를 하러 간다니까."

"인사하려면 여행을 해야 하지 않습니까?"

"당연하지 않소."

요시후루는 상대의 어깨를 툭툭 쳤다.

상대는 난처해서 다시 말했다.

"황제의 윤허를 얻어야 합니다."

그렇게 말하면 요시후루가 후퇴하겠거니 생각했는데 요시후루는 마땅히 그래야지, 하며 고개를 끄덕이고 나왔다.

"윤허를 얻어 주게."

하는 수 없이 러시아 측은 페테르부르크로 문의 전보를 쳤다.

뜻밖에 하루 지나서 회신이 왔다.

"윤허가 내렸다."

이 전보에 대해 러시아의 장교들은 모두 이상히 여겼다.

그러나 러시아 황제로서는, 일본인에게 세계 최대의 러시아 육군의 위용을 보여 주는 것은 보여 주지 않는 것보다 정치적인 효과가 더 클거라고 판단한 것이다.

회신이 온 것은, 하바로프스크로 가는 기차의 발차 시간 두 시간 전인 밤 12시였다.

요시후루는 출발했다.

요시후루가 해낸 '강행 정찰'은 성공했다. 결국 그의 발걸음은 만주의 핵심부에까지 미쳤으나 러시아인들은 이 인물의 인품이 어지간히 마음에 들었는지, 어디서나 대단한 인기였다.

니콜리스크에서 하바로프스크까지 가는 철도 연변에는 많은 기병 연대가 주둔하고 있었다.

각 연대의 장교들은 요시후루가 탄 열차가 도착하자 정거장까지 나와서 그를 정거장의 식당으로 데리고가 샴페인을 터트려 환영했다.

열차가 낮에 도착하든 심야에 도착하든, 철도 연변의 기병 장교들은 시간 따위는 생각하지 않고 어느 역이든 반드시 나와 있었다. 어느 장교나 모두 멋있는 사나이들뿐으로, 요시후루를 기병이라는 같은 병과의 동료로 간주하고 있었다.

"기병이 최고야."

요시후루는 테이블을 두들기며 그들의 우정에 감격하기도 했다.

"특히 러시아 기병은 최고야."

이런 말도 했다. 요시후루는 천성적으로 아첨하는 감각이 결여된 사람이므로, 그것은 진심이었다. 그는 이 붙임성 있는 시베리아의 쾌한들과 언젠가는 전장에서 만나야 된다니, 모를 일이라고 생각했다.

그러나 그만한 일로 감상적이 되는 정신의 굴절은, '사무라이' 출신인 그 메이지의 군인에게는 없었다. 오히려 남아의 호쾌한 기백으로 하는 정도로 자신을 훈련해 왔고, 그에 대해 의심도 하지 않았다.

상대인 기병 장교들도 그러했다. 가슴속에 그런 긴장된 비장한 생각이 있었기 때문에 오히려 요시후루와의 잠시의 교류가 더욱 깊어지는 마음의 이상한 선율을 터득하고 있었다.

전사들이 중세 이후로 조성해 온 이러한 심정의 마지막 시대가 이때였던 것이다.

하바로프스크에서는 르네비치 대장이 러토전쟁에서 받은 성 조지 훈장을 가슴에 달고, 요시후루를 기다리고 있었다.

르네비치는 러시아 육군에서 탁월한 두뇌의 소유자인 크로파트킨과 늘 비견되는 인물로 전술가로서는 오히려 크로파트킨 이상이라는 말까지 듣고 있었다.

그는 의화단 사건 때 러시아군 사령관으로 북경에 입성하여, 그 후 계속 주둔군 사령관으로 있으면서 같은 직을 맡은 요시후루와 교류를 가졌다.

참고로 르네비치는 북경 입성 때 휘하의 러시아군의 엄청난 약탈을 제지하지 않았을 뿐만 아니라 그 자신도 약탈품을 착복했다는 소문으로, 당시 각국의 재청(在淸) 무관들 사이에 평판이 자자했던 사람이다.

이 르네비치는 후일 러일전쟁 때 총사령관인 크로파트킨 대장을 보좌하여 작전을 세웠고, 봉천 대회전 때는 제1군 사령관이 되어 전투를 지휘한 인물이다.

요시후루는 도착한 날 저녁, 르네비치 장군이 베풀어 준 환영연에 나가 마음껏 떠들고 실컷 마셨다.

"유쾌한 얘기로 시간을 보냈다."

일기에 적었는데 그는 러시아인이 더욱더 좋아졌다.

"러시아 제국이란 외교 한 가지만 해도 거짓말이 많아서 무슨 짓을 저지를지 종잡을 수 없는 나라이지만, 러시아 사람은 그 나라와는 전혀 다른 좋은 사람들뿐이다. 특히 술자리에서의 러시아인의 유쾌한 언동은 세계 최고일지도 모른다."

요시후루의 후일담이다.

"러시아 육군의 인상은 어떻습니까?"

르네비치가 물었다.

요시후루는 진심으로 칭찬했다. 특히 러시아 기병 연대의 훌륭함에 대해서는 최대의 형용사를 썼다. 물론 진심이었다.

도착한 날 낮에는 육군유년학교와 보병 제24연대 그리고 관립 여학교 등을 참관했다.

모두 훌륭했다. 똑바로 말해서, 이러한 적과 싸워서 이기려면 일본 육군의 3분의 1은 죽어야 할 것이라는 생각을 했다.

러시아 측은 요시후루의 시찰 여행에 매우 관대했다.

이튿날은 포병 제2여단을 참관했다. 과연 화력을 중시하는 나라다웠다. 보병 전투에 주력을 두는 일본 육군은, 포병은 여단이라는 것이 없을 뿐만 아니라, 그런 사상도 없었다. 물론 그것을 만들 경제력은 더욱 없었다.

포병 여단은 보병에 직접 협력하는 포병이 아니라, 군 작전이라는 넓은 입장에서 필요할 때 필요한 장소에 거대한 화력을 집중시키기 위한 전략적인 포병이었다.

경제적인 전쟁이 항상 사고의 기준이 되는 일본에서는 거듭 말하지만, 전략적 포병이라는 사치스러운 부대를 상설할 생각이 전혀 없었다.

이날 요시후루는

"여순에 가고 싶은데……."

이렇게 말해서 러시아 측을 깜짝 놀라게 했다.

말도 안 되는 소리였다. 여순이라면 지금 대요새를 구축하는 중이며, 극동에서의 러시아 기밀 지대 가운데 가장 중요한 곳이다.

"여순에 계시는 귀국의 극동 총독 알렉세예프 제독을 찾아뵙고 인사를 드리고 싶소."

알렉세예프는 극동에서의 황제 대리였다. 그가 북경에 있을 때 요시후루는 만난 적이 있었다.

"……여순은 좀."

접대 위원들은 요시후루의 지나친 요청에 입을 다물고 대답도 하지 않았다. 그러나 요시후루는 여전히 끈질기게 일본말로

"꼭 만나고 싶단 말이오."

졸라 기어이 동의를 얻어 내고 말았다.

결국 그는, 만주로 들어가 남쪽으로 내려가서 여순에 이르러 알렉세예프를 방문하고, 겸해서 군사 시설도 견학했다.

개전 전에 여순의 군사 시설을 본 사람은 간첩조차 단 한 사람도 없었고, 오직 요시후루뿐이었다.

여순에서 지부를 거쳐 도쿄로 돌아왔을 때는 이미 가을이 한창이었다. 30일 간의 여행이었다.

요시후루가 육안으로 포착한 극동의 러시아의 병력 분포와 실정이 참모본부의 대 러시아 작전에 중요한 자료가 되었다.

아키야마 요시후루가 도쿄로 돌아온 것은 메이지 36년 10월 3일이다.

러일간의 외교 정세는 이미 구제할 길이 없을 정도로 악화되고 있었다.

요시후루가 귀국하고 한 20일쯤 지나서, 동생인 해군 소령 아키야마 사네유키가 갑자기 상비 함대의 참모로 보직을 받았다. 그 자리는 전시에는 그대로 연합함대의 참모가 된다.

"준이 함대 참모가 되다니."

동생의 승진이나 임무 내용에 대해 관심을 보인 적이 없는 요시후루가 다소 놀란 듯한 표정을 지었다.

이 인사는 아는 사람이 보면, 일본 해군의 속셈이 어떤 것인지 알 수 있는 일이었다.

며칠이 지나서 사네유키가 시나노 거리(信濃町)의 아키야마의 집을 찾아와서

"바다에 나갑니다."

함대 근무를 하게 된 것을 알렸다. 요시후루는 이미 해군성에 있는 사람한테서 듣고 알고 있었기 때문에 그저 고개만 끄덕였다.

"스에(季) 씨는 잘 있나?"

요시후루가 물었다.

사네유키는 석 달 전에 궁내성 관리인 이나리(稻生)라는 사람의 셋째 딸 스에코(季子)와 결혼해서 시바 다카나와(芝高輪)의 구루마 거리(車町)에서 새살림을 차린 참이었다.

"예, 잘 있습니다."

"그녀는 훌륭한 아내야."

요시후루는 그로서는 여성에 대한 최대의 찬사인 듯한 말을 했다.

이 형제는 똑같이 독신주의자였으나 각각 만혼이지만 아내를 맞았다. 요시후루는 소령일 때 34세로 결혼했고, 사네유키도 역시 소령으로 35세였다.

두 사람은 똑같이 결혼관이 아주 소박해서 결혼해서 가정을 가지는 것은 남아의 뜻을 약하게 만든다는 이상한 신념을 가지고 있었다. 결혼한 뒤에도 그런 생각은 여전하여 요시후루는 늘 후배 장교들을 보고

"젊은이의 적은 가정이다. 가정을 가지면 연구심이 줄어든다."

이렇게 말했고, 사네유키도 신혼 당시 친구가 보내온 축하 편지에 답하기를, 형과 비슷한 뜻의 편지를 썼다.

"나는 해군을 일생의 큰 도락으로 생각하고 있다. 종말에는 전장에서 죽는다는 생각에서 일찍이 결혼이라는 것은 생각하지 않았다. 그런데, 러일의 풍운이 급박한 때 갑자기 평소의 뜻을 꺾고 아내를 맞이한 것은, 특별히 평화를 가장해서 적을 방심시키려는 큰 계략은 아니다. 단지 내 일생의 대도락 중에서 잠시 동안의 기분풀이다. 그래서 아무에게도 알리지 않았고 피로연도 하지 않았다, 이 승려가."

자기를 승려라고 했다.

해군 작전을 생애의 큰 도락으로 알고 있는 그는 속세를 떠나기라도 한 것처럼 '승려'를 자처한 것이다.

이 승려가 어째서 결혼할 마음이 들었는지 그는 편지에 자세히 적고 있으나, 요컨대 대러전의 기운이 일본 당국의 공러병 때문에 자꾸만 회피하는 방향으로 돌아가고 있는 것을 분개하면서 너무나 기가 막혀

"다카나와(高輪)의 우거에서 낮잠이나 자려고"

가정을 가졌다는 것이다.

사네유키가 해군대학교에서 상비 함대의 참모로 전출하게 된 데는 사정이 있다.

이미 해군에서는 러시아와의 외교가 막히는 정세를 보고, 극비리에 개전을 결의하고 전쟁을 위한 인사 배치를 단행하고 있었다.

해군성 인사국이 그 전쟁의 인사를 위한 사무국이 되었다. 맨 먼저 함대작전 일체를 35세의 소령 아키야마 사네유키에게 맡기기로 결정했다.

그와 동시에 사령장관을 결정했다. 사령장관은 마이즈루 진수부 사령관이라는 한직에 있는 중장 도고 헤이하치로(東鄕平八郞)를 발탁했다.

그런데 난점이 하나 있었다.

도고가 아키야마 사네유키라는 이요(伊豫) 태생의 소령과는 과거에 전혀 접촉이 없었다는 점이다.

"어차피 아키야마가 작전을 하는 거야. 그렇게 되면, 도고 중장이 아키야마라는 사나이를 잘 이해해 주지 않으면 콤비가 되기 어려울 텐데."

해군성 인사국에서는 그 점을 걱정하여, 차라리 사네유키에게 이 인사의 내정을 알리고 도고를 만나게 하는 것이 좋겠다는 의견이 나왔다. 마침 도고는 상경중이었다. 사네유키에게 그 뜻을 전하는 것이 좋다고 해서, 다나카

(田中)와 지아키(千秋), 두 국원이 인사가 내정된 이튿날 해군대학교로 사람을 보내 사네유키를 해군성으로 불렀다.

"실은 이렇게 됐네."

인사비밀을 밝혔다.

사령장관이 도고 헤이하치로라는 말을 들었을 때, 사네유키는 뜻밖이라는 느낌이 들었다.

도고는 평범한 존재여서, 이런 경우를 상정한 하마평에 그의 이름이 오른 적이 거의 없었다.

"그 도고 각하를 보좌하여 작전의 대임을 완수하는 것은 자네일세."

지아키가 소곤거리자, 사네유키는 그것이 당연하다고 생각했다. 해군이 아무리 크다고 해도 자기 외에 러시아 함대를 격파할 수 있는 작전가는 없다고 항상 자부하고 있었다.

"그런데 말일세."

지아키가 말을 이었다.

"도고 각하와 자네는 같은 배에 탄 적도 없고, 같은 부문에 몸을 담은 적도 없네. 불안한 것은 바로 그 점일세. 그래서 내일이 아닌 오늘 저녁에 자네는 도고 각하를 찾아뵙고 인사를 드리게나. 자네가 찾아간다는 것은 각하도 알고 계시니까."

'묘한 말을 하는구나.'

사네유키는 생각했다. 사령장관이든 참모이든, 공무인데 굳이 사저로 찾아가서 친분을 맺어야 한다는 것은 무슨 까닭일까.

우선 모든 일에 자신감을 가진 사네유키는 장군의 사저 따위를 아직까지 찾아간 적이 없다.

그러나 지아키의 표정이 너무나 진지하여 그 자리에서는 수긍을 했다.

"자네 말대로 하지."

그렇게 대답하고 해군성을 나와 대학교의 교관실로 돌아왔다. 의자에 앉아서 그 일을 생각해 보니 갑자기 우스꽝스러운 느낌이 들었다.

'이상하다.'

사네유키는 다시 생각해 본다.

러시아와의 전쟁에 대해 지극히 회피하는 태도를 취하고 있는 원로와 정부 수뇌, 그리고 군당국이 이제 와서 갑자기 전쟁을 결의하고 전시 인사를 단행하다니, 생각할 수 없는 일이었다.

'인사국 사람들만 흥분해서 법석을 떠는 것이 아닐까?'

사네유키는 의심이 들었다.

이 사람의 재미있는 점은, 해군성 인사국의 두 국원이 그를 불러 함대 참모로 내정되었다는 인사 사항을 알려준 일조차 의심하는 데 있다.

천성적으로 타고난 작전가이리라. 작전의 요결은 기하학에서 말하는 공리라고 하는, 증명이 필요 없는 현상조차 일단은 의심하고 검토하는 데 있다.

그는 두 사람의 해군성 인사국 직원을 믿지 않았다. 그들은 주전론자이며, 주전론에 조급한 나머지 사네유키를 불러서

"너는 참모가 될 테니 도고 각하에게 사적으로 인사를 해두는 것이 좋을 거다."

이렇게 말했는지 모른다. 주전론자가 생각해 낸, 개전의 분위기를 조성하기 위한 해군성 안의 조그만 모략의 하나일지도 모른다.

'있을 수 있는 일이지.'

사네유키는 그렇게 생각했다.

참고로 말해 두지만, 작전 분야에 있는 군인직의 일반적인 폐단으로, 사네유키도 군사적 견지를 기준으로 하는 것 외에는 국가의 운명과 장래를 생각할 줄 모르는 인물이었다.

그는 러시아와의 전쟁은 빠르면 빠를수록 좋다는 의견을 가지고 있었다. 그래서 지난 여름부터 해군에 있는 친구뿐만 아니라 육군과 군부 이외의 학자, 문인, 언론인 등과 그것을 토론하는 모임을 종종 가져왔다.

그가 이 무렵 해군의 친구에게 보낸 편지에도 그런 내용이 씌어 있었다.

"지금 일본은 천시와 지리, 인화를 가장 잘 갖춘 최상의 시기에 있네. 이 시기를 놓치면 러시아의 군비는 더욱 강대해질 것이네. 이것저것 따질 것 없이 싸움을 시작하는 것이 가장 상책이며, 그것 말고는 길이 없네. 물론 일본 해군의 제3기 확장 계획은 성공하고 있네. 그 성공을 보고 우리 해군 내부에서도 그것으로 무장에 의한 평화가 유지될 거라고 떠드는 자들이 있어. 생각해 보게. 8, 9척의 군함을 만드는 데 10년이나 걸린다네. 그보다도 불과 1년에 적의 군함 수십 척을 바다 속에 처넣는 것이 훨씬 평화 유지를 위한 첩경일세. 이건 더하기 빼기의 산술 문제일세."

과연 군인다운 사고방식이었다.

그러나 러시아와의 전쟁을 주장하는 자는, 이 무렵에는 원로와 정부 당국으로부터 '나라의 운명을 내기에 거는 국적(國賊)과 같은 자'라는 비난을 받고 있었는데, 사네유키는 여기서도 화가 나서 '여기저기 신경쓰며 신중함만 부르짖는 신중주의자들만이 충신인 척하는데, 참으로 불쾌하다'고 투덜거렸다.

아무튼 이 무렵의 사네유키는 일본의 중추부는 싸울 의사가 없는 것으로 보고, 절망하고 있었다.

이런 판에 자기에게 함대 참모라는 전시 인사를 누설하는 것은 정말 이상한 일이고, 필경 거짓말일 것이라고 생각한 것이다.

정말 기묘한 사나이였다. 사네유키는 해군 당국에서 내정되었다는 통고를 받은 자기의 인사를 의심하여 그 진부를 확인하려 했다.

물론 확인할 방법은 있었다. 해군성의 다른 국에 있는 동기생에게 물어보면 된다.

마침 해군성 군무국에 야마구치 도시(山口銳)라는 시즈오카 현(靜岡縣) 출신의 사람이 있었다.

사네유키는 곧 해군성을 찾아가 야마구치를 딴 방으로 데리고 나왔다.

"이런 얘기가 사실인가?"

도고 헤이하치로가 상비 함대 사령장관에 내정된 것과, 자기가 그 밑에서 작전을 담당하는 참모가 되는 등의 얘기를 물었다.

"이건 개전을 뜻하는 것인데 어찌된 건가?"

야마구치가 놀라면서 대답했다.

"난 아무 얘기도 못 들었네."

"그럴 테지."

사네유키는 무서운 얼굴로 고개를 끄덕였다. 그토록 러시아를 두려워하고 있는 정부 당국이 개전을 결의하다니 있을 수 없는 일이다.

"지아키와 다나카가 나더러 도고 각하에게 인사를 가라 하더군. 그 두 친구는 흥분해서 이성을 잃은 게 아닌가?"

군무국에 있는 야마구치가 모르는 이상, 그건 확실히 거짓말이라고 생각했다.

사네유키 도고를 찾아가겠다고 지아키와 다나카에게 약속했으면서도 묵살해 버렸다. 그런 꼴사나운 짓을 할 수가 있나 하는 배짱이었다.

해군성 인사국에 있는 다나카 지아키도 사네유키와 동기생이었다. 두 사람은 모두 이시카와 현(石川縣) 출신이다.

두 사람은 이날 아침 도고의 부관으로부터——어제 저녁에 아키야마 소령이 오지 않았다는 연락을 받았다. 도고는 밤이 늦도록 기다렸다고 했다.

"그럴 수가 있나."

지아키와 다나카는 분개하여, 앞으로 처리해야 할 대책을 협의했다.

그러는데 느닷없이 사네유키가 해군성에 나타나 인사국에 들어섰다.

"자네 대체 어떻게 된 건가?"

지아키는 다짜고짜 고함을 지르며 사네유키를 의자에 앉게 했다. 사네유키는 의자를 거꾸로 돌리고 앉아서 두 팔을 의자 등받이에 올려놓으며 뭘 아침부터 화를 내느냐고 했다. 지아키는 어제 저녁 도고에게 가지 않은 것을 책망했다.

사네유키도 이유를 말했다.

"알았네. 자넨 군무국의 야마구치를 만났지? 야마구치에게 개전 정세에 대해 물었지?"

"응."

사네유키가 고개를 끄덕이자

"말해 두겠네만, 이번 인사는 군무국에서는 아무도 모르는 일이야. 해군성 안에서는 우리 인사국만이 알고 있어."

그러는 중에, 도고 중장이 볼일이 있어서 해군성에 와 있다는 것을 다른 사람이 와서 알려주었다.

"마침 잘됐군."

지아키는 먼저 일어나서 사네유키에게 눈짓을 했다.

아키야마 사네유키가 도고 헤이하치로라는 인물과 마주 앉아 얼굴을 대한 것은 이때가 처음이다.

"회의실에 안내했네."

귀띔해 준 자가 말했다.

사네유키가 인사국의 지아키를 따라 넓은 회의실에 들어서니, 도고는 한가운데 혼자 앉아 있었다. 등 뒤 창문에 엷은 커튼이 드리워져 있어서 등에

역광을 받고 있었다. 탁자에는 차도 나와 있지 않았다.

"아키야마 소령입니다."

사네유키가 인사를 하자 도고는 친히 일어서서 '도고올시다' 하고 모음을 길게 발음하며 대답했다.

생각했던 것보다 체격이 작고, 머리를 짧게 깎았으며 귀밑털이 하얗다. 거기에 콧수염과 턱수염은 회색이어서 이상한 느낌을 주는 용모였다. 용모라 하니, 눈과 코가 너무 단정해서 전체적으로 호걸다운 데가 하나도 없었다.

그러나 사네유키는 그를 보고 첫눈에 느꼈다.

'이 분은 덕이 있는 인물이구나.'

일단 연합함대라는 대군이 편성되는 경우에는 그것을 통수하는 인물은 어지간히 덕망이 있는 인물이 아니면 안 된다.

사네유키는 권하는 의자에 앉아 긴 테이블을 사이에 두고 마주 앉았다. 도고는

"이번 임무는 귀관의 능력에 기대하는 바가 크오."

했을 뿐, 입을 다물었다. 침묵을 지키면서 사쓰마인(薩摩人)이 손님을 대할 때 나타내는 독특한 표정으로 사네유키를 바라보았다. 입술을 다물고 양쪽 입 언저리에 희미한 미소를 머금고 있었다.

도고라는 인물이 굉장히 과묵한 사람이라는 말을 사네유키는 듣고 있었다. 그리고 청일전쟁 때 국제법을 위반한 영국 기선을 격침시킨 것을 보면 훌륭한 결단력도 아울러 갖추고 있음을 알 수 있었다.

평소에든 전장에서든 그는 불필요한 말을 한 적이 없었다. 과묵이야말로 장병을 통솔하는 최상의 조건이라고 한다면, 도고는 장수로서 아주 적합한 사람인 것 같다.

대면은 그것으로 끝났다.

나중에 인사국의 지아키가 감상을 묻자, 사네유키는 한참 생각하다가 대답했다.

"그 분은 대장이 되기 위해 태어난 것 같은 사람이네. 그 분 밑에서라면 제법 큰 그림을 그릴 수 있겠어."

사네유키의 두 번째 느낌이었다.

사람에게는 천성이 있다고 사네유키는 생각하고 있었다. 사네유키는 자신이 3군을 지휘하여 일체의 불평을 듣지 않고 각자의 임무에 따라 사지(死

地)로 나가게 할 수 있는 그런 장수감은 아니라고 여기고 있었다.

　사네유키에게 있는 것은, 도고의 통수력을 빌려 소신껏 작전을 전개해 보는 그 점뿐이었다.

　도고 헤이하치로(東鄕平八郞)라는, 세상에 그다지 알려지지 않은 존재인 인물이 상비 함대 사령장관이 되기까지는 몇 가지 얘기가 있다.

　그때까지의 상비함대 사령장관은 히다카 소노조(日高壯之丞)였다.

　히다카는 사쓰마 태생으로 보신 전쟁 때는 야마모토 곤노효에(山本權兵衛)와 함께 번병으로 참전했다.

　당시 야마모토와는 친한 사이여서 보신 전쟁이 끝난 뒤에는 도쿄에 가서 함께 씨름꾼이 되자고 했다.

　메이지 3년(1870년), 두 사람은 쓰쿠지(築地)의 해군 병학료에 들어갔다.

　야마모토는 보신 전쟁 때 나이를 속여 소년병으로 출전했기 때문에 입교 때 '유년생도'라는 자격이었고, 히다카는 '장년생도'라는 자격이었다. 유년생은 남료에서 기거하고, 장년생은 북료에서 기거했다.

　졸업 후 히다카는 주로 함대 근무로 시종하면서, 메이지의 일본이 겪은 모든 싸움에 참가했다. 대만 정벌과 세이난 전쟁 때는 '쓰쿠바(筑波)'의 승조 사관으로 종군했고, 청일전쟁 때는 주력함인 '하시다테(橋立)'와 '마쓰시마(松島)'의 함장으로 전장을 왕래했고, 그 후 승진을 거듭하여 지금은 상비 함대 사령장관으로서 사세보(佐世保) 군항에 있다.

　"그림으로 그린 듯한 봇케몬."

　이것이 사쓰마 사람들 사이의 히다카 평이었다. 봇케몬이란 말은, 사쓰마 특유의 열혈남아를 가리키며, 용맹스럽고 고집이 세다는 뜻이다.

　러일간의 형세가 급박해지는 데 따라 전시의 연합함대 사령장관은 당연히 히다카가 되리라고 모두들 알고 있었다. 현직 상비 함대의 사령장관이니 틀림없는 일이었다. 히다카 자신도 그렇게 여기고 있었다.

　그런데 해군 장관 야마모토 곤노효에는, 이때 히다카를 한직으로 옮기고 그 자리에 도고 헤이하치로를 앉힌 것이다.

　이 인사 문제를 히다카에게 알리는 것은, 어릴 때부터의 친구인 야마모토로서는 여간 괴로운 일이 아니었을 것이다.

　그는 우선 사세보의 히다카에게 전보를 쳐서 급히 상경하라고 했다.

히다카가 희소식인 줄 알고 상경하여 해군장관의 관저를 찾아가자, 야마모토는 착잡한 표정을 하고 있었다.

선뜻 용건을 말하지 못하는 것을 보고 성질이 급한 히다카가 초조해져서 다그쳐 물었다.

"대관절 나를 부른 것은 무슨 용무인가?"

그래도 야마모토는 히다카의 얼굴을 바라본 채 한참 동안 잠자코 있다가 이윽고 입을 열었다.

"실은 자네가 딴 자리를 맡아 주었으면 해서 그러는데."

히다카는 얼굴이 금세 상기되었다. 이유를 말해, 이유가 있나, 하고 목소리를 높이자, 야마모토는 더욱 머뭇거리는 말투로 말했다.

"이유랄 것은 없네. 자네도 이미 1년 3개월이나 그 자리에 있었으니, 이쯤에 기분 전환을 하는 게 좋을 듯해서."

그러자 히다카는 의자에서 일어나 테이블을 잡고 노기가 등등하여, 곤노효에 그만 둬, 그런 사탕발림에 내가 넘어갈 줄 아나, 대관절 누가 내 자리에 오는 거야, 하고 고함을 쳤다.

——실은 도고일세.

야마모토는 후임자의 이름을 밝혔다. 그 후임자는 장차 개전되었을 때는 연합함대를 이끌고 러시아 해군과 결전하게 되는 것이다.

"도고(東鄕)."

히다카는 처음부터 자기의 귀를 의심했다. 도고라니, 마이즈루의 그 도고 말인가, 하고 다그쳐 물었을 정도로 그에게 의외의 이름이었다.

아니, 오히려 전 해군이 뜻밖으로 생각했으리라. 도고는 과묵하고 겸허하며 자기의 존재를 거의 내세운 적이 없었다.

히다카는 같은 사쓰마 사람으로서 도고라는 인물이 어느 정도의 재능이 있는지를 대충 알고 있다고 자부했다.

그는 청일전쟁 직전에 대령으로 예비역에 편입될 뻔한 사람이 아닌가. 병약해서 자주 쉰다는 것이 예비역 편입 명단에 오를 뻔한 이유였다는데, 유능하다면 아무리 약골이라도 정리 리스트에 오를 턱이 없다.

히다카는 그렇게 생각하고 있었다.

거기다가, 도고와 히다카는 거의 같은 시기에 소위에 임관되어 지금은 똑

같은 중장이지만, 오늘날 해군 분야의 하마평으로는 히다카는 장차 대장이 되고, 도고는 필경 지금의 마이즈루 진수부 사령관을 마지막으로 중장으로 현역에서 물러나리라고 했다.

——그런 도고에게 내가.

히다카가 자기의 귀를 의심했던 것도 무리가 아니었다. 히다카는 자신이 있었다. 그것도 지나칠 정도로 해군 사령관으로서의 자신의 능력을 굳게 믿었다.

히다카는 개전을 앞두고 한직으로 전보될 뿐만 아니라, 자기의 후임이 도고라는 점에서 이중의 모욕을 느꼈다.

히다카는 냉정을 잃었다. 분한 나머지, 허리에 찬 단검을 선뜻 뽑아서 소리쳤다.

"야마모토, 더 이상 아무 말 않겠네. 이 칼로 날 찔러 죽여주게!"

유럽의 문명국 해군에서는 이런 뚱딴지 같은 광경은 볼 수 없으리라. 아시아의 신흥 국가는 장군조차 굉장한 야만성을 지니고 있었다.

히다카는 사쓰마식 검법 대결이라도 하듯이 죽마고우인 곤노효에를 노려보았다.

"히다카, 그러는 자네 맘 이해하네."

야마모토는 입을 열었다.

"내가 자네 처지라도 단검을 뽑았을 걸세. 허나, 내 얘기를 들어 보게. 자네와 나는 옛 막부 때부터 함께 같은 길을 걸어왔네. 자네에게 나는 아무런 비밀도 없고, 그 점 자네도 같을 줄 아네. 그런만큼 서로의 장점과 단점을 잘 알고 있지. 자네의 장점은 무척 용기가 있고 뛰어나게 머리가 좋은 점일세. 그건 내가 누구보다도 잘 알지. 허나 자네에겐 단점도 있네. 자넨 무슨 일에든 자부심이 강해서, 언제나 자기 자신을 내세우지 않으면 직성이 풀리지 않네. 자기가 이렇다고 생각하면 남의 말은 일체 듣지 않네."

야마모토 곤노효에는 도고와 히다카의 우열론을 당사자인 히다카를 앞에 놓고 설파했다.

"사실 도고의 재주가 자네만 못하네."

"그런 도고를!"

히다카는 여전히 단검을 든 채 더욱 격해졌다.

야마모토는 그것을 달래면서 우선 들어보라고 했다.

야마모토가 판단하기로는, 대군의 장수는 알량한 재주만으로 될 수 있는 것이 아니고, 모든 인격이 거기에 적합한가 아닌가에 따라 결정된다고 보고 있었다.

"일본과 러시아의 국교가 단절될 경우, 작전과 용병의 대방침을 대본영이 결정하여 그것을 해상의 함대 사령장관에게 시달하네. 함대 사령장관은 대본영의 수족처럼 움직여 줘야 하는데, 그 점이 자네로서는 불안해. 자네는 비위에 맞지 않으면 제멋대로 생각하고 중앙의 명령에 따르지 않을지도 몰라. 그 점을 생각해 보게. 만약 어떤 명령을 내린 중앙이, 그 명령을 밖에 나간 일선 함대가 듣지 않는 것도 모르고, 함대가 명령대로 움직이고 있는 줄 믿고 다음 작전 계획을 세운다면 그 결과는 어찌 되겠나. 작전은 지리멸렬해지고 군은 붕괴하여 결국 나라가 망할 것이 아닌가."

야마모토는 말을 계속했다.

"그 점, 도고라는 사나이는 그러한 불안이 조금도 없네. 대본영이 내리는 그때그때의 방침에 충실할 것이며, 거기에다 임기응변의 조치도 취할 걸세. 전국시대의 성을 가진 영웅호걸의 역할이라면 자네가 훨씬 적임이겠지만, 근대 국가의 군대 총지휘관은 그래서는 안 되네. 도고를 발탁한 것은 그런 이유일세. 자네에 대한 나의 우정은 변함이 없네. 그러나 개인의 우정을 국가의 대사와 바꿀 수는 없지 않은가."

그제야 히다카는 고개를 끄덕이기 시작하더니, 이윽고 눈물이 글썽해져서, 내가 잘못했네, 그런 이유라면 화낼 명분이 조금도 없지, 사과하네, 하고 머리를 숙였다.

잠시 후 그는 머리를 들었으나 몹시 쓸쓸해 보였다.

야마모토는 그때의 히다카의 표정을 평생토록 잊을 수가 없다고 늘 말하곤 했다.

사실은 이날보다 하루 전에 야마모토는 그 용건으로 도고를 만났다. 동석한 사람은 해군 군령부장 이토 스케유키(伊東祐亨)였다.

야마모토는 우선 도고의 건강을 물었다. 그런 다음 넌지시

"자네에게 맡기고 싶은 일이 있네. 별로 큰일은 아니지만, 히다카의 후임을 맡아 주게. 어떤가?"

말하자 도고는 무표정이었다.

얼마 후 천천히 입을 떼어 승낙했다.

"좋네."

야마모토는 즉시 다짐을 했다.

――모든 일은 중앙의 지령대로 움직여줘야만 하는데, 그 점 어떻게 생각하나?

도고는 두 번째로 고개를 끄덕이며 알고 있네, 그러나 원칙은 그대로 따르지만 현장에서의 조치는 모두 내게 맡겨 줘야 하네, 그래도 되겠지, 하고 말했다.

물론 그것이 군대 지휘의 상식이니 야마모토에게도 이의가 없었다.

이런 경위로 해서 사령장관은 도고로 결정되었으나, 당연한 자격을 가졌던 히다카가 실격한 데는 다른 까닭이 있었다.

일본과 러시아의 관계가 험악해졌을 무렵, 하루는 입궐한 야마모토를 보고 메이지 천황이 물었다.

"항간의 일부에서 주전론을 내세우는 자들이 있는데, 만약 전쟁이 벌어졌을 경우 해군은 이길 수 있겠소?"

야마모토는 간단하게 대답했다.

"러시아와 일본의 해군력은 10대 7이니, 이런 열세를 가지고 일반적인 싸움을 하면 도저히 승산이 없습니다."

다만 전략으로 임하면 승산이 있다고 대답했다.

전략이란, 일본은 러시아의 함대 세력이 분산되어 있는 것을 이용한다는 것이다. 즉 러시아는 발트와 블라디보스토크, 여순, 세 군항에 해군이 분산되어 있다. 일본은 단일 집단인 함대를 끝까지 하나로 뭉쳐서, 그것으로 적의 분산된 힘을 하나하나 격파한다는 것이었다.

한 가지 욕심을 더 부리자면, 삼분(三分)된 적의 힘을 사분(四分)시키고 싶었다. 천행이랄까, 이 무렵 러시아는 조선 침략의 일환으로 일본에 가까운 마산포를 조차하려 하고 있었다.

일본의 육군 당국은 크게 당황했으나, 야마모토는 은근히 기뻐했다.

러시아가 마산포에까지 군함을 배치한다면 그 해군력은 더욱 분산된다. 일본은 러시아의 약화된 네 개의 소함대를 하나하나 격파하면 되는 것이다.

그런데 일본의 참모본부는 외무성과 협의하여 실업가를 마산포로 보내 군항 예정지인 요소요소를 재빨리 매수하여 러시아의 기도를 꺾고 말았다.

이 조치는 야마모토를 실망시켰는데, 이 일로 그를 더욱 불쾌하게 만든 것은 육군의 이 매점책을 히다카가 해군성에 상의도 없이 크게 협력한 일이었다.

"히다카는 생각이 얕아. 거기다가 지나치게 독단적이야."

야마모토는 젊었을 때부터 히다카의 그러한 버릇을 알고는 있었으나, 아무튼 이 일로 히다카는 결정적으로 감점되었다.

또 하나, 야마모토가 히다카를 기피한 것은, 비밀을 유지하지 못하는 점이었다.

야마모토는 대러전을 결의한 후로는 러시아에 일본 해군의 실제 세력을 가급적 알리지 않으려고 함대 사령장관과 진수부 사령관에게 그 뜻을 비밀 훈령으로 시달하고 있었다.

그런데 히다카는 어느날 휘하의 모든 함선을 이끌고 고베에 입항했다. 그때 고베 항에는 러시아의 군함 두 척이 정박 중이었다. 히다카는 그것을 알고 있으면서도 러시아의 군함에 일본의 함대를 과시하려 한 것이다. 비밀이고 뭐고 안중에도 없었다.

야마모토는 나중에 그 말을 듣고, 히다카의 용맹 뒤에 있는 것은 단순한 경솔뿐이라는 것을 알았다.

개전

메이지 36년(1903년)의 이 무렵, 가부토 거리(兜町)의 시부자와 에이이치(澁澤榮一)의 사무실 접수부에 깃 없는 흰 양복을 입은 면회인이 나타났다.

50쯤 되어 보이는 몸집이 작은 남자였다. 머리가 토란처럼 둥글고 민들민들한 민머리인데, 눈에 애교가 있고 아이들처럼 초롱초롱했다.

"실례합니다. 시부자와 씨는 계십니까?"

접수 창구에 턱을 올려놓듯이 하여 들여다보며, 손가락으로 창문턱을 톡톡 두드렸다. 고작 소학교의 분교 주임 정도로 보이는 남자였다.

"뉘신지?"

접수구의 젊은 사나이가 경계하듯이 물었다. 아무래도 재계의 거두인 시부자와를 찾아올 만한 부류의 사람은 아닌 것 같았다.

"고다마요."

"명함을 가지고 계십니까?"

"아, 명함 말인가?"

경망스럽게 가슴께를 더듬거리다가 잊고 온 모양인지, 그냥 고다마라면 알 거요, 했다.

남자는 고다마 겐타로(兒玉源太郎)였다.

그는 현역 육군 중장이면서, 그 정치적인 수완을 인정받아 다른 분야까지 주관하고 있었다.

메이지 31년(1898년)에는 대만 총독에 임명되고, 33년(1900년)에는 육군 장관을 겸임, 35년(1902년)에 육군장관 겸임이 해제되었으며, 36년(1903년)에는 내무장관 겸임, 이어서 문부성장관도 겸임하여 현재에 이르고 있다.

결국 러일전쟁의 육군 작전은 불세출의 작전가란 소리를 듣는 이 사람이 담당하게 되는데, 이때는 아직 그 방면으로 전출하지 않고 있었다.

접수부 직원은 여전히 의심하는 눈초리였다. 그러나 고다마가 접수대에 턱을 올려놓고 싱글벙글 웃자 그 웃음에 넘어가고 말았다.

그러나 이윽고 전달하고 와서는 이렇게 말했다.

"약속이 없으시기 때문에 면회를 하실 수 없다고 하십니다. 게다가 주인께서 곧 외출하시기 때문에 시간이 없으시답니다."

고다마는 난감했으나 시부자와가 곧 외출한다는 데 희망을 걸었다.

"나가려면, 이 복도로 나오겠지?"

직원에게 물었다. 안내인은 달갑잖은 낯으로 고개를 끄덕였다.

"그럼 여기서 기다리지."

그리고 가까운 데 있는 의자에 앉았다. 다리를 포개고 앉은 것을 보니 어린 아이처럼 단화를 신고 있었다.

잠시 후 시부자와가 비서를 데리고 외출하려고 복도로 나오다가 그곳에 고다마가 있는 것을 보고 놀라는 것이었다.

"당신이셨군요."

시부자와는 고다마의 용건을 대충 짐작하고 있다. 반갑지 않은 사람이 왔구나 하고 느꼈으나, 이미 자기가 실례를 했기 때문에 우선 사과부터 하고 볼 일이었다.

고마다로서는 자연적으로 작전이 성공한 셈이었다.

시부자와는 재정상의 비전론자였다.

고다마의 의견으로는 이미 러시아와의 전쟁 문제는 러시아 측의 압도적인 강경 정책에 의해 전쟁을 피할 수 없는 단계까지 와 있으며, 내각이나 군부도 거의 결의를 하지 않을 수 없는 시점에 도달해 있다고 보고 있었다.

그러나 군비를 조달해야 할 재계가 비전론을 내세우고 있는 이상 어쩔 도리가 없었다.

시부자와는 모처럼 찾아온 고다마를 쫓아 보낼 수도 없고 해서
"그럼 한 시간만."
응접실로 안내한 뒤, 비서에게 지금부터 가서 만나려던 상대편에게 한 시간 늦는다고 전화를 하도록 했다.
마주 앉자
"고다마 씨"
곧 시부자와는 입을 열었다.
"몇 차례나 말씀드린 대로입니다. 일본은 러시아를 상대로 전쟁을 할 만한 돈이 없습니다. 전쟁 도중에 국가는 파산해서 적탄을 맞기도 전에 망합니다."
시부자와는 지론을 거듭 주장했다.
본시 국력이 약한 데다 일본은 현재 극심한 불경기이다, 일본의 모든 은행의 금고를 다 뒤져도 돈이 나오지 않는다고 시부자와는 숫자를 들어서 설명했다.
시부자와는 도네 강(利根川) 연안의 지아라이시마(血洗島)라는 마을의 부농의 아들로 태어나, 막부 말엽에는 농민 출신이면서 양이 지사들에게 가담하여 당시 유행했던 폭동을 일으키려 한 적도 있다.
나중에 운명적인 계기로 히도쓰바시(一橋)에 고용되어 도쿠가와 요시노부(德川慶喜)의 신뢰를 받았다. 게이오(慶應) 연간에는 교토(京都)에서 히도쓰바시 집안의 집사로서 다른 번과의 절충을 맡아 보았고, 요시노부가 15대 장군이 되자, 작은 벼슬이나마 막부의 벼슬아치가 되었다.
이때 마침 파리에서 만국 박람회가 개최되어 일본도 초대를 받자, 시부자와는 막부 대표의 수행원 자격으로 프랑스에 건너갔다.
이 외유 동안에 막부가 와해됐다. 귀국해서 도쿠가와 가문의 정리를 맡아 했다. 나중에 신정부의 대장성에 출사했다가 얼마 후 관직을 떠나 야인이 되었다. 그러고는 일본에 구미식 재계(財界)를 형성하기 위해 뛰어다녔으며, 시중 은행을 최초로 만들었을 뿐 아니라, 거의 모든 산업을 일으켰다 해도 과언이 아닐 만큼 다방면으로 활약했다.

이런 시부자와를 상대하는 고다마는, 16세 때 조슈(長州)의 지번인 도쿠야마 번(德山藩)의 번사로서 관군의 하급 지휘관이 되어 보신 전쟁에 참가하고 오슈(奧州)까지 가서 도쿠가와 체제를 무너뜨리는 데 공을 세웠다는 점이, 이 신흥 국가의 재미있는 면이리라.

한 시간의 회담 결과는 고다마에게 아무런 소득도 없었다. 시부자와가 지론인 비전론을 고집하기만 하여 그냥 헤어지고 말았다.

그러나 고다마는 단념하지 않았다.

이번에는 시부자와 다음 가는 재계의 실력자인 곤도 렌페이(近藤廉平)를 만나, 부디 만주와 조선에 나가서 러시아가 거기에 얼마나 대규모로 군사 진출을 하고 있는지, 실제로 보고 와달라고 간청했다.

"보고 나서, 재계의 방향이 지금 이대로 가도 괜찮겠는지 다시 한번 검토해 보시오."

고다마는 끈질기게 부탁했다.

곤도도

"일본의 재정으로 전쟁을 생각하는 것은 망상에 지나지 않는다."

시부자와의 지론을 지지하는 사람이었기 때문에 처음에는 내키지 않는 듯한 태도를 취했으나, 고다마가 하도 집요하게 권하는 바람에 승낙하고 말았다.

그 결과 곤도가 10월에 귀국했을 때는, 그의 의견은 완전히 달라져 있었다.

만주와 조선 여행에서 돌아온 곤도 렌페이는 누구보다 먼저 시부자와 에이이치를 만나 현지에서 듣고 본 것을 소상하게 보고했다.

"뭐라고 할까요, 시베리아에서 만주에 이르는 대평원은 이미 쇠빛으로 완전히 채색이 되었다고 해도 좋을 정도입니다. 도처에 러시아 대부대가 이동하고 있고, 여순에서는 요새 공사가 한창이며, 해상에는 러시아의 군함이 끊임없이 출몰하고, 이미 극동의 지도가 바뀌려 하고 있습니다. 러시아 군의 병력은 시간이 갈수록 증강되고 있습니다. 미구에 일본은 압도되어 자멸할 것입니다."

곤도의 이 보고는 시부자와를 동요케 했다.

시부자와는 원래 군인의 관찰이나 군인의 국제 전략 따위를 일체 믿지 않는 사람이었으나, 보고자가 곤도인만큼 그 관찰을 신용했다.
 그 후 며칠이 지나 시부자와의 사무실에 평복차림의 고다마가 나타났다.
 고다마에게는 그 사이 짧은 기간이었으나 중대한 변화가 일어났다.
 그는 내무장관도 그만두고, 대만 총독직도 내놓고, 관직으로서는 그보다 낮은 참모본부 차장 자리를 자원하여 맡고 있었다.
 이 점에 대해서는 뒤에서 언급하겠지만, 그가 시부자와의 사무실을 찾아온 것은 참모본부 차장으로 취임한 이튿날인 10월 11일이었다.
 더욱이 이 천재적인 작전가는 군복의 거북함이 싫어서 편한 평복 차림을 하고 온 것이었다.
 "곤도 군한테서 보고를 받았습니다."
 시부자와의 말이다.
 시부자와의 얼굴은 윤기 흐르는 동안(童顔)이었는데 이 날은 혈색이 좋지 않았다.
 "고다마 씨는 전쟁 지휘를 맡게 되셨는데, 승산이 어느 정도입니까?"
 "이긴다고까지는 보지 않습니다. 국가의 총력을 기울여 어떻게든 우세한 입장에서 강화를 맺자는 것이 최대한의 전망입니다."
 "거기까지 가겠습니까?"
 "작전의 묘를 발휘하고, 군대가 사력을 다하면 어떻게 되겠죠. 나머지는 외교입니다. 그리고 전비(戰費) 조달이구요."
 고다마는 말을 이어갔다.
 "아무튼 이대로 시간이 흐르면 흐를수록 러시아측이 유리해지고 일본 측이 불리합니다. 2년만 지나면 극동의 러시아군 병력은 방대한 규모가 될 것이고, 그 병력을 배경으로 더욱더 일본을 압박할 것입니다. 그때 가서 일어나 봤자 이미 싸움이 되지 않습니다. 지금이라면 그래도 가망이 있습니다. 일본은 구사일생을 각오하고 싸우는 길밖에 남은 길이 없습니다."
 여기까지 말을 한 고다마의 두 눈에서 눈물이 흘러내렸다.
 메이지에 들어서서 30년, 이제 겨우 오늘날의 위치에 이른 일본은 이 전쟁으로 어쩌면 멸망할지도 모른다. 그것을 육군의 작전 일체를 담당한 고다마 자신이 얘기하고 있다.
 시부자와도 눈시울을 적셨다.
 "고다마 씨, 나도 일개 병졸이 되어 싸우겠습니다."

그리고 전비 조달을 위해 어떠한 무리라도 하겠노라고 말했다.

시부자와의 이 결단은 그 후 28일에 개최된 은행 집회소 월례회에서 총의를 결의하여, 개전을 위한 협력 태세를 갖추게 했다.

러시아와의 전쟁 결의에 앞서, 일본 육군에 중대한 사태가 발생했다.

참모본부 차장 다무라 이요조(田村怡與造)가 병사한 것이다. 다무라는 '현대의 신겐(전국시대의 다케다 신겐)'이라는 평을 들은 인물로, 대러전 연구의 권위자였다.

청일전쟁 때의 작전은 전술의 귀신 소리를 듣던 가와카미 소오로쿠(川上操六)가 안을 세워서 수행했다.

가와카미는 전후에, 다음에는 러시아가 온다면서 대 러시아 전쟁을 연구하는 데 몰두하다가 과로로 급사했다.

그 가와카미의 대러전 연구를 다무라가 계승하여 연구를 계속했던 것이다.

다무라는 사관학교 제1기생으로서 고슈(甲州) 출신이었다. 고슈 출신이라는 점에서 '현대의 신겐'이라는 별명이 붙었을 것이다.

대러전은, 그 작전을 연구하는 것 자체가 심리적인 중압감에서 벗어날 수가 없는 것이었다. 승산을 찾아내기가 극히 어렵기 때문이다. 그 괴로움이 가와카미의 목숨을 빼앗고, 이번에는 다시 다무라의 목숨을 앗아갔다.

다음에는 그것을 계승한 고다마 겐타로의 목숨까지 빼앗고 말지만, 단 그의 죽음은 전쟁 후이다.

다무라가 이 해 10월 1일, 적십자병원에서 죽자 그 후임이 문제가 되었다.

이때 참모본부 총장은 오야마 이와오(大山巖)였다. 오야마는 소위 최고 책임자이며 실무 일체는 차장이 맡는 것이 관례로 되어 있었다.

차장인 다무라는 소장이었다.

"제가 뒤를 맡겠습니다."

고다마는 육군의 원로인 야마가타 아리토모(山縣有朋)와 오야마 이와오 앞에서 불쑥 말했으나, 고다마는 전부터 다무라에게 만일의 경우가 생기면 자기가 나서지 않을 수 없다는 각오를 하고 있었던 것 같다.

능력으로 따진다면 고다마는 다무라보다 몇 갑절이나 위일 것이다. 청일전쟁 때의 가와카미와 비교해도 독창력이 뛰어난 것은 확실했다.
 그러나 고다마는 차장을 맡기에는 너무 거물이었다. 3년 전에 육군장관까지 지낸 고참 중장으로 내년에는 대장으로 승진하게 되어 있었고, 현재 내무장관과 대만 총독으로 있는 그였다.
 고작 소장이 맡는 차장 자리에 앉는다는 것은 이례적인 직계 격하가 된다.
 그러나 고다마는 천성이 그런 것에 구애되지 않는 사나이였다. 대러전의 작전을 세울 만한 사람은 육군 전체에서 자기 말고는 없다는 것을 알자 서슴지 않고 결심해 버린 것이다.
 야마가타도 오야마도 기뻐한 것은 물론이다.
 이때, 야마가타가
 ──오야마 씨만 좋다면 내가 참모총장을 맡고 싶은데.
 말을 꺼내자, 고다마는
 "그건 제가 거절하겠습니다."
 그러고는 웃어 넘겨버렸다.
 야마가타는 총사령관에 맞지 않는 사람이었다. 뭐든지 자기 주장을 내세우고 자기 나름대로의 기호가 있어서 그것을 아랫사람에게 강요하는 버릇이 있었다.
 조슈 출신의 고다마에게, 야마가타는 조슈 군벌의 가장 큰 우두머리이기는 했으나 그 밑에서는 자유로운 활동을 할 수 없다고 보았다.
 그에 비해 사쓰마 사람인 오야마는 천성적으로 총수다운 데가 있어 모든 것을 부하에게 맡겨 버렸다. 고다마는 오야마를 위로 받들면 소신껏 일을 할 수 있다고 생각했다.
 다행히 그대로 되었다.

 천재에게는 학교 교육이란 것이 때로는 불필요한 것인지도 모른다.
 고다마 겐타로는 전국시대의 무장 또는 나폴레옹 같은 사람에 의해 일개 병사에서 발탁된 장군들처럼, 사관학교를 나오지 않았다.
 그는 16세의 소년병으로 보신 전쟁에 참가하여, 오슈에서 하코다테까지 전장을 누볐다.
 그 뒤 오사카(大阪)에 가설된 '병학료'에 3개월쯤 들어가 있었던 것이 그의 유일한 학력이다.

병학료를 나와 6등사관에 임명되었다가 이어서 중사가 되었다. 메이지 3년(1870년) 18세 때이다.

그는 소년 중사로부터 차츰 성장하여, 같은 조슈 출신인 노기 마레스케(乃木希典)가 보신 전쟁이 끝나자 곧 전격적으로 소좌에 임명된 것에 비하면, 그다지 좋은 출발은 아니었다.

그러나 메이지 10년(1877년) 세이난(西南) 전쟁 무렵에는 노기와 같은 소령이 됐고, 이때부터 재능이 인정되어 구마모토(熊本) 진대(후일의 사단)의 참모가 되었다. 나이 25세 때의 일이다.

그 후 고다마의 반생은 일본 육군의 성장 단계와 밀착되어 있다.

그의 군사학은 독학한 것이었다.

육군을 독일식으로 고치기 위해 우선 육군대학교를 설립하고, 이어서 독일 육군의 참모 소령 메켈을 육군 대학교 교관으로 초빙하여 일본의 전술 사상을 일변시켰을 때, 아키야마 요시후루 등의 젊은 장교들이 제1기생이 되었으나, 고다마는 학생이 되지는 않았다.

왜냐하면 그는 이미 33세의 대령으로, 참모본부 제1국장이 되어 있었기 때문이다.

그는 이때 육군대학교의 교장직을 겸임하게 되었다. 그래서 교장으로서 메켈의 강의를 들었는데, 그의 일생을 통해서 따진다면 어렸을 때 서당에서 초등 과정과 중등 과정 정도의 교육을 받은 이후, 이때 비로소 선생에게서 무엇을 배우는 경험을 하게 된 것이다.

요컨대 고다마는 학생이 아닌 자유로운 청강생으로 메켈의 강의를 들었다. 메켈은 고다마의 천재적인 두뇌에 자주 경탄하곤 했다.

메켈이 일본에서의 모든 일정을 마쳤을 때, 어떤 사람이 그에게

"당신이 일본에서 가르친 사람 가운데서 이 사람이라면, 하고 느낀 사람은 누구입니까?"

묻자, 그는 서슴지 않고 '고다마입니다'라고 대답했다고 한다.

고다마는 메켈이 하나를 가르치면, 열이나 스물을 연상해서 흡수해 버리는 뛰어난 두뇌를 가지고 있었다.

거기에다 성격이 활달하고 막힌 데가 없으며, 작전가인 동시에 높은 경륜의 소유자였고 더욱이 욕심이 없기 때문에 그의 정치적 재능은 같은 시대의 누구보다 뛰어났다.

그런 정치적인 재능이 있었기 때문에 오히려 약방의 감초처럼 쓰여서, 육군장관 이외의 장관 자리를 자주 맡는 일복이 있었던 것이다.

그런 사람이 훨씬 후배인 다무라 소장의 뒤를 이어 참모본부 차장이 되어서 작전 분야로 돌아온 것이다.

작전가로서의 고다마의 이름은 이미 각국의 무관들 사이에 알려져 있었기 때문에 이 인사가 공표되자

"일본은 러시아와의 전쟁을 결의했다."

이 정보가 주일 각국 공사관을 통해 그들의 본국으로 타전되었을 정도였다.

일본 정부가 대 러시아 전쟁 결의를 속으로 감추고 마지막 교섭을 시작한 것은 메이지 36년(1903년) 여름이었다.

러시아에 대한 최종적인 협상안은 6월 23일의 어전 회의에서 결정되었고, 8월 12일에 페테르부르크에 있는 구리노(栗野)공사의 손을 거쳐 러시아 정부에 제출되었다.

협상안의 요점은

"청·한 두 나라의 영토 보전을 존중할 것."

"러시아는 조선에서의 일본의 우세한 이익을 존중할 것. 그 대신 일본은 러시아의 만주에서의 철도 경영의 특수 이익을 승인할 것."

따위로서, 요컨대 일본은 조선에서 권익을 가지고 러시아는 만주에서 권익을 가지되, 서로 침범하지 않는다는 것이었다.

일본이 조선에 대해 이 정도로 집착한 것은, 역사의 단계가 지난 오늘날에 와서 생각해 보면 아무래도 이치에 닿지 않는 일로 우스꽝스럽기조차 하다.

툭 털어서 본질을 밝힌다면, 일본과 러시아 두 제국주의의 뿔싸움인 것이다.

러일 양국은 대영제국을 모델로 한 근대 산업국가가 되고 싶었다. 그러기 위해서는 아무래도 식민지가 필요하다. 그래서 러시아는 만주를 탐내고, 식민지가 없는 일본은 조선에 필사적으로 매달렸던 것이다.

19세기에서 이 시대에 걸쳐, 전 세계의 국가와 지역은 타국의 식민지가 되거나 그것이 싫으면 산업을 일으키고 군사력을 키워 제국주의의 동료가 되거나, 그 두 가지 길밖에 없었다.

후세 사람들이 환상을 품는 국가, 즉 침범하지도 않고 당하지도 않으며 인류의 평화만을 국시로 하는 나라야말로 그 당시에 있었어야 할 국가였으며, 그런 환상적인 국가의 가공(架空)의 기준을 당시의 국가와 국제 사회에 대입하여 국가의 옳고 그른 모습을 정하게 되면, 역사는 점토 세공물의 점토에 지나지 않게 된다.

세계는 이미 그런 단계에 오고 말았다. 일본은 유신에 의해 자립의 길을 택한 이상, 이미 그때부터 타국(한국)에 피해를 주더라도 자국의 자립을 유지해야만 했다.

일본은 그 역사적 단계로서 조선을 고집하지 않을 수 없었다. 만약 그것을 버리면 조선은 고사하고 일본 자체도 러시아에 먹히게 될 가능성이 컸다.

이 시대의 국가 자립의 본질은 그러한 것이었다.

그러한 일본측의 안을 러시아에 전달한 것이다.

그러나 러시아는

"이 문제는 본국 정부에서 취급하지 않는다. 극동의 외교는 일체 여순에 있는 극동 총독 알렉세예프에게 권한을 부여하고 있다. 그러니 담판은 페테르부르크에서 할 것이 아니라 도쿄에서 하기를 바란다."

이런 대답이었다.

일본은 이를 응낙하여 9월 7일부터 고무라 외상과 주일 러시아 공사 로젠 사이에 담판이 시작됐으나, 러시아 측은 일본측 안은 묵살하고 '한반도의 북위 39도 이북을 중립지대로 하자'

는 것이었다. 물론 중립지대란 이름뿐이고, 요컨대 평양과 원산 이북을 러시아의 세력 하에 두겠다는 것이다. 노골적으로 말해 조선의 북쪽 절반을 갖겠다는 것이었다.

——조선의 북쪽 절반을 갖고 싶다.

이러한 러시아 측 요구는 물론 명분은 중립지대라 되어 있었지만 일본측을 떨게 했다.

러시아는 이미 만주를 삼켰고, 그 무력을 배경으로 한 개발 기업은 만주 국경에서 조선의 북쪽을 압박하고 있었다.

만약 러시아 측이 말하듯이 한반도를 북과 남으로 분할한다면 어찌 되겠는가. 러시아의 무력은 강력하다. 그들의 강한 남하 욕망은 유럽에서 제국주의의 역사가 시작된 이래 가장 큰 것이었다.

조만간 군대를 남하시켜 반드시 '남쪽'을 먹으려 들 것이다. 그때는 '남쪽'의 지지국인 일본은 39도 선상에서 방어전을 펴야 할 것이다. 그렇게 하지 않으면 일본 열도 자체까지 미구에 러시아의 남하욕에 희생되어 적어도 쓰시마와 홋카이도 정도는 러시아의 소유가 되고 말리라.

지금 러시아 정부에서는 침략주의자가 이미 궁정을 장악하고 있고, 온건한 인물로 간주되고 있던 내무장관 플레베조차 이렇게 말했다.

"오늘날 러시아 제국이 이처럼 성대함을 자랑할 수 있는 것은 모두 군인의 힘이지 외교관의 덕이 아니다. 극동 문제 따위는 외교관의 붓끝보다 마땅히 군인의 총검으로 해결하는 것이 제격이다."

총검으로 해결하는 방법이 러시아의 태도 이면에 도사리고 있는 이상, 일본의 해결안에 대한 회답이 타협이니 수습이니 하는 방안과는 전혀 무관한 것이 되는 것도 당연할 것이다.

오히려 도전을 주안점으로 하고 있다. 그러나 강대국 러시아는, 약소국 일본이 미치기라도 하기 전에는 전쟁 따위를 결의할 턱이 없다고 믿었다.

황제 니콜라이 2세가

"짐이 전쟁을 바라지 않는 이상, 러일간에 전쟁은 있을 수 없다."

말한 것은, 특별히 호언장담을 한 것이 아니라, 그것이 러시아인의 상식적인 관측이었다.

지금 여순의 요새를 강화하고 시베리아 철도로 만주에 병력을 계속 보내고 있는 것은 '총검외교'의 위력을 높이기 위한 것이지, 일본과의 전쟁을 예상해서 하는 것은 아니었다.

예상하는 것조차 우스꽝스럽다는 의식이 러시아의 정치가와 군인에게는 있었다.

일본은 러시아의 강경한 회답에 꺾이지 않을 수 없었다.

고무라 외상은 로젠 공사에게, 더 이상은 양보할 수가 없다는 마지막 양보안을 제시했다.

요컨대 만주 조선 교환 안이랄까, 러시아는 만주를 마음대로 하라, 그 대신 조선에 대해서는 일체 손을 뻗치지 말라는 것이었다.

후세의 사가가 뭐라고 변명하든, 러시아는 극동에 대해 지나치게 농후한 침략 의도를 가지고 있었다.

　이 무렵, 일본 정부가 간원(懇願)하는 듯한 태도로 지속시키려는 러시아와의 협상에 대해 러시아는 처음 한동안은 진지하게 응대했으나, 그것이 거듭됨에 따라 이제는 회답을 일부러 늦추기 시작했다.

　그러면서 그 동안에 맹렬한 기세로 극동의 군사력을 증강시켰다. 유럽에서 군함을 계속 옮겨올 뿐만 아니라, 구축함 같은 작은 배는 원자재를 시베리아 철도와 그 연장 철도를 통해 여순까지 날라와 여순에서 조립하는 재주까지 부렸다. 그렇게 해서 여순항 내에 띄워 놓은 배가 이미 일곱 척이나 되어, 이대로 교섭이 지연되면 그 숫자는 더욱 불어날 것이다.

　또한 이 협상 중에 '시베리아 철도의 수송 시험을 한다'는 명목으로 이 '시험 기간' 동안 수송된 병력만도 보병 2개 여단에 포병 2개 대대, 그리고 약간의 기병이 있다.

　거기다가 여순과 블라디보스토크의 요새 공사는 밤에도 서치라이트를 켜 놓은 채 추진했고, 협상중이던 10월 중순에는 야전 병원의 시설물을 가득 실은 14량의 열차가 본국을 출발하기도 했다.

　"일본에 대한 회답은 가급적 늦추는 것이 좋다."

　이것이 러시아 군부의 정부에 대한 요청인 것 같았다.

　러시아는 극동에서의 황제 대리자로 여순에 극동 총독을 두고 있었다. 총독은 알렉세예프였다.

　알렉세예프는 러시아 황제의 신하 중에서도 침략의 최선봉에 서는 한 사람으로, 일본의 타협안을 황제에게 보낼 때는 다음과 같은 의견을 첨부했다.

　"일본은 소국이다. 병력도 적고 재정도 빈곤하다. 그런 소국이 러시아 같은 대국에 대해 언제나 허세를 부리는 것은 영미, 특히 영국의 선동에 의한 것이며, 그것만이 이유이다. 더욱이 영국은 만일 개전이 된다 해도 일본을 원조하여 일어설 결심은 하지 않을 것이다. 설사 결심한다 해도 극동에서 러시아 제국과 싸울 만한 실력은 없다. 이러한 영국의 사정을 일본은 잘 알고 있다. 그러니까 일본은 결코 최후의 수단에 호소하지는 않을 것이다. 그렇기 때문에 러시아는 끝까지 강경한 태도를 취하는 것이 좋다. 강경하게 나가면, 일본은 반드시 러시아의 말대로 따를 것이다."

　늦추고 늦추던 러시아 측 회답이, 11월 11일에야 겨우 일본 외무성에 전달되었다.

그것을 받은 외상 고무라는 '이처럼 오만한 회답은 역사상 없을 것이다'라고 신음했을 정도의 내용이었다.

러시아 측 회답은 타협하는 것은 고사하고, 최초의 회답보다 더욱 강경한 것이었다.

회답에는 러시아가 점거하고 있는 만주에 대해서는 아예 언급도 하지 않았다. 그런가 하면 일본의 이익인 조선에 대해서는 절반을 러시아에 내놓으라는 듯한 내용의 요구 사항을 되풀이하였다.

일본은 이 교섭에 절망을 느끼지 않을 수가 없었다.

뒷날, 상황이 냉각된 시점에서 보아도 역시 러시아의 태도에는 변호할 여지가 전혀 없다.

러시아는 일본을 의식적으로 죽음으로 몰아붙였다. 일본을 궁지에 몰린 쥐로 만들었으니 죽을 각오로 고양이를 무는 길밖에 방도가 없었다.

참고로 유럽 여러 나라 사이의 외교사를 보아도 한 강대국이 다른 나라를 대하는 태도로서 이처럼 무자비하고 가학적인 외교는 그 예가 없다.

백인의 나라끼리는 통용되지 않는 외교 정략이, 상대가 이교이고 더구나 열등 인종으로 간주되고 있는 황색 인종의 나라쯤 될 경우에는 예사로 취할 수 있다는데, 일본인의 괴로움이 있었으리라.

잠시 여담을 적어 본다.

필자는 태평양 전쟁을 시작하게 되는 일본의 정치적 지도층의 우열(愚劣)함에 대해서는 추호도 용서할 마음이 없다. 그러나 도쿄 재판에서 인도 대표인 팔 판사가 말한 것처럼 '미국인이 그토록 일본을 궁지에 몰아넣는다면, 무기 없는 소국이라 할지라도 일어서서 않을 수 없을 것이다'라고 한 말에는 역사에 대한 깊은 예지와 통찰력이 담겨 있다고 생각한다.

미국의 이 시기의 잔혹함은, 이를테면 상대가 일본이 아니라 유럽의 한 백인국가였다면, 그 외교정략은 비록 같더라도 가학적인 느낌만은 없었을 것이 틀림없다.

문명사회에 고개를 들기 시작한 황색 인종들의 얄미운 꼴이란, 백인 국가 측에서 보지 않으면 알 수 없는 것이었으리라.

1945년 8월 6일, 히로시마(廣島)에 원자폭탄이 투하되었다.

만약 일본과 같은 조건의 나라가 유럽에 있었다고 한다면, 원폭 투하가 미국의 전략상 필요했다 하더라도 유럽의 백인 국가의 도시에 떨어뜨리는 것만은 주저했을 것이다.

국가 사이에서 인종 문제와 관계되는 과제는 평시에는 그다지 노출되지 않는다. 그러나 전시라는 막다른 정치 심리의 경우가 되면, 아시아에 대해서는 해도 괜찮지 않겠느냐 하고 자제력을 잃게 되었을 때 얼굴을 내미는 법이다.

1945년 8월 8일, 소련은 일본과의 불가침 조약을 짓밟고 만주에 대군을 쇄도시켰다. 조약 이행이라는 점에 있어서 소련은 러시아적인 체질이라고 하고 싶을 만큼 예사로 약속을 깨뜨린다. 아무리 그렇다손 치더라도 그토록 인정사정없이 파기한다는 것은, 역시 상대가 아시아인의 나라이기 때문에 윤리적 가책을 조금만 느끼어도 괜찮다는 그런 사고방식이 아니었을까.

어쨌든 러일전쟁 개전 전의 러시아의 태도는 외교라 하기에는 너무나 잔인한 것이었다.

그 점에 대해서는 러시아의 재무장관 비테도 그의 회상록에서 인정하고 있다.

일본 정부는 전쟁을 두려워했다. 러시아에 대한 두려움이 러시아와의 교섭 속도를 느리게 하고 있었는데, 그것이 일반 국민의 눈에는 러시아에 대한 비굴한 태도로 비쳤다.

여론은 호전적이었다.

대부분의 신문이 지면을 할애해서 개전열을 부채질했다. 오직 전쟁 부정의 사상을 가진 〈헤이민 신문(平民新聞)〉이 대러전을 반대했다. 이밖에 두 개 정도의 정부의 어용 신문만이 신중론을 펴고 있을 뿐이었다.

이 무렵 수상 가쓰라 다로와 오야마 이와오, 이토 히로부미에게는 각계의 대표라고 자칭하는 인물들이 개전의 결단을 촉구하기 위해 자주 찾아왔다.

"오늘은 바보가 일곱 사람 찾아왔더구나."

나중에 장남인 오야마 가시와(大山柏)에게 이렇게 말한 사람은 오야마 이와오다.

이토 히로부미는

"나에게 지금 필요한 것은 자네들의 명론탁설이 아닐세. 대포와 돈과 상의하고 있는 중이야."

가쓰라 수상은 정부의 결단을 재촉하러 온 일곱 사람의 도쿄 대학(東京大學) 교수들에게 이렇게 대답했다.

"실례지만, 나는 여러분에게서 군사상의 얘기를 듣고 싶지 않소이다. 이래 봬도 나는 군인 출신이라는 사실을 잊지 말아 주기 바라오."

세상은 온통 개전론으로 들끓고 있었다. 그런 종류의 집회가 곳곳에서 개최되었다.

해군장관 야마모토 곤노효에는 대관절 전쟁을 할 생각인지 아닌지, 해군성에 있는 고급 장교조차 짐작을 할 수가 없었다.

해군 내부의 그런 장교들이

"돛단배는 도대체 어쩔 속셈인 거야."

서로 분담해서 알아보았으나 전혀 낌새를 알아낼 수가 없었다.

'돛단배'란, 야마모토가 결재를 할 때 도장을 쓰지 않고 사인을 했는데 그 사인이 돛단배를 닮았기 때문이다.

안이 하나 나왔다.

전쟁이 시작되면 군함의 연료인 석탄이 대량으로 소요된다. 그것도 질 좋은 무연탄이 아니면 안 되기 때문에 영국의 석탄을 최상품으로 치고 있었다. 보통 '영탄'이라고 불렀다.

그 영탄을 90만 톤 구입한다는 안을 만든 것이다. 그 구입안에 야마모토가 돛단배 사인을 하면 개전할 심산인 것으로 보아도 된다.

차관인 사이토 마코토(齋藤實)가 그것을 서류로 만들어 가지고 들어갔다. 야마모토는 한참 들여다보더니 잠시 후 사이토에게 물었다.

"돈은 있소?"

"당장은 없습니다만, 영국의 회사 측에서 지불은 신년도에 해도 괜찮다고 합니다."

사이토가 대답하자, 야마모토는 묵묵히 붓을 들고 쓱쓱 돛단배를 그렸다.

그제야 해군 내에서도 겨우 알 수 있었다.

물론 이 영국 석탄의 대량 구입은 순식간에 석탄 가격의 폭등을 불러와 런던 시민의 부엌을 위협했을 뿐 아니라, 각국이 일본의 개전 결의를 알게 되는 원인이 되었다.

러일전쟁은 세계사적인 제국주의 시대의 한 현상임에는 틀림이 없다. 그러나 그 현상 속에서 일본의 입장은, 쫓길 대로 쫓기던 자가 남아 있던 마지막 힘까지 쥐어짜는 방어전이었다는 사실을 간과해서는 안 된다.

이야기는 비약한다.

일본의 정부 요인이라는 자들이 전쟁의 승패에 대해 자신을 가졌느냐 하는 데 대해 언급하고자 한다.

그러기 위해서는 가네코 겐타로(金子堅太郞)라는 이미 사법장관 등에도 임명되었던 당시의 2류 요인을 등장시켜야 한다.

가네코 겐타로는 후쿠오카 현 출신이다.

그는 메이지 유신 후 얼마 안 되어 고향 선배인 히라가 요시타다(平賀義質)라는 관리를 의지하고 상경하여, 히라가의 집 서생으로 일단 몸을 담게 된다. 이런 처지는, 메이지 시대를 산 인생의 한 전형이라 할 수 있다.

메이지 초기의 관리 중에는 사람에 따라 다르기는 해도 만민이 평등하게 되었다는 의식이 전혀 없는 인물이 많았다.

사법성의 히라가 요시타다도 그러했다. 그는 서생인 가네코를 도쿠가와 시대의 하인처럼 대우했다.

등청할 때는 소지품 함을 안고 따르게 했고, 퇴청할 때는 청사의 현관에 꿇어앉아 절을 올리게 했다. 이런 일들은 이미 개화를 의식하고 있는 가네코에게 무척 괴로웠던 모양이다.

메이지 33년, 이토 내각의 사법장관이 되었을 때, 그는 사법성의 현관에 서서 아랫사람들을 바라보며 말했다.

"나는 젊었을 때 이 현관에 꿇어앉아 신발을 대령했소. 지금 이 성의 장관이 된 내 자신을 돌이켜보니, 지난날과 현재가 얽혀서 가슴에 만감이 교차하는 구려."

그가 말하는 만감이 가슴을 벅차게 한다는 것은, 메이지 시대의 사람이 아무런 의심도 없이 품고 있었던 입신출세의 의식이 일종의 시정으로 나타난 것이니, 이것도 그 시대의 한 전형으로 재미있는 점이라 하겠다.

가네코는 서생 시절에 외국 유학의 기회를 얻어 미국으로 건너갔다. 미국에서는 하버드 대학에 들어가 법률을 공부했다. 그때의 동창생이 이때 미합중국 대통령이 되어 있었다. 테오도어 루스벨트였다.

일본 정부가 러시아와의 개전을 결의한 것은 메이지 37년(1904년) 2월 4일의 마지막 어전 회의에서였다. 그 회의가 끝나자 추밀원 의장 이토 히로부미가 가네코 겐타로를 불러 알려주었다.
"실은 조금 전에 개전을 결정했네."
이토는 울어서 눈이 부은 것 같았다. 일본의 승리를 거의 믿지 않았던 이토로서는 그 결정에 헤아릴 수 없는 감회가 서렸으리라.
이토가 가네코에게 말하기를
"미국으로 건너가 주게. 미국 대통령과 미국민의 동정을 환기시켜, 적당한 기회에 미국의 호의적인 중재로 정전 강화를 맺을 수 있도록 공작을 좀 맡아 주게."
당부하는 것이었다.
가네코는 자신이 없었다. 러일이 싸우면 러시아가 이길 것이 뻔하지 않은가.

미국의 호의적인 중재를 얻도록, 그것을 공작하기 위해 미국으로 건너가라고 하지만 일본과 러시아의 힘의 차이가 너무 컸다. 일본이 러시아의 일격에 지고 만다면 미국의 호의적인 중재 따위는 기술적으로는 성립이 되지 않는다.
가네코는 이렇게 생각해서, 이토 히로부미가 강요하는 일방적인 임무를 수락할 것인가의 여부에 대해 한동안 대답을 망설이고 있었다.
이토는 가네코의 흉중을 짐작했다.
"자넨, 이 임무의 성공 여부를 염려해서 대답을 주저하고 있지, 그렇지?"
가네코가 그렇습니다, 하고 대답하자 이토는 의자를 앞으로 끌어당기면서 이토의 특징인 가식 없는 사실을 털어놓았다.
"그렇다면 말하겠는데, 이번 전쟁에 대해서는, 돈을 조달할 대장성뿐만 아니라 전쟁을 하는 육군과 해군도 일본이 이긴다는 확실한 가망을 전혀 가지고 있지 않아. 나 자신 이 결의에 찬동하기 전에 육해군 당국자에게 물어 보았으나, 누구 한 사람 확신을 가진 자가 없었네."
그렇다고 사태를 그대로 내버려두면, 러시아의 침략은 만주와 조선이 문제가 아니라 마침내 일본에까지 화가 미치게 된다.
"사태가 여기까지 이르고 보면, 국가의 존망을 걸고 싸우는 수밖에 길이 없네. 이미 성공이나 실패를 논하고 있을 여유가 없어."
일본과 러시아의 협조론을 밀어오던 이토가 이런 말을 하는 것이다.

"이렇게 말하는 나 이토도 만약 만주 벌판에서 일본의 육군이 궤멸하고 또 쓰시마 해협에서 일본 해군이 모조리 격침되어 러시아군이 바다와 육지에서 이 나라를 덮쳐 온다면, 나도 왕년에 조슈의 역사들을 이끌고 막부와 싸웠을 때를 생각하고 총을 잡고 병사가 되어 산인도에서 규슈 해안에 걸쳐 러시아 상륙군을 막으며 포화 속에서 죽을 작정일세."

가네코는 놀랐다. 이토 히로부미가 이러한 결의를 하고 있는 이상, 그것의 불리함을 따지고 있을 수는 없다고 느껴 어쩔 수 없이 수락하기는 했으나, 미국이 과연 일본이 바라는 대로 중재를 해줄지 아무래도 낙관할 수가 없었다.

그래서 도대체 러일전쟁이 어떻게 될 것인지, 한번 군사 전문가의 의견만이라도 들어보자는 생각으로, 육군의 작전 일체를 관장하고 있는 참모본부 차장 고다마 겐타로를 찾아갔다.

가네코는 자신의 임무 내용을 털어놓고

"기왕이면 솔직하게 얘기해 주시오. 대관절 이 전쟁에 이길 가망이 있는지 없는지."

고다마는 담배 연기를 길게 내뿜고는 말하기 시작했다.

"지난밤까지 30일 동안, 나는 이 방에 틀어박혀서 밤에는 군복을 입은 채 담요를 뒤집어쓰고 자는 생활을 계속하고 있소. 그동안 아무리 작전을 이리저리 짜보아도 승부를 반반으로 끌고 갈 수 있는 것이 고작이오."

"그러나, 반반으로는 해결이 안 되지 않소?"

가네코가 반문하자, 고다마는 고개를 끄덕였다.

"그렇소. 반반으로는 전쟁이 되지 않소. 어떻게든 6대 4의 비율까지는 만들어 보려고, 현재 2, 3일 동안 무던히 골치를 앓고 있는 중이오."

——5대 5, 반반이 고작.

고다마의 관측은, 말하는 사람이 활달한 고다마이기 때문에 거뜬하게 들리지만, 만약 이 말을 다른 사람의 입을 통해 듣는다면 그보다 음울한 관측은 없었을 것이다.

"어떻게든 6대 4까지는 만들고 싶소."

고다마는 반복했다.

"즉, 여섯 번 이기고 네 번 지는 거요. 그 동안에 누가 중재자로 나타날 거요. 그것이 미국이기를 바라오. 당신이 미국에서 고군분투하는 대활약을 해줄 것을 간절한 심정으로 나는 빌고 있소."
육군 작전의 총지휘자가 이렇게 말하고 있다.
가네코는 적잖이 망연해지는 기분이었다.
"나도 미국에서 죽는 셈 치고 노력하겠소. 그러나 어떻게든 6대 4를 만들 수 없겠소?"
고다마는 만주와 조선의 지도를 꺼내 가지고 와서 설명했다.
"우선 육군을 조선의 이 지점에 상륙시켜서, 북쪽에 있는 러시아군을 압록강 이북으로 쫓아내는 거요. 이것이 제1기 작전으로 첫 번째 싸움이 되는 거요. 이 첫 번째 싸움에서 지는 날이면 사기가 꺾여서 다음부터는 전쟁이고 뭐고 볼장 다 보는 거지. 이 싸움에 이기기 위해서는, 러시아가 1만의 병력으로 나선다면 우리는 2만을 동원할 것이요, 상대가 3만이면 우린 6만으로 맞서서 꼭 갑절을 내세울 작정이오. 이 첫 번째 싸움에 이기면 상대의 사기가 한풀 꺾여 어쩌면 6대 4까지 끌고 갈 수 있을지도 모르겠소."
고다마의 이러한 작전과 설명은 지극히 상식적이어서, 가네코도 충분히 이해할 수가 있었다.
가네코는 다음으로 해군의 사정은 어떤가 하고, 나선 김에 해군성을 찾아가 야마모토 곤노효에 장관을 방문했다.
그리고 고다마를 대할 때와 마찬가지로 자기의 미국에서의 임무를 말하니, 야마모토는 이미 알고 있어서 고다마와 같은 말을 했다.
"아무쪼록 잘 부탁하오. 당신의 분투 여하에 국운이 달려 있으니."
그 말을 듣고 가네코는
——무척 불안한 생각이 들었다.
고 한다.
야마모토가 설명한 해군의 전망은 육군의 고다마보다는 다소 희망적이었다.
"우선 일본의 군함 절반은 가라앉힐 작정이오."
야마모토의 말이다.
"사람도 반은 죽이는 거지. 그 대신 나머지 절반을 가지고 러시아의 군함을 전멸시키는 거요."
끔찍한 말이었다.

가네코는 다시 재정 형편도 알아보았다.

그 문제는 말이 아니었다. 도저히 전쟁 비용을 꾸려 갈 수 없는 형편이었다.

그 궁핍 상태는, 최후의 어전 회의가 끝난 뒤 대장 장관 소네 아라스케(會禰荒助)가 아무래도 자기가 맡을 임무가 못된다 해서 사표를 냈을 정도였다.

수상인 가쓰라 다로는 고민 끝에 원로인 마쓰가타 마사요시(松方正義)를 찾아가 상의했다. 마쓰가타는 반드시 유임시키라고 했다.

당연한 일이었다. 개전 결정과 동시에 대장 장관이 사임했다면, 각국은 일본의 재정을 불신하게 되어 일본의 위신은 싸우기도 전에 땅에 떨어지고 만다. 소네가 모자라는 점은 내가 도와서 어떻게든 이 위기를 돌파하도록 하겠다고, 마쓰가타는 말했다.

가쓰라도 그럴 작정으로 달래서 유임을 시키기로 했다.

소네는 하는 수 없이 사의를 철회했다.

포화

일본이 러시아에 대해 국교 단절을 통고한 것은 메이지 37년(1904년) 2월 6일이었다.

러시아의 선전포고는 9일이고, 일본은 10일이었지만, 이미 전투는 그 전부터 시작되고 있었다.

이야기는 순서가 바뀌어 러일 양국의 전략을 말해 두어야겠다.

육군 참모본부의 총장 오야마 이와오가 작전 계획을 세우고 있는 차장 고다마 겐타로에게

"고다마 차장, 몇 번이나 말하지만 오래 끌어서는 안 되오."

몇 번이나 이렇게 말했는데 고다마는 물론 충분히 알고도 남음이 있었다. 전쟁을 오래 끌면 일본의 전력은 완전히 말라 버려서 일본은 자멸하고 마는 것이다.

요컨대 전략의 주안점은, 단기간에 될 수 있는 대로 화려한 성과를 올리고 그 뒤에는 외교에서 말하는 사이콜러지컬 모멘트(심리적 계기)를 포착하여 화평으로 이끌어가려는 것이다. 이 주안점을 벗어나서는 이 전쟁은 전혀 성립되지 않는다는 것을 정부 요인들은 모두 알고 있었다.

이 때문에 목적하는 결전장에 적보다 빠른 시간 내에 적보다 많은 병력을 보내 집결하고 공격하지 않으면 안 된다. 적은 아직 준비가 갖추어지지 않았다. 마땅히 이길 수 있으며 내외의 눈에 비친 성과는 틀림없이 화려할 것이다. 이것이 이를테면 압록강 작전이었다.

그런데 적보다도 빠른 시간 내에 대병력을 먼 전장 예상지에 집결시키는 것은 국력이다.

해륙의 수송력이었다. 유신 후 아직 30여 년밖에 지나지 않은 일본은 군대 수송을 위해 쓸 수 있는 국내 간선 철도는 하루 14량 밖에 움직일 수 없다. 해상 수송에 있어서는 군대 수송에 쓸 수 있는 기선은 겨우 3, 40만 톤에 불과했다. 러시아와의 속도 경쟁에서 이 빈약한 수송력으로 어떻게 이길 수 있느냐 하는 데 이 전략을 기술적으로 소화하는 과제가 달려 있었다. 나아가서는 육군 병력을 해상 수송하는 데 있어 러시아의 강력한 극동함대(여순, 블라디보스토크)가 가만히 있을 리 없었다.

당연히 일본 함대와의 사이에 제해권의 쟁탈전이 행해진다. 이에 일본 해군이 이길 수 있느냐, 하는 문제가 있다.

이긴다 치고 조선에 상륙한 제1군은 러일전쟁의 첫 번째 싸움을 압록강 부근에서 치를 것이다.

제2군은 남만주에 상륙하여 르네비치 병단이 근거지로 삼고 있는 요양(遼陽) 부근으로 나아가 이를 격멸한다.

당초 여순 요새에 대해서는 즉시 공격한다는 계획은 보류하고 있었으므로 작전은 이 두 가지 계획이었다.

"어쨌든 서전에서 이겨 세계를 놀라게 하지 않으면 외채 모집은 어렵게 된다."

고다마 겐타로가 늘 말하고 있었던 것처럼 서전에서 승리하는 것에 전시 경제의 중대 문제가 걸려 있었다.

일본 측의 전략이 미리 계산되어 있는 것으로 미루어 보면 러시아 측의 전략은 개략적이고 불행할 만큼 조잡했다.

그렇다고 러시아의 대일전(對日戰)의 작전 계획이 일본보다 늦게 출발한 것은 아니었다.

아직 러일 양국이 외교 교섭 중이었던 지난 1903년 10월 24일, 극동에서의 황제의 대행자 알렉세예프는 대일 작전 계획안을 본국에 제출하고 그 달 31일 황제의 재가를 얻었다. 또 이듬해 11월 18일에는 그 상세안이 작성되고 해를 넘겨 1월 1일, 육군장관 크로파트킨 밑에서 그것이 완성되어 황제가 재가했다.

이 러시아 육군의 대일 작전안이 재가되었다는 정도는 이 즈음, 영국 외무성이 재빨리 포착했다. 곧 영일 동맹의 의무에 의하여 일본 정부에 전달되었다. 일본도 별도로 이것을 포착하고 있었기 때문에 이 정보는 확실성이 높아져서, 일본 정부로 하여금 대러전을 결정짓게 하는 하나의 계기가 되었다.

그러므로 반드시 러시아는 계획을 짜는 시간이 적었다고 할 수는 없다. 오히려 계획 이전의 만주에서의 군사력 증강이라는 실질면에서 보면 러시아는 늘 앞서고 있었다.

그렇더라도 그 작전 계획의 조잡함은 어찌된 것인가?

극동에서의 러시아 정략 전략의 산실이 여순에 신설된 극동 총독부라는 것은 여러 번 얘기했다.

작년 10월, 대일 작전안을 세움에 있어 러시아 육군부가 해군 부장에게 중요한 질문을 했다.

"우리(육군)로서는, 일본 육군은 개전 후 1개월이 지나도 러시아 함대에 저지당해 영구(요동만의 항구)에 상륙할 수 없을 것으로 보고 있다. 그렇게 생각하고 그대로 안심해도 좋겠는가?"

또 한 가지 질문이 있었다. 조선의 방위이다.

"일본 육군은 조선 해안에 상륙해 올 것이다. 이때 러시아 함대는 그것을 저지하기 위해 일본 함대와 몇 차례 교전을 하지 않을 수 없다. 러시아 함대는 일본 육군의 조선 상륙을 봉쇄하지는 못하더라도 어느 정도 그것을 지연시킬 수 있겠는가?"

이에 대하여 해군 부장의 회답은 명쾌했다.

"러시아 함대가 전멸하지 않는 한 일본 육군은 요동만 영구 및 북부 조선 연안에 상륙하는 것은 불가능하다. 러일 양국의 함대를 비교해도 우리 러시아 함대가 황해 및 조선 연안에서 격파되는 것은 있을 수 없는 일이다."

요컨대 극동에서의 러시아 함대는 불멸이며 일본 육군은 조선에도 만주에도 상륙하지 못하거나 몹시 지연될 거라는 얘기였다.

육군부는 이 의견에 따라 육상 작전의 계획을 세웠다. 계획의 기초에서부터 잘못되어 있었던 것이다.

러시아 육해군의 계획이 조잡했던 것은 일본 군사력의 실세를 숫자만으로 판단하고 그 능력에 대해서는 아무런 고려도 하지 않았던 데 있는 것 같다. 러시아의 장군들은 처음부터 일본의 육해군을 얕잡아보았고 따라서 진지하게 그 실제와 실태를 조사하려고 하지 않았던 것이다.

이를테면 러시아 황제가 일본에 대하여 선전포고를 한 날, 러시아 육군의 두 중요한 인물이 이 전쟁을 어떻게 지도할 것이냐에 대해 모임을 가졌다. 전 육군장관인 반노프스키와 현 육군 장관인 크로파트킨 두 사람이었다.

결과적으로 보면 이 회합의 내용만큼 어리석은 것은 없었다.

――양국의 전력 비율을 어떻게 보는가.

이것이 의제였는데, 이에 대해 크로파트킨이

"일본 병사 한 사람 반에 대하여 러시아 병사 한 사람을 배정하면 된다."

말하자, 반노프스키는

"그건 일본 병사를 너무 과대평가한 것이다. 일본 병사 두 사람에 러시아 병사 한 사람이면 충분하다."

말했다.

나중에 이미 재무장관을 파면당했던 비테는 이 이야기를 듣고

"이것이 적과 아군의 군사 상태에 가장 정통해야 할 신구 육군상의 의견이었다."

몹시 야유했는데 그래도 비테는 크로파트킨의 능력이나 사고법에 대해서만은 어느 정도 신뢰를 갖고 있었다.

크로파트킨이 선전 포고 후 곧 군정의 자리에서 내려가 출정군 사령관으로서 극동의 전장에 부임하게 되었을 때, 그 인사를 하러 비테의 사저를 방문했다.

이때 비테에게 말한 그의 전략과 전술은 앞의 것과 같은 조잡한 것이 아니었다.

"일본군의 작전 계획과 준비는 의외의 것으로, 이에 대항하려면 종래의 생각을 고쳐야 한다."

이렇게 말했다. 종래의 생각이란 개수일촉(鎧袖一觸)으로 손쉽게 격퇴해 버린다는 기세당당한 태도를 말한다. 그러기 위해서는 대군을 자꾸 극동에

보내야 하는데 시베리아 철도의 수송력에는 한계가 있어서 일시에 보내지 못하고 차례로 보낸다. 그러면 시간이 걸린다.

"그 시간을 버는 데 승부의 열쇠가 걸려 있습니다."

시간을 버는 일이 크로파트킨 전략의 기본 방침이었다. 일본군의 몇 배나 되는 대병력이 집결하기를 기다려 최후의 결전을 예정하되, 그때까지의 전투는 될 수 있는 대로 병력의 소모를 피하고 일본군에 대해서는 적당히 소모를 강요하면서 몇 단계로 나누어 후퇴해 간다.

그 '최후 결전의 선은 하얼빈에 둔다'고 크로파트킨은 말했다. 과연 러시아에서 으뜸가는 명장인만큼 닥쳐올 만주 평야에서의 싸움의 양상을 적확히 예상할 수 있는 두뇌를 갖고 있었다. '일격 철퇴'라는 이 묘한 작전은 러시아 육군의 전통적인 작전으로, 적의 보급선이 뻗을 때까지 뻗은 뒤 마침내 끊어질 무렵에 대반격으로 나가는 것이다. 예전에는 나폴레옹이 이에 굴복했고 후년에는 히틀러도 이에 굴복했다.

참고로 훌륭한 전략 전술이라는 것은 말하자면 산술과 비슷한 것으로 비전문가가 충분히 이해할 수 있는 간결함을 내포하고 있다. 거꾸로 말하면 전문가만 이해할 수 있는, 철학적이고 난삽한 전략 전술은 드물게 있을 뿐이고, 드물게 있다 해도 그것은 패배한 쪽의 그것에 불과하다.

예를 들어 말하면 태평양 전쟁을 지도한 일본 육군 수뇌부의 전략 전술 사상이 그것이다. 전술의 기본인 산술성을 잃고 세계 역사상 드물게 보는 철학성과 신비성을 다분히 부여한 것으로, 아니 오히려 결여되어 있는 산술성의 대용 요소로서 철학성을 넣은 것이었다. 전략적 기반이나 경제적 기초의 뒷받침이 없는 '필승의 신념'의 고취나, '신국 불멸' 사상의 선전, 게다가 자살 전술의 찬미와 그 고정화라는 믿기 어려운 신비 철학이 군복을 입은 전쟁 지도자들의 기초 사상처럼 되어 있었다.

그러나 그 기묘함에 대해 쓰고자 하는 게 목적은 아니다. 다만 러일전쟁 당시의 정략 전략의 최고 지도자군은 30몇 년 뒤의 그 무리와는 종족이 다르다고 생각될 정도로 합리주의적 계산 사상에서 한걸음도 벗어나지 않았다. 이것은 당시의 40세 이상의 일본인의 보편적인 교양이었던 주자학이 다소의 역할을 하고 있었다고 할 수 있을지도 모른다. 주자학은 합리주의의 입장에 서서 신비성을 극도로 배제하는 사고법을 가지는데, 그것이 에도(江

戶) 중기에서 메이지 중기까지 일본 지식인의 골수에까지 스며들어 있었다.

여담이 지나쳤다.

크로파트킨으로 돌아간다.

이 러시아 측의 출정군 사령관이 세운 전략 전술에도 신비성은 없었다. 일본군의 몇 배나 되는 대병력을 만주에 집결시키기까지 하얼빈을 최후의 선으로 삼고 요양 이북, 철퇴(撤退)에 잇는 철퇴를 거듭 가한다는 사고방식은 무서울 정도로 합리적이었다.

일본군은 무제한의 북상을 싫어한다는 것을 크로파트킨은 잘 알고 있었다. 보급선이 길어지고 탄약과 식량의 수송도 원활하게 진척되지 않는 데다 교전 때마다 병력이 소모되어 완전히 북상했을 무렵에는 완전히 쇠약해질 것이다. 게다가 일본은 국력이 빈약하여 장기전에 견딜 전력이 없다는 것을 크로파트킨은 알고 있었다. 최후에 하얼빈의 선에서 지칠대로 지친 일본군에 대해 대병력으로 섬멸적인 타격을 줌으로써 이긴다.

만약 러시아 본국이 강인한 의지를 갖고 끝까지 크로파트킨을 지원하며 그 전략을 수행하기 쉽도록 내정과 외정의 기능을 충분히 운용했더라면 아마도 러일전쟁의 승패의 위치는 역전되었을 것이다.

단 러시아 본국은 그렇게 하지 않았다. 더구나 일본 측은 피아간의 문제점을 충분히 알고 있어서 단기전의 주제를 끝까지 지켜 나가는 데 있어 내정과 외정의 기능이 이상적으로 운용되었다. 그렇게 되면 러일전쟁은 한 장군의 능력 따위는 작은 문제였다고 말할 수 있을 것이다.

장군 크로파트킨이 러시아에서 가장 현명한 정치가로 일컬어졌던 비테의 사저를 찾은 날은, 러시아 달력으로는 이미 2월인 데도 혹한이 사라지지 않고 창 밖에 눈이 계속 내리고 있었다.

비테는 자꾸만 브랜디를 권했고 크로파트킨은 기분 좋게 취했다.

그가 기분 좋았던 것은 그가 비테에게 이야기한 전략 전술이 이 현명한 청취자에 의해 크게 찬동을 얻은 데에도 있었다.

"나는 전적으로 자네 작전에 찬성이네."

비테는 싸움에는 비전문가이지만 전략전술은 비전문가라도 이해할 수 있는 것이어야 한다는 데 대해서는 앞에서 언급했다.

크로파트킨이 그러한 본질적인 것을 알고 있다는 증거로 그는 떠날 때 비

테를 향하여
"더 좋은 계략이 있으면 이 기회에 말해 주게."
물었다는 사실이다. 군인에게 흔히 있을 수 있는 독선주의가 크로파트킨에게는 없었거나 아주 적었음에 틀림없다.
"잘 말해 주었네. 한 가지 있어."
비테가 말했다.
비테는 그 비책을 말하기 전에 이렇게 반문했다.
"자네는 극동에 어떤 사람들을 데리고 갈 작정인가?"
크로파트킨이 '막료와 부관 몇 사람'이라고 말하자 비테는 다시 '그들은 신뢰할 만한 사람들인가' 하고 물었다.
"물론이네."
크로파트킨은 대답했다.
"그렇다면 말하겠네만 극동 총독인 알렉세예프에 대한 일이야. 그는 극동에서의 군사, 내정, 외정의 삼권을 쥐고 있네. 자네는 야전군 총사령관으로서 가는 것인데, 알렉세예프는 자기의 권능 쪽이 상위라고 믿고 반드시 자네의 예하군에 명령을 내릴 걸세. 러시아군은 크로파트킨과 알렉세예프의 두 명령 사이에 끼어서 크게 혼란을 일으켜 마침내 싸움에 실패하게 되는 원인이 될 것이네."
"그럴 우려는 있어."
크로파트킨도 걱정하고 있던 터였다.
"알렉세예프는 지금 봉천에 있네. 자네는 물론 그에게 착임 인사를 하러 봉천으로 직행하겠지. 거기서 만약 내가 자네 입장이라면 부하사관 몇 명을 알렉세예프에게 파견하여 다짜고짜 체포하겠네. 그 포박한 알렉세예프를 엄중히 감시하게 하고 자네가 타고 온 열차에 집어넣어 그대로 본국에 돌려보내는 거야. 동시에 폐하에게 전보를 친다――이렇게."
――폐하께서 저에게 명하신 중대 임무를 완전히 수행하기 위하여 저는 당지에 도착하자마자 총독을 체포했습니다. 왜냐하면 이러한 조치 없이는 전승은 생각도 할 수 없기 때문입니다. 폐하께서 만약 저의 전단을 처벌하실 생각이시라면 저를 총살하라는 명령을 내려 주십시오. 그렇지 않으면 국가를 위하여 잠시 저를 용서해 주실 것을 간청합니다.
"이렇게 전보를 치게."

비테는 말했다.

극동에서의 군사와 정치의 대권을 쥐고 있는 알렉세예프 극동 총독이야말로 러시아에 암적 존재라는 것은 비테가 누구보다 잘 알고 있었다.

그는 황제의 총신으로 극동에서의 중대 문제도 황제와 직접 이야기하고 외무장관조차 그 내용을 모르는 일이 종종 있었다. 나아가서는 알렉세예프 밑에 과격 제국주의자가 모여 있어 그들이 알렉세예프로 하여금 극동 침략의 주동자로 만들고 있었다.

사태는 알렉세예프의 생각대로 전쟁이 되고 말았다. 그러한 그가 극동에서의 군사상의 최고권한을 갖고 크로파트킨 위에 서게 되는 것이다.

"그 사나이가 수십만(나중에는 백만 가까이로 증원되었다) 대군을 총지휘한다는 것은 믿을 수 없는 일이다."

이것은 비테가 곧잘 말하고 있는 터였지만 러시아 정부 내의 어떤 양식파들도 거기에 의문을 갖고 있었다.

이를테면 육군 지식에 대해서는 한낱 신임 소위보다 뒤질지 모르는 이 인물은 말도 타지 못했다. 여순에서 열병식이 있었을 때, 마땅히 그는 마상에 앉아 유유히 나타나야 할 것을 도보로 나타났다. 그는 말을 타고 안 타고 가리기 이전에 말을 몹시 무서워했다.

그는 해군 중장이었다.

그 해군 지식마저 어쩐지 모호한 데다 정치가로서도 범용했다. 비테는 '단지 교활하기만 하고 정치적 기백과 소질을 조금도 갖고 있지 않다'는 극언까지 하고 있다. 그러한 인물이 러시아의 국운을 좌우하는 지위에 있는 것은 참으로 이상한 일이지만, 무제한의 독재 국가인 러시아에서는 황제에게 잘 보이기만 하면 원숭이도 대사제의 위치에 오를 수 있다.

——착임하는 대로 그 자를 체포하여 본국에 송환하라.

비테는 크로파트킨에게 조언했다. 상관을 체포하는 그런 비약적인 일이 관료적이고 타협적인 성격을 가진 크로파트킨에게 가능할 리가 없다.

"자네 또 농담을 하는군."

크로파트킨은 쓴웃음을 지었다.

"농담이 아닐세."

비테는 머리를 흔들며 이 일을 단행하는 것 외에 싸움에 이길 방법은 없다고 말했다.

"하긴 그렇지만……."

크로파트킨은 석연치 않은 얼굴로 머리를 끄덕이며 비테의 집을 나왔다.

비테의 걱정은 이윽고 사실이 되었다.

만주에 도착한 크로파트킨은 알렉세예프와는 다른 장소에 본영을 설치하고 될 수 있는 대로 서로 떨어져 있으려 했으나, 알렉세예프 쪽에서는 크로파트킨의 생각을 적극적으로 구속하고 나왔다. 알렉세예프의 전략은 적극주의였다.

"일본인은 원숭이다."

알렉세예프는 황제가 입버릇처럼 하는 말을 늘 하며, 그런 것은 일격에 칠 수가 있다, 크게 일을 벌일 필요가 어디 있느냐고 주장했고, 그 때문에 러일전쟁 전반의 러시아군의 통수는 분열되고 흐트러졌다(물론 나중에 알렉세예프는 본국으로 소환되어 그 뒤 크로파트킨 혼자서 총지휘권을 잡았다).

해군의 전략에 대해 언급해 두어야겠다.

――해군의 곤노효에(權兵衞)는 겁을 먹고 있다.

젊고 기세등등한 개전론자들은 입버릇처럼 이렇게 말했으나, 야마모토 곤노효에라는, 신중한 계산 능력, 마신(魔神) 같은 창조력과 독재력을 가진 인물은 개전하는 순간까지 매우 신중했다.

최근 10년 동안 그의 염두에서 러시아 해군이 떠난 일이 없었고, 늘 그것을 가상적으로 하여 일본 해군을 만들어 왔다. 그는 하나의 함대를 조직해 놓았다. 그 주력함은 영국제 신품들로 러시아의 주력함에 비하여 성능면에서 우수했다. 야마모토 곤노효에는 병기 성능을 철저히 믿는 자여서 그 우열이 싸움의 승패를 결정한다는 점에서 어느 문명국의 해군 지도자보다 근대적인 사고방식을 갖고 있었다.

그는 다른 많은 이 시대의 지도자와 마찬가지로 국민의 정신력의 앙양이라는 따위의 종잡을 수 없는 발언은 그 생애에 한 번도 공언한 적이 없었다. 그가 말하는 바에 의하면 그가 국가로부터 지워져 있는 책임은 국가가 가상적과 싸웠을 경우, 지지 않을 만한 물질적인 전력과 인적 조직을 만들어 두는 일이었다. 최근 10년 동안 그는 그 일에만 몰두했다.

일본군이 하나의 함대를 갖고 있는 데 비해, 러시아 해군은 두 개의 함대를 갖고 있었다. 하나는 극동(여순, 블라디보스토크)에 있고 하나는 본국(발틱함대)에 있었다. 이 두 함대를 합하면 일본 해군은 도저히 이길 가망이 없었다.

야마모토 곤노효에 통솔에 의한 일본 해군의 전략은 러시아의 두 해군력이 합쳐지기 전에 우선 극동함대를 격침시키고, 이어서 본국함대를 맞이하여 그것도 격침시킨다는 전략에 있었다. 각개 격파이다.

그런데 러시아의 극동함대와 일본의 하나뿐인 함대는 거의 같은 병력이었다. 야마모토 곤노효에서는 이 함수와, 총톤수의 대비를 일본이 약간 우세한 데까지 끌어올리지 않으면 안 되었다. 해상 결전은 성능과 숫자와의 싸움이다. 적보다 우세한 수량을 갖고 맞서면 전과가 클 뿐 아니라 아군의 손실도 적게 끝난다.

야마모토 곤노효에가 '제1회전'으로 생각하고 있는 극동함대에 대한 전략은 아군의 손실을 될 수 있는 대로 가볍게 한다는 데 있었다. 그렇지 않으면 제2회전인 발틱함대와의 대전이 잘 되지 않을 것이다.

이 때문에 일본 해군은 개전이 박두한 순간에 또 두 척의 준 전함을 사들였다.

이 두 척의 군함은 아르헨티나가 이탈리아 제노바의 조선 회사에 주문하여 거의 준공단계에 이른 신예함으로 함종은 순양함이지만 그 10인치 포는 2만 m의 세계 제일의 사정 능력을 자랑하는 것이다. 러시아도 이 두 척의 군함을 사들이려고 노리고 있었으나 일본이 기민하게 손을 써서 먼저 사들였다. '닛신(日進)'과 '가스가(春日)'가 그것이다.

개전 전 러시아의 경계망을 빠져 나가 이 두 군함은 일본에 인수되었다.

요컨대 한 세트 함대가 총력을 다하여 약간 열세인 러시아 극동함대를 격멸하려는 것이었다.

이어서 여순함대에 대한 전술이다.

이 여순 군항은 러시아가 산과 섬과 만구(灣口)까지 온통 철과 콘크리트로 다져 놓을 정도의 포대군(砲臺群)으로 무장하고 있다는 것은 일본 측도 예상하고 있었다. 러시아 함대는 그곳을 거점으로 하고 있었다.

그것을 치려고 해도 좀처럼 들어갈 수가 없었다.

"항구 밖으로 유인해서 친다."

이것이 처음부터의 생각이었다. 그러나 러시아 함대가 모처럼의 안전한 장소를 버리고 이쪽이 원하는 대로 외양으로 나올지 어떨지가 러일간의 해군 승패의 기로가 될 것이다.

"나오지 않을지도 모른다."

이런 우려를 강하게 갖고 있는 군령부원도 있었다. 러시아 함대는 여순항 안쪽 깊숙이 틀어박힌 채 결전을 피하고 있다가 이윽고 발틱함대가 회항해 와서 합류하여 일본의 두 배가 되는 병력으로 결전을 도전해 온다면 일본은 패배한다.

"그런 경우에는 육군으로 하여금 여순 요새를 공격하게 하는 한편 만구에서 기선을 침몰시키고 뚜껑을 닫아 버린다."

이런 의견을 상신한 것은 미서(美西) 전쟁에서의 산티아고 군항의 폐색을 보고 온 아키야마 사네유키였으나 개전까지는 정식으로 채택되지 않았다. 육군이 여순 요새를 공략한다는 것도 당초의 육군 전략의 예정에는 들어 있지 않았다.

하여튼 러시아 함대가 외양으로 나오기만 하면 이 걱정은 해소돼 버리고 말 것이다.

그런데 일본 정부는 대러전에 대해서는 국방상의 준비는 갖추고 있었지만 막상 전쟁을 결심하는 것을 망설이고 있었다.

작년부터 진행 중인 대러 교섭에 대해서도 횟수를 거듭함에 따라 러시아의 회답이 강경해지더니 마침내 러시아에서 대답이 오지 않게 되었다. 일본 정부는 외교 교섭에 의한 전도에 절망하여 몇 번이나 단교하려고 했으나 그때마다 메이지 천황이 허가하지 않았다. 일본 궁정은 전통적으로 극히 비군사적인 성격과 사상을 가지고 있었고 메이지 천황도 그 예외는 아니었다.

그러나 육군이 단교를 결의하지 않을 수 없었던 계기는 2월 1일에 입수한 러시아 황제에 의한 대일 작전 계획의 재가라는 보고였다. 오야마 이와오는 이날 급히 입궐하여 개전을 결정해야 할 사태임을 상주했다.

해군의 야마모토 곤노효에가 그것을 결의한 것은 2월 3일 여순함대가 대거 출항했다는 급보가 들어왔을 때였다.

사실 이 보고는 내항에서 외항으로 이동했을 뿐이었는데 경보 당시에는 '행방불명'이었다. 곤노효에의 전략으로 말하면 이보다 좋은 기회는 없었다. 해상에서 이를 포착하여 큰 타격을 주어야 했다.

단교는 그 이튿날인 4일에 단행되었다.

연합함대는 사세보에 있었다.
 그에 대한 출격 명령은 도쿄의 군령부에서 나오는 것이지만 이날 발해진 것은 전보가 아니라 사자였다. 사자는 이 1월 4일 밤 도쿄를 떠나 도카이도 (東海道)선 하행열차를 타고 있었다. 사자로 선출된 것은 군령부 참모 야마시타 겐타로(山下源太郎) 대령이다.
 출격을 명하기 위한 사자가 도쿄에서 밤기차를 타는 한가로운 짓을 한 것은 전보로는 비밀을 지키기가 어렵다는 이유도 있었을 것이다. 그러나 그러한 방첩상의 이유보다 1분 1초를 다투는 사정이 아니었기 때문이다.
 이때 러시아의 놀라운 감각은, 일본을 그만큼 압박하고 있었으면서도 일본에는 대러전의 능력이 도저히 없으므로 일본에서 자진하여 싸움을 시작하는 일은 없으리라고 보고 있는 것이었다. 러시아의 계획으로는 러일전쟁은 1년 내지 2년 후라고 보고 이상적으로는 2년 간의 준비기간을 가진 뒤 전력을 다해 일본을 쳐부순다는 것이었다.
 그러한 점은 대국의 감각이었다.
 2월 4일 오후 6시, 일본은 어전 회의에서 국교 단절을 결정했다.
 곧 외무성에서는 페테르부르크에 있는 구리노(栗野) 공사에게 타전하여 그 공문을 러시아 정부에 넘길 것을 명하는 동시에, 도쿄에서는 외상 고무라 주타로(小村壽太郎)가 주일 공사 로젠을 외무성에 초치하여 국교 단절을 선언했다. 로젠은 명백하게 당황한 표정으로 물었다.
 "국교 단절이란 무엇을 의미하는가, 전쟁인가?"
 국교 단절이란 구체적으로는 평시에 서로 교환하고 있는 외교단을 철수하고 각각에 재류하고 있는 양국의 국적인도 동시에 철수해 버리는 것이다. 물론 단교한 뒤 어떠한 일이 일어나더라도 양국 사이에 평시의 규율에 의한 외교 교섭이라는 것은 있을 수 없다.
 그 어떠한 일이라는 것 중에는 물론 전쟁 상태도 포함될 수 있으므로 이 로젠 공사의 질문은 어리석은 질문이라 할 수밖에 없다. 그보다 로젠마저 일본이 단교나 전쟁을 걸 리가 없다고 방심하고 있었던 것이다.
 고무라는 학생에게 질문을 받은 법과 대학의 교수처럼 대답했다.
 "단교가 전쟁은 아니오."

로젠의 질문에 대해서는 그렇게 대답하는 것이 가장 말뜻에 충실한 것이다. 물론 고무라는 거기에 외교적 책략을 포함하고 있었다. 고무라는 단교 후 될 수 있는 대로 빠른 시기에 선제공격을 하려 하는 일본 육해군의 작전 계획을 분명히 알고 있었다.

이 단교 통보를 받은 러시아의 극동 총독 알렉세예프도 '단교'의 의미를 가볍게 해석했다. 알렉세예프는 대일 압박의 급선봉이면서도 입버릇처럼 '원숭이가 어떻게 전쟁을 할 수 있나'라고 말하고 있었으며 이때도

"단교라 해도 전쟁을 의미하는 것은 아니다. 일본에는 개전에 이르지 못할 국력상의 충분한 이유가 있다. 나는 그것을 알고 있다."

이렇게 말하며 본국에도 그러한 의견을 상신하려 하였다. 그때에 야마시타 겐타로는 밤 기차로 도카이도 선을 내려가고 있었다.

야마시타 겐타로는 요네자와(米澤) 사람으로 우에스기(上杉) 가문의 옛 번사 출신이다. 옛 번교(영주가 그들의 자제나 가신의 자제를 가르치기 위해 세운 학교) 고조 관(興讓館)의 후신인 사립 요네자와 중학교에서 수학했을 때 영국인 교사가 영국 해군의 강대함을 말하며

"그것에 비해 일본에는 바다의 명장이 예부터 한 사람도 없다. 해군은 참으로 빈약하다."

말한 데서 해군을 지원했다고 언제나 입버릇처럼 말했다.

메이지 12년(1879년), 쓰키지(築地)의 해군 병학교에 들어갔다. 그때의 정원은 29명이었다.

청일전쟁 때는 요코스카 진수부의 대위 참모였는데 중앙에 대하여 상당한 불만이 있었다. 당초 해군성의 기본 전략으로 청국의 '진원' '정원'을 두려워한 나머지 소위 '사세보 퇴수주의'(退守主義)를 취하여 함대를 사세보 항에서 출격시키지 않을 계획이었다.

야마시타는 '공격하지 않고는 이길 수 없다'고 말하고 함대 사령장관 이토 스케유키(伊東祐亨)를 설득하여 그의 승낙을 얻은 뒤 도쿄에 가서 해군장관 사이고 쓰구미치(西鄕從道)와 담판하여 퇴수주의를 포기하게 하려고 했다.

퇴수주의를 취했던 것은 사가 번(佐賀藩) 해군 출신인 당시의 군령부장 나카무타 구라노스케(中牟田倉之助)였는데 사이고는 개전 전에 나카무라를 면직시키고 무모할 정도로 저돌적인 데가 있는 사쓰마 출신의 가바야마 스

케노리(樺山資紀)를 그 후임에 앉힘으로써 나카무라의 소극적인 전략을 버렸다.

그리고 10년이 지났다.

지금 야마시타는 군령부의 대령 참모로서 도쿄에서 사세보의 연합함대에 개전 명령을 전하기 위하여 사신으로 가고 있는 것이다. 한때 청일전쟁 전, 북양 함대의 진원, 정원이라는 단지 두 척의 전함을 두려워한 나머지 사세보에서 퇴수(退守)하려고 했을 때에 비하면 일본 해군의 비약은 놀랄 만한 것이었다.

──돌이켜보면 모든 게 나 자신도 믿기 어렵다.

야마시타는 술회하고 있다. 그로부터 10년밖에 지나지 않았다는 사실이 당사자의 한 사람인 야마시타조차 믿기 어려운 느낌이 들었던 것이다.

그 당시의 기차는 느렸다. 밤에 도쿄를 떠나 사세보에는 이튿날인 5일 오후 6시 30분에 도착했다.

그의 가방 속에는 해군 용어에서 말하는 '봉함 명령'이 들어 있었다. 연합함대 사령장관 도고 헤이하치로(東鄕平八郞)에 대한 명령서이며, 말 그대로의 의미에서 말하면 지정된 시간에 지정된 장소에서 겉봉을 열어야 하는 성질의 것이었다. 이번의 경우 봉함된 봉서는 두 통으로, 하나는 명령서이며 또 하나는 칙어가 들어 있었다.

칙어의 내용은 러시아 정부와 단교하기에 이른 부득이한 사정을 서술한 뒤 '짐이 정부에 명하여 우리의 독립 자위를 위한 자유행동을 취하도록 결정하노라. 짐은 경 등의 충성과 무용을 신뢰하며 그 목적을 달성함으로써 제국의 영광을 완수할 것을 기대하노라'고 했다.

야마시타가 증기선으로 해안을 떠나 이윽고 기함 '미카사(三笠)'의 함상에 올랐을 때는 오후 7시였다.

기함 미카사는 재작년 영국 비커스 조선소에서 완성된 신조함으로, 속력 18노트, 배수량 15,362톤, 주요 무장은 30cm 포 네 문, 15cm 포 열 네 문, 8cm 포 20문, 어뢰 발사관 4문인, 세계에서 가장 크고 가장 강력한 전함으로 알려져 있었다.

야마시타 겐타로가 사령장관 사무실에 들어서자 그의 도착이 이미 알려져 있었기 때문에 도고 헤이하치로가 막료들과 함께 기다리고 있었다. 막료 가운데 유달리 젊은 사람이 소령 아키야마 사네유키였다.
'아아, 아키야마가 있었구나.'
야마시타는 긴장 속에서 생각했으나 이상하게도 이때 사네유키의 턱에 더 부룩하게 자란 수염만이 눈에 들어왔다.
'저건 깎도록 해야겠군.'
생각하면서 도고에게 걸어가 두 통의 봉서를 내밀었다.
부관 나가타 야스지로(永田泰次郎) 소령이 가위를 꺼내 도고에게 주었다.
도고는 경례를 한 뒤 스스로 봉함을 뜯고 칙어를 꺼내서 소리없이 읽었다. 다음엔 연 것은 해군 장관 야마모토 곤노효에의 명령서였다.
"연합함대 사령장관 및 제3함대 사령장관(가타오카 시치로 : 片岡七郎)은 동양에 있는 러시아 함대의 전멸을 도모하라."
"연합함대 사령장관은 신속히 발진하여 우선 황해 방면에 있는 러시아 함대를 격파할 것."
"제3함대 사령장관은 신속히 진해만을 점령하고 우선 조선 해협을 경계하라."
이 봉함 명령의 날짜는
"메이지 37년(1904년) 2월 5일 오후 7시 15분."
이렇게 씌어져 있었다. 아키야마 사네유키가 회중시계를 꺼내 보니 마침 7시 15분이었다.
그 뒤 잠시 회의가 있었고 이윽고 밤이 깊었다.
오전 1시(6일), 미카사의 마스트가 번쩍 빛나더니 곧 깜박깜박 점멸하기 시작했다.
"각 대 지휘관과 함장은 기함에 집합."
발광 신호가 정박 중인 전 함대에 내려진 것이다. 갑자기 항구 내의 물결이 술렁이기 시작했다.
각 함에서 기정이 내려지고 그것들이 미카사로 몰려왔다.
개전과 출격에 대한 명령 전달 장소는 미카사의 장관 사무실이었다. 모여든 각 대 지휘관과 함장은 4, 50.
도고가 막료들을 데리고 들어와 테이블 중앙으로 나아갔다.
"어명이 내렸습니다."
그는 칙어를 전달하고, 야마모토 해군장관의 명령을 전달한 뒤 이어서 연합함대 명령 제1호를 내렸다.

"우리 연합함대는 이제부터 곧 황해로 진출, 여순구(旅順口) 및 인천항에 있는 적의 함대를 격멸한다."

연함함대 참모장은 해군 대령 시마무라 하야오(島村速雄)였다. 시마무라는 도사(土佐)사람으로 메이지 7년(1874년) 해군 병학료에 입학했다.

그 후 원수로 진급하여 1923년 사망했다. 대단한 수재로 그 지모는 바닥을 알 수 없다는 말을 들을 정도인데도, 군인으로서는 보기 드물 만큼 공명심이 없어서 늘 남에게 공을 양보하는 것으로 일관된 삶을 살았다. 천성이 넓은 도량이 있는 인물이라고 할 수 있었다.

"도고에게는 시마무라를 붙여 두면 될 것이다."

야마모토 곤노효에는 그렇게 판단했다. 이 경우 도고는 통솔하고 시마무라의 지모는 함대를 움직이는 것이었으나 시마무라 자신은 소령 아키야마 사네유키가 참모단에 들어왔으므로 크게 기뻐하며

──모두 자네에게 일임한다.

은밀히 사네유키에게 말하고는 시종 그대로 했다. 시마무라의 생각으로는 작전은 천재가 해야 하며 계급이 상위라고 해서 자기 같은 사람이 얕은 꾀를 쓸 일이 아니라는 것이었다.

이런 점이 시마무라 하야오의 성격이었다.

러일전쟁 중 이러한 삽화가 있다. 연합함대에서 대본영에 보내오는 보고문이 늘 명문이라는 것에 대본영 담당 기자단이 주목하기 시작하여, 마침내 요미우리(讀賣) 신문이 그 보고서를 시마무라 참모장이 쓴 것이라고 믿고 크게 칭찬하는 기사를 실었다. 시마무라는 그것을 보고 놀라 일부러 해상에서 대본영의 신문 담당 참모 오가사와라 조세이(小笠原長生) 중령에게 편지를 써서 해명했다.

"소생 그 기사를 읽고 아연 실색함과 동시에 식은땀이 등줄기에 흘렀습니다. 아시다시피 부하가 따로 한 사람 있어 이 임무를 맡고 있습니다."

그리고 사네유키가 바로 그 사람임을 말하고 그 기사가 잘못이라는 것을 요미우리 신문에 전해 달라고 부탁했다.

시마무라는 그러한 인물이었다.

러일전쟁이 끝나자 그가 연합함대 참모장이었기 때문에 명성이 크게 올랐

으나 그것을 일일이 부정했다. 어느 공개된, 그것도 기록으로 남는 석상에서 그는 이렇게 말했다.

"나는 러일전쟁 때는 개전부터 여순 함락까지 연합함대 참모장을 지냈습니다. 세상에서는 일본해 해전까지 이 시마무라가 한 것처럼 말하고 있습니다만 그때 나는 다른 데로 전임하고 있어 그 직에 없었습니다. 어떻든 간에 러일전쟁의 함대 작전은 모조리 아키야마 사네유키가 세운 것으로, 여순구 밖의 기습전, 인천 해전, 또는 3차에 걸친 여순 폐색, 제2군의 대수송, 이어 동해 해전에 이르기까지의 작전과 그 수행은 모두 아키야마의 머리에서 나왔고 그의 붓에 의해 입안되었으며, 그가 입안한 것은 거의 언제나 즉석에서 도고 대장의 승인을 얻었습니다."

그런데 시마무라 참모장 밑에 선임참모로 아리마 료키쓰(有馬良橘) 중령이 있었다. 이 아리마가 여순 폐색 후 대본영 전속이 되어 함대를 떠난 뒤 도고와 시마무라는 의논하여 후임을 보충하는 것을 그만두고 소령인 사네유키를 이례적으로 승격시켜 선임참모로 삼았다. 36세의 사네유키가 일본의 운명을 결정하는 해상 작전을 혼자 짊어지게 된 것이다.

사네유키와 동기이며 일생 동안의 벗이었던 모리야마 게이사부로(森山慶三郎 : 뒤에 해군 중장)는 당시 소령으로 제2함대 우류(瓜生) 전대의 참모로서 순양함 '나니와(浪速)'에 승선하고 있었다.

그도 또한 이날 밤 기함 '미카사'의 장관 사무실에 모인 사람 중의 한 사람인데 도고 헤이하치로로부터 출격 명령이 전해졌을 때의 상황을 다음과 같이 이야기하고 있다.

"나는 그저 머리를 숙이고 가만히 있었다. 눈물이 나와 견딜 수가 없었다. 누구 하나 얼굴을 드는 사람이 없었다. 아무도 소리를 내지 않았고, 마치 심산과 같았다."

모리야마의 술회로는 이때 뇌리를 스쳐간 것은 러시아에 질지도 모른다는 것이었다. 그는 2년 전에 공용으로 유럽에 갔는데, 그때 폴란드를 지나면서 그 망국의 상황을 목격했다. 전승자인 러시아인이 어느 거리에서나 그 거리의 주인과 같은 태도로 폴란드인을 마구 부리고 있는 것을 보았는데 그 광경이 생각나서 견딜 수가 없었고 일본도 그렇게 되는 게 아닌가 하고 생각하니 감정을 걷잡을 수 없어서 눈물이 자꾸만 쏟아졌다.

"그 실내에는 나처럼 연약한 인간만 있었던 게 아니었겠지만 그 자리의 무언의 공기에서 짐작컨대 누구나 다 비슷한 감개였을 것입니다. 일본이 존망의 위기에 서 있는 그러한 느낌이었습니다."
이윽고 명령 전달이 끝나자 샴페인이 나누어지고 도고가 잔을 들고
"일동의 용전 분투를 바라며 전도의 성공을 기원하며 잔을 들자."
말하고 잔을 비웠다. 일동이 잔을 비우자 긴장에서 해방되어
"환성이 끓어오르는 분위기로 일변했습니다."
모리야마는 말했다. 함장들은 장관 사무실에서 우르르 나오다가, 참모에게는 명령을 전달할 테니 그때까지 기다리라는 소리가 들려 모리야마는 기다리려고 했다. 그러나 사람들에게 밀리는 대로 걸어가다 보니 어느덧 참모장실 앞에 이르러 있었다.

문이 열려 있었다.

전등이 휘황하게 빛나는 넓은 방 중앙에 커다란 테이블이 있고 그 테이블 위에 해도가 펼쳐져 있으며 두 인물이 한창 협의하고 있는 중이었다.

참모장 시마무라 하야오 대령과 소령 아키야마였다. 모리야마는 아키야마 사네유키라는 이 동기생을 평생 신처럼 존경하고 있었으므로 이 정경을 그 후에도 오래오래
"희대의 두 명장이 심혈을 기울여 작전을 짜고 있는 감동적인 광경이었다."

말하며 두 사람의 모습을 설명했다. 사네유키는 오른손에 컴퍼스를 들고 왼손에는 자를 들고 그것을 분주히 움직이면서 해도 위에 배의 항로, 기타를 긋고 있는 것 같았고 테이블 저쪽에는 시마무라가 그 장대한 몸을 절반쯤 해도 위에 기울이고 사네유키가 그어 가는 항로를 응시하고 있었다.

이윽고 사네유키는 모리야마가 문 앞에 서 있는 것을 보고 '모리야마'하고 불렀다.
"자네 전대는 인천으로 가게 되었어. '아사마(淺間)'와 수뢰정을 붙여 주겠네."
그러고는 다시 해도로 눈길을 돌렸다.

해군에 부과된 이 서전에서의 임무는 여순함대를 격멸하고 제해권을 확립하는 것과 조선의 인천항에 육군 부대를 양륙시키는 것이었다.

주력은 여순구로 간다.

이 6일 오전 9시, 연합함대 주력은 사세보 항에서 출격했다. 우선 '지토세(千歲)'(이등순양함)를 기함으로 하는 제3전대가 출항했다. '지토세', '다카사고(高砂)', '가사기(笠置)', '요시노(吉野)'의 순서로 나아갔다. 그것을 정박함이 해군 예식에서와 같은 만세 소리로 전송했다. 이어 제1부터 제5까지의 구축대, 제9, 제14수뢰정대가 파도를 차며 이에 따르고, 또 가미무라 히코노조(上村彦之丞) 중장이 이끄는 제2함대의 제2전대가 기함 '이즈모(出雲 : 일등 순양함)'를 선두로 '아즈마(吾妻)', '야쿠모(八雲)', '도키와(常磐)', '이와테(磐手)' 순으로 나아간다. 최후로 이들 '연합함대'의 중핵인 제1전대가 '미카사'(일등 전함)를 기함으로 '아사히(朝日)', '후지(富士)', '야시마(八島)', '시키시마(敷島)', '하쓰세(初瀨)'의 순으로 나아가고, 그 다음 순양함 이하의 전대가 뒤따랐다. 이들을 도쿄의 군령부에서 온 대령 야마시타 겐타로가 전 해군을 대표하여 전송했다.

낮이 되자 어제까지 각종 함정으로 그토록 혼잡하던 항내가 거의 텅 비었다.

단지 중형함만 몇 척 남아 있었다. 이등 순양함 '나니와'에 같은 '다카치호(高千穗)', 그리고 삼등 순양함인 '아키시(明石)', '니이다카(新高)', 그리고 단 한 척만이 일등 순양함인 '아사마(淺間 : 9,750톤)'였다. 이것들을 통틀어서 우류 전대(瓜生戰隊)라 칭하며 육군을 호위하여, 인천에 상륙시키는 임무를 짊어지고 있었다.

오후 2시 우류 전대는 출항했다. 그때는 이미 2,200명의 육군 상륙 부대 고쿠라(小倉), 후쿠오카(福岡), 오무라(大村)에서 모은 4개 대대가 세 척의 수송선에 수용되어 함대와 같은 방향으로 달리고 있었다.

"어느새 육군이 나타났는가?"

수병들은 놀랐다. 이 우류 전대의 모리야마 게이사부로(森山慶三郎) 참모는 거기에 대해 이렇게 말했다.

"이 세 척은 사세보의 외항 어느 후미에 숨어 있었던 모양으로 참모인 나도 명령을 받을 때까지 그 존재를 알지 못했다. 육해군의 교묘한 연락은 참으로 훌륭했다."

모든 함대가 공격 목표를 향해 움직이고 있었으나 일본 해군 안에서 단 한 척 비통한 운명에 놓인 군함이 있었다.

삼등 순양함 '지요다(千代田 : 2,450톤)'였다.

그 무렵 이 지요다만은 외국에 있었다.

조선의 인천항에 있었던 것이다. 인천은 한성(지금의 서울)의 외항으로 각국의 함선이 다수 정박해 있었다. 물론 러시아의 군함도 두 척 있었다.

지요다의 비통함은 미끼가 된 사실에 있었다. 러일 단교 통보는 물론 지요다에도 타전되어 있었지만 그것을 전략상 일부러 인천에 머물게 한 것은 개전에 의한 연합함대의 비밀 행동을 러시아 및 타국에 알리고 싶지 않았기 때문이었다.

마땅히 항내에서 러일간의 최초의 해전이 벌어질 것이었다.

한성에 있어서 인천항의 역할은 도쿄의 경우 요코하마(橫濱) 항에 해당하리라. 요코하마 항이 막부의 개항까지는 한 어촌에 불과했듯이 인천항도 1883년의 개항까지는 제물포라는 어촌에 불과했다. 또 일본에서 최초의 철도가 도쿄, 요코하마 간에 부설되었듯이 조선의 경우에도 1900년에 개통한 한성, 인천 간의 철도가 최초였다.

항구는 간만의 차가 심한 것 외에는 규모가 크고 다수의 선박을 수용할 수 있었다.

이 시기에도 다수의 선박이 정박했다.

군함만도 영국 군함 '탈보트', 이탈리아 군함 '엘바', 프랑스 군함 '파스칼' 등이 각각 닻을 내리고 있었다.

게다가 러시아의 이등 순양함 '발랴그'(6,500톤)와 포함 '코레츠'(1,213톤)도 정박 중이었다.

일본은 삼등 순양함 지요다(2,450톤)가 이들 군함 속에 홀로 끼어 있었다.

"지요다만큼 곤욕을 당한 군함은 없다."

이 외로움 속에 갇혀 있는 함을 구출하러 가는 우류 전대의 참모 모리야마 게이사부로는 두고두고 동정했다. '지요다'는 그 전해 12월부터 거류민 보호를 위해 인천에 와 있었다.

두 척의 러시아 군함도 같은 임무로 정박 중이었다. 그 '발랴그'는 인천에 있는 각국 군함 중 최대의 것으로, 만약 전쟁을 시작하면 소함인 지요다 따위는 순식간에 분쇄해 버리고 말 것이다.

더욱이 불리한 것은 지요다는 발랴그와 가장 가까운 장소에 있었고 또 코레츠와도 그 사이에 다른 함선이 없었다.

지요다의 함장은 대령 무라카미 가쿠이치(村上格一)였다. 무라카미는 침착한 사나이로 전원에게 긴장하도록 명하고 만약 부득이한 경우에는 발랴그와 맞붙어 전원이 죽을 각오를 하게 했다. 밤이 되면 몰래 어뢰 발사관의 덮개를 떼어 내어 발랴그에 조준하고 날이 새면 덮개를 씌워 모르는 척했다. 이 모양을 발랴그 쪽에서도 눈치채고

"괘씸하다."

영국 군함의 함장(각국 함장 중에서의 선임자)을 통하여 항의하기도 했다.

이윽고 단교 결정 전야인 3일, 육감이 빠른 무라카미 함장은 어쩌면 비상사태가 빨리 닥칠지도 모른다고 생각하고 야음을 틈타 함을 몰래 이동시켜 영국 군함 근처까지 가서 닻을 내렸다.

6일이 되었다. 부산 부근에서 일본 함대가 러시아 기선을 한 척 나포했다는 전보를 받고 무라카미는 이제는 개전이라고 짐작했으나 발랴그는 아직 사태를 모르고 있는 것 같았다.

7일 밤 11시, 지요다는 마침내 탈출을 결심하고 살그머니 저속으로 항구를 향하기 시작했으나, 도중에 항구의 좁은 길목에서 지요다를 감시하고 있던 발랴그의 뱃머리가 눈앞에 다가와 이제는 접촉하는 수밖에 없다고 생각했을 때, 옆에 있던 영국 군함이 몸을 피해 준 덕분에 겨우 길이 트여 항구 밖으로 나갔다.

인천항 밖으로 탈출한 지요다는 아군의 함영(艦影)을 찾아 남하하다가, 이윽고 날이 새어 오전 8시 30분, 수평선상에 많은 연기를 보고 다가가니 우류 전대였다.

함장 무라카미 가쿠이치는 곧 기정(汽艇)을 타고 기함 '나니와'에 가서 우류 사령관을 만났다.

우류가 가장 묻고 싶었던 것은

"설마 발랴그와 코레츠가 인천항 밖으로 사라지지는 않았겠지?"

이것이었다. 이 두 함을 여순으로 도망치게 하는 것은, 적인 여순함대를 증강시키는 것이 되고 만다. 반드시 쳐부수고 싶지만 인천항은 중립국 항구이며 열강의 군함도 많이 정박하고 있어서 항내에서 전투를 할 수는 없었다.

국제 문제를 야기시킬 우려가 있는 행동에 대해서는 신경질적일 정도로 예민한 대본영은

"인천항 내에서는 러시아 함에서 먼저 공격한다면 몰라도 이쪽에서 공격을 개시해서는 안 된다."

우류에게 타전하여 행동을 신중히 하도록 명령하였다.

아무튼 전대는 인천으로 급행하게 되었다. 지요다가 선두에 섰다.

인천항 내의 각국 군함은 어젯밤 몰래 빠져나간 지요다가 이번에는 일본 함대의 선두에 서서 돌아온 데에 놀랐다.

우류 전대는 항내에 닻을 내렸다. 두 척의 러시아 군함도 있었다. 적과 아군이 뒤섞여 언제 항내전이 시작될지 모르는 상황이었다. 열강 군함도 이 위험을 가만히 보고 있을 수 없어서 8일 밤 9시 영국 함장이 '다카치 호'로 찾아왔다.

"이 항구는 중립국의 항구인 이상 외국 군함에 위해를 미치는 포격이나 기타 행동을 취해서는 곤란하다."

말하자, 함장 모리 이치베에(毛利一兵衛)는 이렇게 답변했다.

"우리는 육군 부대를 상륙시키라는 명령만 받고 있으며 전쟁 명령은 받지 않았다."

밤이 깊어 9일이 되었다. 육군 부대의 양륙 작업은 오전 4시면 끝날 것이라는 전망이 섰을 때, 우류는 직접 영문으로 러시아 군함 발랴그의 함장 루드네프 대령에게 도전장을 썼다.

"귀관도 아시는 바와 같이 이미 러일 양국은 교전 상태에 있다. 그러므로 나는 귀관에게 휘하 병력을 이끌고 9일 정오까지 인천항 밖으로 퇴거할 것을 요청한다. 만약 이에 응하지 않을 경우에는 항내에서 귀국의 군함에 대해 부득이 전투 행위를 취하게 될 것이다."

군사(軍使)에게 이것을 주어 보내는 한편, 각국 군함에 대해서도 피해가 미치지 않는 정박장으로 이동할 것을 바란다고 전했다. 이때가 9일 오전 7시였다.

오전 11시 55분, 발랴그와 코레츠는 닻을 올리고 이동하기 시작, 이윽고 증기를 잔뜩 올리고 전속력으로 항구 밖을 향해 나아갔다.

일본 측은 그럴 줄 미리 알고 아사마를 항구 밖에 매복시켜 두고 있었다.

이등 순양함 발랴그(6,500톤)는 굴뚝이 네 개인 쾌속함이지만 거느리고 있는 포함 코레츠(1,213톤)가 속력이 느려서 탈출한다 해도 경쾌한 속력을 낼 수가 없다.
　일본의 일등 순양함 '아사마'(9,750톤) 이하가 항구 밖에서 대기하고 있었다. 함장은 용맹하기로 이름높은 대령 야시로 로쿠로(八代六郎)였다.
"적함이 나왔습니다!"
　마스트 위에서 외치는 감시병의 소리와 함께 전함이 전투 배치에 들어갔을 때 옆에 있던 삼등 순양함 '지요다' 등은 닻을 올릴 여유가 없어 쇠사슬을 끊어 버렸을 정도로 러시아 함의 출현은 갑작스러웠다. 바로 그때가 정오 직전이었다.
　일본의 우류 전대는 3,000톤 정도의 구식 삼등 순양함을 주력으로 편성한 것으로 전함대가 한데 모여도 발랴그 한 척을 당하지 못한다. 그 때문에 아사마가 발랴그 격파를 위하여 배속된 것이다. 아사마는 속력을 올렸다.
　발랴그와 코레츠는 항구 주변의 팔미도를 향해 다가갔다. 양함 모두 전투기를 게양하고 있었다. 대기하던 아사마도 전투기를 달고 더욱 접근했다.
　쌍방의 거리가 7km에서 6km가 되었을 무렵, 아사마는 8인치 포를 쏘아 시사하고 이어서 좌현의 포화를 열었다. 그 중의 후부 8인치 포탄이 발랴그의 앞함교에 맞아 요란하게 폭발했다.
　이미 이날 여순 방면에서도 수뢰전이 벌어졌으나, 함포에 한한 러일전쟁에서의 제1발은 아사마의 8인치 포탄일 것이다.
　아사마의 사격 능력은 일본 해군 함정 중에서도 가장 우수하다고 말해도 과언이 아니었다. 이어서 발사한 전부(前部) 8인치 포탄도 적의 거의 같은 장소에 맞았다. 이 때문에 발랴그는 앞함교가 엉망이 되고 또 굴뚝 부근에도 명중했으며, 이어서 함의 중앙부 및 뒤쪽 함교에도 몇 개의 포탄이 명중하여 대화재가 일어났다.
　그래도 발랴그는 굴하지 않았다. 불을 끄기 위해 팔미도 뒤쪽까지 후퇴했다. 일본 측은 그곳이 항내이기 때문에 다가갈 수가 없었다. 15분쯤 지나자 다시 발랴그가 모습을 나타내어 맹렬하게 쏘아댔다.
　작은 지요다는 해역을 이리저리 누비고 있었다. 그 당시, 군함의 전시 색(戰時色)은 회색이고 평시에는 흑색이었다. 우류 전대는 모두 회색 도료로 칠해져 있었으나 지요다는 오래 인천에 갇혀 있었기 때문에 검은 색 그대로였다. 연료도 전함대에 전시용 영국탄이 쌓여 있었는데 지요다만은 평시용인 일본탄이어서 이 소함만이 지독하게 검은 연기를 토해내고 있었다.

발랴그가 왼쪽으로 기울었다. 코레츠도 수뢰를 맞아 함체가 대파되었다. 이 두 함이 살아남을 수 있는 길은 다시 한번 중립국 항인 인천항 내에 들어가 버리는 것이었다.

항내 깊숙이 도망쳐 들어간 발랴그와 코레츠는 각국 군함 사이에 파고 들듯이 하여 아사마의 급한 추격을 피했다.

아사마 쪽에서도 국제 문제를 일으키는 것을 두려워하여 포격을 멈추고 항구로 돌아왔다.

발랴그의 참상은 눈을 뜨고 볼 수 없을 정도였다. 함은 크게 왼쪽으로 기울고 대포는 거의 파괴되어 버렸다. 보통 때라면 항복 외에는 생각할 수 없는 상황이었으나 함장 루드네프 대령은 개전하자마자 러시아 제국의 군함이 항복하는 불명예는 피하고 싶었다.

그는 승조원의 처리를 각국 군함에 부탁했다. 부상병은 이탈리아, 프랑스, 영국의 각 함에 수용하고 다른 승조원들은 동맹국의 정의로 프랑스 군함 파스칼에 수용하여 상해까지 수송하기로 했다. 전쟁이 끝날 때까지 상해를 떠나지 않는다는 조건이라면 국제법에 저촉되지 않았다.

그 처리가 끝나자 발랴그는 킹스턴 벨브를 열어 자침(自沈)하고 코레츠는 화약고에 불을 붙이고 함장 이하는 탈출한 뒤 폭침하고 말았다.

이 해전은 규모는 작았으나 일본인이 유럽인과 교전한 최초의 해전으로, 최초가 잘되었던 만큼 일본 측에 커다란 자신감을 주었다.

인천에는 일본 영사관이 있었다. 영사는 가토 혼시로(加藤本四郎)라는 인물이었는데 일본이 상당한 손실을 입으리라고 각오하고 부상병 치료를 위한 임시 적십자 병원을 영사관 내에 만들어 두었을 정도였다.

전승 후 참모 모리야마 게이사부로 소령이 상륙하여 영사관을 방문했을 때 가토 영사는 일본 측의 손실에 대해 물었다.

"우리 쪽에는 손실이 없었습니다."

모리야마가 말했으나 가토는 믿지 않고 모리야마를 자기 방에 불러들여 둘만이 되자 다시 물었다.

"러시아 함의 큰 손실로 미루어 보아 틀림없이 다친 사람은 나왔겠지요.

여기는 다른 사람이 아무도 없으니 말해 주시오."

모리야마가, 정말입니다, 로프도 하나 끊어지지 않았습니다, 라고 말하자 가토는 멍해 있더니 갑자기 울기 시작했다. 일본인이 백인에게 이겼다는 것을 믿어야 할지, 가토는 외무성 관리인만큼 놀라움과 기쁨이 더욱 컸음에 틀림없었다.

"놀라실 필요 없습니다. 이쪽은 일부러 아사마 같은 큰 함을 갖고 왔기 때문에 이길 만했으니 이겼을 뿐입니다."

모리야마는 그렇게 말하며 사네유키의 물량 집중 작전 덕택이라고 생각했다.

일본 측의 승리는 당연하다 치더라도 러시아 측의 사격 능력이 너무도 열등하고 미약했다는 것에 일본 측은 놀라지 않을 수 없었다. 발랴그는 전 전투를 통하여 1,530발의 대량의 포탄을 발사했으나 일본 측에 한 발도 맞지 않았던 것이다. 러시아 측의 사상자는 223명이었고 일본 측은 한 사람의 사상자도 없었다. 기적이라기보다는 러시아측의 형편없는 사격 때문이었다.

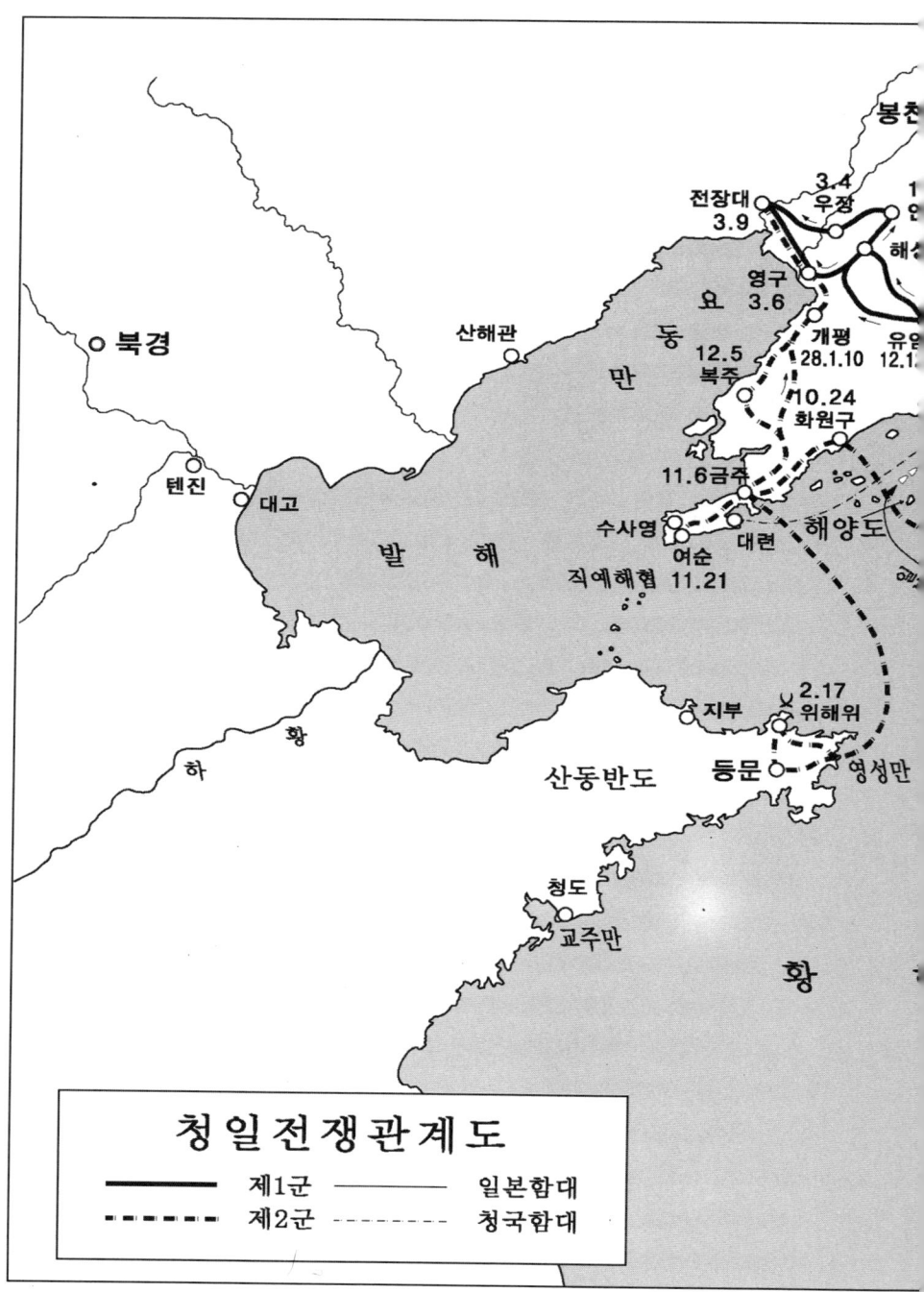

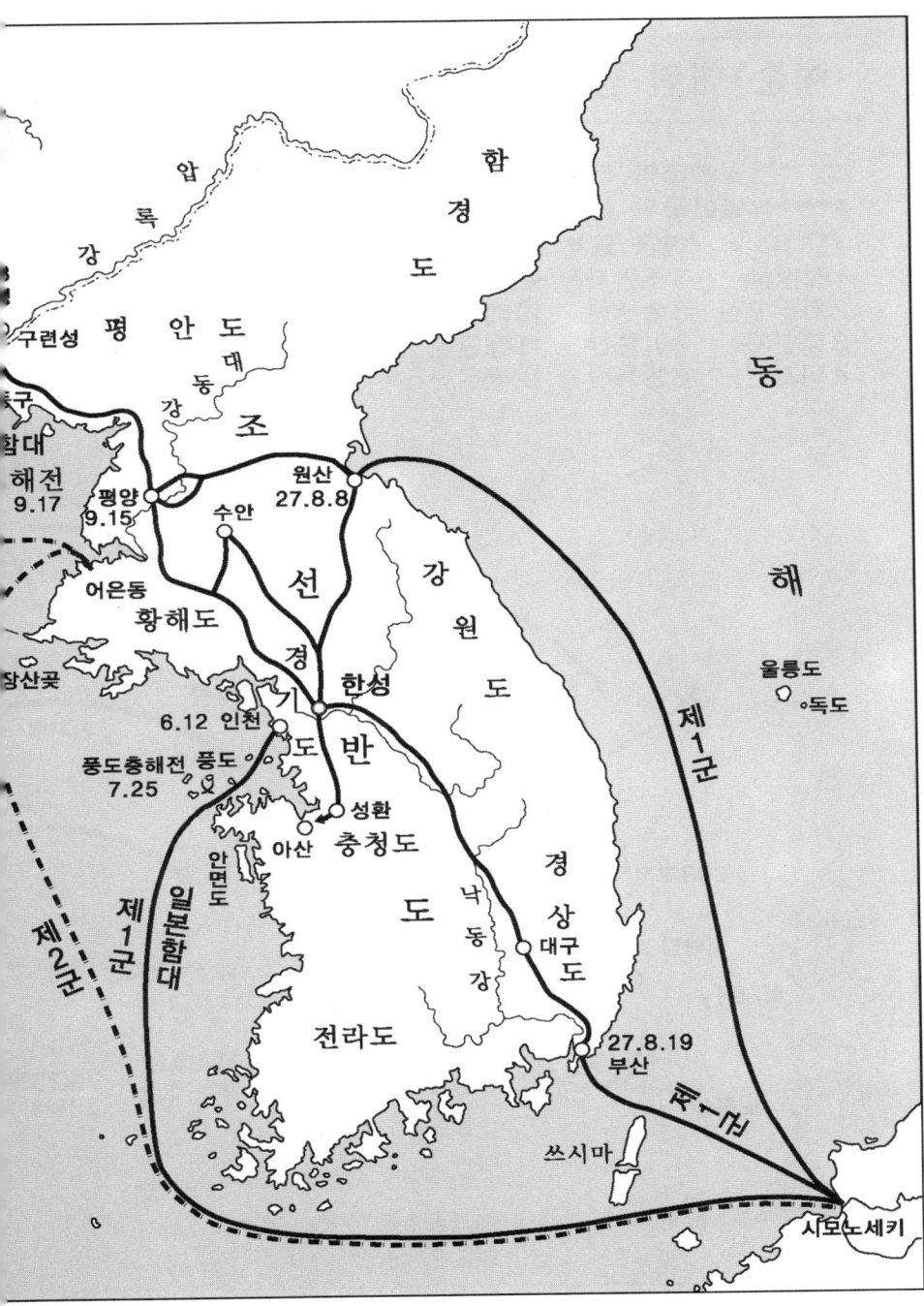

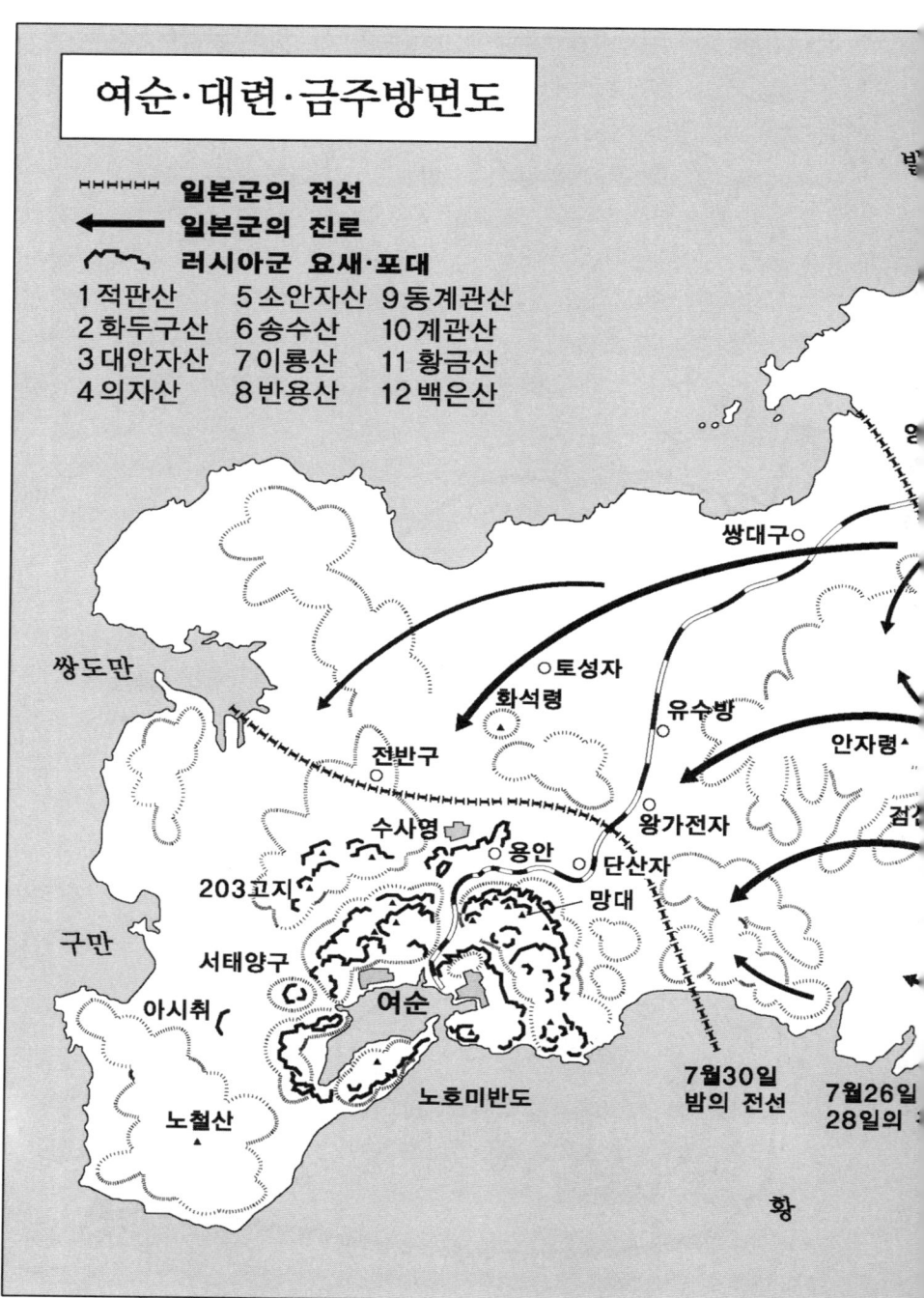

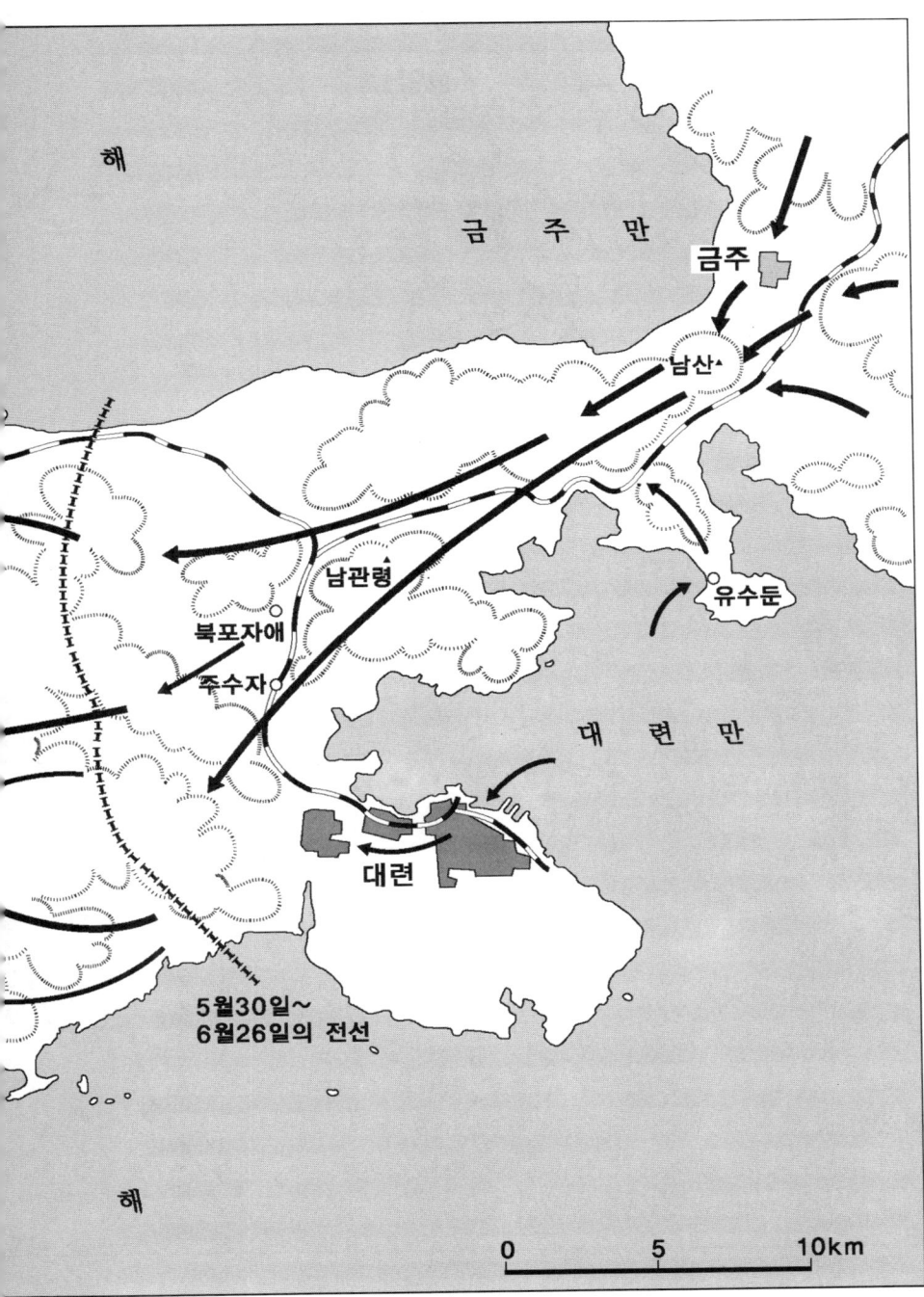

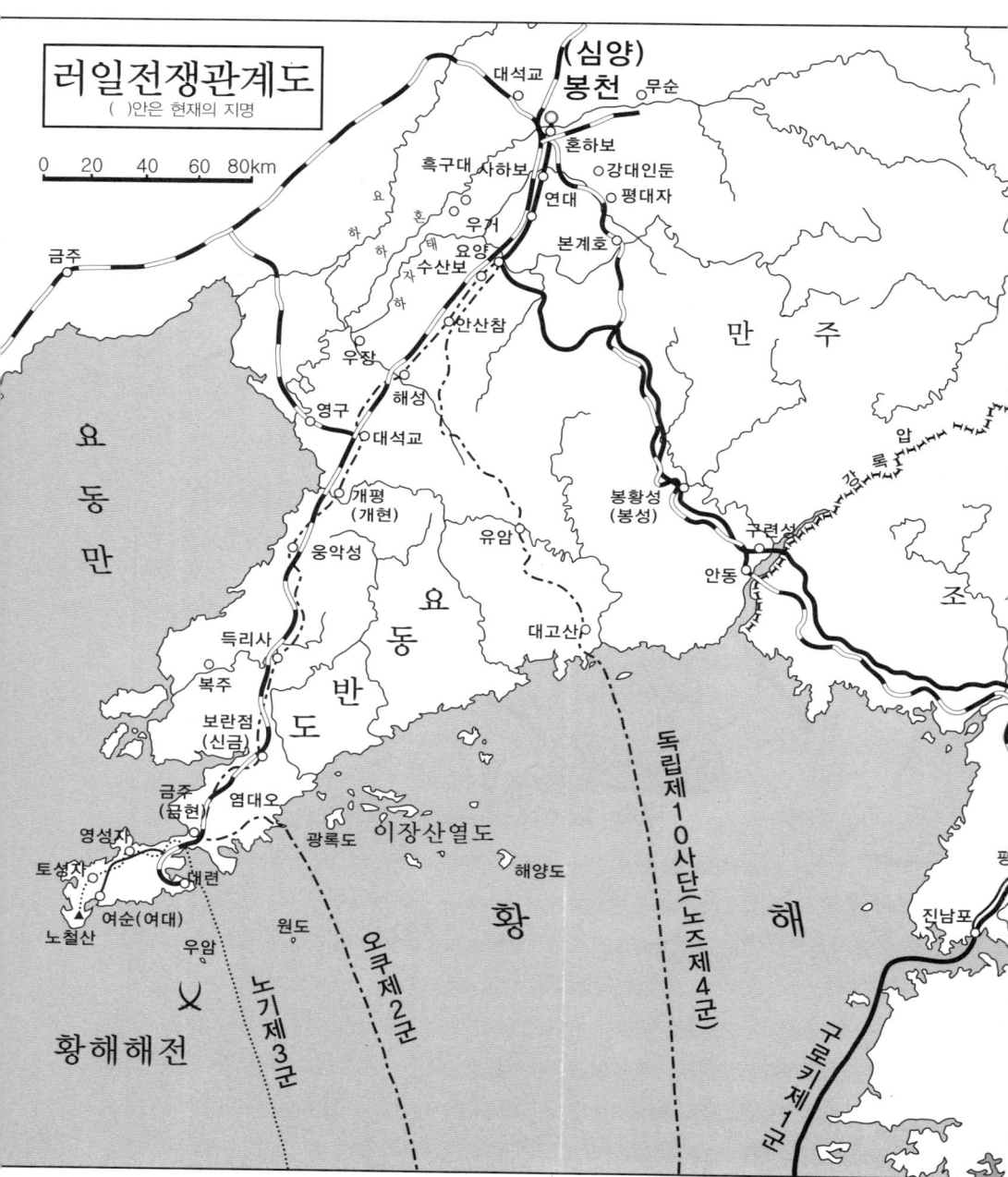

지은이
시바 료타로(司馬遼太郎)

그린이
전성보(全聖輔)

옮긴이
박재희 창춘사도대학일문학전공 김문운 니혼대학일문학전공
김영수 와세다대학일문학전공 문호 게이오대학일문학전공
유정 조지대학일문학전공 추영현 서울대학교사회학전공
허문순 경남대학불교학전공 김인영 숙명여대미술학전공

대망 34 언덕위 구름 1
지은이 시바 료타로/책임편집 박재희 추영현 김인영
1판 1쇄/1979. 12. 1
2판 1쇄/2005. 8. 8
2판 9쇄/2022. 3. 1
발행인 고윤주/발행처 동서문화사
창업 1956. 12. 12. 등록 16-3799
서울 중구 마른내로 144(쌍림동)
☎ 546-0331~3 (FAX) 545-0331
www.dongsuhbook.com

*

이 책은 저작권법(5015호) 부칙 제4조 회복저작물 이용권에 의해 중판발행합니다.
이 책의 한국어 大몔상표등록권 문장권 의장권 편집권은 저작권법에 의해 보호받으므로
무단전재 무단복제 무단표절 할 수 없습니다.
이 책의 법적문제는「하재홍법률사무소 jhha@naralaw.net」에서 전담합니다.

*

사업자등록번호 211-87-75330
ISBN 978-89-497-0374-9 04830
ISBN 978-89-497-0364-0 (3세트)